CLAUDI

HOMO SAPIENS 404

DIE REBELLEN

cross cult

Die Taschenbuchlizenzausgabe HOMO SAPIENS 404 BAND 3: DIE REBELLEN
beinhaltet die E-Book-Episoden 13–18 und wird herausgegeben von Amigo Grafik,
Teinacher Straße 72, 71634 Ludwigsburg.

Herausgeber: Andreas Mergenthaler und Hardy Hellstern
Autorin: Claudia Kern
Redaktion: Markus Rohde; Lektorat: Katrin Aust, Susanne Picard und Gisela Schell
Satz: Rowan Rüster/Amigo Grafik
Cover: Martin Frei; Umschlaggestaltung: Andreas Mergenthaler; Logo/Backcover: Sebastian Lorenz
Gedruckt von CPI Moravia Books s.r.o., CZ-69123 Pohorelice.
Printed in the Czech Republic.

ISBN: 978-3-86425-784-1 (Juli 2015)

WWW.CROSS-CULT.DE

TEIL 1

AUF DIE KNIE

»Gott, ich hasse Religion. All dieses Gerede über eine wunderschöne, scheinbar zum Greifen nahe Zukunft, die man erlangen kann, wenn man sich nur lange genug auf die Knie wirft. Dieses Heilsversprechen ist wie ein unendlich langer, unendlich geiler Trailer für einen Film, der nie herauskommen wird.«

– Nerdprediger Dan, *ASCII – Zeichen für die Ewigkeit*

1

»Wie lange hältst du das wohl noch durch? Einen Tag, zwei? Eine Stunde, zwei? Eine Minute?«

Arnest schwitzte. Seine Hände schmerzten, Blut verklebte seine Finger. Er hatte die Nägel tief in die Haut seiner Handflächen gegraben. Schweiß stach in den offenen Wunden. Arnest konzentrierte sich darauf und hoffte, dass das Pochen des Schmerzes das weiße Rauschen seiner Gedanken übertönen würde.

Und die gottverdammte Stimme.

»Das ist wirklich blöd gelaufen für dich«, sagte sie. »Dein eigener Bruder, einfach so abgeschlachtet von ein paar dumpfen Zombies. Dabei war er schlau, oder? Schlauer als du.«

Arnest starrte auf einen Punkt an der gegenüberliegenden Wand, aber so sehr er es auch versuchte, er konnte die Gestalt, die stets am Rande seines Gesichtsfeldes blieb, nicht ignorieren. Sie hing in einer Ecke der Kabine an der Decke, mit dem Rücken nach unten wie eine Spinne oder ein Dämon aus einem von Kiplings billigen Horrorfilmen. Arme und Beine hatte sie ausgebreitet. Ihre Finger und ihre nackten Füße schienen am Metall zu haften.

Sie drehte den Kopf und sah Arnest an. Asiatische Gesichtszüge, dichtes weißes Haar, dunkle, uniformähnliche Kleidung. Arnest wusste, wer unter seiner Decke hing, ebenso wie er wusste, dass es sich bei ihm um eine Halluzination handelte.

»Diese Unterhaltung ist ein wenig einseitig«, sagte der Albaner und seufzte. Den Kopf hatte er um fast einhundertachtzig Grad gedreht. Arnest bemerkte die Hautfalten an seinem Hals. Sie sahen aus wie das Gewinde einer Schraube.

Arnest stellte nicht infrage, dass der Albaner an seiner Decke hing, er wunderte sich nicht einmal darüber. Er wünschte sich nur, er hätte nicht ihn in seinen Halluzinationen gesehen, sondern Lanzo.

Was zum Teufel soll ich denn jetzt machen?, hätte Arnest ihn gefragt. *Was fällt dir ein, so einfach zu verrecken?*

Aber Lanzo war nicht da, nicht einmal in seinem Kopf, also schwieg er.

Der Albaner musterte ihn. »Wieso bist du so? Du isst nicht, du trinkst nicht, du fluchst nicht einmal. Das ist keine Trauer, sondern etwas anderes.« Die Stimme des Albaners klang distanziert, aber interessiert, so wie die eines Erzählers in einer Naturdoku. »Furcht?«, fragte er und Arnest spürte einen Stich im Magen.

»Wovor fürchtest du dich, Arnest? Vor etwas, vor dem Lanzo dich beschützt hat?« Der Albaner hatte dunkle, fast schwarze Augen. Wenn Arnest hineinsah, glaubte er, ins All zu stürzen. Also sah er nicht hinein.

»Aber vor was hat Lanzo dich beschützt? Nicht vor den anderen hier an Bord. Auckland könnte es wahrscheinlich mit dir aufnehmen, aber sonst keiner. Du fürchtest dich nicht vor ihm, du fürchtest dich vor niemandem, richtig?«

Wieder dieser Blick. Arnest wich ihm aus.

»Außer vor dir selbst.« Der Albaner lächelte. Es wirkte triumphierend, so als hätte er eine bedeutende Entdeckung gemacht. »Faszinierend. Damit sollte sich doch etwas anfangen lassen.«

Arnest schwieg. Der Albaner war nicht wirklich da. Er war eine Idee, die in seinem Kopf stand. Das *Ding*, das in ihm lauerte, wollte ihn damit austricksen. Doch das würde nicht gelingen. Dafür würde Arnest sorgen. So lange er nicht in diese schwarzen Augen fiel, war alles in Ordnung. Alles.

»Du irrst dich«, sagte der Albaner. Sein Gesicht war so starr und glatt wie ein Foto. »Nichts ist in Ordnung. Dein Bruder ist tot und du bist ganz allein.«

Er lächelte so plötzlich, dass es aussah, als wäre ein Film einige Bilder nach vorne gesprungen. »Bis auf mich.«

2

Die Treffen waren zu einer Art Ritual geworden, das immer gleich ablief. Auckland bestellte den Rest der Besatzung in seine Kabine, sie nahmen ihre üblichen Plätze ein – Kipling auf dem Sofa, Rin in dem Sessel links daneben, Ama'Ru im Türrahmen – und sprachen über das, was gerade anstand.

Doch an diesem Tag war es anders. Da war der freie Platz auf dem Sofa neben Kipling, dort, wo sonst Lanzo gesessen hatte und der leere Stuhl, der normalerweise unter Arnests Gewicht knarrte.

Rin setzte sich in ihren Sessel. »Kommt er nicht?«, fragte sie.

Kipling hob die Schultern. Er trug seine V-Specs und Rin sah Lichter über seine Augen flackern. Er sah sich etwas an, während sie redeten.

»Ich nehme an, dass er die gleiche Nachricht wie wir erhalten hat«, sagte Ama'Ru. Ihre Gottesanbeterin zerkaute die Seiten eines Magazins. Stück für Stück verschwand das Gesicht eines Models, dessen Namen Rin längst vergessen hatte, zwischen ihren Mandibeln.

»Das hat er.« Auckland trat aus dem Schlafzimmer in den Wohnbereich und legte sein Pad auf den Schreibtisch. Es war ein altmodisches, schwarzes Gerät mit zerkratztem Rücken und zweidimensionaler Darstellung. Rin hatte sich schon oft gefragt, weshalb er es behielt und nicht gegen eines der zahlreichen neuen Pads austauschte, die sich in den Frachträumen stapelten. Gefragt hatte sie Auckland jedoch nie.

Sie sah, wie er kurz innehielt, als sein Blick auf den leeren Platz neben Kipling fiel, dann verschränkte er die Arme vor der Brust und lehnte sich an die Schreibtischkante. »Wir befinden uns im letzten Sprung vor unserem Ziel«, sagte er. »Wir sollten –«

»Moment.« Rin unterbrach ihn, bevor er fortfahren konnte. »Du willst über Bob Swansons Flotte reden?«

»Worüber sonst?«

Es klang nicht aufgesetzt. Auckland schien tatsächlich zu glauben, dass es kein dringenderes Thema an Bord der *Eliot* gab.

»Wie wäre es mit Arnest?«, fragte Rin. »Er sitzt seit Tagen in seiner Kabine und reagiert weder auf Nachrichten noch Klopfen. Er könnte dort sterben, ohne dass wir es bemerken.«

»Nein«, sagte Kipling, während er seine V-Specs zurechtrückte. »Ich habe einen Teil der Sensoren auf seine Kabine gerichtet und mit einem schiffsweiten Alarm verbunden. Wenn ihm etwas passiert, werden wir es hören, das garantiere ich.« Er machte eine kurze Pause. »Was aber nicht heißt, dass wir uns nicht um ihn kümmern sollten. Er hat seit Lanzos Tod nicht mehr auf seinen Pornordner zugegriffen. Das sind mehr als hundert Stunden. Arnest braucht unsere Hilfe.«

»Er braucht Zeit, das ist alles«, sagte Auckland.

Seine Gleichgültigkeit verärgerte Rin. »Ich glaube nicht, dass menschliche Wesen so funktionieren, wie du denkst«, sagte sie. Es war ein Tiefschlag, den sie im nächsten Moment bereits bereute. Aucklands Augenwinkel zuckten kurz, eine andere Reaktion zeigte er nicht. Sie wollte sich entschuldigen, aber da mischte sich Ama'Ru bereits ein.

»Vielleicht findet ihr in der Flotte jemanden, der sich mit solchen … Fehlfunktionen auskennt«, sagte sie. »Während meiner Zeit auf NG27 habe ich den Eindruck bekommen, dass Menschen es schätzen, sich ihre Gefühle von Fremden erklären zu lassen.«

Kipling lachte. »Eine gelungene Beobachtung, die im Fall

von Arnest leider nicht im Geringsten anwendbar ist. Aber mir gefällt die Idee, mit jemandem an Bord über das Problem zu reden.« Er sah Auckland an. »Und das bringt uns zurück zu dem, was du sagen wolltest.«

»Ja.« Auckland drehte das Pad geistesabwesend auf der Schreibtischplatte. »Wir müssen uns darauf einstellen, dass sie uns nicht mit offenen Armen willkommen heißen werden. Bob war wütend, weil wir ihm die Zombies im Frachtraum zwei verheimlicht haben und Trevor dürfte sich auch nicht gerade positiv über uns geäußert haben.«

Trevor, dachte Rin. Der Countrysänger, dessen Stück »See You In Nashville« als letztes im irdischen Radio zu hören gewesen war. Arnest hatte ihn verehrt, zumindest bis sich Trevor als manipulativ und intrigant herausgestellt hatte. Sie hatten ihn bei der Flotte zurückgelassen – gegen seinen Willen. Er würde nicht gut auf sie zu sprechen sein.

»Aber wir kommen ja nicht als Bittsteller«, sagte Kipling mit einer Geste, die das gesamte Schiff zu umfassen schien. »Wir haben praktisch ein ganzes Amazon-Warenlager an Bord.«

»Auf das sie ohne uns besser zugreifen könnten als mit uns.«

Rin runzelte die Stirn. »Du denkst, dass sie uns angreifen werden?»

»Ich denke«, sagte Auckland, »dass wir das nicht ausschließen können.«

Ama'Ru setzte sich in ihrem Sattel auf. Ihre verkümmerten Beine hingen wie gelähmt über den Schultern der Gottesanbeterin. »Wenn du dort mit Gefahren rechnest, warum fliegen wir dann nicht an einen anderen Ort?«

»An welchen?« Aucklands Frage kam schnell und scharf. Rin hatte selbst darüber nachgedacht, als er den Vorschlag gemacht hatte, aber ihre Möglichkeiten waren eingeschränkt. Die Jockeys bewachten die Sprungtore und Stationen. Alle Menschen, auf die sie stießen, wurden in Transportschiffe gepfercht und zu den sogenannten Habitaten geschickt. Was genau sie dort erwartete, wusste niemand, aber nach ihren Erfahrungen auf Scania war Rin sich sicher, dass es nichts Positives war. Kipling hatte sein Tarnprogramm zwar verbessert, doch mehr als kurze Begegnungen mit den Jockeys ließen sich damit nicht überstehen. Früher oder später würde man sie fassen oder die *Eliot* zerstören.

Bob Swansons Flotte war der einzige Ort, den sie kannten, an dem es ein Sprungtor, aber keine Jockey-Präsenz gab.

Wir leben in einem unendlich großen All, dachte sie, *und sind doch Gefangene.*

Ama'Ru schien zu einer ähnlichen Schlussfolgerung gekommen zu sein. »Entschuldige«, sagte sie. »Ich habe über meine Frage nicht nachgedacht.«

Auckland nickte. Er setzte zu einer Antwort an, wurde aber abgelenkt, als der Bildschirm seines Pads aufleuchtete. Rin sah das Pop-up, das sich dort geöffnet hatte. Bevor sie lesen konnte, was darauf stand, schaltete Auckland die Beleuchtung mit einem Knopfdruck aus und der Bildschirm wurde wieder schwarz.

»Wir …«, sagte er, zögerte dann jedoch. Anscheinend hatte er den Faden verloren.

»Wir haben Bob und seinen Leuten einiges zu bieten«, sprang Rin für ihn ein. Sie richtete ihren Blick auf Kipling. »Wir haben den wahrscheinlich besten noch lebenden Hacker des Universums an Bord.«

Kipling hob die Augenbrauen. »Mir gefällt deine Verwendung des Wortes ›noch‹ in diesem Zusammenhang nicht besonders, auch wenn ich ansonsten deiner Meinung bin.«

Rin erwiderte sein Lächeln. »Also gut, den besten lebenden Hacker des Universums.« Sie sah Ama'Ru an. »Und eine Genetikerin, die an der Entwicklung des Omega-Virus beteiligt war und deshalb gute Aussichten hat, einen funktionierenden Impfstoff zu finden.«

»Ich würde es vorziehen, wenn ersteres nicht zur Sprache käme«, sagte Ama'Ru.

»Ebenso möchte ich nicht, dass Tasha's Tool erwähnt wird.« Kipling bewegte die Fingerspitzen, während er redete. Das Licht von dem, was er auf den V-Specs sah, brach sich in seinen Augen. »Von HMA könnt ihr ihnen gerne erzählen.«

»HMA?«, fragte Auckland.

»Hide My Arse«, sagte Kipling. »Ich habe dem Tarnprogramm endlich einen Namen gegeben. Den anderen gefällt er.«

»Er spiegelt adäquat das erwünschte Ergebnis des Programms wider.«

Wie so oft wusste Rin nicht, ob Ama'Ru etwas ironisch oder ernst meinte.

Kipling neigte den Kopf. »Du kannst mich gern konsultieren, wenn du einen Namen für deinen Impfstoff brauchst.«

»Dann bieten wir ihnen also unser Können gegen den Schutz der Flotte an«, sagte Auckland. Er legte die linke Hand auf das Pad, so als wolle er verhindern, dass es ihm jemand wegnahm. Ein kleines blaues Licht wies auf eine ungelesene Nachricht hin.

»Und unsere Hilfe bei dem einen oder anderen Zombieproblem«, fügte Kipling hinzu. »Die Flotte besteht aus einer Menge Leuten, und Söldner wie du, Arnest und …« Er unterbrach sich, stieß den Atem aus und fuhr sich durch die Haare. »Scheiße, für einen Moment hatte ich es vergessen.«

Stille setzte ein. Die Geräusche des Schiffs, die Rin sonst nicht mehr wahrnahm, traten plötzlich deutlich in ihr Bewusstsein: das dumpfe Wummern des Bubble-Antriebs, das Säuseln der Klimaanlage, die langsamen, tiefen Atemzüge der Gottesanbeterin. Ihr Blick fiel auf Lanzos leeren Platz und sie schloss kurz die Augen.

»Ich werde noch einmal nach Arnest sehen«, sagte Rin, als

sich die Stille in die Länge zog. »Ich möchte ihn ungern allein an Bord lassen, während wir uns mit Swanson treffen.«

»Ich komme mit.« Kipling sprang auf, so als könne er es nicht erwarten, den Raum zu verlassen. Weder Auckland noch Ama'Ru schlossen sich ihnen an, aber das überraschte Rin nicht.

»Ich verstehe nicht, wie mir das passieren konnte«, sagte Kipling, als sie auf der Brücke in den Fahrstuhl traten. Er nahm die V-Specs ab und rieb sich die Augen. Rin sah, dass sie gerötet waren. »Wie kann man vergessen, dass jemand tot ist?«

Rin hob die Schultern. Sie war auch schon an Lanzos Kabine vorbei gegangen und hatte beinahe geklopft, um ihn zu fragen, ob er mit zum Frühstück gehen wolle. »Er war lange bei uns. Wir haben uns noch nicht daran gewöhnt, dass er es nicht mehr ist.«

Sie verließen den Fahrstuhl und gingen durch die Messe. Ein kniehoher Reinigungsroboter hielt an, um sie vorbeizulassen, dann wischte er mit seinen vier Bürsten weiter den Boden. Es roch nach Desinfektionsmitteln.

Sie setzten ihren Weg schweigend fort und blieben schließlich vor Arnests Kabine stehen. Kein Laut drang aus dem Inneren nach draußen. Kipling steckte seine V-Specs in die Brusttasche seiner dünnen Stoffjacke und klopfte an die Tür.

»Arnest?«

Stille.

»Arnest?«, rief nun auch Rin. »Ist alles in Ordnung bei dir?«

Keine Antwort. Kipling sah Rin an und zuckte mit den Schultern. »Und jetzt?«, fragte er.

Sie schlug mit der Faust gegen die Tür. »Arnest! Sag was, sonst schalten wir die Verriegelung aus und kommen rein.«

In der Kabine polterte etwas, dann hörte Rin zum ersten Mal seit Tagen Arnests Stimme. »Geht weg. Lasst mich in Ruhe.«

Er sprach langsam und gepresst, so als fiele ihm jedes Wort schwer. Doch die Drohung hatte immerhin Wirkung gezeigt.

»Brauchst du etwas?«, rief Rin. »Vielleicht was Warmes zu essen? Wir können dir Speck und Eier aus der Messe holen.«

»Oder Bier«, fügte Kipling ebenso laut hinzu. »Jede Menge Bier.«

»Nein.« Dieses Mal kam die Antwort schneller. Rin begann zu hoffen, dass sie die Unterhaltung vielleicht doch aufrechterhalten konnten. Sie machte eine entsprechende Geste. Kipling nickte.

»Ich vermisse unsere Online-Sessions«, rief er. »Mein Infiltrator kriegt allein doch nichts auf die Reihe. Der braucht einen Berserker, der ihm den Weg freischießt.«

»Geht weg.«

»Kein Problem«, fuhr Kipling fort. »Ich geh gleich online, okay? Dann kannst du dazukommen, wenn du Bock hast. Ich hab eine Map mit Zombienutten gefunden. Die –«

»Geht endlich.« Arnest klang auf einmal müde. »Hört auf zu reden. Alle wollen nur reden.«

Rin sah, wie Kipling den Mund öffnete und ergriff seinen Arm. »Lassen wir ihn in Ruhe. Wir sind weiter gekommen als in den letzten Tagen.«

»Okay.« Kipling schien die Strategie nicht zu überzeugen, aber er redete nicht weiter auf Arnest ein, sondern schloss sich ihr an. Gemeinsam drehten sie sich um und gingen zurück durch den Gang.

»Weißt du, was mich echt fertigmacht?«, sagte Kipling, als sie in die Messe einbogen. »Dass Arnest klingt wie jemand, der versucht, Arnest nachzuahmen, aber ihn nicht gut genug kennt. Verstehst du, was ich meine?«

Rin sah ihn fragend an, obwohl sie ahnte, worauf er hinauswollte. Kipling suchte einen Moment nach den richtigen Worten, dann sagte er: »Er flucht nicht. Der Arnest, den wir kennen, hätte nicht so ein Weicheierzeug wie ›Geht weg‹ und ›Lasst mich in Ruhe‹ gesagt, sondern ›Verpisst euch, ihr Arschlöcher, sonst komm ich raus und scheiß euch in den Hals‹. *Das* ist Arnest, nicht diese dünne Stimme hinter der Tür.«

Er hat recht, dachte Rin. Doch auf sie wirkte Arnest nicht wie eine schlechte Kopie seiner selbst, sondern … sie schreckte vor dem Wort zurück … *tot*. So tot wie sein Bruder.

Sie blieb stehen. Ein mulmiges Gefühl drückte auf ihren Magen. »Sollen wir reingehen?«, fragte sie.

Kipling schüttelte den Kopf. »Nein. Ich habe in meiner Zeit auf der Erde nicht viel gelernt, was mir das Überleben hier draußen erleichtert, aber eines schon: Wenn jemand hinter einer verschlossenen Tür sitzt und dir sagt, du sollst sie nicht aufmachen, dann mach sie nicht auf.«

»Weil …?«, hakte Rin nach.

Kipling lächelte ohne jeden Humor. »Weil man sonst Dinge sieht, auf die keiner Bock hat.«

3

EIN JAHR ZUVOR

Kipling war ein Erzähler, so nahm er sich selbst wahr und so beschrieb er sich vor anderen, die seine Leidenschaft teilten. Spezialisiert hatte er sich auf Märchen. Er erzählte sie leicht zu beeindruckenden, simplen Gehirnen, so wie dem Bordcomputer der selbstfahrenden Limousine, die lautlos über die Landstraße rollte.

Die Limousine hielt sich für seinen Besitz. Sie sagte »Ja, Sir«, »Natürlich, Sir« und »Gerne, Sir«, wenn er sie um etwas bat, und sie stellte nichts von dem, was er befahl, infrage. In dem Märchen, das er ihr mit Einsen und Nullen erzählt hatte, war er der König und sie diente ihm. So war es schon immer gewesen und so würde es immer sein.

Sie tat Kipling fast ein bisschen leid.

Er sah aus dem Fenster. Weizenfelder und Weiden zogen an ihm vorbei, doch vor seinem geistigen Auge wiederholte sich die Szene, die er auf der Autobahn erlebt hatte, immer wieder. Der Sportwagen, der in den außer Kontrolle geratenen Lkw gerast war, der zum Zombie gewordene Fahrer, dem Beine und Unterleib fehlten. Wie hatten die Umstehenden nur glauben können, er wäre noch am Leben? Niemand hätte solche Verletzungen überleben können. Und doch war sie zu ihm gelaufen, die Medizinstudentin, die als Nächstes starb. Selbst als der Zombie ihr an der Kehle hing, hatte keiner die Wahrheit erkannt.

Nicht nur Computer leben in einem Märchen, dachte Kipling. *Wir begreifen die Realität ebenso wenig wie sie.*

Er schloss sich selbst mit ein. Vorräte für ein Jahr hatten sich in dem Anhänger seines neu gekauften Landrovers befunden, doch er hatte fast alles zurücklassen müssen. Geblieben waren ihm zwei Laptops und alles, was er im Kofferraum der Limousine hatte unterbringen können. Proviant war wahrscheinlich nicht dabei. Trotzdem erzählte er sich selbst das Märchen, dass er es auch so schaffen würde, dass er den Zombievirus in seinem kleinen Cottage am See aussitzen würde.

Der Anblick einer Frau riss Kipling aus seinen Gedanken. Sie stand auf einem Feld mit irgendwelchem Gemüse, rund ein Dutzend Meter von der Straße entfernt, und drehte ihm den Rücken zu. Den Kopf hielt sie gesenkt, der Wind wirbelte ihr langes, blondes Haar auf. Die Schultern hatte sie nach vorn gebeugt, die Arme hingen herab. Es war eine merkwürdig unterwürfige Haltung, die auf Kipling fast schon religiös wirkte. Die Frau regte sich nicht, als die Limousine lautlos an ihr vorbeirollte.

Kipling drehte den Kopf und betrachtete sie durch die Rückscheibe, bis ein kleines Waldstück ihm die Sicht nahm. Dann setzte er seine V-Specs wieder auf und versuchte zum fünften Mal, ErikaDieWikingerin anzurufen. Sie nahm wieder nicht ab.

»Scheiße«, sagte Kipling.

»Die nächste öffentliche Toilette befindet sich sieben Meilen von hier in der Ortschaft Dalby«, sagte die Limousine. »Möchten Sie, dass ich diese Route einprogrammiere, Sir?«

Kipling lachte unwillkürlich. »Nein, danke.«

»Wie Sie wünschen, Sir.«

Der Verkehr nahm zu, als sie sich dem Dorf näherten. Zwei Militärhubschrauber flogen über die Straße hinweg, ein dritter kreiste einige Minuten über etwas, das Kipling nicht erkennen konnte, dann wandte er sich nach Norden und verschwand zwischen den tief hängenden, grauen Wolken.

Kipling aktivierte seinen Twitterfeed. Der Hashtag #ZombiesAreReal stand weltweit immer noch auf Platz eins und das Video des Unfalls, das er auf YouTube geladen hatte, war bereits über zwei Millionen mal aufgerufen worden. Er scrollte kurz durch die Kommentare. Zwischen den üblichen Trollen, die in Großbuchstaben »FAKE« und »FAGGOT!!1« schrien, stieß er auf zahlreiche Links, die ihn zu anderen, ähnlichen Videos führten. Sie stammten größtenteils aus den USA, aber er sah auch welche aus Großbritannien, Australien, Deutschland, aus afrikanischen und asiatischen Ländern, sogar eines, das angeblich in Grönland aufgenommen worden war.

Das betrifft die ganze Welt, dachte er, während er erneut auf Erikas Icon klickte. Dieses Mal legte er nicht wieder auf, als sie sich nach dem zehnten Klingeln immer noch nicht gemeldet hatte, sondern schob das Programm nur in den Hintergrund.

Er hoffte, dass Erika es trotz ihres Rollstuhls geschafft hatte, ihr Apartment und die Stadt zu verlassen. Vielleicht hatte sie Freunde irgendwo auf dem Land, zu denen sie bereits unterwegs war. Er hoffte das, aber er befürchtete, dass sie seinen Anruf nicht annahm, weil sie nicht glaubte, dass er noch etwas für sie tun konnte.

Kipling sah auf, als die Limousine die Warnblinkanlage einschaltete und zum Stehen kam. Am Rande der Felder entdeckte er die ersten Häuser der Ortschaft. Die schmale Straße führte zwischen ihnen hindurch. Überall leuchteten Bremslichter, Fahrzeuge blockierten beide Spuren. Sie alle, Pkws, Lkws, Lieferwagen und sogar einige Traktoren mit leeren Anhängern, schienen auf dem Weg nach Dalby zu sein. Doch sie kamen nicht mehr weiter.

Es geht los, dachte Kipling. Der Vorhang, der das Märchen von der Realität trennte, hatte erste Löcher bekommen, durch die die Menschen einen Blick auf das warfen, was sie erwartete. Kipling sah auf die Uhr. Drei Stunden waren seit dem Unfall auf der Autobahn vergangen, er würde mindestens noch zwei bis zum Cottage brauchen. Er hatte die Autobahn verlassen, weil er dort mit einem solchen Chaos gerechnet hatte; dass es bereits auf die kleineren Straßen übergreifen würde, war ihm nicht klar gewesen.

Hinter ihm waren weitere Fahrzeuge aufgetaucht. Die Limousine schaltete die Warnblinkanlage ab. »Laut dem lokalen Verkehrsdienst konzentriert sich der Stau auf einen Supermarkt und eine Tankstelle am anderen Ende des Dorfs, Sir. Möchten Sie einen nicht definierbaren Zeitraum warten oder mir eine andere Anweisung geben?«

Kipling dachte einen Moment über die Frage nach. Durch die schallgeschützten Scheiben drang dumpfes Hupen. Vor ihm stiegen die ersten aus und hoben frustriert die Arme. Auf der Straße ging nichts mehr.

»Suche Umgehungsroute«, sagte Kipling. »Privatstraßen und unbefestigte Wege miteinbeziehen.«

»Sir, ich muss Sie darauf aufmerksam machen, dass Sie sich damit strafbar machen könn–«

»Ignorieren und fortfahren.«

»Ja, Sir.« Die Limousine zögerte nicht mal eine Sekunde. »Route gefunden und eingeloggt.«

»Fahr los.«

Die Limousine wendete langsam. Der Wagen hinter Kipling setzte ebenfalls zurück, der Fahrer musste die gleiche Idee gehabt haben. Wenden, bevor die Gegenfahrbahn auch an dieser Stelle blockiert wurde und man endgültig festsaß. Als die Limousine den Wagen passierte, sah Kipling, dass eine junge Frau darin saß. Sie bemerkte seinen Blick und schüttelte mit resignierendem Lächeln den Kopf, so als wolle sie sagen: *Ich weiß auch nicht, was hier los ist.* Er stutzte, als er die weinrote Bluse sah, die sie trug.

»Halt an«, sagte er.

Die Limousine stoppte abrupt. Kipling ließ das Fenster herunter und tauchte in eine Welt des Lärms ein. Ununterbrochenes Hupen, laute Rufe und über ihm das Knattern von

Hubschraubern. Es stank nach Benzin. So weit draußen auf dem Land hatten sich andere Treibstoffarten immer noch nicht durchgesetzt.

Die Frau zögerte, ließ dann aber ihre Seitenscheibe ebenfalls herunter. »Was wollen Sie?«, fragte sie eher verunsichert als ablehnend. Sie sprach mit einem leichten Yorkshire-Dialekt, hatte dunkelblondes Haar und grüne Augen.

»Arbeiten Sie bei Sainsbury's?«

Sie blinzelte. »Ja«, sagte sie dann langsam, wahrscheinlich, weil ihre Bluse das bereits verraten hatte. »Ich bin auf dem Weg zur Arbeit. Meine Schicht fängt in einer halben Stunde an. Aber so ...«

Sie nahm frustriert die Hände vom Lenkrad.

Ja, ja, ja!, dachte Kipling. *Das wird wie* Dawn of the Dead, *nur ohne die Idioten. Und hoffentlich mit einem anderen Ende.*

Er räusperte sich. »Mein Name ist Kipling Jonnessey«, sagte er über den Lärm des Staus hinweg, »und das, was ich gleich erklären werde, hört sich ver–«

Er sah an ihrem Blick, dass sie in den Zeugen-Jehovas-Modus ging, diese instinktive Abwehrhaltung, die man einnahm, um eine aufgezwungene, unerwünschte Unterhaltung möglichst schnell zu beenden.

Kipling änderte seine Taktik rasch. »Und das hier habe ich vor drei Stunden gesehen.« Er griff neben sich, weckte seinen Laptop und rief das Unfallvideo auf. Dann drehte er den Bildschirm, sodass sie ihn betrachten konnte.

»Das kenne ich«, sagte sie nach wenigen Sekunden. »Geht schon seit Stunden durchs Netz.« Die Härte verschwand aus ihrem Blick. »Du hast das hochgeladen?«

»Ja.« Der Wechsel zum vertrauten »du« steigerte seinen Optimismus. Das Video schuf eine Verbindung zwischen ihnen, machte aus Fremden Leute, die eine gemeinsame Erfahrung teilten.

»Ich dachte, das wäre ein Fake so wie dieser Werwolfangriff auf dem Mars vor ein paar Jahren.«

»Das war geil, aber das ist kein Fake, auch wenn ich wünschte, es wäre so.« Kipling wollte weiterreden, doch etwas lenkte ihn ab. Er benötigte einen Moment, bevor er erkannte, was es war. Die Staugeräusche wurden leiser. Das Hupen und Brüllen ließ nach, bis er schließlich nur noch das Brummen einiger Benzinmotoren zwischen den lautlosen Elektroautos hörte. Als er den Kopf drehte, sah er, wie einige Autofahrer, die ausgestiegen waren, nun hastig in ihre Wagen sprangen und die Türen zuschlugen. Einer kletterte auf das Dach seines Lieferwagens und legte sich flach hin.

»Was ist denn jetzt los?«, fragte die Frau.

Nichts Gutes, dachte Kipling. Und dann sah er ihn. Es war ein einzelner Zombie, ein älterer Mann, der den schwarzen Anzug und weißen Kragen eines Priesters trug. Sein linkes Ohr und ein Teil der Wange fehlten. Getrocknetes Blut bedeckte sein Kinn wie Bartstoppeln. Langsam und zögernd, so als müsse er sich bei jedem Schritt daran erinnern, wie man lief, schlurfte er zwischen den Autos hindurch. Seine milchigweißen Augen blickten ins Nichts.

Die Menschen in den Autos starrten ihn an. Dalby war ein Dorf und Kipling nahm an, dass die meisten den Mann kannten, aber niemand stieg aus, um ihm zu helfen. Die Warnungen schienen sich herumgesprochen zu haben. Die Menschen lebten nun in einer anderen Welt als noch am Tag zuvor, einer Welt, in der man im Auto sitzen blieb, wenn ein blutüberströmter Nachbar draußen vorbeiging.

Einer Welt, in der man Fotos machte. In einigen Fahrzeugen blitzten Smartphones, Smartwatches, V-Specs und andere Geräte auf. Der Zombie reagierte mit einem steifen Kopfschütteln, das ihn stolpern ließ. Er verlor das Gleichgewicht und prallte gegen die Fahrertür eines alten Geländewagens.

Der Fahrer schrie erschrocken auf.

Der Zombie fuhr schneller herum, als Kipling es ihm zugetraut hatte. Er krümmte die Hände zusammen und kratzte mit den Fingernägeln über die Scheibe. Die Blitzlichter wurden zahlreicher. Der Fahrer rutschte auf den anderen Sitz, blieb aber im Wagen sitzen.

»Da ist noch einer«, sagte die Frau.

Kipling sah den zweiten Zombie erst, als er den Kopf weiter aus dem Fenster streckte. Es war ebenfalls ein Mann. Sein Kopf war an einer Seite eingedrückt wie ein Fußball, der Luft verloren hatte. Blut war ihm aus der Nase über das Gesicht und den grünbraunen Overall gelaufen. Zwischen dem Blut auf seiner Brust konnte Kipling die Aufschrift *Green Thumbs Landscaping & Gardening* erkennen.

Der erste Zombie schlug mittlerweile gegen die Windschutzscheibe des Geländewagens und versuchte, hineinzubeißen. Der Gärtner schlurfte auf ihn zu, wurde wohl vom Lärm angezogen. Der Mann im Inneren des Fahrzeugs rührte sich nicht. Er schien die Situation aussitzen zu wollen und hoffte wohl darauf, dass der Zombie irgendwann erkennen würde, dass er seine Beute nicht erreichen konnte. Aber Zombies lernten nicht. Und sie gaben niemals auf.

In anderen Autos regten sich die Menschen nun. Einige, die weit von den beiden Zombies entfernt waren, stiegen aus und liefen über die Felder davon. Immer mehr schlossen sich ihnen an. Der Gärtnerzombie bemerkte die plötzlichen Bewegungen und wandte sich ihnen zu.

Kipling fuhr sich mit der Zunge über die Lippen. »Wie heißt du?«, fragte er die Frau.

Sie nahm den Blick nicht von den Zombies. »Beth.«

»Okay, Beth, hör mir zu. Kommst du in den Supermarkt?«

Sie nickte fahrig. »Ja … ja, ich habe den Schlüssel zum Personaleingang. Das ist kein Problem.«

In Anbetracht Hunderter Menschen, die versuchten, sich in den Supermarkt zu drängen, hielt Kipling das für sehr optimistisch, aber das sagte er nicht. Schließlich war das die einzige Chance, die er im Moment sah.

»Beth, wir müssen dorthin.« Von irgendwo hallte ein Schuss über die Felder. Kipling zuckte zusammen. »Gibt es einen Weg an diesem Stau vorbei?«

»Das wäre aber ein Riesenumweg. Dann komme ich garantiert nicht mehr pünktlich.«

Kipling sah sie an. »Ich glaube nicht, dass das noch eine Rolle spielt.«

Sie schluckte. Die Realität, in der sie sich auf einmal befand, schien ihr erst langsam klar zu werden. Der Gärtnerzombie schlurfte einige Dutzend Meter entfernt auf einen alten Mann zu, der am Straßenrand gestürzt war. Der tote Priester schlug immer noch auf die Windschutzscheibe des Geländewagens ein. Es krachte, als ein Auto am Dorfeingang zurücksetzte und gegen den Lieferwagen prallte, der hinter ihm stand. Dessen Fahrer sprang heraus.

Beth fuhr sich mit beiden Händen durch die Haare, dann legte sie sie wieder auf das Lenkrad. »Fahr mir nach. Mit dem Navi findest du den Weg nie.«

Kipling ließ die Limousine zurücksetzen, damit ihr kleines, indisches Elektroauto wenden konnte. Dann sagte er: »Limousine, folge dem Wagen vor uns.«

»Sir, ich bin gesetzlich verpflichtet, Sie darauf hinzuweisen, dass Stalking sowie –«

»Abbrechen«, sagte Kipling. »Hinweise auf mögliche Straftaten oder Ordnungswidrigkeiten ab sofort ausblenden.«

»Soll diese Einstellung nach Neustart erhalten bleiben, Sir?«

»Ja.«

Ohne ein weiteres Wort setzte sich die Limousine in Bewegung. Im Rückspiegel sah Kipling, dass nun auch einige andere Fahrzeuge wendeten. Er hoffte, dass die Fahrer nicht den gleichen Weg nahmen wie er und Beth. Deren rotes Auto beschleunigte und schoss am Stau vorbei.

»Nicht so schnell, Beth«, sagte Kipling nervös. »Ich brauche dich noch.«

Er atmete auf, als sie das Stauende ohne Zwischenfall erreichten. Einige Meilen fuhren sie lautlos hintereinander her. Kipling nutzte die Zeit, um Erikas Avatar anzuklicken, aber sie war seit ihrem letzten Gespräch nicht mehr online gewesen, zumindest nicht unter dieser Identität. Das Telefon in ihrem Computer klingelte immer noch.

Beth blinkte und bog nach links in einen Feldweg ein. Die Frau mit den langen Haaren stand wie zuvor reglos da. Sie beachtete die beiden Fahrzeuge nicht.

Der Weg war holprig und voller Pfützen. Nach ein paar Minuten schaltete die Limousine die Scheibenwischer ein und beseitigte das Wasser, das von Beth' Wagen auf ihre Windschutzscheibe spritzte. Der Feldweg führte zu einer Farm, die Kipling in einiger Entfernung auf einem Hügel sah. Kurz vor einem geschlossenen Gatter, das mit dem Schild *Privatbesitz – Betreten verboten!* versehen war, bog Beth erneut nach links ab. Kipling verfolgte ihren Weg auf der Landkarte, die die Limousine auf die Windschutzscheibe projizierte. Der Weg verlief fast parallel zur Straße.

»Blende die Nachrichten ein«, sagte er. »Quelle: BBC.«

Ein Fenster öffnete sich neben der Karte. *BREAKING NEWS* verkündete eine weiße Blockschrift, die wie Helvetica aussah, auf rotem Grund. Darüber flackerten Bilder, hauptsächlich verwackelte Amateuraufnahmen in niedriger Auflösung. Jemand hatte aus der offenen Eingangstür seines Apartments eine Frau gefilmt, die im Gang auf einem Mann hockte und ihm die Kehle mit den Zähnen herausriss. Eine andere Aufnahme zeigte zwei Jugendliche in irgendeinem Slum. Sie schlugen mit

Baseballschlägern auf einen Zombie ein, während ein dritter filmte. Dazwischen sah Kipling seine eigenen Bilder und immer wieder den hastig eingeblendeten Hinweis, die BBC habe keine Möglichkeit, die Echtheit der gesendeten Filme zu überprüfen. Die Premierministerin wolle sich nach einer Sondersitzung des Parlaments an die Öffentlichkeit wenden, hieß es, zeitgleich erwarte man auch Stellungnahmen anderer Staatsoberhäupter.

Die Bilder rückten in den Hintergrund, nun wurde ein Nachrichtenstudio eingeblendet. Zwei Frauen, eine davon die Moderatorin der Polit-Talkshow *Fact Time*, und drei Männer saßen an einem Tisch. Sie schienen nicht zu bemerken, dass sie auf Sendung waren, denn einer von ihnen, ein bärtiger Mann, der Kipling vage vertraut vorkam, schrie gerade: »Sie stehen auf und töten. Und die, die sie getötet haben, stehen auf und töten!«

»Recht hast du«, sagte Kipling, während eine der Frauen – laut Einblendung Drogenbeauftragte der EU – widersprach und um eine »vernünftige Diskussionskultur« bat. Nur Sekunden später verschwand das Studio und wurde durch eine Tafel ersetzt, die Zuschauer darauf hinwies, dass die nun folgenden Bilder verstörend und nicht für sensible Personen geeignet seien.

Und dann sah Kipling, wie News Anchor Algernon Reynolds vor laufender Kamera einen Zombie erschoss.

Ihm stockte der Atem. Sein Twitterfeed, den er auf der linken Seite seiner V-Specs mitlaufen ließ, scrollte mit unlesbar hoher Geschwindigkeit an seinem Auge vorbei. Das Internet explodierte. Die BBC zeigte die Aufnahmen ein halbes Dutzend Mal und dann auch noch in Zeitlupe. Kugeln schlugen in Brust und Bauch eines ärmlich gekleideten Mannes mit milchigweißen Augen ein. Er ging zu Boden, stand auf, ging zu Boden, stand auf. Reynolds kommentierte seine Schüsse mit ruhiger, fast schon gelassener Stimme. Schließlich trat er an den Zombie heran, der fauchend die Arme ausstreckte, und schoss ihm in den Kopf.

Die BBC schnitt zurück zum Studio. Die fünf Kommentatoren saßen stumm an ihrem Tisch. Im Hintergrund hörte man laute Rufe. Kipling schob die Hände unter seine V-Specs und rieb sich die Augen. Handybilder und Augenzeugenberichte konnte man wegdiskutieren, aber nicht die Aufnahmen eines weltweit bekannten Pulitzerpreisträgers. All die, die sich bis jetzt noch an ihr Märchen geklammert hatten, waren nun in die Realität gerissen worden. *Damit ist der Zombie wohl aus dem Sack*, dachte er.

Vor den Fenstern lichtete sich der Wald, durch den sie seit einigen Minuten fuhren. Die Häuser des Dorfes tauchten hinter Weiden auf. Autos verstopften Straßen und Gassen. Als Kipling das Fenster herunterließ, hörte er Hupen und Sirenen. Der Stau mündete von beiden Seiten des Dorfes in einem großen, von Zäunen umgebenen Parkplatz. Dort herrschte Chaos. Blaulichter blitzten, Fahrzeuge bedeckten jeden freien Meter des Betons. Kipling war zu weit entfernt, um Menschen erkennen zu können, aber er stellte sich vor, wie Einkaufswagen gewaltige Schlangen bildeten und diejenigen, die keinen mehr bekommen hatten, versuchten, sich mit Kartons voller Waren an ihnen vorbeizudrängen. Sein Blick glitt hinauf zu dem leuchtenden Schild über dem Supermarkt.

TESCO

»Tesco?« Kipling setzte sich auf. Er war sich sicher, dass Beth eine Sainsbury's-Bluse trug.

»Möchten Sie dort einkaufen, Sir?«, fragte die Limousine. »Ich kann Ihnen eine Liste der aktuellen Angebote zur Verfügung stellen. Kunden von *Global Nomads Incorporated* erhalten bei einem Einkauf ab fünfzig –«

»Abbrechen«, sagte Kipling. Das rote Elektroauto rollte weiter über den Weg. Sie ließen den Parkplatz hinter sich und bald darauf das Dorf. »Wo will sie denn hin? … Die Frage ging nicht an dich, Limousine«, fügte er rasch hinzu, bevor der Bordcomputer antworten konnte.

»Verstanden, Sir.«

Der Weg knickte nach rechts ab und führte den Hügel hinauf. Er war so schmal, dass die Zweige der Hecken, die ihn säumten, immer wieder über den Lack der Limousine kratzten. Der Computer wies Kipling freundlich auf eventuelle Zusatzkosten hin und empfahl ihm einen besseren Versicherungsschutz.

Von der Hügelkuppe, die sie bald darauf erreichten, konnte Kipling das dahinterliegende Tal überblicken. Es unterschied sich kaum von dem, das sie verlassen hatten: Felder, Wiesen, auf denen Kühe grasten und in der Mitte ein Dorf, das schmale Straßen wie Adern durchzogen. Der Weg führte dorthin.

Es wurde bereits dunkel, als die Limousine endlich wieder über eine asphaltierte Straße rollte. Im dem Dorf war es ruhig. Kipling sah mehrere Fahrzeuge, aber keine Fußgänger. Hinter einigen Fenstern brannte Licht.

»Wo sind wir, Limousine?«

»In Parnelsham, Sir.«

»Parnelsham. Gibt es hier irgendwas Interessantes?«

»Nein, Sir«, sagte der Computer mit erfrischender Ehrlichkeit. »Möchten Sie zu einem anderen Ort fahren?«

»Im Moment nicht. Danke.«

Beth fuhr durch schmale Gassen auf die Hauptstraße zu, deren Straßenlampen gerade flackernd aufleuchteten. Kurz bevor sie die Straße erreichte, blinkte sie und bog rechts ab. Die Limousine folgte ihr auf einen unerwartet großen Parkplatz. Ein Schild wies ihn als *Sainsbury's-Kundenparkplatz* aus. Davor stand ein altes Backsteingebäude, das mit einer Laderampe versehen war. Ein schweres Metalltor verschloss sie. Der Parkplatz war leer bis auf Beth' Auto und die Limousine. Beide Fahrzeuge stoppten nebeneinander und Kipling stieg aus.

»Warum ist hier niemand?«, fragte er, als Beth ihr Auto ebenfalls verließ.

»Wir öffnen erst in zwei Tagen.« Beth nahm eine Umhängetasche vom Rücksitz und kramte darin. Kipling hörte Schlüssel klimpern.

»Der Laden ist noch geschlossen?«

Sie nickte, während sie mit ihm zur Laderampe ging. An der Seite führte eine Treppe nach oben zu einer kleinen Stahltür. »Wir bereiten alles für die Eröffnung vor. Ein Teil der Regale muss eingeräumt werden und es gibt Probleme mit einem Kühlraum, in dem die vorgeschriebene Temperatur nicht erreicht wird. Aber darum wird sich morgen die Frühschicht kümmern.« Sie hielt inne, bevor sie die Stahltür aufschloss. »Vielleicht.«

Kipling folgte Beth ins Innere des Gebäudes. Sie gingen durch einen langen, hell erleuchteten Korridor, vorbei an offen stehenden Türen, die zu Lagern, einem Personalraum und Toiletten führten. Nur die Türen der beiden Kühlräume waren geschlossen.

Eine weitere Tür, dann standen sie im Verkaufsraum. Der Supermarkt war nicht groß. Kipling schätzte, dass seine Fläche nicht einmal ein Viertel des Tescos in Dalby erreichte, aber sein Herz klopfte trotzdem schneller. Die Regale waren prall gefüllt mit Dosen und Verpackungen, deren Inhalt Jahre haltbar war. Hinter den leeren Kassen sah er die Glastür und das große Frontfenster des Eingangs. Beide waren mit schweren Rollgittern gesichert. Die Straße davor war leer und dunkel.

»Jackpot«, sagte er leise.

»Hallo?«, rief Beth so laut in den Verkaufsraum hinein, dass Kipling zusammenzuckte.

Niemand antwortete ihr, doch über das Säuseln der Klimaanlage hörte Kipling Stimmen. Beth blieb stehen. »Asha? Chinwe? Joan? Mom? Wo seid ihr denn?«

»Mom?«, fragte Kipling.

Beth nickte. »Meine Mutter leitet die Vorbereitungen für die

Eröffnung. Sie hat mir und meiner Schwester Joan die Jobs hier beschafft. Ich wollte eigentlich studieren, aber du weißt ja, wie es ist.«

»Ja«, sagte Kipling. Der Wirtschaftsboom, der nach dem Erstkontakt mit den Jockeys und deren Technologie eingesetzt hatte, ging an der Bevölkerung vorbei. Die großen Konzerne waren noch größer geworden, viel mehr hatte sich nicht geändert. »Was wolltest du studieren?«

»Astrophysik.« Beth ging vor ihm durch den Gang. Die Stimmen wurden lauter, waren aber noch nicht zu verstehen.

Kipling hob die Augenbrauen. »Anspruchsvoll. Ich hätte eher auf –«

Beth blieb so abrupt stehen, dass er beinahe gegen sie geprallt wäre. Sie schrie nicht, sie zog die Luft nicht ein, hielt nicht einmal den Atem an. Sie stand nur so starr da, dass Kipling einen Moment lang an die Frau auf dem Feld denken musste. Er schloss zu ihr auf und drehte den Kopf, um ihrem Blick zu folgen.

Sie hatten das Ende des Gangs erreicht. Vor ihnen erstreckte sich eine Wand mit Haushaltswaren, links von ihnen befand sich die Fleischtheke. Die Dekorationen waren zum Teil bereits angebracht. Blau-rot-weiße Banner warben mit *100 % British Beef*, lachende Cartoonschweine hielten Pads in der Hand, auf denen wohl die Tagesangebote stehen würden. Hinter Glasscheiben blitzte die stählerne Theke im Licht der Deckenlampen. Blut floss durch eine kleine Vertiefung zwischen Theke und Auslagebereich. In die Stimmen, die Kipling nun als künstlich identifizierte, mischten sich reißende und schmatzende Geräusche. Mit dem Blick folgte er dem Blutrinnsal zurück zu seinem Ursprung.

Es war ein dunkelhäutiger Mann. Er lag zuckend auf der Theke, die Finger in den Stoff seiner Hosenbeine gekrallt. Eine nicht ganz so dunkelhäutige Frau beugte sich über ihn. Ihr langes schwarzes Haar verbarg, was sie tat, aber die Geräusche verrieten es Kipling trotzdem. Galle stieg heiß in seine Kehle. Er schluckte sie herunter und zog Beth zurück in den Gang.

»Sind das Asha und Chinwe?«, flüsterte er.

Sie reagierte nicht. Der Arm, den er festhielt, zitterte.

»Sind das Asha und Chinwe?«, wiederholte er schärfer.

Beth blinzelte und nickte. Dann riss sie sich plötzlich von ihm los. »Mom?«

»Willkommen bei Sainsbury's«, sagte eine der künstlichen Stimmen direkt über Kipling. Erschrocken sah er auf, entdeckte aber nur einen winzigen Lautsprecher an der Decke. Anscheinend wurde das Audiosystem mit einem Programm getestet. Er senkte den Kopf wieder und griff erneut nach Beth, aber seine Hand fand nur Luft. Beth lief bereits den Gang hinunter.

»Mom! Joan!«

»Scheiße.« Im ersten Moment wollte Kipling hinter ihr herlaufen, doch dann wandte er sich stattdessen wieder der Fleischtheke zu. Er durfte den Zombie nicht aus den Augen lassen.

Chinwe lag reglos auf der Theke, Asha stand dahinter, den blutverschmierten Kopf lauschend in den Nacken gelegt. Ihre milchigweißen Augen starrten ins Nichts.

»Die besten und frischsten Angebote, täglich neu bei Sainsbury's.«

Asha fuhr herum. Die künstliche Stimme schien sie zu verwirren. Zögernd schlurfte sie hinter der Theke hervor und betrat den Gang. Kipling wich zurück. Sein Blick fiel auf die Haushaltsgeräte an der gegenüberliegenden Wand. Keine Macheten, keine Pistolen, keine Armbrüste, nicht einmal ein vernünftiges Küchenmesser. Ein Fleischklopfer war das Einzige, was man auch nur annähernd als Waffe hätte bezeichnen können.

Kipling verzog das Gesicht, als er Beth erneut nach ihrer

Mutter und ihrer Schwester rufen hörte. Durch einen Spalt im Regal sah er, wie Asha sich umdrehte und in die Richtung ihrer Stimme schlurfte.

Scheiße. Er fuhr sich mit der Zunge über die Lippen und atmete tief durch. »Beth!«, rief er dann. Asha fuhr herum. »Kein Wort mehr! Asha sucht nach dir! Geräusche ziehen sie an.«

Keine Antwort. *Gut*, dachte Kipling, während er sich umdrehte und an Dosentomaten und Ketchupflaschen vorbei den Gang hinunterlief. Er umrundete das Regal und schlug einen Bogen zurück zur Fleischtheke. Wenn es irgendwo Messer gab, dann dort.

»Wenn Sie bei Sainsbury's einen angenehmen und kundenfreundlichen Einkauf erleben, dann stimmen Sie für uns ab. Hashtag SainsBest.«

Das Regal, das sich nun zwischen ihm und der Fleischtheke befand, war nicht einmal zur Hälfte eingeräumt. Kartons standen auf dem Boden. Kipling ging geduckt an ihnen vorbei und warf einen Blick zur Theke.

Chinwe war verschwunden.

»Kipling.«

Er drehte den Kopf. Beth stand einige Meter hinter ihm neben einem Regal mit chinesischen Snacks. Ihre Augen waren geweitet, das Gesicht blass. Er legte den Zeigefinger auf seine Lippen, streckte zwei Finger der linken Hand aus und hoffte, dass sie verstand, was er damit sagen wollte.

Sie nickte. Etwas raschelte. Im gleichen Moment schossen zwei Hände durch das Regal und packten ihre Schultern. Chipstüten fielen zu Boden. Beth verlor das Gleichgewicht und prallte gegen das Regal. Die dunklen Hände gruben sich in ihre Haare und rissen daran. Sie schrie.

»Beth!« Kipling griff nach irgendetwas im Regal – es war eine große Dose Hundefutter – und lief los. Er sah, wie Chinwes Kopf zwischen den Chipstüten hindurchstieß. Er fauchte und fletschte die Zähne. Beth strampelte in seinem Griff und schlug auf sein Handgelenk ein.

Ein zweites Fauchen, dieses Mal direkt neben Kipling. *Asha.* Er rammte ihr die Faust, in der er die Dose hielt, in den Magen. Finger glitten an seinem Arm ab, der Zombie wurde zurückgeworfen. Kipling stolperte über einen Karton, fing sich und rannte weiter auf Beth zu. Er schrie auf, als Chinwe ihren Kopf zur Seite bog und seine Zähne in ihre Wange schlug.

Sein Schrei vermischte sich mit Beth' und einer freundlichen, künstlichen Männerstimme. »Willkommen bei Sainsbury's.«

Kipling wurde langsamer. Aus den Augenwinkeln sah er, dass Asha wieder auf ihn zuschlurfte. Beth' Schreie stachen in seinen Ohren. Er ließ die Hundefutterdose fallen und fuhr sich mit beiden Händen durch die Haare.

»Es tut mir leid, Beth. Es tut mir so leid.«

Sie streckte einen Arm nach ihm aus. Chinwes Zähne fanden ihre Kehle. Kipling wich ihrem Blick aus, drehte sich um und rannte zur Fleischtheke. Dahinter sah er eine Schiebetür, die wohl zum Personalbereich führte. Er öffnete sie, stolperte in den Raum und zog die Tür hastig hinter sich zu. Den Schlüssel, der darin steckte, drehte er um. Sein Herz raste und ihm war so übel, dass seine Knie zitterten.

»Es tut mir so leid.« Er bemerkte, dass er den Satz immer noch murmelte und schloss den Mund.

Der Raum, in dem er stand, war voll mit Arbeitsflächen und Metallregalen. Sein Blick fiel auf eine Magnetschiene an der Wand. Lange Klingen blitzten im Licht. Er stürzte darauf zu und ergriff die längste. Das Messer lag schwer und unvertraut in seiner Hand.

Wen willst du eigentlich verarschen?, fragte eine Stimme in seinem Kopf. Sie klang höhnisch. *Du kannst doch damit nicht umgehen. Weißt du noch, was passiert ist, als du das letzte Mal Zwiebeln schälen wolltest?*

Unwillkürlich strich er mit dem Daumen über die Narbe an seinem Zeigefinger. Er versuchte sich vorzustellen, wie er Beth das Messer in die Stirn rammte, und scheiterte. *Ich kann das nicht*, dachte er. Frustriert und wütend trat er gegen ein Regal und hinterließ eine Delle im Metall. *Ich bin genau so ein Loser wie all die anderen, die in der ersten halben Stunde von jedem Zombiefilm draufgehen.*

»Hallo?«

Kipling zuckte zusammen, als er die dumpfe Frauenstimme hörte. Er drehte sich um und sah, dass eine zweite Tür aus dem Raum führte, in dem er stand. *Kühlkammer 2* stand darauf, zusammen mit einer Reihe rot gedruckter, kursiv gesetzter Warnungen. An der Wand neben der Tür war ein Touchpad angebracht. Ein Licht blinkte rot. Die Temperaturanzeige stand auf fünfzehn Grad. Kipling dachte an die defekte Kühlkammer, von der Beth gesprochen hatte und dann an Beth. Er schüttelte den Gedanken ab und blieb vor der Tür stehen.

»Hallo«, sagte er.

»Wer bist du?«, fragte die Stimme.

»Kipling. Und du?«

»Maureen.« Eine Pause. Dann: »Ist Beth bei dir?«

Kipling schluckte. »Nicht mehr.«

»Wo ist sie?«

»In Sicherheit.« Das war nicht einmal gelogen, dachte Kipling. Die Zombies griffen einander nicht an, nur die Lebenden. Wenn man zu ihnen gehörte, war man – in gewisser Weise – sicher.

»Gut.« Maureen hakte nicht nach, fragte nicht, wo genau Beth war oder weshalb sie den Supermarkt verlassen hatte. Vielleicht ahnte sie die Lüge und wollte sich ihre Illusion nicht nehmen lassen.

»Bist du ihre Mutter?«, fragte Kipling.

»Ja.«

»Wo ist deine andere Tochter?« Er hatte ein merkwürdiges Gefühl im Magen, als er die Frage stellte.

»Joan ist hier.«

Etwas stimmte nicht. Er hörte es am Klang ihrer Stimme und an Joans Schweigen. »Darf ich reinkommen?«

»Nein. Die Tür ist abgeschlossen und so wird es auch bleiben.«

»Okay.« Kipling setzte seine V-Specs auf und machte ein Foto des Touchpads neben der Tür. Der Name des Herstellers stand darunter, ebenso eine Seriennummer und ein Gerätename. Bei der Kühlkammer handelte es sich um den *Arctic Chill 3000*, hergestellt in Vietnam. Seine Bildersuche führte Kipling zu einer Seite, die die Bedienungsanleitung und ein FAQ enthielt. *Was tun, wenn der Arctic Chill 3000 nicht richtig kühlt?* schien die am meisten gestellte Frage zu sein.

Er atmete durch. Das Gewicht der V-Specs, der unablässig scrollende Twitterfeed und das Blinken der WLAN-Verbindung entspannten ihn. Sein Herzschlag beruhigte sich, sein Verstand wurde klar.

»Maureen«, sagte er, während er den Override-Code in das Touchpad eingab. »Ich komme jetzt rein.«

»Nein!«

Das Schloss entriegelte sich mit leisem Klicken. Das Licht am Touchpad sprang auf Grün um. Kipling legte eine Hand auf den Türgriff und hob mit der anderen das Messer. Er kam sich albern vor.

»Ich komme rein«, sagte er erneut und zog die Tür auf.

Die Kühlkammer war weiß gekachelt und hell. Metallregale standen an den Wänden, Haken hingen von der Decke. Kipling schlug schwerer, metallischer Blutgeruch entgegen.

Die beiden Frauen hockten in der Mitte der Kühlkammer in einer Pfütze aus Blut. Maureen hatte graubraune Haare, war rundlich und trug eine Sainsbury's-Bluse, ebenso wie ihre

Tochter Joan, die Kipling aus trüben Augen anstarrte. Sie hatte die Zähne in Maureens Unterarm geschlagen und kaute auf dem rohen Fleisch.

Schmerz grub tiefe Falten in Maureens Gesicht. Tränen rannen über ihre Wangen. »Sie ist mein kleines Mädchen«, sagte sie mit zitternder Stimme. »Und sie hat so einen schrecklichen Hunger.«

Kipling warf die Tür zu. Er schaffte es gerade noch, eines der großen Spülbecken zu erreichen, bevor er sich übergab. Minutenlang hing er über dem Metallrand und würgte. Als nichts mehr kam, stand er zitternd auf, ging zurück zum Touchpad und verriegelte die Tür. Dann rief er die Seite, auf der er den Override-Code eingegeben hatte, wieder auf und klickte auf das FAQ. Er fand, was er suchte, gab den Code ein und sah zu, wie die Temperatur in der Kühlkammer langsam sank.

Kein Defekt, dachte er. *Nur eine Software-Einstellung.*

Draußen schlug etwas gegen die Schiebetür. Kipling hörte rasselndes Stöhnen, dann einen weiteren schweren Schlag. Seine Knie gaben nach. Er rutschte an der Wand herab zu Boden und schloss die Augen.

Die Fahrstuhltür öffnete sich. Kipling betrat die Brücke. »Und so«, sagte er, »habe ich ihre Mutter kennengelernt.«

4

Zum wiederholten Male fragte sich Ama'Ru, ob sie es ihm sagen sollte. Rin und Kipling hatten die Kabine verlassen, aber sie war zurückgeblieben, um mit Auckland über die Dinge zu sprechen, die sie noch für ihr Labor benötigte. Doch während sie ihre Anforderungen aufzählte, legte sie sich die Sätze zurecht, die sie sagen wollte: *Ich habe den Virus, John. Er ist auf meine Spezies übergesprungen und nur die* Andere *verhindert, dass er mich beherrscht.*

»Das meiste sollte in den Frachträumen zu finden sein«, sagte Auckland, als sie fertig war, »und den Rest werden Swanson und seine Leute in ihren Werkstätten herstellen können. Da sehe ich keine Probleme.«

»Gut.« Sie zögerte. Die *Andere* schien ihre Unsicherheit zu spüren, denn sie kaute kräftiger auf den Zeitschriftenfetzen.

Auckland zog die Augenbrauen zusammen. »Ist noch was?«

Seit der Bildschirm seines Pads aufgeleuchtet hatte, wirkte er ungeduldig. Er hatte offensichtlich eine Nachricht bekommen, wollte sie aber in Gegenwart anderer nicht abrufen. *Er hat immer noch Geheimnisse*, dachte Ama'Ru. Sie bezweifelte allerdings, dass seines größer als ihres war.

»Ich …« Sie sah, wie sein Blick wieder zu seinem Pad glitt, und entschied, dass dies der falsche Zeitpunkt für Geständnisse war. »Die Menschen in der Flotte reagierten bei unserem letzten Besuch recht feindselig auf mich«, sagte sie stattdessen. »Ich würde es vorziehen, an Bord der *Eliot* zu bleiben.«

»Nein.« Auckland lächelte. »Diesen Fehler werde ich nicht noch einmal begehen. Du wirst uns begleiten.«

Er klang freundlich, aber nicht so, als wäre er bereit, mit ihr darüber zu diskutieren. Ama'Ru imitierte ein menschliches Schulterzucken und wandte sich ab. »Wie du willst.«

»Warte«, sagte er, als die *Andere* bereits mit den Vorderbeinen im Gang stand. »Wie schätzt du Arnests Verhalten ein?«

Ama'Ru drehte den Kopf. »Das fragst du die einzige Außerirdische an Bord?«

»Du gehörst zur Besatzung, oder nicht?«

Sie dachte einen Moment nach. Auckland musterte sie aufmerksam. »Ich glaube«, sagte sie dann, »dass er eine Gefahr für sich und andere darstellt. Ihr solltet sehr vorsichtig im Umgang mit ihm sein.«

Natürlich hatte sie den gleichen Eindruck auch schon vor dem Tod seines Bruders gehabt, aber Lanzo hatte wie ein Puffer zwischen Arnest und den anderen gestanden. Nun prallten beide Seiten ungebremst aufeinander. Sie wusste nicht, wie lange das gut gehen würde, wenn Arnest seine Kabine erst einmal verließ.

Auckland nickte. »Danke. Das entspricht –«

Die sanfte Frauenstimme des Bordcomputers unterbrach ihn. »Hyperraumsprung endet in T minus fünf.«

»Geh schon mal nach unten«, sagte er. »Ich komme gleich nach.«

Ama'Ru ließ ihn allein mit seinem Pad und seiner geheimen Nachricht. Die *Andere* ging die steile Treppe, die von der Galerie zur Brücke führte, vorsichtig hinab. Ihr Körper war für solche Stufen nicht gut geeignet. Auf ihrer Welt waren die Treppen weit und offen so wie die Häuser und das Land. Es gab kaum geschlossene Räume. Bis Ama'Ru ihre Heimat verließ, hatte es keinen Tag gegeben, an dem sie nicht das Spiel des Windes auf dem sonnenverbrannten Sand und den Felsen beobachtet hatte. Die *Andere* seufzte unter ihr, so als sähe sie die Bilder, die in

Ama'Rus Gedanken aufstiegen.

Manchmal vermissten sie ihre Heimat so sehr, dass es schmerzte.

Die Fahrstuhltüren öffneten sich. »Und so habe ich ihre Mutter kennengelernt«, sagte Kipling, als er die Brücke betrat.

Rin folgte ihm. »Warum hast du die Geschichte noch nie erzählt?«

»Ich sehe nicht unbedingt gut darin aus«, sagte er und setzte sich an eine der dunklen Arbeitsstationen. Sie leuchtete auf, als der Sitz sein Gewicht spürte und ihn identifizierte. »Aber ich dachte, dass sie in Anbetracht unserer gegenwärtigen Situation lehrreich sein könnte.«

»Ich hoffe, dass sie sich nicht so leicht übertragen lässt.« Rin nahm auf dem Pilotensitz an der Vorderseite der Brücke Platz.

»T minus zwei«, sagte die Computerstimme.

»Und?«

Ama'Ru drehte den Kopf, als sie Auckland über sich hörte. Er ging die Treppe hinunter und setzte sich auf eine der unteren Stufen.

Rin drehte sich in ihrem Sitz zu ihm um. »Er hat mit uns gesprochen, immerhin. Das ist mehr, als er in den letzten drei Tagen getan hat.«

Kipling tippte etwas auf der virtuellen Tastatur. »Wir sollten nicht versuchen, ihn zu irgendwas zu zwingen …« Er unterbrach sich. »Was irgendwie offensichtlich ist, weil wir hier über Arnest reden. Was ich sagen will: Er wird schon wieder. Er muss nur seinen eigenen Weg finden.«

Auckland strich sich mit einer Geste, die Ama'Ru für unbewusst hielt, über die Narbe an seiner linken Hand. »Er braucht also Zeit?«

Sein Blick glitt zu Rin. Sie erwiderte ihn und nickte. »Ja.«

Der Vorwurf, den sie ihm gemacht hatte, war wohl noch nicht vergessen, vielleicht auch, weil mehr Wahrheit darin steckte, als Auckland zugeben wollte. Doch Rin hatte eingelenkt, was Ama'Ru nicht überraschte. Sie hatte ihre Worte in dem Moment bereut, in dem sie sie ausgesprochen hatte.

Menschen sind eine seltsame Spezies, dachte Ama'Ru nicht zum ersten Mal. Die Interaktion mit ihnen war kompliziert und häufig unberechenbar. Sie pochten auf freien Willen und ließen sich doch von Millionen Jahre alten, archaischen Instinkten leiten. Ama'Ru kannte kein Volk, bei dem es eine so große Diskrepanz zwischen dem, was sie von sich glaubten, und dem, was sie waren, gab.

»Hyperraumaustritt erfolgt«, sagte die Computerstimme. Die *Andere* ging auf den Hinterleib hinunter und hielt sich mit den Zangen am Treppengeländer fest. Seit sie bei einem unerwarteten Sturz der *Eliot* aus dem Hyperraum beinahe umgekommen wäre, litt sie am Ende eines jeden Sprungs. Nervös rieb sie die Hinterbeine gegeneinander und machte kauende Bewegungen mit den Mandibeln, um sich selbst zu beruhigen.

Auckland sah auf zu ihr. »Dir wird nichts passieren«, sagte er so nebensächlich, als wäre es eine Tatsache, die man nicht diskutieren musste. Die *Andere* musterte ihn einen Moment lang und hörte auf zu kauen. Ama'Ru verstand nicht ganz, weshalb sie ihm vertraute, aber sie tat es.

Das graue Wabern verschwand von der Bildschirmwand. Ein leichter Ruck ging durch die *Eliot*. Der Bubble-Antrieb schaltete sich ab, der unterlichtschnelle sprang wummernd an. Die Außenkameras fingen die Umgebung des Schiffs auf und leiteten sie an die Bildschirme weiter.

Ama'Ru sah eine weit entfernte, blasse Sonne, um die ein einzelner Planet kreiste. Rin schaltete den Autopiloten aus und steuerte die *Eliot* darauf zu.

»Jockeys?«, fragte Auckland.

Kipling schüttelte den Kopf. »Swanson macht es richtig. Seit dem Lockdown hat er die Werbung für seine Flotte eingestellt und ist untergetaucht. Ich glaube nicht, dass die Jockeys wissen, dass es hier Menschen gibt.«

Ama'Ru bemerkte, dass Auckland ihr einen fragenden Blick zuwarf, so als wolle er ihre Einschätzung hören. Sie neigte zustimmend den Kopf. Die Völker waren zu sehr mit den Sprungtoren beschäftigt, die zu ihren eigenen Welten und Stationen führten, um sich Systemen zu widmen, die scheinbar nur dem Transit dienten.

Der Planet kam näher. Die Sensoren verrieten ihr, dass es sich um eine marsähnliche Welt mit endlosen Wüsten und tiefen Kratern handelte. Die Atmosphäre war dünn.

»Beim letzten Mal haben sie ein Schiff geschickt«, sagte Rin. Sie drehte sich um, ohne die Hände von den beiden Joysticks zu nehmen. »Sieht so aus, als würden sie uns dieses Mal direkt andocken lassen.«

Die *Eliot* erreichte die Nachtseite des Planeten und Ama'Ru betrachtete die zusammengewürfelte Ansammlung von Metall, die Auckland als *Flotte* bezeichnet hatte. Ein großer Frachter hing über der toten Welt, umgeben von mindestens zwei Dutzend kleinen Schiffen und Shuttles, die ihn umkreisten wie Monde einen Planeten.

Kipling stieß die Luft aus. »Das sind doppelt so viele wie bei unserem ersten Besuch. Hatte Bob damals nicht gesagt, er wolle erst mehr Leute aufnehmen, wenn er deren Versorgung garantieren könne?«

»Vielleicht kann er das jetzt«, sagte Auckland, aber er klang nachdenklich. »Funk sie an.«

Kipling berührte eine Aufschrift auf seiner Konsole. »*Destination Moon*, hier ist die *T.S. Eliot*. Erbitten Andockerlaubnis.«

Rauschen antwortete ihm. Ama'Ru sah die Lichter hinter den Fenstern der Schiffe und fragte sich, ob dort noch jemand lebte. Es wäre nicht die erste Flotte gewesen, die komplett von Zombies ausgelöscht wurde. Doch in diesem Fall hätte sie zumindest einige Trümmer erwartet. Manche Schiffe waren so alt, dass sie über keinen Autopiloten verfügten.

Das Rauschen endete. »Hier spricht die *Destination Moon*. Andockerlaubnis erteilt. Hier ist jeder willkommen, *Eliot*. Wandelt im Licht.«

Kipling sah sich zu Auckland um, der nur die Schultern hob. Er berührte erneut die Konsole. »Danke, *Destination Moon*. Ihr … äh … auch.«

»Ich gehe davon aus, dass es sich um keinen traditionell menschlichen Gruß handelt?«, sagte Ama'Ru, als er die Verbindung beendete.

»Zumindest keinen, den ich kenne.« Auckland erhob sich. Auf der Bildschirmwand näherte sich das fremde Schiff rasch. Positionslichter leuchteten an der Schleuse auf, die der Computer zum Andocken freigegeben hatte. Rin flog die *Eliot* darauf zu.

»Wer geht? Wer bleibt?«, fragte sie.

»Wir gehen alle«, sagte Auckland.

Rin hob die Augenbrauen. »Und Arnest?«

»Alle bis auf Arnest.«

»Warum?«

Als Auckland nicht sofort antwortete, lachte Kipling. »Das ist wie das Rätsel mit dem Typen, der einen Wolf, einen Hasen und einen Kohlkopf über einen Fluss rudern soll, aber nur einen der drei mitnehmen kann. Wenn er den Wolf nimmt, frisst der Hase den Kohl, wenn er den Kohl nimmt, frisst der Wolf den Hasen.« Er wandte sich an Auckland. »Du willst niemanden mit Arnest allein lassen, falls er durchdreht, vor allem nicht Ama'Ru, damit sie nicht schon wieder das Schiff klaut.«

Ama'Ru setzte zu einer Antwort an, brach sie jedoch ab. Sie *hatte* das Schiff gestohlen und keine Rechtfertigung, die sie sich selbst oder anderen gab, würde daran etwas ändern.

»Aber auf zwei Leute willst du da drüben nach diesem

kuriosen Auftakt auch nicht verzichten«, fuhr Kipling fort. »Dann bleibt nur, dass wir alle gehen, denn Arnest wird mit der *Eliot* garantiert nicht abhauen. Er könnte keine Schiffsschaukel steuern, geschweige denn ein Schiff. Richtig?«

Er sah Auckland erwartungsvoll an. Der nickte. »Richtig. Wollen wir?«

Ohne eine Reaktion abzuwarten, ging er zum Fahrstuhl. Kipling und Rin standen auf und folgten ihm.

Ama'Ru legte den Kopf schief. »Wozu braucht ein Mann einen Wolf, einen Hasen und einen Kohlkopf?«, fragte sie, aber niemand antwortete darauf.

Auckland hielt die Fahrstuhltür auf, bis sie und die *Andere* eingestiegen waren.

5

»Arnest?«

Er drehte den Kopf, als er Rins Stimme vor der Tür hörte. »Wir haben an Bob Swansons *Destination Moon* angedockt. Erinnerst du dich? Dort haben wir Trevor abgesetzt. Wir gehen jetzt rüber. Möchtest du mitkommen?«

»Nein.« Seine Stimme war so heiser, dass man ihn im Gang wohl kaum hören konnte. Er räusperte sich und sagte lauter: »Nein.«

»Okay. Ich melde mich, wenn wir zurück sind.«

Arnest hörte Schritte, darunter auch das harte Staksen der Gottesanbeterin. Sie wurden leiser, dann herrschte Stille.

»Geht es dir eigentlich nie auf die Nerven, dass dich alle wie einen Idioten behandeln?«, fragte der Albaner.

Arnest wandte sich ihm wieder zu. Er hatte erwartet, dass er noch wie eine Spinne an der Decke hängen würde, doch er saß nun plötzlich zwischen der zerknüllten Schmutzwäsche auf dem Bett.

»Erinnerst du dich?«, ahmte er Rin mit hoher Stimme nach. Dann sprach er wieder normal. »Was glaubt sie, wie alt du bist? Drei?«

Sie will nur nett sein, dachte Arnest, ohne es auszusprechen. Der Albaner war eine Halluzination und wer mit Halluzinationen sprach, war verrückt. So hatte er sich das zurechtgelegt. Nur keine Unterhaltung mit dem Albaner führen, so wie mit einem echten Menschen, nur nicht auf diese Augen achten, diese schwarzen Augen, die alles in ihm zu sehen schienen. Auch das *Ding*.

»Wo waren wir stehen geblieben?« Der Albaner schlug die Beine übereinander und musterte Arnest. »Genau. Wir wollten herausfinden, wieso du glaubst, dass Lanzo dich vor dir selbst beschützt hat.«

Es tat weh, den Namen seines Bruders zu hören, so weh, wie um drei Uhr morgens betrunken auf einen Legostein zu treten. Arnest ballte die Fäuste. Die Kruste, die sich in seinen Handflächen gebildet hatte, riss auf.

»Dein Herz schlägt zu schnell«, sagte der Albaner. »Ich kann das hören.« Er lächelte. »Cool, oder? Ich wette, dass Lanzo deinen Herzschlag nicht hören konnte, dass er auf dich drauf, aber nicht in dich hineinblicken konnte. Nur du kannst das.«

»Hör auf, über ihn zu reden.« Arnest biss sich auf die Lippe, als er bemerkte, dass er die Worte laut ausgesprochen hatte. Er spielte gegen sich selbst, so kam es ihm vor, und er war dabei, zu verlieren.

Das Lächeln des Albaners wurde breiter. »Da ist etwas tief in dir. Etwas, das du einsperrst, so wie du dich selbst in diese Kabine einsperrst. Du fürchtest dich davor, weil du es nicht verstehst, aber wie kannst du es verstehen, wenn du es nicht aus dem dunklen Loch herausholst und es bei Licht betrachtest?«

Arnest spürte, wie das *Ding* in ihm tobte. Es wurde wild wie diese Haie in Kiplings Dokus, denen man ein Stück Fleisch hinhielt. Er spannte sich an, bis er glaubte, seine Muskeln müssten das schmutzige T-Shirt, das er trug, zerreißen. Es war auf einmal unerträglich stickig in der Kabine. Das Gesicht des Albaners verschwamm vor seinen Augen. Die Decke schien tiefer zu hängen als zuvor. Er war in dieser Hitze und dieser Enge eingesperrt wie ein Tier.

Ich muss hier raus.

Arnest sprang auf und taumelte, als Schwindel ihn überkam.

Wie lange hatte er nichts mehr gegessen oder getrunken? Nicht geschlafen? Er wusste es nicht mehr. Wie ein Hund schüttelte er sich. Der Geruch nach kaltem, altem Schweiß hüllte ihn ein. Mit einem Schritt erreichte er die Tür und riss sie auf. Die frische Luft kühlte sein Gesicht. Er atmete tief durch und trat in den Gang hinaus.

Es war niemand zu sehen. Arnest drehte sich nach dem Albaner um, aber das Bett war leer, die Halluzination verschwunden. Das Toben in seinem Inneren ließ nach.

Vielleicht gewinne ich doch gegen mich, dachte er, während er langsam zur Messe ging. Er wurde sich seines eigenen Körpers bewusst, seines Hungers, des Durstes, des Brennens seiner Augen und des Zitterns seiner Knie. Alle anderen hatten das Schiff verlassen, er würde niemandem begegnen. Der Gedanke brachte das *Ding* in ihm zum Schweigen.

Arnest blieb neben der Tür zur Messe stehen und presste sein Gesicht gegen die Wand. Er genoss das Gefühl des kalten Metalls auf seiner Haut. *Ich kann das schaffen, auch ohne Lanzo. Stark bleiben, das ist es. Stark bleiben und nicht die Kontrolle verlieren.*

Er richtete sich wieder auf und betrat die Messe. Ein Summen lenkte ihn ab. Er sah zur Seite und bemerkte einen Reinigungsroboter, der langsam an der Wand entlangglitt und eine feuchte Spur hinter sich herzog. Als er den Kopf zurückdrehte, stand der Albaner neben dem Getränkeautomaten am anderen Ende der Messe.

»Kaffee?«, fragte er.

Arnest presste die Augenlider zusammen.

6

Terminierung eingeleitet.

Zwei Worte, aus mehr hatte die Nachricht des Mannes, den Auckland seit frühester Kindheit »Doc Brown« nannte, nicht bestanden. Es war ein Todesurteil, unpersönlich, kalt und endgültig. Auckland hatte damit gerechnet. Er hatte den Befehl verweigert, seine Mission fortzusetzen und all die Jockeys umzubringen, die – angeblich – an der Erschaffung des Virus beteiligt gewesen waren, unter ihnen auch Ama'Ru. Das konnte nur mit dem Tod bestraft werden.

Und doch fiel es ihm schwer, an etwas anderes als diese beiden Worte zu denken, während er mit Rin, Kipling und Ama'Ru in der Schleuse stand und auf den Druckausgleich wartete.

»Wandelt im Licht«, sagte Kipling neben ihm. »Google bietet mir dafür ein paar Hundert Treffer an, die meisten davon führen zu irgendwelchen religiösen Seiten. Aber das ist auch der Gruß der Hochelfen aus einem alten Fantasy-RPG. Vielleicht haben wir ja Glück und die wollen uns hier nur in ihre Gilde einladen. Wunschdenken, ich weiß.«

Er wandte sich an Rin. »Was war denn deine Lieblingsklasse?«

Rin runzelte die Stirn. »Sport. Wieso?«

Das schien aus irgendeinem Grund witzig zu sein, denn Kipling lachte. »Ich meine Charakterklasse, du Noob«, sagte er nicht unfreundlich. »Ich dachte, alle Japaner hätten RPGs gezockt.«

»Oh.« Rin schüttelte über sich selbst den Kopf. »Sorry, ich hab nicht nachgedacht. Alles, was mit Pfeil und Bogen schoss und leichte Rüstung trug. Deine war garantiert Magier, oder?«

»Treffer. Maximaler Schadensoutput, minimale Chancen gegen Nahkampfklassen. Wie im richtigen Leben.«

Auckland hörte ihrer Unterhaltung zu, ohne viel davon zu verstehen. Seit seinen sechsten Lebensjahr wusste er, dass RPG für *rocket-propelled grenade* stand, aber er bezweifelte, dass Rin und Kipling das in diesem Zusammenhang meinten. Je länger er mit »richtigen« Menschen zusammen war, desto klarer wurden ihm die gewaltigen Unterschiede zwischen ihren und seinen Erfahrungen. Manchmal kam es ihm so vor, als wären sie eine andere Spezies.

Die Lampe über der Schleusentür leuchtete grün auf, das Zischen verstummte. Der Druckausgleich war erfolgt. Durch das kleine Fenster in der Wand sah er ein ihm unbekanntes, aber freundlich lächelndes Gesicht. Dann öffnete sich die Tür auch schon und Auckland schlug metallisch riechende, kühle Luft entgegen.

Der Mann, der vor ihm stand, war groß, weit über zwei Meter und breiter als Arnest. Doch während dessen Gewicht sich hauptsächlich aus Muskelmasse zusammensetzte, hatte dieser Mann die Figur und die Fettleibigkeit eines Sumoringers. Er lächelte, wohl wissend, wie einschüchternd sein Aussehen wirkte.

Auckland erwiderte das Lächeln in der Gewissheit, dass er dem Mann mit einem Schlag das Genick brechen konnte. »Guten Morgen«, sagte er.

»Willkommen. Alle sind willkommen.«

Kipling trat neben Auckland. »Wandelt im Licht und so?«, fragte er.

Der Mann antwortete ohne jede Ironie. »Wandelt im Licht.«

Er schien Platz machen zu wollen und Auckland machte unwillkürlich einen Schritt nach vorn, um die Schleuse zu verlassen. Doch der Mann ging nicht zur Seite. Einen Sekundenbruchteil herrschte Verwirrung. Kipling, Rin und Ama'Ru hatten sich ebenfalls bereits in Bewegung gesetzt, kamen nun aber nicht mehr weiter.

Er blockiert uns, dachte Auckland im gleichen Moment. *Das ist Absicht.*

Seine Hand glitt zum Griff seiner Waffe.

Unerwartet elegant ließ sich der Mann fallen und rollte sich über die Schulter ab. Nun konnte Auckland sehen, was dessen massiger Körper verborgen hatte: ein Dutzend Mündungen, die sich auf ihn und die anderen richteten. Die Schützen hockten und standen hinter Kisten oder Stahlträgern. Ihre Taktik war aufgegangen. Der fette Mann hatte dafür gesorgt, dass Auckland und die anderen sich gegenseitig im Weg standen und keine Bewegungsfreiheit hatten. Bevor sie ihre Waffen gezogen und sich in die wenige Deckung, die die Schleuse rechts und links der Türen bot, geflüchtet hatten, würden die Schützen sie niedermähen. Sie hatten keine Chance.

Auckland hob die Hände. Aus den Augenwinkeln sah er, dass Rin und Kipling das gleiche taten. Nur Ama'Ru blieb reglos sitzen, die Hände auf die Knie gelegt.

Der Mann stemmte sich hoch. Nun, da die Schwerkraft gegen ihn arbeitete, wirkte er weitaus weniger elegant als zuvor. »Raus aus der Schleuse«, sagte er.

Auckland trat vor den anderen in den Frachtraum. Der Mann nahm ihnen die Pistolen ab und legte sie einige Schritte entfernt auf eine Kiste. Seine Hände waren so groß, dass die Waffen fast in ihnen verschwanden. »Auf die Knie.«

Ein Rascheln verriet ihm, dass Rin und Kipling hinter ihm den Befehl befolgten. Auckland blieb stehen. Die Schützen, die sich hinter ihren Gewehren und Pistolen eher zu verstecken als mit ihnen zu drohen schienen, warfen sich verunsicherte Blicke zu.

Das sind keine ausgebildeten Soldaten, dachte Auckland, *sondern Zivilisten.*

»Auf die Knie!«, wiederholte der fette Mann schärfer.

»Tu, was er sagt, John«, flüsterte Rin. »Das bringt doch nichts.«

Er reagierte nicht. Sollten es doch alle im Raum für eine dumme Zurschaustellung von Stolz halten; er musste herausfinden, wie hart der fette Mann zuschlagen konnte. Dass er das tun würde, war offensichtlich, denn er krempelte den rechten Ärmel seines Hemds hoch und schüttelte seine Hand aus. Dann stellte er sich vor Auckland.

Es wäre leicht gewesen, ihn zu packen und als Deckung gegen die Kugeln der Schützen zu benutzen, aber Auckland war nicht allein. Rin, Kipling oder Ama'Ru wären sehr wahrscheinlich von irgendeinem Querschläger getroffen worden.

Der fette Mann holte aus. Seine blauen, blassen Augen verschwanden fast hinter den Fettwülsten seines Gesichts. Seine Mundwinkel zuckten. Es gefiel ihm, anderen wehzutun.

Auckland spannte die Bauchmuskeln an. Der fette Mann schlug zu.

Als Auckland wieder klar denken konnte, hockte er würgend auf dem Deck und rang nach Atem.

»Scheiße, John«, hörte er Kipling durch den dröhnenden Schmerz und das Rauschen des Bluts in seinen Ohren sagen. »Das ist Gustav Normansson, dreifacher Boxweltmeister im Superschwergewicht.«

Danke, Kipling, dachte Auckland, weil er nicht genug Luft bekam, um es auszusprechen. *Eine Information, die vor zehn Sekunden nützlicher gewesen wäre.*

Aber wenigstens kannte er jetzt die Antwort auf seine Frage: Gustav Normansson konnte verdammt hart zuschlagen. Wenn er gegen ihn kämpfte – und er war sich sicher, dass es dazu kommen würde – durfte er ihm keinen Schlag erlauben.

»Ich hab mich ein bisschen gehen lassen«, sagte Gustav, »aber für einen wie dich reicht's noch.«

Das werden wir sehen.

»Seien Sie nicht so bescheiden, Gustav«, sagte eine Frauenstimme auf der anderen Seite des Frachtraums. »Mit Ihnen kann es keiner hier aufnehmen.«

Auckland kannte die Stimme, aber ihm fiel das dazu passende Gesicht nicht ein. Der Schmerz hatte so weit nachgelassen, dass er den Kopf heben und sich die Tränen aus den Augen wischen konnte. Er hörte, wie Absätze auf Metall schlugen, dann fiel ein kurzer, breiter Schatten in den Raum.

»Ich fasse es nicht«, sagte Kipling, als die Frau ins Licht trat.

Mariana Estefania Gonzales, Präsidentin von Atlantis. Übergewichtig, klein, mit rotbraunem, lockigem Haar, das ihr bis auf die Schultern fiel. Sie trug ein halbes Dutzend Ringe an den Fingern und um ihren Hals hing ein aus Edelsteinen bestehendes Kreuz. Batterien sorgten dafür, dass es trotz des trüben Lichts funkelte.

Die Schützen senkten die Köpfe, Gustav verneigte sich tief. »Heißt die Prophetin willkommen.«

Auckland blinzelte. *Die was?*

7

»Ich bin eine Prophetin für das einundzwanzigste Jahrhundert.« Gonzales strich sich über das anthrazitfarbene, hochgeschnittene Kostüm. Sie sah aus, als wolle sie eine Rede auf einer Wahlkampfveranstaltung der Konservativen halten. Nur das blitzende Kreuz trübte den Eindruck nach Kiplings Empfinden ein wenig. »Und dafür habe ich in gewisser Weise Ihnen zu danken.«

Man hatte Kipling und die anderen in einen Zellentrakt nicht weit vom Frachtraum entfernt gebracht. Als sie ihn betreten hatten, war das WLAN sofort ausgefallen. Irgendein Kraftfeld sorgte dafür, dass keine Kommunikation zwischen Zellentrakt und Außenwelt möglich war.

Glauben die, dachte Kipling.

Gonzales stand auf der anderen Seite der Gitterstäbe, ihr Leibwächter, wie sie Gustav nannte, blieb dicht neben ihr. Er hatte die Hände vor der massigen Brust verschränkt und beobachtete die Gefangenen. Kipling wich seinem Blick aus, um ihn nicht zu provozieren. Gustav hatte Auckland für dessen unangebrachten Stolz mit nur einem Schlag niedergestreckt. Er versuchte, sich nicht vorzustellen, was geschehen würde, wenn Gustav bemerkte, dass er das Kraftfeld nach Schwachstellen absuchte.

Es war ein simples Programm, das kaum Rechenleistung brauchte. Kipling ließ es im Hintergrund laufen, nur für den Fall, dass Gustav oder Gonzales auf die Idee kamen, ihm die V-Specs abzunehmen.

Davor zog er das Video, das er seit Tagen in einem unendlichen Loop laufen ließ. Niemand außer ihm wusste davon und er hatte auch nicht vor, es jemandem zu erzählen. Er war wie besessen davon und sah es immer und immer wieder an.

»Wie kommst du hierher?«, fragte Rin. Sie ging nicht darauf ein, dass sie und die anderen gesiezt worden waren, eine Eigenart, die Gonzales bereits auf Atlantis gezeigt hatte.

Gonzales lächelte. Ihr Lippenstift war so rot, dass es aussah, als klaffe eine Wunde in ihrem Gesicht. »Was Sie sagen wollen, ist: Wie sind Sie dem Hunger und dem Tod, denen wir Sie wie biblische Despoten ausgesetzt hatten, entkommen?«

»Wir haben die Eloi nur in die Welt der Morlocks geholt«, sagte Kipling, während das Video von Neuem begann. Die Atlantis-Kolonie hatte aus ehemals Superreichen bestanden, die in Schiffen hoch über dem Asteroiden kreisten und darauf warteten, dass die normale Bevölkerung, die beinahe wie Sklaven gehalten wurde, das Paradies für sie erschuf. Die *Eliot* hatte die Schiffe vom Himmel geholt, kurz nach der Befreiung von Ama'Ru, die Gonzales' Sohn in der Hoffnung auf Lösegeld entführt hatte.

»Und wir haben euch ein Schiff gelassen.« Auckland lehnte an der Seitenwand der Zelle. Er hatte den Schlag längst überwunden, etwas, das Gustav zu irritieren schien. »Ihr wart nie in Gefahr.«

»Sie haben uns allein in einer lebensfeindlichen Umgebung zurückgelassen. Natürlich waren wir in Gefahr.« Gonzales verschränkte die Hände vor dem Körper und richtete ihren Blick ins Nichts, so als sähe sie alles noch einmal in ihrer Erinnerung. »In dieser Stunde größter Not, in der mein Volk hilflos und … ich möchte sagen, kopflos … umherirrte, wandte ich mich voller Verzweiflung an unseren Herrn. Und er erhörte mich.«

»Amen«, sagte Gustav.

Gonzales nickte. »Amen. Seine Stimme erfüllte meinen Geist

und wies mir den Weg. Wie einst Moses zogen wir von dem heidnischen, dunklen Ort, dem wir Verirrten den Namen Atlantis gegeben hatten, aus, und machten uns auf den Weg ins Gelobte Land.«

»In nur einem Schiff?«, fragte Rin.

Auckland wandte sich ihr zu. »Ich nehme an, dass sie neun Zehntel ihrer Bevölkerung zurückgelassen hat.«

Kipling hörte die gleiche Verärgerung in seiner Stimme, die ihn damals dazu gebracht hatte, die Schiffe über Atlantis abzuschießen. »Also hast du das getan, was du uns vorwirfst?«

»Nein. *Sie* haben willkürlich gehandelt«, sagte Gonzales. »Ich habe die Spreu vom Weizen getrennt, so wie es die Bibel von allen wahren Gläubigen verlangt. Nur die, die reinen Glaubens sind, können das Gelobte Land erreichen.«

Gustav sah zur Decke hinauf. »Amen.«

»Dieses gelobte Land besteht aus ein paar alten Schiffen, die um einen toten Planeten kreisen?« Ama'Ru setzte sich im Sattel auf. »Das klingt nicht sehr ehrgeizig.«

»Diese Flotte ist nur ein Zwischenstopp und einer, der sich bereits ausgezahlt hat.« Gonzales wollte näher an die Zelle treten, aber Gustav hielt sie mit einer Geste zurück. Sie blieb stehen. »Ich konnte es kaum glauben, als man mir sagte, Ihr Schiff sei auf dem Weg zu uns. Gott hat Ihre Hand ebenso geführt wie die meine, auch wenn Sie das nicht verstehen.« Sie lächelte erneut. »Allerdings wird sich Ihr Schicksal deutlich von unserem unterscheiden.«

In ihrem Blick lag eine Kälte, die Kipling erschreckte. Sie hatte sich verändert seit der Zeit auf Atlantis. Dort hatte sie auf Kipling bei aller Härte und Arroganz beinahe weltfremd gewirkt, so als habe sie noch nicht begriffen, dass ihre Werte in der neuen Realität keine Rolle mehr spielten. Doch sie hatte überlebt und sich angepasst. Aus der weltlichen CEO war eine geistige Führerin geworden.

Das macht alles nur noch schlimmer, dachte Kipling mit einem Blick auf den verzückt wirkenden Gustav. *Wir sehnen uns so sehr nach Hoffnung, dass wir auf jeden Scheiß reinfallen.*

»Und was jetzt?«, fragte Auckland.

»Jetzt werde ich Gott für seine Großzügigkeit und Gnade danken. Sie sollten ebenfalls beten. Vielleicht wird er Ihnen doch noch für Ihre Sünden vergeben.«

Gonzales schien sich abwenden zu wollen, sah dann jedoch Auckland an. »Wir haben Ihr Schiff gescannt. Ich weiß, dass Sie jemanden an Bord zurückgelassen haben. Ist es einer Ihrer beiden Söldner? Und wenn ja, wo ist der andere?«

Als Auckland schwieg, neigte sie den Kopf. »Anscheinend haben Sie seit unserer letzten Begegnung mehr verloren als einen Finger. Gottes Strafe ereilt jeden.«

Sie wandte sich endgültig ab und verließ zusammen mit Gustav den Zellentrakt.

»Was für eine Drecksau«, sagte Kipling. »Wir hätten vielleicht doch alle Schiffe abschießen sollen.«

»Ich –«, setzte Rin an, aber eine Stimme unterbrach sie.

»Das hätte vielen von uns eine Menge erspart.«

Kipling trat an die Gitterstäbe. Auf der gegenüberliegenden Seite des Trakts tauchte ein Mann in einer anderen Zelle auf. Er hatte asiatische Gesichtszüge, war untersetzt und trug ein buntes Hemd. »Bob? Was machst du denn hier?«

Swanson hob die Schultern. »Meine Strafe als Häretiker absitzen. Abweichende Meinungen werden auf der *Moon* nicht mehr gern gehört.«

»Wo ist Daniel?«, fragte Rin.

Kipling musste einen Moment nachdenken, bis ihm einfiel, dass sie Daniel Messner meinte, Swansons Assistenten. Er hatte nicht herausgefunden, ob Swanson und Messner nur befreundet oder ein Paar waren.

»Daniel ist schlauer als ich. Als er sah, woher der Wind weht, hat er die Fresse gehalten und die Hände gefaltet.« Bob lächelte bitter. »Amen.«

»Wie ist das alles passiert?«, fragte Auckland.

Swanson stützte sich an den Gitterstäben ab. »Ein paar Tage nach eurer Abreise tauchte Gonzales mit ihren Jüngern auf. In der Flotte herrschte eine ziemliche Verunsicherung wegen Trevor.«

Er unterbrach sich. »Ach, das wisst ihr ja gar nicht. Jemand hat Trevor Reilly umgelegt. Hat ihm die Kehle so tief durchgeschnitten, dass ihm der Kopf abgefallen ist, als wir ihn auf eine Trage legen wollten. Das hat uns alle irgendwie aus der Bahn geworfen. Ich meine, wer bringt einen Countrysänger um?«

Ja, wer wohl?, dachte Kipling. Er bemerkte den kurzen Blick, den Auckland und Rin sich zuwarfen. Sie dachten wohl das gleiche wie er: Arnest.

Als niemand antwortete, fuhr Swanson fort. »Es herrschte Unsicherheit, Misstrauen, sogar Angst. In der ganzen Zeit, in der wir hier zusammen waren, hatte es noch nie einen Mord gegeben. Und dann schalteten die Jockeys auch noch die Sprungtore und das Netz ab. Wir dachten, das Ende der Welt wäre gekommen. Schon wieder.«

»Und das nutzte Gonzales aus«, sagte Auckland.

»Und wie.« Swanson nickte. »Ihr könnt euch nicht vorstellen, wie die sich aufgespielt hat. Gottesdienste, gemeinsame Gebete, das komplette Programm. Daniel und ich haben das anfangs völlig unterschätzt. Wir dachten sogar, es würde den Leuten guttun, wenn sie Halt fänden. Und dann legte Gonzales mit ihren Prophezeiungen los. Als wir erkannten, was sie vorhat, war es bereits zu spät. Ihr Kult war so groß geworden, dass sie die Flotte übernehmen konnte. Nächster Halt: das gelobte Land.«

»Wo soll das sein?«, fragte Rin.

»Hat sie euch das nicht gesagt?« Swanson wirkte überrascht. »An den Ort, an dem die Sonne auf unsere geläuterten Seelen scheinen wird, an dem wir im Licht wandeln, wie es so schön heißt. Gonzales will zur Erde.«

Kipling starrte ihn an. Das Video, in dem Lanzo im Minutentakt auf einer weit entfernten Station von Zombies zerrissen wurde, lief vergessen weiter.

8

Die Erde?

Rin spürte eine plötzliche Leere in sich, eine Dunkelheit so schwarz wie das All jenseits der Metallwände. Sie drängte das Gefühl zurück. »Das ist unmöglich«, sagte sie, bevor die Leere sich mit Hoffnung füllen konnte. »Die Jockeys haben das Sprungtor in unserem Sonnensystem abgeschaltet. Es lässt sich nicht mehr anfliegen.«

»Das ist nicht ganz richtig.« Ama'Ru legte die Hände auf die Schultern ihrer Gottesanbeterin. »Man kann ein Sprungtor nicht einfach abschalten, ohne das gesamte Netzwerk zu beeinträchtigen. Die Koordinaten werden für die Standortbestimmung im Hyperraum benötigt.«

»Was bedeutet?«, fragte Auckland.

»Ich bin keine Expertin für Hyperraumnavigation, aber soweit ich weiß, können Schiffssysteme immer noch auf die Koordinaten des irdischen Sprungtors zugreifen. Sie können es nur nicht mehr anfliegen.«

»Also ist das Tor für unsere Systeme unsichtbar«, sagte Kipling. »Sie wissen nicht, dass es existiert, sie sehen nur das Netzwerk als Ganzes, wozu eben auch die Koordinaten dieses Tors gehören. Ein Kompass muss schließlich auch nicht wissen, dass es den magnetischen Nordpol gibt und wie man dorthin kommt, um sich an ihm zu orientieren.« Er sah Ama'Ru an. »Was ist mit euren Schiffen? Patrouillieren nicht immer noch Jockeys durch das Sonnensystem?«

Rin hatte sich die gleiche Frage gestellt. Sie konnte sich nicht vorstellen, dass die Jockeys ihre eigenen Leute vom Rest des Universums abgeschnitten hatten.

»Anfangs schon«, sagte Ama'Ru dann auch. »In den ersten Monaten nach Beginn der Quarantäne wurde das Tor immer mal wieder für wenige Sekunden geöffnet, um Reisen und Kommunikation zu erlauben. Unsere Völker errichteten automatische Verteidigungsanlagen rund um das Tor, als sie sahen, dass keine Schiffe mehr von der Erde und ihren Kolonien aufstiegen und es auch sonst keine Anzeichen einer nennenswerten Zivilisation gab. Die Arbeiten wurden vor Monaten abgeschlossen und das Tor endgültig abgeriegelt. Seitdem hält sich niemand von uns mehr dort auf.«

»Aber ihr verteidigt es trotz des unerreichbaren Sprungtors?«, fragte Kipling.

»Kein System ist perfekt«, sagte Ama'Ru. »Wie sagt ihr Menschen noch? Manchmal muss man auch ein totes Pferd anpflocken.«

Rin runzelte die Stirn. Kipling und Auckland wirkten ratlos.

»Ich glaube nicht, dass das einer von uns sagen würde.« Bob Swanson hatte sich an das Gitter gelehnt und hörte der Unterhaltung zu. »Wenn das ein Sprichwort sein soll, kenne ich es nicht.«

»Wirklich?« Ama'Ru schwieg einen Moment und sah Auckland an. Als der den Kopf schüttelte, sagte sie: »Es klingt aber wie ein Rat, der ein Sprichwort verdient hätte.«

Ob das Sprungtor abgeschaltet oder gesperrt ist, macht doch keinen Unterschied, dachte Rin. Niemand konnte es anfliegen, anscheinend nicht einmal die Jockeys. Was brachte Gonzales auf die Idee, dass es ihr trotzdem gelingen würde?

Sie wollte die Frage stellen, aber Auckland kam ihr zuvor. »Könnte einer von Gonzales' Jüngern das Sprungtornetzwerk gehackt und ihr die Koordinaten des Tors besorgt haben?«

»Nein«, sagte Kipling sofort. »Das ist völlig unmöglich. Dieses Netzwerk wurde von Menschen gesichert. Die Jockeys sind vielleicht etwas naiv, wenn es um mögliche Angriffe auf ihre Soft- und Hardware geht, aber selbst ihnen war damals klar, wie katastrophal sich ein Hack auf unsere Zivilisationen auswirken würde. Eine veränderte Koordinate würde reichen, um Schiffe in eine Sonne, auf bewohnte Planeten oder ins Nichts stürzen zu lassen. Darauf wollte es niemand ankommen lassen.«

»Bist du dir hundertprozentig sicher?«, fragte Rin.

Kipling lächelte. »Die Firma, von der die Software stammt, hat jedem Hacker, dem es gelingt, in sie einzudringen, hundert Millionen Dollar geboten. Niemand hat es je geschafft und ihr könnt mir glauben, dass wir es versucht haben.«

Auckland schob die Hände in die Hosentaschen. »Wie hieß die Firma?«

»Kehidupan Penyelesaian.«

»Nie gehört.«

»Kein Wunder. Das war nur ein Alias für eine Reihe von Firmen, die verhindern wollten, dass ihre Mitarbeiter identifiziert, bedrängt oder entführt wurden.« Kipling rückte seine V-Specs zurecht. Rin bemerkte die darin flackernden Lichter. »Hat auch funktioniert.«

»Also gibt es nur zwei Möglichkeiten«, sagte Rin. »Entweder lügt Gonzales oder sie ist trotz allem irgendwie an diese Informationen gekommen.«

»Vielleicht hat ihr Gott sie ihr verraten.« Ama'Rus Lächeln wirkte wie das einer Karikatur. Rin nahm an, dass sie menschliche Mimik und Gesten imitierte, um Vertrautheit zu schaffen, doch das ließ sie nur noch fremder wirken.

»Aber wer ist dann ihr Gott?«, fragte Rin und drehte den Kopf, als sie hörte, wie die Tür am Ende des Zellentrakts geöffnet wurde.

Stiefel knallten auf Metall, dann tauchten auch schon ein

Dutzend bewaffnete, dunkel gekleidete Männer und Frauen auf. Gonzales und Gustav folgten ihnen. Swanson trat von den Gitterstäben zurück und verschmolz mit den Schatten. Die Männer und Frauen verteilten sich im Gang und blieben mit den Rücken zu seiner Zelle stehen.

»Es gibt nur einen Gott, deshalb ist Ihre Frage irrelevant«, sagte Gonzales. Sie hatte sich umgezogen und trug nun einen pseudomilitärisch wirkenden, dunkelblauen Hosenanzug. Das große, blitzende Kreuz schlug bei jedem Schritt gegen ihre Brust.

Wieso hat sie das gehört?, dachte Rin. *Die Tür war doch noch zu.*

»Ich nehme es übrigens nicht persönlich, dass Sie mich ›Drecksau‹ genannt haben, Mr. Jonnessey«, fuhr Gonzales fort, »aber ich kann nicht für andere sprechen. Sie werden vielleicht die Ehre ihrer Prophetin verteidigen wollen.«

Gustav nickte mit grimmigem Gesicht. Kipling wirkte auf einmal besorgt.

»Ihr hört also die Zellen ab«, sagte er. »Nicht sehr sportlich.«

»Aber zeitsparend.« Gonzales verschränkte die Hände vor dem Körper und hob das Kinn. Sie sah aus wie eine Lehrerin, die ihre Schulklasse zurechtweisen wollte. »Erlauben Sie mir, kurz auf Ihre Bedenken einzugehen. Nein, ich habe nicht gelogen. Der allmächtige Gott hat mir in seiner Weisheit die Koordinaten des irdischen Sprungtors anvertraut und dank Ihnen kann unsere Rückkehr in das Gelobte Land nun beginnen.«

»Gelobte Land?« Auckland hob die Augenbrauen. »Hat dein Gott in seiner Weisheit auch die mehreren Milliarden Zombies vernichtet, die es momentan bewohnen?«

Anstatt zu antworten, wandte sich Gonzales an ihre Begleiter. »Sehen Sie, wie die Ungläubigen zweifeln und mit sich hadern? Vergessen Sie nie, dass auch Sie einst so waren. Und dann danken Sie Gott, dass er Sie bei der Hand genommen und ins Licht geführt hat.«

»Amen«, sagten Gustav und die anderen gleichzeitig.

»Das beantwortet meine Frage nicht.«

Gonzales drehte sich wieder um. Zum ersten Mal wirkte sie ungehalten. »Gott ist die Antwort auf alle Fragen, Mr. Auckland. Aber das werden Sie bald schon selbst erkennen, wenn Sie im Staub vor ihm liegen und um Gnade winseln!« Sie strich sich mit beiden Händen über die Haare und atmete tief durch. Ihre Armreifen klimperten. Ruhiger fuhr sie fort: »Sie und Miss Takahashi werden das Gelobte Land leider nie erblicken. Die *Eliot* wird das Sprungtor als erstes Schiff verlassen und das Feuer der Verteidigungsanlagen auf sich ziehen. Während Sie kämpfen und bedauerlicherweise sterben, wird der Rest der Flotte bis zur Erde vordringen. Und dort werden wir endlich wieder im Licht wandeln.«

Das ist also ihr Plan, dachte Rin. Die *Eliot* war ein gewaltiges, gut bewaffnetes und gepanzertes Schiff. Sie würde den Kampf gegen die automatischen Waffensysteme der Jockeys einige Minuten lang überstehen und mehr Zeit würde die Flotte nicht brauchen. Es gab nur einen Haken – und den sprach Kipling aus.

»Netter Plan, aber was zum Teufel bringt Sie auf die Idee, dass wir uns darauf einlassen werden?«

»Fluchen Sie bitte nicht, Mr. Jonnessey. Ich verstehe Ihre Frage auch so.« Gonzales machte eine kurze Pause. »Miss Takahashi und Mr. Auckland werden allein an Bord gehen. Sie und …« Sie machte eine Geste in Ama'Rus Richtung. »… die da werden auf der *Moon* bleiben. Wenn wir sterben, sterben Sie auch.«

Ama'Ru neigte den Kopf. »Warum ich? Gibt es einen Platz für Jockeys in eurem gelobten Land?«

»Gott hat mir nicht mehr verraten, aber anscheinend spielen Sie noch eine Rolle in seinen Plänen«, sagte Gonzales. Sie hob den Zeigefinger. Die schwarz gekleideten Männer und Frauen legten ihre Waffen an. Rin sah sich einem Dutzend Mündungen gegenüber. Unwillkürlich trat sie einen Schritt zurück.

»Treffen Sie Ihre Entscheidung. Wollen Sie, dass alle jetzt und hier sterben oder dürfen zwei von Ihnen weiterleben?«

Es wurde still. Rin sah Auckland an und er sie. In seinem Blick las sie die gleiche Entscheidung, die auch sie gefällt hatte. Im Angesicht der Mündungen hatten sie keine andere Wahl. Rin nickte langsam.

»Ihr wollt doch nicht etwa –«, setzte Kipling an, aber Auckland ließ ihn nicht ausreden.

»Ich habe eine Bedingung«, sagte er. »Unser Mann an Bord der *Eliot* darf das Schiff verlassen und hierherkommen. Wir brauchen ihn dort nicht.«

Gonzales antwortete, ohne zu zögern. »Einverstanden.«

Ihre Augen blitzten beinahe so hell wie das Kreuz vor ihrer Brust. In ihrer Fantasie herrschte sie wahrscheinlich bereits über den Gottesstaat, den sie auf der Erde ausrufen würde. Es wunderte Rin, wie ruhig sie selbst blieb. Sie hasste Gonzales für die Entscheidung, die sie ihnen aufgezwungen hatte, aber sie verstand, weshalb sie das tat. Sie alle versuchten nur, zu überleben.

Und wenn wir tun, was sie sagt, werden drei von uns es vielleicht sogar schaffen, dachte sie. *Wenn auch niemand weiß, für wie lange.*

»Mr. Jonnessey, Ama'Ru, stellen Sie sich an die Wand Ihrer Zelle«, sagte Gonzales. »Bei einem Fluchtversuch werden wir schießen.«

»Seid ihr eigentlich bescheuert?« Kipling sah abwechselnd Rin und Auckland an. »Ich lasse euch doch nicht für mich sterben, nur damit ich in einem zombieverseuchten Drecksloch mit diesen Gestörten auf den Knien rutschen kann.«

Gustav knurrte wie ein Tier. Gonzales hielt ihn mit einer Handbewegung zurück.

»Hast du einen Vorschlag, wie sich dieses Problem anders lösen ließe?«, fragte Ama'Ru ruhig. Ihre Gottesanbeterin rieb die Hinterläufe gegeneinander.

Kipling fuhr zu ihr herum. »Problem? Auckland und Rin sollen sinnlos verheizt werden und du sprichst von einem Problem?«

»Ich werde gern ein besseres Wort verwenden, wenn du mir eines nennst.«

»Dir ist das alles scheißegal, oder? Ein paar tote Menschen mehr oder weniger macht dir –«

»Es reicht«, unterbrach Auckland ihn. »Worte werden nichts ändern. Stell dich neben Ama'Ru an die Wand.«

Als er zögerte, sagte Rin leise: »Tu es, Kipling. Du machst es nur schlimmer für uns alle.«

Er fuhr sich mit der Hand über die Stirn und einen Moment lang glaubte sie, er würde widersprechen, aber dann trat er rückwärts bis an die Wand.

Gustav legte die Hand auf ein Touchpad neben der Zellentür. Es klickte, als sie aufsprang. Auckland ging als Erster in den Korridor, Rin folgte ihm. In der Tür blieb sie stehen und drehte sich um. Kipling hatte die V-Specs abgenommen und sah sie aus rotgeränderten Augen an. Rin wollte etwas sagen, wusste aber nicht, was.

»Lebt wohl«, sagte Ama'Ru, als sich das Schweigen in die Länge zog.

Etwas Besseres fiel Rin nicht ein, also wiederholte sie die Worte nur. »Lebt wohl.«

Auckland nickte Ama'Ru und Kipling zu. Die Zellentür schloss sich.

»Miss Takahashi, Mr. Auckland, Sie übernehmen die Führung.«

Rin glaubte, die Mündungen im Rücken zu spüren, als sie durch den Zellentrakt gingen.

»Ihr könnt das schaffen«, rief Bob Swanson ihnen nach. »Noch seid ihr nicht tot.«

Hinter ihnen begann die Gottesanbeterin laut zu fiepen. Das schrille Geräusch hallte durch den Gang und verstummte erst, als sich die Tür des Zellentrakts hinter ihnen schloss. Rin atmete auf. Es kam ihr so vor, als wäre die Luft außerhalb des Trakts kühler und sie selbst leichter. Das Schlimmste lag hinter ihr. Sie hatte ihre Entscheidung getroffen und sich verabschiedet. Nun stand ihr Weg klar vor ihr: zurück auf die *Eliot*, der Sprung zur Erde, Kampf und Tod. Damit konnte sie umgehen.

Sie gingen durch den Frachtraum, in dem sich die beengten Unterkünfte der *Destination Moon* befanden. Seit ihrem letzten Besuch hatte sich kaum etwas verändert. Nur die Kreuze an den Wänden und die mit Farbe darunter gesprühten Parolen *Wandelt im Licht* und *Gelobtes Land, wir kommen!* waren neu. Vor einigen hockten Menschen auf den Knien und beteten. Einer von ihnen, ein alter Mann, den Rin wiedererkannte, stand auf, als er den Trupp durch den Raum gehen sah und kam heran. Sein Name war Perkins. Er hatte ihnen geholfen, die Zombies auf der *Eliot* zu töten.

»Alle hier beten für euch«, sagte er. Seine Lippen zitterten. Er versuchte vergeblich, seine Tränen zurückzuhalten. »Wir werden euer Opfer niemals vergessen. Wandelt im Licht.«

Er umarmte zuerst Rin, dann Auckland. Rin hätte beinahe gelacht, als sie sah, wie Auckland sich versteifte und Perkins dann halbwegs sanft zurückschob.

»Danke«, sagte sie. »Wir wissen das zu schätzen.«

Perkins wischte sich die Tränen aus den Augenwinkeln und kehrte zu dem Kreuz zurück. Rin drehte sich zu Gonzales um. »Sie glauben, dass wir das freiwillig tun?«, fragte sie.

»Natürlich. Nichts hebt die Moral so sehr wie ein heldenhaftes Opfer, das man aus der Ferne beobachten kann. Sie werden noch in hundert Jahren davon erzählen.«

»Wie schön«, sagte Auckland.

Sie verließen den Frachtraum und bogen in den Gang ein, der zur Schleuse führte. Die Geräusche der Menschen wurden leiser.

»Arnest wird das Schiff nicht freiwillig verlassen«, sagte Rin.

Auckland nickte. »Ich weiß, deshalb –«

»Arnest?« Gonzales unterbrach ihn. »Das ist doch dieser Klotz, Ihr Schläger, richtig? Vielleicht hätte ich unter diesen Umständen mehr Leute mitnehmen sollen.«

Die Tür zur Schleuse öffnete sich vor ihnen. Rin blieb abrupt stehen, als ihr der Gestank nach Blut und Kot entgegenschlug. Die Wachen, die Gonzales zurückgelassen hatte, lagen am Boden. Keiner von ihnen lebte noch. Überall war Blut, an den Wänden, dem Fußboden, sogar an der Decke. Einer der Männer war ausgeweidet worden, der Kopf eines anderen war zerquetscht. Ein dritter Mann lag zusammengekrümmt in einer Ecke. Der vierte setzte sich gerade auf, fletschte die Zähne und starrte aus trüben Augen ins Nichts.

»Ja, das hättest du wohl«, sagte Auckland.

9

FÜNFZEHN MINUTEN ZUVOR

»Sie glauben, dass du ohne Lanzo nicht zu gebrauchen bist«, sagte der Albaner, während er seinen Kaffee umrührte. Der Löffel kratzte über das Plastik, ein unangenehmes Geräusch, das in Arnests Ohren stach.

Der Albaner lehnte sich in seinem Stuhl zurück. Sie saßen in der Messe. Die Reinigungsroboter waren verschwunden, der Antrieb des großen Schiffes war verstummt. Es war still.

Bis auf dieses verdammte Kratzen.

»Warum sonst würden sie ihren besten Kämpfer nicht mitnehmen?«, fuhr der Albaner fort.

Weil sie keinen Ärger erwarten, deshalb, dachte Arnest. Er drehte die warme Tasse zwischen seinen Händen und versuchte, sein Gegenüber zu ignorieren.

»Oder weil sie dir nicht trauen, sollte es Ärger geben.«

Arnest fragte sich zum wiederholten Male, ob er seine Antwort nur gedacht oder vielleicht doch ausgesprochen hatte. Vielleicht machte es keinen Unterschied, da der Albaner ja in seinem Kopf lebte, aber er hätte es trotzdem gern gewusst. Die Vorstellung, dass er in Wirklichkeit allein in der Messe saß und mit sich selbst redete, beunruhigte ihn. *Wie so'n Penner im Park.*

Das Kratzen des Löffels wurde lauter. Arnest biss die Zähne zusammen, bis die Muskeln in seinem Kiefer schmerzten.

»Und es hat Ärger gegeben«, sagte der Albaner. Er war über das Kratzen kaum noch zu verstehen. »Das wäre vielleicht anders ausgegangen, wenn du dabei gewesen wärst, aber so …«

Arnests Hand schoss vor und fegte die Plastiktasse vom Tisch. Sie schlug auf den Boden. Kaffee spritzte über das graue Metall. Der Albaner blieb reglos sitzen, den Löffel immer noch in der Hand. Er hing über dem Tisch in der Luft und tropfte. Das Kratzen war verstummt.

»Was hast du gesagt?« Arnest vergaß seinen Vorsatz, mit der Halluzination nicht zu sprechen. »Was ist da drüben los?«

»Warum siehst du es dir nicht selber an? Oder hast du so eine Angst vor dir selbst, dass du dich nicht traust, deinen Freunden zu helfen?« Der Albaner lächelte und legte den Löffel auf den Tisch. Aus einer Klappe in der Wand rollte ein Reinigungsroboter heran und begann, die Kaffeelache am Boden aufzuwischen.

Arnest sah ihm einen Moment lang zu. Sein Herz schlug schneller und sein Mund war trocken. »Nein«, log er. »Ich habe keine Angst.«

»Worauf wartest du dann noch?«

Arnest stand auf. Der Kaffee brannte in seinem Magen. Er hätte etwas essen sollen, doch dafür war es jetzt zu spät. Vor seiner Kabine blieb er stehen. Er wollte hineingehen und seine Waffen holen, wandte sich dann aber ab, ohne sie zu betreten. Es war besser, wenn er dem *Ding* in sich keine Pistole in die Hand drückte. Die Mauern, die er um es errichtet hatte, bröckelten bereits. Er wusste nicht, wie lange er noch die Kraft haben würde, sie immer wieder aufs Neue zu errichten.

Ich muss den anderen helfen, dachte er auf dem Weg zur Schleuse. Er klammerte sich daran und drängte alle anderen Gedanken zurück. *Sie brauchen mich.*

Die Schleuse war geschlossen, aber das Licht über der Tür leuchtete grün. Arnest warf einen kurzen Blick durch das Fenster in das andere Raumschiff. Vier dunkel gekleidete Männer saßen dort auf Kisten und unterhielten sich. Ihre Gewehre lehnten neben ihnen an der Wand. Nur einer der vier hatte seines quer auf die Oberschenkel gelegt. Die Tür auf ihrer Seite war ebenfalls geschlossen.

Arnest tastete nach dem Panel neben der Schleuse und öffnete es, ohne den Blick von den Männern zu nehmen. Das waren keine ausgebildeten Soldaten, sondern Amateure, das sah er ihnen an. Das *Ding* in ihm warf sich gegen die Mauern seines Gefängnisses. Arnest schloss die Augen und wartete, bis der Angriff vorbei war. Dann schaltete er den Türmechanismus von automatisch auf manuell und schob die Schleusentür lautlos auf, bis er sich hindurchquetschen konnte.

Geduckt lief Arnest zur nächsten Tür. Die Stimmen der Männer in dem Raum dahinter klangen dumpf. Einer von ihnen lachte. Arnest legte die Hand auf den Türöffner und atmete tief durch. *Du kriegst das hin*, dachte er. *Du wirst nicht ausrasten. Du bist stärker als das* Ding.

Arnest drückte auf den Öffner. Die Tür fuhr zischend zur Seite. Überraschte Blicke richteten sich auf ihn, Augen weiteten sich. Arnest warf sich nach vorn, noch bevor die erste Hand sich nach einem Gewehr streckte. Er ergriff eine der Waffen, die an der Wand lehnten und schlug dem Mann, der ihm am nächsten war, den Kolben mit aller Kraft ins Gesicht. Dessen Kiefer brach mit einem lauten Knacken. Zähne splitterten. Der Mann brach stöhnend zusammen und hielt sich die Hände vor das Gesicht.

Er hatte den Boden noch nicht berührt, als Arnest das Gewehr durchlud, das Magazin herauszog und fallen ließ. *Kein Risiko*, dachte er, während er die Waffe am Lauf packte und wie einen Knüppel schwang. Er zertrümmerte dem zweiten Mann die Kniescheibe und brach dem dritten die Rippen. Als sie auf dem Deck zusammensackten, wirbelte er die Waffe herum und drückte der letzten noch stehenden Wache die Mündung unter das Kinn.

»Wo sind sie?«, fragte er.

Der Mann – er war jung, noch keine zwanzig und viel zu

dünn – schluckte. Sein Adamsapfel hüpfte auf und ab. Alles war so schnell gegangen, dass er noch nicht zu verstehen schien, was geschehen war. Sein Blick fiel auf seine Kameraden, die sich stöhnend am Boden wanden.

»Willst du auch da liegen?« Jedes Wort bereitete Arnest Mühe. Es kam ihm so vor, als würde das *Ding* stärker, je weniger er sich konzentrieren konnte. In der Kabine, allein mit seinen Halluzinationen, hatte er es unter Kontrolle gehabt, doch hier draußen musste er reden und handeln und denken. Das machte ihn schwach und stärkte das *Ding*.

Der Mann schüttelte den Kopf.

»Also, wo sind sie?«

»Im Zellentrakt hinter dem Hauptfrachtraum.« Die Stimme des Mannes klang dünn und zitterte. »Den Gang runter, dann am Frachtraum vorbei durch den Wartungsschacht, wenn dich keiner sehen soll, immer links halten und –«

»Zeig's mir.« Arnest nahm die Waffe herunter und stieß den Mann auf die Tür zu. »Ein falsches Wort und –«

Etwas traf von hinten seinen Oberschenkel. Im ersten Moment fühlte es sich wie ein Faustschlag an, doch dann kam ein heißer, scharfer Schmerz hinzu. Knurrend fuhr Arnest herum. Der ältere Mann, dem er die Kniescheibe zertrümmert hatte, hatte sich direkt hinter ihm auf die Ellenbogen gestützt. In einer Hand hielt er ein Taschenmesser, von dessen Klinge Blut tropfte. Sein Gesicht war verzerrt.

»Hau ab, Joey!«, stieß er hervor, aber Joey hörte nicht auf ihn, sondern warf sich von hinten auf Arnest. Einen Arm schlang er um dessen Hals, mit der Faust des anderen schlug er auf dessen Kopf ein. Arnest versuchte, ihn abzuschütteln, indem er sich rückwärts gegen eine Wand warf. Joey stöhnte zwar, klammerte sich aber weiter an ihn.

Der Mann mit dem Messer stach erneut nach ihm. Nur Millimeter von Arnests Fuß entfernt, rutschte die Klinge über den

Boden. Es klang wie das Kratzen des Löffels in der Kantine. Er schüttelte sich. Der Schmerz der Wunde in seinem Oberschenkel, das überlaute Geräusch des Messers, Joeys Schläge auf seinen Kopf … das alles verband sich zu einer gewaltigen, blutroten Welle, die über ihn hinwegschwappte.

Und die Mauern des Gefängnisses niederriss.

Als das *Ding* fertig war und sich zufrieden in den Trümmern seines Gefängnisses zusammenrollte, erwachte Arnest. Blut bedeckte seine Hände, seine Stiefelsohlen klebten am Boden. Die vier Männer lagen am Boden, tot und verstümmelt. Er konnte sich daran erinnern, dass er sie umgebracht hatte, aber er wusste nicht genau, warum. Seine Wut war aus ihm herausgeflossen wie das Blut aus diesen Körpern, aber er spürte, wie sie sich tief in ihm erneut sammelte. Tropfen für Tropfen.

Lanzo hätte mich abgeknallt, dachte er, während er sich die Hände an einem Lappen, der auf einer der Kisten lag, abwischte. Einen Moment dachte er darüber nach, es selbst zu tun, doch dann fiel ihm wieder ein, weshalb er die *Moon* betreten hatte. *Noch nicht*, entschied er. *Ich habe noch was zu erledigen.*

Er nahm einer der Leichen die Pistole ab, öffnete die Tür zum Gang und bog nach links in einen der Wartungsschächte ab. Als er die Zugangsluke hinter sich zuzog, hörte er Stimmen und laute Schritte. Sie näherten sich der Schleuse. Arnest wandte sich ab und lief geduckt durch den schmalen Schacht.

Noch eine letzte Sache.

10

»Ihr Mann war das?« Gonzales klang beinahe hysterisch. Ihre Anhänger bildeten einen Kreis um sie und sahen sich nervös um. Sie hatten sich in den Gang zurückgezogen, nachdem sich zwei von ihnen übergeben hatten. Auckland konnte ihnen keinen Vorwurf machen.

»Ja«, sagte er, ohne sich zu ihr umzudrehen. Der Zombie versuchte, sich aufzurichten, aber eines seiner Beine war gebrochen und er kam nicht hoch. Auckland machte ein paar Schritte auf ihn zu und trat ihm gegen die Brust. Als der Mann nach hinten kippte, zog er dessen Pistole aus dem Holster und schoss ihm in den Kopf.

»Lass die Waffe fallen!«, schrie Gustav, bevor der Knall verhallt war. Alle Mündungen richteten sich auf Auckland.

Er hob die Hände, ließ die Pistole jedoch nicht los. An Gonzales gewandt, sagte er: »Ich schlage vor, dass du deinen Leuten so schnell wie möglich befiehlst, sich irgendwo einzuschließen, vor allem den Zivilisten. Wir werden uns um Arnest kümmern.«

»Was?« Gonzales stieß den Atem aus. »Sie glauben doch wohl nicht, dass ich Sie bewaffnet auf der *Moon* herumlaufen lasse, während meine Wachen sich verkriechen.«

»Ich glaube, dass du zwei Möglichkeiten hast«, sagte Rin. Es klang wie ein Echo von dem, was Gonzales im Zellentrakt verkündet hatte. »Du kannst Suchtrupps zusammenstellen und zusehen, wie sie nacheinander abgeschlachtet werden oder du überlässt es uns, Arnest ohne Blutvergießen zu stellen. Was hast du zu verlieren? Du hast immer noch Kipling und Ama'Ru. Wir werden ohne sie nicht fliehen.«

Gonzales schwieg. In ihrem Blick zuckte es und sie wirkte verunsichert. Rin deutete mit dem Kinn auf die Leiche, die in ihren Eingeweiden lag. »Sieh dir den Mann an. Arnest hat das mit seinen *Händen* getan. Wie wird wohl dein Volk reagieren, wenn es erfährt, dass seine Prophetin ihre Leute einem solchen Ungeheuer grundlos ausgesetzt hat?«

Auckland unterdrückte ein Lächeln, als er die kühle Berechnung auf Gonzales' Gesicht sah. Sie war im Herzen immer noch eine Politikerin, die sich um Umfragewerte und Beliebtheitsgrade sorgte. Rins Worte hatten sie dort getroffen, wo sie am verwundbarsten war.

»Also gut.« Gonzales hob die Hand. Ihre Finger zitterten leicht. »Kümmern Sie sich darum. Mich interessiert nicht, wie Sie das tun, aber dieser Wahnsinnige muss mein Schiff verlassen, ob tot oder lebendig ist mir egal. Unsere Abmachung ist damit natürlich hinfällig.«

Auckland nickte. Wenn er recht hatte, würden sie die Abmachung auch nicht mehr benötigen.

Gonzales wandte sich an Gustav, dessen verkniffenes Gesicht verriet, dass er mit der Situation nicht einverstanden war. »Leiten Sie alles Erforderliche in die Wege.«

Er zögerte. »Halten Sie das wirklich für –«

»Sofort!«

Gustav zuckte zusammen, als sie ihn anschrie. Dann nickte er hastig und bahnte sich seinen Weg durch den Kreis.

»Schicken Sie Wachen zum Zellentrakt und kommen Sie auf die Brücke, wenn alles erledigt ist«, rief Gonzales ihm nach, bevor sie sich an ihre anderen Anhänger wandte. »Sie alle werden mich dorthin begleiten. Ich will keine Sekunde allein sein.«

Sie sah Auckland an. »Halten Sie mich nicht für dumm«,

sagte sie ruhiger. »Ich weiß, dass Sie Ihr Leben retten und Ihre Leute befreien wollen. Eine solche Gelegenheit wird sich Ihnen nie wieder bieten. Aber ich schwöre Ihnen beim einzig wahren Gott, dass ich Sie alle umbringen lasse, wenn Sie das versuchen.«

Auckland antwortete nicht. Nach einem Moment wandte sich Gonzales ab und ging inmitten ihrer Anhänger auf den Frachtraum zu. Einige von ihnen stolperten über ihre eigenen Füße, so dicht drängten sie sich zusammen. Rin trat neben Auckland und sah ihnen nach. Ihm fiel auf, dass sie sich bemühte, keinen Blick auf die Leichen zu werfen.

»Hat Gonzales recht?«, fragte sie. »Willst du Kipling und Ama'Ru befreien?«

Auckland betrachtete eine schmale Luke, die wahrscheinlich zu einem Wartungsschacht führte. Sie stand einen Millimeter weit auf. »Nein«, sagte er. »Ich denke, dass Arnest das längst getan hat.«

Eine der Wachen musste ihm erzählt haben, wo die Gefangenen festgehalten wurden, doch das erklärte nicht, weshalb Arnest die *Moon* überhaupt betreten hatte. Er hatte nicht gewusst, was auf dem Schiff geschehen war.

Später, dachte Auckland. Er stieß die Luke mit dem Fuß auf und warf einen Blick in den Schacht. Kabelkanäle und Rohre säumten einen schmalen Gang. Er war sich nicht sicher, ob Ama'Rus Gottesanbeterin hindurchpassen würde.

»Dann dürfte er schon wieder auf dem Weg zurück sein«, sagte Rin. Auckland sah, wie sie sich mit der Zunge über die Lippen fuhr. »Was machen wir, wenn er hier auftaucht?«

Der beißende Gestank nach Tod wurde von der Klimaanlage langsam aus dem Gang gezogen. Auckland lud seine Pistole durch.

»Das werden wir dann sehen.« Er wusste, wie ausweichend das klang, aber er wollte den Gedanken, den er seit dem Leichenfund hatte, nicht aussprechen.

Ich werde ihn so nicht mehr an Bord lassen.

11

Draußen vor dem Zellentrakt heulte eine Sirene auf. Eine künstlich klingende Männerstimme unterbrach sie. »Achtung. Bitte begebt euch sofort in eure Unterkünfte und verriegelt die Tür. Wir werden euch mitteilen, wenn die Gefahr gebannt ist. Achtung …«

Die Stimme wiederholte ihre Worte. Niemand im Zellentrakt bewegte sich, obwohl die Türen offen standen. Kipling räusperte sich und sah Arnest durch seine V-Specs an. Der Film, in dem Lanzo starb, lief am linken Rand weiter.

»Mir gefällt dein Look«, sagte Kipling, als das Schweigen für ihn unerträglich wurde. »Sehr *Stirb langsam.*«

Arnest reagierte nicht darauf. Er war vor einigen Minuten in den Zellentrakt gekommen und hatte die Türen manuell geöffnet. Seitdem stand er da, die Fäuste geballt, die Muskeln so stark angespannt, dass die Adern hervortraten. Im Bund seiner Jogginghose steckte eine Pistole, das ehemals weiße Unterhemd war schmutzig und voller Blut. Dunkle Ringe lagen unter seinen Augen. Er war unrasiert und blass. Kipling sah, dass er zitterte.

»Wir sollten gehen, bevor sie Wachen schicken«, sagte Ama'Ru. Kipling war ihrer Meinung, aber Arnest stand genau vor ihm und er traute sich nicht, ihn anzufassen und beiseite zu schieben.

»Lässt du uns raus?«, fragte er stattdessen.

Arnest blinzelte, so als erwache er aus einem tiefen Schlaf. Er schüttelte den Kopf, sah sich um und trat zur Seite. Ohne ein Wort ging er auf die Tür des Zellentrakts zu. Kipling folgte ihm. Er glaubte, Arnest flüstern zu hören, aber über den Lärm der Sirene konnte er die Worte nicht verstehen.

»Kommst du mit?«, fragte er Bob Swanson, der im Eingang seiner Zelle stand.

»Nein, danke.« Swanson hob abwehrend die Hände und trat einen Schritt zurück. »Ich bleibe, wo ich bin.«

Der Blick, den er auf Arnests Rücken richtete, verriet den Grund für seine Entscheidung. *Nachvollziehbar*, dachte Kipling. Arnest hatte ihn schon öfter nervös gemacht, aber er hatte noch nie wirklich Angst in seiner Gegenwart empfunden. Doch nun kam es ihm so vor, als folge er einem Wagen voll mit Dynamit.

»Er verliert die Kontrolle«, sagte Ama'Ru leise neben ihm. »Wir müssen auf alles gefasst sein.«

Kipling nickte. »Ich weiß.«

Der Zellentrakt mündete in einen Quergang. Links ging es zu den Unterkünften, aber Arnest wandte sich nach rechts und zog eine schmale Luke auf. Dahinter lag ein Wartungsschacht. Ama'Ru warf einen Blick hinein, dann tänzelte die Gottesanbeterin auch schon zurück wie ein nervöses Pferd.

»Sie wird nicht hineingehen. Der Schacht ist zu schmal.«

Arnest fuhr zu ihr herum. Sein Gesicht verzerrte sich vor Wut, rote Flecke traten auf seine Wangen. Die Gottesanbeterin hob ihre Scheren, Kipling hielt den Atem an. Er glaubte, Arnest würde sich auf sie stürzen, doch stattdessen schlug er mit der Faust gegen die Wand, einmal, zweimal, dreimal, bis Blut das Metall verschmierte.

»Es ist okay, Arnest«, sagte Kipling. »Wir finden einen anderen Weg. Das ist kein Problem, verstehst du? Gar kein Problem.«

Er wich aus, als Arnest an ihm vorbeistürmte. Kipling hörte wieder dieses Flüstern, aber dieses Mal verstand er die Worte.

»Ich kann nicht mehr. Ich kann nicht mehr. Ich kann nicht mehr.«

Ich muss es ihm sagen, dachte Kipling. Sein Blick zuckte zu dem Video, das die Wärmebildkamera auf Scania aufgezeichnet hatte. Als er es das erste Mal gesehen hatte, war ihm etwas seltsam erschienen, aber es war nur ein Gefühl gewesen, mehr nicht. Also hatte er die gleiche Methode angewandt, mit der er auch unerklärliche Bugs in seinen Programmen suchte. Er hatte das Video immer weiter laufen lassen und gehofft, dass sein Unterbewusstsein ihm irgendwann die Lösung verraten würde. Er war sich nur nicht sicher, dass das bereits geschehen war. Doch warten konnte er nicht mehr.

»Arnest!«, rief er. Im gleichen Moment verstummte die Sirene. Seine Stimme hallte im Gang wider und durch die offen stehende Tür in den Raum, in dem sich die Unterkünfte befanden. Arnest ging einfach weiter.

»Arnest!« Kipling lief schneller. Die Gottesanbeterin folgte ihm auf ihren langen Beinen, bis sie nebeneinander gingen.

»Was willst du von ihm?«, fragte Ama'Ru.

»Ich muss ihm etwas sagen.«

»Ich glaube nicht, dass er dir noch zuhören kann.«

Sie betraten den ehemaligen Frachtraum. Auf den ersten Blick war er menschenleer, aber als Kipling an geschlossenen Türen und Kistenstapeln vorbei tiefer in den Raum hineinlief, spürte er Blicke im Rücken. Er sah hinauf zu der Galerie, die den Raum umgab. Zwischen gespannten Wäscheleinen und Zelten, die als Notunterkünfte fungierten, entdeckte er Gewehrmündungen, die sich auf Arnest richteten.

Scheiße.

Ohne anzuhalten, hob er die Hände. »Nicht schießen! Wir regeln das! Nicht schießen!«

Arnest fuhr so schnell herum, dass er stolperte, stürzte und über das Deck rutschte. Sein Gesicht und seine Arme waren schweißbedeckt. Einen Augenblick lang verharrte er auf dem Boden, dann kam er mühsam wieder hoch. Die Pistole hielt er in beiden Händen.

»Nicht schießen!«, schrie Kipling erneut. Er war sich nicht sicher, ob er damit Arnest oder die Wachen mit ihren Gewehren meinte.

»Er soll die Waffe fallen lassen.« Gustavs Stimme. Ihn selbst sah Kipling nicht.

»Ich glaube nicht, dass das so laufen wird«, rief er zurück. »Lasst ihm Zeit, okay?«

Ein Dutzend Meter von ihm entfernt hob Arnest langsam seine Pistole. Sein Gesicht verzerrte sich, so als versuche er, ein großes Gewicht zu stemmen. Er musste sich auf die Lippe gebissen haben, denn ihm lief Blut über das Kinn.

»Bau keine Scheiße, Arnest!« Kipling fuhr sich mit den Händen durch die Haare. Sein Mund war so trocken, dass er kaum schlucken konnte. »Ich muss dir was sagen. Hör mir einen Mom–«

Er unterbrach sich unwillkürlich, als er Auckland hinter Arnest auftauchen sah. Er richtete seine Pistole auf dessen Rücken. Rin blieb ein Stück hinter ihm und bedeutete Kipling mit Gesten, fortzufahren.

»Äh … ich komme jetzt zu dir, okay? Und dann zeige ich dir was.«

Er hatte den Satz noch nicht ganz ausgesprochen, als sich Arnest mit der Waffe im Anschlag umdrehte. Auckland erstarrte. Die Gottesanbeterin stieß ein stechendes, hohes Pfeifen aus.

»Bringen wir es zu Ende«, flüsterte Arnest. »Versuch es. Los.«

»Nein.« Auckland bewegte sich nicht.

»Los.«

»Nein.«

»Los!« Arnests Schrei war rau. Speichel und Blut spritzten von seinen Lippen. Die Waffe in seinen Händen zitterte. Seine

Knöchel wurden weiß, so fest umklammerte er sie. »Los!«

Aucklands Augenwinkel zuckten. Kipling ballte die Fäuste. *Er drückt ab. Mein Gott, er drückt wirklich ab.*

Ein Schatten strich plötzlich über sein Gesicht. Einen Lidschlag später flog die Gottesanbeterin über ihm durch die Luft, prallte gegen Arnest und riss ihn zu Boden. Er schrie auf. Ein Schuss löste sich aus seiner Waffe und bohrte sich in eine Plastikkiste, keine zehn Zentimeter von Rins Kopf entfernt.

Ein halbes Dutzend Schüsse antworteten ihm. Kipling sprang in Deckung, Funken stoben auf, Querschläger heulten an ihm vorbei. Irgendjemand schrie.

»Hört auf, zu schießen, ihr Vollidioten!«, schrie Gustav. »Ihr bringt euch ja gegenseitig um.«

Die Schüsse verstummten. Kipling kam auf die Beine. »Ama'Ru, halt ihn fest! Auckland, Rin, helft ihr.«

Niemand fragte, was er vorhatte. Auckland trat Arnest die Waffe aus der Hand und hielt seine Arme fest. Rin packte seinen Kopf. Die Gottesanbeterin lag mit ihrem ganzen Gewicht auf seinen Beinen und seiner Brust.

Kipling fiel neben ihm auf die Knie. Mit einem Fingerschnippen stellte er das Video auf Vollbild und riss sich die V-Specs von den Augen. Arnest wand sich und schrie vor Wut. Weißer Schaum stand vor seinem Mund. Kipling brauchte drei Anläufe, um ihm die V-Specs aufzusetzen. Er musste sie auseinanderbiegen, damit sie auf Arnests Kopf passten.

»Sieh hin!«, brüllte er Arnest an. »Das ist das Video vom Tod deines Bruders. Sieh es dir an!«

Arnest erschlaffte. Seine Schreie verstummten.

»Sieh es dir an«, wiederholte Kipling ruhiger. »Sieh es dir ganz genau an.« Er machte eine Pause. In seinen Gedanken spielte er das Video ab, von der Sekunde, in der die verschwommene Gestalt herumfuhr, bis zu der, in der sie zu Boden ging und nach der Eisenstange griff, die ihr aus den Händen gerutscht war.

»Lanzo ist Rechtshänder, oder?«, fragte er. *Bitte sag ja. Bitte sag ja. Bitte sag –*

Arnest nickte. Kipling stieß erleichtert den Atem aus. Er war sich nicht sicher gewesen und hatte es auch nicht gewagt, die Frage zu stellen, aus Angst, sich selbst und die anderen enttäuschen zu müssen. »Achte auf die Stange, Arnest. Du kannst sie gut erkennen, weil das Blut der Zombies, das daran klebt, noch warm ist. Sie liegt rechts von ihm, richtig?«

Arnest nickte erneut. Er war so ruhig, dass Auckland seine Arme losließ. Die Gottesanbeterin stand auf.

Kipling wischte sich nervös über die Augen, bevor er seine Frage stellte. »Wieso greift er dann mit der linken Hand danach?«

Er wartete. Nach einem Moment setzte Arnest sich auf und nahm die V-Specs ab. »Das ist nicht Lanzo«, sagte er heiser.

Kipling nickte. »Genau. Ich glaube, dass dein Bruder lebt.«

Arnest blinzelte. Und dann, so plötzlich und laut, dass Kipling zusammenzuckte, lachte er. »Fick dich, Universum!«, schrie er. Seine Worte hallten durch den Raum. »Du machst uns nicht fertig, nicht Lanzo und mich, du verwichstes, beschissenes kack Fotzenarschlochuniversum! Fick dich! Fick dich! Fick dich!«

Kipling legte den Kopf in den Nacken. Die Spannung fiel von ihm ab. Über sich sah er die Wachen der *Destination Moon*. Sie warfen einander verstörte Blicke zu, einige legten ihre Waffen an die Schulter.

Er hob die Hände. »Alles in Ordnung«, rief er über Arnests Schwall von Obszönitäten hinweg. »Es geht ihm gut.«

»Fick dich!«, brüllte Arnest ihm ins Ohr und lachte.

12

»Kommen wir noch irgendwie aus der Nummer raus?«, fragte Rin, als sie die Schleuse verließen.

»Ich wüsste nicht, wie«, sagte Auckland.

Arnest hörte ihnen kaum zu. Die Wachen der *Moon* hatten sie zur Schleuse gebracht und zurück auf die *Eliot* geschickt. Kipling und Ama'Ru waren an Bord geblieben. Der Roboter hatte ihm erklärt, dass sie irgendwas machen mussten, zur Erde fliegen, gegen verschissene Jockeys kämpfen und sterben, so was in der Art. Er war zu müde und zu durstig, um sich darüber Gedanken zu machen. Irgendwie würden sie schon klarkommen, so war es immer.

Er horchte in sich hinein und grinste. Das *Ding* war immer noch da, aber die Mauern seines Gefängnisses hatten sich wie von selbst wieder aufgebaut und waren jetzt so hoch wie die Eiswand in dieser komischen Serie mit dem Zwerg und all den Leuten, die er nicht auseinanderhalten konnte.

Scheiß drauf, dachte er. *Lanzo lebt und ich hab zwei Sixpacks im Kühlschrank. Scheiß drauf, was morgen passiert.*

Keine Halluzinationen mehr, kein tagelanges Brüten in seiner Kabine. Er war wieder er selbst und er wusste es. Vor den anderen bog er um eine Ecke – und blieb abrupt stehen.

Der Albaner saß mit übereinandergeschlagenen Beinen auf dem Boden des Gangs, die Hände in den Schoß gelegt. Er lächelte.

Arnest spürte, wie ihm das Blut aus dem Gesicht wich, doch

als er sich umdrehte, bemerkte er, dass sich Aucklands und Rins Augen weiteten. Sie sahen ihn auch.

»Ja, scheiß die Wand an«, sagte er und zog seine Waffe.

TEIL 2

NIEMAND DARF DAS WISSEN

»Seht euch mal eure Torrents an. Kommt, tut mir den Gefallen. Ist irgendeine Serie, irgendein Film oder irgendein Album dabei, das nach 2020 produziert wurde? Wenn ja, dann seid ihr eine Ausnahme. In den Top 100 der aktivsten Torrents findet man nur einen, der aus der Zeit nach 2020 stammt – und zwar das Live-Action-Remake von *Futurama*. Alle anderen sind zum Teil deutlich älter.

Ich halte die Jahreszahl für keinen Zufall. 2020 – das Jahr, in dem wir Kontakt aufnahmen, das Jahr unseres ersten Treffens mit den Jockeys. In den künstlichen Träumen, in die wir uns flüchten, wollen wir nichts mit ihnen zu tun haben. Deshalb drehen wir die Zeit zurück, bis es sie nicht mehr gibt und wir wieder allein sind. Und zu Hause.«

– Nerdprediger Dan, *ASCII-Zeichen für die Ewigkeit*

1

»Scheiß die Wand an!«

Arnest griff nach der Pistole, die im Bund seiner fleckigen Jogginghose steckte.

Auckland berührte seine Waffe nicht. Hätte der Albaner sie umbringen wollen, wären sie bereits tot. Aus den Augenwinkeln sah er, wie Rin ihre Hand einen Moment lang über dem Griff ihrer Pistole schweben ließ, sie dann aber senkte. Vielleicht war sie zu der gleichen Schlussfolgerung gekommen, vielleicht orientierte sie sich auch nur an ihm. Schließlich war er der Einzige, der wusste, was der Albaner war.

Zumindest ansatzweise, dachte er.

Der Mann, der sich Albaner nannte, saß mit übereinandergeschlagenen Beinen schweigend im Gang und lächelte. Er trug eine schwarze, an den Knien abgewetzte Cargohose und eine kurze, ebenfalls schwarze Jacke. Auf dem T-Shirt, das er darunter trug, war ein helles Zeichentrickpony mit türkiser Mähne abgedruckt, das aufgeregt zu tänzeln schien. Funkelnde Sterne umgaben es. Eine Aufschrift identifizierte das Tier als *Princess Sparkle*.

»Ihr seht ihn auch, oder?«, fragte Arnest.

Rin runzelte die Stirn, nahm den Blick aber nicht von dem Albaner. »Wieso sollten wir ihn nicht sehen?«

»Weil …« Arnest kratzte sich am Kopf. Es schien ihm unangenehm zu sein, darüber zu sprechen. »Ich dachte, der wär nur in meinem Kopf, weil ich nich' klarkam, okay? Aber jetzt stellt sich raus, dass er die ganze Zeit echt war.«

»Regie: M. Night Shyamalan«, sagte der Albaner.

Auckland wusste nicht, was das heißen sollte. »Schickt Brown dich?«, fragte er.

Der Albaner richtete seinen Blick auf ihn. Seine schmalen Augen wirkten schwarz. »Brown?«, sagte er und runzelte die Stirn. Dann lächelte er plötzlich. »Oh, ich verstehe. Er hat sich also endlich dazu durchgerungen, dich umzubringen. Ist ihm bestimmt schwergefallen.« Er stand in einer fließenden, eleganten Bewegung auf, so als spüre er sein eigenes Gewicht nicht. Die Mündung von Arnests Waffe machte die Bewegung mit.

»Aber um deine Frage zu beantworten«, fuhr der Albaner fort, ohne ihn zu beachten. »Nein. Brown schickt mich nicht.«

Rin sah Auckland an. »Brown will dich umbringen?«

»Ja.« Er hob die Hand, als sie nachhaken wollte. »Lass uns später darüber reden, okay?«

Er wandte sich wieder dem Albaner zu. »Was will –«

Arnest unterbrach ihn, bevor er die Frage zu Ende stellen konnte. »Wo ist mein Bruder, Arschloch?«

»Ihr habt es ihm gesagt?« Der Albaner zog theatralisch die Mundwinkel nach unten. »Schade. Dabei war er auf einem so guten Weg.« Er zeigte in Richtung der Schleuse. »Was er da hinten angerichtet hat, war schon nicht schlecht, aber mit ein wenig Unterstützung hätte er ein echtes Kunstwerk vollbringen können. Es steckt in ihm, das habe ich gespürt.«

»Hör auf, so eine Scheiße zu erzählen, und sag mir, wo Lanzo ist.«

Arnest machte einen Schritt auf den Albaner zu, doch Auckland stellte sich ihm in den Weg. »Du kannst ihn das auch von hier fragen.«

Der Albaner lachte. Es klang herzlich und offen, brach aber so plötzlich ab, als habe jemand einen Schalter umgelegt.

»Er hat recht. Du solltest mir nicht zu nahe kommen. Was ich tun könnte, wenn ich wollte …« Er machte eine Pause. Einen Moment lang schien er sich in Erinnerungen zu verlieren, dann schüttelte er den Kopf. »Ich bin ein wenig enttäuscht. Will denn keiner von euch wissen, wie es mir gelungen ist, an Bord zu kommen?«

Auckland hatte sich die gleiche Frage bereits gestellt und war zum einzig möglichen Schluss gekommen. »Du benutzt ein Tarnfeld«, sagte er. »Deshalb hat dich Gonzales beim Scan der *Eliot* auch nicht entdeckt.«

Jahrzehntelang hatten Militärs mit Tarnfeldern und -vorrichtungen experimentiert, aber erst kurz vor Omega hatten sie einen Durchbruch erzielt und den gewaltigen Energieverbrauch eindämmen können.

»Richtig«, sagte der Albaner. »Wir waren die erste Einheit, die mit den neuen Tarnfeldern ausgerüstet wurde. *BetterLife-Solutions* hat sich nicht mal die Mühe gemacht, sie euch auch zu geben. Ihr wart schon veraltet, bevor ihr erwachsen wurdet. Tragisch, oder?«

»Und trotzdem stehen wir beide hier.«

»Aber nur, weil ich es so will.«

Es wurde still. Der Albaner wartete sichtlich auf eine Reaktion, doch Auckland schwieg und blieb mit in die Hosentaschen geschobenen Händen vor ihm stehen. Dass er sie zu Fäusten geballt hatte, wusste niemand außer ihm.

Die Sekunden zogen sich in die Länge, dann räusperte sich Rin auf einmal. »Für den Fall, dass ihr es vergessen habt«, sagte sie. »Die *Moon* hat uns die Sprungkoordinaten geschickt und erwartet, dass wir mit unseren Vorbereitungen beginnen. Wenn wir zu lange zögern, könnte Gonzales ihr Missfallen an Kipling und Ama'Ru auslassen.«

»Ihr wollt das wirklich durchziehen?«, fragte der Albaner. »Euer Leben für zwei von euren Leuten opfern?«

Woher weiß er davon?, fragte sich Auckland. Bevor er darüber nachdenken konnte, sagte Arnest hinter ihm »Ich nicht« und spuckte aus. »Das höre ich zum ersten Mal, aber wenn das ein Plan sein soll, dann ist es ein verdammt beschissener.«

»Wir hatten keine andere Wahl«, sagte Rin. »Wir konnten entweder einige Leben retten oder keine.«

Sie klang gelassen, beinahe erleichtert, dachte Auckland. Er fühlte sich ähnlich. Sie alle hatten keine Zukunft mehr und das Beste, worauf sie hoffen konnten, war ein sinnvoller Tod, selbst, wenn sie Kipling und Ama'Ru damit nur ein paar Tage erkauften.

Besser als in einem Habitat der Jockeys zu verrotten oder irgendwann abgeschossen zu werden.

»Und wenn ihr alle retten könntet?«, fragte der Albaner. »Euch selbst, den Hacker, die Jockey – was auch immer ihr mit der wollt – und Lanzo?«

»Wie?« Arnest schnappte schnell wie ein Hai nach dem hingeworfenen Köder. Auckland schüttelte den Kopf, als er das Aufblitzen in den Augen des Albaners sah. Er hatte gewonnen und er wusste es.

Der Albaner lächelte. »Indem ihr tut, was ich sage.«

»Okay.«

»Arnest –«, setzte Rin an, aber der ließ sie nicht weiterreden.

»Euer Plan ist scheiße«, sagte er, während er seine Waffe wieder in den Hosenbund steckte. »Probieren wir also seinen aus.«

»Wir wissen ja nicht mal, wie sein Plan aussieht und was er damit bezwecken will.«

Der Albaner verschränkte die Arme vor der Brust und hörte Rin lächelnd zu. Auckland bemerkte den schmalen, schwarzen Kasten, der an seinem Gürtel hing und halb von dem darüberfallenden T-Shirt verborgen wurde. Ein grünes Licht blinkte daran.

Das Tarnfeld, dachte Auckland.

Arnest winkte ab. »So lange wir nicht verrecken und Lanzo finden, ist es mir scheißegal, was er damit bezweckt.« Er zwängte sich an Auckland vorbei und sah den Albaner an. »Wenn du uns verarschst, reiße ich dir die Rübe ab und piss in deinen Hals. Verstehen wir uns?«

»Oh ja, wir verstehen uns.« Der Albaner kicherte wie ein kleines Mädchen. Es war ein unangenehm hoher Laut, der weder zu seinem Aussehen noch der Situation passte. Er erinnerte Auckland an Internetvideos, in denen man absichtlich falsche Tonspuren über Bilder legte.

Rin trat einen Schritt zurück und tastete nun doch nach ihrer Pistole. Das Kichern schien sie zu verstören. Sogar Arnest hielt einen Moment inne und musterte den Albaner aus den Augenwinkeln. Dann ging er kopfschüttelnd weiter.

»Nur Kaputte hier«, sagte er.

Auckland folgte ihm, ohne den Blick von dem Albaner zu nehmen. Als sie auf der gleichen Höhe waren, fragte er leise: »Was willst du? Warum hilfst du uns?«

Der Albaner sah ihn reglos an. »Wer sagt, dass ich euch helfe?«

2

»Ich glaube nicht, dass sich das Kraftfeld nur auf den Zellentrakt beschränkt«, sagte Kipling. »Dafür ist es zu stark.«

Ama'Ru sah auf. Die *Andere* wippte gelangweilt unter ihr auf und ab. Obwohl sie eingesperrt waren, schien sie keine Angst zu haben.

»Ist das gut oder schlecht?«, fragte Ama'Ru, weil es unhöflich gewesen wäre, zu schweigen, ihr aber das Wissen für konkrete Fragen fehlte.

»Schlecht.« Kipling saß an der Seitenwand der Zelle, die Knie angezogen, die Arme daraufgelegt. Seine Finger zuckten und bewegten sich unablässig. Mit den Chips unter der Haut bediente er seine V-Specs. Ama'Ru wunderte sich immer wieder darüber, wie eng die Menschen mit ihren Maschinen verbunden waren. Hätte Omega ihre Zivilisation nicht beendet, wären sie vielleicht sogar ganz mit ihnen verschmolzen, so wie sie mit der *Anderen.*

»Kein Wunder, dass sie uns die Elektronik nicht abgenommen haben«, fuhr Kipling fort. »Sie wissen genau, dass wir nicht durchkommen.«

Er hob den Kopf und richtete den Blick an die Decke. »Hört ihr das? Ihr seid besser als ich. Herzlichen Glückwunsch.«

Es fiel Ama'Ru oft schwer, menschliche Stimmlagen richtig einzuschätzen, aber sie war sich sicher, dass Kipling frustriert klang. Er stand auf und schob die Hände in die Taschen seiner Cargohose. »Eine Rolle spielt das wohl eh nicht mehr. Zum ersten Mal glaube ich nicht, dass das Internet uns retten wird.«

Er trat mit der Stiefelspitze gegen die Gitterstäbe. Das Geräusch klang dumpf und metallisch.

»Sie sind noch nicht tot, Kipling«, sagte Bob Swanson aus der Zelle auf der anderen Seite des Gangs. »Zwischen hier und der Erde kann eine Menge passieren.«

»Was zum Beispiel?«, fragte Kipling. »Dass sich die Waffensysteme der Jockeys spontan abschalten? Oder dass sie ein Bewusstsein entwickeln und auf einmal erkennen, dass sie viel lieber Holzfäller wären?« Er schüttelte den Kopf. »Sie werden sterben und das wissen alle, die hier im Trakt stehen.«

Sein Blick fiel auf die *Andere*. »Außer ihr vielleicht.«

Ama'Ru wusste, dass er das nicht abwertend meinte, trotzdem fühlte sie das Bedürfnis, die *Andere* zu verteidigen. »Sie ist intelligenter, als du glaubst.«

Und eigenständiger, fügte sie in Gedanken hinzu. Sie war fast aus dem Sattel geschleudert worden, als die *Andere* plötzlich aus dem Stand durch die Luft gesprungen war, um Auckland vor Arnest zu beschützen. Sie hatte aus eigenem Antrieb gehandelt, Ama'Ru hatte nicht einmal daran gedacht, sich einzumischen. Seit Auckland die *Andere* gerettet hatte, existierte eine seltsame Vertrautheit zwischen ihnen. Ama'Ru glaubte nicht, dass er das bemerkte, aber ihr fiel es umso mehr auf. *Was würde sie tun, wenn sie von seinem Opfer wüsste?*, fragte sie sich und bemerkte besorgt, dass sie die Antwort auf diese Frage nicht kannte. Je besser sie die *Andere* kennenlernte, desto fremder wurde sie ihr.

»Sorry, ich wollte dich nicht beleidigen«, sagte Kipling.

»So hatte ich das auch nicht aufgefasst.«

Ama'Ru beobachtete, wie Kipling auf und ab ging. Er wirkte nervös und aufgebracht. Die Vorstellung, dass andere für ihn sterben würden, setzte ihm sichtlich zu. Ama'Ru erwartete nicht, nach den Sprüngen zur Erde selbst lange am Leben zu bleiben. Für sie und die *Andere* gab es in der Gesellschaft, die diese Menschheit errichten wollte, keinen Platz. Man würde sie unter irgendeinem Vorwand umbringen oder den Zombies ausliefern, die vermutlich immer noch in gewaltigen Herden über das Land zogen. Der Gedanke stimmte sie ein wenig traurig, aber er ängstigte sie nicht. Sie und die *Andere* würden nach dem Tod eins werden und der Virus würde ihnen nichts mehr anhaben können. Das Große Versprechen würde sich erfüllen.

Ama'Ru ertappte sich zum ersten Mal bei der Frage, ob auch Menschen in diesem Leben nach dem Tod Platz finden würden, und lachte leise.

»Was ist denn so komisch?«, fragte Kipling. Er klang gereizt.

»Nichts. Ich –«

Geräusche im Zellentrakt unterbrachen sie. Die Tür wurde geöffnet, dann hörte Ama'Ru laute Schritte im Gang. Sekunden später tauchten sechs dunkel gekleidete Männer auf, die Gustav, der für Gonzales als eine Mischung aus Leibwächter und Berater zu fungieren schien, anführte. Alle waren mit Pistolen und Knüppeln bewaffnet, aber bis auf Gustav wirkten sie nicht so, als wären sie mit Waffen sonderlich vertraut.

Kipling wich von den Gitterstäben zurück, Swanson verschwand in den Schatten seiner Zelle. Ama'Ru hielt ihn für einen der klügsten Menschen, die sie bisher getroffen hatte. Er hielt sich aus allem heraus und versuchte, nicht aufzufallen. Sein einziger Fehler, soweit Ama'Ru das beurteilen konnte, hatte darin bestanden, nicht schnell genug auf Gonzales' Linie umzuschwenken, als die Zeit reif war.

Aber er hätte es getan, um zu überleben, dachte Ama'Ru. Sie glaubte nicht, dass die meisten Menschen in ihrer Umgebung dazu in der Lage gewesen wären. Sicherlich nicht Arnest, wohl auch nicht Auckland oder Lanzo, vielleicht nicht einmal Kipling. Nur Rin traute sie so viel Vernunft zu.

Gustav blieb vor ihrer Zelle stehen und stemmte Fäuste in die Seiten, die fast so groß wie Ama'Rus Kopf waren. Sein Bauch quoll unter einem zu engen T-Shirt über die Hose und sein Hals verschwand unter Fettwülsten. Trotzdem hatte er Auckland mit einem einzigen Schlag zu Fall gebracht. Man durfte seine Kraft nicht unterschätzen.

»Wollt ihr uns irgendwo hinbringen?«, fragte Kipling. Er stand nun neben Ama'Ru an der Rückwand der Zelle.

Gustav schüttelte den Kopf. »Wir wollen nur verhindern, dass eure Kumpane euch noch mal befreien. Gott ist zwar auf unserer Seite, aber er regelt nicht alles für uns.«

Er legte eine Hand auf das Touchpad neben der Zellentür. Es klickte, als sich die Verriegelung öffnete. »Und wo wir gerade bei Gott sind: Er schätzt es nicht, wenn seine Prophetin beleidigt wird.«

»Ich habe mich vielleicht ein wenig im Ton vergriffen«, sagte Kipling, »aber es war nicht beleidigend gemeint.«

Instinktiv versuchte er, noch weiter zurückzuweichen, stieß aber nur mit dem Rücken gegen die Wand.

»Du hast sie ›Drecksau‹ genannt«, sagte Gustav.

Kipling hob beschwichtigend die Hände. »Und dafür entschuldige ich mich. Ich war aufgebracht und wusste nicht, was ich tat. Das wird nicht wieder vorkommen.«

»Und wenn doch, wird sich das ohne Zähne verdammt lustig anhören.« Gustav lachte über seinen eigenen Witz, aber Ama'Ru bemerkte, dass keiner seiner Männer mit einstimmte. Sie wirkten nervös und warfen sich kurze Blicke zu.

»Gustav«, sagte einer von ihnen, ein junger, bärtiger Mann mit dunkler Haut. »Wir sollen sie nur bewachen, nicht mehr. Miss Gonzales –«

»Miss Gonzales ist unsere Prophetin, Harris«, unterbrach Gustav ihn mit schneidender Stimme. »Dieser gottlose Sünder hat sie beschimpft. Wollt ihr das ungesühnt lassen, ihr verdammten Feiglinge?«

Er machte einen Schritt auf Harris zu und spannte die Muskeln an, um noch breiter zu wirken. Ama'Ru war Menschen wie ihm schon begegnet. Sie empfanden Freude dabei, andere einzuschüchtern und zu verletzen.

»Nein, natürlich nicht.« Harris wich seinem Blick aus. »Sünden müssen gesühnt werden … und so. Ich schlage nur vor, diesen Typen nach dem Sprung zur Erde zu bestrafen. Er läuft doch nicht weg.«

»Ganz genau«, sagte Kipling. »Verschieben wir es. Dann habe ich auch Zeit, meine Sünden zu bereuen.«

»Wenn ich mit dir fertig bin, wirst du alles bereuen, was du je in deinem Leben getan hast.« Gustav wandte sich von Harris ab und zog die Gittertür mit einem Ruck auf. Sie glitt metallisch ratternd zurück. »Macht mir Platz.«

Seine Leute drängten sich vor Swansons Zelle zusammen. Niemand wagte es mehr, Gustav zu widersprechen.

»Kommst du raus oder muss ich dich holen?«

Ama'Ru spürte, wie die *Andere* unruhig wurde. Ihre Zangen öffneten und schlossen sich. Ihre Flanken zitterten.

»Und wenn die verdammte Jockey auch nur eine Bewegung macht, knallt ihr sie ab«, fuhr Gustav fort. Dann fuhr er sich mit der Zunge über die Lippen und winkte Kipling heran. In seinen Augen funkelte es. »Komm schon. Sei ein Mann.«

Kipling zögerte. Ama'Ru sah die Schweißperlen auf seiner Stirn. Sie wünschte, sie hätte ihm helfen können, aber sie wusste nicht, wie. Ein halbes Dutzend Pistolenmündungen richteten sich auf sie und Kipling. In der engen Zelle würden die Kugeln sie nicht verfehlen.

»Auch das geht vorbei«, sagte sie leise. Es war ein Spruch, den sie einmal auf einem T-Shirt gelesen hatte. Aus irgendeinem Grund hatte sie ihn nie vergessen.

»Ja.« Kipling nahm seine V-Specs mit zitternden Fingern ab, faltete sie zusammen und steckte sie in die Innentasche seiner Jacke. Er sah Ama'Ru an. »Ich werde schreien und heulen wie ein Baby. Nimm mir das nicht übel, okay?«

»Warum sollte ich?«

Kipling neigte den Kopf, dann löste er sich von der Wand und ging auf Gustav zu, der einladend in den Gang zeigte. »Ich überlasse dir den ersten Schlag«, sagte er.

»Wozu?«, fragte Kipling. »Ich –«

Die *Andere* schlug ihre Scheren zusammen. Der Knall hallte durch den Gang. Gustav fuhr zu ihr herum, alle Blicke und Mündungen richteten sich auf sie. Ama'Ru legte ihr die Hände an den Hals, um sie zu beruhigen. Die *Andere* musste die Aggression, die von Gustav ausging, gespürt haben, denn nun riss sie auch noch angriffslustig das Maul auf und zischte.

»Bring dein scheiß Vieh unter Kontrolle!«, brüllte Gustav.

Im gleichen Moment rannte Kipling los.

Er stieß Gustav in die Gruppe der Bewaffneten hinein, tauchte unter den Armen des einzigen Mannes, der sich auf seiner Seite des Gangs postiert hatte, hinweg, und verschwand aus Ama'Rus Gesichtsfeld. Sie hörte seine hastigen Schritte, noch während sie sich umdrehte und sah, wie Gustav hoch kam.

»Nicht schießen!«, schrie er und schlug einem Mann den Waffenarm nach unten. Nur eine Sekunde später öffnete sich die Tür am Ende des Trakts mit lautem Zischen. Gustav presste seine Hand auf den Touchscreen an der Wand. Die Tür der Zelle und die am Ende des Gangs schlossen sich zwar, doch Kipling war weder zu sehen noch zu hören. Er musste den Trakt verlassen haben.

»Verdammte Scheiße!« Gustav schlug mit der Faust gegen den Touchscreen. Plastik splitterte. Männer wichen zurück und ließen die Waffen sinken. Stille setzte ein, die nach einem Moment von lautem Gelächter durchbrochen wurde. Es war Swansons Stimme.

»Ich fasse es nicht«, stieß er hervor und holte keuchend Atem. »Wie kann man sich nur so dämlich anstellen.«

Gustav war mit einem Satz bei ihm. Er riss einen Schlagstock aus dem Gürtel und schlug damit auf die Gitterstäbe ein. »Halt die Fresse!«, schrie er. Speichel flog von seinen Lippen. »Halt die Fresse!«

Die *Andere* drückte sich in eine Ecke der Zelle. Swansons Gelächter verstummte nicht, es wurde nur leiser und dumpfer, so als presse er sich den Arm vor den Mund.

Gustav schien das zu genügen, denn er drehte sich um, steckte den Schlagstock ein und fuhr sich mit beiden Händen über den kahlen Kopf. Schwer atmend stand er da.

Harris zog ein kleines Funkgerät aus dem Gürtel. »Ich lasse einen Suchtrupp zusammenstellen. Er wird nicht weit kommen.«

»Nein.« Gustav nahm die Hände herunter. »Wir haben das allein verbockt, wir kriegen das allein wieder hin.«

Wir?, dachte Ama'Ru. Sie hatte Gustav für brutal und sadistisch gehalten, aber nicht für einen Feigling. Doch nun hatte er die Schuld von seinen eigenen Schultern genommen und auf alle anderen verteilt. Seinen Männern entging das ebenfalls nicht. Sie sahen einander an.

Gustav leckte sich über die Lippen. Er dachte nach. »Harris, schalt die Mikros hier drinnen ab und lösch die letzten zwei Minuten. Wenn einer fragt, sind sie ausgefallen. Auf dem Scheißkahn funktioniert eh die Hälfte nicht.«

Harris nickte, nahm ein Pad aus der Tasche und tippte darauf herum. Dann nickte er. »Erle–«

Eine Sirene unterbrach ihn. Sie heulte so laut auf, dass die *Andere* zusammenzuckte.

»Achtung, Sprung«, sagte eine künstlich klingende Männerstimme aus den Bordlautsprechern. »Räumen Sie sofort die Gänge. Abriegelung der Schotten erfolgt in zehn, neun, acht, sieben …«

»Raus!«, brüllte Gustav und lief los. Seine Männer folgten ihm. Ihre Stiefelsohlen schlugen hart auf das Schiffsdeck.

»… sechs, fünf, vier …«

Ama'Ru hörte das Gedränge an der Tür nur, ohne etwas zu sehen. Sie trat an die Gitterstäbe. Die *Andere* legte ihre Zangen um das Metall. Farbe platzte ab, als sie zudrückte, aber mehr geschah nicht. Die Gitterstäbe ließen sich nicht durchtrennen.

»… drei, zwei, eins …« Ein lautes, metallisches Klacken. Es schien aus allen Richtungen zu kommen. Ama'Ru stellte sich unwillkürlich vor, wie alle Türen auf dem Schiff sich gleichzeitig schlossen. Ein plötzliches Gefühl der Enge überkam sie, obwohl ihre Umgebung sich nicht verändert hatte. Sie schüttelte es ab.

»Abriegelung erfolgreich beendet. Sprung in fünf, vier …«

»Viel Glück, Kipling«, sagte Ama'Ru leise.

3

Ich habe es geschafft!

Sein Herz schlug so schnell, dass ihm übel wurde, trotzdem hätte Kipling am liebsten gelacht. Er konnte immer noch die Hände spüren, die nach ihm gegriffen hatten, die Finger, die am Stoff seiner Jacke abglitten. Die Tür des Trakts hatte sich nur Zentimeter hinter ihm geschlossen. Nun rannte er durch den Gang, der zum großen Wohnbereich führte.

Er hatte seine Flucht nicht geplant, aber als er seine Chance sah, hatte er sie ergriffen. *So lange du rennen kannst, musst du nicht kämpfen können*, hatte jemand online mal gesagt. Kipling hatte sich stets daran gehalten.

Die Tür zum Wohnbereich stand offen. Kipling zwang sich, langsam hindurchzugehen, um nicht aufzufallen. Im ersten Moment hatte er zur Schleuse laufen wollen, aber nach Arnests kleinem … er suchte kurz nach dem richtigen Wort … Missgeschick, wäre er dort wahrscheinlich nur auf schwer bewaffnete Wachen gestoßen. Also hatte er sich nach links anstatt rechts gewandt und versuchte nun, so zu tun, als wäre er in dem Wohnbereich kein Fremder.

Mit gesenktem Kopf ging er durch einen schmalen Gang. In einer Nische beteten einige ältere Frauen vor einem Altar, über dem verstörenderweise das Portrait einer lächelnden Gonzales hing. Mehrere Männer, die Werkzeuge in Händen hielten, schoben sich an Kipling vorbei, ohne ihn zu beachten.

Ich muss mich irgendwo verstecken und nachdenken. Er wagte es, den Kopf zu heben, als sich der Gang vor ihm leerte. Wäscheleinen spannten sich über ihm, überall standen große Kartons und Zelte, die als Notunterkünfte oder Vorratslager dienten. Kipling zog sie nicht als Versteck in Betracht. Dort würden Gonzales' Leute ihn als Erstes suchen.

»Achtung, Sprung.« Die Stimme, die aus den Bordlautsprechern kam, ließ Kipling zusammenzucken. »Räumen Sie sofort die Gänge. Abriegelung der Schotten erfolgt in zehn, neun …«

»Möge Gott uns beschützen«, sagte ein Mann, der aus einem Zelt kroch und sich bekreuzigte. Menschen liefen hektisch an ihm vorbei durch den Gang. Einige fluchten, aber in den Gesichtern der meisten sah Kipling freudige Erwartung. Die Reise ins gelobte Land hatte begonnen.

»… sieben, sechs …«

Er lief ebenfalls los. Um ihn herum wurden Türen geschlossen und die wenigen spielenden Kinder in Unterkünfte gezerrt. Kipling hatte sich gefragt, weshalb er noch keine Suchtrupps gesehen hatte. Nun nahm er an, dass Gonzales warten wollte, bis die Verriegelung aufgehoben wurde. Bei alten Schiffen wie der *Moon* wurden die Schotten bei jedem Hyperraumsprung abgeriegelt, damit es im Fall eines Lecks nicht im gesamten Schiff zu einem Druckabfall kam. Die Materialbelastung war bei solchen Sprüngen erheblich.

»… vier, drei …«

Kipling sah das Gewächshaus vor sich. In seinen Seiten stach es, die Muskeln in seinen Beinen schmerzten und seine Kehle brannte. Trotzdem spornte er sich noch einmal an und lief auf das große Tor zu. Er wollte den Sprung nicht in den Gängen des Wohnbereichs mit all seinen Überwachungskameras verbringen.

»… zwei …«

Nur noch wenige Schritte trennten ihn von dem Gewächshaus. Kipling stieß sich ab.

»… eins …«

Er flog über die Schwelle und zog die Beine an. Hinter ihm schloss sich das Tor mit einem Knall. Das Metall streifte die Sohle seines rechten Stiefels.

Noch in der Luft drehte er sich zur Seite. Dreck spritzte ihm ins Gesicht, als er in einem großen Gemüsebeet landete. Der Boden war so weich, dass er unter ihm zu federn schien. Er überschlug sich. Grüne Blätter wirbelten durch die Luft, Zweige knickten ab. Einen Moment lang blieb Kipling liegen, dann setzte er sich auf und spuckte Dreck aus.

»Abriegelung erfolgreich beendet. Sprung in fünf, vier, drei, zwei, eins …«

Ein gewaltiger Ruck ging durch die *Destination Moon*. Metall kreischte, das Deck vibrierte. Kipling krallte unwillkürlich seine Finger in den Dreck. Eine Sekunde später war es auch schon vorbei. Nur das tiefe Wummern des Bubble-Antriebs verriet, dass das Schiff in den Hyperraum eingetreten war.

Kipling atmete auf und rieb sich die Finger an der Hose ab. Er roch feuchte Erde und hörte Insekten summen. Das Gewächshaus nahm den gesamten Frachtraum ein. Lange Beete zogen sich an den Wänden entlang. Zwischen ihnen standen Sträucher und kleine Obstbäume. UV-Lampen hingen weit über ihm von der Decke. Darunter trockneten Marihuana-Pflanzen auf Wäscheleinen. Es gab eine zweite Tür auf der anderen Seite, aber auch die war geschlossen.

Kipling stand auf und ging an den Beeten vorbei zu einem alten Plastikstuhl, der halb hinter Sträuchern versteckt unter einem Baum stand. Er fand keine Kameras an Wänden und Decke und sah auch keinen anderen Menschen. Er war allein.

So viel Grün, dachte Kipling, als er sich setzte. Bei seinem letzten Besuch auf der *Moon* war er so kurz in dem Gewächshaus gewesen, dass er es kaum wahrgenommen hatte. Doch nun strich er mit den Fingern über Blätter und atmete den Duft der

Blüten ein. Wenn er die Augen schloss, konnte er sich vorstellen, auf einer Wiese zu sitzen, irgendwo in England. Nur das dumpfe Dröhnen des Schiffsantriebs störte.

Und die Tatsache, dass alle an Bord der Eliot *sterben werden, wenn ich nichts unternehme*, dachte Kipling.

Er öffnete die Augen und rückte die V-Specs zurecht. Wie lange der Lockdown dauern würde, konnte er nicht sagen. Vielleicht behielt Gonzales ihn über die gesamte Sprungdauer bei, vielleicht nur ein paar Minuten, bis die Selbstdiagnose des Schiffs beendet war. Was er in der Zelle gesagt hatte, stimmte: Er konnte das Kraftfeld, das ihn vom Internet trennte, nicht hacken, zumindest nicht in ein paar Stunden. Es war wie eine Blase, die sich um die *Moon* gelegt hatte. Aber er war im Inneren der Blase, dort, wo Systeme über WLAN miteinander kommunizierten und Daten im Nanosekundentakt upgedated wurden. Das konnte man nicht einfach abschalten.

Und wenn man es nicht abschalten kann, dann kann man darauf zugreifen. Kipling rieb Daumen und Zeigefinger der linken Hand gegeneinander. Vor seinen Augen öffnete sich ein Terminal. Ein Cursor blinkte erwartungsvoll.

Mal sehen, was hier so los ist.

4

»Wir werden zwei Sprünge bis zum irdischen Sonnensystem brauchen.« Der Albaner hatte die Hände hinter dem Rücken verschränkt und ging vor der grauen Bildschirmwand auf und ab wie ein General, der seinen Truppen den Schlachtplan erklärte.

Er genießt es, im Mittelpunkt zu stehen, dachte Rin. Normalerweise hätte sie auf dem Pilotensitz Platz genommen, doch sie hatte sich stattdessen für Lanzos Konsole entschieden. Sie stand nicht so nahe an der Bildschirmwand und dem Albaner. Rin scheute sich nicht, vor sich selbst zuzugeben, dass sie Angst vor ihm hatte. Er war ein genetisch veränderter Soldat, so wie Auckland auch, aber während sie an dessen Menschlichkeit noch nie gezweifelt hatte, wirkte der Albaner auf sie fremd und – sie suchte nach dem richtigen Wort und scheiterte – irgendwie *falsch*. Gestik und Mimik passten nicht zusammen und oft widersprach sein Gesichtsausdruck seinen Worten. Was auch immer *BetterLifeSolutions* da erschaffen hatte, war kein Mensch mehr.

»Der erste Sprung, in dem wir uns gerade befinden, dauert vier Stunden, der zweite eine«, fuhr der Albaner fort. »Das –«

»Woher weißt du das?«, unterbrach ihn Auckland ruhig. Er saß auf der Treppe und strich gedankenverloren über die wulstige Narbe an seiner linken Hand.

Der Albaner blieb stehen. »Das muss dich nicht interessieren.«

»Aber es interessiert mich.«

Rin sah, wie ein Augenlid des Albaners kurz zuckte. Er faltete die Hände vor dem Körper und sah Auckland an. »Ich arbeite für eine geheime Regierungsorganisation, die aus einem weit verzweigten Bunkernetzwerk unter dem ewigen Eis der Antarktis die Zivilisation aufrechterhält. Ich bin nur einer von vielen Agenten, der für sie tätig ist.«

Er legte den Zeigefinger auf die Lippen. »Aber psst. Niemand darf das wissen.«

»Was?« Arnest runzelte die Stirn. Er saß rechts von Rin und hatte die Füße auf seine dunkle Konsole gelegt. Rin hatte ihn überzeugen können, zu duschen und sich umzuziehen. Nun trug er eine speckige schwarze Cargohose und ein halbwegs sauberes, ebenfalls schwarzes T-Shirt. Er roch nach Limone und Mango, etwas, das man nicht oft über ihn sagen konnte.

»Echt jetzt?«, fragte er.

Der Albaner klopfte sich auf die Oberschenkel und lachte laut los. Es klang wie das Wiehern eines Pferdes. »Ihr müsstet eure Gesichter sehen«, stieß er zwischen Lachsalven hervor. »Unfassbar.«

Er wischte sich Tränen aus den Augenwinkeln und seufzte. Sein Lachen erstarb so plötzlich wie es angefangen hatte. »Das ist alles Unsinn, abgesehen von dem, was ich über die Sprünge gesagt habe. Worauf wollte ich damit noch hinaus?« Nachdenklich legte er den Kopf schräg. »Ach ja.«

Rin zuckte zusammen, als er aus dem Stand hochsprang. Sie griff nach ihrer Pistole, noch während er auf der Konsole vor ihr landete, sich abstieß und über ihren Kopf auf die Treppe zuflog. Rin fuhr in ihrem Sitz herum und sah, wie der Albaner geschmeidig mit beiden Füßen aufkam und nachfederte. Sein Gesicht war keine Armeslänge von Aucklands entfernt.

Auckland blinzelte einmal kurz, eine andere Reaktion zeigte er nicht.

»Unterbrich mich nie wieder«, sagte der Albaner.

Auckland sah ihn an und schwieg.

Provoziere ihn nicht, dachte Rin. Ihre Hand lag auf dem Griff ihrer Pistole, aber sie bezweifelte, dass sie schnell genug sein würde, um einzugreifen. Aus den Augenwinkeln sah sie, wie Arnest aufstand. Er hielt seine Waffe bereits in beiden Händen, richtete die Mündung jedoch auf den Boden.

»Was passiert nach dem zweiten Sprung?«, fragte Rin, als sich die Stille in die Länge zog.

Der Albaner warf ihr einen kurzen Blick zu, dann sah er Auckland wieder an. Rin glaubte bereits, er wolle auf ihre Frage nicht antworten, aber schließlich sagte er: »Wir erreichen das irdische Sprungtor und damit die automatischen Angriffssysteme der Jockeys.«

Er stand auf und ging rückwärts durch den Gang zwischen den Konsolen auf die Bildschirmwand zu. *Trotz aller Überheblichkeit wagt er es nicht, uns den Rücken zuzudrehen*, dachte Rin.

Vor den Bildschirmen blieb der Albaner stehen. »Wir werden diese Waffensysteme abschalten.«

Rin ließ den Pistolengriff los und beugte sich vor. »Wie?«

»Ich kann auf sie zugreifen«, sagte der Albaner. Er wirkte auf einmal erstaunlich ruhig. »Ich bin im Besitz der notwendigen Daten. Allerdings werde ich rund zwanzig Sekunden dafür brauchen. So lange müsst ihr den Kampf durchhalten.«

»Ja, ja, wir werden schon klarkommen.« Arnest ließ sich in seinen Sitz fallen. Die Waffe steckte er ein. »Wie lange muss ich noch warten, bis du zu dem Teil kommst, bei dem wir meinen Bruder befreien?«

Der Albaner hob die Augenbrauen. »Ich muss zuerst in Erfahrung bringen, wo er ist. Dann sehen wir weiter.«

Arnest verzog das Gesicht. Dass die Antwort ihm nicht gefiel, war offensichtlich und nachvollziehbar. Rin hoffte nur, dass sich sein Frust darüber nicht irgendwann unerwartet entladen würde. Wie alle, außer vielleicht dem Albaner, wussten, wäre das nicht das erste Mal gewesen.

»Ich geh kacken«, sagte er und stand auf. »Und dann saufen. Oder umgekehrt. Weiß ich noch nicht.«

Rin sah ihm nach, bis sich die Fahrstuhltüren hinter ihm schlossen. Der Albaner lehnte sich an die Pilotenkonsole und verschränkte die Arme vor der Brust. »Er ist schon sehr direkt«, sagte er.

Sie nickte, ohne zu antworten. Ihnen blieben noch ein paar Stunden, genug Zeit, um sich hinzulegen und auszuruhen. Doch wenn sie die Brücke verließ, würden Auckland und der Albaner allein auf ihr zurückbleiben. Das wollte sie nicht riskieren.

Die Spannungen zwischen ihnen waren nicht zu übersehen. Auckland ließ den Albaner nicht aus den Augen. Er beobachtete jede seiner Bewegungen, so als suche er nach einer Schwäche. Der Albaner musterte ihn ebenfalls, wenn auch weniger offensichtlich und lässiger. Sie belauerten einander.

»Ist dir schon mal aufgefallen, dass er keine große Persönlichkeit hat, Rin?«, fragte der Albaner. Er schlug die Beine übereinander und lächelte. Im ersten Moment dachte sie, er rede immer noch über Arnest, doch dann bemerkte sie, dass er Auckland ansah.

»Das ist auch kein Wunder, so wurden wir gezüchtet. Wir alle. Erste und zweite Generation. Wenn man sein Leben damit verbringen soll, strammzustehen und ›Ja, Sir‹ zu sagen, ist eine Persönlichkeit unnütz. Sie stört. Ich habe sogar andere meinen Namen wählen lassen. *Der Albaner.*« Er lachte. »Es war mir völlig egal, dass ich kein Albaner bin.«

Rin dachte unwillkürlich daran, dass Auckland seinen Namen von einem Logo übernommen hatte. Sie sah ihn an, aber er saß weiterhin reglos auf der Treppe.

»Uns fehlt etwas«, sagte der Albaner. Er rieb sich mit der Hand über den Magen. »Es ist wie ein Loch hier drin. In der alten Welt haben es andere für uns gefüllt, mit Befehlen und Missionen, aber in der neuen müssen wir das selbst tun.«

Sein Lächeln wurde breiter. »Er versteht das nicht, Rin. Er bewegt sich noch in der alten Welt, ohne große Gefühle, ohne Sinn für Humor, ohne …« Er wedelte mit der Hand, während er nach dem richtigen Wort suchte. »Ohne Esprit. Er funktioniert, aber ich *lebe*. Deshalb bin ich ihm so überlegen, Rin, nicht nur wegen meiner besseren Gene. Ich habe eine Persönlichkeit gefunden, die zu mir passt, die eines –«

»Psychopathen?«, unterbrach ihn Auckland.

»Ich wollte ›Gentleman‹ sagen.« Der Albaner starrte ihn an. Das Blut wich aus seinen Lippen, als er sie zusammenpresste. Rin sprang auf, lief zur Treppe und packte Auckland am Arm. »Ich muss mit dir reden. Allein.«

Er ließ sich von ihr mitziehen, zuerst die Treppe hinauf, dann über die Galerie bis zu seiner Kabine. Der Albaner bewegte sich parallel zu ihnen unten auf der Brücke. »Ich habe dir gesagt, dass du mich nie wieder unterbrechen sollst«, rief er.

Rin schob Auckland in seine Kabine und schloss die Tür, bevor er antworten konnte. »Bist du wahnsinnig?«

Auckland löste sich aus ihrem Griff und ging zu seinem Schreibtisch. »Nein, aber er ist es.«

»Was ein ziemlich guter Grund sein sollte, ihn nicht zu provozieren.«

»Er wollte meine Knöpfe drücken, also habe ich seine gedrückt.« Auckland rieb sich über seinen Bart. »Hör zu, er wird mir nichts tun, noch nicht. Er braucht uns beide, um an diesen Waffensystemen vorbeizukommen, und trotz allem Wahnsinn weiß er das genau.«

Rin teilte seinen Optimismus nicht. Sie hielt den Albaner für unberechenbar.

»Du unterschätzt ihn«, sagte sie.

Zu ihrer Überraschung neigte Auckland den Kopf. »Vielleicht, aber dieses Risiko muss ich eingehen. Ich habe in den letzten Minuten mehr über ihn erfahren als während der

Stunden auf Scania. Wenn es so weit ist, wird uns das nutzen.«

»Du glaubst, dass du ihn besiegen kannst?«

»Nein. Aber ich hoffe, dass er sich selbst besiegen wird.« Auckland drehte sich um und nahm sein Pad vom Schreibtisch. »Wir haben noch ein paar Stunden Zeit. Ruh dich aus, wenn du nicht runtergehen willst. Du kannst das Sofa haben.«

Er ging in die Schlafkabine. Die Tür schloss sich hinter ihm. *Damit ist die Unterhaltung wohl beendet*, dachte Rin. Sie schüttelte den Kopf und lachte leise, als sie das schmale, kurze Sofa betrachtete. *Ein wahrer Gentleman.* Sie hatte sich noch nicht ganz darauf gesetzt, da öffnete sich die Tür wieder.

Auckland stand im Rahmen. »Weil du kleiner bist als ich«, sagte er.

Rins verwirrter Blick schien ihm nicht zu entgehen, denn er fügte hinzu: »Das Sofa. Ich habe es dir wegen deiner Größe angeboten. Du passt darauf, ich nicht.« Er wandte sich ab. »Nur zur Klarstellung.«

Rin lächelte. »Hör nicht auf ihn«, sagte sie. Auckland blieb stehen und sah sie über die Schulter an. »Wie du schon sagtest, er wollte nur deine Knöpfe drücken.«

Er schloss die Tür.

Rin zog die Schuhe aus, legte sich auf das Sofa und starrte die graue Decke an. Sie war müde, aber der Gedanke an den Albaner hielt sie wach. *Sich selbst besiegen.* Wie stellte Auckland sich das vor? Dass er über seine eigenen Füße stolperte und in sein Schwert fiel?

Schwert? Wieso Schwert? Aber sie wusste, weshalb sie daran dachte. Sie fühlte sich eingesperrt wie in einer Zelle und draußen lauerte etwas, dem sie nicht gewachsen war. Wie damals, wie …

Rin versuchte, sich gegen den Flashback zu wehren, als sie ihn in sich spürte, aber da war sie schon mittendrin.

5

EIN JAHR ZUVOR

Rin lag auf einer zu weichen, zu dünnen Matratze und starrte die graue Decke an. Tageslicht fiel durch ein vergittertes Fenster, das hoch in der Wand saß, eine Überwachungskamera unter der Decke richtete ihre Linse auf sie. Das grüne Licht unter dem Markennamen hatte seit zwei Tagen nicht mehr aufgeleuchtet. Als man sie in die Zelle warf, war sie wütend über die Kamera gewesen, die sie sogar filmte, wenn sie zur Toilette ging. Doch nun vermisste sie das grüne Licht und das Wissen, dass jemand irgendwo an einem Monitor saß und sie beobachtete.

Niemand beobachtet mich mehr, dachte sie, *weil niemand mehr da ist.*

Draußen hörte sie schlurfende Schritte, Knurren und gelegentlich eine Explosion. Die Luft schmeckte nach Rauch, aber es war nicht mehr so schlimm wie am Tag zuvor. Die Feuer schienen sich auf einen anderen Teil der Militärbasis zu konzentrieren.

Man hatte Rin nach Okinawa gebracht, einer kleinen Insel südlich von Japan und nordöstlich von Taiwan. Die Militärbasis dort hatten die Amerikaner errichtet, aber vor einigen Jahren an Japan übergeben. Erst im Flugzeug hatte Rin erfahren, dass die Regierung die Hauptinsel aufgegeben hatte. In Okinawa hatte man die Streitkräfte sammeln wollen, um eine Offensive vorzubereiten.

Das hat wohl nicht funktioniert, dachte Rin. Sie atmete tief durch und stand auf. In ein paar Stunden würde es dunkel werden, die Zeit musste sie nutzen. Mit der Kamera war auch der restliche Strom ausgefallen, ebenso das fließende Wasser. Rin erledigte ihr Geschäft in einer Ecke der Zelle und trank aus dem Spülkasten ihrer Toilette. Sie rationierte das Wasser streng, hatte aber trotzdem schon zwei Drittel verbraucht. Gegessen hatte sie nichts. Ihr war schwindelig und sobald sie die Augen schloss, träumte sie von Essen.

Sie trat an die Gitterstäbe ihrer Zellentür. Der Sensor, der einen Alarm hätte auslösen sollen, funktionierte nicht mehr. Außer den Gitterstäben war das die einzige Sicherheitsmaßnahme, die Rin entdeckt hatte. Die Zellen der Kaserne waren nicht auf Langzeitgefangene ausgelegt, sondern hatten als disziplinarische Maßnahme gedient.

Rin legte den Kopf an die Stäbe. Eine Stelle an ihrer Schläfe hatte sie sich an dem Metall bereits wundgescheuert, aber sie konnte keine andere Haltung einnehmen. Nur, wenn sie den Kopf auf eine bestimmte Weise drehte, konnte sie den etwas vorstehenden Türöffner rechts neben der Tür erkennen. Sie hatte das Display bereits abgeschraubt, zuerst mit einem Löffel und als der ihr aus den schweißnassen Fingern gerutscht war, mit bloßen Händen. Der Löffel lag immer noch unerreichbar weit entfernt auf der anderen Seite des Gangs. Sie hatte geweint, als sie ihn verlor.

Hinter dem Display steckten einige Kabel und eine schmale Platine, die Rin herausgezogen hatte. Ohne Strom nutzten sie ihr nichts. Doch das Kunststoffgehäuse, in dem Display und Platine steckten, war ebenfalls mit der Wand verschraubt. Sie war sich sicher, dass sich darunter ein mechanischer Türöffner verbarg. Rin hatte versucht, die Schrauben mit den Fingern zu lösen, aber sie saßen zu fest. Also hatte sie sich für eine andere Methode entschieden.

Rin zog die Stofffetzen, die sie aus ihrem Laken gerissen hatte, aus der Tasche ihrer Uniformjacke und wickelte sie sich um die Hände. Ihre Fingernägel waren abgebrochen, die Fingerkuppen blutig verkrustet. Sie stachen bei jeder Berührung.

Als ihre Hände wie die eines Boxers aussahen, schob sie einen Arm durch die Gitterstäbe und schlug mit der Faust gegen den Rand des Gehäuses. Einige kleine Plastikstücke hatte sie bereits herausgebrochen, aber noch war das Gehäuse nicht gesplittert. Sie konnte nicht sehen, ob sich wirklich etwas darunter befand.

»Fängst du schon wieder damit an?«, fragte eine Stimme aus der Nebenzelle. Rin hörte Federn quietschen, als Sergeant Hibiki Akiyama sich in seiner Koje umdrehte. »Warum lässt du mich nicht in Frieden sterben?«

Sie antwortete ihm nicht. Seit zwei Tagen stellte er die gleiche Frage und sie hatte die Lust verloren, mit ihm darüber zu diskutieren. Der Kunststoff knirschte unter ihrer geballten Faust. Kleine Risse entstanden. Rin schlug ein zweites Mal auf die gleiche Stelle, dann ein drittes und viertes. Die Risse wurden größer.

Rin drehte ihre Hand, griff nach der Kante des Gehäuses und zog daran. Plastik brach unter ihren stechenden, pochenden Fingerspitzen ab. Sie ließ es fallen und machte weiter.

»Da draußen gibt es doch nur Zombies«, sagte Hibiki.

»Und hier drinnen gibt es nichts.«

»Wenigstens können wir hier in Frieden sterben.« Wieder das Quietschen der Federn. »Hätte ich doch nur selbst einen Cocktail getrunken.«

Die Medien nannten Menschen wie Hibiki Akiyama Schlafbringer. Sie mischten tödliche Cocktails, die sie für viel Geld im Internet anboten. Hibiki hatte dank seines Postens in einem Labor Zugang zu den nötigen Chemikalien gehabt und ein kleines Vermögen verdient. Dass Schlafbringer anderen beim Selbstmord halfen, störte niemanden – Tausende hatten sich bereits umgebracht – aber sie ließen zu, dass die Toten zu

Zombies wurden, da der Cocktail nicht das Gehirn zerstörte. Die Regierung hatte darauf mit einer Notverordnung reagiert und die Todesstrafe wieder eingeführt. Hibiki lebte nur noch, weil niemand mehr da war, der den Befehl unterschreiben durfte.

Nur deshalb lebe ich auch noch, dachte Rin. Sie hatte den Befehl, einen Vorort von Tokio mit einer Atombombe zu zerstören, verweigert. Hochverrat wurde mit dem Tod bestraft.

Sie biss die Zähne zusammen. Der Schmerz in ihren Fingern trieb ihr die Tränen in die Augen. Das scharfkantige Plastik schnitt durch den blutgetränkten Stoff in ihre Haut, aber sie ließ nicht nach. Da draußen hatte sie eine Chance, so klein sie auch war, hier drinnen nicht.

»Hör auf«, sagte Hibiki, als Rin die Hand wechselte und nun mit der linken gegen den Kunststoff schlug. »Das hat doch keinen Sinn.«

Sie antwortete nicht. Ihr war klar, dass er versuchte, sie zu sich herabzuziehen. Er hatte aufgegeben und wenn er sie dazu brachte, das ebenfalls zu tun, konnte er den kleinen Teil seines Bewusstseins, der weiterkämpfen wollte, zum Schweigen bringen.

Feigling, dachte Rin. Das Gehäuse knackte und dann hielt sie auf einmal ein fast zwanzig Zentimeter langes Stück Plastik in der Hand. Darunter entdeckte sie einen Metallhebel, der noch aus amerikanischer Zeit stammen musste, denn zwischen zwei roten, in entgegengesetzte Richtungen deutenden Pfeilen stand in roter Farbe »Open« und »Close«.

Rin hätte vor Erleichterung beinahe aufgeschrien. Sie wischte sich die Tränen aus den Augen und spürte, wie ihre Finger klebrige Blutspuren auf den Wangen hinterließen. Dann schloss sie die Hand um das kühle Metall des Hebels und zog.

Er ließ sich so leicht bewegen, als wäre er frisch geölt worden. Etwas setzte sich mit leisem Rasseln irgendwo hinter der Wand in Bewegung, dann klickte es kurz und das Schloss sprang auf.

Einen Moment lang starrte Rin wie benommen auf den Spalt, der zwischen Tür und Wand entstanden war. Sie legte die Hand um einen Gitterstab und zog die Tür vollends auf.

»Rin?«, rief Hibiki. Panik schlich sich in seine Stimme. »Bist du draußen? Hast du es geschafft? Dann hol mich hier raus!«

Sie trat in den Gang und wandte sich nach rechts, weg von Hibiki und seinem Flehen. Der Korridor führte an einigen leeren Zellen vorbei bis zu einer offen stehenden Tür. Dahinter befand sich der Wachraum, in dem sich in den ersten Tagen ihrer Haft noch Soldaten leise unterhalten hatten. Nun sah Rin nur einen Tisch und zwei leere Stühle.

»Lass mich nicht zurück, Rin«, rief Hibiki ihr nach. »Ich will nicht allein sterben.«

Rin schob den Löffel, den sie hatte fallen lassen, mit dem Fuß zur Seite und trat ihn bis vor Hibikis Zelle. Es klimperte metallisch, als er gegen die Gitterstäbe prallte.

»Was soll ich denn damit?«, fragte Hibiki. Sie sah, wie sein Schatten in den Gang fiel und erkannte auf einmal, dass sie nicht einmal wusste, wie er aussah. Sie wollte es auch nicht wissen. Hibiki verfolgte nur seine eigenen Interessen. Er hatte gewollt, dass Rin mit ihm starb und nun wollte er mit ihr leben. Er würde sie bei der ersten Gelegenheit hintergehen.

»Rin!«, schrie er.

Sie ging durch den Trakt und zog die Tür hinter sich zu. Seine Rufe wurden dumpf und leise.

In dem Wachraum gab es einen kleinen Schrank, auf dem ein Wasserkocher und eine Mikrowelle standen. Rin machte ihn auf, fand aber nur ein paar Schüsseln, Tassen und einige Packungen Ramen. Durch ein vergittertes Fenster konnte sie in einen kleinen Hof blicken, der von Unkraut überwuchert war. Zigarettenstummel und leere Bierdosen lagen im Dreck. Die Dosen sahen neu aus. Anscheinend hatte es auf Okinawa seit Ausbruch des Virus die gleichen Probleme mit Moral und Disziplin gegeben wie auch in anderen Militärstützpunkten.

Rin ging zur Tür und zog sie einen Spalt auf. Eine leichte Brise kühlte den Schweiß auf ihrem Gesicht. Links von ihr führte eine asphaltierte Straße zwischen den Gebäuden entlang. Rechts von ihr befand sich der große, offene Exerzierplatz, der, den Markierungen nach zu urteilen, auch als Hubschrauberlandeplatz diente.

Leichen lagen dort in der Sonne. Ihre Uniformen waren zerrissen, vielen fehlte der Kopf. Zombies schlurften an ihnen vorbei, ohne sie zu beachten. Gelegentlich stolperte einer von ihnen über eine Leiche, stürzte und stand wieder auf. Fliegen kreisten in großen, schwarzen Schwärmen über dem Platz, aber es waren keine Vögel zu sehen.

Rins Blick fiel auf einen Hubschrauber am Rande des Platzes, rund dreißig Meter von ihr entfernt. Seine Türen waren geschlossen, die wie Insektenaugen vorgewölbten Frontscheiben waren blutverschmiert. Sie konnte nicht erkennen, ob sich das Blut innen oder außen befand.

Dreißig Meter, dachte sie, während sie die Stofffetzen von ihren Händen wickelte und fallen ließ. *Das ist nicht weit. Das ist gar nicht weit.*

Ein Stück hinter dem Hubschrauber endete der Platz in einer Reihe rechteckiger, dreistöckiger Gebäude, Kasernen, wie Rin annahm. Zombies schlurften an ihnen vorbei. Die meisten trugen Uniformen, doch zwischen ihnen entdeckte Rin weiß gekleidete Küchenhilfen, Frauen in konservativen Kostümen und Männer in Anzügen. Okinawa war eine große Basis, fast schon eine Stadt. Nicht nur Soldaten lebten dort.

Haben dort gelebt. Der Gedanke versetzte ihr einen scharfen Stich und sie lehnte sich einen Moment lang an den Türrahmen. Sie wusste nicht, wo ihre Eltern waren, ihre Freunde, ihre Kameraden. Die Welt hatte sich so rasend schnell verändert, dass sich ihr Verstand weigerte, das zu akzeptieren. Sie hatte Ordnung geschätzt und klare Strukturen. Deshalb – und wegen der Aussicht, eines Tages ein Raumschiff zu steuern – war sie zum Militär gegangen. Doch nun war nur noch Chaos geblieben.

Sie dachte an Hibiki in seiner Zelle. Vor einer Woche noch hätte sie ihn befreit, aus Mitleid vielleicht und wider besseres Wissen, aber sie *hätte* ihn befreit. Nicht mehr. Sie hatte sich mit der Welt verändert, ohne es zu bemerken.

Sie schüttelte den Kopf, um die Gedanken zu vertreiben. Dreißig Meter trennten sie von dem Hubschrauber. Vielleicht war er betankt, vielleicht nicht. Vielleicht würde sie damit entkommen, vielleicht nicht. Diese Fragen zählten, alles andere musste warten.

Trotzdem zögerte sie und hätte sich beinahe umgedreht, um Hibiki aus seiner Zelle zu holen. Nur der Gedanke, dass sie ihm das Werkzeug zu seiner Befreiung gegeben hatte, hielt sie davon ab.

Sie trat vor die Tür und schloss sie leise hinter sich. Die Zombies auf dem Platz – sie schätzte, dass es rund fünfzig waren – bemerkten sie nicht. Rin atmete tief durch und lief los.

Keine drei Schritte weit kam sie, bevor der erste Zombie sich nach ihr umdrehte. Es war ein Offizier, ein Major, dem ein Auge fehlte und die ganze Wange. Er streckte die Arme aus und wankte ihr hinterher. Auf einmal veränderten sich auch die Bewegungen der anderen Zombies. Sie wurden zielgerichteter und schneller. Es kam Rin vor, als wäre ein Motor in den Toten angesprungen.

Sie sprang über eine der Leichen, hielt dann jedoch inne, als sie das Katana sah, dass die Frau in einer blutigen Hand hielt. Das Oberkommando hatte solche Schwerter kurz vor dem Fall von Tokio an die Bodentruppen ausgegeben. Schusswaffen und Munition waren knapp geworden.

Rin bückte sich und nahm der Leiche das Katana ab. Es

lag fremd und schwer in ihrer Hand. Sie rannte weiter, lief im Zickzack um Zombies herum, die zwischen ihr und dem Hubschrauber standen. Sie hatte noch nie gegen einen Zombie gekämpft und so lange sie es nicht musste, wollte sie das auch vermeiden.

Der Major taumelte weiter auf sie zu, auch die anderen Zombies näherten sich. Noch waren die meisten Dutzende Meter entfernt, aber Rin sah besorgt, dass sie eingekreist wurde. Von allen Seiten strömten die Toten heran.

Sie erreichte den Hubschrauber und stieß den Atem aus, als sie sah, dass das Touchpad neben der Tür grün leuchtete. Die Maschine war nicht abgeschlossen. Rin riss die Tür auf – und sprang zurück, als Hände sich nach ihr ausstreckten.

Im Hubschrauber saß jemand, kein Pilot, sondern ein einfacher Soldat. Blut tränkte den Sitz unter ihm, in seinem Oberschenkel klaffte ein Loch. Er musste sich verletzt in den Hubschrauber geflüchtet haben und war dort verblutet. Sein Verwesungsgestank ließ Rin würgen.

Der Soldat war jung, noch nicht einmal erwachsen. Die Regierung hatte das Rekrutierungsalter vor einigen Wochen auf vierzehn gesenkt, um die Ränge der Gefallenen aufzufüllen. Rin stellte sich unwillkürlich vor, wie der Junge in die Maschine kroch, in einer Uniform, die ihm zu groß war, mit einem Loch im Bein, das ihn umbringen würde.

Sie hob das Katana. *Es tut mir so leid.*

Der Junge beugte sich vor. Seine milchig überzogenen Augen starrten Rin an. Er schnappte nach ihr, verlor das Gleichgewicht und stürzte schwer auf den Asphalt. Es knackte laut, als irgendein Knochen in seinem Körper brach.

Rin fuhr sich mit der Zunge über die Lippen. Sie umklammerte das Katana so fest, dass die kleinen Wunden an ihren Fingerkuppen aufbrachen und Blut über ihre Handflächen tropfte.

Der Junge hob den Kopf und fauchte. Rin stieß zu.

Die Schwertspitze bohrte sich in die Stirn des Jungen. Bis zur Hälfte drang die Klinge ein. Dickflüssiges, schwarzes Blut trat an den Wundrändern aus. Ein Ruck ging durch den Körper unter Rin, dann wurde er schlaff.

Sie zog das Schwert aus dem Toten. Ihre Hände zitterten. Aus den Augenwinkeln sah sie, dass der Major keine fünf Meter mehr von ihr entfernt war. Sie warf das Katana auf den Copilotensitz, sprang in die Maschine und zog die Tür zu.

Der Gestank raubte ihr den Atem. Rin würgte und schmeckte Galle. Mit Bewegungen, die längst instinktiv geworden waren, startete sie den Hubschrauber. Der Tank war halbvoll, alle Systeme funktionierten. Knatternd setzte sich der Rotor über ihr in Bewegung. Der Motor heulte auf.

Sie zuckte zusammen, als Hände gegen das Seitenfenster klatschten. Der Major starrte sie aus seinem einen Auge an. Vor ihr wankten die anderen Zombies heran, mit ausgestreckten Armen und aufgerissenen Mündern.

Der Hubschrauber hob ab. Rin musste ausgleichen, so linkslastig stieg er auf. Im ersten Moment glaubte sie, der Wind drücke gegen ihn, doch als sie höher stieg, sah sie, dass der Major verschwunden war. Die restlichen Zombies schlurften noch auf die Stelle zu, doch sie ließen die Arme bereits sinken und wurden langsamer. Der Virus in ihnen wusste, dass die Beute entkommen war.

Rin schaltete die Unterbodenkamera ein. Das Display blieb einen Augenblick lang schwarz, dann zeigte es ihr den Exerzierplatz von oben. Mit einem kleinen Joystick drehte sie die Kamera, bis sie die linke Kufe sehen konnte.

Der Major hing daran. Er hatte sich mit dem Arm in einer Verstrebung verfangen und schlug mit dem anderen hilflos um sich. Rin beobachtete ihn einen Moment lang, dann schaltete sie die Kamera ab. Er konnte keinen Schaden anrichten.

Die Basis blieb unter ihr zurück. Rauch stieg aus einem Fahrzeugdepot auf, eine Kaserne brannte. Dazwischen sah Rin Hunderte Zombies. Sie wurden immer kleiner, bis sie schließlich ganz verschwanden.

Rin griff nach dem Kopfhörer, der seitlich ihres Sitzes hing, setzte ihn auf und zog das Mikrofon vor ihren Mund. Sie musste dreimal ansetzen, bevor sie Worte hervorbringen konnte. »Hier spricht Basis Okinawa an alle. Basis Okinawa an alle. Kann mich jemand hören?«

Rauschen antwortete ihr. Unter ihr blieb die Basis zurück. Rin sah blaues, endlos erscheinendes Meer und weiße Schaumkronen. »Okinawa an alle. Hört mich jemand?«

Ein Knacken mischte sich in das Rauschen, dann sagte eine Frauenstimme mit starkem amerikanischem Akzent: »Basis Okinawa, bleiben Sie dran.«

Rin zuckte zusammen. Sie hatte hatte nicht zu hoffen gewagt, dass jemand ihr antworten würde. Bis zum nächsten Knacken verging fast eine Minute.

»Basis Okinawa, hier spricht Commander Franklin Hathaway vom Zerstörer *U.S.S. Alexander Hamilton*. Wie ist Ihr Status?«

Sein Japanisch war gut, trotzdem wechselte Rin auf Englisch. Sie wollte nicht, dass es ein Missverständnis gab. »Commander Hathaway, mein Name ist Lieutenant Rin Takahashi. Ich befinde mich in einem Helikopter rund zehn Meilen entfernt von Okinawa. Meines Wissens gibt es außer mir nur noch einen Überlebenden auf der Basis.«

»Verstanden. Bitte warten Sie.«

Die Klimaanlage vertrieb den Gestank im Hubschrauber langsam. Rins Übelkeit ließ nach.

»Lieutenant Takahashi, Hathaway hier. Gehe ich recht in der Annahme, dass Sie Pilotin sind?«

Sie runzelte die Stirn. »Das ist korrekt.«

»Können Sie eine M9 fliegen?«

Rin verstand den Grund für seine Frage nicht. Die M9 war ein Transportraumschiff, das vor allem zur Versorgung der äußeren Kolonien eingesetzt wurde. Seine Größe verhinderte, dass es auf Planeten landen oder starten konnte.

»Ja, Commander«, sagte sie. »Ich habe die nötigen Flugstunden absolviert.«

»Dann sind Sie der größte Glückstreffer, den ich seit Beginn dieses ganzen Mists gehabt habe. Bleiben Sie dran. Ich lasse Ihnen unsere Koordinaten –«

»Commander?« Sie unterbrach ihn, bevor er weiterreden konnte. »Ich gehöre zur japanischen Luftwaffe. Ich kann nicht einfach Ihre Befehle ohne Rücksprache mit meinen Vorgesetzten befolgen.«

Es knackte einige Male. »Es tut mir leid, dass ich mich nicht klar geäußert habe, Lieutenant«, sagte Hathaway. Er klang freundlich, fast schon väterlich. »Ihre ist die erste Stimme, die wir seit fast drei Tagen aus Japan hören. Es gibt keine japanische Luftwaffe mehr und auch keine Marine und keine Armee. Wir sind leider alles, was Ihnen bleibt. Soll ich Ihnen die Koordinaten übermitteln?«

Rin spürte auf einmal weder Hunger, noch Durst, noch Müdigkeit. All das verschwand in einer Leere, in die auch ihr Bewusstsein zu stürzen drohte. Der Hubschrauber trudelte, als sie den Joystick losließ und sich einen Moment lang fragte, wie es wohl sein würde, einfach im Meer unterzugehen und zu verschwinden.

»Lieutenant?«

Sie zuckte zusammen und schüttelte den Kopf. Das Dröhnen der Rotoren klang auf einmal lauter und irgendwie realer als zuvor.

»Ja, Sir. Erbitte Koordinaten, Sir.«

Sie nahm den Joystick fest in beide Hände.

6

Ama'Ru hielt die Augen geschlossen und zwang sich zu langsamen, regelmäßigen Atemzügen. Wenn sie sich auf den Virus konzentrierte, dann spürte sie ihn wie eine heiße Flamme tief in ihrem Kopf. Die Flamme brachte unkontrollierbare Wut mit sich und ein irrationales Verhalten. Sie fragte sich, wie lange sie ihn schon in sich trug und wie viel von ihrem Handeln er beeinflusst hatte.

Die *Andere* seufzte leise. Sie bildete die Mauer, die zwischen Ama'Ru und dem Virus stand. So lange sie die nötige Kraft aufbrachte, spürte Ama'Ru seine Symptome nicht. Sie bezweifelte allerdings, dass das so bleiben würde.

»Der Lockdown dauert schon verdammt lang«, sagte Bob Swanson. Ama'Ru hörte, wie er in seiner Zelle auf und ab ging.

»Heißt das, dass es ein Problem gibt?«, fragte sie und öffnete die Augen. Das helle Licht des Zellentrakts blendete sie einen Moment lang.

Swanson trat an die Gitterstäbe. »Kann ich mir nicht vorstellen. Die *Moon* ist zwar ein altes Schiff, aber sie ist auch gebaut wie ein Panzer.« Er schien zu bemerken, dass sie mit dem Vergleich nichts anfangen konnte, denn er fügte hinzu: »Extrem robust und nur schwer zu beschädigen. Ich glaube eher, dass Daniel übervorsichtig ist. Er neigt dazu.«

»Führt nicht Gonzales das Kommando?«

»Kommt drauf an, wie man das definiert. Sie sagt, was passieren soll, aber für die Umsetzung ihrer Befehle braucht sie Leute wie Daniel oder mich.« Swanson hob die Schultern. »Der Lockdown trägt Daniels Handschrift. Er wird ihn bestehen lassen, bis die *Moon* ihre Selbstdiagnose abgeschlossen hat. Und bei all den Modifikationen und den alten Prozessoren kann das bis zu einer Stunde dauern. So lange muss sich Kipling keine Sorgen machen.«

Ama'Ru sah, dass Swanson die *Andere* musterte. Ihre Zangen umschlossen immer noch die Gitterstäbe, aber mehr als ein wenig abgeblätterte Farbe hatte sie nicht erreicht.

»Was kann er da draußen tun?«, fragte Swanson. Ama'Ru hatte den Eindruck, dass er versuchte, eine Entscheidung zu treffen, sich jedoch noch nicht dazu durchringen konnte.

Sie imitierte sein Schulterzucken. Es fühlte sich seltsam an. »Wenn er einen Computer und Internet hat? Alles, was er will.«

Swanson nickte, so als hätte er sich das bereits gedacht. Dann nahm er den Blick von der *Anderen* und richtete ihn auf Ama'Ru. »Ich kann euch Jockeys nicht leiden. Ihr seid arrogant, brutal und so verdammt fremd. Ich meine, sieh dich nur an. Wie soll man als Mensch mit so was klarkommen?«

Seine Geste schien Ama'Ru und die *Andere* zu umfassen. Er ließ die Hand wieder sinken und lehnte sich an das Gitter. »Aber ich kann diese Gonzales noch weniger leiden als dich. Ich habe lange gebraucht, um das alles hier aufzubauen und um diesen Menschen ein Zuhause zu geben. Ich will nicht, dass sie das alles zerstört.«

Ama'Ru hörte ihm zu und wartete, dass er sich selbst von der Richtigkeit seiner Entscheidung überzeugte.

»Ich bin kein mutiger Mann«, fuhr er fort. »Wenn ich daran denke, was Gustav mir antun könnte, wenn er wollte, scheiße ich mir fast in die Hose. Aber ich würde es mir nie verzeihen, wenn Scharlatane wie Gonzales und hirnlose Schläger wie Gustav meine Flotte ins Verderben führen würden.«

Er ist so weit, dachte Ama'Ru.

Swanson räusperte sich. »Sag deinem … deiner … was immer das ist, es soll die unteren Stäbe versuchen. Sie sind aus minderwertigem Stahl. Wir wollten sie immer mal austauschen, aber wir sind nie dazu gekommen.«

Die *Andere* knickte ihre Hinterläufe ein und presste sich mit dem Körper flach an den Boden. Ama'Ru war so eng mit ihr verbunden, dass sie das kühle Metall des Decks spürte. Sie legte die Zangen der *Anderen* um die Stäbe und drückte zu. Stahl knirschte und dellte sich ein. Die Stangen waren hohl.

»Also können wir uns befreien«, sagte Ama'Ru. »Und dann?«

»Dann sehen wir weiter.«

7

Die Kommandozeile war sein Zuhause.

Kipling brauchte keine GUI, keine Icons und keine Mauszeiger. Sie lenkten ihn nur ab. Auf der Kommandozeile, im Keller des Computers, konnte man hässliche Stellen nicht einfach überstreichen oder einen Teppich auf das zerkratzte Parkett legen. Alles lag offen und ungeschönt vor ihm.

Und hier sieht es aus wie Sau, dachte er. Es war klar zu erkennen, dass die ursprüngliche Software des Schiffs modifiziert und erweitert worden war. Symlinks führten ins Leere, Ordner waren umbenannt und dann anscheinend vergessen worden, es gab Programme mit Dutzenden handgeschriebener Funktionen, die von irgendwelchen Scripten, deren Zweck Kipling noch nicht herausgefunden hatte, aufgerufen wurden. Kipling kam sich vor, als stünde er im Keller eines über Generationen errichteten Hauses. Türen führten ins Nichts, manche Räume waren zugemauert worden und wenn man an die Wände klopfte, knirschte es bis ins Dachgebälk.

Dass auf der *Destination Moon* überhaupt noch etwas funktionierte, hielt er für ein Wunder.

Kipling rieb sich die Augen und konzentrierte sich auf die Dateien, die er vor sich sah. Er hatte keine fünf Minuten gebraucht, um in das System einzudringen. Der SSH-Bug, den er dafür ausgenutzt hatte, war seit einem halben Jahr behoben, aber niemand auf der *Moon* schien ein Update ausgeführt zu haben. Im ersten Moment hatte Kipling sich fast schon über einen solchen Leichtsinn geärgert. Nachdem er einige Minuten im System verbracht hatte, konnte er die Entscheidung jedoch verstehen. Er hätte als Systemadministrator, wenn es diese Position überhaupt auf der *Moon* gab, auch kein Update installiert. Das Chaos war unüberschaubar.

Ruhig und konzentriert ging er die Systemdateien durch. Er veränderte nur Kleinigkeiten, nichts, womit er einen Alarm hätte auslösen können. Einige Werte setzte er von »False« auf »True« und umgekehrt, die Systemuhr stellte er um einige Minuten zurück, einen Link ließ er ins Leere laufen. Die gleiche Methode hatte er bei *Tasha's Tool* verwendet, kleine, unauffällige Hacks, die, wenn man sie richtig kombinierte, große Wirkung zeigten.

Im Fall von Tasha's Tool *zu große Wirkung*, dachte er mit einem Stich des Bedauerns.

Er hob den Kopf, als es in einem Lautsprecher an der Wand des Gewächshauses knackte. »Lockdown endet in drei, zwei, eins«, sagte die künstliche Stimme des Bordcomputers. »Neuer Lockdown in einhundertsiebzig Minuten.«

Ein weiteres Knacken, dann sagte eine Frauenstimme: »Miss Gonzales bittet alle Personen zum gemeinschaftlichen Gebet in Modul B. Wir werden Gott, den Herrn um eine sichere Reise ins Gelobte Land und um Gnade für die Seelen unserer Märtyrer bitten. Eine vollständige Teilnahme wird erwartet. Wandelt im Licht.«

»Märtyrer«, sagte Kipling leise. Es machte ihn immer noch wütend, dass Auckland und Rin über seinen und Ama'Rus Kopf hinweg entschieden hatten, sich zu opfern. Dazu hatten sie nicht das Recht gehabt.

Und es wird auch nicht dazu kommen. Er navigierte durch einige Ordner, bis er die Benutzerkonten fand. Auf die meisten Daten konnte er nicht zugreifen, da sie online gespeichert wurden, doch zum Glück schienen die meisten User die Default-

Einstellung, lokale Kopien gesendeter Nachrichten anzulegen, nicht geändert zu haben.

Er fand das Konto von Gonzales und kopierte es komplett in den Speicher seiner V-Specs. Das dauerte keine zwei Sekunden. Wahrscheinlich führte sie die meisten Unterhaltungen über private Konten und nutzte die Schiffskommunikation nur selten.

Die Tür zum Gewächshaus wurde geöffnet. Kipling hatte früher oder später damit gerechnet, trotzdem zuckte er zusammen, als er Gustavs Stimme hörte.

»Wenn du ein Problem mit mir hast, dann klären wir es allein und nicht vor den anderen, verstanden?«

»Es betrifft aber auch die anderen«, sagte Harris. »Es wird auf uns alle zurückfallen, wenn die Sache rauskommt.«

Kipling stand geduckt auf und zog sich durch kurzgeschnittenes Gras in ein erntereifes Maisfeld zurück. Die Pflanzen raschelten lauter, als er erwartet hatte, und er verzog das Gesicht.

»Aber sie wird nicht rauskommen.« Gustavs Stiefel knirschten auf dem Kiesweg. »Wir werden ihn finden. Er muss in dem Modul sein, entweder hier oder im Wohnbereich. Die anderen stehen an den Ausgängen, wir suchen. Was ist daran so scheiße schwer zu verstehen?«

Er schrie die letzten Worte. Kipling nutzte den Lärm, um tiefer in das Feld zu gehen. Auf der anderen Seite, ein Stück entfernt, befand sich die Treppe, die hinauf zu den Werkstätten, Swansons Büro und der Brücke führte. Er fragte sich, ob Gustav dort oben schon jemanden postiert hatte.

»Nichts«, sagte Harris.

»Gut. Du nimmst den rechten Weg, ich den linken.«

»Wir trennen uns?«

Gustav lachte. »Hast du etwa Angst vor dem kleinen Kerl?«

Obwohl Kipling die Reaktion nachvollziehen konnte, verletzte sie ihn ein wenig. *Du wirst noch Angst vor mir bekommen*, dachte er, aber der Gedanke erschien ihm selbst lächerlich.

»Und wenn wir ihn finden, was dann?«, fragte Harris, ohne auf den Kommentar einzugehen.

»Dann werde ich dafür sorgen, dass er nicht redet.«

»Wie?«

Gustav antwortete nicht. Kipling hörte die Schritte der beiden Männer auf dem Kies. Durch die dichten, grünen Blätter der Maispflanzen konnte er den Weg kaum erkennen. Er hatte zwei Möglichkeiten: rennen und hoffen oder warten und hoffen. Beides gefiel ihm nicht.

»Hast du die Infrarotkamera eingeschaltet?«

Gustavs Frage traf Kipling wie ein Schlag in den Magen. Ihm wurde übel. *Scheiße, scheiße, scheiße …*

»Ich bin nicht blöd, Gustav.« Harris' Stiefelsohlen knirschten auf Kies. Kipling sah schwarze Kleidung hinter den Blättern der Maispflanzen und eine Hand, die ein Gerät hielt, das wie ein altes Smartphone aussah. Die Kamera zeigte in seine Richtung.

Renn! Kipling schrie sich in Gedanken selbst an. Er spürte seinen Herzschlag bis in die Schläfen. Seine Knie zitterten und er schmeckte Adrenalin. Doch bevor er herumfahren und loslaufen konnte, drehte Harris den Kopf.

Ihre Blicke trafen sich.

Harris' Augen weiteten sich. Er ließ die Infrarotkamera sinken und hob die Hand. Und dann legte er den Zeigefinger auf die Lippen, wandte sich ab und ging weiter.

Kipling blieb reglos stehen. Die Schritte auf dem Kies wurden leiser. Nach einer Weile rief Harris: »Also hier ist er nicht.«

»Hier auch nicht.« Gustav klang noch verstimmter als zuvor. »Scheiße. Also zurück in den Wohnbereich.«

Die Schritte kamen näher. Einen Moment später tauchte Harris vor den Maispflanzen auf. Er nickte Kipling zu und zeigte mit beiden Händen zum Boden, so als wolle er sagen: *Bleib hier.*

Kipling erwiderte sein Nicken.

»Und du bist sicher, dass du ihn nicht übersehen hast?«, rief Gustav durch das Gewächshaus.

»Ich weiß, wie man mit einer Infrarotkamera umgeht. Aber du kannst dich gern selbst davon überzeugen, wenn du willst.«

Harris zwinkerte, aber Kipling fand das nicht komisch. Er schien Gustav jedoch gut einschätzen zu können, denn der sagte nur: »Quatsch. Komm jetzt. Wir haben nicht mehr viel Zeit bis zum nächsten Lockdown.«

Kipling wartete, bis er das Zischen der Tür hörte, dann verließ er das Feld und setzte sich schwer auf den Hocker am Baum. Er hatte keine Ahnung, weshalb Harris ihn nicht verraten hatte oder welchen Plan – wenn überhaupt – er verfolgte. Doch fürs Erste war er sicher, das genügte ihm.

Er rief Gonzales' Nachrichten auf, lehnte sich an die raue Rinde und wartete.

8

»Wollt ihr ein Bier?«

Arnest trat aus dem Fahrstuhl, noch während er die Frage stellte. Erst dann sah er, dass außer dem Albaner niemand auf der Brücke war.

»Wo sind die anderen?«

Der Albaner stand mit dem Rücken zu ihm vor der Bildschirmwand, die Hände vor dem Körper verschränkt. Ein Pad lag auf der Konsole neben ihm. Er drehte sich nicht zu Arnest um.

»Sie haben es vorgezogen, mich allein zu lassen.«

Kann ich verstehen, dachte Arnest. Er stellte den Sixpack auf die Treppe und rülpste. »Nimm dir eins, wenn du willst.«

»Nein, danke.«

Arnest lehnte sich an das Treppengeländer, nahm eine Flasche aus dem Sixpack und drehte den Verschluss ab. Er hatte die letzten Stunden damit verbracht, Bier zu trinken, Porn zu gucken und online gegen ein paar Idioten zu spielen, die dachten, sie könnten es mit seinem Cyberberserker aufnehmen. Jetzt war ihm langweilig.

»Weißt du schon, wo Lanzo ist?«

»Nein.«

Der Albaner war ungewöhnlich einsilbig. Arnest trank einen Schluck Bier und betrachtete den Countdown, der auf der Bildschirmwand ablief. Etwas über eine Minute bis zum Ende des Sprungs.

»Ich frag mich«, sagte er, während er sich mit der freien Hand den Bauch kratzte, »was die scheiß Jockeys mit ihm wollen. Die haben ihn doch, richtig?«

»Davon gehe ich aus.«

»Und die Loser auf Scania haben ihn an sie ausgeliefert?«

»Einer von ihnen.«

Arnest nickte. Er hatte sich das schon gedacht. »Das Arschloch mit der zerschlagenen Fresse. Lanzo hat ihm nicht umsonst eine gedonnert. Der kennt sich mit Menschen aus.«

»Und du?« Der Albaner drehte sich immer noch nicht um.

»Was?«

»Kennst du dich mit Menschen aus?«

Arnest setzte zu einer Antwort an, unterbrach sich dann jedoch. »Sieh mich an, wenn du mit mir reden willst«, sagte er laut. »Es geht mir auf den Sack, deinen Hinterkopf anzustarren.«

Der Albaner reagierte nicht. Arnest nahm den Sixpack von der Treppe und wandte sich ab. »Dann leck mich am Arsch.«

Er hatte den Fahrstuhl fast erreicht, als die Stimme des Albaners ihn zurückhielt. »Warum tut ihr das? Warum provoziert ihr mich, obwohl ich jeden von euch mit einem Schlag töten könnte?«

Arnest drehte den Kopf und bemerkte, dass der Albaner ihn nun ansah und die Schultern hob. »Erkläre es mir. Ich verstehe es nicht.«

»Was weiß ich.« Solche Fragen stellte man ihm normalerweise nicht und er hatte keine Lust, über die Antwort nachzudenken. »Wahrscheinlich, weil du dich wie ein Arschloch aufführst.«

Der Albaner lachte leise. »Und ich hatte geglaubt, du und ich könnten Freunde werden.«

Arnest dachte daran, dass der Albaner ihn tagelang manipuliert hatte, um das *Ding* in ihm zum Ausbruch zu bewegen. »Glaub ich nicht.«

»Achtung«, sagte die weibliche Stimme des Bordcomputers, bevor der Albaner darauf antworten konnte. »Eintritt in Normalraum erfolgt in zehn Sekunden.«

»Du solltest das Sprungende nicht im Fahrstuhl verbringen«, sagte der Albaner. »Bleib auf der Brücke. Ich nehme auch ein Bier.«

Arnest ging zurück und stellte den Sixpack auf eine der dunklen Konsolen. Ein Ruck ging durch die *Eliot*. Auf dem Bildschirm tauchten Sterne auf. »Du tust mir keinen Gefallen, wenn du mein scheiß Bier trinkst. Entweder willst du eins, dann nimm's dir oder du lässt es.«

Der Albaner senkte die Hand, die er bereits ausgestreckt hatte. Im ersten Moment dachte Arnest, das wäre eine Reaktion auf das, was er gesagt hatte, doch dann sah er, wie er den Blick nach oben zur Galerie richtete. Keine Sekunde später öffnete sich die Tür von Aucklands Kabine.

Woher hat er das gewusst?, fragte sich Arnest. *Hat er irgendwas gehört?*

Auckland verließ die Kabine. Rin folgte ihm, aber sie blieb ein wenig zurück, so als sei sie bereit, jederzeit zurück durch die offene Tür zu flüchten.

»Is' hier irgendwas los?«, fragte Arnest. Die freie Hand legte er auf den Griff seiner Pistole.

Der Albaner lächelte, ohne Auckland und Rin aus den Augen zu lassen. »Nein, ich kann dir versichern, dass hier nichts los ist. Nicht mehr.« Er breitete die Arme aus. »Ich entschuldige mich!«

Arnest verstand nicht, weshalb er auf einmal schrie wie diese Laiendarsteller bei der Armee, die er immer mit Bierdosen beworfen hatte, wenn sie auf der Bühne standen.

»Man hat mir gesagt«, fuhr der Albaner etwas leiser fort, »dass ich mich, und ich zitiere, wie ein Arschloch aufgeführt habe.«

Auckland sah Arnest an. Der hob die Schultern. »Ja, hab ich ihm gesagt. Is' doch so.«

»Das bedaure ich zutiefst. Die Entwicklung einer Persönlichkeit ist ein langwieriger Prozess, in dessen Verlauf ich offensichtlich vom rechten Weg abgekommen bin. Ich möchte mich deshalb bei allen Anwesenden entschuldigen und Besserung geloben. Ich möchte gern von vorne anfangen, wenn ich darf.«

Er nahm die Arme herunter und verneigte sich.

Arnest trank einen Schluck Bier. »Von mir aus.«

Rin warf Auckland einen Blick zu. »Einverstanden.«

Der nickte nur knapp, ohne etwas zu sagen.

Mann, hat der wieder einen Stock im Arsch. Aus den Augenwinkeln sah Arnest, wie die *Destination Moon*, umgeben von einigen anderen Schiffen auf der Bildschirmwand auftauchte. Er betrachtete das Schiff, während er sein Bier austrank.

»Ist das normal?«, fragte er dann.

Auckland sah von der Galerie zu ihm herunter. »Was?«

Er rülpste. »Auf der *Moon* brennt kein Licht.«

9

Kipling musste nicht lange warten.

Er lehnte am Stamm des Baums und las Gonzales' Nachrichten. Die meisten bestanden aus Befehlen, die sie Gustav schickte, ein paar richteten sich an ihren Sohn, der auf ihrem Schiff zurückgeblieben war. Che, wie er sich auf NG27 genannt hatte, hieß in Wirklichkeit Carlos und diente zusammen mit einigen Männern und Frauen als Verstärkung für den Fall, dass es auf der *Moon* zu Komplikationen kam. Anscheinend traute Gonzales ihren neuen Anhängern noch nicht ganz.

Ihrem Sohn traute sie aber wohl auch nicht, denn die Nachrichten an ihn klangen genervt und waren so geschrieben, als richteten sie sich an einen Dreijährigen.

›*Nein, du sollst nicht an der Sitzung teilnehmen*‹, las er gerade. ›*Hier darf niemand wissen, dass du bereitstehst. Das weißt du doch noch, oder?*‹

Die Befehle, die sie Gustav gab, waren mit Bibelzitaten und Prophezeiungen dekoriert, in denen an ihren Sohn tauchte nicht einmal ein »Wandelt im Licht« auf.

Sie glaubt kein Wort von dem, was sie da erzählt, dachte Kipling und scrollte sich bis zur nächsten Nachricht vor. Aber wenn sie wusste, dass die Erde nicht das gelobte Land war, was wollte sie dann dort?

Er sah auf, als die Tür zum Gewächshaus geöffnet wurde. »Wo bist du?«, fragte Harris in den Raum hinein.

Kipling erhob sich. »Hier, bei dem …« Er zögerte. Er hatte

keine Ahnung, unter was für einem Baum er saß. »Bei dem Obstbaum«, fuhr er fort.

Harris tauchte vor ihm auf dem Weg auf. Er sah sich einige Male um, so als habe er Angst, beobachtet zu werden. Kipling streckte die Hand aus, als er vor ihm stehen blieb. »Hi, ich bin Kipling.«

»Harris.« Er schüttelte Kiplings Hand. »Gustav denkt, dass ich das Warenlager durchsuche. Wir haben also ein bisschen Zeit.«

»Warum hast du mir geholfen?«

Harris fuhr sich mit der Hand durch die kurzen, schwarzen Haare. Er wirkte angespannt. »Ich hab nicht gewusst, dass ich das tun würde, bis du vor mir standst. Aber es gibt eine Grenze, bis zu der man gehen kann und wenn man sie sieht, weiß man, wo sie ist. Verstehst du, was ich meine?«

Kipling nickte. »Du bist ein Mitläufer.« Erst, als er das Wort aussprach, wurde ihm klar, wie abfällig es klang.

Harris schien es ihm nicht übel zu nehmen. »Ja. Ich glaube nicht an die Prophetin, ich glaube nicht mal an Gott, aber es ist leichter, den Mund zu halten und mitzumachen, als in einer Zelle zu sitzen wie Swanson. Viele denken so.«

Seine Gesichtszüge wurden weicher. Er entspannte sich langsam. »War ja auch nichts dabei. Ein bisschen auf den Knien rumrutschen, ›Wandelt im Licht‹ sagen und versuchen, bei den Gebeten wach zu bleiben. Kein Ding. Aber jemanden zusammenzuschlagen oder umzubringen, nur weil er das Offensichtliche ausgesprochen hat …«

Er ließ den Satz unvollendet und schüttelte den Kopf.

»Du meinst, dass Gonzales eine Drecksau ist?«, fragte Kipling.

Harris lachte. »Genau. Jeder weiß, dass das stimmt, wahrscheinlich sogar Gustav. Aber trotzdem lassen wir sie alle machen, was sie will.«

»Weil es bequemer ist.«

»Ja, und weil es da diesen winzig kleinen Funken Hoffnung gibt, dass sie vielleicht doch keine Scheiße erzählt und dieser ganze Albtraum ein Ende haben wird.« Harris machte eine Geste, die das ganze Schiff einschloss. »Niemand will so leben, oder?«

Nein, dachte Kipling. Er machte Harris keinen Vorwurf. An seiner Stelle hätte er vielleicht genauso gehandelt. »Ich will nicht, dass meine Freunde für diesen Funken Hoffnung verheizt werden. Ich habe bereits dafür gesorgt, dass die *Moon* am Ende des Sprungs online gehen muss, um die Systemzeit mit der der Außenwelt zu synchronisieren. Dann werde ich wenigstens mit ihnen reden können.«

Harris nickte. Kipling beobachtete ihn genau, achtete auf jedes Zucken und jeden Blick. »Aber das wird nicht reichen«, fuhr er fort. »Wenn sie leben sollen, musst du deine Hoffnung sterben lassen. Dieser letzte Sprung darf nicht stattfinden.«

»Okay«, sagte Harris, aber Kipling spürte, dass er es nicht so meinte. Es war keine Lüge. Er sagte nur das, was Kipling hören wollte, um seine wahre Entscheidung auf einen späteren Zeitpunkt verschieben zu können. Wahrscheinlich bereute er schon, dass er auf sein Gewissen gehört und Kipling geholfen hatte. Dadurch war er in etwas hineingeraten, das ihn überforderte.

Ich darf ihm nicht trauen, dachte Kipling. *So spontan, wie er mich gerettet hat, wird er mich auch wieder verraten.*

»Hast du einen Plan?«, fragte Harris.

Er würde Kipling nicht glauben, wenn der das verneinte. »Wir müssen Ama'Ru und Swanson befreien. Solange sie in den Zellen sitzen, bin ich erpressbar.«

»Dabei kann ich dir helfen. Ich bin autorisiert, die Zellen –«

Er unterbrach sich, als die Tür geöffnet wurde. Kipling duckte sich unwillkürlich. Die Pflanzen in den Beeten standen so hoch, dass er nicht erkennen konnte, wer hereingekommen war.

»Scheiße«, sagte Gustav und brachte Harris mit dem einen Wort dazu, sich flach in den Dreck zu werfen. »Der muss doch irgendwo sein.«

Anscheinend wollte er sich doch selbst davon überzeugen, dass Harris das Gewächshaus sorgfältig durchsucht hatte. Kipling hörte, wie er langsam den Weg entlangging.

»Scheiße«, flüsterte Harris mit zitternder Stimme. »Was machen wir denn jetzt? Der wird uns beide umbringen, wenn er uns entdeckt.«

Seine Hände zitterten, sein Atem ging schnell und flach. Er drohte, in Panik zu geraten.

Kipling legte ihm die Hand auf die Schulter. »Wir müssen nur ein paar Minuten durchhalten«, flüsterte er. »Die *Moon* geht gleich in Lockdown. Gustav wird es nicht riskieren, für eine Stunde oder länger hier festzusitzen.«

Harris nickte. Sein Adamsapfel hüpfte auf und ab. Grüne Grassamen hingen in seinem Bart.

»Alles wird gut«, sagte Kipling, während die Schritte näher kamen. Er wusste nicht, ob das Harris beruhigte, aber es beruhigte ihn.

Der Weg führte nicht direkt an dem Obstbaum vorbei, sondern knickte einige Meter entfernt vor dem Maisfeld nach links ab und verlief an der Wand entlang bis zum Ende des Feldes. Kipling hockte im Gras und lauschte auf Gustavs Schritte. Wenn er abbog, waren sie erst einmal sicher. Wenn nicht … *lassen wir uns was einfallen*, dachte er. Sein Blick fiel auf den Gürtel, den Harris trug und die Pistole, die in einem Holster daran hing.

»Achtung«, sagte die ihm mittlerweile vertraute künstliche Stimme. »Sprungende steht bevor. Lockdown erfolgt in Alpha, Neunzehn, Bordtoilette, Frank …«

Was? Kipling und Harris sahen gleichzeitig auf. Die Stimme brach ab. Einen Moment herrschte Stille, dann drang eine zweite, ebenso künstlich, aber strenger klingende Stimme aus den Lautsprechern. »Systemfehler. Bitte kontaktieren Sie Ihren Administrator. Systemfehler. Sys–«

Ein lauter, hoher Piepton legte sich über die Stimme. Kipling presste die Hände auf die Ohren, hörte aber trotzdem den Knall, mit dem sich überall auf der *Moon* die Türen schlossen. Der Ton verstummte. Schlagartig wurde es dunkel.

Ich wollte Chaos, dachte Kipling, während er die Hände herunternahm. *Jetzt habe ich es.*

»Verdammte Scheiße, was ist denn jetzt schon wieder?« Gustavs Stimme hallte durch die Schwärze. Sie schien von links zu kommen, also war er wohl doch dem Weg gefolgt. Das war gut. Weniger gut, dachte Kipling, war allerdings, dass er mit einer Infrarotkamera ausgerüstet war. Doch die hatte Harris auch.

»Hey«, flüsterte Kipling. »Hol deine Kamera raus.«

Schweigen antwortete ihm. Er streckte die Hand aus und tastete nach Harris, doch dort, wo er gelegen hatte, strichen Kiplings Finger nur über Grashalme, die sich langsam wieder aufrichteten. Harris war weg.

Kipling fuhr sich mit der Zunge über die Lippen. *›Nachricht gesendet‹* tauchte als Pop-up auf einmal in seinen V-Specs auf. Wenigstens etwas hatte so funktioniert, wie er es sich gedacht hatte. Das System hatte erkannt, dass seine Zeit nicht stimmte und war online gegangen, um sich mit der Außenwelt zu synchronisieren. Das hatte vermutlich nicht länger als eine hundertstel Sekunde gedauert, aber dank des kleinen Scripts, das Kipling geschrieben hatte, war genau in diesem Moment seine vorgeschriebene Nachricht gesendet worden. Sie hatte sich bereits überholt, aber daran war nichts mehr zu ändern.

Mit einem Ruck fiel die *Moon* in den Normalraum zurück.

»Hier ist doch jemand«, sagte Gustav in diesem Moment.

Kipling hielt den Atem an.

10

Zwei Pads piepten gleichzeitig.

Auckland griff in seine seitliche Hosentasche und zog sein Pad heraus. Rin, die sich an eine der Konsolen gesetzt hatte, um einen Scan der *Moon* einzuleiten, tat das Gleiche. Arnest drehte sich zu ihnen um. »Wer ist das?«

»Kipling«, sagte Auckland. Er überflog die Nachricht kurz, bevor er sie vorlas. Aus den Augenwinkeln sah er, dass der Albaner ihn beobachtete.

»›Hi Leute, ich bin aus der Zelle geflohen, geile Story, kann ich (hoffentlich!) später erzählen. Ama'Ru und Swanson sitzen noch fest, aber ich arbeite mich gerade ins System ein und werde versuchen, sie zu befreien und dabei so viel Chaos anzurichten, dass die *Moon* nicht springen kann. Ich weiß nicht, wann ihr diese Nachricht bekommen werdet. Ich werde sie automatisch versenden, wenn das System das nächste Mal online geht. Bitte bringt euch bis dahin nicht um. Das Leben ist zu kurz für einen sinnlosen Tod.‹« Auckland sah auf. »Smiley.«

»Das, was er schreibt, passt zum Ergebnis des Scans«, sagte Rin mit einem Blick auf ihr Display. »Die Energieversorgung ist teilweise ausgefallen, deshalb ist es an Bord auch dunkel. Der Antrieb funktioniert, aber die Sensoren und Waffensysteme nicht.«

Rin drehte sich in ihrem Sitz zu Auckland um. »Sie sind blind und zahnlos.«

Arnest klatschte in die Hände, bevor er darauf antworten

konnte. »Geile Scheiße. Wir docken an, holen unsere Leute raus und verpissen uns, bevor die gestörte Alte kapiert, was los is'.« Er stand auf und nahm seinen Sixpack. »Richtig?«

Es war ein simpler, guter Plan. Auckland hätte ihm sofort zugestimmt, aber weder er, noch Arnest, noch Rin konnten darüber bestimmen, was als Nächstes geschah. Der Albaner hatte das Kommando zwar nicht offiziell an sich gerissen, aber dass er es führte, war klar. Auckland sah ihn an. »Richtig?«

Der Albaner neigte den Kopf. »Leider nicht«, sagte er im Tonfall eines Kellners, der einem Gast mitteilte, dass das Tagesgericht bereits aus war. »Wir werden wie geplant fortfahren.«

Arnest fuhr herum. Die Flaschen in seinem Sixpack schlugen klirrend gegeneinander. »Was? Bist du bescheuert?«

Rin erhob sich. Sie und Arnest standen rechts und links des Albaners, Auckland saß direkt vor ihm auf der Treppe. Einen Moment lang spielte er mit dem Gedanken, es auf einen Kampf ankommen zu lassen, doch dann entschied er sich dagegen. Arnest war betrunken, auch wenn man es ihm nicht anmerkte und er selbst hätte eine Sekunde gebraucht, um aufzustehen. Zu viel, wenn man sich mit dem Albaner anlegen wollte.

Der schien zu erkennen, was in Auckland vorging, denn er lächelte. »Eine kluge Entscheidung.« Dann wandte er sich an Rin. »Die Koordinaten hat die *Moon* uns ja bereits überlassen, deshalb schlage ich vor, dass wir uns jetzt auf den Sprung vorbereiten.«

»Mach deinen Dreck alleine.« Arnest trat einen Schritt auf ihn zu. »Ich flieg nicht zurück zur scheiß Erde. Ich werde jetzt Kipling und Ama'Ru rausholen und wenn dir das nicht passt, dann komm her.«

Auckland sah, wie es in den Augenwinkeln des Albaners leicht zuckte. »Arnest!«, sagte er scharf und stand auf. »Das reicht. Geh in deine Kabine.«

»Fick dich! Ich lasse mich von niemandem hier rumkommandieren. Nur, weil du nicht die Eier hast, diesem Arschloch hier die Fresse zu polieren, sollen wir diese Scheiße mitmachen?« Er stellte den Sixpack so hart auf der Konsole ab, dass eine Flasche zerplatzte. Bier und Scherben spritzten über das Display. »Fickt euch doch alle. Ich nehm mir jetzt ein Shuttle und hol Kipling und die Jockey da raus.«

Er drehte sich um. Auckland ließ den Albaner nicht aus den Augen, doch als der nach einer Sekunde reagierte, tat er es so schnell, dass kein Eingreifen möglich war. Ein Sprung brachte ihn direkt hinter Rin. Er trat ihr in die Kniekehle, ließ sie zusammensacken und packte mit beiden Händen ihren Kopf.

Rin schrie auf, mehr aus Schreck als aus Schmerz, glaubte Auckland. Sie wollte nach den Händen des Albaners greifen, doch der drehte ihren Kopf mit einer so harten Bewegung zur Seite, dass Auckland einen Moment lang der Atem stockte. Ein paar Zentimeter mehr und er würde ihr das Genick brechen.

Rin senkte die Arme. Stumm hockte sie auf den Knien, die Augen aufgerissen. Der Albaner zog ihren Kopf langsam zurück, bis sie Auckland und Arnest ansehen konnte.

»Ich muss mich für meine Entschuldigung entschuldigen«, sagte er und lächelte. »Ich habe mich wohl missverständlich ausgedrückt. Ja, ich habe mich wie ein Arschloch aufgeführt. Dank meiner Unentschlossenheit habe ich euch den Eindruck vermittelt, ihr könntet mit mir diskutieren. Das ist falsch. Es gibt keine Diskussionen mehr. Es gibt nur: Ihr tut, was ich sage. Verstanden?«

»Du gottverdammtes Stück Scheiße!«

Auckland sprang auf, als Arnest vorstürmen wollte. Mit beiden Händen packte er ihn an den Schultern und drückte ihn gegen die Wand. Arnest wog um einiges mehr als er, aber er war betrunken und nicht so sicher auf den Beinen wie sonst. Trotzdem musste Auckland ihn mit aller Kraft festhalten. Eine Wolke aus Bier und Schweiß hüllte ihn ein.

»Bleib ruhig«, sagte er, während er sich gegen Arnest stemmte. »Er wird Rin umbringen, wenn du dich nicht zusammenreißt.«

»Er hat recht. Wenn ihr den Sprung verweigert, habe ich keine Verwendung mehr für sie. Oder euch.« Der Albaner regte sich nicht. Das Bild, das er und Rin boten, erinnerte Auckland an eine Hinrichtung. Er schob den Gedanken beiseite.

Arnests Gegenwehr ließ nach. Er blinzelte und schüttelte sich.

»Kann ich dir vertrauen?«, fragte ihn Auckland. »Baust du keine Scheiße?«

»Alles okay«, sagte Arnest. Er hob beschwichtigend die Hände. »Ich mach nichts.«

Auckland trat einen Schritt von ihm zurück und atmete die frischer riechende Luft tief ein. Dann wandte er sich dem Albaner zu. »Lass sie los. Wir springen.«

Ohne zu zögern nahm der Albaner die Hände von Rins Kopf. Seine Finger hatten rote Spuren auf ihren Wangen hinterlassen.

Rin kam auf die Beine und stolperte einige Meter zur Seite. Keuchend blieb sie stehen und rieb sich den Nacken. In ihrem Blick flackerte es. Sie stand unter Schock.

»Tu es«, sagte der Albaner. Er wandte sich an sie, aber Auckland trat an ihrer Stelle an eine Konsole.

»Ich mache das. Sie muss sich ausruhen. Du wirst uns beide brauchen, um die Waffensysteme zu besiegen.«

Der Albaner nickte wortlos. Auckland setzte sich und rief das Navigationsprogramm auf. Die *Moon* hatte die Koordinaten übertragen, er musste nur noch auf ein Icon drücken, um den Sprung einzuleiten. Er berührte es mit dem Zeigefinger und lehnte sich in seinem Sitz zurück. Sekunden später ging ein Ruck durch die *Eliot* und der Bubble-Antrieb heulte auf. Ein Countdown erschien auf der Bildschirmwand: neunundfünfzig Minuten.

Arnest fuhr sich durchs Gesicht. Auckland hörte, wie seine Handflächen über Bartstoppeln kratzten.

»Zur Erde«, sagte Arnest. »Ich glaub, ich kotze.«

»*Ich* glaube, dass du angenehm überrascht sein wirst.« Der Albaner ging um die Konsolen herum, ging die Treppe hinauf und setzte sich auf die oberste Stufe. »Nehmt Platz.«

Es klang wie ein Befehl, nicht wie eine Bitte.

Rin ging zu ihrer Pilotenkonsole. Die Farbe kehrte bereits in ihr Gesicht zurück und ihr Blick wirkte nicht mehr so unstet wie zuvor, aber Auckland sah, dass ihre Finger immer noch zitterten. Er sah Arnest an. »Setz dich oder geh.«

Arnest schwieg. Auckland hielt seinen Blick. »Du hast versprochen, keine Scheiße zu bauen.«

»Ja, schon gut«, sagte Arnest und setzte sich auf die Armlehne eines Sitzes. Den Sixpack ließ er auf der anderen Konsole stehen. Er bereitete sich auf einen Kampf vor.

Der Albaner lächelte. »Sehr schön. Im Sitzen unterhält es sich doch gleich besser.«

Schweigen antwortete ihm. Auckland lauschte auf das dumpfe Dröhnen der Schiffsmaschinen, das Säuseln der Klimaanlage und seinen eigenen Herzschlag. Auf dem Bildschirm wurden die Zahlen des Countdowns im Sekundentakt kleiner.

Das wird eine lange Stunde.

»Hat jemand ein Kartenspiel?«, fragte der Albaner.

Eine sehr lange Stunde.

11

Kipling zog sich vorsichtig die Jacke aus und legte sie sich über den Kopf. Der Stoff raschelte, aber Gustavs Schritte wurden nicht langsamer. Es klang so, als würde er methodisch die Wege ablaufen, wahrscheinlich mit seiner Infrarotkamera in der Hand. Kipling bewegte sich nicht. Er war sich nicht sicher, ob man in der Dunkelheit das Licht der V-Specs sehen konnte, deshalb schützte er sich mit seiner Jacke. Es wurde rasch stickig darunter, doch er nahm sie nicht hoch. Er fühlte sich wie ein Kind, das nachts heimlich unter der Bettdecke im Netz surfte.

Nur mit dem Unterschied, dass ich zu Brei geschlagen werde, sollte man mich erwischen, dachte Kipling, während er sich durch die Logdateien der Schiffssoftware arbeitete. Erleichtert erkannte er, dass sich die von ihm produzierten Ausfälle nicht auf die Lebenserhaltungssysteme erstreckten. Er wollte niemanden an Bord umbringen, noch nicht einmal Gustav und Gonzales. Der Antrieb funktionierte ebenfalls noch, was ihm jedoch keine Sorgen bereitete. Solange es auf dem ganzen Schiff dunkel war, würde es keinen Sprung geben. Schließlich wusste ja niemand, was die Störungen ausgelöst hatte und wie weitreichend sie waren.

Rin, Auckland und vielleicht sogar Arnest, wenn der sein Pad nicht wieder auf dem Klo hatte liegen lassen, mussten seine Nachricht längst bekommen haben. Ob sie geantwortet hatten, konnte Kipling nicht erkennen. Noch steckte er in der Blase, die alle Signale von außen blockierte.

Priorität drei, dachte er. Priorität zwei war das Einschalten des Lichts. Auf eins stand das Öffnen der Türen, nicht auf dem ganzen Schiff, aber wenigstens im Gewächshaus. Noch kam Gustav ihm nicht zu nahe, doch das würde sich ändern. Das Gewächshaus war nicht so groß wie der Todesstern.

»Wo bist du?«, hörte er Gustav sagen. »Du bist doch hier. Ich kann dich spüren. Und ich komm dir immer näher.«

Schwachsinn. Kipling versuchte, die Stimme auszublenden und sich auf seine Arbeit zu konzentrieren. Gustav wollte ihn aus seinem Versteck scheuchen, das war alles. Er hoffte, dass Harris nicht darauf hereinfiel. Es würde ihm schwerfallen, Gustav zu erklären, weshalb er in das Gewächshaus zurückgekehrt war.

Ein gurgelnder, beinahe unmenschlich klingender Schrei unterbrach ihn. Kipling fuhr so heftig zusammen, dass er versehentlich das Terminal in seinen V-Specs schloss. Er biss sich auf die Lippen, als er ein nasses Klatschen hörte, dann noch eines und noch eines. Das Gurgeln brach ab, aber nicht das Klatschen. Kipling brauchte einen Moment, bis er erkannte, dass es Schläge waren.

»Ich hab dich, du Arsch!«, brüllte Gustav. Er keuchte. »Ich hab dich!«

Kipling kämpfte die Panik nieder. Er schaltete die Beleuchtung der V-Specs aus und riss sich die Jacke vom Kopf. Kühle, klare Luft trocknete den Schweiß auf seinem Gesicht. Er ging auf Hände und Knie. Zu dem Klatschen kam Knirschen und ein dumpfes Knallen. Kipling stellte sich vor, wie Gustav auf Harris einschlug und seinen Kopf gegen den Boden hämmerte. Er musste Harris erwischt haben, eine andere Möglichkeit gab es nicht. Ihm wurde übel.

Er brachte es nicht über sich, unter dem Baum zu bleiben. Seine Instinkte zwangen ihn zur Flucht. Auf allen vieren kroch er durch den Dreck. Seine linke Hand stieß gegen harten Kunststoff. Er hielt inne und tastete das Gerät, das vor ihm lag, mit den Fingern ab.

Harris' Kamera?, fragte er sich. Er musste sie verloren haben, als er sich zu Boden geworfen hatte.

Kipling setzte sich auf. Seine Finger ertasteten einen kleinen Knopf, auf den er drückte. Der Bildschirm wurde grau, dann zeichneten sich Schlieren ab. Die Welt um ihn herum, der Baum, das Maisfeld und der Weg nahmen langsam Formen an. Er hob die Kamera, bis eine rotgelbe Gestalt auftauchte. Sie hockte auf einer anderen und bewegte die Arme. Jedes Mal, wenn sie einen Arm senkte, klatschte es. Die Gestalt unter ihr zuckte im Rhythmus der Schläge, sonst lag sie still. Eine rote Pfütze umgab sie. Die graue Umgebung war voller Farbspritzer, die langsam verblassten.

Kipling konnte nicht sagen, ob Minuten oder Stunden vergingen, bis Gustav sich endlich aufrichtete. Seine Fäuste und Unterarme leuchteten rot auf dem Bildschirm. »Du wirst nie wieder jemanden ›Drecksau‹ nennen«, stieß er zwischen keuchenden Atemzügen hervor. Er trat der Leiche in die Seite und spuckte aus.

Er glaubt, dass er mich umgebracht hat, dachte Kipling. Die Infrarotkamera zeigte keine Gesichtszüge, keine Hautfarbe, nur Formen. Der Gedanke, dass er anstelle von Harris zu Tode geprügelt worden wäre, wenn Gustav nach rechts anstatt nach links gegangen wäre, ließ ihn würgen. Er biss sich auf die Lippen und schluckte, bis das Gefühl verging.

Kipling atmete zitternd durch.

Ich muss hier raus.

12

Als das Licht ausfiel und sich die Türen schlossen, standen Ama'Ru und Swanson im Gang, der zum Wohnbereich führte. Die *Andere* reagierte kaum darauf. Sie hatte sechs Gitterstäbe durchtrennt und war damit beschäftigt, ihre Zangen zu reinigen. Ama'Ru spürte, wie müde sie war.

»Okay«, sagte Swanson gedehnt. »Damit hatte ich nicht gerechnet.«

Sie hörte, wie er sich an der Wand entlangtastete und die geschlossene Tür berührte. »Ich nehme an, dass Kipling dafür verantwortlich ist«, sagte sie.

»Ja, das glaube ich auch. Das Gute ist, dass wir uns in der Dunkelheit nicht verstecken müssen und du erst auffallen wirst, wenn jemand gegen dich prallt. Aber um so weit zu kommen, brauchen wir offene Türen.«

Ein Klicken, gefolgt von einem leisen Klirren. Eine rote LED leuchtete auf. »Da ist es ja«, sagte Swanson.

Ama'Ru trat näher an ihn heran. »Ich kann mein Pad als Taschenlampe verwenden, wenn du möchtest.«

»Nein. Wir wissen nicht, ob die Kameras hier noch funktionieren. Ich will nicht, dass sie bemerken, was wir planen. Es wird auch so gehen.«

Der Plan, über den sie gesprochen hatten, während die *Andere* sich mit den Gitterstäben beschäftigte, bestand darin, zur Brücke zu gehen und das Schiff zu übernehmen. Das klang so simpel, dass Ama'Ru das Wort »Plan« für unangemessen hielt, aber Swanson hatte darauf bestanden, ihre Absicht so zu nennen. Einen perfekteren Zeitpunkt für eine Gegenmeuterei würde es nie wieder geben, hatte er argumentiert. Gustav war dank Kiplings Flucht abgelenkt und die meisten Menschen an Bord der *Moon* hielten sich in Modul B auf, um gemeinsam mit Gonzales zu beten.

»Sie nennen Modul B jetzt den Gebetsraum«, sagte Swanson. Seine Hände verdeckten immer wieder die rote LED. Anscheinend versuchte er, die Verriegelung manuell aufzuheben.

»Gebetsraum!« Ama'Ru glaubte zu spüren, dass er den Kopf schüttelte. »Wir lagern da den Müll, der nicht mehr verwertbar ist und in die Sonne geschossen werden soll. Die haben garantiert einfach die Luftschleuse aufgemacht und den ganzen Mist rausgeworfen. Wir treiben in unserem eigenen Müll. Aber hey, Hauptsache, die können beten.«

Ama'Ru dachte einen Moment nach, bis ihr das Sprichwort einfiel, das die Menschen verwendeten. Zumindest hoffte sie, dass es sich dieses Mal um ein Sprichwort handelte. »Man scheißt nicht da, wo man isst?«

Swanson lachte laut. »Genau. Wo hast du das her?«

»Arnest.«

»Das überrascht mich nicht.« Es knackte, dann öffnete sich die Tür. Ama'Ru spürte einen Luftzug auf ihrem Gesicht und hörte Stimmen, die sich laut unterhielten.

»Bleib, wo du bist, Mom«, rief ein Junge.

»Ich weiß ja nicht mal, wo ich bin«, antwortete eine ältere Frau.

»Finde die linke Wand«, sagte Swanson leise, als die Stimmen verstummten. »Lass sie nicht los. Und pass auf Hindernisse auf.«

Ama'Ru streckte den Arm aus, bis sie das harte Metall der Wand spürte. »Wo gehen wir hin?«, fragte sie ebenso leise.

»Immer noch zur Brücke, aber wir werden durch das Gewächshaus abkürzen. Auf dem Weg gibt es weniger Türen, die ich aufmachen muss.«

Ama'Ru erlaubte es der *Anderen*, sich auch mit den Zangen am Boden vorzutasten, obwohl das bedeutete, dass sie selbst ungeschützt über ihren Körper ragte. Die Fortbewegung durch absolute Dunkelheit verunsicherte die *Andere* und Ama'Ru würde alles tun, um ihr zu helfen.

Außer ihnen schien kaum jemand unterwegs zu sein. Sie hörten nur wenige Geräusche und vereinzelte Stimmen. Irgendjemand stieß einige Meter entfernt gegen etwas Hartes und fluchte. Näher kam ihnen niemand.

»Wir sind da«, flüsterte Swanson. Dieses Mal benötigte er nicht mal eine Minute, um die Tür zu öffnen. »Solange wir auf den Wegen bleiben, dürften wir sicher –«

Er unterbrach sich, als schnelle Schritte über Kies knirschten. Es klang, als würde jemand fliehen.

»Kipling?«, fragte Ama'Ru in die Dunkelheit.

Die Schritte stoppten. »Bleibt, wo ihr seid. Wartet. Ich komme zu euch.«

Ama'Ru hörte die Angst in seiner Stimme und dann roch sie Blut und Kot. Der Gestank hing schwer in der Luft. Die *Andere* scheute unter ihr und wich zurück. Beruhigend strich Ama'Ru ihr über den Hals.

»Swanson, bist du das?« Die Schritte kamen nun auf sie zu. Ama'Ru fragte sich, wie Kipling sich in der Dunkelheit so schnell und sicher bewegen konnte.

»Ja. Was machst du hier?«

Kipling blieb neben ihnen stehen. »Schließ die Tür. Beeil dich.«

Sein Tonfall machte die *Andere* nervös. Er klang, als würde er verfolgt, aber es war nichts zu hören. Die Tür zischte und schloss sich. Kipling atmete hörbar auf.

»Ich rieche Blut«, sagte Ama'Ru. »Bist du verletzt?«

»Nein, ich … das …« Er machte eine Pause. Stoff raschelte. »Das ist nicht mein Blut«, fuhr er dann ruhiger fort. »Gustav ist da drin. Er hat Harris umgebracht.«

»Was?« Swanson wirkte entsetzt. »Wie ist das passiert?«

»Er hat Harris mit mir verwechselt. Harris hatte mir geholfen und … scheiße, Bob, er hat ihn zu Tode geprügelt.«

»Und er ist noch im Gewächshaus?«, fragte Swanson.

»Ich denke schon. Ich habe eine Infrarotkamera dabei. Auf der habe ich ihn nicht mehr gesehen, aber ganz ehrlich, ich hab ihn auch nicht gesucht. Wenn er geahnt hätte, dass er uns verwechselt hat …«

Er beendete den Satz nicht.

»Jetzt weiß er es«, sagte Ama'Ru leise.

»Allerdings.« Kipling stieß einen Laut aus, der irgendwo zwischen Lachen und Weinen lag. »Und wenn es richtig schiefläuft, wird Harris zum Zombie.«

Einen Moment lang schwiegen sie. Ama'Ru hörte, wie Swanson tief Luft holte. »Harris und Gustav sind da drin und wir hier draußen. Das ist alles, was zählt. Soll Gustav sich mit seinem Problem herumschlagen, wir haben unsere eigenen.«

Kipling räusperte sich. Ama'Ru hatte den Eindruck, dass er sich mühsam zusammenriss. »Ihr habt einen Plan?«

»Wir gehen zur Brücke und übernehmen das Schiff«, sagte Swanson.

»Ah, okay. Cool.«

»Geh vor. Du kannst als Einziger etwas sehen.«

Kipling schob sich an der *Anderen* vorbei. »Du siehst übrigens als Wärmebild wirklich krass aus, Ama'Ru.« Er schien sich von dem, was er erlebt hatte, ablenken zu wollen. Sie hatte das schon einige Male bei ihm beobachtet. »Mir war nicht klar, dass du so viel wärmer bist als dein Tier.«

Ama'Ru nickte, obwohl er das nicht sehen konnte. »Das ist normal.«

Aber das war es nicht.

13

Mit jedem Schritt fühlte Kipling sich besser. Sein Herzschlag wurde langsamer und er schmeckte keine Galle mehr. Gustav saß fest und auf die eine oder andere Weise würde er für das bezahlen, was er getan hatte.

Sie benutzten nicht den Fahrstuhl, sondern die Nottreppen, um nach oben zur Brücke zu gelangen. Ab und zu tauchten Menschen wie Geister auf dem grauen Bildschirm auf. Die meisten bewegten sich nicht, nur manche tasteten sich an den Wänden entlang. Einer von ihnen berührte sogar eine Zange der Gottesanbeterin, erkannte jedoch nicht, dass seine Hand auf etwas Lebendigem ruhte. Nach einem Moment stolperte er weiter.

Die Brücke war ihr Ziel, hatte Swanson gesagt. Er klang lakonisch und selbstsicher, so als gäbe es keinen Zweifel am Erfolg seines Plans. Normalerweise bestand die Brückenbesatzung aus fünf Personen, aber Swanson rechnete mit höchstens drei. Das Wohl der Seele, so argumentierte er, war den neuen Gläubigen wichtiger als das Wohl der *Moon*, doch am allerwichtigsten war ihnen, von Gonzales beachtet zu werden.

Kipling richtete die Infrarotkamera in den Gang, der zur Brücke führte. Er war leer. »Alles frei«, sagte er leise und wandte sich nach links. Vor der dritten geschlossenen Tür blieb er stehen. »Wenn wir das schaffen, müssen wir sofort ins Internet, der *Eliot* Bescheid sagen. Sie darf nicht springen.«

»Wir schaffen das.« Swanson schob sich an ihm vorbei und

nahm die Verkleidung des Türöffners ab. »Die Stationen sind hufeisenförmig zu unserer Linken angeordnet. Rechts gibt es noch einen Platz für eine Wache, aber der ist normalerweise leer.«

Die LED unter der Verkleidung blinkte rot. In ihrem Licht zog Swanson einige Kabel heraus und eine kleine Platine. »Seid ihr bereit?«

»Ja«, sagten Kipling und Ama'Ru gleichzeitig. Die Gottesanbeterin rieb ihre Hinterläufe leise raschelnd aneinander.

Die Tür öffnete sich. Das blaue Licht der Stationsmonitore erhellte den Raum. Zwei Männer sprangen auf. Einer von ihnen warf den Stuhl um, auf dem er gesessen hatte.

Swanson lief auf ihn zu, schlug ihm die Faust ins Gesicht und warf ihn zu Boden. Der andere Mann nahm die Hände hoch. »Bob?«

Kipling erkannte ihn im gleichen Moment. Es war Daniel Messner. Er wirkte noch dünner als bei ihrer letzten Bewegung. Ein Kreuz aus Metall hing vor seiner Brust und reflektierte das Licht der Monitore.

Aus den Augenwinkeln sah er eine Bewegung und fuhr herum. »Vorsicht!«, rief er, als er den dunkel gekleideten Mann sah, der hinter der Tür aufgestanden war. Der Mann griff nach seiner Pistole.

Das hohe Fiepen der Gottesanbeterin stach in Kiplings Ohren. Mit einer Zange brach sie dem Mann den Arm, die andere legte sie um seinen Hals und zog ihn vom Boden hoch. Er schrie. Seine Beine zuckten. Blut tropfte in den Kragen seines Hemdes.

»Wir übernehmen das Schiff«, sagte Swanson. Er nahm den Blick nicht von Daniel. »Hast du ein Problem dam–?«

»Nein«, stieß Daniel hervor, bevor er den Satz beenden konnte. »Kein Problem.«

»Und du, Burt?«

Der Mann auf dem Deck starrte die Gottesanbeterin an. »Auch kein Problem«, sagte er.

Swanson drehte den Kopf. »Du kannst ihn loslassen, Ama'Ru. Es ist alles in Ordnung.«

Doch die Gottesanbeterin ließ ihn nicht los. Im Licht der Monitore wirkte ihr Insektengesicht grau und starr, das von Ama'Ru verzerrt. Kipling kam es so vor, als würden Jockey und Tier um die Kontrolle ringen.

»Ama'Ru?«, fragte er zögernd.

Die Zange öffnete sich. Der Mann fiel mit einem spitzen Schrei zu Boden, blieb liegen und umklammerte seinen Arm. Ama'Ru strich der Gottesanbeterin über den Kopf. Sie wirkte entspannt, so, als sei nichts geschehen.

»Wir wollten nur sichergehen«, sagte sie.

»Kipling?«

Er wandte sich von ihr ab. Swanson richtete den umgefallenen Stuhl auf und machte eine einladende Handbewegung. »Adminzugang. Mach, was du willst, aber öffne bloß nicht die Türen. Licht wäre allerdings nett.«

»Kommt sofort.« Kipling setzte sich und verzog das Gesicht, als seine Fingerspitzen die billige, weiche Tastatur berührten. *Wie können Leute nur so arbeiten?*, dachte er.

»Warum machst du diesen Mist mit?«, hörte er Swanson fragen. »Du bist doch kein Idiot.«

Daniel hob die Schultern. »Es ist einfach passiert. Ich wollte in keiner Zelle enden, so wie du. Ich dachte, wenn ich frei wäre, könnte ich wenigstens als Stimme der Vernunft fungieren.«

Es wurde hell im Raum. Ein Blick auf die Statusmeldungen verriet Kipling, dass das Licht überall im Schiff wieder funktionierte.

Und jetzt das Internet.

»Stimme der Vernunft, so ein Quatsch.« Swanson schüttelte den Kopf. »Daran hast du doch nicht wirklich geglaubt.«

»Na ja, ich habe wenigstens erreicht, dass sie dich in Ruhe gelassen haben.« Daniel ergriff Swansons Hand. »Weißt du, wie oft Gonzales dich zwingen wollte, sie öffentlich zur Kommandantin der Flotte zu ernennen? Ich konnte das immer verhindern.«

Swanson schwieg. Kipling sah von seiner Arbeit auf, als er Bewegungen auf den Monitoren wahrnahm. Die Überwachungskameras hatten den Betrieb wieder aufgenommen und sendeten ihre Bilder an die Brücke. »Leute? Seht euch das mal an.«

Swanson und Daniel wandten sich ihm zu. Auch Ama'Ru kam heran. Burt zog es vor, ihr aus dem Weg zu gehen und sich stattdessen neben den verletzten, stöhnenden Mann zu hocken.

Kipling zog das Bild groß. Es zeigte Modul B, den neu erschaffenen Gebetsraum des Schiffs. Er war brechend voll. Menschen saßen auf dem Boden und standen an den Wänden. Sie alle bewegten den Mund im gleichen Rhythmus. Anscheinend sangen sie. Gonzales stand vor ihnen wie ein Kommandeur vor seinen Truppen. Schweigend starrte sie in die Kamera.

»Haben wir Ton?«, fragte Swanson. Daniel nickte und berührte ein Icon. Lauter Gesang schallte aus den Lautsprechern. Das Lied kam Kipling vage bekannt vor, aber er konnte es nicht einordnen. Kurz warf er einen Blick auf das Terminal, an dem er gearbeitet hatte. Das Kraftfeld hatte er zwar abgeschaltet, aber die *Moon* fand trotzdem kein Netzwerk. Er musste irgendetwas übersehen haben.

Swanson beugte sich vor. »Hier spricht Bob Swanson, Mariana.« Kipling lächelte, als er sie beim Vornamen nannte. »Meine Leute und ich kontrollieren die *Moon*. Die Türen von Modul B sind verriegelt. Du sitzt fest.«

Gonzales' Mundwinkel zuckten. Es wirkte so, als verbisse sie sich ein Lachen. *Was für eine seltsame Reaktion*, dachte Kipling, während er in Logdateien nach einem Fehler suchte.

»Als das Licht ausging, war mir klar, dass so etwas geschehen würde, Mr. Swanson«, sagte Gonzales über den Gesang ihrer Anhänger hinweg. »Beantworten Sie mir eine Frage: Haben Sie vor, Gottes Willen zu befolgen und unsere Reise in das Gelobte Land fortzusetzen?«

»Selbstverständlich nicht.«

»Ihr Sohn ist mit einem Dutzend Leuten auf ihrem Schiff«, sagte Kipling leise. »Um im Notfall einzugreifen.«

Swanson nickte. »Und wir wissen von den Leuten auf deinem Schiff. Unsere Waffen sind bereits darauf gerichtet.«

Das war gelogen. Die Zielerfassungssysteme waren ebenso wie die Sensoren und das Internet noch nicht online. Kipling nahm an, dass das alles zusammenhing.

»Das spielt keine Rolle, Mr. Swanson.« Gonzales verschränkte die Hände hinter dem Rücken. »Wir werden im Gelobten Land leben oder auf diesem Schiff sterben. So verlangt Gott es von uns und er hat die Entscheidung darüber in Ihre Hände gelegt.«

Swanson schaltete das Mikrofon ab und sah Daniel an. »Weißt du, wovon sie redet?«

»Nein. Über Glaubensfragen hat sie mit mir nie gesprochen.«

Da bist du ja, dachte Kipling, als er die Fehlermeldung fand, die er gesucht hatte. Auf dem Monitor drehte Gonzales leicht den Kopf. »Julie.«

Die Menge teilte sich und ließ eine junge, leicht übergewichtige Frau durch. Sie trug Jeans und ein weit fallendes T-Shirt, auf dem eine lächelnde Sonne zu sehen war. Schüchtern blieb sie neben Gonzales stehen.

»Das ist Julie. Sie hat den Ruf des Herrn gehört, so wie alle in diesem Raum. Und sie ist bereit, ihr Leben in die Waagschale zu legen, auf dass sie gerichtet und für wert befunden werde.«

»Dieses Gequatsche macht mich wahnsinnig«, sagte Swanson. Daniel strich ihm über den Rücken.

Gonzales nickte Julie zu. »Wandle im Licht, meine Tochter.«

Julie fuhr sich mit der Zunge über die Lippen. Ihre Augen waren geweitet. Und dann, so schnell, dass Kipling die Bewegung kaum wahrnahm, zog sie ein Messer unter dem T-Shirt hervor und rammte es sich in die Kehle.

»Scheiße!« Kipling sprang erschrocken auf. Swanson presste sich eine Hand auf den Mund. Daniel war wie erstarrt. Nur Ama'Ru und die Gottesanbeterin blieben ruhig.

Julie stieß einen gurgelnden Laut aus. Blut quoll aus ihrem Mund, spritzte über ihr T-Shirt und verdeckte das Lächeln der Sonne. Der Gesang stockte kurz, dann schwoll er wieder an, lauter und kraftvoller als zuvor. Zwei Männer fingen Julie auf, als sie zuckend und mit aufgerissenen Augen zusammenbrach. Sie fesselten ihr Hände und Füße mit Kabelbindern.

»Wie Sie sehen, sind wir bereit, für unseren Glauben zu sterben«, sagte Gonzales. Sie gab sich ruhig, aber Kipling hörte das leichte Zittern in ihrer Stimme. Blutspritzer bedeckten ihre rechte Wange. »Und wie Sie vielleicht ebenfalls bemerkt haben, hat unsere geliebte Schwester Julie sich mit intaktem Gehirn auf den Weg zu unserem Herrn gemacht. Ihr Körper wird bald wieder erwachen.«

Kipling ließ sich in seinen Sitz fallen. Ein Symbol blinkte neben dem Terminal auf seinem Monitor. Die *Moon* verband sich mit dem Internet, Sensoren und Waffensysteme kamen online.

»Und ihrer wird nicht der einzige sein«, fuhr Gonzales fort. »Dutzende Märtyrer stehen bereit, um ihrem Beispiel zu folgen und Gott ihre Treue zu beweisen. Caitlin?«

Eine zweite, noch jüngere Frau trat vor. Tränen liefen ihr über die Wangen und sie zitterte so stark, dass sie sich kaum aufrecht halten konnte. Mit beiden Händen umklammerte sie ein Fleischermesser.

Swanson schaltete das Mikrofon ein. »Hör auf«, sagte er leise.

Daniel räusperte sich. »Du musst lauter sprechen. Sie kann dich über den Gesang nicht hören.«

»Ja, stimmt, tut mir leid.« Swanson rieb sich die Augen. »Hör auf«, sagte er deutlicher. »Was willst du?«

Gonzales versuchte nicht einmal, ihren Triumph zu verbergen. »Ich will, dass Sie diese Türen öffnen, Mr. Swanson, und der *Eliot* den Sprung befehlen. Dann werden wir selbst springen.«

»Kipling?« Swanson sah ihn an. Sein sonst so jugendlich erscheinendes, asiatisches Gesicht, wirkte auf einmal alt und müde. »Es tut mir leid, aber ich kann all diese Leute nicht sterben lassen.«

»Sie werden sehr wahrscheinlich ohnehin sterben«, sagte Ama'Ru.

Swanson neigte den Kopf. »Vielleicht, aber nicht jetzt und nicht durch meine Schuld. Sag der *Eliot* Bescheid, Kipling. Sie müssen springen.«

Vor Kipling glitten die Ergebnisse des Scans, den das System automatisch zur Selbstdiagnose durchgeführt hatte, über den Monitor.

»Zu spät.« Er fühlte sich leer. »Die *Eliot* ist weg.«

»Was?«

»Sie ist gesprungen, Bob.«

In Modul B richtete sich Julie auf und fauchte.

14

Der Lärm raubte Rin fast den Verstand.

Im Sekundentakt heulten Sirenen auf. Raketen schlugen donnernd, krachend und heulend in die *Eliot* ein. Das Deck vibrierte, das ganze Schiff wurde unablässig durchgeschüttelt.

Mit beiden Händen umklammerte sie den Joystick. Auf der Bildschirmwand blitzte es. Feuerbälle zerplatzten und fielen in sich zusammen. Rin wurde von ihnen geblendet, während sie versuchte, sich auf ihren eigenen Monitor zu konzentrieren.

Der Beschuss hatte in der Sekunde, in der sie in den Normalraum gestürzt waren, eingesetzt. Vier Verteidigungsanlagen, jede so groß wie die *Eliot*, kreisten um das Sprungtor. Anfangs hatte Rin sich noch bemüht, den Raketen auszuweichen, doch sie hatte längst erkannt, wie sinnlos das war. Die *Eliot* war zu schwerfällig. Für jede Rakete, der sie entging, schlugen drei ein. Sie versuchte nur noch, das Schiff rechtzeitig zu drehen, damit Antrieb und Brücke nicht getroffen wurden. Mehr konnte sie nicht tun.

Schweiß lief ihr über den Rücken, die Kleidung klebte ihr am Körper. Sie unterdrückte einen Schrei, als ein besonders schwerer Schlag das Schiff traf.

»Schadensmeldung«, rief Auckland über den Lärm hinweg.

»Äh …« Arnest starrte auf seine Konsole. Neben ihm stand eine halbvolle Bierflasche. »Das Gleiche wie eben, nur weiter hinten. Die Scheiße wird knapp, Leute, scheiße, scheiße knapp.«

Er hatte recht. Das war das vierte Leck auf der Backbordseite, hinzu kamen zwei weitere an Steuerbord. Die AI, von der die Verteidigungsanlagen gesteuert wurden, versuchte, die *Eliot* aufzuschlitzen.

»Wie sieht's aus, Albaner?« Noch während Rin die Frage stellte, explodierte eine Rakete vor ihr auf dem Bildschirm. Auckland hatte sie abgeschossen. Er sah nicht einmal auf, beugte sich nur weiter über seine Konsole und bediente die Zielerfassungssysteme.

Der Gegensatz zwischen ihm und dem Albaner hätte nicht größer sein können. Während er ruhig, beinahe kalt wirkte, hackte der Albaner mit verzerrtem Gesicht auf seine Tastatur ein. Rin hatte noch nie zuvor einen Menschen so schnell tippen sehen. Seine Finger verschwammen vor ihren Augen. Er lachte und stöhnte, sprang auf, um einen Moment lang stehend zu tippen, setzte sich, nur um im nächsten Moment wieder aufzustehen. Er schien in seinem Wahnsinn gefangen zu sein.

Rin warf einen Blick auf die Uhr. Sie wurden schon seit Minuten beschossen.

»Albaner!«, wiederholte sie schärfer. Eine erneute Kollisionswarnung lenkte sie ab. Sie drückte den Joystick nach vorn und spürte, wie die *Eliot* reagierte. Der Treffer blieb aus.

»Gleich«, sagte der Albaner. »Ich bin fast drin.«

Er hob den Kopf, während er weitertippte. Seine Augen leuchteten. »Fühlt ihr, dass ihr lebt?«, schrie er. »Fühlt ihr es?«

»Ich fühle, dass ich pissen muss«, sagte Arnest. »Und wenn die Scheiße so weitergeht, werde ich mit dem Gefühl sterben.«

Der Albaner lachte meckernd wie eine Ziege. »Ich –«

Auckland unterbrach ihn. »Das Backbordarsenal ist leer, Rin«, sagte er.

»Verstanden.« Das bedeutete, dass sie die Backbordseite besser schützen musste. Die *Eliot* war nur noch an Heck, Bug und Steuerbord bewaffnet.

»Du hast mich schon wieder unterbrochen«, sagte der Albaner.

»Kümmer dich um die scheiß Jockeywaffen!«, brüllte Arnest ihn an. »Und halt endlich die Fresse!«

Der Albaner schüttelte lächelnd den Kopf. »Ihr hättet das genießen sollen, denn jetzt ist es vorbei.«

Er drückte auf die Entertaste und es wurde still. Die Sirenen verstummten, die Lichter der Verteidigungsanlagen erloschen. Eine letzte Rakete trudelte an der *Eliot* vorbei und verschwand im All.

Rin ließ den Joystick los. Ihre Finger hatten sich so stark verkrampft, dass sie sie kaum noch bewegen konnte. Auf dem Bildschirm breitete sich ein Trümmerfeld aus. Plastik und Metall kollidierte lautlos miteinander. Das meiste stammte von zerstörten Raketen, doch die größeren Trümmerstücke waren von der *Eliot* abgesprengt worden.

»Das war's?«, fragte Arnest.

Der Albaner nickte. »Ja, und du wirst dich bis ans Ende deiner Tage daran erinnern, dass du pissen musstest, als du die Erde wiedersahst.«

Er strich mit der Hand über die Konsole. Das Trümmerfeld verschwand. An seine Stelle trat ein Bild der Sensoren, eine kleine Kugel, blau-weiß und verpixelt vor der endlosen Schwärze des Alls.

Rin stand auf. Aus den Augenwinkeln sah sie, dass Auckland und Arnest sich ebenfalls erhoben. Gemeinsam und schweigend betrachteten sie den Bildschirm. Rin hatte sich noch nie so verbunden mit ihnen gefühlt.

Die Stimme des Albaners zerstörte den Moment.

»Ladies and Gentlemen: die Erde. Wir werden so viel Spaß haben.«

TEIL 3

UPS …

»Erinnert ihr euch noch an die Zeit, als wir mit Freunden Zombiefilme ansahen und darüber diskutierten, was wir besser als die Überlebenden machen würden? Es lag ein gewisser romantischer Reiz in der Vorstellung, alles zu verlieren, jede Verantwortung außer der für das eigene Überleben abzulegen, zurückzukehren zu der in unserer Kollektiverinnerung verankerten Existenz als Jäger und Sammler. Die Vorstellung ist Realität geworden, wie wir alle wissen – beschissene, schreckliche Realität. Und nun sehen wir irgendwelche Sitcoms und Familienserien mit Freunden und stellen uns vor, wie schön es wäre, in einer geordneten Welt und nicht im Chaos zu leben. Der Kreis hat sich geschlossen.«

– Nerdprediger Dan, *ASCII-Zeichen für die Ewigkeit*

1

»Spring!«

Daniel schlug mit der flachen Hand auf die Konsole. »Wenn du jetzt nicht springst, werden sie umsonst sterben.«

»Ich würde es vorziehen, dass sie gar nicht sterben.« Kipling fuhr sich mit der Hand durch die Haare.

Bob Swanson drehte den Kopf zu ihm. »Ich weiß, aber die *Eliot* ist gesprungen und den Rest können wir uns denken.«

Ja. Kipling schluckte. »Daniel hat recht. Spring«, sagte er dann heiser und räusperte sich. »Die *Eliot* hat Rettungsshuttles an Bord. Vielleicht gelingt es Rin, Auckland und Arnest, mit einem zu fliehen, bevor der ganze Laden in Stücke geschossen wird.«

»Könnte schon sein«, sagte Daniel in einem Tonfall, der verriet, dass es eben nicht sein konnte.

Ama'Ru neigte den Kopf. »Ich halte das für sehr unwahrscheinlich. Diese Waffensysteme wurden –«

»Ama'Ru«, unterbrach sie Swanson leise. »Nicht.«

Sie nickte nach einem Moment. Die Gottesanbeterin unter ihr seufzte leise und rieb sich die Scheren. Kipling hätte gern gewusst, was das bedeutete. Er warf einen Blick auf den Monitor, auf dem das Innere von Modul B zu sehen war. Einige von Gonzales' Anhängern hatten sich um die tote Julie versammelt und sangen. Kipling sah ihre Mundbewegungen, hörte aber nichts. Swanson hatte den Ton abgeschaltet, nachdem Gonzales das Modul verlassen hatte. Sie war auf dem Weg zur Brücke, um das Kommando wieder an sich zu reißen. In Julies Stirn steckte ein Messer. Jemand hatte es ihr in den Kopf gerammt, als sie zum Zombie geworden war.

So viel zum Thema sinnloser Tod, dachte Kipling. An der Konsole neben ihm rief Swanson einige Systemanzeigen auf.

»Bereite Sprung vor«, sagte er währenddessen. »Koordinaten sind bereits eingegeben, wie ich sehe. Ich halte das übrigens immer noch für eine beschissene Idee.«

»Wir haben keine Wahl.« Daniel breitete die Arme aus. »Entweder springen wir jetzt und hoffen, dass die Flotte von der Ablenkung durch die *Eliot* profitieren kann, oder wir springen, wenn Gonzales uns dazu zwingt. Und dann ist es vielleicht schon zu spät.«

Swanson rieb sich müde die Augen. »Ich weiß.« Seine Hand schwebte einen Moment lang über der Konsole, dann legte er sie fest darauf. »Sprung erfolgt.«

»Achtung«, sagte die höflich klingende Schiffsstimme. »Lockdown in zwanzig Sekunden, Sprung erfolgt in sechzig. Achtzehn, siebzehn …«

Einer der beiden Soldaten, die an der Wand hockten, räusperte sich. Er hieß Burt. Sein Kamerad saß mit schmerzverzerrtem Gesicht neben ihm und hielt seinen gebrochenen Arm. »Braucht ihr uns hier noch? Ich würde Mac echt gern zur Krankenstation gegenüber bringen, bevor die *Moon* in Lockdown geht.«

Swanson nickte. »Geht. Und wenn Gonzales fragt, wird Daniel beteuern, dass du und Mac heldenhaft gekämpft habt. Ihr habt nichts falsch gemacht und ihr habt euch erst ergeben, als es nicht mehr anders ging. Okay?«

Die beiden Männer nickten. Sie wirkten erleichtert. Burt half Mac auf die Beine und ging zur Tür. Dort drehte er sich noch einmal um. »Danke, Bob. Wir wissen das zu schätzen. Ich hoffe, dass wir uns revanchieren können.«

So ist das Leben in Diktaturen, dachte Kipling. Die Realität spielte keine Rolle. Um einer Strafe zu entgehen, verbündete man sich mit dem, der einem einen Ausweg aufzeigte. Früher oder später würde genau das wahrscheinlich zu Gonzales' Untergang führen, aber bis dahin mussten er und Ama'Ru das Gleiche tun wie die Wachen: Lügen und sich vor Strafe schützen.

Kipling hörte das Klopfen und Ächzen, mit dem sich die *Destination Moon* auf den Sprung vorbereitete, aber er achtete kaum darauf. Seine Gedanken waren bei der *Eliot* und sein Blick richtete sich auf die Nachricht, die er in seinen V-Specs aufgerufen hatte. Das Fenster war leer, nur den Empfänger hatte er bereits ausgewählt: Rin Takahashi. Der Cursor blinkte unter ihrem Namen wie ein Pulsschlag. Kipling wollte etwas schreiben, ihr und den anderen etwas sagen, aber er wusste nicht, was. Egal, was ihm auch einfiel, es erschien ihm unangemessen und dumm. Die *Eliot* war bereits gesprungen, er konnte nichts mehr ändern. Ihm blieb nur noch der Abschied, aber der –

Er zuckte zusammen, als die Schere der Gottesanbeterin über seinen Arm strich.

»Wir sind im Internet, oder?«, fragte Ama'Ru leise. Ihr Atem roch nach frisch gefallenem Schnee.

»Ja.«

»Was tust du dort gerade?«

Kipling hob die Schultern. »Ich versuche, den anderen etwas zum Abschied zu schreiben, aber ich weiß nicht, was. Ich komme mir vor wie ein Vollidiot.«

Die Türen zur Brücke schlossen sich. »Lockdown erfolgt«, sagte die Schiffsstimme. »Sprung in achtunddreißig, siebenunddreißig …«

»Du bist ein Vollidiot«, sagte Ama'Ru. In ihrem Blick sah Kipling nichts, was die Worte abmilderte, keinen Humor, kein Mitgefühl. »Du verschwendest die wenige Zeit, die uns bleibt, mit den Toten. Kümmere dich um die Lebenden.«

»Du meinst, um dich.« Es überraschte Kipling, wie wütend ihn Ama'Rus Worte machten. Er ballte eine Hand zur Faust. Die Gottesanbeterin zischte, als würde sie seine Aggression erkennen.

»Ich meine, um uns.« Ama'Ru sah ihn ruhig an. »Uns kannst du helfen, ihnen nicht.«

Er wusste, dass sie recht hatte, auch wenn er nicht wollte, dass sie recht hatte. An eine Zukunft ohne Rin, Auckland und Arnest zu denken, erschien ihm wie Verrat.

»Dein Talent ist das Beschaffen von Informationen«, fuhr Ama'Ru fort. »Nutze es.«

Es fiel ihr nicht immer leicht, Menschen richtig einzuschätzen, aber in diesem Fall, musste ihr Kipling zugestehen, wählte sie den richtigen Weg: als Tatsachen getarnte Komplimente. Er rückte die V-Specs zurecht und setzte sich auf. Sein Gewissen versetzte ihm einen Stich, als er die Nachricht an Rin schloss und ein Terminal öffnete, aber er zwang sich, an die Zukunft zu denken. »Da ist eine Sache …«, sagte er.

»… zwei, eins … Sprung erfolgt.«

Der Unterlichtantrieb schaltete sich ab. Einen Sekundenbruchteil lang herrschte Stille auf der Brücke der *Destination Moon*, dann sprang der Bubble-Antrieb wummernd an. Aus dem Augenwinkel sah Kipling, wie sich die Gottesanbeterin an Boden und Wänden festhielt. Seit die *Eliot* aus dem Hyperraum gestürzt war und dabei nur knapp eine Sonne verfehlt hatte, machten Sprünge sie nervös.

»Welche Sache?«, fragte Ama'Ru, während sie ihr den Nacken streichelte.

Kipling rief mit seinen Fingerspitzen ein Programm auf. »Bisher konnte ich nur auf die Nachrichten zugreifen, die Gonzales über das schiffsinterne System verschickt hat, aber da wir wieder Internet haben, müsste ich auch die auf den externen Servern sehen können.« Er loggte sich in ihr Benutzerkonto ein und aktivierte die lokale Datensicherung. Ein Downloadfenster öffnete sich und zeigte 1 von 15442 gespeicherten Nachrichten. Kipling seufzte. »Es wird aber ein bisschen dauern, die alle abzurufen. Gonzales scheint sehr mitteilungsbedürftig zu sein.«

Ein Licht blinkte an seiner Konsole. Kipling schob das Fenster mit einer Augenbewegung zur Seite und las die Meldung, die über dem Licht im Display auftauchte. »Gonzales meldet sich über Funk.«

»Die ist garantiert sauer, weil alle Türen zu sind«, sagte Swanson. Er sah Daniel an. »Red du mit ihr. Sag, dass du das Kommando in ihrem Namen übernommen hast. Und wenn sie fragt, kannst du noch erwähnen, dass Burt und sein Kumpel hier …« Er zeigte auf die Wachen, die an der Wand hockten. Einer der beiden hielt seinen gebrochenen Arm mit schmerzverzerrtem Gesicht hoch. »… heldenhaft gekämpft haben. Sie haben nichts falsch gemacht. Okay?«

Das letzte Wort richtete er an die Männer. Sie nickten, ohne zu zögern. Beide wirkten erleichtert.

Daniel aktivierte die Funkverbindung. »Messner hier, Ma'am. Ich habe das Kommando über die *Moon* von Bob Swanson übernommen. Was kann ich für Sie tun?«

Gonzales' Stimme drang aus den Lautsprechern: »Öffnen Sie die verdammten Türen, Messner.«

»Halt sie hin«, flüsterte Kipling.

Daniel verzog das Gesicht. »Ma'am, aus Sicherheitsgründen sollten die Türen während des Aufenthalts im Hyperraum, beziehungsweise während –«

Sie ließ ihn nicht ausreden. »Sofort, Mr. Messner.«

»Ja, Ma'am.« Daniel schaltete die Verbindung ab und sah Swanson an, der den Kopf schüttelte.

»Erstklassig hingehalten, Daniel«, sagte er mit hochgestrecktem Daumen. »Respekt.«

»Du hast sie doch gehört? Was hätte ich denn sagen sollen?«

»Vielleicht ein bisschen mehr als ›Ja, Ma'am‹.« Swanson drückte auf einen Knopf an seiner Konsole. »Türen sind auf. Das heißt, sie wird in zwei Minuten hier sein, Kipling.«

Das Downloadfenster zeigte an, dass Nachricht 58 von 15442 abgerufen wurde. *Na toll*, dachte Kipling. Er öffnete den lokalen Ordner und scrollte durch Gonzales' Mails. Sie unterschieden sich kaum von denen, die sie über das Internet der *Moon* verschickt hatte – Befehle, religiöse Botschaften und Durchhalteparolen, die sie auf Anfragen ihrer Anhänger verschickte. Viele hatte sie einfach kopiert. Wahrscheinlich, vermutete Kipling, hatte Gonzales während der Blockade des externen Internets immer wieder versucht, sie zu verschicken, weil sie nicht wusste, wie sie ihre eigene Software umgehen sollte. Doch nun trafen neue Mails ein, noch während er die alten sicherte. Er warf einen kurzen Blick darauf: Spam von gleich drei Pornoseiten, eine Anleitung zum Botoxspritzen, das Bibelzitat des Tages – und eine Mail, die nur aus einer langen Buchstaben- und Zahlenkette bestand.

Verschlüsselt, dachte Kipling. Er rief sie auf, aber wie erwartet erfolgte eine »Passphrasenabfrage«. Allein das Wort »Passphrase« verriet ihm, dass er mit Gonzales' üblichem Passwort »Passwort12345« nicht weiterkommen würde. Er schloss das Fenster und öffnete stattdessen ein Tool, um die Verschlüsselung zu analysieren.

»Was ist mit Gustav?«, fragte Ama'Ru. »Ist seine Tür auch auf?« Ihre Gottesanbeterin schien sich bereits wieder zu entspannen, denn sie knickte die Beine ein und berührte mit dem Hinterleib den Boden. Manchmal saß sie stundenlang so da und Kipling hatte sich schon oft gefragt, ob sie auch so schlief.

»Scheiße«, sagte Swanson. »Den hatte ich völlig verdrängt.«

Daniel runzelte die Stirn. »Was ist denn mit Gustav? Ich meine, abgesehen vom Offensichtlichen, dass er ein sadistisches Arschloch ist.«

»Und zwar ein größeres sadistisches Arschloch, als wir bisher dachten.« Swanson nickte in Kiplings Richtung. »Harris wollte Kipling helfen, weil Gustav gedroht hatte, ihn umzubringen. Daraufhin hat Gustav ihn zu Brei geschlagen. Und wenn ich Brei sage, dann meine ich Brei.«

»Romper-Stomper-mäßig«, sagte Kipling. Er schmeckte Galle, als er Harris' zerstörtes Gesicht vor seinem geistigen Auge sah.

»Gustav hat ihn umgebracht?«, fragte Daniel. Sein Blick zuckte ungläubig zwischen Swanson und Kipling hin und her. Nur Ama'Ru sah er nicht an. Seit sie die Brücke betreten hatte, versuchte er, sie zu ignorieren, was bei einer mehr als zwei Meter großen Gottesanbeterin nicht ganz leicht war.

Swanson nickte.

»Ist Gustav klar, dass ihr das wisst?«

Swanson nickte erneut. Daniel stieß den Atem aus und rieb sich mit beiden Händen das Gesicht. »Das ist schlecht. Das ist ganz schlecht. Gonzales wird Gustav beschützen. Niemand steht loyaler zu ihr als er. Wenn –«

»Mach dir keine Sorgen«, unterbrach Swanson ihn ruhig. Er ergriff Daniels Hand und drückte sie. »Wir arbeiten an einer Lebensversicherung.«

»Und wenn er *wir* sagt, meint er mich«, sagte Kipling.

»Hast du was gefunden?«, fragte Daniel.

Kiplings Mund wurde trocken, aber er zwang sich zu einem Lächeln und einem Nicken. »Ja, klar.«

Innerlich wand er sich. *Ich habe nichts außer einer verschlüsselten Mail. Nichts.* Doch Daniel erwiderte sein Lächeln sichtlich erleichtert und auch Swanson entspannte sich. Nur Ama'Ru musterte ihn aus ihren großen, runden Augen. Vielleicht unterschätzte er ihre Fähigkeit, menschliches Verhalten zu deuten.

Kipling hörte Schritte auf dem Gang und hob den Kopf. Sein Herz schlug schneller. Nur Sekunden später trat Gonzales umgeben von einem halben Dutzend bewaffneter Soldaten durch die Tür. Er atmete auf, als er sah, dass Gustav nicht zu ihnen gehörte.

Gonzales öffnete den Mund. In ihren Augen funkelte es wütend. Kipling hob die Hand. »Ich denke, wir sollten kurz unter vier Augen sprechen, bevor du etwas sagst oder tust, das in dieser Situation unangebracht sein könnte.«

Sie fuhr zu ihm herum. Pistolenmündungen richteten sich auf ihn. Kipling wäre beinahe zurückgewichen, zwang sich jedoch, ruhig stehen zu bleiben. Mit dem Zeigefinger tippte er gegen den Rand seiner V-Specs. »Schon erstaunlich, was man im Netz so alles findet.«

Gonzales öffnete erneut den Mund. Wahrscheinlich hatte sie sich auf dem Weg zur Brücke die Worte, mit denen sie Kipling, Swanson und Ama'Ru in ihre Zellen – oder in den Tod – schicken wollte, genau überlegt, Bibelzitate inklusive. Doch nun zögerte sie. Nach einem Moment, der Kipling endlos erschien, sagte sie: »Kommen Sie.«

2

»Wohin jetzt?«, fragte Rin.

Der Albaner antwortete nicht. Mit seinem kleinen Pad in der Hand ging er vor der Bildschirmwand auf und ab. Die Holodarstellung hatte er abgeschaltet. Anscheinend wollte er nicht, dass jemand sah, was er schrieb und was geantwortet wurde.

Auckland setzte sich auf die Treppe, den besten Platz, den die Brücke der *Eliot* seiner Meinung nach zu bieten hatte. Im Rücken hatte er nur die Galerie, der ganze Raum lag vor ihm und aus dem Augenwinkel konnte er die Fahrstuhltüren sehen, ohne den Kopf drehen zu müssen. Er hatte die Brücke unter Kontrolle.

»Sie hat dich was gefragt«, sagte er so scharf, dass Rin ihn warnend ansah. Doch wie er erwartet hatte, wandte sich der Albaner ihm zu. Dadurch befand sich Arnest, der weiterhin an einer der dunklen Konsolen saß, in seinem toten Winkel. Er musste das bemerken, man wuchs nicht bei *BetterLifeSolutions* auf, ohne etwas so Grundlegendes zu lernen, aber er ließ es trotzdem zu.

Du fühlst dich zu sicher, dachte Auckland.

»Ich habe Rin gehört«, sagte der Albaner. »Und ich werde auf ihre Frage reagieren, sobald ich sie beantworten kann.«

»Sobald man dir gesagt hat, was du tun sollst, meinst du.« Auckland sah, wie Arnest hinter dem Albaner die Hand hob wie ein Schüler, der auf sich aufmerksam machen wollte. Er musste die günstige Situation ebenfalls bemerkt haben. Nun ließ er die

Hand sinken, ballte sie zur Faust und tat so, als wolle er seine andere Hand schlagen. Dabei hob er auffordernd die Augenbrauen.

Auckland ignorierte ihn. Selbst eine kleine Geste hätte dem Albaner verraten, dass hinter ihm etwas vorging. »Mit wem sprichst du da unten?«

»Kannst du dir das nicht denken?«

Arnest verdrehte die Augen, so als glaube er, dass Auckland nicht verstand, was er fragen wollte. Er öffnete die Faust, legte wie mit einer unsichtbaren Maschinenpistole an und krümmte den Zeigefinger. Er ging so sehr in seiner Rolle auf, dass er den Rückstoß simulierte und die unsichtbare Waffe in seinen Händen tanzen ließ. Rin schüttelte den Kopf, aber Arnest winkte nur ab. Auckland hielt es fast für ein Wunder, dass er noch nicht angegriffen hatte, sondern auf einen Befehl wartete.

Er richtete seinen Blick fest auf den Albaner. »Ist Brown da unten?«, fragte er, obwohl er sich sicher war, dass die Antwort Nein lauten würde. Soweit Auckland wusste, hatte Brown mit der zweiten Generation der Gensoldaten kaum etwas zu tun gehabt. Aber er brauchte Zeit, um eine Entscheidung zu fällen. Arnest war bewaffnet, er selbst und Rin auch. Wenn sie jetzt zuschlugen, konnten sie den Albaner vielleicht überwältigen. Solange er abgelenkt blieb.

»Brown?« Der Albaner lachte sein seltsames, helles Mädchenlachen. »Du weißt wirklich nichts über uns, oder?«

Hinter ihm schüttelte Arnest frustriert den Kopf und legte sich selbst die Hände um den Hals, als wolle er sich erwürgen.

Ich habe es verstanden, dachte Auckland. *Lass mir Zeit.*

»Ich weiß, dass du angeblich zur zweiten Generation gehörst«, sagte er, »was aber nicht sein kann, da du keine zwölf Jahre alt bist.«

»Ich bin dreizehn Jahre alt.«

Auckland vergaß einen Moment lang die Entscheidung, vor

der er stand. Arnest nahm die Hände herunter. Rin starrte den Albaner an. »Was?«

Der Albaner sah kurz auf sein Pad. Die Antwort, auf die er wartete, schien noch nicht gekommen zu sein, denn er ließ es wieder sinken. »Wir wurden vor dreizehn Jahren hergestellt und vor drei Jahren einer Substanz ausgesetzt, die uns körperlich wie mental ins Erwachsenenalter katapultierte.«

Sein Blick glitt an Auckland vorbei und verlor sich in der Vergangenheit. »Du denkst vielleicht, dass du mit Schmerzen vertraut bist, aber nichts ist vergleichbar mit einem Körper, der einen Zentimeter pro Tag wächst. Sie mussten unsere Zimmer schallisolieren, weil wir so laut geschrien haben, dass die Offiziere nachts nicht schlafen konnten.«

Arnest breitete die Arme aus und sah Auckland an. Seine Lippen bewegten sich. *Jetzt?*

»Es dauerte fast zwei Monate, bis der Prozess abgeschlossen war. Wir übersprangen zehn Jahre, vielleicht auch mehr.«

Auckland stemmte den linken Fuß gegen die Treppenstufe. Eine solche Chance würden sie nie wieder bekommen. Sie mussten sie nutzen, auch wenn das Risiko …

Er unterbrach den Gedanken, als er bemerkte, wie der Albaner das Gewicht leicht verlagerte. Es war eine winzige, kaum erkennbare Veränderung, eine Schulter und ein Fuß schoben sich ein klein wenig nach vorne, mehr nicht.

Er weiß es.

Doch Arnest sah das nicht. Er hatte Auckland beobachtet und vielleicht bemerkt, wie dieser sein Gewicht verlagerte. Oder er hatte das Warten satt. *Ja*, dachte Auckland im nächsten Moment, als Arnest ihm den ausgestreckten Mittelfinger zeigte. *Ihm reicht es.*

Arnest griff nach seiner Waffe.

Auckland stieß sich ab.

3

»Also?«

Gonzales stemmte die Hände in die Hüften. Sie war eine kleine, pummelige Frau, aber Kipling kam es so vor, als würde sie auf ihn herabsehen. Er räusperte sich.

»Wir beide wissen, dass deine Visionen von keinem Gott stammen«, sagte er. Sie waren den Korridor ein paar Meter heruntergegangen und standen vor der Tür, die zum Gewächshaus führte, der Tür, hinter der Gustav eingesperrt gewesen war. Nun stand sie offen. »Es sei denn, dein Gott benutzt eine 256-bit-Verschlüsselung mit Passwortabfrage.«

Es war ein Schuss ins Blaue, aber er traf. Gonzales atmete kurz und scharf ein, dann strich sie sich über ihr weinrotes Kostüm. Ihr aggressiver Tonfall verschwand. »Was wissen Sie?«

»Was du weißt.« Kipling war froh, dass die V-Specs seine Unsicherheit verbargen. »Ich bin einer der besten Hacker der Welt, der alten und der neuen. Deshalb wolltest du mich doch zwingen, in Atlantis zu bleiben.«

Er gab ihr keine Gelegenheit, nachzuhaken. »Hast du schon mal den Begriff Totmannschalter gehört? Wenn ich nicht einmal pro Tag eine bestimmte Adresse in eurem internen WLAN anpinge, wird all das, was wir wissen, du und ich, auf jeder Seite und in jedem Chatfenster deiner Anhänger stehen. Was dann passiert, kannst du dir ja vorstellen.«

Hoffentlich, dachte Kipling, denn da es weder einen Ping noch irgendwelche Informationen gab, die er weiterleiten konnte, war er auf Gonzales' Vorstellungskraft angewiesen. Er erwartete, dass sie antworten würde, aber sie sah ihn nur stumm und mit zusammengepressten Lippen an.

»Damit ich diesen Ping abschicke, wird Folgendes geschehen«, fuhr Kipling fort. Er spürte, wie seine Selbstsicherheit mit jedem Wort zunahm. »Swanson, Ama'Ru und ich sind ab sofort frei. Keine Zellen, keine Wachen, voller Netzzugang. Deine Leute lassen uns in Ruhe. Das gilt besonders für deinen Totschläger Gus–«

Nun unterbrach Gonzales ihn: »Gott hat mir das bereits befohlen. Und ich verweigere mich dem Herrn nicht, auch wenn mir seine Wege manchmal rätselhaft erscheinen.«

Wieso spielt sie die Rolle weiter?, fragte sich Kipling. *Das ergibt doch keinen Sinn.*

»Was?«

Die Stimme in seinem Rücken ließ ihn zusammenzucken. Er fuhr herum und sah Gustav im Türrahmen stehen. Er füllte ihn vollständig aus. Die Knöchel seiner Hände waren blutverkrustet und angeschwollen. Seine Uniform war voller dunkler Flecke und stank nach Eisen.

Instinktiv wich Kipling zurück. *Wie lange steht er schon da?*

»Sie haben Gottes Befehl gehört, Mr. Normansson«, sagte Gonzales. »Unsere Gefangenen sind jetzt Besucher. Der Herr will es so.«

»Sie wollen einen Meuterer, eine Jockey und …« Er zeigte auf Kipling wie auf eine Ratte, die er in einem alten Rohr entdeckt hatte. »… den da frei rumlaufen lassen?«

Ihm schien auf einmal eine Idee zu kommen. Seine Augen weiteten sich, seine Mundwinkel zuckten. »Sie haben Harris umgebracht.«

»Du blödes Schwein.« Kipling wusste nicht, was ihn wütender machte: die Unterstellung, dass er jemandem den Kopf zu Brei geschlagen hatte, oder die Dreistigkeit der Lüge.

»Du hast ihn ermordet. Mann, du hast dich seitdem ja nicht mal umgezogen!«

Er sah Gonzales an. »Ich will nicht, dass er uns zu nahe kommt, okay? Das ist meine letzte Bedingung.«

Sie schwieg, aber ihr Blick glitt über Gustavs geschwollene, aufgesprungene Knöchel und über seine blutbefleckte Uniform. Ihre Arroganz und Machtgier machten sie vielleicht für vieles blind, aber dass dies die Spuren seiner Tat waren, konnte sie nicht leugnen.

»Ich akzeptiere Ihre Bedingungen, Mr. Jonnessey«, sagte Gonzales schließlich, »aber ich habe ebenfalls eine und die ist nicht verhandelbar.« Sie hob den Blick. »Weder Sie noch Swanson oder die Jockey werden je ein Wort über Harris' Tod verlieren. Wenn Sie mir das garantieren, werden Sie sicher und frei unter uns leben können. Wenn nicht, werde ich mein Schicksal in Gottes Hand legen.«

Es war, wie Daniel gesagt hatte. Gonzales war nicht bereit, auf Gustav zu verzichten. Angespannt und mit trotzig vorgestrecktem Kinn sah sie Kipling an, als wolle sie ihn herausfordern, seine Drohung wahrzumachen. Er hatte sie so weit vor sich hergetrieben, wie er konnte. Einen Schritt weiter und sie würde sich umdrehen und um sich schlagen.

Kipling fuhr sich mit der Zunge über die Lippen. Aus dem Augenwinkel sah er, wie Gustav abwechselnd ihn und Gonzales ansah. Anscheinend hatte er den Beginn des Gesprächs nicht gehört. Aber er musste spüren, dass sich etwas verändert hatte.

Ich werde nicht mehr erreichen, dachte Kipling. Er verdrängte den Gedanken an Harris und nickte. »Einverstanden.«

Ohne ein weiteres Wort drehte Gonzales sich um und ging den Korridor hinunter. Gustav rempelte Kipling so hart an, dass er stolperte und beinahe gegen die Wand geprallt wäre.

»Wir unterhalten uns noch«, flüsterte Gustav. Der Metallgeruch des Bluts ließ Kipling würgen. Er riss sich zusammen.

»Einen Scheiß werden wir«, sagte er so laut, dass auch Gonzales ihn hören musste. »Du wirst mich und die anderen nicht ansprechen, du wirst uns nicht mal angucken, hast du das kapiert?«

Gustav ballte die Fäuste. Die dünne Blutkruste auf seinen Knöcheln platzte auf, aber das schien er nicht zu spüren. Kipling dachte daran, wie Gustav Auckland mit nur einem Schlag zu Boden geschickt hatte, und wich zurück.

»Mr. Normansson!« Gonzales drehte sich nicht um. Die Absätze ihrer hochhackigen Schuhe knallten bei jedem Schritt auf das Deck. »Sie werden tun, was er sagt. Kommen Sie jetzt.«

Gustav neigte den Kopf wie ein Hund, der versuchte, eine fremde Situation einzuschätzen. Schließlich ließ er die Fäuste sinken und folgte Gonzales schweigend. Kipling atmete auf. Er wartete, bis beide außer Sichtweite waren, dann ging er zurück zur Brücke.

»Und?«, fragte Daniel, als er eintrat.

Kipling hob die Schultern. Er hatte erwartet, dass ihn der erfolgreiche Bluff in Euphorie versetzen würde, doch stattdessen fühlte er sich nur müde und leer. »Es hat funktioniert. Gonzales wird uns in Ruhe lassen.«

»Ja!« Swanson sprang auf und grinste. Daniel umarmte ihn. Die Gottesanbeterin richtete sich auf, hob jedoch nicht die Zangen. Sie schien zu begreifen, dass die plötzliche Aufregung keine Bedrohung darstellte.

Ama'Ru sah Kipling an. »Freut dich dein Sieg nicht?«

»Doch, klar.« Er lehnte sich mit dem Rücken an die Wand und betrachtete sein dutzendfach gebrochenes Spiegelbild in den Facettenaugen der Gottesanbeterin. »Es ist nur …« Er wusste nicht, ob er weitersprechen sollte, tat es dann aber doch. »Wenn die anderen tot sind, gibt es nur noch dich … euch und mich. Dann habe ich jeden Menschen, der mir jemals etwas bedeutet hat, verloren. Jeden.«

Es wurde still auf der Brücke. Swanson und Daniel hielten inne, Ama'Ru sah ihn an. Sie schien zu glauben, dass Kipling eine Antwort von ihr erwartete, denn sie öffnete und schloss den Mund, als denke sie über die richtigen Worte nach.

»Es gibt fast zwei Millionen Menschen in unserer Galaxie«, sagte sie dann. »Unter ihnen solltest du doch neue finden können, die dir etwas bedeuten.«

Kipling lachte leise. Er wusste, dass sie es gut meinte. »Danke für den Rat.«

Sichtlich zufrieden setzte sich Ama'Ru in ihrem Sattel auf und strich der Gottesanbeterin über den Nacken. Kipling wurde auf einmal klar, dass er Ama'Ru beneidete. Egal, wohin sie auch ging, sie würde nie allein sein.

»Wie lange dauert der Sprung noch?«, fragte er, um sich von dem Gedanken abzulenken.

Swanson warf einen Blick auf den Bildschirm. »Neunundvierzig Minuten.«

Kipling seufzte und setzte sich an eine der Konsolen. Mit einem Blick schob er das Tool, das versuchte, die codierte Nachricht zu analysieren und zu entschlüsseln, beiseite. Das würde Stunden dauern, wenn er Pech hatte, sogar Tage oder Wochen. »Möchte jemand was gucken? Ich hab die erste Staffel *Akte X* hier.«

»Warum nicht?« Daniel zog einen Stuhl heran. »Besser als eine Dreiviertelstunde die Wände anzustarren.«

»Was ist *Akte X*?«, fragte Ama'Ru. Auch sie kam näher.

Kipling lächelte. »Das wird dir gefallen.«

4

Seit einer Stunde hatte Arnest keinen Schluck Bier mehr getrunken. Er fühlte sich nüchtern und kampfbereit. Die Gelegenheit war günstig. Der Albaner drehte ihm den Rücken zu und war abgelenkt, aber Auckland schien nicht zu kapieren, zu was Arnest ihn aufforderte. Er redete weiter, als sähe er die Gesten nicht einmal.

Meine Fresse, wie kann man so blöd sein? Arnest ließ die Hände, mit denen er sich selbst gewürgt hatte, sinken. Der Rücken des Albaners erschien ihm wie eine Zielscheibe. Er würde ihn nicht verfehlen, nicht auf diese Entfernung.

Aus den Augenwinkeln sah er Rins warnenden Blick. Sie war schon immer zu vorsichtig gewesen. Wenn sie jetzt nicht handelten, würde der Albaner sie wer weiß wohin bringen, wahrscheinlich zu seinen Roboterkumpels, und dann sahen sie alt aus.

Ein Griff zur Waffe, eine schnelle Bewegung, eine halbe Sekunde, mehr nicht. Niemand konnte sich in dieser Zeit umdrehen, seine eigene Waffe ziehen und schießen. Scheißegal, was Auckland sagte, auch ein Roboter war nicht so schnell. Er fragte sich, was Lanzo getan hätte. Wenn er den Albaner ausschaltete, verlor er damit vielleicht die einzige Spur, die zu seinem Bruder führte. Auf der anderen Seite konnten sie dann zurück nach Scania fliegen und ihn selbst suchen. Irgendjemand dort würde ihnen schon etwas sagen, spätestens, wenn er ihnen eine Pistolenmündung an die Stirn drückte.

Auckland ignorierte ihn weiterhin und der Albaner erzählte

irgendwelche Heulgeschichten aus seiner Kindheit. *Ignorier das*, dachte Arnest und streckte den Mittelfinger der linken Hand aus. Mit der rechten griff er nach seiner Waffe. *Es reicht.*

Alles geschah gleichzeitig. Auckland stieß sich von der Treppenstufe, auf der er gesessen hatte, ab. Arnests Hand schloss sich um den Griff seiner Pistole und riss daran. Rin sprang auf.

Und der Albaner verschwand.

Arnest blinzelte. Auf einmal befand sich nicht mehr der Albaner vor seiner Mündung, sondern Auckland. Der rannte wie ein Rugbyspieler mit gesenktem Kopf genau durch die Stelle, an der der Albaner gerade noch gestanden hatte.

»Was ist das für eine Scheiße?«, brüllte Arnest. »Wo ist dieses Arsch–«

Auckland prallte aus vollem Lauf gegen ihn. Der Zusammenstoß riss Arnest von den Beinen. Er wurde zu Boden geschleudert und knallte mit dem Hinterkopf gegen das Deck. Die Brücke verschwamm vor seinen Augen. Er hörte überlaut das Hämmern seines eigenen Herzschlags und dazwischen dumpfe, unverständliche Stimmen.

Arnest kniff die Augen zusammen und schüttelte den Kopf. Die Stimmen wurden klarer.

»… ein Missverständnis, das ist alles«, sagte Auckland gerade. »Er dachte, ich hätte ihm einen Befehl gegeben, aber er hat sich geirrt.«

»Du hast doch gesehen, wie viel er getrunken hat.« Das kam von Rin. Arnest schüttelte erneut den Kopf und versuchte, sich aufzurichten, aber etwas drückte ihn nach unten. Erst nach einem Moment erkannte er, dass es Rin war. Sie kniete auf seinen Schultern.

Er hob den Kopf. Auckland stand vor ihm und sah zur Galerie hinauf. Der Albaner hockte auf dem Geländer wie ein Vogel. In einer Hand hielt er Arnests Waffe, in der anderen Aucklands. Beide Mündungen zeigten auf den Boden.

»Wie ist er auf das verschissene Geländer gekommen?«

»Sei still«, sagte Rin leise.

Auckland antwortete, ohne sich umzudrehen: »Er hat seinen Tarnschild eingeschaltet und ist gesprungen.«

»Aus dem Stand?« Arnest kämpfte gegen seine Benommenheit an. »Das sind doch mindestens drei Meter.«

Der Albaner sah ihn aus kalten Augen an. »Warum wolltest du mich umbringen?«

»Weil du ein Arschloch bist.«

»Arnest!« Rin verstärkte den Druck auf seine Schultern. »Sei endlich still.«

Er legte den Kopf zurück und sah zu ihr hoch. »Wieso? Ist doch kein Geheimnis, dass er ein Arschloch ist.«

Der Albaner lachte, nicht wie ein kleines Mädchen, sondern in einem männlich tiefen Ton. Er ließ sich fallen und landete federnd auf dem Boden, nur wenige Zentimeter neben Auckland. Der blieb reglos stehen.

»Ich mag dich, Arnest«, sagte der Albaner. »Du bist der einzige ehrliche Mensch, dem ich je begegnet bin. Deshalb werde ich auch ehrlich zu dir sein.«

Er zog sein Pad aus der Tasche und warf einen kurzen Blick darauf, bevor er weitersprach. Seine Stimme klang entspannt. »Wenn du so etwas noch einmal versuchst, werde ich euch alle töten. Ich werde dafür sorgen, dass es lange dauert. Ihr werdet Stück für Stück sterben, bis nichts mehr von euch übrig ist außer der schreienden, wahnsinnigen Ruine eines Menschen.« Sein Gesicht verzerrte sich. Seine Stimme wurde zum Zischen. »Und über diese Ruinen werde ich wie ein Gott herrschen. Ich werde sie mit meiner Faust zerschmettern und mit meinem Feuer verbrennen. Mich anzufassen, ist Blasphemie, Arnest, die schlimmste Sünde, die du begehen kannst. Eine Todsünde. Hast du das verstanden?«

Fick dich, du Arschloch, wollte Arnest sagen, doch dann sah er Rins flehenden Blick und schluckte die Worte herunter. Stattdessen nickte er stumm.

Die Stimmung des Albaners änderte sich augenblicklich. Seine Gesichtszüge wurden weich. Er lächelte. »Packt ein paar Sachen zusammen«, sagte er, während er die Waffen auf eine der Konsolen legte. »Vergesst eure Pads nicht, vor allem du, Auckland. Du wirst es brauchen.«

Auckland drehte sich zu ihm um. »Verlassen wir die *Eliot?*«

Das Lächeln des Albaners wurde breiter. Arnest stellte sich vor, wie seine Faust es ihm aus dem Gesicht prügelte.

»Wir werden abgeholt.« Er wandte sich ab und verließ die Brücke. »Seid in fünf Minuten an der Luftschleuse. Lasst mich nicht warten.«

Arnest entging die Drohung nicht, die in diesem letzten Satz mitschwang. *Pisser.* Er setzte sich auf, als Rin die Knie von seinen Schultern nahm, und schüttelte sich. Die Benommenheit schwand, es blieb ein dumpfer Kopfschmerz.

»Wir hätten ihn packen können«, sagte er. »Wenn ihr die Eier … also mephorisch gesprochen, oder wie das heißt, weil Rin ja in echt keine hat, aber wenn –«

»Hör auf!« Rin schrie ihn beinahe an. »Hör auf, unser Leben aufs Spiel zu setzen, nur weil dir gerade danach ist. Hör auf, den Albaner bei jeder Gelegenheit zu provozieren. Lass ihn einfach in Ruhe.«

»Nein«, sagte Auckland zu seiner Überraschung. »Wir haben seine Schwachstelle gefunden. Die müssen wir ausnutzen.«

Arnest runzelte die Stirn. »Dass er aus dem Stand drei Meter hoch springen kann, ist eine Schwachstelle?«

Einen Moment lang herrschte Stille auf der Brücke. Er wusste nicht, wieso.

»Nicht das«, sagte Auckland schließlich. Er klang auf einmal wie Lanzo, betont ruhig und geduldig. »In diesem genetisch modifizierten, hochgezüchteten Körper steckt ein Dreizehnjähriger.«

Er nahm die beiden Waffen von der Konsole. Eine steckte er ein, die andere reichte er Arnest. »*Das* ist seine Schwachstelle.«

»Okay …«

»Erinnere dich, wie du mit dreizehn warst, Arnest«, sagte Rin. Sie schien zu erkennen, dass er mit dieser »Schwachstelle« nichts anfangen konnte.

Er runzelte die Stirn. Was hatte er mit dreizehn gemacht? Gezockt, Pornos geguckt und Bier aus dem Imbiss gegenüber geklaut. »Ich glaube, ich war damals ziemlich genauso wie heute«, sagte er langsam. »Wieso?«

Aucklands Mundwinkel zuckten. Rin rieb sich die Schläfen. »Schon gut«, sagte sie. »John will damit nur sagen, dass dem Albaner Lebenserfahrung und Reife fehlen. Auch wenn sein Verstand und sein Körper erwachsen sind, ist es seine Psyche nicht unbedingt. Er könnte leichter aus der Fassung zu bringen sein als jemand, der tatsächlich so lange gelebt hat. Das sieht er als Vorteil.«

Sie wandte sich an Auckland: »Ich sehe das übrigens nicht so. Ich glaube, dass ihn das umso gefährlicher macht. Er wird uns umbringen, wenn ihr ihn zu sehr provoziert.«

Arnest stand auf. Die Diskussion langweilte und ärgerte ihn. Er hatte wenigstens versucht, zu handeln, und nicht nur darüber geredet, wie man handeln könnte. Das dankte ihm anscheinend niemand.

»Warum hat er das gerade nich' gemacht?«, fragte er. »Ich wollte ihn abknallen, mehr kann man einen nich' provozieren, oder? Aber wir sind immer noch am Leben und labern über irgendeine Psychokacke.« Er rammte die Pistole frustriert ins Holster. »Ich seh's so: Der Typ ist gestört. Wir müssen ihn weghauen, bevor er uns weghaut.«

Mit dem Daumen zeigte er über seine Schulter auf Auckland. »Und wenn der Roboter denkt, dass wir dem besseren Roboter so lange auf den Sack gehen müssen, bis er

Scheiße baut, dann mach' ich das. Fertig.«

Er ging zum Fahrstuhl, drehte sich dann aber noch einmal um und nahm den halb leeren Sixpack von der Konsole. »Will noch einer was?«

Rin schüttelte den Kopf. Auckland winkte ab. Als sich die Fahrstuhltüren hinter Arnest schlossen, hörte er Rin sagen: »Du spielst ein sehr gefährliches Spiel, John.«

Das sind die einzigen Spiele, die sich lohnen, dachte Arnest grinsend und öffnete eine Bierflasche.

5

»Drei, zwei, eins … Sprung vollendet. Eintritt in Normalraum erfolgt.«

Ein Ruck ging durch die *Destination Moon*. Die *Andere* presste ihren Körper gegen das Deck. Ama'Ru spürte das kalte Metall, als berühre es ihre eigene Haut. Sie hatte den Eindruck, dass ihre körperliche Verbindung zu der *Anderen* stärker geworden war. Vielleicht war das ein Symptom des Virus, vielleicht bewies es auch nur, dass sie den richtigen Weg gewählt hatte, als sie *Hhalim* geworden war und der *Anderen* mehr Freiheiten gegeben hatte. Durch Freiheit wuchs man zusammen, nicht durch Sklaverei.

Auf der Brücke herrschte Stille. Daniel, Bob Swanson und Kipling saßen an den Konsolen, Gonzales stand mit einigen anderen Menschen hinter ihnen. Sie bildeten einen Halbkreis und fassten sich an den Händen. Ihre Lippen bewegten sich lautlos. Gustav ging langsam um sie herum. Wie Kipling trug er V-Specs, aber seine waren klobiger und größer. Ein rotes Licht an ihrem Rand verriet, dass er filmte. Er drehte den Kopf gelegentlich zu den Konsolen, achtete dabei aber stets darauf, Ama'Ru nicht mit aufzunehmen. Sie vermutete, dass die Bilder an die ganze Flotte übertragen wurden. Ihr Anblick auf der Brücke war wohl unerwünscht.

Die Bildschirme flackerten. Die *Moon* war ein altes Schiff und die Kameras mussten nach der Reise durch den Hyperraum erst neu kalibriert werden.

Gonzales unterbrach die stumme Unterhaltung mit ihrer Gottheit. »Status?«

Swanson drehte den Kopf. »Wir sind nicht tot. Das können wir auf der Habenseite verbuchen. Alles andere …« Er zeigte auf die flackernden Bildschirme. »Sie sehen so viel wie wir.«

»Kameras kommen online«, sagte Kipling. Sein linkes Bein wippte unablässig auf und ab. »Verbindung steht. Scanner sind noch down. Ich schalte auf manuell um. Das sollte schneller gehen.«

Die Bildschirme wurden schwarz. Im ersten Moment glaubte Ama'Ru, sie hätten sich abgeschaltet, doch dann strich Kipling über ein Touchpad auf der Konsole und ein gelber Stern rückte in die Mitte aller fünf Monitore. Er bediente die Kameras per Hand.

»Die Sonne«, flüsterte ein Mann an einem Ende des Halbkreises. Er hob die Hand zur Stirn, berührte dann seinen Bauch, die linke Schulter und die rechte. Ama'Ru verstand die Bedeutung der Geste nicht, aber ihn danach zu fragen, erschien ihr zu diesem Zeitpunkt unpassend.

Die Sonne rückte nach links und verschwand. Trümmer trudelten nun auf den Monitoren durch die Schwärze. Das Licht des Sterns brach sich in ihnen und warf harte, scharfkantige Schatten. Ama'Ru beugte sich im Sattel vor. Erst als die *Andere* sich aufrichtete und ihre Scheren öffnete, spürte sie ihre eigene Anspannung. Einige Menschen wichen zurück und verwandelten den Halbkreis in eine Linie.

»Ist das die *Eliot*?«, fragte Ama'Ru.

»Ich weiß es nicht.« Kipling bewegte die Kamera mit dem Zeigefinger weiter. »Die Scanner sind immer noch nicht on und selbst, wenn sie es wären, könnten sie ohne Internet nur auf ihre internen Datenbanken zugreifen.«

Er kniff die Augen zusammen und tippte zweimal kurz hintereinander auf das Touchpad. Ein Bildausschnitt füllte plötzlich die Bildschirme aus. Ama'Ru sah die typischen Rundungen und filigran wirkenden Verstrebungen, die die Weltraumarchitektur ihrer Völker prägten. Einige waren aufgerissen, so als hätte ein riesiges Maul nach ihnen geschnappt. Funken tanzten hinter Waffenschächten, weiß glühendes Plasma trat aus einer Verstrebung aus und erkaltete im Raum.

»Das«, sagte Kipling, »ist die Verteidigungsanlage der Jockeys. Ihr könnt sehen, wie stark sie beschädigt ist.«

Ama'Ru brachte die *Andere* näher an seine Konsole heran. »Sie ist beschädigt, aber nicht funktionsuntüchtig. Warum greift sie nicht an?«

»Weil der Herr seine schützende Hand über uns hält«, sagte der Mann, der die Geste gemacht hatte. Er klang nervös und aggressiv. »Heidin.«

Gonzales nickte, ebenso einige andere.

»Scanner online.« Daniel hob die Augenbrauen. »Ich sehe nur geringe Energieströme in dieser Verteidigungsanlage. Wenn ihr mich fragt, steht sie auf Standby.«

»Jemand hat sie abgeschaltet?«, fragte Ama'Ru. Es war die einzige Erklärung, so unwahrscheinlich sie ihr auch erschien. Niemand auf der *Eliot* konnte über dieses Wissen verfügen, selbst Auckland nicht. Die *Andere* wurde unruhiger. Sie rieb die Mandibeln gegeneinander und klapperte mit den Scheren. Ama'Ru strich ihr über den Nacken.

»Anscheinend.« Kipling drückte auf einige Knöpfe. Der Bildausschnitt blieb auf einem Monitor stehen, auf den anderen sah man erneut das Trümmerfeld. »Daniel, was sagen die Scanner? Ist das die *Eliot*?«

Ama'Ru sah das Pochen seiner Halsschlagader und hörte, wie schnell er atmete. Sie dachte kurz darüber nach, seine freie Hand zu ergreifen, wie die Menschen es zu tun schienen, um einander zu beruhigen, doch dann entschied sie sich dagegen. Die *Andere* hätte sich zu ihm herunterbeugen müssen und ihre aneinanderschabenden Mandibeln hätten Kipling vielleicht den falschen Eindruck vermittelt.

»Es sind Teile der *Eliot*«, sagte Daniel zögernd. Seine Finger flogen über die Tastatur. »Aber wenn ich die Anzahl der Trümmer in diesem Ausschnitt hochrechne, komme ich nicht mal annähernd auf genug, dass eine Zerstörung des Schiffs wahrscheinlich erscheint.«

Er lächelte. »Sie haben es geschafft.«

Kipling lehnte sich zurück und nahm die V-Specs ab. Dunkle Ringe lagen unter seinen Augen. Er sah Ama'Ru an. »Sie haben es geschafft«, wiederholte er. »Sie haben es geschafft.«

Die *Andere* wurde still. Im gleichen Moment fiel auch die Anspannung von Ama'Ru ab. Nun beugte sie sich doch herab und legte ihre kleine Hand auf Kiplings. Sie fühlte sich kühl an. Er zuckte zusammen und einen Augenblick lang glaubte sie, er würde seine Hand wegziehen. Aber das tat er nicht.

»Du wirst keine neuen Menschen finden müssen«, sagte sie.

Kipling blinzelte, doch bevor er antworten konnte, trat Gonzales vor. »Was genau bedeutet das alles? Können wir fortfahren?«

Swanson drehte sich zu ihr um. »Ja … Ma'am.« Er presste das zweite Wort hervor. »Ich weiß nicht, wie die *Eliot* das geschafft hat, aber die Waffensysteme sind abgeschaltet. Der Weg in Ihr gelobtes Land ist frei.«

Fasziniert beobachtete Ama'Ru die Emotionen, die über Gonzales' Gesicht glitten. Erleichterung, Stolz, Triumph, Nervosität. Sie waren so deutlich zu erkennen, dass es ihr leichtfiel, sie zu lesen. Gonzales hatte alles riskiert, um ihr Ziel zu erreichen, und nun feierte sie sich selbst. Doch sie war nicht frei von Zweifeln. Sie wusste ebenso wenig, was sie auf der Erde erwartete, wie jeder andere an Bord. Selbst der Absender der verschlüsselten Nachrichten konnte das nicht wissen. Die Erde war ein Jahr lang abgeriegelt gewesen. Niemand, weder Mensch noch Jockey, hatte sie betreten. Sie war nicht das gelobte Land, sie war das unbekannte Land.

Zwei von Gonzales' Anhängern fielen auf die Knie, die anderen umarmten sich und lachten. »Gelobt sei der Herr!«, rief der Mann, der die Geste gemacht hatte, mehrfach. Erst Gonzales' Blick brachte ihn zum Schweigen.

Sie strich ihr Kostüm glatt und sah Gustav an. »Sind wir drauf?«, fragte sie leise. Er nickte und richtete die V-Specs auf sie.

»Bürger …«, setzte Gonzales an, doch dann lächelte sie und begann erneut. »Freunde, wandelt im Licht.« Die Anrede klang kalkuliert und süßlich, aber ihre Anhänger schienen das nicht zu bemerken. Mit fast schon kindlicher Bewunderung sahen sie Gonzales an.

»Ihre und meine Gebete wurden erhört. Der Herr hat uns, wie versprochen, ins Gelobte Land geführt. Wir sind durch das finsterste Tal gewandert, aber sein Stecken und Stab haben uns beschützt.«

Kipling stand auf. »Die *Eliot* hat euch beschützt, du blöde Kuh«, murmelte er leise. Dann schob er sich an den Menschen vorbei und verließ die Brücke.

Ama'Ru folgte ihm. »Was ist los?«, fragte sie, als sie im Gang stehen blieben.

Kipling lehnte sich an die Wand. »Hier passieren eine Menge unmöglicher Dinge«, sagte er. »Versteh mich nicht falsch, ich hab plus zehn auf gute Laune, seit ich weiß, dass die *Eliot* durchgekommen ist, aber sie hätte nicht durchkommen dürfen. Diese Verteidigungsanlagen lassen sich nicht abschalten wie eine Nachttischlampe. Und dann das Sprungtor.« Er schüttelte den Kopf. »Niemand kann in dieses Netzwerk eindringen. Das ist völlig unmöglich.«

»Aber es ist passiert.« Ama'Ru sah ihn an. »Und da Gonzales ihre Anweisungen wahrscheinlich von dem Absender der verschlüsselten Nachricht erhält –«

»Nachrichten«, unterbrach sie Kipling. »Ich habe noch ein paar weitere gefunden.«

»Kannst du die Identität des Absenders herausbekommen?«

»Wenn ich lange genug warte, ja. Aber wir können ihn ebenso gut Gott nennen, denn wenn er wirklich in das Netzwerk der Sprungtore eindringen kann, hat er mehr Macht als alle Menschen und Jockeys zusammen.«

Er ging zurück auf die Brücke. Ama'Ru blieb zurück und lauschte auf die Stimmen, die durch den Gang hallten.

»Lobet den Herrn! Preiset den Herrn!«

6

»Wo fliegen wir hin?«, fragte Auckland.

Der Albaner hob die Schultern und gab etwas in sein Pad ein. Durch das Fenster in der Schleusentür konnte Rin die Positionslichter eines kleinen Raumschiffs, wahrscheinlich eines Shuttles, erkennen. Sie wurden rasch größer.

»Ihr werdet schon sehen«, sagte der Albaner nach einem Moment. Er wirkte abgelenkt.

Auckland ließ ihn nicht aus den Augen, aber der Blick, mit dem er ihn musterte, wirkte nicht mehr so berechnend wie zuvor, sondern fast schon bedauernd. Dieses Bedauern hatte Rin auch in seiner Stimme gehört, als er über die »Schwachstelle« des Albaners gesprochen hatte.

Er fühlt sich ihm verbunden, dachte sie. *Wäre er ein paar Jahre jünger, hätte man das Gleiche mit ihm gemacht.*

Arnest rülpste und wischte sich über den Mund. Rin hatte ihn auf dem Weg zur Schleuse davon überzeugen können, den Sixpack an Bord zu lassen, aber eine Flasche hatte er mitgenommen. Die trank er nun, während er aus dem Fenster sah.

»Hätte nicht gedacht, dass ich je wieder hierher zurückkommen würde«, sagte er. »Ich hab mir den Arsch aufgerissen, um von diesem Kackplaneten abhauen zu können.«

Wie wir alle, dachte Rin. Es knallte dumpf, als das Shuttle andockte. Einen Moment später sprang das rote Licht der Schleuse auf grün. Der Druckausgleich war erfolgt. Die äußere Tür öffnete sich. Zwei Männer in Tarnkleidung und Springerstiefeln betraten die Schleuse. Der eine hatte dunkle Haut, der andere helle, trotzdem hätten sie Brüder des Albaners sein können. Sie hatten die gleichen breiten Schultern und die gleichen schmalen Hüften und bewegten sich mit der gleichen Geschmeidigkeit. Im Gegensatz zu ihm hatten sie sich die Köpfe rasiert. Beide Männer trugen Maschinenpistolen.

Der Albaner öffnete die Schleusentür. »Pünktlich auf die Sekunde«, sagte er lächelnd. Die Männer verneigten sich tief, eine Geste, die nicht zu ihrem westlich-militärischen Auftreten passen wollte.

»Einsnull und Gremlin, das sind Auckland, Rin und Arnest. Ratet, wer von *BLS* erschaffen wurde.«

»Der da«, sagte der Dunkelhäutige und zeigte auf Auckland. »Erste Generation, richtig?«

»Richtig, Einsnull«, sagte der Albaner.

Gremlin machte ein abfälliges Geräusch und Rin sah, wie Aucklands linkes Augenlid kurz zuckte.

Arnest stellte die leere Bierflasche auf den Boden. »Einsnull? Gremlin? Was habt ihr denn für bescheuerte Namen?«

Einsnull lachte. Weder er noch Gremlin schienen das persönlich zu nehmen. »Wir haben sie uns selbst gegeben, weil es sonst niemand getan hat. Für dich klingt Einsnull vielleicht bescheuert, aber er ist immer noch besser als XU470-V.«

»Wo du recht hast.«

Der Albaner schlug Einsnull auf die Schulter und ging an ihm vorbei zum Shuttle. »Kommt. Wir haben da unten viel zu tun.«

»Zum Beispiel?«, fragte Rin, aber der Albaner tat so, als habe er sie nicht gehört, und verschwand im Inneren des kleinen Raumschiffs. Sie schloss sich ihm an. Aus dem Augenwinkel sah sie, wie Gremlin und Einsnull sich die Maschinenpistolen über die Schultern schlangen. Sie schienen mit keiner Bedrohung mehr zu rechnen.

Das Shuttle bestand aus einem Cockpit mit zwei Sitzen und einem damit verbundenen rechteckigen Laderaum, an dessen Längsseiten Bänke an die Wand geschweißt worden waren. Einsnull und Gremlin gingen nach vorn zum Cockpit, der Albaner zeigte auf die Bänke. »Setzt euch.«

Er selbst blieb stehen und hielt sich mit einer Hand an dem Netz fest, das unter der Decke gespannt war und von den Wänden hing. Es schien als Halt für Waren und Passagiere zu dienen.

»Das ist ein altes *BLS*-Shuttle«, sagte er. »Wisst ihr, dass es einen Namen hat? Es heißt *Fingertips*. Gibt einem zu denken, oder, John? Dass sie einem Stück Metall einen Namen geben, aber uns nicht.«

Er hat Auckland noch nie John genannt, dachte Rin, während die Schleuse der *Fingertips* sich automatisch schloss. *Warum jetzt?*

Der Grund wurde ihr fast im gleichen Moment klar. Der Albaner betonte die Gemeinsamkeiten, die er und Auckland hatten, ihren künstlichen Ursprung und die unmenschliche Behandlung durch *BetterLifeSolutions*, weil er Vertrautheit schaffen wollte. *Er versucht, ihn zu manipulieren*, dachte sie. *Der Albaner will irgendwas von ihm.*

Auckland antwortete nicht auf die Frage. Er schob das Pad in die Seitentasche seiner Cargohose und setzte sich zwischen Rin und Arnest. Der Albaner musterte ihn einen Moment, dann wandte er sich dem Cockpit zu. »Ihr könnt starten.«

Die Metallklammern der *Fingertips* lösten sich knirschend von der *Eliot*. Der Unterlichtantrieb sprang dröhnend an. Das Shuttle war kaum isoliert und der Lärm machte eine Unterhaltung fast unmöglich. Rin beugte sich vor. Durch die Cockpitfenster sah sie den funkelnden Sternenhimmel und einen Augenblick später die dunkle Erdkugel. Ihr Ziel lag anscheinend auf der Nachthälfte.

Die *Fingertips* rumpelte und bockte, als sie durch die oberen

Atmosphärenschichten flog. Steil neigte sie sich nach vorne. Rin sah keine Lichter vor sich, die Scheinwerfer des Shuttles stachen in Schwärze, die nur gelegentlich von grauen Schlieren unterbrochen wurde, die wie Geister durch das Licht glitten und verschwanden.

»Ihr könnt euch nicht vorstellen, wie dunkel die Nächte geworden sind«, sagte der Albaner. Er sah ebenfalls aus dem Fenster. »Am Anfang sah man von hier oben noch die brennenden Städte: orangegelbe Flecken in der Schwärze, so als wäre die Erde aufgebrochen. In der Atmosphäre war so viel Asche und Rauch, das fast ein halbes Jahr lang schwarzer Schnee fiel.« Er kicherte. »Die kränkste Scheiße, die ich je gesehen habe.«

Arnest zuckte mit den Schultern. »Kannst noch nich' viel kranke Scheiße gesehen haben, wenn dich so'n bisschen Asche umhaut.«

Der Albaner warf ihm einen kurzen Blick zu. »Hast du schon mal eine Zwanzig-Millionenstadt brennen sehen?«

»Klar. Riecht wie'n Grillabend.« Arnests Kaltschnäuzigkeit klang aufgesetzt. Er kratzte sich am Kinn und strich mit den Händen über seine Hose. »Muss man nich' drüber reden.«

Die *Fingertips* richtete sich auf. Rin spürte, wie sie von der Schwerkraft gegen die Bank gedrückt wurde. Wenige Sekunden später setzte das Shuttle hart und schnell auf, wie man es beim Militär lernte.

»Wir sind da«, sagte Gremlin, als der Antrieb erstarb. »Willkommen in –«

»Lass sie raten«, unterbrach ihn der Albaner. Er ging zur Tür und öffnete sie manuell. Eine Rampe fuhr aus und knallte auf Asphalt. Kühle, salzig riechende Luft drang ins Innere. »Kommt.«

Er verließ das Shuttle als Erster, Auckland, Arnest und Rin folgten ihm. Sie standen auf einem Plateau, das von hohen Zäunen und Bäumen umgeben war. Scheinwerfer beleuchteten es und raubten Rin den Blick auf die Sterne. Eine leichte Brise strich über ihr Gesicht. Das Gefühl war wundervoll. Sie blieb stehen, schloss die Augen und lauschte auf das Rauschen der Blätter. Irgendwo schrie ein Nachtvogel.

Die Luft spülte den Geschmack von Plastik und Öl aus ihrer Kehle. Rin hatte vergessen, wie sich frische Luft anfühlte, so klar und rein, dass sie beinahe scharf schmeckte. Als sie die Augen wieder öffnete, wurde ihr einen Moment lang schwindelig. Sie war nicht mehr daran gewöhnt, weiter als ein paar Meter zu blicken, ohne auf eine Wand zu stoßen. Selbst das All war stets eingerahmt von Metall und Kunststoff. Nirgendwo war man so eingesperrt wie in der Unendlichkeit.

»Australien«, sagte Arnest plötzlich.

Rin runzelte die Stirn. »Was?«

»Wir sind in Australien.«

Sie sah sich um. »Woher willst du das wissen?«

Arnest zeigte auf einen Baum in der Nähe der Scheinwerfer. »Weil da ein scheiß Koala in dem Salbeibaum sitzt.«

»Eukalyptus«, korrigierte Rin automatisch.

»Scheißegal.« Arnest winkte ab. »Irgendwas mit Husten.«

Nun sah auch sie den Koala. Er hockte in einer Astgabel und war im Licht des Scheinwerfers gerade noch zu erkennen. Ruhig kaute er vor sich hin.

Der Albaner breitete die Arme aus. »Willkommen in meinem Reich. Willkommen in Sydney, Australien.«

Auckland fuhr herum. »Du hast uns in eine Großstadt gebracht?«, fragte er ungläubig.

Arnest brachte es auf den Punkt: »Bist du bescheuert?«

Der Albaner lachte.

7

Das gelobte Land sah grau aus, als Ama'Ru das kleine Schiff, das sie von der *Moon* zur Erde gebracht hatte, verließ. Abgesehen von den Piloten hatten sich nur sie und Kipling an Bord befunden. Die Menschen standen zwar vor der Schleuse der *Moon* Schlange, aber niemand hatte mit ihnen zusammen fliegen wollen.

»Dich hätte ich in der U-Bahn gut gebrauchen können«, hatte Kipling gesagt. Nun stand er neben ihr auf dem Asphalt und betrachtete die Regentropfen auf seinem Handrücken. Nach einem Moment nahm er die V-Specs ab und legte den Kopf in den Nacken. Der feine, warme Nieselregen benetzte sein Gesicht.

Ama'Ru sprach ihn nicht an. Die Erde war seine Heimat und dies war sein Moment.

Sie standen auf einem großen Parkplatz, der von einem meterhohen Zaun umgeben war. Schlingpflanzen rankten sich zwischen den Maschen empor und hingen von den Stacheldrahtschleifen, die an seinem oberen Ende angebracht waren. Dahinter sah Ama'Ru eine Straße, die durch einen dichten Wald führte. Sie war fast bis zur Mitte überwuchert und wurde offensichtlich nicht mehr benutzt.

Hier lebt niemand mehr, dachte Ama'Ru.

Gonzales hatte behauptet, ihre Gottheit habe ihr den Ort genannt, aber es war wohl eher der Absender der verschlüsselten Nachrichten gewesen. Und er hatte keine schlechte Wahl getroffen. Das Klima war subtropisch, das Land flach und der Zaun hoch und stabil. Gonzales' Soldaten liefen ihn bereits ab. Sie hatten die *Moon* als Erste verlassen, um das Gelände zu sichern. Die anderen Menschen gingen ziellos auf dem Parkplatz auf und ab. Alle warteten auf Gonzales.

Ama'Ru drehte sich zu dem Gebäude um, das dem Parkplatz einst einen Sinn gegeben hatte. Es sah aus wie ein großer Würfel aus Stahl und getöntem Glas. Wie ein dunkler Fremdkörper lag er im Grün der Landschaft. Ama'Ru zählte fünf Stockwerke, die Fenster in den unteren beiden waren vergittert. Auf dem Dach entdeckte sie eine Solaranlage.

»Warst du schon mal auf der Erde?«, fragte Kipling. Er hatte sich seine V-Specs wieder aufgesetzt. Ama'Ru bemerkte die Tropfen auf seinem Gesicht. Sie fragte ihn nicht, ob es sich dabei um Regen oder Tränen handelte.

»Nein«, log sie. »Sind wir in der Nähe deiner Heimat?«

Kipling lächelte und schüttelte den Kopf. »In meiner Heimat wäre der Regen zehn Grad kälter.« Er zeigte auf eines der wenigen Fahrzeuge, die noch auf dem Parkplatz standen. »Wir sind in Florida.«

»Südostspitze der USA, amerikanischer Kontinent«, fügte er hinzu, als sie so tat, als sage ihr das nichts. »Links von Europa und rechts von Asien, oder umgekehrt, je nachdem, von wo man die Erde betrachtet.«

Erst jetzt bemerkte Ama'Ru die Plakette mit Buchstaben und Zahlen, die am Heck des Fahrzeugs angebracht war. *Florida – The Sunshine State*, stand dort.

»Meistens ist das Wetter hier besser«, sagte Kipling. »Ich hab hier mal Urlaub gemacht nach einer Black-Hat-Konferenz … so ein Hackerding, wird dir nichts sagen. Drei Wochen Sonne, Meer, Austern zum Frühstück und so viele verdammte Mückenstiche, dass ich aussah wie der Toxic Avenger. Wird dir auch nichts sagen. Jedenfalls …«

Kipling redete zu viel, wenn er aufgeregt war. Er hatte nicht zur Erde zurückkehren wollen, doch an diesem grauen Morgen war seine und die Hoffnung der anderen Menschen greifbar. Vielleicht dachten sie, es gäbe hier nach all dem Leid, das sie durchgemacht hatten, eine Zukunft für sie. Ama'Ru wünschte es ihnen, aber glauben konnte sie nicht daran. Die Welt jenseits des Zauns und der Virus, der im Blut der Menschen auf seine Gelegenheit lauerte, sprachen dagegen.

Und das ist meine Schuld, dachte sie.

8

DREI JAHRE ZUVOR

Sie waren zu dritt – Ama'Ru en Rahlyn, der Pilot Kos'Evan und die Kriegerin Sera'Tapu. Sie befanden sich an Bord eines kleinen, namen- und signaturlosen Schiffs, das mit eingeschaltetem Tarnschild im Orbit der Erde schwebte. Außer ihnen wusste nur noch Ryn'Nel op Yrlem von diesem Schiff und seiner Mission.

»Sie müssen uns nicht begleiten, Ama'Ru en Rahlyn«, sagte Sera'Tapu. »Es wäre uns eine Ehre, diese Aufgabe für Sie zu erledigen.«

Sie machte den Vorschlag nicht zum ersten Mal. Schon vor dem Sprung ins irdische Sonnensystem hatte sie Ama'Ru gebeten, die Mission ihr und Kos'Evan zu überlassen.

Ama'Ru neigte den Kopf, um ihr zu zeigen, dass sie das Angebot zu schätzen wusste. »Ich danke Ihnen, Sera'Tapu, aber ich möchte selbst zu Ende bringen, was ich angefangen habe.«

»Wir verstehen das natürlich«, sagte Kos'Evan. Er stand an der Pilotenkonsole und gab die Koordinaten ein, die Ama'Ru ihm genannt hatte. Die Erde füllte den gesamten Bildschirm aus. Das Schiff hing so tief über ihr, dass Ama'Ru die Überwachungssatelliten sehen konnte, die sich träge im Orbit drehten. Sie waren mit der besten Technik ausgestattet, die den Menschen zur Verfügung stand, doch entdecken konnten sie das kleine Schiff nicht.

Kos'Evan drehte sich zu ihr um. »Hat Ryn'Nel op Yrlem Ihnen erklärt, wie wir dabei vorgehen werden?«

»Das hat er«, sagte Ama'Ru. »Ich respektiere Ihre Traditionen und werde mich ihnen nicht in den Weg stellen. Ihre Ehre ist mir so wichtig wie meine eigene.«

Sera'Tapu und Kos'Evan sahen sich kurz an, dann verschränkten beide in einer Geste des Respekts die Arme vor der Brust. »Es gefällt uns, mit Ihnen auf diese Weise zusammenzuarbeiten«, sagte Sera'Tapu.

»So wie es mir gefällt.« Ama'Ru erwiderte die Geste. Pilot und Kriegerin traten an ihre Konsolen. Das Schiff schwenkte herum und tauchte in die Atmosphäre ein. Der Ozean, der sich unter ihm ausbreitete, glitzerte im Licht der untergehenden Sonne. Nur wenige Sekunden später wurde es dunkel. Lichter tauchten in der Ferne auf. Sie bildeten ein lang gezogenes, von Zusammenballungen unterbrochenes Band, das eine unregelmäßige Linie am Horizont bildete.

»Wir werden den Einsatzort in drei Minuten erreichen«, sagte Kos'Evan, ohne sich umzudrehen. Das Schiff ging tiefer.

Ama'Ru drehte sich zu der quadratischen, dunklen Metallkiste um, die hinter ihr an der Wand stand. Sie war etwa zwei Meter lang, hohl, schallisoliert und vollständig klimatisiert. Ama'Ru war ursprünglich gegen einen Lebendtransport gewesen, doch Ryn'Nel op Yrlem hatte sie davon überzeugen können. »Tot wäre es natürlich einfacher«, hatte er gesagt, »aber was, wenn es zu einem Zwischenfall kommt? Auf so engem Raum, mit nur dir und zwei anderen an Bord.«

Der Zwischenfall war ausgeblieben, trotzdem bereute Ama'Ru die Entscheidung nicht. So würde sie wenigstens die Gelegenheit bekommen, die Verwandlung außerhalb eines Labors zu erleben.

Sie trat neben die Pilotenkonsole und sah aus dem Fenster. Die Ostküste des Kontinents, den die Menschen Amerika nannten, glitt unter ihr vorbei. Ama'Ru hatte den besten Einsatzort mit verschiedenen Computermodellen errechnet. Keine

Überwachungskameras im Umkreis von zwei Kilometern, keine zu große Bevölkerungsdichte, aber in der Nähe eines einzelnen Anwesens. Aus den Zielen, die diese Kriterien erfüllten, hatte sie eines nahe Orlando, Florida ausgewählt. Dort würde der letzte Test vor der Massenproduktion des Virus stattfinden.

Die Lichter wurden weniger, das Schiff langsamer. Der Autopilot übernahm die Landung und setzte das Schiff sanft auf eine Lichtung zwischen hohen Bäumen. Kos'Evan schaltete den Antrieb ab, drehte sich zu Ama'Ru um und zog eine militärisch aussehende Kappe aus seiner Satteltasche.

»Ich würde sie gerne ausprobieren«, sagte er.

Ama'Ru nahm ihr Pad und schaltete das Programm ein, das sie auf einer Menschenseite gefunden hatte. Es erlaubte ihr, auf die Bilder von mehreren angeschlossenen Geräten zuzugreifen. Kos'Evan setzte die Kappe auf. Die kleine Kamera darin war nicht einmal zu erahnen, aber auf Ama'Rus Pad öffnete sich ein Fenster und sie sah sich selbst.

Sera'Tapu setzte ihre Kappe ebenfalls auf. »Es funktioniert«, sagte Ama'Ru, als sie sich gleichzeitig aus zwei Perspektiven sah. »Machen wir weiter.«

Kos'Evan öffnete die Laderampe im hinteren Teil des Schiffs. Warme, feuchte Luft strömte ins Innere. Nach nur wenigen Sekunden tanzten bereits Insekten im Licht. Ama'Ru verließ das Schiff über die Rampe und trat in weiches Gras. Es war bewölkt, am Himmel konnte sie nur wenige Sterne erkennen. Hinter den hohen Bäumen entdeckte sie die Lichter eines Gebäudes, wahrscheinlich einer Farm. Sie hörte die Geräusche von Nachtvögeln und Insekten und weit entfernt das Summen einer Straße. Alles war genau so, wie sie es sich vorgestellt hatte. Ama'Ru drehte sich um und ging zurück ins Schiff.

»Haben Sie alles?«, fragte sie und klopfte auf den Akku des Tarnfelds, der an ihrer Hüfte hing. Er hielt zwar nur wenige Minuten, doch das musste reichen.

»Ja«, sagten Sera'Tapu und Kos'Evan gleichzeitig. Im Gegensatz zu Ama'Ru waren sie mit Projektilwaffen ausgerüstet.

»Öffnen Sie Zelle eins«, sagte sie.

»Es gefällt mir, das zu tun.« Sera'Tapu berührte ein Touchpad an der Vorderseite der Kiste und gab einige Zahlen ein. Es klickte, dann faltete sich das Metall zusammen und gab den Blick ins Innere der Kiste frei. Der Mensch, der darin auf einem Feldbett gesessen hatte, sprang auf.

»Ich hab kein Geld«, stieß er hervor, während er den Kopf wegdrehte und sich schützend die Hand vor die Augen hielt. In der Kiste war es dunkel gewesen. Das Licht des Schiffs blendete ihn. »Meine Familie hat auch kein Geld. Ich weiß nicht, was ihr von mir wollt, aber –«

Er brach ab und ließ die Hand langsam sinken. Aus zusammengekniffenen, tränenden Augen starrte er Sera'Tapu, Kos'Evan und schließlich Ama'Ru an.

»Jesus …«, sagte er leise. Er wich zurück, bis seine Kniekehlen gegen das Bett stießen. Wie alle Menschen, die keinen Kontakt zu den Völkern hatten, die sie so abwertend »Jockeys« nannten, konzentrierte er sich auf das Tier und nicht den Reiter. Das Volk, zu dem Sera'Tapu und Kos'Evan gehörten, wurde von den Menschen als Wölfe bezeichnet, obwohl ihre Tiere kein Fell hatten. Ihre Kopfform war wohl für den Vergleich verantwortlich. Ama'Rus Volk hatte keinen Namen. Kein Mensch hatte es je zu Gesicht bekommen.

»Wie heißt du?«, fragte Ama'Ru.

Der Mensch schluckte. Er war jung, stark und gesund. Deshalb hatten Ryn'Nel op Yrlem und Ama'Ru ihn aus der achtköpfigen Besatzung des Transporters, den Kos'Evan für sie flugunfähig geschossen hatte, ausgewählt. Den Rest hatten sie mitsamt des Schiffs in einem weißen Zwergstern verglühen lassen. Vier Wochen waren seitdem vergangen. Der Mensch hatte sie sediert verbracht, während sie ihn untersucht und infiziert hatten. Erst in der Kiste war er zu sich gekommen.

»Boris«, sagte er.

Ama'Ru rief ein zweites Programm auf ihrem Pad auf. Es zeigte ihr die Herzfrequenz, Körpertemperatur und Gehirnaktivität des Menschen. Chips in seinem Körper übertrugen diese Informationen per WLAN. Sein Herz schlug erwartungsgemäß schnell, er war verwirrt und ängstlich.

Alles funktioniert, dachte Ama'Ru. Sie sah auf. »Du kannst gehen, Boris.«

»Was? Aber wo sind –«

»Du kannst gehen«, wiederholte Ama'Ru ruhig.

Boris fuhr sich mit der Zunge über die Lippen. Vorsichtig trat er aus der Kiste. Er trug den roten Overall, in dem sie ihn gefunden hatten, und leichte, dunkle Schuhe. Seine Schritte waren beinahe lautlos. Er warf einen Blick auf die Rampe und die Lichtung, die sich hinter dem Schiff erstreckte. Einen Moment sah es so aus, als wolle er noch einmal nach dem Rest der Besatzung fragen, doch dann ging er schweigend weiter, bis er nicht nur Kos'Evan und Sera'Tapu, sondern auch Ama'Ru passiert hatte. Manchmal bewunderte Ama'Ru Menschen für ihren pragmatischen Egoismus, manchmal empfand sie ihn als abscheulich. Auf dem Pad sah sie, dass Boris' Gehirntätigkeit zunahm und sein Herz noch schneller schlug.

Gleich rennt er los, dachte sie. Im gleichen Moment tat er genau das. Er rannte die Rampe hinunter, über die Lichtung und auf die Bäume zu, hinter denen man die Lichter erkennen konnte.

Ama'Ru drehte den Kopf. Kos'Evan und Sera'Tapu standen neben der Kiste und sahen Boris gelassen nach. Es sah nicht so aus, als wollten sie ihn verfolgen.

»Es würde die Mission negativ beeinflussen, wenn der Mensch bis zu dem bewohnten Gebäude käme«, sagte Ama'Ru.

»Das wissen wir.« Sera'Tapu streckte sich in ihrem Sattel.

Die Menschen nannten ihr Volk zwar Wölfe, ohne etwas über seine Eigenarten zu wissen, doch zufällig hatten sie den richtigen Namen gewählt.

Sie lieben die Jagd, dachte Ama'Ru, *je herausfordernder, desto besser.*

Sie wurde nervös, als Boris zwischen den Bäumen verschwand. »Würde es Ihnen vielleicht gefallen, mit der Jagd zu beginnen?« Sie wählte ihre Worte vorsichtig, damit sie nicht wie ein Befehl klangen.

Kos'Evan neigte den Kopf zur Seite. »Was meinst du, Sera'Tapu? Würde uns das gefallen?«

Sie lachte. »Ich denke, das würde es.«

Mit einem gewaltigen Satz überwand sie die Entfernung zwischen Kiste und Rampe. Ihr Tier ging auf vier Beine herunter, der Sattel passte sich automatisch an. Kos'Evan landete neben ihr. »Dann los.«

Gemeinsam galoppierten sie in die Dunkelheit.

Ama'Ru versuchte nicht einmal, sie einzuholen. Kaum ein Volk war auf kurzen Distanzen so schnell wie das der Wölfe. Kopfschüttelnd bemerkte sie, dass sie den Namen, den die Menschen ihm gegeben hatten, aufgegriffen hatte.

»Ich muss besser aufpassen«, sagte sie leise, während sie Kos'Evan und Sera'Tapu folgte. Sie strich ihrer Begleiterin über den Nacken. *Hhalim*, so nannte man die Philosophie, mit der sie sich seit einiger Zeit beschäftigte. Ama'Ru versuchte, den Teil von ihr zu finden, der nicht ihr selbst gehörte, sondern dem Wesen, mit dem sie so untrennbar verbunden war. Sie tat das heimlich. Nur Ryn'Nel op Yrlem wusste von ihrem Interesse, aber auch er ahnte nicht, wie ernst es ihr damit war.

»Eines Tages werde ich wissen, wer du bist«, flüsterte sie, »und dann wirst du mir deinen Namen sagen.«

Ama'Ru hatte noch nicht entschieden, wie sie sie bis dahin nennen würde. Bis jetzt erschien es ihr beinahe unsinnig, sie überhaupt anzusprechen, denn es gab darauf nie eine wahrnehmbare Reaktion.

Die Kamerabilder auf dem Pad hüpften auf und ab. Ama'Ru sah Blätter, Zweige und Sera'Tapus Rücken in dem einen Ausschnitt, Blätter, Zweige und einen dazwischen rot aufblitzenden Overall in dem anderen.

Wie haben sie ihn so schnell gefunden?, fragte sie sich.

Boris' Herzschlag beruhigte sich. Ama'Ru konnte zwar nicht sehen, was Boris tat, aber sie vermutete, dass er seine Verfolger nicht bemerkte, und deshalb langsamer wurde. Sie fragte sich, wie weit er noch von dem Haus entfernt war – dreihundert Meter? Zweihundert?

Sie rief sein GPS-Signal auf. Weder Kos'Evan noch Sera'Tapu wussten, dass sie Boris einen Tracker eingepflanzt hatte. Es hätte ihnen die »Reinheit der Jagd«, wie sie es nannten, verdorben. Ama'Ru legte das Signal über die Umgebungskarte und drehte sich in die angegebene Richtung. Wie sie vermutet hatte, lief Boris genau auf das Haus zu.

Ein Krachen im Unterholz. Ein Schrei. Boris' Herzfrequenz schnellte hoch. Ama'Ru hörte ein triumphierendes Brüllen, so animalisch und wild, dass sie nicht sagen konnte, ob Kos'Evan oder Sera'Tapu es ausgestoßen hatte. Sie lief schneller und bahnte sich ihren Weg durch Schlingpflanzen und tief hängende Äste. Mondlicht drang durch die Wolken. Ama'Ru sah, wie Boris zwischen den Bäumen auftauchte. Stolpernd und schreiend hinkte er über einen Trampelpfad. Sera'Tapu und Kos'Evan umkreisten ihn wie Raubtiere, lauernd, fast schon spielerisch. Sie sprangen vor, schnappten zu und wichen wieder zurück.

Im Haus gingen weitere Lichter an. Schatten tauchten hinter den Fenstern auf.

Tötet ihn doch endlich, dachte Ama'Ru. Sie war Boris so nahe, dass sie sein Blut und seine Angst riechen konnte. Im gleichen

Moment setzte Sera'Tapu zum Sprung an. Sie riss Boris von den Beinen und warf ihn auf den Rücken. Kos'Evan landete auf seinen Füßen. Ama'Ru hielt den Atem an. Sie hatte erklärt, dass Kopf und Genick nicht verletzt werden durften, aber sie war sich nicht sicher, ob die beiden sich in ihrem Blutrausch daran erinnern würden. Boris schlug mit den Fäusten nach ihnen und trat um sich. Sera'Tapu riss seinen Overall auf und stieß ihre Schnauze in seine Brust. Aus dem Schreien wurde ein Kreischen. Boris' Herz hämmerte, seine Gehirnaktivität erreichte das Maximum des messbaren Bereichs. Blutige Schlieren verschmierten Sera'Tapus Kamera, aber auf Kos'Evans sah Ama'Ru, wie er die Hände ausstreckte und in die Wunde griff, die Sera'Tapu gerissen hatte.

Die Schreie verstummten plötzlich. Boris' Arme sackten nach unten, seine Beine zuckten und er warf den Kopf so weit nach hinten, dass Ama'Ru befürchtete, sein Genick würde brechen. Dann lag er still. Seine Herzfrequenz fiel auf null, seine Gehirnaktivität sank rapide.

Kos'Evan hielt sein herausgerissenes Herz ins Mondlicht, als wolle er es opfern. Erst als Stimmen hinter ihm laut wurden, warf er es ins Gebüsch und galoppierte mit Sera'Tapu zu Ama'Ru.

»Eine langweilige Jagd«, sagte er atemlos, als er neben ihr zum Stehen kam. »Ich wünsche Ihnen, dass Ihr Teil der Mission interessanter wird.«

Ich auch, dachte Ama'Ru. Die Stimmen kamen näher. Sie wich zusammen mit den anderen zurück, bis dichtes Gebüsch sie verbarg. Auf dem Pad sah sie, dass Boris' Gehirn keine Aktivität mehr zeigte. Seine Körpertemperatur sank.

»Du bleibst hinter mir, Ben«, sagte eine Männerstimme.

Die eines Jungen antwortete: »Ich will aber sehen, was da los ist.«

»Bleib hinter mir.« Der Mann klang nervös und besorgt.

»Hallo?«, rief er dann. »Ist hier jemand? Brauchen Sie Hil– Scheiße!«

Durch die großen Blätter konnte Ama'Ru kaum etwas erkennen. Sie sah einen Mann, der ein Gewehr in der einen Hand hielt und eine Taschenlampe in der anderen. Ihr Strahl war auf den Boden gerichtet.

»Was ist denn, Dad?« Ein Junge, wahrscheinlich sein Sohn, tauchte hinter ihm auf.

»Komm nicht näher.« Der Mann trat einen Schritt vor und ging in die Hocke. Nun verdeckten ihn die Blätter ganz. Ama'Ru sah nur das Licht der Taschenlampe.

Laub raschelte, als der Junge ebenfalls näher kam. »Ist er tot, Dad?« Das Zittern in seiner Stimme ließ ihn auf einmal jünger klingen, als er war.

»Weiß nicht … ich glaube, schon. Verdammte scheiß Alligatoren.« Der Mann schien sich daran zu erinnern, was er seinem Sohn eben noch befohlen hatte. »Ich hab gesagt, du sollst nicht näher kommen.«

»Ja, Dad.«

Ama'Ru richtete den Blick wieder auf ihr Pad. Die Werte änderten sich kaum. Nur die Körpertemperatur sank weiter.

»Wann ist es so weit?«, flüsterte Sera'Tapu.

Sie antwortete nicht.

»Wir müssen die Polizei rufen«, sagte der Mann. »Er hat keinen Puls, er atmet –«

Boris stöhnte. Die Nadel, die seine Gehirnaktivität maß, zuckte. Der Mann stieß einen erschrockenen Schrei aus. Laub raschelte, als er zurückwich.

»Scheiße, der lebt.« Er ging wieder in die Hocke. »Bewegen Sie sich nicht, Mann, okay? Ich rufe einen Rettungswagen, okay? Sie kommen wieder in Ordnung, okay? Alles wird gut, okay? Okay?«

Die Nadel schlug erneut aus und Boris setzte sich auf.

»Nein, nein, nein, nicht bewegen … Ben, lauf zum Haus. Hol deine Mutter mit Handtüchern, irgendeinem Zeug, das die Blutung stoppt. Googelt, wenn's sein muss.«

Der Junge drehte sich wortlos um und rannte los. Währenddessen versuchte der Mann, Boris zu Boden zu drücken. Die Nadel sackte ab, schlug aus und pendelte sich bei einem Prozent ein.

Der Virus ist erwacht, dachte Ama'Ru. Im gleichen Moment schlang Boris seine Arme um den Mann. Die Blätter verbargen, was er tat, aber der Mann schrie schmerzerfüllt auf. Ama'Ru hörte, wie er auf Boris einschlug. Dann sanken die beiden auch schon ineinander verschlungen wie Liebhaber ins Gras. Die Schreie wurden zu einem Gurgeln, das sich mit einem schmatzenden, reißenden Geräusch vermischte.

Ama'Ru wünschte sich, sie hätte die Werte des Mannes messen können. So blieb ihr nichts weiter, als den Zeitpunkt des Todes zu schätzen und die Zeit zu stoppen, bis Boris von ihm abließ und sich beide steif erhoben.

Eine Minute, dachte sie. *Höchstens.*

»Dad?« Ben stand unsicher auf dem Pfad. Er musste die Schreie gehört haben und zurückgekommen sein. Die beiden Toten wankten auf ihn zu. Im Mondlicht sah Ama'Ru die tiefen Wunden, die Boris dem anderen gerissen hatte.

»Dad?«

Boris streckte die Arme aus und fauchte. Ben wich zurück.

Renn weg, dachte Ama'Ru. *Renn, bevor es zu spät ist.* Sie riss sich zusammen. Das war ein Feldversuch, nichts weiter. Es musste getan werden.

Ben traf seine Entscheidung. Er lief los, doch nicht etwa zum Haus, sondern in einem Bogen um Boris herum zu seinem Vater und ergriff dessen Hand. »Dad, komm! Komm mit!«

Er zog seinen Vater hinter sich her. Der stolperte, schwankte, und dann packte er Ben mit der freien Hand und brachte sie beide zu Fall. Es ging so schnell, dass Ben nicht einmal schreien konnte. Zähne schlugen sich in seine Kehle und rissen sie heraus. Blut klatschte wie Regen auf Blätter und Gras. Boris schlurfte heran, brach steif in die Knie und biss ein Stück aus Bens Unterschenkel.

Ama'Ru zählte erneut. Ganze dreißig Sekunden dauerte es, bis die beiden Männer sich aufrichteten. Der Virus brauchte die Lebenden, nicht die Toten. Sie aufzufressen, hätte seiner Verbreitung nur geschadet. Ama'Ru war sich nicht sicher, ob sie ihn so effizient programmiert hatten oder ob sie eine erste Mutation beobachtete. Unter Laborbedingungen hatte er sich weniger zielgerichtet verhalten.

Nach einem Moment erhob sich auch Ben. Im Mondlicht konnte sie seine trüben Augen erkennen. Reglos standen die drei Toten zwischen den Bäumen, wie abgeschaltete Roboter. Aus Bens Kehle tropfte Blut auf seine hellen Turnschuhe.

»Michael? Ben?«

»Dad?«

»Dad?«

Ama'Ru zuckte zusammen, als sie die drei Stimmen hörte. *Wie viele Menschen leben denn in diesem Haus?*

Die Toten erwachten aus ihrer Starre und schlurften den Pfad hinauf. Der Körper, der einmal Ben gewesen war, knurrte. Ama'Ru wollte ihnen folgen, aber Sera'Tapu legte eine Hand auf ihren Arm.

»Es würde uns gefallen, diese Mission jetzt zu beenden«, sagte sie.

Ama'Ru wollte widersprechen, doch dann sah sie den Ekel in Sera'Tapus Blick und schluckte ihre Worte herunter. »Das würde mir auch gefallen. Wenn Sie sie jagen wollen –«

Kos'Evan unterbrach sie: »Wir werden sie nicht jagen. Wir werden sie töten. Das ist keine Herausforderung, nur eine Gnade.«

Er wartete ihre Antwort nicht ab, sondern schaltete sein Tarnfeld ein und verschwand. Einen Lidschlag später stand Ama'Ru allein auf dem Pfad. Ein paar Dutzend Meter von ihr entfernt brachen die Toten nacheinander zusammen, getötet durch einen schnellen, lautlosen Genickbruch.

Sie schüttelte Sera'Tapus Blick ab. *Es muss sein*, dachte sie erneut. Die Menschen vermehrten sich schneller als die Völker, sie waren flexibler und aggressiver. Ihre Ausbreitung musste eingedämmt werden, bevor sie die bewohnte Galaxie überrannten. Der Virus würde den Völkern Zeit geben, sich auf sie einzustellen, und er würde den Menschen beweisen, dass ihrer Dominanz Grenzen gesetzt werden konnte.

Die Millionen, die jetzt sterben, verhindern einen Krieg, der Milliarden das Leben kosten würde. Das war die Logik, nach der sie und die anderen Wissenschaftler handelten. Trotzdem hatte Ama'Ru gehofft, dass ein Junge namens Ben ihrer Schöpfung entkommen würde.

Es muss sein. Wie oft hatte sie das in den letzten Minuten gedacht?

Die Mission sah vor, die Leichen ins Schiff zu bringen, damit sie im All entsorgt werden konnten, und das Haus anzuzünden. Als sie drei Schüsse hörte, ging sie … nein, sie ging nicht, sie blieb stehen. Ihre Hinterbeine bewegten sich nicht. Es dauerte gerade mal eine halbe Sekunde, aber die Verzögerung war deutlich spürbar.

Ama'Ru hielt inne. Das unter ihr, wofür sie nicht einmal einen Namen hatte, weil sie es stets als *Ich* betrachtet hatte, setzte sich in Bewegung, langsamer und zögernder, als sie es gewöhnt war. Ihr kam es vor, als wolle es zeigen, dass es nicht mit dem einverstanden war, was hier geschah. Es widersetzte sich.

»Du bist nicht ich.« Sie streichelte den Nacken, der nicht ihrer war. In ihrer Sprache gab es kein Wort für das, was die

Verbindung zwischen ihr und dem unter ihr beschrieb. Die Menschen sprachen von »Tier«, »Begleiter« oder – äußerst unhöflich – »Wirtskörper«, aber es war weder noch. Es war sie selbst und nicht sie selbst. »Du bist die *Andere*.«

Der Name erschien ihr passend. So lange, bis die Abgrenzung vollzogen war und sie einander wirklich kennenlernen konnten, würde Ama'Ru sie so nennen.

Es knallte. Fensterscheiben barsten, dann erhellten Flammen den dichten Wald. Das Haus brannte. Ama'Ru bat die *Andere*, zwei der Leichen hochzuheben, und dankte ihr, als sie es tat. Gemeinsam gingen sie zum Schiff zurück.

Der Regen hörte auf. Ama'Ru blinzelte, als die Wolkendecke aufriss und die ersten Sonnenstrahlen des Tages auf den Parkplatz fielen. Über ihr dröhnte es. Sie legte den Kopf in den Nacken und sah eine schlanke, weiße Jacht, die in den Landeanflug ging. *Snowball in Hell* stand auf ihrer Seite.

»Da kommt Madame Moses«, sagte Kipling. »Und ich wette mit dir, dass sie unsere zehn Gebote dabeihat.«

Ama'Ru wusste nicht, was das bedeutete, aber sie nickte, um einer ausschweifenden Erklärung zu entgehen.

Die *Snowball in Hell* setzte auf.

9

»Wir sind in Sydney, aber wir sind es auch nicht.« Der Albaner führte Rin und die anderen über den großen Platz. Heruntergekommen wirkende Werkshallen säumten den Weg. Dazwischen sah Rin kleine Holzhäuser, die nicht zu den Industrieanlagen passten. Ein felsiger Hügel ragte hinter dem Platz empor. Wachtürme standen darauf, deren Suchscheinwerfer über die Landschaft und das Wasser strichen.

»Dies ist Cockatoo Island«, sagte der Albaner, »eine Insel in der Bucht von Sydney. Im neunzehnten Jahrhundert wurde sie als Gefängnis genutzt, dann als Werft und schließlich als Museum. Hier gibt es alles, was wir brauchen: Solaranlagen, Wasseraufbereitung, Tanks voll mit Diesel und eine Stadt um die Ecke, in der wir jeden Luxus finden können, auf den wir Bock haben.«

»Und Zombies«, sagte Auckland. »Wie viele gibt es in der Stadt? Eine halbe Million?«

»Eher eine.« Einsnull öffnete die Tür zu einer der Werkshallen. Stimmengewirr schlug Rin entgegen. Der Albaner machte eine einladende Handbewegung und ließ sie passieren, bevor er selbst eintrat.

»Und hier leben wir«, sagte er.

Die Halle hatte den Charme einer Kaserne. Der Boden bestand aus grauem Beton, die Wände aus nacktem Mauerwerk und halbblinden Fenstern. Neonröhren warfen ihr kaltes Licht auf zwei lange Reihen von Feldbetten und Spinden, die notdürftig mit Vorhängen und Decken voneinander abgetrennt waren. Im Eingangsbereich standen große Monitore, die Bilder von Überwachungskameras zeigten. Ein Mann und eine Frau saßen davor und tranken Kaffee. Als sie den Albaner sahen, standen sie auf und verneigten sich.

»Bist du der Boss hier?«, fragte Arnest.

Der Albaner erwiderte die Verbeugung lässig. »Ich bin, was immer ich sein will.«

»Meine Fresse, kannst du eine scheiß simple Frage nich' einfach mit Ja oder Nein beantworten?«

»So einfach ist das nicht«, sagte der Albaner und ging weiter. Rin folgte ihm. Die meisten Soldaten, die sie sah, lagen oder saßen auf ihren Feldbetten. Einige unterhielten sich durch aufgezogene Vorhänge, manche trugen V-Specs oder geschlossene VR-Helme, in denen Spiele liefen. Alle standen auf und verbeugten sich, sobald sie den Albaner bemerkten.

Ihre Schlafplätze waren aufgeräumt, fast schon steril. Rin sah keine Fotos an den Wänden, keine Poster an den Spinden, keine Erinnerungsstücke, nicht einmal Aufkleber oder Hologramme. Automatisch dachte sie an Aucklands unpersönliche Kabine.

Sie bemerkte, dass er zu ihr aufgeschlossen hatte, und hob den Kopf. »Sie könnten sich auf der ganzen Insel ausbreiten, aber sie drängen sich hier zusammen wie Rekruten während der Ausbildung.«

Er hob die Schultern. »Wir sind nicht an Privatsphäre gewöhnt. Die meisten von uns empfinden es als unangenehm, allein zu sein.«

Wir. Uns, dachte Rin. *Lass dich nicht manipulieren.* »Das trifft auf dich aber nicht zu«, sagte sie und dachte daran, dass Auckland meistens allein aß und noch nie an Kiplings Spiel- oder Filmabenden teilgenommen hatte. Sogar Ama'Ru bemühte sich um mehr soziale Interaktion als er.

»Ich habe euch eingeladen, auf der *Eliot* zu bleiben, anstatt allein weiterzufliegen, oder?«

»Das heißt nicht, dass du wie sie bist«, sagte Rin mit einem Blick auf zwei Soldaten, die in identischer Haltung auf ihren Betten saßen und lasen.

Auckland antwortete nicht. Stattdessen wandte er sich an den Albaner: »Es scheint niemanden zu überraschen, dass du hier bist. Könnt ihr das Sonnensystem verlassen, wann ihr wollt?«

»Eine Weile konnten wir das. Wir hatten ein Patrouillenschiff der Jockeys abgeschossen, das die Codes für das Waffensystem enthielt. Damit bin ich nach Scania geflogen, aber es wurde dort von den Jockeys konfisziert. Ich hatte gerade noch Zeit, die Codes zu kopieren, sonst wäre unsere kleine Konfrontation mit der Verteidigungsanlage nicht ganz so glimpflich verlaufen.«

Sie erreichten das Ende des Schlafsaals. In der sandfarbenen Mauer befand sich eine Stahltür. Einsnull und Gremlin nahmen rechts und links davon Aufstellung, der Albaner öffnete sie und trat ein. Mit einem Fingerschnippen schaltete er das Licht ein.

Rin blieb unwillkürlich im Türrahmen stehen. Der Raum vor ihr erstreckte sich über die gesamte Breite der Halle. Bastmatten bedeckten den Boden. Auf einem Podest an der linken Seite, das von einem goldfarbenen, geschnitzten Holzgeländer umgeben war, lag ein Futon. An den Wänden hingen bunte, sich unablässig bewegende, holographische Bilder. Auf einem fiel Schnee auf den Gipfel des Fujiyama, auf einem anderen stürzte ein funkelnder Wasserfall in die Tiefe. Auf dem nächsten zogen goldene Drachen am Himmel ihre Kreise, die gesamte rechte Wand wurde von einem Bild eingenommen, das Bauern bei der Reisernte zeigte. Papierlaternen verströmten ein schummriges rotes Licht.

Das Zimmer erinnerte Rin an Asia-Märkte – eine Ansammlung von wahllos zusammengewürfeltem Kitsch und billigen gefälschten Antiquitäten.

»Ich war mal in ’nem Puff, der so aussah«, sagte Arnest. Er strich mit dem Zeigefinger über die Klinge eines Samuraischwerts, das neben ihm an der Wand hing, und hob beeindruckt die Augenbrauen. »Die haben uns da voll abgezogen. War aber trotzdem geil.«

»Gefällt euch mein Büro?« Der Albaner ging zu einem massiv aussehenden, schwarzen Schreibtisch, in den goldene und silberne Drachenfiguren eingelassen waren. Ein tiefroter Vorhang verdeckte das Fenster dahinter.

»Es ist … eigen«, sagte Rin, bevor Arnest oder Auckland antworten konnten.

Der Albaner lächelte und setzte sich auf einen schwarzen Holzstuhl mit hoher Rückenlehne. Er sah aus wie ein Superschurke aus einem alten Bond-Film. »Es spiegelt meine Persönlichkeit wider.«

»Das tut es nicht«, sagte Auckland. Er blieb auf der anderen Seite des Samuraischwerts stehen und schob die Hände tief in die Hosentaschen. »Es spiegelt nur deinen Wunsch wider, eine Persönlichkeit zu besitzen. Du bist wie Pinocchio. Du würdest alles dafür geben, ein echter Junge zu sein, aber das wird dir nie gelingen. Es macht dich nur erbärmlich.«

Der Albaner sah ihn an. Sein Gesicht blieb reglos, aber seine Hände umklammerten die Armlehnen des Stuhls, bis die Knöchel weiß hervortraten.

Arnest beugte sich zu Rin herunter. »Pinocchio ist der mit der Nase, oder?«, fragte er leise.

»Ja«, sagte sie ebenso leise.

Es wurde still. Auckland und der Albaner starrten sich an, der eine gelassen, der andere mit mühsam unterdrückter Wut. Dass Auckland direkt neben dem Samuraischwert an der Wand lehnte, war kein Zufall, dachte Rin.

Der Albaner seufzte und nahm die Hände so schnell von den Lehnen, als habe er sich verbrannt. »Würdet ihr gern wissen, warum ihr noch lebt?«, fragte er im Tonfall eines Kellners, der eine Bestellung aufnahm.

Er wartete nicht auf eine Antwort: »Wegen dir …« Er deutete mit dem Kinn auf Auckland. »… Browns Lieblingssohn.«

»Das bin ich nicht«, sagte Auckland.

»Nicht mehr, aber du warst es.« Der Albaner stand geschmeidig auf und trat vor den Schreibtisch. »Ich konnte mein Glück kaum fassen, als ich dich auf Scania sah.«

»Weshalb warst du dort?«, fragte Rin.

»Weil die Station einmal *BLS* gehörte und die Jockeys dort irgendetwas sehr Interessantes tun, für das sie Menschen brauchen.« Der Albaner nickte Arnest zu. »Unter anderem deinen Bruder.«

»Gib mir ein Schiff und ich klär das schneller, als du ›Ey, hatte dieses kleine Arschloch, das Lanzo verraten hat, nicht eben noch einen Kopf?‹ sagen kannst.«

»Alles zu seiner Zeit.« Der Albaner lächelte. Seine Wut war vergangen und er gefiel sich sichtlich in der Rolle des Erklärers. »Ich hatte Scania ursprünglich fast schon vergessen, wir hatten andere Probleme, aber dann erwähnte Brown die Station immer öfter in seinen Befehlen.«

»Woher willst du das wissen?«, fragte Auckland scharf.

»Er benutzt zur Kommunikation das alte *BLS*-Netz, wie du auch. Ein Algorithmus sorgt dafür, dass die Verbindung im Minutentakt umgeschaltet wird. Wir hatten bis vor einiger Zeit die Zugangsdaten zu einer davon. Wir bekamen zwar nur Bruchstücke der Unterhaltungen mit, aber es reichte, um ein paar Dinge herauszufinden. Unter anderem, dass du deine Mission abgebrochen hast, John. Warum?«

Auckland schwieg.

Der Albaner lächelte und fuhr fort: »Mittlerweile haben sie die Verbindung abgeschaltet, wahrscheinlich ist ihnen aufgefallen, dass jemand darauf zugegriffen hat. Nur noch unser kleines, internes Netzwerk läuft mehr schlecht als recht. Aber Brown plant etwas, so viel ist klar. Etwas Großes. Und ich will dabei sein.«

»Wieso?«, fragte Auckland.

»Weil das …« Der Albaner machte eine Handbewegung, die ganz Cockatoo Island einschloss. »… nicht genug ist. Wir haben mehr verdient. Wir sind die Spitze der Evolution, John, erste wie zweite Generation. Wir sollten über die Galaxis herrschen, nicht wie Ratten im Müll wühlen.«

Er ging um den Schreibtisch herum und legte die Hände auf die Rückenlehne seines Stuhls. »Ich weiß, dass Brown die zweite Generation für einen Fehlschlag hält. Aber mit deiner Hilfe können wir ihm beweisen, zu was wir in der Lage sind.« Er machte eine Pause. »Lass mich mit Brown reden, John. Er hat fast alle seine Leute verloren, aber hier steht eine ganze Armee, die bereit ist, ihm beizustehen. Er muss uns nur lassen.«

Rin sah Auckland an. Er musterte den Albaner fast eine Minute lang, dann griff er in seine Seitentasche und zog das alte schwarze Pad heraus. Zögernd strich er mit der Hand darüber. Der Bildschirm erwachte zum Leben.

»Wenn ich das tue«, sagte Auckland, »würde Brown euch befehlen, mich umzubringen. Er ist kein Mann, der ein Todesurteil zurücknimmt.«

Er denkt tatsächlich darüber nach. Rin war überrascht.

»Aber er ist ein Mann, der strategisch denkt, John.« Der Albaner klang aufgeregt. »Er hat wesentlich mehr von einer Armee als von einem Toten. Wenn du uns hilfst, werden wir euch verstecken, euch gehen lassen, was immer ihr wollt. Er wird dich nie finden. Und wenn wir erst mal wissen, was er plant …« Er lächelte. »Wie ich schon sagte: Er hat nur noch zwei Männer und hier sind über hundert. Was glaubst du, wer am Ende die Macht haben wird?«

Sein Blick glitt über Aucklands Gesicht. Was er dort sah, schien ihm zu gefallen. »Komm zu uns, John. Du musst vor niemandem mehr weglaufen, nicht vor Brown und nicht vor den Jockeys.«

»Aber wir schon, oder was?«, fragte Arnest. Rin stieß ihn an.

Auckland neigte den Kopf. »Klingt vernünftig.« Er drehte das Pad mit dem Bildschirm zu sich, betrachtete es einen Moment – und dann warf er es mit aller Kraft auf den Boden. Mit einem Tritt zertrümmerte er den Bildschirm, mit dem zweiten zerbrach auch die Rückseite. Plastiksplitter und kleine Metallteile flogen durch die Luft. Auckland trat ein halbes Dutzend Mal zu, dann richtete er den Blick auf den Albaner und schob die Hände wieder in die Hosentaschen. »Ups.«

Arnest lachte so laut, dass Rin zusammenzuckte.

Die Rückenlehne des Stuhls zerbrach unter dem Griff des Albaners.

10

Mariana Gonzales hatte sich umgezogen. Das fiel Kipling als Erstes auf, als sie aus der *Snowball in Hell* auf den Parkplatz trat. Sie trug nun ein bodenlanges, leicht griechisch wirkendes Kleid in einer fast weißen Farbe, die Kipling als #FFFFCC eingeordnet hätte. Ihre Haare hatte sie zu einer komplizierten Frisur aufgetürmt und sie trug hochhackige, offene Schuhe. Umgeben war sie von ihren üblichen Schlägern, darunter natürlich auch Gustav, der wenigstens den Anstand besaß, eine neue Uniform anzuziehen. Die Knöchel beider Hände waren bandagiert.

»Wandelt im Licht«, rief Gonzales ihren Anhängern zu. Viele antworteten im Chor, doch manche standen nur mit geschlossenen Augen da und ließen die Sonne auf ihr Gesicht scheinen. Kipling verstand, wie sie sich fühlten.

Er wandte sich von Gonzales ab und betrachtete die Zäune. Er sah keinen Hinweis auf Zombies, keine Stofffetzen am Stacheldraht, keine Leichen auf der anderen Seite, nichts. Auf dem Parkplatz standen insgesamt vier Autos. Er ging zum ersten und warf einen Blick hinein. Es war aufgeräumt und sauber.

»Was tust du da?«, fragte Ama'Ru.

Kipling versuchte, die Fahrertür zu öffnen, aber sie war verschlossen. »Ich will herausfinden, welche Probleme wir bekommen werden«, sagte er, während er sich bereits auf den Weg zum nächsten Wagen machte. Die Wachen hatten zwar den Parkplatz nach Zombies abgesucht, aber er bezweifelte, dass sie weiter gedacht hatten.

»Ein sauberes Auto wie das gerade weist daraufhin, dass jemand es hat stehen lassen und nicht zurückgekommen ist. Ein zugemülltes oder vollgestopftes würde auf jemanden schließen lassen, der fliehen wollte, feststellte, dass die Straßen unpassierbar sind, und sich entschied, das Chaos im Auto auszusitzen. Vielleicht haben die Zombies ihn draußen beim Pinkeln erwischt, vielleicht ist etwas anderes passiert. Ein echtes Problem wäre …« Er hielt inne, als er neben der Fahrertür der großen Elektrolimousine stehen blieb. »Oh, scheiße.«

Der Kopf der Gottesanbeterin tauchte neben seinem auf. »… ein blutbefleckter Fahrersitz in einem sonst leeren Fahrzeug?«, fragte Ama'Ru. »Würde das bedeuten, dass jemand, der bereits verletzt war, Schutz in dem Gebäude hinter uns gesucht hat?«

Kipling nickte. »Das hast du ziemlich gut erkannt.« Er drehte sich um. »Ich sage den Wachen Bescheid.«

Gonzales musste sich ihren Weg durch die Menge bahnen, deshalb hatte sie den Eingang gerade erst erreicht, als Kipling zu ihr stieß. Er tippte einer Wache auf die Schulter.

»In dem Gebäude ist wahrscheinlich mindestens ein Zombie«, sagte er.

Der Mann lächelte. »Der Herr hat uns so weit gebracht. Er wird uns nicht an einem Zombie scheitern lassen.«

»Sag's einfach nur den anderen, okay?« Zu seiner Erleichterung nahm der Mann das Mikrofon seines Funkgeräts und sprach hinein. Kipling wandte sich von ihm ab und trat einen Schritt zurück. Er musste sich auf die Zehenspitzen stellen, um über die Menge hinweg Gonzales zu finden. Sie hatte fast alle Menschen, die in der Flotte lebten, nach unten gebracht, insgesamt über fünfhundert. Eine Notbesatzung war an Bord der *Destination Moon* geblieben, unter anderem auch Daniel und Swanson. Gonzales hatte sie damit für »fehlende Frömmigkeit und Feigheit« bestrafen wollen, aber beide hatten nicht sonderlich bedrückt gewirkt. Selbst Kipling hatte nicht zur

Erde fliegen wollen, doch nun, da er die Luft einatmete und die Sonne auf seiner Haut spürte, erkannte er erst, wie sehr er sie vermisst hatte.

Er schüttelte den Kopf, als Gonzales theatralisch die gefalteten Hände zum Himmel erhob, und dann die Finger auf das Touchpad neben der vergitterten Tür legte. Der Absender der verschlüsselten Nachrichten musste ihr die Kombination verraten haben, die sie nun eingab. Kipling fragte sich, zu was für einem Gebäude er sie geführt hatte. An der Fassade konnte er weder einen Namen noch ein Logo erkennen. Trotz des stetig heller werdenden Sonnenlichts wirkte es düster und gedrungen, beinahe wie ein Tier, das auf der Lauer lag.

Meine Fantasie geht mit mir durch, dachte Kipling. *Reizüberflutung.* Er war nicht mehr an die Farben gewöhnt, das Summen der Insekten, das Zwitschern der Vögel und die weite Landschaft, die sich rund um den Parkplatz ausbreitete. Sein Gehirn war damit überfordert.

Es piepte laut, dann fuhr das Gitter vor dem Eingang hoch und verschwand in der Wand. Die Menge jubelte und drängte sich dichter zusammen.

»Die Wachen gehen zuerst rein!«, rief Gonzales. »Sie müssen das Gebäude sichern.«

So ganz schien sie ihrem verschlüsselten Gott doch nicht zu trauen. Kipling wandte sich ab und ging zu Ama'Ru, die ein Stück entfernt stehen geblieben war. »Das wird eine Weile dauern«, sagte er.

Sie neigte den Kopf. »Du musst nicht bei mir bleiben. Geh ruhig zu deinem Volk.«

Er hob die Augenbrauen. »Diese Idioten? Das ist nicht mein Volk. Ich fühle mich bei denen genauso fremd wie du.« Nach einem Blick auf die Gottesanbeterin fügte er hinzu: »Na gut, vielleicht nicht ganz so fremd.«

Ama'Ru lachte dieses seltsam klare Lachen. Er hörte es gern.

Vor dem Gebäude begannen einige Menschen zu singen und nahmen sich bei den Händen. Sie hatten die erste Strophe des Liedes, dessen Text er nicht verstand, noch nicht beendet, da verließen Gustav und eine Handvoll Wachen bereits wieder das Gebäude.

»Alles leer!«, rief Gustav.

Geil gesichert, dachte Kipling. In der kurzen Zeit konnten die Wachen mit etwas Glück das Erdgeschoss überprüft haben, aber nicht die oberen Stockwerke. Der Menge schien das nicht klar zu sein. Sie strömte hinter ihrer Prophetin ins Gebäude. Schließlich blieben nur noch einige uniformierte Männer und Frauen übrig, die rund um den Eingang Aufstellung nahmen. Ein Mann winkte Kipling zu. »Kommt rein«, rief er.

»Nein, danke«, rief Kipling zurück. »Wir bleiben lieber draußen.«

»Das war keine Bitte!«

»Wir sollten sie nicht verärgern«, sagte Ama'Ru und ging los. Kipling folgte ihr mit einem mulmigen Gefühl im Magen. Der Anblick des blutbesudelten Fahrersitzes stand wie eine Warnung vor seinem geistigen Auge.

Der Empfangsbereich des Gebäudes unterschied sich kaum von seinem Äußeren: gedeckte Farben, Metall und Glas. Auf der linken Seite stand eine lange Theke aus matt glänzendem Stahl, dahinter sah Kipling zwei einfache Bürostühle. Über ihnen an der Wand hingen einige veraltete, billige Monitore. Rechts hinter dem Eingang standen einige Ledersofas, davor ein gläserner Couchtisch. Es lag nichts darauf, keine Magazine, keine Prospekte. Vier Fahrstühle, zwei auf der rechten, zwei auf der linken Seite führten nach oben, ungewöhnlich viele für ein recht kleines Gebäude. Daneben führte je eine Tür ins Treppenhaus. Die Fluchtwegschilder, die darüber hingen, waren die einzigen Wegweiser, die Kipling entdecken konnte. Der Raum endete in einer grauen Wand. Er wirkte steril und unpersönlich.

Nichts wies daraufhin, dass sich hier Menschen vor dem Chaos da draußen versteckt hatten. Es lag ein wenig Staub auf den Oberflächen, doch ansonsten war alles sauber. Kein Blut, kein Dreck und keine Zombies.

Kipling blieb neben einer Wache stehen. »Will keiner von euch die Türen da hinten sichern?«

Die Frau hob die Schultern. »Wozu? Sie sind abgeschlossen. Ich habe noch nie einen Zombie gesehen, der Türen aufschließen kann.«

»Na, dann ist ja alles gut.« Kipling drehte sich zu Ama'Ru um. »Wir bleiben in der Nähe des Eingangs, okay?«

Sie nickte steif.

Die Menschen verteilten sich im Empfangsbereich. Gonzales setzte dazu an, auf den Couchtisch zu steigen, aber Gustav ergriff ihren Arm und hielt sie davon ab. Kipling unterdrückte ein Grinsen. Anscheinend traute er der Glasstärke nicht.

Gonzales sah sich einen Moment um, fand jedoch keinen adäquaten Ersatz. Also blieb sie neben dem Couchtisch stehen. »Meine Kinder«, sagte sie. »Lasset uns beten. Der Herr ist mein Hirte …«

Die Menge fiel in ihr Gebet ein. Die meisten schienen den Text nicht zu kennen, denn Kipling hörte nur undefiniertes Gemurmel, als er sich hinter die Theke zurückzog. Ama'Ru folgte ihm einige Meter und blieb stehen. »Ich möchte mir das anhören«, sagte sie.

Kipling nickte. Für sie musste die Szene exotisch sein. Soweit er wusste, gab es bei den Jockeys keine organisierte Religion, vielleicht sogar gar keine Religion. Er nahm sich vor, Ama'Ru danach zu fragen.

Hinter der Theke war er allein. Die Kabel der Monitore waren hinter grauen Leisten verborgen, die senkrecht nach unten führten und in ebenfalls grauen Metallschränken endeten. Kipling ging in die Hocke und öffnete eine Schranktür. Er hob die Augenbrauen, als er den Computer sah, an den die Monitore über einen Displayserver angeschlossen waren. Er war nur etwas größer als seine Hand. Ein kleines, dezent angebrachtes Logo wies ihn als ein Gerät der Marke *4R* aus. Die Firma hatte Hochleistungsrechner, die Tausende Dollar kosteten, hergestellt. Er hatte selbst ein paar davon besessen. Einen Moment lang dachte er wehmütig an seine Londoner Wohnung zurück. In seiner Vorstellung war sie so, wie er sie verlassen hatte, doch in Wirklichkeit war sie wahrscheinlich längst ausgebrannt oder geplündert worden. Das *große Feuer von London* war eine der letzten Katastrophen, die er vor seiner Flucht von der Erde auf Twitter miterlebt hatte. Er steckte den *4R* in die Hosentasche und schloss den Schrank. Äußerlich gab sich die Firma, zu der Gonzales sie geführt hatte, bescheiden, aber dieser Computer passte nicht ins Bild. Vielleicht würde Kipling in seinem Inneren ein paar Antworten finden.

Hinter ihm beendete Gonzales ihr Gebet und sprach nun über die »epische Reise, auf die der Herr sie geschickt hatte«. Mit keinem Wort erwähnte sie die *Eliot*.

Kipling hob den Kopf. Aus diesem Winkel konnte er die dünne Staubschicht erkennen, die die Monitore bedeckte. Darunter sah er Schlieren. Etwas hatte sich in sie eingebrannt.

Er stand auf und wischte den Staub mit dem Ärmel ab. Einzelne Körnchen tanzten im Sonnenlicht, das durch die Fenster fiel. Auf dem matten Display waren die eingebrannten Schlieren nun deutlich sichtbar. Drei Buchstaben standen dort in einem steif wirkenden, scharfkantigen Schriftzug.

BLS

»Ach du Scheiße«, flüsterte Kipling.

11

Das Gesicht des Albaners verzerrte sich. Arnest zögerte nicht. Das musste der Augenblick sein, auf den sie gewartet hatten. Er riss das Samuraischwert von der Wand und schleuderte es, ohne zu zielen, dem Albaner entgegen.

Es hatte als Ablenkung dienen und ihm die Sekunde Zeit verschaffen sollen, die er brauchen würde, um seine Waffe zu ziehen. Doch es bohrte sich mit einem reißenden, satten Geräusch in die Brust des Albaners.

Wie geil ist das denn?

Der Albaner taumelte zurück. Die Trümmer der Rückenlehne fielen ihm aus den Händen. Im gleichen Moment verschwand er.

»Habt ihr das –«, setzte Arnest an, aber Auckland zog ihn bereits mit sich.

»Weg hier!« Mit einem Sprung landete Auckland auf dem Schreibtisch. Er griff nach dem Pad des Albaners, Arnest und Rin schlossen zu ihm auf. Hinter der Tür warteten ein paar Dutzend dieser verdammten Roboter, der einzige Ausweg war das Fenster.

Arnest stieß sich ab. Erst, als er mit der Schulter voran auf den Vorhang zuflog, wurde ihm klar, dass er nicht wusste, ob sich dort überhaupt ein Fenster befand. *Scheiße, scheiße, scheiße …*

Der Vorhang hüllte ihn ein. Ein Widerstand, ein Knall, ein Splittern, dann hüllte kühle Nachtluft ihn ein. Hart schlug er auf dem felsigen Boden auf. Glas knirschte unter dem Vorhangstoff.

Er hörte, wie die Tür zum Puffzimmer aufgerissen wurde, und kam auf die Beine. Neben ihm landeten Auckland und Rin auf Gras und Scherben.

»Weiter«, sagte Auckland. »Raus aus dem Licht.«

»Ich bin nicht blöd!«, brüllte Arnest ihn an. Er zog seine Waffe und gab wahllos einige Schüsse auf das Fenster ab, um ihre Verfolger zu zwingen, in Deckung zu gehen. Dann rannte er hinter Auckland und Rin über den Platz. Niemand schoss auf sie, kein Suchscheinwerfer drehte sich in ihre Richtung.

Aus vollem Lauf schoss Auckland zwei der drei Lampen, die den Rand des Platzes beleuchteten, aus. Arnest zielte auf die dritte, brauchte jedoch zwei Schüsse, um sie zu zerstören. *Scheiße.*

»Da.« Rin zeigte auf eine Treppe zwischen zwei Baracken, die den Hügel hinaufführte. Arnest sah, dass Gestrüpp sie an einigen Stellen überwucherte. Sie würden dort weitaus schwerer zu treffen sein als auf dem offenen Platz. Ohne sich mit den anderen abzusprechen, lief er in ihre Richtung. Er hörte, wie Auckland und Rin ihm folgten.

Wieso schießen die Roboter nicht?, fragte er sich, als seine Stiefel auf die ersten Holzstufen schlugen. *Die Typen mit den bescheuerten Namen waren doch direkt hinter uns.* Er dachte kurz darüber nach, dann nahm er es einfach hin. *Es ist eben so.*

Im Zickzack führte die Treppe steil nach oben. Manche Stufen waren aus Holz, einige aus Metall, andere hatte man in den Fels geschlagen. Das Geländer bestand aus einem locker gespannten Strick. Dahinter fiel der Fels fast senkrecht ab.

Arnest duckte sich unter Zweigen und Dornen hindurch. Seine Waffe hatte er eingesteckt, um sich mit beiden Händen abstützen zu können. Immer wieder stolperte er in der Dunkelheit. Die unregelmäßigen Schritte hinter ihm verrieten, dass es Rin und Auckland nicht besser erging.

Er keuchte, als er den Hügelkamm erreichte. Vor ihm lag ein

eingezäuntes, überwuchertes Grundstück. Ein großes Holzhaus stand darauf. Es sah alt aus. Sein Dach war zur Hälfte eingestürzt, schwarze Balken ragten wie gebrochene Knochen heraus. Neben dem Gartentor hing eine Plakette, auf der irgendetwas stand. Arnest machte sich nicht die Mühe, es zu lesen. Er drehte sich zu den anderen um.

»Was jetzt?«

Rin stützte sich auf die Lehne einer Holzbank, die im hohen Gras stand. Die Wiese endete in einem Zaun, darunter sah Arnest einen Teil des Platzes und dunkles Wasser. Soldaten verteilten sich auf dem Platz und riegelten ihn ab. Anscheinend waren sie aus ihrer Starre erwacht. *War ja klar, dass das nicht ewig dauert*, dachte er.

Auckland trat neben ihn und sah hinaus in die Dunkelheit. »War jemand von euch schon mal in Sydney?«

Arnest hob die Schultern. »Keine Ahnung. Jede Stadt sieht gleich aus, wenn man im Dreck liegt und irgendwas abknallt.«

»Ich war ein paar Mal hier«, sagte Rin. »Nicht auf der Insel, aber in der Stadt.« Sie zeigte in die Dunkelheit. »Da hinten müsste der botanische Garten liegen. Die Bucht ist hier nicht breit, ein paar Hundert Meter vielleicht.« Sie wischte sich den Schweiß von der Stirn. »Aber selbst, wenn wir da rüberkämen, was dann? Wir würden in einer Stadt voller Zombies festsitzen.«

»Hatte ich schon, brauch ich nich' noch mal.« Arnest spuckte aus. »Ich sage, wir schnappen uns das Schiff, mit dem wir hergekommen sind, und verpissen uns.«

»Das Schiff ist der erste Ort, an dem sie uns suchen werden«, sagte Auckland.

»Sehen wir's uns doch erst mal an, okay?« Arnest drehte sich um und lief bereits den Weg hinunter, der am Rand des Felsens entlangführte. »Die Typen haben fünf Minuten gebraucht, um auf die Idee zu kommen, die Halle zu verlassen, vielleicht peilen sie das mit dem Schiff ja auch nicht.«

»Sie sind nicht dumm, nur ratlos.« Auckland und Rin schlossen zu ihm auf. »Der Albaner hat nicht verstanden, weshalb Brown gegen die zweite Generation war. Die Modifikationen waren ihm egal, aber es störte ihn, dass sie keine Führungsqualitäten besaßen. *BLS* war der Ansicht, dass die erste Generation zu eigenständig dachte und handelte. Das wollten sie korrigieren. Die zweite Generation wurde gezüchtet, um zu folgen, nicht um zu führen.«

»Der Albaner führt sie«, sagte Rin, während sie an einem alten Wasserturm vorbeiliefen. Daneben standen Baracken.

»Der Albaner ist eine Anomalie. Es war verantwortungslos von *BLS*, ihn am Leben zu lassen.«

Arnest grinste. »Und wer hat das geändert? Na? Wer?«

»Du hast unglaubliches Glück gehabt.« Auckland blieb am Rand des Felsens stehen. Sie hatten die andere Seite des Platzes erreicht. Ein Weg führte zu ihm hinunter. »Abgesehen davon glaube ich nicht, dass du ihn umgebracht hast. Aber du hast uns etwas Zeit verschafft.«

»Nur nicht genug«, sagte Rin. Auch Arnest sah, dass die *Fingertips* umstellt war. Eine Handvoll Soldaten ging dort auf und ab. Andere liefen bereits den Weg hinauf. Die Strahlen ihrer Taschenlampen tanzten über die Felsen.

»Verdammte Sch–«

Etwas fauchte. Arnest fuhr herum und riss seine Waffe aus dem Holster. Sein Zeigefinger berührte den Abzug, noch bevor er sah, was den Laut ausgestoßen hatte.

Zombies. Sie waren zu dritt. Zwei Frauen und ein Mann, alle uniformiert und halb verwest. Sie hingen in einigen Metern Höhe an der Wand einer kleinen Kapelle, die zwischen den Baracken stand. Jemand hatte ihnen zentimeterdicke, lange Eisenstangen in die Körper getrieben und sie dort festgenagelt. Sie zuckten und fauchten. Ihre Zähne schlugen laut aufeinander, ihre Hände griffen ins Leere.

»Was für eine kranke Scheiße ist das schon wieder?« Arnest ließ die Waffe sinken.

»Das dürften die kommandierenden Offiziere der zweiten Generation sein«, sagte Auckland. Er ließ die Soldaten, die den Pfad hinaufliefen, nicht aus den Augen. »Sie standen dem Albaner wohl im Weg.«

Ein Ruck schien durch ihn zu gehen, als habe er eine Entscheidung getroffen. »Versteckt euch. Ich lenke die Soldaten ab, damit ihr zum Schiff könnt. Wir treffen uns im botanischen Garten.«

»Was?« Arnest fiel es schwer, den Blick von den grotesk zappelnden Zombies über dem Buntglasfenster der Kapelle abzuwenden. »Du willst da rüberschwimmen?«

Auckland zog seine Waffe. «Hast du eine bessere Idee?«

»Das kannst du nicht schaffen, John. Das sind hundert gegen einen.«

»Er muss sie ja nicht alle umbringen. Und allein fällt er weniger auf.« Arnest zog Rin mit sich. Sie wehrte sich nur halbherzig. Ebenso wie er wusste sie, dass das Schiff ihre einzige Chance war, von der verdammten Insel herunterzukommen.

»Haltet euch bereit«, sagte Auckland. »Und –« Er brach ab.

»Und was?«, fragte Arnest.

»Nichts.« Auckland wandte sich ab und verschwand zwischen den Bäumen, die den Weg säumten. Sekunden später fiel der erste Schuss.

12

Schüsse. Rufe. Ein lautes Krachen. Die Soldaten, die den Weg hinaufgekommen waren, drehten um und liefen zum Platz hinunter. Rin schob die Zweige des Baums, hinter dem Arnest und sie sich versteckt hatten, zur Seite. Sie konnte Auckland nicht sehen, aber sie nahm an, dass er den Lärm verursachte.

Das wird nicht gut gehen, dachte sie. Im Gegensatz zu den Soldaten kannte er sich auf der Insel nicht aus. Es war kaum vorstellbar, dass er ihnen entkam.

»Der kommt schon klar«, sagte Arnest, als hätte er ihre Gedanken gelesen. »Wenn einer versteht, wie diese Roboter denken, dann er.«

»Nenn sie nicht Roboter.« Der Begriff ging Rin auf einmal auf die Nerven. »Das sind Menschen.«

Arnest hob die Schultern. »Wenn du meinst.«

Die Soldaten, die das Schiff bewachten, richteten ihre Maschinenpistolen in die Dunkelheit. Sie wirkten angespannt, aber nicht nervös. Ab und zu wurden sie über Funk gerufen. Der Wind trug das Knacken der Verbindung und verzerrte, unverständliche Worte bis auf den Hügel.

»Glaubst du, dass die Infrarotsicht haben?«

»Arnest, hör auf mit dem Scheiß.« Rin ließ ihre eigene Anspannung an Arnest aus.

Er grinste. »Schon gut, hab dich nur verarscht.« Nach einer Pause fuhr er fort: »Also, ich würde Infrarotsicht einbauen. Das –«

Eine Explosion übertönte seine Worte. Rin duckte sich unwillkürlich, als ein Feuerball auf der anderen Seite des Platzes in den Himmel stieg. Brennende Trümmer rasten wie Geschosse über den Platz, bohrten sich in die Wände der Halle und ins Gras. Rin sah, wie die Soldaten ihnen mit unglaublichem Reaktionsvermögen auswichen. Kein einziger wurde getroffen. Ihr Blick glitt zurück zum Schiff. Die Wachen liefen los, nur zwei von ihnen blieben stehen.

»Los!«, rief Rin über das tosende Feuer hinweg. Sie sprang auf und zog ihre Waffe. Die Flammen erhellten den Platz, aber nicht den Weg, der hinunterführte. Er lag im Schatten des Hügels.

Kleinere Explosionen erschütterten den Fels unter Rin, während sie den Weg hinunterlief. Sie nahm an, dass es Auckland gelungen war, einen der Treibstofftanks, von denen der Albaner gesprochen hatte, in die Luft zu jagen. Eine bessere Ablenkung konnten sie sich nicht wünschen.

Vielleicht schaffen wir es ja doch, dachte sie. *Und zwar alle.*

Arnest berührte ihren Arm. »Warte mal.« Er zeigte auf die beiden Soldaten neben dem Schiff. »Kannst du den Linken von hier oben treffen?«

»Ich denke schon«, sagte Rin zögernd. Sie schätzte, dass die Männer rund siebzig Meter entfernt waren. Auf sechzig Meter traf sie auf dem Schießstand verlässlich, größere Entfernungen hatte sie nur selten versucht.

»Ich kann nicht beide abknallen.« Arnest zielte beidhändig durch das Gestrüpp. »Du weißt ja, wie scheißschnell die sind.«

Rin legte ebenfalls an. Eine Windböe wehte ihr Blätter ins Gesicht. Sie rochen nach Eukalyptus.

»Drei«, sagte Arnest. »Zwei …«

Rin fuhr sich mit der Zunge über die Lippen. Ihr Zeigefinger berührte den Abzug.

»Eins …«

Aus den Augenwinkeln sah sie, wie Arnest neben ihr langsam ausatmete. »Null.«

Sie zog den Abzug durch. Die beiden Schüsse, Arnests dunkler, dröhnender und ihr heller, scharfer, vermischten sich. Nur Sekundenbruchteile konnten zwischen ihnen liegen. Der rechte der beiden Soldaten wurde herumgerissen und gegen die Schiffswand geworfen. Der linke sackte lautlos zusammen.

»Nicht schlecht«, sagte Arnest, während er sich umdrehte und weiterlief.

Rin atmete auf und folgte ihm. Sie erreichten den Fuß des Hügels und liefen geduckt über den Platz. Die Soldaten auf der anderen Seite der Halle riefen sich gegenseitig Befehle zu, doch auf ihrer Seite war es ruhig.

Sie blieb neben den toten Soldaten stehen. Beide waren in die Brust getroffen worden, die Finger des einen zuckten bereits. Rin richtete die Pistole auf seine Stirn, aber Arnest drückte ihre Hand herunter.

»Sollen die doch die Drecksarbeit erledigen«, sagte er. »Lenkt sie vielleicht von Auckland ab.«

Gute Idee. Rin steckte die Waffe ein und öffnete mit einem Knopfdruck die Rampe, die in die *Fingertips* führte. Das Licht im Inneren ging automatisch an und erhellte durch die Cockpitfenster den Platz. Arnest fluchte.

»Das haben wir gleich«, sagte Rin. Sie lief durch den Passagierbereich zum Cockpit und ließ sich in den Pilotensitz fallen. Die Instrumente des Shuttles waren ihr vertraut. Es war ein Standardmodell, das leicht modifiziert militärisch und zivil genutzt wurde. Rin schaltete die gesamte Innen- und Außenbeleuchtung der *Fingertips* mit ein paar Befehlen ab.

Arnest setzte sich neben sie und sah aus dem Fenster auf den Platz. Die Rampe schloss sich mit einem hydraulischen Zischen.

»Alles ruhig«, sagte er.

Rin schaltete den Antrieb ein und zog an beiden Joysticks.

Die *Fingertips* reagierte sofort und stieg auf. Sie war ein wendiges kleines Shuttle, das sich mit kleinsten Gesten steuern ließ, kein Vergleich zu der behäbigen, riesigen *Eliot*. Der Gedanke versetzte Rin einen Stich. Sie sah auf einmal Kipling, Lanzo, Ama'Ru und Auckland vor sich.

»Wir werden sie nicht im Stich lassen«, sagte sie, obwohl Arnest nicht wissen konnte, wovon sie sprach.

Aber er überraschte sie. »Keiner hat gesagt, dass wir das werden.«

Sie ließen die Insel hinter sich. Rin schaltete die Infrarotkamera ein und übertrug ihr Bild an den Monitor, der zwischen ihr und Arnest in der Konsole saß. Einen Moment sah sie das schwarze Wasser der Bucht, dann flog die *Fingertips* auch schon über Land. Rin bremste das Schiff ab und brachte es bis auf zwanzig Meter an den dunklen Boden heran. Die Silhouetten hoher Bäume zeichneten sich vor dem Nachthimmel ab.

»Wir müssen die Scheinwerfer einschalten«, sagte Rin. Sie ahnte, dass Arnest das nicht gefallen würde. »Sonst wird Auckland uns nicht finden.«

»Ja, ja, schalt die Scheiße ein.«

Sie warf ihm einen kurzen, überraschten Blick zu. »Kein Widerspruch?«

»Wozu?« Er kratzte sich am Kopf. »Er hat uns den Arsch gerettet, jetzt retten wir ihm den Arsch. Und wenn die Rob… die Typen uns abschießen, dann ist es halt so. Scheiß drauf.«

Rin lächelte unwillkürlich. Arnest konnte eine Situation gelegentlich sehr gut auf den Punkt bringen. Sie schaltete die Scheinwerfer ein. Die beiden Lichtkegel rissen den Park aus der Dunkelheit.

»Scheiße!« Arnest prallte zurück. Rin zuckte zusammen.

Es waren Tausende. Sie drehten ihre Köpfe mit den trüben Augen ins Licht und streckten die Klauen nach dem Schiff aus. Rin konnte ihr Fauchen nicht hören, aber sie sah, wie sich halb verweste Münder öffneten und sich Gesichter verzerrten.

Rin drehte die *Fingertips* langsam, doch das Bild blieb dasselbe. Dicht gedrängt standen die Zombies auf den Wegen und Wiesen, unter Bäumen und in Teichen. Einige Hundert schlurften zur Bucht hinunter. Wahrscheinlich wurden sie vom Lärm der Explosionen und Schüsse angelockt.

»Das ist ein Schwarm«, sagte Rin. Ihr Mund war so trocken, dass sie kaum sprechen konnte.

Arnest fuhr sich mit der Hand über das kurz geschorene Haar. Dann sah er sie an. »Mach die Scheinwerfer aus.«

»Was?« Rin schüttelte den Kopf. »Wenn wir ihn direkt am Strand abfangen –«

»Das Wasser ist voller verschissener Zombies!«, schrie Arnest. »Der Strand ist voller verschissener Zombies. Alles ist voller verschissener Zombies. Und mit dem kack Scheinwerfer locken wir Auckland mitten in diese Scheiße rein. Also mach das verfickte Ding aus und steig auf, bevor uns die Arschlöcher da drüben für nichts und wieder nichts abschießen!«

Er hat recht. Rins Finger schwebte einen Moment über dem Display, dann berührte sie das Icon. Die Lichtkegel erloschen. Die Zombies verschwanden, zurückblieb die Schwärze der Nacht.

»Wir können ihn doch da unten nicht zurücklassen«, sagte Rin leise.

Arnest schwieg einen Moment, dann räusperte er sich. »Er kommt schon klar. Wir alle kommen immer irgendwie klar.«

Für Rin klang das wie ein Nachruf. Sie presste die Lippen zusammen und zog die Joysticks nach hinten. Die *Fingertips* stieg in den Nachthimmel.

13

»Psst … Ama'Ru.«

Ama'Ru drehte den Kopf. Sie sah Kipling, der ihr halb von der Theke verborgen, zuwinkte. Mariana Gonzales beschrieb immer noch die Befehle, die sie von ihrer Gottheit erhalten hatte und die Widerstände, gegen die sie sich hatte durchsetzen müssen, um diese Befehle auszuführen. Es faszinierte Ama'Ru, wie sehr Menschen sich an Hierarchien gebunden fühlten. Sie schienen einen Großteil ihrer Zeit damit zu verbringen, diese Leiter entweder hochzuklettern oder herunterzustürzen. Gonzales hatte die oberste Sprosse erreicht und zumindest im Moment sah es so aus, als würde sie sich dort eine Weile halten. Dass sie einen Weg zur Erde gefunden hatte, machte sie unantastbar.

Sie blieb neben der Theke stehen. Kipling rieb sich mit den Händen über die Oberschenkel. Ama'Ru bemerkte auf einmal, wie nervös er war. Das machte sie ebenfalls nervös.

»Was ist los?«, fragte sie leise.

»Ich weiß, wo wir sind.«

»Florida. Das hast du –«

Er unterbrach sie. »Nein, ich weiß *genau*, wo wir sind. Das Logo der Firma ist in die Monitore eingebrannt.«

Kipling sah sich um, als wolle er sicherstellen, dass niemand zuhörte, dann fuhr er noch leiser fort. Die *Andere* beugte sich vor, sonst hätte Ama'Ru ihn nicht verstanden.

»Wir sind im Gebäude von *BetterLifeSolutions*, der Firma, die –«

»Ich weiß«, sagte Ama'Ru. Nun sah auch sie sich um. Die *Andere* spürte ihre Nervosität und rieb die Hinterbeine aneinander. »Das ist kein Zufall.«

Kipling nickte. »Aber weiß Gonzales davon oder ist sie nur eine Schachfigur, die auf dem Brett herumgeschoben wird? Und warum sind wir hier?«

Ama'Ru schwieg einen Moment und dachte nach. Gonzales ließ in ihrer Rede gerade die Vergangenheit hinter sich und wandte sich der Zukunft zu.

»Warum sind wir hier?«, fragte sie. Kipling zuckte zusammen, als er seine Worte aus ihrem Mund hörte. Die Zuhörer, deren Aufmerksamkeit in den letzten Minuten deutlich nachgelassen hatte, legten ihre Pads und V-Specs beiseite und sahen auf.

»Warum sind wir an den Ort gekommen, den unsere Feinde unbewohnbar gemacht haben? Warum nenne ich ihn das Gelobte Land?«

Als Gonzales »unsere Feinde« sagte, warfen einige Menschen Ama'Ru kurze Blicke zu. Sie tat so, als bemerke sie es nicht.

Gonzales hielt inne. Es war vollkommen still im Raum. Sie genoss die Aufmerksamkeit und die Bewunderung, das sah Ama'Ru ihr an. Sie lebte dafür.

»Was genau meine ich mit Gelobtem Land?«, fuhr sie fort.

Kipling stöhnte leise. »Komm doch endlich zur Sache.«

»Jeder Ort, den Gott, der Herr, uns bereitet, ist das Gelobte Land. Er hat uns nicht hierhergeleitet, um uns den Toten zum Fraß vorzuwerfen. Er hat uns auserwählt. Er hat uns bei der Hand genommen und ist mit uns hierher, an diesen Ort gekommen. Er ist bei uns. Er –«

Ping.

Alle Köpfe wandten sich den Fahrstühlen zu. Kipling schluckte so laut, dass Ama'Ru es hören konnte. Knirschend öffneten sich die vier Fahrstuhltüren.

Einige Menschen standen auf. Gustav stellte sich schützend

vor Gonzales. Ein Mann machte einen zögernden Schritt auf die Fahrstühle zu und wich in der nächsten Sekunde zurück.

Skorpione schossen aus drei der vier Kabinen. Zwei von ihnen richteten sich auf und zischten laut. Der dritte lief zur Decke hinauf und blieb dort stehen. Die Jockeys, die in den Knochentaschen unter ihren Bäuchen saßen, trugen dunkle Helme, aber keine Waffen. Die Scheren und Giftstachel der Skorpione waren ihre Waffen.

Menschen schrien auf, die ersten rannten zur Tür und stolperten dabei über die, die gerade erst aufstanden. Ama'Ru zog Kipling hinter die Theke, bevor eine dicke Frau gegen ihn prallen konnte.

»Skorpione … scheiße, scheiße, scheiße.« Kipling fuhr sich mit beiden Händen durch die Haare. Er atmete schnell und hektisch. Nur einmal waren er und Ama'Ru einem Skorpion begegnet, an Bord der *Eliot*, als Ryn'Nel op Yrlem versucht hatte, Ama'Ru zu helfen. Ihn umzubringen, hatte sich als fast unmöglich erwiesen.

»Bleiben Sie ruhig!«, rief Gonzales über das Schreien und Poltern hinweg. »Bitte bleiben Sie ruhig. Es ist alles in Ordnung.«

Ama'Ru fragte sich, ob sie eingeweiht war oder nur eine Panik vermeiden wollte.

Die Skorpione bewegten sich nicht. Sie bildeten ein Dreieck, zwei am Boden, einer an der Decke. Als die Menschen bemerkten, dass sie nicht angegriffen wurden, ließen die Schreie nach. Einige liefen noch aus dem Gebäude, doch die anderen blieben unsicher stehen.

»Was ist hinter Tür Nummer vier?«, flüsterte Kipling.

Ama'Ru hörte schwere Schritte. Ein Mann verließ die Kabine. Im ersten Moment hielt Ama'Ru ihn für Auckland, doch dann sah sie, dass er viel älter war. Aber sein Körper war ebenso groß und hager, seine Bewegungen ebenso präzise, und als er zwischen den Skorpionen stehen blieb, sah sie, dass seine

Augen ebenso grau waren. Er trug Tarnkleidung und schwarze Springerstiefel.

»Guten Morgen«, sagte er mit harter Stimme. »Ich heiße Sie alle bei *BetterLifeSolutions* willkommen. Mein Name ist Brown.«

14

Auckland stand am Zaun. Über dem Park erloschen die Scheinwerfer der *Fingertips*. Hinter ihm brannte der Treibstofftank. Die Hitze des Feuers strich über seinen Rücken.

Er wusste, dass er die andere Seite der Bucht nicht erreichen würde. Er hatte es von Anfang an gewusst. Die Soldaten hatten den Platz längst abgeriegelt und rückten nun zum Treibstofftank vor. Jeder einzelne war schneller, stärker und besser bewaffnet als er.

Als die *Fingertips* mit dem Nachthimmel verschmolz, schob Auckland die Hände in die Hosentaschen und drehte sich um. Dutzende Mündungen richteten sich auf ihn. Der Soldat, der sich den Namen Einsnull gegeben hatte, stand an ihrer Spitze.

Wollte ich, dass es so kommt?, fragte sich Auckland. Er war sich nicht sicher, aber er dachte auch nicht weiter darüber nach. Er war angekommen, wo er hingehörte, ob beabsichtigt oder nicht.

»Ihr könnt mich nicht töten«, sagte er ruhig. »Was der Albaner braucht, ist in meinem Kopf.«

Wut und Verunsicherung blickten ihm aus den Gesichtern der Soldaten entgegen. Das Feuer warf zuckende Schatten über sie.

Einsnull trat vor. Auckland sah, wie er mit dem Kolben seiner Maschinenpistole ausholte – und dann nichts mehr.

TEIL 4

SCHIESS DOCH!

»Habt ihr je einen Jockey beten sehen? Nein? Ich auch nicht. Jockeys reden nie über Religion, was zu einer Reihe von Verschwörungstheorien geführt hat. Ich glaube den ganzen Unsinn nicht. Die Jockeys opfern keiner dunklen Gottheit Säuglinge und sie baden auch nicht bei irgendwelchen geheimen Ritualen in Menschenblut. Sie reden nie über Religion, weil sie Religion nicht verstehen. Sie haben keine Ahnung, weshalb Menschen das Bedürfnis verspüren, mit einer unsichtbaren Macht zu sprechen, die ihnen nur mit Schweigen antwortet. Die Angst, allein zu sein, ist ihnen fremd, denn sie sind nie allein. Manchmal wünschte ich, ich könnte ein paar Minuten lang ein Jockey sein, nur um zu erfahren, wie sich das anfühlt.«

– Nerdprediger Dan, *ASCII-Zeichen für die Ewigkeit*

1

Der Raum war leer und fensterlos. Auckland saß an der Mauer gegenüber der einzigen Tür, die Arme auf die Knie gestützt. Seine rechte Gesichtshälfte war blutverkrustet, er hatte Kopfschmerzen und Durst. Die Soldaten hatten ihm seine Armbanduhr abgenommen, aber er schätzte, dass er vor rund zwei Stunden zu sich gekommen war. Seitdem saß er in dem stillen kleinen Raum und wartete.

Auckland nahm an, dass er sich noch auf Cockatoo Island befand, doch sicher sein konnte er sich nicht. Die Mauern schluckten die Geräusche der Außenwelt. Er lehnte den Kopf an den kühlen Stein und schloss die Augen. Das Licht der Neonröhre, die den Raum erhellte, hinterließ ein gelbes Nachbild auf seinen Lidern. Rin und Arnest hatten es geschafft. Er hatte ihr Schiff in den Himmel aufsteigen sehen und er hoffte, dass sie nicht zurückkommen würden, um ihm zu helfen. Einmal hatten sie Glück gehabt. Ein zweites Mal würde das nicht passieren.

Es knirschte, als ein Schlüssel im Schloss der Tür gedreht wurde. Auckland öffnete die Augen und blinzelte. Tageslicht fiel von draußen herein. Er sah Gras und einige Eukalyptusbäume, dann trat Einsnull ein. Er hielt eine Maschinenpistole in den Händen und richtete sie auf Aucklands Kopf.

»Bleib sitzen«, sagte er.

»Ich glaube nicht, dass er etwas anderes vorhatte.«

Die Stimme des Albaners. Auckland hob die Augenbrauen. Er hatte damit gerechnet, dass der Albaner überlebt hatte, aber nicht damit, ihn so bald wiederzusehen. Das Samuraischwert, das Arnest nach ihm geworfen hatte, war bis zur Hälfte der Klinge in seine Brust eingedrungen. Es war kaum vorstellbar, dass er sich nur wenige Stunden später aus eigener Kraft bewegen konnte, doch das tat er. Er stand im Türrahmen und sah Auckland an. Seine Haut war zwar so weiß wie sein Haar und er stützte sich auf einen Stock, aber sein Blick war wach. Ein breiter weißer Verband bedeckte seine nackte Brust. Über seinen Schultern lag eine Armeedecke.

»Ihr habt mich überrascht«, sagte er.

»Das war unsere Absicht«, sagte Auckland, während er sich innerlich fragte, wie schnell die zweite Generation der genmodifizierten Soldaten heilte. *Was haben sie sonst noch mit euch gemacht?*

Der Albaner verlagerte das Gewicht. Der Schmerz der Verletzung grub tiefe Linien in sein Gesicht. »Ich hätte nicht gedacht, dass du diesem Trottel die Initiative überlassen würdest. Das war ein Fehler.«

»Dieser *Trottel* hätte dich beinahe umgebracht«, sagte Auckland. »Und ich habe ihm nicht die Initiative überlassen, er hat sie ergriffen. Du kannst dir nicht vorstellen, dass Menschen so etwas tun, weil keiner von deinen Leuten dazu in der Lage wäre. Dein Verhalten war kein Fehler, sondern Ausdruck des Willens unserer Schöpfer.«

Der Albaner sah ihn einen Moment lang an, bevor er antwortete: »Das wird nicht noch einmal vorkommen.« Seine Stimme klang gepresst. Ob Schmerz oder Ärger dafür verantwortlich waren, konnte Auckland nicht sagen.

»Wo wir gerade bei unseren Schöpfern sind«, fuhr der Albaner fort und wandte sich an Einsnull. »Was hat er zu dir gesagt?«

Einsnull nahm Haltung an. Die Reaktion wirkte instinktiv und Auckland glaubte nicht, dass er ihrer bewusst war. »Dass wir ihn nicht töten können, weil das, was du willst, in seinem Kopf ist.«

Der Blick des Albaners kehrte zu Auckland zurück. »Du hast das Pad zerstört.«

»Glaubst du, dass Brown die Kommunikation mit mir von einem einzigen Gerät abhängig machen würde? Hältst du ihn für so dumm?«

Es überraschte ihn, dass der Albaner einen Moment lang über die Frage nachdachte. »Nein«, sagte er dann. »Du verfügst also über eine Möglichkeit, mit Brown Kontakt aufzunehmen?«

»Ich werde darüber verfügen, sobald ich einige Dinge besorgt habe.«

Der Albaner stützte sich mit beiden Händen auf seinen Stock und beugte sich vor. Auckland sah die tiefen, dunklen Ringe unter seinen Augen. Die Verletzung forderte ihren Tribut.

»Ich verstehe dich nicht, John. Du hast dein Leben riskiert, um zu verhindern, dass ich mit Brown spreche, und jetzt willst du mir auf einmal dabei helfen? Warum?«

Auckland spannte sich an. Früher oder später hatte der Albaner die Frage stellen müssen und er wusste, dass sein Leben von der richtigen Antwort abhing. Einsnull richtete weiterhin die Maschinenpistole auf seinen Kopf. Ein Befehl und er würde abdrücken. Auckland würde weder der Kugel ausweichen, noch Einsnull angreifen können. Der Schuppen war zu klein und er zu weit von Einsnull entfernt.

»Warum?«, wiederholte der Albaner schärfer.

Auckland richtete seinen Blick auf ihn. »Ich war auf dem Hügel.«

Einsnull runzelte die Stirn, als verstünde er den Zusammenhang zwischen der Frage und der Antwort nicht. Doch der Albaner erkannte ihn sofort.

»Ich nenne ihn Golgatha«, sagte er. »Dorthin gehe ich, wenn ich über das Leben nachdenken will. Es ist ein sehr meditativer Ort.«

Auckland dachte an die drei toten Offiziere, die dort an die Wand einer Kapelle genagelt waren, die Klauen ausgestreckt, die Münder aufgerissen.

»Vielleicht habe ich da oben deshalb meine Meinung geändert«, sagte er. »Es spielt keine Rolle, ob du mit Brown sprichst oder nicht. Rede mit ihm und schmiede deine Pläne. Ist mir egal, denn ich werde dich töten, bevor du irgendwas davon umsetzen kannst.«

Einsnull blinzelte und sah den Albaner kurz an. Dessen Mundwinkel zuckten und dann kicherte er auf einmal, hell und laut, fast schon hysterisch. Minutenlang stand er so da, vor Schmerzen zusammengekrümmt, die Augen halb geschlossen, während sein Gelächter ihn wie ein Krampf schüttelte.

»Alles okay?«, fragte Einsnull. Er klang besorgt und ein wenig verstört. *Nachvollziehbar*, dachte Auckland. Er nahm an, dass der Albaner seinen Wahnsinn normalerweise besser unter Kontrolle hatte.

Der richtete sich ruckartig auf. Sein Lachen brach ab, als hätte man die Stummtaste an einer Fernbedienung gedrückt. Mit einer zitternden Hand wischte er sich die Tränen von den Wangen.

»Danke«, sagte er zwischen keuchenden Atemzügen. »Das hat gutgetan, wirklich gutgetan.« Er wandte sich an Einsnull: »Hilf ihm mit allem, was er braucht. Nimm ihn mit in die Stadt, wenn es sein muss. Er untersteht deiner Verantwortung.«

»Was?« Einsnull schien von der Aufgabe nicht begeistert zu sein. Er fing sich rasch und verneigte sich tief. »Ich danke dir für dein Vertrauen.«

»Gut.« Der Albaner sah Auckland an. Er schien etwas sagen zu wollen, lachte dann jedoch nur leise und schüttelte den Kopf.

Er drehte sich um und hinkte über den Platz davon. Zurückblieb Einsnull, der Auckland missmutig ansah.

»Und jetzt?«, fragte er.

Die Anspannung fiel von Auckland ab. Er lächelte. »Gehen wir einkaufen.«

2

Es war still auf der *Eliot*. Rin hatte mit der *Fingertips* an ihr angedockt und nun betraten sie und Arnest die Brücke. Reinigungsroboter hatten die Bierflaschen und Scherben, die Arnest zurückgelassen hatte, längst weggeräumt. Die Luft roch nach Alkohol und Zitrone. Anscheinend hatte die Klimaanlage vergeblich versucht, ein Mittel gegen den Geruch von verschüttetem Bier zu finden.

Die Konsolen, an denen Auckland und der Albaner gesessen hatten, waren noch immer beleuchtet, die Sitze zur Seite gedreht, als erwarteten sie die Rückkehr ihrer Benutzer. Kolonnen aus Zahlen und Buchstaben krochen über die Displays, ohne dass jemand hinsah. Der Halbkreis der südlichen Hemisphäre – endloses Blau, unterbrochen von schmalen weißen Wolkenbändern – bedeckte die Bildschirmwand.

Rin ging zum Pilotensitz an der Spitze der Konsolenreihen. Sie dachte an Auckland und hoffte, dass er nicht zu dem Park geschwommen war, wie sie verabredet hatten. Er musste gesehen haben, wie die *Fingertips* abhob und im Himmel verschwand, aber hatte er es *rechtzeitig* gesehen? Und selbst wenn, blieben ihm nicht viele Möglichkeiten. Zurück nach Cockatoo Island und dem Albaner oder weiter in eine von Zombies verseuchte Stadt.

Denk nicht daran. Du kannst es nicht ändern. Jedenfalls im Moment. Rin setzte sich und rief die Scanner auf. Die Bildschirmwand teilte sich und zeigte neben dem irdischen Halbkreis nun auch die Objekte in unmittelbarer Nähe der *Eliot*, Satelliten und Weltraumschrott. Ein Pop-up wies Rin darauf hin, dass wegen der energieaufwändigen Reparaturen, die das System mit seinen Robotern am Schiff durchführte, nicht alle Funktionen zur Verfügung standen.

»Was machst du da?«, fragte Arnest. Er stand unschlüssig im Raum, als wisse er nicht, ob und wohin er sich setzen sollte.

»Ich suche die *Moon*.« Rin erhöhte die Reichweite der Sensoren und filterte kleine Objekte aus den Suchergebnissen. »Gonzales ist uns garantiert zur Erde gefolgt. Ihre Anhänger erwarten schließlich, dass sie sie ins gelobte Land bringt. Wenn wir Kipling und Ama'Ru kontaktieren kön–«

»Lass den Scheiß.«

»Was?« Sie drehte den Kopf. Arnest stand mit vor der Brust verschränkten Armen neben der Treppe zur Galerie. Seine Muskeln wölbten sich unter dem schwarzen T-Shirt.

»Lass den Scheiß.«

»Ich hab verstanden, was du gesagt hast, nur nicht, was du damit meinst.« Ohne hinzusehen, bestätigte sie die Kalibrierung der Sensoren mit einer Wischbewegung ihrer Hand. Auf der Bildschirmwand tauchte das Wort SCANNING auf.

»Ey!« Arnest trat einen Schritt vor. »Das ist kein Witz. Hör mit der Scheiße auf.«

Rin sah das Funkeln in seinen Augen, die steilen Falten auf seiner Stirn. *Er wird wütend*, dachte sie. Der Gedanke löste ein Unbehagen in ihr aus, das ihr nicht gefiel. Seit fast einem Jahr lebte und arbeitete sie mit Arnest auf engstem Raum zusammen. Sie waren Freunde. Rin wollte keine Angst vor ihm haben.

»Was ist dein Problem?«, fragte sie ruhig. »Wieso willst du nicht, dass ich die anderen kontaktiere?«

Arnest kaute einen Moment lang auf seiner Unterlippe. Er schien seinen Einwand spontan ausgesprochen und nicht darüber nachgedacht zu haben. Er kratzte sich am Bauch, am

Hintern, legte den Kopf schief und räusperte sich. Rin warte geduldig. Die Scanner verrichteten währenddessen ihre Arbeit.

»Weil ...«, sagte Arnest schließlich und dann sprudelten die Worte aus ihm hervor wie Bier aus einer geschüttelten Flasche. »Weil wir dann irgendeinen Scheiß erfahren und losziehen, um die beiden zu retten. Und wenn wir das irgendwie auf die Reihe gekriegt haben, wird Ama'Ru rumnörgeln, dass wir den Ro... dass wir Auckland retten sollen. Dann preschen alle los wie die Gestörten, irgendwer landet in der Scheiße und der ganze Rotz geht von vorne los. Retten, Scheiße bauen, Retten, Scheiße bauen ... Und wer ist der Einzige, der nich' gerettet wird, um den sich keine Sau kümmert?«

Rin wusste, worauf er hinauswollte, aber sie ließ ihn ausreden.

»Mein verschissener Bruder!«

»Es stimmt nicht, dass wir uns nicht um ihn kümmern«, sagte sie, als Arnest mit trotzigem Gesicht den Mund schloss. »Der Albaner hatte versprochen, uns Informationen über Lanzo zu geben.«

»Ich hab ihm ein scheiß Schwert in die Brust geworfen. Er wird bestimmt nich' mehr so geil darauf sein, mir einen Gefallen zu tun – wenn er überhaupt noch lebt.«

»Dann müssen wir etwas anderes versuchen.« Rin hoffte, dass sich ihre Ruhe auf Arnest übertrug. »Dazu brauchen wir Kipling und Ama'Ru. Solange wir nicht wissen, wo Lanzo ist –«

Er unterbrach sie erneut: »Wir wissen, wo er war.«

»Ja, aber ...« Erst jetzt sah Rin seinen Blick und erkannte, was Arnest vor hatte. »Scania? Du willst, dass wir nach Scania springen?«

Er nickte.

Rin gab den Versuch, ruhig zu wirken, auf. »Bist du verrückt? Die Station ist voller Jockeys und du hast keine Ahnung, ob Lanzo noch da ist. Ganz abgesehen davon, dass wir das Waffensystem, das dieses Sonnensystem abriegelt, nur abgeschaltet und nicht zerstört haben. Was, wenn die Jockeys es wieder einschalten, während wir da draußen sind?«

Arnest hob die Schultern. »Dann zerstören wir es.«

»Mit welcher Flotte? Wir sind nicht mal annähernd gut genug bewaffnet, um dieses Monstrum in die Luft zu jagen.«

»Dann lassen wir es.«

Rin konnte sehen, wie jedes Argument, das sie Arnest entgegenwarf, abprallte. Er hatte seine Entscheidung getroffen und kein Einwand würde ihn davon abbringen. Einen Moment lang dachte sie darüber nach, sich zu weigern. Arnest konnte die *Eliot* nicht fliegen, er war auf sie angewiesen. Aber was dann? Im besten Fall würde er sie anschreien und frustriert in seiner Kabine verschwinden, doch im schlimmsten Fall würde er ihr drohen, bis sie nachgab. Das war eine Schwelle, die sie nicht überschreiten wollte. Noch trauten sie einander. Noch gehörte Rin zu dem kleinen Personenkreis, der Arnest nicht scheißegal war. Ein Wort konnte all das ändern.

Und dann sind wir so gut wie tot, dachte sie. *Ob wir nach Scania fliegen oder nicht.* Eines hatte Rin in den Monaten nach der Apokalypse gelernt: Nur Gruppen, die zusammenhielten und sich aufeinander verlassen konnten, überlebten. Auf der *Mishima* hatte sie alles getan, um diesen Zustand aufrechtzuerhalten, selbst Dinge, die sie für falsch gehalten hatte. Es war besser, einen Fehler zu begehen, als einen Freund zu verlieren.

Vorausgesetzt man überlebt den Fehler.

Arnest musterte sie schweigend. Rin schwang ihren Sitz zurück und schaltete die Scanner ab. Die Eingabemaske und das blinkende SCANNING verschwanden von der Bildschirmwand. Es blieb nur der Halbkreis der Erde.

»Wir fliegen?«, fragte Arnest. Er klang überrascht.

Rin nickte, während sie bereits die Sprungabfolge eingab. »Nächster Halt: *Scania*.«

Arnest lachte laut und dröhnend. »Scheiße, ich hätte nich' gedacht, dass du das mitmachst. Hammergeil, Rin. Echt hammergeil.«

Sie drehte den Kopf und sah sein breites Grinsen. Von einer Sekunde zur anderen hatte sich sein Auftreten komplett verändert. Er wirkte nicht mehr bedrohlich, nur glücklich und enthusiastisch.

Rin nutzte die Gelegenheit. »Aber wenn er nicht da sein sollte, fliegen wir sofort zurück. Ohne Widerworte. Ohne Streit.«

»Alles klar.« Arnest schien sich auf die Treppe setzen zu wollen, überlegte es sich aber anders und ging zu einer der dunklen Konsolen. »Aber er wird da sein, darauf verwette ich meinen Arsch.«

Und meinen, dachte Rin und drückte die Joysticks nach rechts. Schwerfällig drehte sich die *Eliot*. Die Erde verschwand von der Bildschirmwand und blieb hinter Rin zurück. Sie hatten keine Stunde dort verbracht.

3

Nur Brown verhinderte eine Panik.

Er stand aufrecht da, die Hände hinter dem Rücken verschränkt, den Blick nach vorn gerichtet. Er strahlte eine Autorität aus, die Kipling an George C. Scott auf dem Plakat von *Patton* erinnerte. Nur die riesige amerikanische Flagge im Hintergrund fehlte.

Die Ähnlichkeit zwischen ihm und Auckland war verblüffend.

Nein, nicht verblüffend, beabsichtigt, dachte Kipling im nächsten Moment. Brown hatte ihn nach seinem Abbild erschaffen.

Die drei Skorpione, die ihn an Boden und Decke umgaben, wirkten wie Hunde, die den Befehl ihres Herrn erwarteten. Kipling bezweifelte, dass dies der Wahrheit entsprach. Kein Jockey würde sich einem Menschen unterwerfen.

Der Anblick, den Brown und die Skorpione boten, reichte aus, um Gonzales' Anhänger zu beruhigen. Die meisten hatten sich zwar bis an den Eingang zurückgezogen, manche waren sogar auf den Parkplatz gelaufen, aber niemand schrie und es fiel kein Schuss.

Gustav hatte sich schützend vor Mariana Gonzales gestellt, doch die legte ihm nun eine Hand auf die Schulter und schob ihn beiseite. Kipling bemerkte den Blick, mit dem sie Brown musterte – bewundernd, aber auch nervös und unsicher. Es war klar, dass sie ihre »Prophezeiungen« von ihm bekommen hatte.

Kipling fragte sich jedoch, ob ihr Wissen darüber hinausging oder ob sie sich ebenso blind wie ihre Anhänger in diese Lage begeben hatte.

»Glaubst du, dass sie weiß, weshalb sie hier ist?«, fragte Ama'Ru leise und sprach damit seine Gedanken aus.

Er hob die Schultern. »Gute Frage. Aus dem Bauch raus würde ich sagen, nein.«

Ama'Ru neigte den Kopf und betrachtete seine Magenregion. »Wieso –«

»Spontan«, unterbrach Kipling sie. »Aus dem Bauch raus heißt spontan.«

»Danke für die Erklärung.« Idiome fielen Ama'Ru noch immer schwer. »Aus dem Bauch raus würde ich das Gleiche sagen.«

Sie drehte den Kopf und sah Gonzales an, aber die Gottesanbeterin machte die Bewegung nicht mit, sondern starrte weiter die Skorpione an, die sie seit ihrem Auftauchen nicht aus den Augen gelassen hatte. Kipling hatte ein solches Verhalten noch bei keinem Jockey beobachtet. Normalerweise bildeten Reiter und Tier eine Einheit. Doch Ama'Ru und ihre Gottesanbeterin waren anders.

Gonzales wandte sich an die Menge und riss Kipling so aus seinen Gedanken. »Es gibt keinen Grund zur Beunruhigung«, sagte sie.

»Ha ha.« Der Zwischenruf kam aus der Nähe des Eingangs, aber wer ihn gewagt hatte, war nicht zu erkennen. Gonzales ignorierte ihn.

»Gottes Wege sind oft unergründlich«, fuhr sie fort, »und ja, auch wahre Gläubige zweifeln in Momenten wie diesen.«

Sie zeigte auf die Skorpione. »Seht sie an. Sie könnten uns alle töten, sie könnten uns zerreißen und vergiften, aber das tun sie nicht. Und warum nicht?«

In der Eingangshalle von *BetterLifeSolutions* war es still

geworden. Die Menschen lauschten Gonzales angespannt und schweigend.

»Wegen dieses Mannes.« Ihr Zeigefinger mit dem grellrot lackierten Nagel richtete sich auf Brown. »Sie folgen seinem Befehl, so wie ihr dem meinen folgt und wir alle, ob Menschen oder Jockeys, ob wissentlich oder unwissentlich, den Befehlen Gottes folgen.«

»Unsinn«, flüsterte Ama'Ru. Kipling war sich nicht sicher, worauf genau sie sich bezog, aber er hakte auch nicht nach. Er wollte hören, was Gonzales noch zu sagen hatte.

Ihre Stimme nahm einen salbungsvollen, herablassenden Ton an. »Ja, auch die Jockeys sind Gottes Kinder und wenn sie sich ihm öffnen, dann liebt er sie wie all seine anderen Kinder. Diese Jockeys haben sich ihm geöffnet und –«

»Das sind Christen?«

Kipling zuckte zusammen, als Ama'Rus Stimme dicht neben seinem Ohr erklang. Alle Blicke richteten sich auf die Jockey und ihr Tier. Einige streiften Kipling. Er fühlte sich unwohl.

Gonzales blinzelte. Ihre Lippen wurden schmal. Sie war nicht daran gewöhnt, unterbrochen zu werden. »Sie können sie nennen, wie Sie wollen«, sagte sie scharf. »Gott ist auf der Seite der Gläubigen. Ihnen bedeutet weder Ihre Zustimmung etwas noch Ihr Hohn.«

Ama'Ru legte den Kopf schief und musterte Gonzales aus ihren großen, runden Augen. »Was bringt Sie darauf, dass ich eines von beiden mit meiner Frage ausdrücken wollte? Und warum beantworten Sie sie nicht? Sie ist doch recht simpel. Sind diese Jockeys Christen?«

Brown räusperte sich, bevor Gonzales antworten konnte. Sofort glitten die Blicke der Menschen zu ihm. Kipling kam sich vor wie in einem Zirkus mit mehreren Manegen. Sobald das Licht in der einen Manege erlosch, wandte sich die Aufmerksamkeit der Zuschauer der nächsten zu. Gonzales stand auf einmal im Dunkeln. Die Scheinwerfer richteten sich auf Brown. Sein strenges, hartes Gesicht verriet keinerlei Reaktion. Kipling konnte nicht erkennen, ob er die Aufmerksamkeit genoss, ablehnte oder als irrelevant einstufte. Gonzales wirkte jedoch einen Augenblick lang verärgert. Dann fing sie sich und lächelte.

»Ich glaube«, sagte Brown, »dass Gott der Erste wäre, der uns raten würde, auf religiöse Spitzfindigkeiten zu verzichten und uns auf das Wesentliche zu konzentrieren.«

»Richtig so!«, rief eine weibliche Stimme. Brown nickte in die Richtung, aus der sie gekommen war. »Danke für Ihre Unterstützung.«

Einige lachten. Brown reagierte nicht darauf. *Es ist ihm egal, was andere von ihm halten*, dachte Kipling, ohne den Blick von ihm zu nehmen. Er ahnte, dass sein Leben davon abhängen würde, diesen Mann richtig einzuschätzen.

»Sie müssen sich fragen, weshalb wir Sie hierhergebracht haben, weshalb Gott will, dass Sie alle hier sind.« Brown machte eine kurze Pause. »Zuerst einmal kann ich Ihnen versichern, dass Sie bei *BetterLifeSolutions* vollkommen sicher sind. Keine Zombies, keine Jockeys, die Sie zu den sogenannten Habitaten verschiffen wollen. Sie können hier in Frieden leben. Dies ist Ihr gelobtes Land.«

Die Erleichterung der Menschen war sichtbar und spürbar. Über ein Jahr lang waren sie gehetzt und vertrieben worden. Sie brauchten jemanden, der ihnen sagte, dass alles gut werden würde, selbst wenn dieser Jemand von genau den Wesen umgeben war, die für ihr Leid verantwortlich waren.

»Wandelt im Licht!«, rief Gonzales, die es anscheinend nicht ertragen konnte, nicht im Mittelpunkt zu stehen. Ein Chor antwortete ihr.

Eine Sekunde lang wirkte Brown ungehalten, dann fuhr er fort: »Sie werden den Boden rund um dieses Gebäude urbar machen und Felder anlegen. Mit dem Ertrag werden Sie nicht nur sich selbst, sondern auch andere versorgen, die in den nächsten Monaten eintreffen werden.«

Kipling hob die Augenbrauen, auch Gonzales wirkte überrascht. Anscheinend war ihr gelobtes Land nicht so exklusiv, wie sie es sich vorgestellt hatte.

»Diese Jockeys …« Brown zeigte auf die Skorpione an seiner Seite. »… sind unsere Freunde. Sie gehören zu einer Gruppierung innerhalb ihres Volks, die nicht mit der Behandlung der Menschen einverstanden ist. Deshalb haben sie beschlossen, uns zu helfen. Sie werden Menschen aus den Habitaten retten, hierherbringen und uns beim Ausbau unserer Basis unterstützen. Gemeinsam werden wir die Erde zurückerobern. Fragen?«

Er war weder ein guter, noch ein inspirierter Redner, trotzdem sah Kipling die Hoffnung in den Augen der Menschen. Die meisten von ihnen hatten seit Omega ein deutlich entbehrungsreicheres Leben als er geführt. Die Sehnsucht nach einer besseren Zukunft war alles, was ihnen geblieben war.

Ama'Ru hob die Hand. Kipling hätte sie am liebsten nach unten gedrückt, aber Brown hatte die Geste bereits bemerkt.

»Ja?«, sagte er.

»Sind diese Jockeys Christen?«

Einige Menschen stöhnten. Kipling hätte das ebenfalls beinahe getan. Die Frage erschien ihm wie eine sinnlose Provokation.

Brown musterte sie aus grauen Augen, die wie Aucklands aussahen. »Wieso fragen Sie mich und nicht sie? Sonst noch Fragen?«

Er wartete nicht einmal eine Sekunde, bevor er sich umdrehte und zu den Fahrstühlen ging. Die Skorpione folgten ihm. Alle vier Türen öffneten sich. Die Skorpione verschwanden in drei von ihnen, vor der vierten blieb Brown stehen. Ohne sich umzudrehen, sagte er: »Mister Jonnessey, Ama'Ru en Rahlyn od Fir, begleiten Sie mich bitte.«

Woher kennt er mich? Kiplings Mund wurde trocken. Die Gottesanbeterin ging ohne zu zögern auf die Fahrstühle zu. Er folgte ihr nach einem Moment.

Gonzales trat vor. »Und was ist mit mir?«

Brown sah sie nicht an. »Sollten Sie nicht ein Dankgebet sprechen? Wie ich höre, legt Gott großen Wert auf solche Gesten.«

Er wartete, bis Kipling und Ama'Ru an ihm vorbeigegangen waren und den Fahrstuhl betreten hatten, dann drückte er auf einen der Knöpfe.

Die Türen schlossen sich. Im Hintergrund lief leise »Stairway to Heaven«.

4

Das Motorboot hüpfte über das Wasser. Auckland stand an der Reling und genoss den kühlen Fahrtwind auf seinem Gesicht. Die Sonne strebte ihrem Zenit zu. Es war kurz nach zehn Uhr morgens.

Sie waren zu viert auf dem kleinen Boot: Auckland, Einsnull, eine Frau mit kurz geschorenem schwarzem Haar und einem vernarbten Gesicht, die sich Barbie nannte, und ein blonder, kräftiger Mann namens Delta, der das Boot steuerte.

Sydney Harbour Bridge mit ihren elegant geschwungenen Eisenbögen glitt über ihnen hinweg. Tausende Vögel saßen auf den Geländern, grüne Schlingpflanzen breiteten sich von beiden Seiten langsam über die Brücke aus. Dann war das Boot hindurch und fuhr an den schwarz verkohlten Ruinen abgebrannter Lagerhallen vorbei.

»Kennst du die Stadt?«

Auckland drehte den Kopf und sah Barbie an, die sich neben ihm an die Reling lehnte. »Nein.«

»Ich auch nicht.«

Sie schien seine Verwirrung zu bemerken, denn sie fügte hinzu: »Ich meine, dass ich sie nur jetzt kenne, nicht früher. Das ist keine Stadt mehr, sondern ein Friedhof mit ein paar lebenden Toten.«

»Ein paar Millionen lebende Tote.«

»Ja.« Sie sah aufs Wasser hinaus. Wie alle an Bord trug sie schwarze Cargohosen, Springerstiefel, ein schwarzes Hemd und eine ebenso schwarze Weste mit innen liegender Funkverkabelung und einem Dutzend Taschen. Auckland hatte die Kleidung gefunden, als er aus der Dusche, in der er sich Blut und Schmutz abgewaschen hatte, getreten war.

Jetzt sehe ich aus wie sie, dachte er, *nur älter*.

Der Gedanke erinnerte ihn an etwas. »Was ist eigentlich mit den Zombies oben an der Kapelle?«

Barbie hob die Schultern. »Was soll mit ihnen sein?«

»Sie haben sich nicht selbst dort angenagelt.«

Sie lachte so leise, dass er es über den Lärm der Motoren nicht hören konnte. »Nein, das haben sie nicht. Du kannst dir bestimmt denken, wer das war.«

»Der Albaner?«

Sie nickte. »Die drei waren unsere Offiziere – Smith, Jones und Miller. Ihre richtigen Namen haben sie uns nie genannt. Ein ganzes Leben lang haben sie uns begleitet, aber wir haben ihnen nicht einmal so viel bedeutet, dass sie uns verraten wollten, wie sie wirklich heißen.«

Auckland dachte an Brown. »Wahrscheinlich standen sie unter einem entsprechenden Befehl.«

Barbie ging nicht darauf ein. »Sie führten das Kommando, als alles zusammenbrach und wir ausgeflogen wurden. Aber sie waren damit überfordert. Wenn wir nachts in unseren Kojen lagen, hörten wir, wie sie sich anschrien und stritten. Sie wussten nicht, was sie tun sollten. Sie trafen die falschen Entscheidungen und gaben die falschen Befehle. Wir haben ihretwegen gute Leute verloren.«

»Bis der Albaner eingriff.«

»Richtig. Eines Nachts ging er in ihre Zimmer und brachte sie nacheinander um. Keiner von uns hätte den Mut dazu gehabt, aber er tat es einfach. Er brachte die Leichen zur Kapelle und nagelte sie dort fest. Dann sagte er, dass wir das Recht hätten, ihn jederzeit neben sie zu hängen, wenn er uns so im Stich lassen würde wie sie.«

Aber das werdet ihr nicht, dachte Auckland. *Und das hat nichts mit Mut zu tun, sondern mit Genetik und Prägung.*

»Ich weiß nicht, ob er verrückt ist, nur, dass wir ohne ihn nicht überlebt hätten. Wir verdanken ihm alles.«

Auckland nickte und schwieg.

Jenseits der Bucht zogen die Hügel Sydneys vorbei. Von dem Feuer, das einen Teil des Hafens zerstört und eine schwarze Schneise in die Stadt gebrannt hatte, waren sie verschont geblieben. Sonnenlicht blitzte in den Fenstern mehrstöckiger Wohnhäuser. Nur die wild wuchernden Pflanzen verrieten, dass dort niemand mehr lebte.

Auckland musterte Barbie aus dem Augenwinkel. Zwei parallel verlaufende, tiefe Narben zogen sich über ihre linke Wange bis zum Kinn. Eine dritte Narbe an der Schläfe hatte ihr Auge nur knapp verfehlt. Er fragte sich, woher sie stammten.

Hinter ihm klirrte es laut. Einsnull hatte den großen Seesack, den er an Bord gebracht hatte, auf eine Bank gelegt und öffnete ihn nun. Er zog unterarmlange Macheten heraus, Pistolen und Munition.

»Wir sind gleich da«, rief er über den Motorenlärm hinweg, als er Aucklands Blick bemerkte. »Nimm dir, was du brauchst.«

Auckland hob die Augenbrauen. »Ihr gebt mir Waffen?«

Delta drehte sich zu ihm um. »Ist das ein Fehler?«

»Nein.« Auckland ging über das schwankende Deck zur Bank, nahm eine Machete, zwei Pistolen und eine Handvoll Magazine, die er in den Taschen seiner Weste verstaute.

»Lass uns was übrig«, sagte Barbie. Das letzte Wort dröhnte über das Wasser. Delta hatte den Motor abgeschaltet und steuerte das Boot nun lautlos auf eine kleine, in die Bucht ragende Anlegestelle zu.

»Wir wollen ja nicht die ganze Stadt auf uns aufmerksam machen«, sagte er, während er das Steuerrad drehte. Hinter halb eingestürzten Dächern konnte Auckland die muschelartigen Umrisse des Opernhauses erkennen. Die ehemals weiße Fassade hatte durch Ruß und Staub ein stumpfes Grau angenommen. Eine Plastikplane, die an einer Seite bereits eingerissen war, flatterte im Wind.

NICHT ANLEGEN!, stand in riesigen, verlaufenen Buchstaben darauf. *KEINE RETTUNG HIER!*

Das Boot drehte langsam bei. Mit einem Tau in der Hand sprang Einsnull auf den Steg und zurrte es an einem rostigen Eisenpfahl fest. Ein Ruck ging durch das Boot, als es gegen die Lkw-Reifen, die als Puffer dienten, gedrückt wurde.

Auckland sah sich um. Abfall und Trümmer trieben in dem künstlich angelegten rechteckigen Hafen. Die Masten einiger gekenterter Segelboote ragten aus dem Wasser. Rund hundert Meter entfernt war eine Fähre auf Grund gelaufen. Schatten bewegten sich hinter ihren schmutzigen Scheiben.

Vor Auckland ragten halb fertige Bürogebäude empor, Türme aus schwarzem Stahl und Glas. In eines war ein Kran gestürzt, der es von oben bis unten geöffnet hatte wie einen Reißverschluss. Überall waren Vögel. Zu Tausenden saßen sie auf Stahlträgern, Bäumen, Autos und Wiesen. Ihr Kot bedeckte den Asphalt und klebte an den Gebäuden, so als hätte jemand riesige Eimer mit weißer Farbe verschüttet. Die Luft war erfüllt von Krächzen, Zwitschern und Schreien.

Auckland sprang auf den Steg. »Wo kommen die ganzen Vögel her?«

Einsnull hob die Schultern. »Keine Ahnung, die waren schon da, als wir ankamen. Bei dem Lärm, den die veranstalten, müssen wir wenigstens nicht leise sein.«

Barbie und Delta verließen ebenfalls das Boot. Die Baustelle, die vor ihnen lag, endete in einer breiten Straße, die einen Hügel hinaufführte. Mehrere ausgebrannte Autowracks lagen auf der Seite und blockierten den Weg. Es sah aus, als hätten Menschen versucht, eine Barrikade zu errichten. Ein einzelner Zombie stand davor und starrte ins Nichts.

»Also, was genau brauchst du?«, fragte Einsnull und schob ein Magazin in seine Pistole.

»Einen WLAN-Router, entweder von der Firma Magic Connect oder von Megalan«, sagte Auckland. »Sollte es in jedem Hardware-Geschäft geben. Kennt ihr euch hier aus?«

»Ja.« Barbie steckte ihre Pistole in das Holster an ihrer Hüfte und nahm die Machete in die Hand. »Und hast du schon mal gegen Zombies in urbaner Umgebung gekämpft?«

Es klang herausfordernd, als wolle sie ihre Erfahrung und Überlegenheit herausstellen. Als Auckland nickte, fuhr sie fort: »Gut, dann weißt du ja Bescheid. Sackgassen meiden, nie allein ein Gebäude betreten, nur schießen, wenn es keine andere Möglichkeit gibt. Noch Fragen?«

»Nein.« Auckland steckte eine Pistole ins Holster und die zweite in seinen Hosenbund. Es waren leichte Waffen, Kaliber .22. Auf größere Entfernungen waren sie nicht sonderlich effektiv, aber im Nahkampf bevorzugte Auckland eine Waffe, deren Kugeln in den Körper eindrangen, aber nicht wieder austraten und zu Querschlägern werden konnte. Die Schlaufe der Machete schlang er sich ums Handgelenk. »Können wir?«

Barbie lachte. »Dann zeig uns mal, was die erste Generation so drauf hat.«

Sie übernahm die Führung, die anderen folgten ihr. Auckland fiel auf, dass es keine klare Hierarchie zwischen Einsnull, Delta und Barbie gab. *Nicht ungefährlich bei solchen Missionen*, dachte er. Vor der Barrikade blieben sie stehen. Barbie drehte sich zu Auckland um, lächelte und machte eine einladende Handbewegung, als wolle sie ihm den Vortritt lassen. Der Zombie, ein Mann mittleren Alters, der einen verdreckten und mit Vogelkot bedeckten Anzug trug, erwachte aus seiner Starre und fauchte.

»Bitte sehr«, sagte Barbie.

Auckland zuckte mit den Schultern, lief an ihr vorbei und sprang mit einem Satz auf eines der ausgebrannten Wracks. Es wackelte bedrohlich unter ihm. Rost und Asche rieselten zu Boden. Der Zombie streckte seine Arme aus. Sein teigiges Gesicht verzerrte sich. Auckland holte mit der Machete aus und schlug zu. Der Kopf des Zombies knackte, als er auf dem Boden landete und über den Asphalt bis zum Gehsteig rollte. Der Körper sackte zusammen. Das Blut, das sich langsam um ihn herum verteilte, war zähflüssig und schwarz.

Auckland wischte die Machete am Anzug des Zombies ab und ging weiter, ohne sich nach den anderen umzusehen. Einen Moment lang hörte er nichts außer dem Lärm der Vögel, dann knallten Stiefelsohlen auf Metall und Asphalt. Er lächelte.

5

Ein vertrautes Hintergrundsummen und sanftes Vibrieren erfüllte die *Eliot*. Bis zuletzt hatte Rin befürchtet, dass die Jockeys die Verteidigungssysteme wieder eingeschaltet oder zumindest Patrouillen geschickt hatten, um das irdische Sonnensystem erneut abzuriegeln, aber nichts davon war eingetreten. Sie hatten das Sprungtor ohne Zwischenfälle erreicht und waren nun auf dem Weg nach Scania.

Rin war allein auf der Brücke. Arnest hatte sich in seine Kabine zurückgezogen, um ein paar Stunden zu schlafen, und außer ihm war niemand mehr an Bord. Rin schaltete das Display ihrer Pilotenkonsole ab, legte die Füße hoch und zog ihr Pad aus der Tasche. Offiziell gab es seit dem Abschalten der Googlegates kein Internet mehr im Sonnensystem, aber der Albaner hatte trotzdem mit seinen Leuten am Boden kommunizieren können und auch Auckland schien ins Internet zu kommen – zumindest bis er sein Pad zerstört hatte.

Rin öffnete ein Chatfenster und wählte ihn, Kipling und Ama'Ru aus. Dann tippte sie ihre Nachricht ein.

›*Arnest und ich leben. Wir haben mit der* Eliot *das Sonnensystem verlassen. Arnest hat darauf bestanden, nach Scania zurückzukehren.*‹ Rin löschte den letzten Halbsatz und gab ihn neu ein. Es bestand die Gefahr, dass die Nachricht – sollte sie ihr Ziel je erreichen – von jemand anderem gelesen wurde. Sie wollte nicht zu viel verraten. ›*… bestanden, an einen Ort zurückzukehren, den ihr euch denken könnt. Er wollte nicht länger warten. Ich werde* *versuchen, euch auf dem Laufenden zu halten. Meldet euch, wenn ihr könnt. Alles Gute!‹*

Sie schickte die Nachricht ab. Ein Pop-up warnte sie, dass alle Empfänger offline waren. Sie schloss es und legte das Pad auf die Konsole. Nun konnte sie nur noch warten – auf eine Reaktion der anderen und auf das Ende des Sprungs.

Arnest konnte nicht schlafen. Er hatte alles versucht, sogar die ungeschnittene Fassung dieser sterbenslangweiligen Serie, die Kipling so geil fand und in der ständig irgendwelche Leute in Mittelalterklamotten herumstanden und redeten, hatte er sich angesehen. Kipling hatte eine Fassung für ihn zusammengeschnitten, die nur aus Kampf- und Fickszenen bestand. Die war deutlich interessanter, hätte aber beim Einschlafen nicht geholfen.

Schließlich setzte Arnest sich auf und schaltete das Licht ein. Auf seinem zerkratzten Pad unterhielten sich gerade zwei Männer, die ihm vage bekannt vorkamen, über irgendeinen Scheiß, den er nicht verstand. Er zog die kabellosen Kopfhörer aus den Ohren, schaltete die Folge ab und rieb sich mit beiden Händen übers Gesicht.

Ich hab eine scheiß Angst, dachte er, *deshalb kann ich nicht schlafen.* Es machte ihm nichts aus, sich das einzugestehen. Er konnte sich kaum daran erinnern, was er nach Lanzos angeblichem Tod getan hatte, aber wenn er sich konzentrierte, spürte er noch immer die Wut in sich, tief unten, eingeschlossen in ihrem Gefängnis. Wenn sie wieder ausbrach und Rin mit ihm allein war … *Wir finden Lanzo vorher. Nichts wird passieren.*

Er stand auf und zog seine Hose an. Seine Schritte hallten durchs Schiff, als er seine Kabine verließ. Es kam ihm auf einmal größer und dunkler vor. Der Fahrstuhl brachte ihn zur Brücke. Rin wandte ihm den Kopf zu.

»Schon ausgeschlafen?«

Er ließ sich in einen Konsolensitz fallen. »Ich kann nich' schlafen. Ich muss ständig an irgendeine Scheiße denken.«

»Ich auch.«

Arnest hob die Augenbrauen. »Echt? Was denn zum Beispiel?«

Rin nahm die Füße von ihrer Konsole und drehte sich zu ihm um. »Wo die anderen sind, wie es ihnen geht, was sie gerade machen. So was in der Art.«

Er versuchte, ihren Tonfall zu deuten. »Bist du angepisst, weil ich zuerst Lanzo finden will?«, fragte er, als das misslang.

»Ein bisschen.« Rin hob die Schultern. »Aber ihn hatte ich in ›die anderen‹ mit einbezogen. Du bist nicht der Einzige, der sich Sorgen um Lanzo macht.«

»Okay.« Arnest kratzte sich unter seinem T-Shirt am Bauch. »Wie lange noch bis Scania?«

»Ein paar Stunden.« Mit einer Geste aktivierte Rin das Display. Das bläuliche Licht erhellte ihr Gesicht. »Wir können *Tom und Jerry* sehen, wenn du willst.«

»Ja, klar, schmeiß an«, sagte Arnest und lehnte sich zurück. Die Rückenlehne seines Sitzes knarrte. »Aber nicht die Folgen mit dem Hund, die sind kacke.«

Rin nickte und ein paar Sekunden später prangte das alte Warner-Logo auf der Bildschirmwand. Arnest grinste, als Tom Jerry die Treppe hinunter ins Wohnzimmer jagte. Er lachte, als Jerry Toms Schwanz in eine Steckdose steckte und nach einem Moment lachte auch Rin.

In einer Ecke der Bildschirmwand lief der Countdown bis zur Ankunft auf Scania.

Wir kommen schon klar, dachte Arnest. *So wie immer.*

6
VIERZEHN MONATE ZUVOR

»Wir müssen hier weg.«

Lanzo stand von seinem Feldbett auf. Sand knirschte unter den Sohlen seiner Stiefel. Vor den fast blinden Kunststofffenstern fuhr ein Lastwagen vorbei und ließ die Wände der Baracke vibrieren.

Arnest gähnte. Er hatte sich auf seinem zu kurzen Feldbett ausgestreckt und surfte gelangweilt auf einer Pornoseite. *NICHTS IST ZU PERVERS!!!* verkündete die blinkende Überschrift, aber das einzig Perverse, was Arnest bisher gefunden hatte, waren die fünfzehn Dollar, die er für ein Monatsabo zahlen sollte. »Scheiß Abzocke«, sagte er.

Lanzo drehte sich zu ihm um. »Hast du mich verstanden? Wir müssen hier weg.«

Arnest legte das Pad beiseite und schob einen Arm unter den Kopf. Die Luft war stickig und heiß. Seit Tagen funktionierte die Klimaanlage nicht mehr. »Warum? Abgesehen von der scheiß Hitze läuft's doch gut für uns.«

Ihre Einheit war nach New Mexico versetzt worden, zur Bewachung einer Sicherheitszone rund hundert Kilometer von Santa Fe entfernt. Mehr als fünftausend Menschen hatten sich hierher nach *Camp Hope* geflüchtet. Es gab so viele dieser Sicherheitszonen, dass die amerikanische Regierung ihre Bewachung und Verwaltung an private Firmen hatte abgeben müssen, weil ihr weder ausreichend Soldaten noch Ressourcen zur Verfügung standen.

»Aber das wird nicht so bleiben«, sagte Lanzo. »Ein Schwarm und wir sind erledigt.«

»Na und? Ein Schwarm wird uns überall erledigen. Ist ja nich' so, als wären wir irgendwo sicher.« Und wenn er die Wahl hatte, dann stand er bis dahin lieber auf einem Wachturm und kratzte sich am Sack, als in irgendeiner beschissenen Stadt auf dem Bauch durch Leichenteile zu robben. Dublin, München, Kairo … er hatte genug davon.

»Vielleicht gibt es ja doch einen Ort, an dem wir sicher sind«, sagte Lanzo. Er sah sich um, als wolle er sicherstellen, dass der Schlafsaal außer ihnen leer war und niemand sie belauschte.

»Wo?«, fragte Arnest.

Lanzo richtete den Blick zur Decke.

Arnest runzelte die Stirn. »Auf dem Dach?«

Lanzos linkes Augenlid zuckte, dann sagte er ruhig: »Nein, nicht auf dem Dach. Ein wenig höher sollte es schon sein. Im All.«

Die Vorstellung war so albern, dass Arnest lachen musste. »Wie willst du denn ins All kommen? Hast du bei der Lotterie mitgemacht?«

Seit fast zwei Wochen lief weltweit eine Lotterie, die es einigen wenigen Menschen ermöglichen sollte, auf Transportschiffen ins All zu fliehen. Jeder, mit dem Arnest bisher gesprochen hatte – inklusive Lanzo – hielt das für eine Lüge, um die noch lebende Bevölkerung ruhig zu halten und Aufstände wie den *Blutmarsch von Madrid* zu verhindern.

Arnest schüttelte den Kopf. »Ich hätte nich' gedacht, dass du an so 'ne Scheiße glaubst. Die Schiffe sind längst voll mit Milliardären, da passen so Penner wie wir nicht mehr drauf.«

»Da hast du vielleicht recht, aber die Milliardäre fühlen sich ohne Penner wie uns nicht sicher. Ein paar von denen sitzen hinten in den Baracken und warten auf ihr Ticket aus der Hölle. Das ist unsere Chance.«

Nun setzte sich Arnest doch auf. Sein Interesse war geweckt. »Red weiter.«

Lanzo blieb vor ihm stehen. Wie immer war seine Offiziersuniform sauber und gebügelt. Nur die Schweißflecken unter den Armen verrieten, dass ihm ebenso heiß war wie Arnest. »Ein Shuttle ist auf dem Weg hierher, das weiß ich vom Major. Es soll ein Dutzend angebliche Lotteriegewinner zu einem Transporter im Orbit bringen. Wir werden an Bord sein, wenn es startet. Ich habe den ganzen Morgen darüber nachgedacht. Wir kriegen das hin.«

Wenn Lanzo stundenlang über einen Plan nachgedacht hatte, dann sah Arnest keinen Grund, an ihm zu zweifeln. Also stellte er die einzige Frage, die jetzt noch eine Rolle spielte: »Was soll ich tun?«

Lanzo lächelte. »Das, was du besser als jeder andere kannst. Leuten auf die Fresse –«

»Achtung, Einsatztruppen Bravo, Charlie und Oscar!« Die blechern klingende Stimme hallte aus den Lautsprechern des Schlafsaals. Arnest hörte ihr Echo draußen auf dem Platz. »Code Red. Finden Sie sich sofort an Treffpunkt zwei ein. Ich wiederhole …«

»Scheiße, das sind wir«, sagte Arnest, während er bereits aufsprang, seine Stiefel anzog, den Helm nahm und den Pistolengurt umschnallte. Sein Krummschwert steckte er in den Gürtel. Es verstieß gegen ein halbes Dutzend Regeln, aber das interessierte niemanden mehr.

»Code Red.« Lanzo schnallte sich ebenfalls seine Pistole und ein fast unterarmlanges Messer um. »Wir bleiben zusammen, egal was passiert, okay?«

Arnest nickte. Gemeinsam liefen sie aus der Baracke in das gleißende Sonnenlicht. Von allen Seiten strömten Soldaten heran. Sie trugen die unterschiedlichsten Uniformen und Waffen, bildeten aber rasch vier lange Reihen und nahmen

Haltung an, als Major Hernandez vor ihnen auf die Motorhaube eines Jeeps stieg. Er setzte ein Megaphon an den Mund.

»Es ist so weit, Leute«, sagte er mit klarer, dunkler Stimme. »Eine unserer Patrouillen hat einen Schwarm gesichtet, nur zehn Klicks von hier entfernt.«

»Scheiße«, sagte Arnest. Lanzo presste die Lippen zusammen.

»Ihr wisst, was zu tun ist«, fuhr Hernandez fort. »Wir haben das hundert Mal geübt. Lasst die Leute hier nicht hängen, okay?«

»Ja, Sir!«, antworteten die Soldaten im Chor. Arnest setzte seinen Helm auf und sah im HUD, dass er Lanzos Trupp zugeteilt worden war. Die Namen der anderen tauchten vor seinem linken Auge auf: Preston, Schmidt, Medina und Kim. Er öffnete einen privaten Funkkanal zu Lanzo. »Nur Idioten.«

»Ich hab's gesehen.« Lanzo wechselte auf den Teamkanal. Als Kommandant sah er auf seinem HUD Befehle, die seinen Leuten verborgen blieben. »Okay, Leute, wir sind den Hasen zugeteilt. Zwei Mann pro Fahrzeug. Preston, Kim in Nummer zwei, Schmidt, Medina in drei, Arnest und ich in eins. Bleibt in Formation, fahrt vernünftig, dann kommen wir alle lebend zurück. Verstanden?«

Grüne Lichtpunkte leuchteten kurz neben den Namen auf. Alle hatten die Befehle verstanden und akzeptiert. *Sogar Preston, der Labersack*, dachte Arnest. Er sprang auf die Ladefläche eines kleinen Jeeps, der neben Dutzenden anderen im Fuhrpark stand. Ein Maschinengewehr war darauf verschweißt worden, aber ein Blick auf die Munitionskiste verriet Arnest, dass er weniger als zweihundert Schuss hatte. Alles wurde knapp.

Lanzo hat recht. Wir müssen hier weg.

Der Konvoi setzte sich in Bewegung. *Camp Hope* bestand aus mehr als hundert 3D-gedruckten Kunststoffbaracken, die man mitten in die flache Wüste gestellt hatte. Drei mehrere Meter hohe Zaunreihen mit Wachtürmen und Toren umgaben sie.

Ursprünglich hatte man die Zwischenräume verminen wollen, aber die Trucks, die die nötige Ausrüstung hatten liefern sollen, waren nie angekommen. Noch wurde das Lager aus der Luft mit Lebensmitteln versorgt. Wie lange das so bleiben würde, wusste niemand. Die Regierung hatte sich an einen geheimen Ort zurückgezogen, die Soldaten, die in den Großstädten gegen Zombies und Milizen gleichzeitig kämpften, desertierten zu Hunderten. *Die ganze Welt ist am Arsch.*

Arnest fuhr an den Menschen vorbei, die den Platz säumten. Männer, Frauen, Kinder, die ihn und die anderen anfeuerten oder mit leeren, schockstarren Gesichtern dastanden, als wären sie selbst schon Zombies. *Und ihr seid auch am Arsch. Alles ist am Arsch.*

Die Tore schlossen sich hinter dem Konvoi. Die Fahrzeuge, eine Mischung aus Jeeps, zivilen Pick-ups und SUVs, schossen über eine staubige Piste in Richtung Norden. Die Hitze flimmerte über der Wüste. Weit entfernt sah Arnest die Umrisse eines Gebirges. Er hatte keine Ahnung, wie es hieß, und kein Interesse, es herauszufinden.

Er schaltete auf einen privaten Kanal um. »Wie groß ist der kack Schwarm?«

»Hat Hernandez nicht erwähnt«, sagte Lanzo. Er hielt das Lenkrad in beiden Händen. Das Sonnenlicht spiegelte sich in seinem mattgrauen, den ganzen Kopf umschließenden Helm.

Das war nicht gut. »Also so groß, dass er denkt, wir würden den Schwanz einziehen und uns verpissen?«

»Sehe ich auch so.«

»Scheiße.«

Der Konvoi fächerte auf. Die Hasen, zu denen auch Lanzo und Arnest gehörten, bogen nach Westen ab, die restlichen Fahrzeuge, die Treiber, fuhren weiter nach Norden oder nach Osten. Angeblich hatte Major Hernandez, der zu Beginn der Epidemie noch Sergeant Hernandez gewesen war, die Idee zu dieser Strategie aus einem YouTube-Video. Die Hasen sollten sich vor den Schwarm setzen und ihn in ihre Richtung locken, die Aufgabe der Treiber bestand darin, dafür zu sorgen, dass die Zombies zusammenblieben. Geübt hatten sie das bisher nur mit ein paar kleinen Gruppen von zwanzig, dreißig Zombies, doch wenn sie Pech hatten, bestand der Schwarm aus zwanzig- oder dreißigtausend.

Arnest schob seine Arme durch die Haltegriffe und stemmte die Füße gegen die Ladefläche. Der Jeep rumpelte zusammen mit zehn anderen Fahrzeugen über das offene Land. Sie fuhren in einer breiten Linie nebeneinander her. Eine gewaltige Staubwolke stieg hinter ihnen auf und verdunkelte die Sonne. Auf einmal schwenkten die Fahrzeuge nach Norden und blieben stehen.

»Feindkontakt auf drei Uhr«, sagte Lanzo auf dem Teamkanal. »Ihr schießt erst, wenn ich es sage.«

Arnest starrte in die Staubwolke, die vom Wind über ihn hinweggetrieben wurde und sich langsam senkte. Sandkörner prasselten auf seinen Helm.

»Ich will mich ja nicht beschweren …« Arnest verdrehte die Augen, als er Prestons weinerliche Stimme hörte, »… aber ich hab hier höchstens hundert Schuss Munition und Kim sagt, dass der Tank nicht mal ein Viertel voll ist. Wie sollen wir denn unseren Job machen, wenn –«

Lanzo stellte ihn stumm. »Es ist, wie es ist. Entweder kommt ihr damit klar oder ihr desertiert. Ist eure Entscheidung. Aber wenn ihr denkt, ihr kommt damit klar, dann tut, was ich sage, und haltet die Fresse. Okay?«

Arnest sah, wie das durchgestrichene Mikrofon neben Prestons Namen verschwand. »Okay«, sagte Preston, »war ja nicht böse gemeint oder so. Ich wollte halt nur sagen, dass Kim und ich so nicht vorgehen kön–«

Lanzo schaltete ihn erneut ab. Arnest lachte. »Vollidiot.«

»Na ja, so ganz unrecht hat er nicht«, sagte Lanzo auf ihrem privaten Kanal. »Hernandez erwartet, dass wir einen ganzen Schwarm ablenken, aber hat nicht einmal die Fahrzeuge aufgetankt. Wenn …« Er unterbrach sich. »Ach du Scheiße.«

Arnest drehte den Kopf nach links und wischte sich den Dreck vom Helm. Der Staub trübte die Luft, doch er konnte die Ebene erkennen, die sich östlich von ihnen erstreckte. Ein windschiefer Holzschuppen stand einige Dutzend Meter entfernt zwischen Kakteen. Steppenläufer wurden vom Wind über Sand und Steine getrieben.

Doch Arnests Blick glitt an all dem vorbei und richtete sich auf das, was er dahinter sah: eine wogende Menge, die sich von den Bergen über die Ebene ergoss. Ein Tsunami aus Zombies.

Der Schwarm schlurfte, kroch und wankte durch die Wüste. Arnest schaltete die Zoomfunktion seines Helms auf die höchste Stufe und sah eng aneinandergedrängte, staubbedeckte Körper, ein Meer aus Gliedmaßen und Köpfen, milchigen Augen und grauem Fleisch. Ihre Füße wirbelten Staub auf, Kaninchen und Erdhörnchen wurden aus ihren Bauen getrieben und rannten in Panik davon. Der Schwarm erschien Arnest endlos. Er zog sich über die Ebene und die Berge hinweg bis zum Horizont.

»Das sind keine zwanzigtausend«, sagte Medina über Funk. Ihre Stimme klang rau.

Eher zweihunderttausend, dachte Arnest. *Wenn das reicht. Gottverfickte Scheiße, das schaffen wir nie.*

»Okay, Leute«, meldete sich Lanzo. »Es werden nicht weniger, wenn ihr sie anstarrt. Ihr habt eure Befehle. Legt los.«

Niemand antwortete. Im ersten Moment dachte Arnest, sie stünden unter Schock, doch dann sah er, dass Lanzo alle stumm geschaltet hatte, auch ihn. Er riss sich den Helm vom Kopf, flankte über die Metallstange, die als Halt diente, und landete auf dem Beifahrersitz.

»Was soll die Scheiße?«, schrie er Lanzo hinter dessen verspiegeltem Helmvisier an. »Wieso schaltest du mich stumm?«

Lanzo drückte auf einen Knopf an einer der beiden Steuerpulte, die an seinen Unterarmen angebracht waren. Das Visier öffnete sich. »Weil ich verhindern will, dass du etwas sagst, das die anderen in Panik versetzen könnte. ›Gottverfickte Scheiße, das schaffen wir nie‹ oder so.«

Arnest blinzelte überrascht, ließ sich aber nichts anmerken. »Quatsch, so was hab ich nich' mal gedacht.«

Ein Stück von ihm entfernt heulte ein Motor auf, dann schoss ein schwarzer SUV in Richtung Westen davon. Arnest zeigte darauf. »Da, siehst du? Die machen's richtig. Die verpissen sich. Und wir?«

Lanzo lächelte. Schweißperlen tropften von seiner Stirn. »Wir sind schlauer als die.« Er legte Arnest die Hand auf den Arm. »Geh auf deinen Posten, tu, was ich sage. Dann kriegen wir das schon hin.«

Er schloss seinen Helm, bevor Arnest antworten konnte. *Du bist dir so verdammt sicher.* Arnest blieb einen Moment neben ihm sitzen, nur, um Lanzo zu beweisen, dass er nicht blind jeden Befehl befolgte, sondern darüber nachdachte, was von ihm verlangt wurde. Doch dann, während um sie herum die Fahrzeuge wendeten, erhob er sich und stieg wieder auf die Ladefläche. Seit Dublin tat er immer, was sein Bruder wollte. Das wussten sie beide.

Arnest setzte den Helm wieder auf. Er rastete automatisch ein und verband ihn mit dem Netzwerk seiner Einheit. Unwillkürlich grinste er, als er sah, dass Lanzo seine Stummschaltung aufgehoben hatte. *Geht doch.*

Der Jeep wendete. Arnest hielt sich an der Metallstange fest und beobachtete die lange Fahrzeugreihe, die auf den Schwarm zufuhr. Kein einziges scherte aus, niemand folgte dem schwarzen SUV. *Haben wir wirklich eine Chance?*, dachte Arnest. *Oder sind wir nur zu blöd, um zu kapieren, dass wir keine haben?*

Der Schwarm näherte sich rasch. Arnest schaltete den Zoom seines Helms aus. Unter ihm bockte und hüpfte der Jeep durch Kuhlen und über Steine. Ein Ruck schien durch die Zombies zu gehen, als sie den Motorenlärm hörten, und auf einmal bewegten sie sich schneller, zielgerichteter. Die ersten Reihen streckten die Arme aus und krallten ihre Finger in die Luft. Arnest sah Männer in Anzügen und Arbeitsoveralls und Frauen in blutigen Kostümen oder vom Staub ergrauten Sommerkleidern. Kinder schlurften zwischen ihnen, mit toten, leeren Gesichtern. Der Verwesungsgestank raubte Arnest beinahe den Atem.

Nur ein Dutzend Meter von den ersten Ausläufern des Schwarms entfernt hielten die Fahrzeuge an. »Wenden«, sagte Lanzo über Funk. »Brecht nicht aus der Linie aus. Fahrt langsam. Wir müssen alle mitnehmen.«

Arnest drehte sich um und schob die Stiefel in zwei Metallhalterungen rechts und links des Maschinengewehrs, die mit der Ladefläche verschweißt waren. Die Hände legte er um den Schaft der Waffe. Die Fahrzeugreihe wendete und setzte sich deutlich langsamer als zuvor wieder in Bewegung. Sie fuhr in Richtung Norden, weg von *Camp Hope*.

Die Zombies stolperten weiter. Manche stürzten und wurden von den nachfolgenden in den Staub getrampelt. Das Keuchen, Knurren und Stöhnen des Schwarms erfüllte die Luft. Es war allgegenwärtig, als würde die Wüste selbst es ausstoßen.

Fünfzig, sechzig Meter lang bemerkte Arnest keine Veränderung. Der Winkel zwischen den Fahrzeugen und dem Schwarm wurde immer größer, dann schwenkten die Zombies plötzlich nach rechts.

»Es funktioniert«, sagte Lanzo in Arnests Helm. »Macht genauso weiter wie bisher. Bleibt ruhig.«

Die linke Flanke des Schwarms war nicht zu erkennen, aber an der rechten sah Arnest die Treiber, die versuchten, ihn zusammenzuhalten. Sie setzten sich mit ihren Fahrzeugen vor kleine Gruppen, die ausgebrochen waren, und führten sie zurück. Es fiel kein einziger Schuss.

Meine Fresse, das klappt, dachte Arnest. Der Anblick des riesigen Schwarms, der hinter den Fahrzeugen herstolperte, erinnerte ihn an eine Geschichte, die er einmal gehört hatte. Er öffnete den privaten Funkkanal und drehte den Kopf. »Ey, Lanzo, erinnerst du dich noch an das alte Märchenbuch, das wir als Kinder hatten? Das mit dem Typ, der die Hunde … oder Katzen? … irgendwie so was … gefangen hat, weil er so toll singen konnte?«

Lanzo lachte. Arnest hörte seine Erleichterung. »Das waren Ratten und er hatte eine Flöte.«

»Echt? Scheißegal, du weißt, was ich meine. Ich komm mir vor wie dieser Typ.«

»Ja, ich auch. Wir führen den Schwarm noch ein paar Kilometer nach Norden, dann geben wir Gas.«

»Und dann?« Arnest kniff die Augen zusammen, als er eine kleine Staubwolke vor den Fahrzeugen aufsteigen sah.

»Verpissen wir uns«, sagte Lanzo. Die Erleichterung war aus seiner Stimme verschwunden. Er hatte den Staub wohl ebenfalls bemerkt. Einen Moment später tauchte ein schwarzer Wagen auf. In der flimmernden Hitze sah es aus, als würde er Falten werfen. Es war der SUV, der aus der Formation ausgebrochen und davongerast war.

Wieso kommen die Idioten zurück? Deserteure wurden mit dem Tode bestraft, keine Verhaftung, kein Prozess, nur eine Kugel in den Kopf. Jeder wusste das.

Arnest ging auf den allgemeinen Funkkanal, zu dem alle, die an der Mission beteiligt waren, Zugang hatten. Ein Wirrwarr aus weiblichen und männlichen Stimmen schlug ihm entgegen. Dutzendfach wurde der schwarze SUV erwähnt.

»Haltet doch mal die Fresse!«, brüllte Arnest in das Chaos.

»Man versteht ja sein eigenes Wort nicht.«

»Halt selber die Fresse!«, schrie jemand zurück. Eine andere Stimme rief etwas in einer Sprache, die Arnest nicht verstand, aber das Wort klang wie eine Beleidigung.

Arnest wurde wütend. »Hört mit der Scheiße auf. Weiß jemand, was mit dem SUV ist?«

»Ja, ich«, sagte eine jung klingende Stimme. »Ich sitze drin.«

Schlagartig wurde es still.

»Und?«, fragte Arnest.

»Ich hab schon mit Hernandez gesprochen. Er will es euch sagen.«

»Was sagen?« Gleich ein Dutzend Stimmen stellten die Frage gleichzeitig. Der Soldat im SUV, ein Private namens Parelli, schwieg.

»Was sagen?«, brüllte Arnest. »Ich zieh dich aus der scheiß Kiste raus und hau dir aufs Maul, wenn du nichts sagst.«

Nach einem Moment Stille räusperte sich Parelli. »Da hinten ist ein zweiter Schwarm. Oder vielleicht hat sich der hier geteilt, keine Ahnung. Wir kamen daran nicht vorbei und jetzt …« Er brach ab.

»Habt ihr Arschlöcher ihn in unsere Richtung gelockt.« Arnest schaltete auf den privaten Kanal, ohne auf eine Reaktion zu warten. »Lanzo, hast du das gehört?«

»Hernandez war schon im Offizierskanal. Wir sollen die Schwärme zusammenbringen und wegführen.« Lanzo klang geistesabwesend, als wäre er mit etwas anderem beschäftigt.

»Wie denn? Der kommt direkt auf uns zu. Du kannst so einen verschissenen Schwarm doch nicht um hundertachtzig Grad drehen!« Er warf einen Blick auf die Linie aus Fahrzeugen. Noch hielt die Formation, aber er war sich sicher, dass überall die gleichen Diskussionen geführt wurden. »Diese Mission treibt mit den Titten nach unten im Wasser, Lanzo. Wir sind erledigt.«

Schweigen antwortete ihm. Arnest glaubte bereits, er sei

wieder stumm geschaltet worden, doch das Symbol neben seinem Namen fehlte.

Dann knackte es im Helmlautsprecher. »Halt dich fest.«

Der Motor des Jeeps heulte auf. Der Wagen machte einen Satz nach vorn, der Arnest beinahe auf den Rücken warf. Er klammerte sich an das Maschinengewehr und drehte sich, bis er nach vorn sehen konnte. Seine Knie stießen schmerzhaft gegen die Aufbauten der Waffe.

Lanzo war aus der Formation ausgebrochen und raste in Richtung Westen. Hinter ihnen scherten weitere Fahrzeuge aus. Eines von ihnen, ein Militärjeep wie Lanzos, prallte gegen einen Felsen und schleuderte seine Insassen nach draußen. Zwei andere kollidierten miteinander. Rauch mischte sich in den Staub.

Der Schwarm verlor sein Ziel und brach auseinander. Gruppen, die aus mehreren Tausend Zombies bestanden, wankten umher, folgten mal dem einen, mal dem anderen Wagen. Schüsse mischten sich in das Dröhnen der Motoren und das Fauchen der Zombies. Fahrzeuge rasten über Sand und Felsen. Innerhalb von Sekunden herrschte Chaos.

Arnest wandte sich ab. »Wo willst du hin?«, schrie er in sein Helmmikro.

»Zum Highway.«

Vor ihnen stieg eine weitere gewaltige Staubwolke in den Himmel. *Der zweite Schwarm.* Arnest drehte das Maschinengewehr, bis die Mündung über die Motorhaube zeigte. Die ersten Silhouetten tauchten im Staub auf. Er legte den Finger an den Abzug.

Lanzo zog den Jeep scharf nach links, zu den Ausläufern der Staubwolke. Zombies lösten sich aus dem dichten, braunen Nebel und wankten ihnen entgegen.

»Wir müssen da durch«, rief Lanzo über Funk. »Schieß nur, wenn du musst.«

»Ich bin nicht blöd!« Das letzte Wort ging in einem Knall unter. Ein halb nackter Zombie, der gegen den Kotflügel getaumelt war, flog durch die Luft und verschwand. Dann tauchte Arnest auch schon in die Staubwolke ein.

Er kniff die Augen zusammen. Silhouetten wehten an ihm vorbei. Er richtete die Mündung nach vorn aus, eine Hand am Abzug, die andere um einen Haltegriff geklammert. Die Mündung hüpfte auf und ab.

Lanzo wich einer größeren Gruppe aus, die plötzlich im Staub vor ihm auftauchte. Eine Sekunde lang fuhr der Jeep auf zwei Rädern, dann krachten die anderen wieder in den Sand. Arnests Zähne schlugen aufeinander. Ein Fuß rutschte aus der Halterung. Er fluchte und schob ihn wieder hinein.

Dutzende Hände streckten sich ihm auf einmal aus dem Staub entgegen. Fingernägel kratzten über den Lack, Körper prallten gegen Metall, Schatten wirbelten durch die Luft.

»Achtung!«, schrie Lanzo. Arnest schoss, ohne ein Ziel zu sehen. Das Mündungsfeuer stach in seine Augen, die Schüsse dröhnten. Er hörte ein nasses Klatschen, als Kugeln in Fleisch einschlugen. Schwarzes Blut spritzte über die Motorhaube. Arnest wusste nicht, was er getroffen hatte, aber der Jeep rumpelte über irgendetwas hinweg.

Dann war auch schon die nächste Gruppe vor ihm. Arnest stemmte sich mit beiden Beinen gegen den Boden und drückte ab. Zombies fielen. Eine Frau, die so breit wie der Jeep war und einen verdreckten weißen Bademantel trug, krachte auf die Motorhaube. Sie streckte die Arme aus, krallte sich an den hinteren Rand der Haube und fauchte. Lanzo riss das Lenkrad nach links und rechts, um den Wagen ins Schlingern zu bringen, bis die Frau wie ein riesiger Scheibenwischer von einer Seite zur anderen rutschte. Es sah so albern aus, dass Arnest lachen musste.

Lanzo trat hart auf die Bremse. Arnest wurde gegen das

Maschinengewehr geworfen, die Frau flog von der Motorhaube und landete vor dem Jeep. Lanzo wich ihr aus. Als er an ihr vorbeifuhr, sah Arnest, dass sich ihr Bademantel geöffnet hatte. Jemand oder etwas hatte sie von der Brust bis zum Unterleib aufgeschlitzt. Er konnte Eingeweide unter den dicken Fettschichten erkennen.

»Pass auf! Hinter dir.«

Arnest fuhr herum. Zwei nackte Arme krallten sich an die Metallklappe der Ladefläche. Auf einem war eine amerikanische Flagge eintätowiert, darunter zwei gekreuzte Maschinenpistolen hinter einem Stern.

Ranger, dachte Arnest.

Der Mann zog sich hoch. Er trug ein schmutziges Unterhemd und hatte den Kopf kahlgeschoren. Eine Bisswunde in seiner Wange verriet sein Schicksal.

Arnest ließ das Maschinengewehr los und zog seine Pistole. Der Ranger verlor das Gleichgewicht und stürzte auf die rumpelnde Ladefläche. Seine trüben, staubbedeckten Augen starrten in den Himmel. Er fauchte und schlang einen Arm um Arnests Stiefel.

Arnest nickte ihm zu und schoss. Der Arm löste sich von seinem Stiefel. Blut klatschte auf Metall.

Als Arnest sich umdrehte, sah er Sonnenlicht durch die Staubwolke dringen und dahinter das schwarze Band einer Straße. Lanzo gab Gas. Nur Sekunden später hatte er die Wolke hinter sich gelassen. Nach den Schüssen und dem Motorenlärm würden die Zombies ihnen folgen, das war Arnest klar, aber vor ihnen erstreckte sich offenes Land und der Highway war abgesehen von einigen Wracks leer.

Er warf einen Blick auf sein HUD. Die Funkverbindung zum Rest der Einheit war abgerissen. Sie hatten sich zu weit von den anderen entfernt. Arnest nahm den Helm ab und atmete die staubige, heiße Luft tief ein. Sie trocknete sein verschwitztes

Gesicht. Lanzo lenkte den Jeep auf den Highway und fuhr weiter nach Westen. Er öffnete seinen Helm und drehte sich zu Arnest um.

»Gute Arbeit«, sagte er.

»Geht so.« Es machte ihn stolz, wenn sein Bruder ihn lobte, doch zeigen wollte er das nicht. »Was jetzt?«

»Wirst du gleich sehen.« Mehr sagte Lanzo nicht.

Sie fuhren noch ein paar Kilometer weiter, dann stoppte er den Jeep, stieg aus und streckte sich. Arnest sprang von der Ladefläche. Die Staubwolke stieg weit hinter ihnen in den Himmel, aber er wusste, dass sie näher kam.

»Musst du pissen oder wieso halten wir an?«, fragte er.

Lanzo lächelte. »Hör mal hin.«

Arnest runzelte die Stirn, lauschte jedoch. Er hörte den Wind, das Knacken des Motors und seinen eigenen Atem, sonst nichts. »Wenn du mich verarschen –«

Im gleichen Moment hörte er es: ein dumpfes, stetig lauter werdendes Dröhnen. Arnest legte den Kopf in den Nacken. Die Sonne blendete ihn und seine Augen tränten. Etwas blitzte am blassblauen Himmel. Er sah einen Umriss, silbern und schwarz, geformt wie ein spitzes Dreieck. Vier Schubdüsen brachten die Luft zum Kochen. Auf dem Metall zwischen ihnen prangte ein Aufdruck. *FTL Transports*.

Arnest trat unwillkürlich einen Schritt zurück. »Ein Shuttle?«

»Das Shuttle, das auf dem Weg nach *Camp Hope* war«, sagte Lanzo. »Ich habe den Piloten kontaktiert und ihm zehn Millionen geboten, wenn er einen kleinen Umweg macht.«

Einige Meter von ihnen entfernt setzte das Shuttle auf. Der Asphalt unter den Schubdüsen warf Blasen. Ein heißer Wind strich über Arnests Haut. Er hob die Augenbrauen. »Du hast keine zehn Millionen.«

»Nein, aber ich habe dich.«

Arnest wusste, was er damit sagen wollte.

Der Pilot schaltete die Triebwerke nicht ab, sondern drosselte sie nur. Er war misstrauisch. Einige Minuten lang stand das Shuttle so auf dem Asphalt, dann öffnete sich eine Tür in der Seite des Cockpits.

»Zeigt mir mein Geld«, rief eine Männerstimme aus dem Inneren.

Lanzo winkte. »Gerne. Wenn du uns hier rausholst, bist du jeden Cent wert. Die Tasche liegt im Wagen. Moment.« Er ging zum Jeep und beugte sich vor.

Arnest ließ die Tür nicht aus den Augen.

»Fünf Millionen hatten wir gesagt, richtig?« Lanzo zog eine Tasche hinter dem Sitz hervor, in der die Notfallausrüstung aufbewahrt wurde.

»Zehn!« Der Pilot klang aufgebracht.

Lanzo lachte. »War einen Versuch wert. Ganz schön was los hier heute. Siehst du die Staubwolke da hinten? Das ist der größte Schwarm, den ich je gesehen habe. Ein paar Hunderttausend min–«

Der Kopf und die rechte Schulter des Piloten tauchten in der Cockpittür auf. Er konnte nicht anders. Er musste hinsehen. Arnest riss seine Pistole aus dem Holster und schoss. Der Mann verschwand.

Lanzo ließ die Tasche fallen und lief los. »Hast du ihn erwischt?«

»Klar.« Arnest steckte die Waffe ein. »Dafür hast du mich schließlich.«

In die Shuttleseite eingelassene Tritte führten zum Cockpit hinauf. Arnest sah das Blut, das über die Windschutzscheibe lief, als er hinter Lanzo nach oben kletterte. Der Pilot lag auf dem Rücken am Boden und starrte ins Nichts. Die Kugel war in seine Stirn eingeschlagen. Arnest packte ihn an den Fußknöcheln und zog ihn aus dem Cockpit. Er wollte die Tür schließen, aber Lanzo hielt ihn auf.

»Warte«, sagte er. »Zieh deine Uniformjacke aus und wirf alles weg, was dich identifizieren könnte. Papiere, Kreditkarten, und so weiter. Ab jetzt sind wir Zivilisten, keine Deserteure.«

Arnest nickte. Er fühlte sich seltsam frei, als seine Brieftasche neben der Jacke in den aufgeweichten Asphalt sank. Ohne sie konnte er sein, was auch immer er wollte.

Lanzo setzte sich an die mit virtuellen Displays ausgestattete Konsole und schloss die Tür. Der Passagierbereich mit seinen drei Sitzreihen war leer. Arnest suchte sich einen Platz ganz vorne und legte den Gurt an. Nur Sekunden später hob das Shuttle ab.

Er sah aus dem Fenster, als es in den Himmel stieg und über die Landschaft flog. Zombies wankten zu Tausenden durch die Wüste. Schon bald verschwanden sie unter Staubwolken, die sie selbst aufwarfen. Arnest glaubte, hier und da ein Fahrzeug zu erkennen, war sich aber nicht sicher. Der Staub bedeckte alles mit einer braungelben Schicht. Doch dann sah er *Camp Hope* tief unter sich. Die Wolke wallte auf das Lager zu, in dem kleine schwarze Punkte – Menschen – wimmelten. Lastwagen fuhren durch Tore, die Punkte strömten hinter ihnen hinaus. Dann bedeckte die Wolke auch sie und er sah nichts mehr außer Staub.

»Das war's dann wohl für *Camp Hope*«, sagte er. »Scheiße gelaufen.«

Er fühlte nichts. Die meisten der Leute da unten hatte er nicht gekannt, und die, deren Namen er sich zumindest gemerkt hatte, interessierten ihn nicht. Jeder musste selbst sehen, wie er klarkam. Lanzo und er kamen gut klar, die da unten nicht. So war das nun mal.

Lanzo drehte sich in seinem Sitz um. »Es sollten jede Menge Schiffe im Orbit sein. Ich schicke einen allgemeinen Notruf los. Wenn jemand fragt, sind wir von *FTL Transports* und konnten gerade noch fliehen, als die Zombies unseren Hafen überrannt haben. Du hast doch mal für den Laden gearbeitet, oder?«

»Ja, war ein kack Job.«

Lanzo lachte und wandte sich ab. »Mayday, Mayday. Shuttle bittet um Andockerlaubnis. Zwei Personen an Bord, keine Toten, keine Verletzten. Mayday, Mayday. Hört uns jemand?«

Er schaltete die Lautsprecher ein. Arnest hörte ein Rauschen, dann knackte es und eine weibliche Stimme sagte mit leichtem Akzent: »M9-Transporter *Factory Showroom* an unbekanntes Shuttle. Entsprechen Ihre Angaben der Wahrheit?«

Lanzo streckte den Daumen in die Luft. »Shuttle an *Factory Showroom*, ja, Ma'am, Sie können uns gern vor Betreten Ihres Schiffs untersuchen, unter Quarantäne stellen oder was Ihnen sonst noch einfällt. Holen Sie uns nur hier raus.«

»Bringen Sie uns nicht auf dumme Ideen, unbekanntes Shuttle.« Die Stimme klang freundlich. »Andockerlaubnis erteilt. Ich übermittle Ihnen unsere Koordinaten. Guten Flug, Pilot. Captain Takahashi out.«

Arnest grinste und hob triumphierend die Faust. Vor den Fenstern wurde es dunkel, als das Shuttle die Atmosphäre hinter sich ließ. »Leb wohl, du zombieverseuchtes scheiß Drecksloch.«

7

Der Fahrstuhl brachte sie ins oberste Stockwerk des Gebäudes. Sonnenstrahlen fielen durch die entspiegelten Fenster in einen langen, mit Parkett ausgelegten Gang. Die Wände waren kahl und weiß. Keine Bilder, keine Slogans, nicht einmal Schilder neben den Türen.

Kipling warf einen Blick über die Landschaft. Der Regenwald schien sich bis zum Horizont zu erstrecken. Nebelschwaden, Überreste der Regentropfen, stiegen aus dem Grün in den Himmel. Einen Moment lang wurde Kipling schwindelig. Sein Gehirn war nicht mehr daran gewöhnt, eine solche Weite zu verarbeiten. Aus den Augenwinkeln bemerkte er, dass auch Ama'Ru aus dem Fenster sah, aber sie wirkte neugierig, nicht sehnsüchtig.

»Ich habe noch nie so viele Grüntöne gesehen«, sagte sie.

Zu Kiplings Überraschung antwortete Brown darauf: »Es ist ein schöner Planet. Sie hätten ihn nicht entvölkern sollen.«

Kipling fragte sich, ob »Sie« im Singular oder Plural gemeint war. Ama'Ru neigte nur den Kopf.

Brown wandte sich ab. Seine Stiefelsohlen schlugen hart auf das Holz. Nur ein Skorpion begleitete ihn. Wo die anderen waren, wusste Kipling nicht.

»Wer war beim Angriff auf das Jockey-Waffensystem an Bord der *Eliot*?«, fragte Brown, als sie vor einer Tür am Ende des Gangs stehen blieben.

Kipling versuchte nicht, ihn anzulügen. Die Frage diente wahrscheinlich nur als Test. »Drei Leute. Rin, Auckland und Arnest.«

»Auckland?« Brown zog kurz die Augenbrauen zusammen. »Ja, so nennt er sich jetzt wohl.«

Es klang missbilligend.

Ama'Ru strich der Gottesanbeterin über den Hals. »Alles Denkende verdient einen Namen.«

Kipling hatte den Eindruck, dass sie, aus welchem Grund auch immer, in einer merkwürdig philosophischen Stimmung war.

»Niemand sonst?« Brown ging nicht auf ihre Bemerkung ein.

Kipling schüttelte den Kopf. »Niemand sonst. Gonzales wollte, dass sie sich opfern, damit ihre Flotte an den Waffensystemen vorbei zur Erde fliegen konnte.«

»Nicht Gonzales wollte das, sondern ich«, sagte Brown. Er wischte mit dem Handballen über die Tür. Das Holz verwandelte sich in ein schwarzes Display, das den gesamten Türrahmen ausfüllte.

Cool, dachte Kipling.

Brown stellte sich schweigend vor das Display. Nach einem Moment ertönte ein leises Zwitschern, dann verschwand das Display in der Wand und gab den Raum, der dahinterlag, frei. Kipling roch bereits Elektrizität und Kunststoff, bevor Brown ihm mit einer Geste bedeutete, einzutreten. Der Boden bestand aus gebürstetem, grauem Metall, die fensterlosen Wände ebenfalls. Versteckt angebrachte LED-Leuchten sorgten dafür, dass es keine Schatten gab, nur einen gleichmäßig hellen Raum. In der Mitte stand ein anachronistisch wirkender antiker Sekretär aus dunklem Holz. Dahinter entdeckte Kipling einen hüfthohen transparenten Würfel, in den einige Schläuche führten.

Flüssiger Stickstoff, dachte Kipling. Er ging langsam auf den Würfel zu. Die Schläuche wanden sich an Hardware vorbei, die offen in seinem Inneren hing. In die transparenten Wände war ein Logo eingestanzt, das Kipling sofort wiedererkannte.

Brown trat neben ihn. »Das ist der –«

Kipling ließ ihn nicht ausreden. »*R4-Supreme*, der schnellste, kommerziell produzierte Computer der Welt.«

Mit den Fingerspitzen strich er über den Würfel. Trotz der Stickstoffkühlung war der Kunststoff warm.

»Und Ihr neuer Arbeitsplatz.«

»Was?« Kipling drehte den Kopf und sah Brown an.

Die Handbewegung, die Brown machte, schien das ganze Gebäude einzuschließen. »Wir brauchen Sie hier, Mister Jonnessey. Ihren Freunden auf der *Eliot* ist es offensichtlich gelungen, in das Verteidigungssystem der Jockeys einzudringen. Diese Leistung werden Sie wiederholen. Aber Sie werden weitergehen und dafür sorgen, dass dieses System unserer Kontrolle unterstellt wird.«

»Das bezweifle ich«, sagte Kipling. Er fuhr sich mit einer Hand durch die Haare. »Ich weiß Ihr Vertrauen in mich zu schätzen, Brown, aber dieses System lässt sich nicht hacken. Es ist oft genug versucht worden. Ich weiß nicht, was Rin und Auckland gemacht haben, um es zu deaktivieren, aber mein Tipp ist, dass sie bei ihrem Beschuss zufällig irgendwas getroffen haben. Das kann ich nicht reproduzieren.«

»Sie können mehr als das.« Brown trat an den Sekretär und berührte das, was Kipling für Holz gehalten hatte. Die gesamte Oberfläche verwandelte sich in Displays. Ein Monitor fuhr leise surrend aus der Decke und blieb auf Augenhöhe hängen. Ein Cursor blinkte darauf.

»Alles, was Sie brauchen«, fuhr Brown fort, »befindet sich in diesem Computer. Auf ihm wurden die Sicherheitssysteme für die Googlegates, die Sprungtore und diese Verteidigungsanlage da draußen programmiert. Die Dateien sind noch da. Man muss sie nur lesen.«

»*BetterLifeSolutions* hat diese Systeme programmiert? Die Theorie habe ich noch nie gehört.«

»Sie hatten vor Ihrer Begegnung mit Auckland auch noch nie von genmodifizierten Soldaten gehört, oder?«

Touché, dachte Kipling. Er sah Ama'Ru an, die seit Betreten des Raums kein Wort gesagt hatte. Ihre Gottesanbeterin konzentrierte sich auf den an der Wand hängenden Skorpion, aber sie selbst hörte interessiert zu.

Der Cursor blinkte verlockend auf dem Display. Der *R4-Supreme* summte tief und kraftvoll. Kiplings Fingerspitzen zuckten. Er fühlte sich wie ein Rennfahrer, dem man seinen neuen Wagen vorgestellt hatte. Er wollte nicht mehr reden, sondern sich ans Steuer setzen und herausfinden, was passierte, wenn er das Gaspedal bis zum Boden durchdrückte.

Aber er hielt sich zurück. »Was genau ist der Plan, Brown? Gonzales und ihre Anhänger spielen *Unsere kleine Farm* mit Zombies, während Sie das Verteidigungssystem der Jockeys gegen sie richten und dafür sorgen, dass uns niemand angreifen kann?«

Brown nickte. »So etwas in der Art.«

»Was dann? Selbst wenn es Ihnen gelingen sollte, alle Menschen aus dem All hierherzubringen, könnten wir die Erde nicht neu bevölkern. Wir tragen den gleichen Virus in uns wie die Zombies. Niemand wird freiwillig Kinder kriegen und selbst wenn, werden es nicht annähernd genug sein, um die Menschheit zu erhalten.«

»Deshalb bin ich hier«, sagte Ama'Ru. »Ich nehme an, dass Auckland Sie über meine Arbeit an einer Heilung des Virus informiert hat?«

»Das hat er. Ich hielt Ihre Behauptung für eine Täuschung und ihn für dumm, darauf reinzufallen.« Er verschränkte die Hände hinter dem Rücken. »Ich habe meine Meinung geändert.«

»Warum?«, fragte Ama'Ru.

Brown schwieg. Sie sah ihn mit schräg gelegtem Kopf an. »Sie wussten also, dass er recht hatte, wollten aber trotzdem seinen Tod?«

Er antwortete, ohne zu zögern: »Er hat sich einem direkten Befehl widersetzt. Ob das richtig war oder falsch, ist unerheblich.«

Kipling stieß den Atem aus. »Was ist das denn für ein Schwach–«

Er unterbrach sich, als der Skorpion von der Wand sprang und auf ihn zulief. Der Jockey, der in einer Knochentasche unter ihm saß, war kaum zu erkennen. Kipling wich unwillkürlich zurück.

Brown hob die Hand und der Skorpion blieb stehen. Der Giftstachel an seinem eingerollten, schwarzen Schwanz glänzte feucht. Kipling wagte es nicht, ihm in die Augen zu sehen. Er wusste, zu was diese Wesen in der Lage waren.

»Organisation erfordert Hierarchie«, sagte Brown. »Hierarchie erfordert Gehorsam, einen, der Befehle gibt, und einen, der sie ausführt. Und das bringt uns zurück zu Ihnen beiden. Ich stelle Sie vor eine einfache Wahl: Sie können meine Befehle ausführen oder diese …« Seine Mundwinkel zuckten. »… diese kleine Farm verlassen. Ich erwarte Ihre Entscheidung im Laufe des Tages.«

Er drehte sich um und ging zur Tür. Der Skorpion folgte ihm.

»Eine Frage«, sagte Kipling, bevor er den Raum verlassen konnte. »Wann sind Sie hier angekommen?«

Brown sah ihn an. »Kurz vor Ihnen. Wieso?«

Kipling dachte an das Auto auf dem Parkplatz mit seinem blutbefleckten Sitz. »Waren irgendwelche Zombies auf dem Gelände?«

»Nein.« Brown wartete einen Moment, aber als Kipling nichts weiter sagte, trat er in den Gang hinaus. Seine Schritte und das Klacken des Skorpions verhallten. Einen Moment später pingte die Fahrstuhltür.

Die Gottesanbeterin entspannte sich sichtlich. Sie ließ sich auf die Hinterbeine nieder und schloss ihre Scheren. Kipling lehnte sich mit dem Rücken an den Sekretär. »Netter Kerl«, sagte er. »So sympathisch.«

»Wirklich?«, fragte Ama'Ru überrascht. »Auf mich wirkte er arrogant und unmenschlich.«

»Das meinte ich damit.«

»Ich verstehe. Du wolltest Ironie verwenden.«

»Ich *habe* Ironie verwendet.« Kipling seufzte. »Also, was machen wir jetzt? Da draußen unser Leben verlieren oder hier drinnen unsere Seele?«

Ama'Ru strich der Gottesanbeterin geistesabwesend über den Kopf. »Ich werde hierbleiben. Etwas Beunruhigendes passiert an diesem Ort.«

Ach ja? Meinst du abgesehen von der opportunistischen Prophetin, ihren verblendeten Anhängern, den Skorpionen, einem verschwundenen Zombie und dieser Mischung aus Patton und Bond-Bösewicht?, dachte Kipling, ohne es auszusprechen. Stattdessen fiel ihm die Frage ein, die Ama'Ru gleich dreimal unten im Eingangsbereich des Gebäudes gestellt hatte. »Hat das was damit zu tun, ob die Skorpione Christen sind?«

»Alles«, sagte Ama'Ru. »Wir glauben an keine höhere Macht, weder in unserem realen noch in unserem spirituellen Leben. Hierarchien wie die, die Brown beschreibt, sind uns fremd. Aber diese Skorpione benehmen sich wie Sklaven. Brown gibt ihnen Befehle.« Sie sprach das letzte Wort angewidert aus. »So sind wir nicht.«

Deshalb also hatte die Gottesanbeterin den Skorpion die ganze Zeit angestarrt. Sie verstand sein Verhalten nicht.

»Also gut, dann bleiben wir«, sagte Kipling. »Nicht, dass wir je eine Wahl gehabt hätten.«

Er drehte sich zu den Displays um. Es kam ihm so vor, als würde der Cursor erwartungsvoll blinken. Der *R4-Supreme* summte, die Stickstoffkühlung säuselte. Der Kunststoff unter seinen Fingerspitzen war kühl und angenehm.

Es könnte schlimmer sein.

8

Sie liefen geduckt zwischen Häuserfassaden und parkenden Autos entlang, Einsnull, Auckland, Barbie und Delta. Die Scheiben der Geschäfte, an denen sie vorbeikamen, waren eingeschlagen worden. Glassplitter knirschten unter Aucklands Stiefeln. Bürgersteig und Straße waren mit aufgerissenen Verpackungen, fallen gelassenen Spielkonsolen und zertrümmerten Möbelstücken übersät. Eine Schicht Vogelkot färbte alles weiß. Auckland erinnerte sich an die Bilder der Plünderungen, an Menschen, die zusammengerollte OLED-Fernseher und Sofas aus Geschäften trugen, an ihre vor Wut und Angst verzerrten Gesichter und an die Raumschiffe, die über ihren Köpfen ins All flohen.

Man hat sie im Stich gelassen und sie wussten es.

Er sicherte die rechte Flanke, Einsnull die linke. Vereinzelt sah er Zombies, abgerissene, verweste Gestalten, die in Geschäften zwischen umgeworfenen Regalen feststeckten, oder in Autos saßen, deren Türen sie nicht mehr öffnen konnten. Ein Mann in einem Elektroauto, das quer auf der Straße stand, hämmerte mit den Fäusten gegen die Scheibe, als er Auckland und die anderen sah. Sie ignorierten ihn. Er stellte keine Gefahr dar.

»Die meisten Zombies haben sich östlich von hier im botanischen Garten versammelt«, sagte Einsnull leise. »Du hast den Schwarm ja gesehen.«

»Warum sind sie ausgerechnet dort?«, fragte Auckland.

Einsnull hob die Schultern. »Wir wissen es nicht. Wahrscheinlich ist einer losgegangen und alle anderen sind ihm gefolgt. Schneeballsystem. Und jetzt stehen sie da und warten. Das kann uns nur recht sein. So stehen sie uns wenigstens nicht im Weg.«

Er deutete mit dem Kinn nach vorn, den Hügel hinauf. »Hinter der Kuppe liegt ein großes Einkaufszentrum. Es war noch nicht ganz fertig, als es losging, aber die meisten Geschäfte hatten schon geöffnet. Da solltest du finden, was du brauchst.«

Auckland nickte. Einsnull musterte ihn einen Moment lang. »Wir können dir trauen, oder? Ich hab keine Lust, da drin auf dich *und* die Zombies zu achten.«

»Ihr könnt mir trauen.« Auckland drehte den Kopf, damit auch Barbie und Delta ihn hören konnten. »Wir sind keine Feinde. Richtig?«

Barbie erkannte sofort, worauf er hinauswollte. »Du fragst dich, ob wir uns rächen werden, weil deine Leute zwei von uns umgebracht haben. Die Antwort ist nein. Wenn sie so dämlich waren, sich von zwei Dosen umlegen zu lassen, dann hatten sie es nicht besser verdient.«

»Dosen?«

»So nennen wir genetisch unveränderte Menschen.« Barbie lächelte. Die Narben auf ihrer Wange krümmten sich. »Von DOS, einem primitiven Betriebssystem. Einsnull ist auf den Namen gekommen. Cool, oder?«

Einsnull schien das Lob unangenehm zu sein. »Na ja, wir mussten ihnen ja irgendeinen Namen geben, oder? Wie habt ihr sie genannt?«

»Wir hatten keinen Namen für sie«, sagte Auckland. »Wussten eure Ausbilder davon?«

»Ich glaube nicht.« Einsnull sah in einen Hauseingang, bevor er nickte und die anderen zum Weitergehen aufforderte. »Sie haben uns nie darauf angesprochen.«

Natürlich wussten sie es, dachte Auckland. *Sie haben es toleriert.* Brown hätte das nie getan. Die erste Generation war dazu erzogen worden, sich den normalen Menschen gegenüber nicht überlegen zu fühlen. Im Gegenteil, man hatte ihnen immer wieder eingehämmert, dass sie Werkzeuge waren, die man benutzte und wieder weglegte, und manchmal auch zerbrach. Anscheinend herrschte in der zweiten Generation eine andere Philosophie.

»Vorsichtig«, sagte Delta. »Je näher wir dem Einkaufszentrum kommen, desto mehr Zombies werden wir sehen. Das ist überall so. Sie kehren anscheinend zu dem Ort zurück, der ihnen im Leben viel bedeutete.«

Auckland glaubte das nicht. Wahrscheinlich gab es mehr Zombies in der Nähe von Einkaufszentren, weil die Kranken auf dem Weg zur Apotheke gewesen waren und die Gesunden Ausrüstung und Vorräte hatten kaufen wollen.

Sie hatten die Hügelkuppe fast erreicht. Fahrzeuge blockierten die Straße. Mehr als ein Dutzend waren ineinander verkeilt, mehrere ausgebrannt. Auckland sah zwei Hunde, die auf der Ladefläche eines Pick-ups im Schatten lagen. Sie wedelten mit dem Schwanz, als sie seinen Blick bemerkten, standen aber nicht auf.

»Zombie«, sagte Barbie leise. »Zehn Uhr.«

Auckland drehte den Kopf. Der Zombie kroch unter den Autowracks hindurch auf den Gehsteig zu. Er krallte sich mit halb verkohlten Händen in den Asphalt. Seine Beine und sein Unterleib fehlten. Er zog die Überreste seiner Wirbelsäule wie einen Eidechsenschwanz hinter sich her. Sein Mund war geöffnet, seine trüben Augen richteten sich auf die Menschen. Er fauchte.

Eine Machete bohrte sich in seine Stirn. Es knackte unangenehm, als sein Kopf auf den Asphalt sackte. Delta trat vor und zog die Machete aus der Leiche.

»Das war dumm«, sagte Auckland, als er zurückkehrte. »Man gibt seine Waffe nur auf, wenn es nicht anders geht.«

Delta wirkte überrascht. Wahrscheinlich war er nicht daran gewöhnt, dass irgendjemand außer dem Albaner ihn zurechtwies. »Okay …«, sagte er dann langsam. Er schien noch etwas hinzufügen zu wollen, aber Einsnull kam ihm zuvor.

»Zombieparty auf zwölf Uhr.«

Auckland sah zur Hügelkuppe. Sie waren zu sechst, nein, zu siebt, korrigierte er sich. Vier von ihnen trugen schwarze, von Staub und Vogelkot bedeckte Polizeiuniformen, zwei zivil. Der siebte, ein alter, dürrer Mann, war abgesehen von einer Socke nackt.

»Der Anblick hat mir heute morgen noch gefehlt«, sagte Barbie.

Die Zombies hatten die Menschen bereits bemerkt. Langsam schlurften sie den Hügel hinunter. Sie waren rund zwanzig Meter entfernt. Auckland hörte ihr Fauchen und löste die Schlaufe seiner Machete vom Handgelenk. Wenn die Waffe in einem Körper stecken blieb, wollte er nicht daran festhängen.

»Wie geht ihr in solchen Situationen vor?«, fragte er, aber Delta lachte nur und lief los. Auckland folgte ihm.

»Du bist nicht mehr mit Dosen unterwegs, John«, sagte Barbie, als sie zu ihm aufschloss. »Sieben Zombies sind ein Witz für uns.«

Delta beschleunigte kurz vor dem ersten Zombie – einem der Polizisten –, rannte an ihm vorbei, bevor er sich drehen konnte, und schlug ihm den Kopf vom Körper. Dann landete er mit einem Sprung auf der Motorhaube eines Taxis. Dem zweiten Zombie stieß er seine Klinge von oben in den Kopf. Sie trat am Kinn aus.

Einsnull hatte die Gruppe ebenfalls erreicht. Die Hand, in der er seine Machete hielt, verschwamm vor Aucklands Augen. Zwei Zombies gingen innerhalb eines Lidschlags zu Boden.

Sie sind so verdammt schnell, dachte Auckland. Die restlichen drei Zombies fauchten. Sie taumelten auf Einsnull zu, der ihnen am nächsten war. Barbie sprang einem von ihnen, dem alten Mann, in den Rücken und stieß ihn zu Boden. Auckland hörte, wie seine Rippen brachen.

Er erreichte eine Polizistin und trat ihr die Beine unter dem Körper weg. Bevor er mit der Machete zustoßen konnte, flimmerte eine Klinge neben seinem Kopf und bohrte sich tief in die Stirn der Frau.

Delta zog seine Machete heraus. »Ich hab sie nicht geworfen. Besser?«

Auckland nickte. »Viel besser.«

Der abgetrennte Kopf des letzten Zombies rollte über den Gehweg den Hügel hinunter. Auckland schätzte, dass der gesamte Kampf keine fünf Sekunden gedauert hatte. Die anderen wischten ihre Macheten schweigend an den Leichen ab, dann zeigte Einsnull mit seiner Klinge über die Hügelkuppe hinweg auf eine breite Sandsteinfassade. Eingerissene bunte Banner, auf denen *SALE* stand, flatterten im Wind, Vögel saßen zu Dutzenden auf den Stangen, die die Banner hielten. Ein paar Zombies standen reglos vor dem Eingang.

»Unser Ziel«, sagte Einsnull.

Auckland ging an ihm vorbei. »Dann kommt.«

Niemand widersprach ihm, niemand versuchte, ihm die Position an der Spitze der kleinen Gruppe streitig zu machen.

Wie erwartet, dachte er.

9

»Wir sind da«, sagte Rin.

Es war eine überflüssige Bemerkung, denn Arnest konnte die Station, die sich vor ihnen langsam im All drehte, ebenfalls sehen. Aber sie hatte das Bedürfnis verspürt, das Schweigen zu durchbrechen, das seit dem Ende des Sprungs auf der Brücke herrschte.

Arnest trat näher an die Bildschirmwand heran. »Das ist doch ein Jockeyschiff.«

Rin nickte und zoomte näher heran. Neben der klobigen Station wirkte sein sanft geschwungener, eleganter Rumpf wie ein Kunstwerk. Wenn es um Schiffbau und Hyperraumnavigation ging, waren die Jockeys den Menschen noch immer Jahrhunderte voraus.

»Ein kleines Passagierschiff«, sagte sie. Die Bildersuche, die das System dank Kiplings Modifikationen automatisch durchführte, brachte sie auf eine Wikipediaseite. Rin überflog sie rasch. »Vier Mann Besatzung, maximal zwanzig Passagiere, plus zehn Tonnen Fracht. Es –«

»Kann es uns abschießen?« Arnest hatte bereits die Geduld verloren.

»Nein«, sagte Rin knapp. Seit Beginn der Reise hatte er sie schon so oft unterbrochen, dass es ihr langsam auf die Nerven ging.

»Dock an Scania an. Ich will die Scheiße hinter mich bringen.«

Du führst hier nicht das Kommando, dachte Rin. Laut sagte sie: »Wir sind noch zweitausend Kilometer entfernt. Wenn wir das Shuttle nehmen, bemerken sie uns vielleicht nicht.«

»Dann nehmen wir halt das scheiß Shuttle.« Arnest ging bereits zum Fahrstuhl. »Mir doch egal.«

Er klang angespannt und nervös. Rin schaltete die automatischen Verteidigungssysteme ein, bevor sie ihm folgte. Schweigend fuhren sie im Fahrstuhl nach unten und gingen durch die Korridore zu der Luftschleuse, an der Rin die *Fingertips* angedockt hatte. Sie hatten den Sprung genutzt, um sich zu bewaffnen. Rin beschränkte sich auf eine Pistole und drei Magazine, Arnest trug ein halbes Waffenarsenal am Körper – zwei großkalibrige Pistolen, eine kleinkalibrige, die er sich in den Stiefel gesteckt hatte, ein langes Messer und einen Schlagstock, der von seiner linken Hüfte baumelte.

»Willst du deinen Bruder finden oder Rache üben?«, hatte sie gefragt, als er die Waffen einsteckte, aber er hatte ihr nicht geantwortet.

Durch die Luftschleuse betraten sie das kleine Schiff. Rin schaltete die Positionslichter, die Sensoren und die Kommunikationssysteme aus. Das machte die *Fingertips* zwar nicht unsichtbar, verringerte aber das Risiko, dass man sie zufällig entdeckte.

Sie schloss die Türen und aktivierte den Antrieb. Manuell flog sie das Shuttle auf die Station zu. Neben ihr auf dem Copilotensitz rieb Arnest mit den Händen über seine Hose. »Als Erstes ist dieses kleine Arschloch fällig, das Lanzo verraten hat.«

»Marco?« Rin erinnerte sich an den Teenager, den Lanzo zusammengeschlagen und der ihn anscheinend als Letzter lebend gesehen hatte. »Wir wissen nicht, ob er etwas mit Lanzos Verschwinden zu tun hat.«

»Und ob er das hat.«

Scania kam rasch näher. Als die *Fingertips* noch hundert

Kilometer entfernt war, schaltete Rin den Antrieb ab und ließ das Schiff treiben. Sie hatte keine Ahnung, welchen Andockpunkt der Transporter, mit dem sie von den Jockeys auf die Station gebracht worden waren, genommen hatte, also wählte sie den nächstliegenden. Sie wussten zwar nun, das sich hinter den teils beweglichen Wänden der Korridore und Räume Geheimgänge befanden, aber das hieß nicht, dass sie sich in dem Labyrinth zurechtfinden würden. Im schlimmsten Fall würden sie so lange durch die Station irren, bis die Jockeys sie fanden und stellten.

Und wer wird uns dann retten?

Wenige Meter vor dem Andockpunkt schaltete Rin die Schubdüsen ein und drehte das Shuttle bei. Sanft rastete die Verankerung der Luke in die der Luftschleuse ein.

»Sauber«, sagte Arnest, löste seinen Gurt und stand auf. Er schien das Cockpit verlassen zu wollen, hielt dann aber inne und legte Rin die Hand auf die Schulter. »Das ist 'ne riesen Sache für mich und ich weiß es echt zu schätzen, dass du mitmachst.«

Das war vielleicht das Netteste, was er je zu ihr gesagt hatte. Rin hob den Kopf und sah ihn an. »Sei nur nicht zu enttäuscht, wenn wir nichts herausfinden sollten, okay? Und hör ab und zu auf mich.«

Arnest grinste. »Mal sehen.«

Er nahm die Hand von ihrer Schulter. Das Licht über der einzigen Tür im Frachtraum sprang von Rot auf Grün. Der Druckausgleich zwischen Shuttle und Station war erfolgt. Arnest zog seine Pistole und öffnete die Tür. Rin folgte ihm. Die Luftschleuse war leer. Durch ein Bullauge in der inneren Tür drang Licht. Arnest bedeutete Rin mit einer Geste, zurückzubleiben, und zog die Tür lautlos auf. Sein Kopf war so groß, dass er das Bullauge einen Moment verdeckte und es in der Schleuse dunkel wurde.

»Alles okay«, sagte er und trat in den Gang. Rin folgte ihm.

Sie blinzelte im hellen Licht. Der Gang, in dem sie standen, erstreckte sich meterweit nach rechts. Wandsegmente aus grau lackiertem Kunststoff, der Metall suggerieren sollte, lagen auf Antigravpaletten am Boden. Dazwischen sah Rin Werkzeug und mehrere scheinbar achtlos zurückgelassene Pads. Ein Teil der linken Wand fehlte und gab den Blick auf den Hohlraum dahinter frei.

»Die reparieren wohl die Geisterbahn«, sagte Arnest.

Rin unterdrückte ein Schaudern, als sie an die Stunden dachte, die sie hilflos in der dunklen Station verbracht hatte, während ein Mensch nach dem anderen in die Wände gezogen und umgebracht worden war. Für die Jockeys war es ein Spiel gewesen, für die Menschen ihr Schicksal.

Sie folgten dem Gang bis zu seinem Ende und bogen nach links in einen anderen ein. Auch hier bot sich Rin der gleiche Anblick: Wandsegmente, Werkzeug, Spuren von Arbeitern, die neue Wände eingesetzt und alte entfernt hatten. In einigen sah Rin noch die Löcher, die sie und die anderen hineingetreten hatten.

Etwas klirrte hinter einem offenen Wandstück. Rin wich zurück, als Arnest mit einem Satz an ihr vorbei in den Hohlraum sprang. Sie hörte einen spitzen Schrei, dann stolperte ein älterer, grauhaariger Mann in den Gang. Er fiel auf die Knie und hob die Hände.

»Bitte tun Sie mir –« Er brach ab. Seine Augen weiteten sich. »Ihr seid Menschen? Was zum Teufel wollt ihr denn hier?«

»Wir würden gern mit Algernon Reynolds sprechen«, sagte Rin.

Neben ihr trat Arnest aus dem Geheimgang. Er presste dem Mann seine Pistolenmündung an den Hinterkopf. »Und zwar sofort, Arschloch.«

Rin seufzte.

10

Der Mann hieß Dmitri und hatte zusammen mit anderen Arbeitern auf Befehl der Jockeys die Station reparieren sollen. Als die *Fingertips* anlegte, hatten die Arbeiter geglaubt, es träfen weitere Jockeys ein, und waren geflohen. Dmitri war entweder zu blöd oder zu faul gewesen, um weit genug zu fliehen, so genau hatte Arnest nicht zugehört. Ihm wäre es am liebsten gewesen, Dmitri hätte ihnen schweigend den Weg gezeigt, aber Rin unterhielt sich die ganze Zeit über mit ihm, weshalb auch immer.

Sie bewegten sich durch die Hohlräume hinter den Gängen, zur Sicherheit, wie Dmitri sagte. Zwar hatte er seit Tagen keine Jockeys mehr auf der Station gesehen, aber er war trotzdem nervös und blieb an jeder Ecke stehen, um einen Blick in den nächsten Gang zu werfen.

»Man weiß ja nie«, sagte er.

Als er das fünfte Mal innerhalb von zehn Minuten anhielt, sich an die Wand presste und vorsichtig in den Gang hineinsah, packte Arnest ihn am Arm. »Gottverdammte Scheiße, jetzt geh endlich!«

Dmitri stolperte in den Gang und prallte gegen die Wand. Mit schmerzverzerrtem Gesicht rieb er sich die Schulter.

»Arnest!« Rins Stimme klang schneidend. »Lass ihn in Ruhe.«

»Er soll einfach nur seinen Arsch bewegen.« Arnest folgte Dmitri in den Gang. Die Hohlräume waren so eng, dass sie kaum nebeneinander hergehen konnten. »Wenn er in dem

Tempo weitermacht, is' Lanzo längst verreckt, bis wir ihn finden. Wie weit ist es noch?«

Dmitri wich vor ihm zurück. Schweiß rann ihm übers Gesicht. »Nicht mehr weit. Wir sind gleich da.«

»Gut.« Arnest glaubte, Rins missbilligende Blicke im Rücken zu spüren, drehte sich aber nicht um. Lanzo war sein Bruder. Vielleicht konnte niemand außer ihm verstehen, was das bedeutete.

Dmitri hastete vor ihm her. Ab und zu stolperte er über ein Kabel, das zu weit aus der Wand ragte. Die Hohlräume dienten der Überwachung und waren mit Mikrofonen, Kameras und Monitoren ausgestattet. Nichts davon war eingeschaltet.

Arnest konnte sich kaum noch an seinen ersten Besuch auf der Station erinnern. Alles, was geschehen war, nachdem er vom – angeblichen – Tod seines Bruders erfahren hatte, verschwamm vor seinem geistigen Auge. Er war wütend gewesen, so unvorstellbar wütend, dass er innerlich beinahe verbrannt wäre. *Ich will mich nie wieder so fühlen*, dachte er.

Nach ein paar Minuten blieb Dmitri vor einer unscheinbaren, schmalen Tür stehen, und schob den Zeigefinger in eine Vertiefung in der Wand. Es klickte. Die Tür sprang auf.

»Wir sind da«, sagte er.

»Na endlich.« Arnest quetschte sich an ihm vorbei. Er stand in Algernon Reynolds' Habitat mit seinen gelb gepflasterten Wegen und den grünen Pflanzen, die die Wände der Raumstation verbergen sollten. Auf einer Parkbank saßen ein Mann und eine Frau. Sie sprangen auf, als sie die Pistole in Arnests Hand sahen, und liefen weg.

Dmitri zeigte auf sie. »Darf ich auch?«

»Ja, verpiss dich.«

»Danke.« Dmitri schloss sich den beiden an. Einige Leute, an denen er vorbeirannte, drehten sich um, bemerkten Arnest und flohen ebenfalls.

Rin schloss die Tür. »Musst du dir wirklich jeden zum Feind machen?«

»Wenn's nicht anders geht«, sagte Arnest. Er trat auf den Weg und stemmte die Hände in die Hüften. »Marco!«, schrie er. Seine Stimme hallte von den hohen Metallwänden wider. »Marco!«

»Er ist nicht hier.« Algernon Reynolds' Stimme. Einen Moment später bog er, umgeben von einem Dutzend Bewaffneter, auf den Weg ein. Er war so perfekt gekleidet, als wäre er auf dem Weg in das Nachrichtenstudio, von dem aus er einst die Welt vor dem Zombievirus gewarnt hatte. »Und ihr seid hier nicht willkommen.«

Arnest ignorierte die Pistolenmündungen, die auf ihn zeigten. Die Leute, die die Waffen hielten, waren keine Profis, das verriet ihm das nervöse Flackern in ihren Augen. Sie würden nicht schießen.

»Es ist mir scheißegal, ob wir hier –« Er unterbrach sich, als Rin ihm die Hand auf den Arm legte.

»Lass mich«, sagte sie leise. In ihrer Stimme schwang etwas mit, das seine Wut bezähmte. Er nickte.

Sie wandte sich an Reynolds: »Wir wollen nicht bleiben. Wir sind nur hier, um Lanzo zu finden. Wir wissen, dass er nicht tot ist.«

Reynolds hob seine makellosen Augenbrauen. »Dann wisst ihr mehr als ich.«

»Wo ist Marco?«

»Nicht hier, mehr kann ich euch nicht sagen.« Reynolds gab den Bewaffneten ein Zeichen und sie ließen ihre Pistolen sinken. »Nachdem ihr weg wart, fielen die Jockeys hier ein. Sie griffen sich einige Leute und nahmen sie mit, unter anderem Marco. Ich nehme an, dass das eine Art Vergeltungsschlag für euren Angriff sein sollte. Sie befahlen uns, die Station zu reparieren. Seitdem habe ich weder die Jockeys noch meine Leute gesehen.«

Arnest dachte an das kleine Passagierschiff, das sie beim Anflug gesehen hatten. Sein Herz schlug schneller. »Sie sind immer noch hier?«

»Soweit ich weiß, ja.« Reynolds' Blick wurde hart. »Das ist alles, was ihr von mir erfahren werdet. Meine Leute sind wegen euch und diesem verdammten Albaner verschleppt worden. Ich will nicht auch noch den Rest von dem, was wir uns hier aufgebaut haben, verlieren. Geht.«

»Einen Scheiß habt ihr euch aufgebaut«, sagte Arnest. »Ihr lasst euch von den Jockeys rumstoßen wie …« Er suchte nach einem passenden Vergleich. »Wie … irgendwas, das sich rumstoßen lässt. Billardkugeln. Ja, genau, wie scheiß Billardkugeln.«

Er winkte ab, als Reynolds widersprechen wollte. »Du laberst eh nur rum. Sag mir, wie wir zu dem scheiß Schiff kommen, dann bist du uns los.«

»Ich werd es ihnen nicht zeigen«, rief Dmitri. Arnest konnte ihn nicht sehen. Anscheinend hatte er sich hinter irgendeinem Busch versteckt.

»Du feige Ratte«, rief er zurück, grinste dann aber. Die Jockeys waren noch da und das hieß, dass auch sein Bruder noch da war. Er hatte die richtige Entscheidung getroffen.

»Den Gang hinunter und immer rechts bleiben«, sagte eine Frau, die neben Reynolds stand. Sie war jung, doch ihr Gesicht wirkte verkniffen. »Kommt nicht wieder her.«

Rin zog Arnest auf die Tür zu, bevor er antworten konnte. »Danke«, sagte sie über ihre Schulter. »Wir werden euch in Ruhe lassen. Aber wenn ihr einmal Hilfe braucht …« Sie ließ den Satz unvollendet. *Dann kommt nicht zu uns*, ergänzte ihn Arnest in Gedanken. Er konnte Menschen, die vor den Jockeys kuschten, nicht leiden. Man kämpfte gegen die Jockeys und lebte oder man kämpfte gegen die Jockeys und starb. Alles andere war Feigheit.

Sie liefen den Gang hinunter. »Lanzo ist hier, Rin«, sagte

Arnest. Er hätte sie am liebsten umarmt, aber sie war bereits einige Schritte vor ihm. »Ich hatte recht. Er ist hier.«

Sie blieb stehen. »Er ist auf einem Jockeyschiff. Wir werden uns das ansehen, aber wenn es zu gefährlich ist, drehen wir um, okay? Es hilft Lanzo nicht, wenn du für ihn draufgehst.«

»Okay.« Arnest konnte sehen, dass Rin ihm nicht glaubte. *Zu Recht*, dachte er. Ihn trennten vielleicht nur noch ein paar Hundert Meter von Lanzo. Er würde nicht aufgeben, nicht mehr.

Arnest lächelte, beruhigend, wie er hoffte. »Wir kommen schon klar.«

Er bog nach rechts in den Gang ab. Mit jedem Schritt kam er dem Schiff näher.

11

»Sie unterminieren meine Autorität, Mister Brown! Das war nicht so abgesprochen!«

Gonzales' Stimme drang dumpf durch die geschlossene Tür. Brown antwortete ihr leiser. Ama'Ru konnte nicht verstehen, was er sagte. Sie stand neben dem Skorpion, der sie zu dem Büro gebracht hatte, und wartete. Die *Andere* kaute auf einem Blatt, das sie von einer Pflanze vor einem geöffneten Fenster abgerissen hatte. Sie wirkte zufrieden.

»Man trifft jemanden aus deinem Volk nur selten«, sagte Ama'Ru mit einem Blick auf den Skorpion. »Fast so selten wie jemanden aus meinem.«

Der Skorpion schwieg. Er hatte auf dem ganzen Weg in den zweiten Stock, wo Brown sich sein Büro eingerichtet hatte, kein Wort gesagt.

»Ich habe gehört, ihr wärt Einzelgänger, aber hier agiert ihr zu dritt. Ist das, was ich gehört habe, falsch?« Sie sprach Englisch. Der Skorpion musste sie verstehen, sonst hätte er wohl kaum mit Brown zusammenarbeiten können. Trotzdem antwortete er nicht.

Gonzales sagte auf der anderen Seite der Tür leise etwas, dann hörte Ama'Ru Schritte. Es zischte und Gonzales trat auf den Gang. »Ich bitte darum«, sagte sie scharf, den Kopf abgewandt. Erst, als sie sich umdrehte, sah sie Ama'Ru und zuckte zusammen. Die Gottesanbeterin öffnete ihre Zangen, als habe sie Angst, die Frau wolle ihr das Blatt wegnehmen.

»Und halten Sie Ihren Zoo unter Kontrolle«, rief Gonzales in das Büro, dann stürmte sie den Gang hinunter zum Fahrstuhl. Ihr weißes Kleid wehte hinter ihr her.

»Kommen Sie rein«, sagte Brown. Er saß an einem großen Schreibtisch vor dem Fenster. Nur ein Pad lag darauf. Einige Metallkisten stapelten sich an der Wand. Links von ihm stand ein leeres Regal.

Ama'Ru und die *Andere* mussten sich unter dem Türrahmen hindurchducken, um sich nicht den Kopf zu stoßen. »Diese Räumlichkeiten wurden nicht für uns entworfen«, sagte sie freundlich. Hinter ihr schloss der Skorpion von außen die Tür.

»Nein«, sagte Brown. Ama'Ru erwartete nicht, dass er etwas über sein Gespräch mit Gonzales sagen würde, und das tat er auch nicht. Er beugte sich in seinem Ledersessel vor und verschränkte die Finger ineinander. »Also?«

Ama'Ru warf einen kurzen Blick aus dem Fenster. Der Regenwald erstreckte sich vor ihr. Weit entfernt am Horizont stieg eine dünne Rauchfahne in den Himmel. »Ich spreche für mich und Kipling«, sagte sie dann. »Es gefällt uns, auf Ihren Vorschlag einzugehen.«

Brown hob die Augenbrauen. »Das hat er so gesagt?«

Sie bemühte sich um ein menschliches Lächeln. »Ich glaube, seine Worte waren: ›Es könnte schlimmer sein.‹«

Brown erwiderte ihr Lächeln nicht. »Gut. Das oberste Stockwerk steht Ihnen und ihm exklusiv zur Verfügung. Sie werden dort leben und arbeiten. Sie können dort auch essen, um mögliche Konflikte zu vermeiden. Die Entscheidung liegt bei Ihnen.«

Ama'Ru fragte sich, ob es bei dem Gespräch zwischen ihm und Gonzales um diese »möglichen Konflikte« gegangen war.

Brown zog sein Pad heran, ein klares Zeichen, dass die Unterhaltung beendet war. Ama'Ru blieb stehen. Er ignorierte sie fast eine Minute lang, bevor er erneut aufsah.

»Ja?«

»Warum haben Sie Ihre Meinung, was meinen Tod betrifft, geändert?«

»Ich habe diese Frage eben nicht beantwortet und ich werde es auch jetzt nicht tun«, sagte Brown und widmete sich wieder seinem Pad.

»Haben wir einen gemeinsamen Freund?«

Sein Zeigefinger, mit dem er etwas auf dem Pad hatte antippen wollen, verharrte in der Luft. Es war nur ein winziger Moment, kaum wahrnehmbar, aber Ama'Ru entging er nicht. *Ryn'Nel op Yrlem*, dachte sie. Er musste es sein. Es gab keine andere Erklärung.

Ihre Gedanken überschlugen sich. Welche Verbindung gab es zwischen den beiden und wieso hatte Ryn'Nel op Yrlem nie davon gesprochen?

»Gehen Sie«, sagte Brown. »Und stellen Sie diese Fragen nicht noch einmal.«

Ama'Ru hätte ihm beinahe gehorcht. Sie drehte sich bereits um, bevor ihr der andere Grund einfiel, aus dem sie dieses Gespräch hatte führen wollen. »Das Labor, das Sie für mich eingerichtet haben, ist unzureichend ausgestattet«, sagte sie.

»Machen Sie eine Liste. Ich werde besorgen, was möglich ist.«

»Sind Sie oder Ihre … Begleiter etwa Chemiker?«

Nun sah Brown doch auf. Ama'Ru sah das Misstrauen in seinem Blick. *Vorsichtig*, dachte sie. *Ich darf ihn nicht zu sehr in die Enge treiben.*

»Wollen Sie selbst gehen?«

»Nein«, sagte Ama'Ru. Das war nicht gelogen. »Aber wenn niemand außer mir qualifiziert ist und im Notfall, wenn etwas auf der Liste nicht zu bekommen sein sollte, improvisieren kann, dann –«

Sie unterbrach sich, als Brown abwinkte. »Ich denke darüber nach.«

»Danke.« Ama'Ru wandte sich ab und verließ das Büro. Mehr würde sie nicht erreichen können. Der Skorpion vor der Tür beachtete sie nicht, als sie zum Fahrstuhl ging. Durch das offene Fenster hörte sie den Gesang von Gonzales' Anhängern. Sie luden Ausrüstung aus einem Shuttle, das auf dem Parkplatz gelandet war.

Er wird zustimmen und mir die Skorpione mitgeben, dachte Ama'Ru auf dem Weg nach oben. *Dann werde ich mit ihnen reden können, allein und weit weg von all diesen Menschen.*

Sie verließ den Fahrstuhl. Die Tür am Ende des Gangs stand offen. Bläuliches Licht erhellte den Raum, in dem Kipling wie ein General vor einer Armee aus Monitoren, Hologrammen und Displays stand.

»Halt den Fahrstuhl auf«, rief er, als er Ama'Ru bemerkte.

Sie schob die Schere der *Anderen* zwischen die sich schließenden Türen. Sie fuhren zischend zurück.

»Zähl mal die Knöpfe, nur die Stockwerke, inklusive Keller.«

Sie warf einen Blick auf das Touchpad an der Wand. »Sechs.«

»Bist du sicher?«

»Ich habe zwar mit Ironie meine Schwierigkeiten, Kipling, aber nicht mit menschlicher Mathematik. Es sind sechs Stockwerke.«

Er hob die Hand. »Sorry.«

»Wieso willst du das wissen?«, fragte Ama'Ru, während sie durch den Korridor zu ihm ging. Die *Andere* drehte den Kopf und betrachtete die Palmen, deren Blätter im Wind rauschten. Ama'Ru spürte ihren Hunger. Seit einiger Zeit brauchten sie beide mehr Nahrung. Der Kampf gegen den Virus, der mit ihnen um die Herrschaft über Körper und Geist rang, kostete vor allem die *Andere* Energie.

»Hier stimmt was nicht«, sagte Kipling, als sie neben ihm stehen blieb. Er zeigte auf eine dreidimensionale Grafik, auf der Ama'Ru nichts erkennen konnte. »Ich sehe mir gerade an, wie das interne Netzwerk des Gebäudes aufgebaut ist und ob es noch irgendwo Kontakt nach draußen, zu einem Satelliten oder so etwas gibt. Das ist sehr interessant, weil …«

Er schien zu bemerken, dass er den Faden verlor. »Ist ja auch egal. Du musst nicht den ganzen Roman kennen, nur die letzte Seite. Und auf der steht, dass sieben Stockwerke miteinander vernetzt sind.«

»Aber wenn mit dem Fahrstuhl nur sechs zu erreichen sind«, sagte Ama'Ru, »wo ist dann das siebte?«

Kipling nickte. »Und was ist da drin?«

12

»Speedrun.«

Delta zeigte auf den Eingang des Einkaufszentrums. Er hockte neben Auckland und den anderen hinter einem umgestürzten UPS-Lieferwagen. Der Fahrer hing noch in seinem Sicherheitsgurt und kratzte an der Tür.

»Wir laufen rein, nach rechts, rauf in den ersten Stock und bis hinten durch. Da ist ein Elektronikladen. Du greifst dir, was du brauchst, dann laufen wir links zurück und wieder runter.« Er grinste und sah Auckland an. »Und das Ganze so schnell du kannst.«

Seine Großspurigkeit ging Auckland auf die Nerven. Er warf Einsnull, den er eigentlich als Befehlshaber der kleinen Gruppe eingeschätzt hatte, einen kurzen Blick zu, aber der nickte nur und sagte: »Klingt vernünftig.«

»Ihr wart schon mal in dem Einkaufszentrum?«, fragte er.

»Ja«, sagte Barbie, »aber nur vorne. Wir haben uns die Karte eingeprägt für den Fall, dass wir irgendwann mal speziellere Dinge brauchen.«

»Hattet ihr Probleme?«

»Keine. Da ist nicht viel los.«

Die Zombies vor dem Eingang wurden unruhig. Auckland hörte ihre schlurfenden, sich langsam nähernden Schritte und ihr lauter werdendes Stöhnen. Sie hatten die Menschen, die nur ein paar Meter von ihnen entfernt waren, bemerkt.

»Es wird nicht besser, wenn wir warten«, sagte Einsnull.

»Gehen wir jetzt rein oder nicht?«

»Wir bleiben zusammen.« Auckland stand auf. Einige Zombies fauchten und stolperten auf ihn zu. Andere drehten den Kopf. Er zählte fünfzehn. »Lasst euch nicht von ihnen aufhalten.«

Ohne auf eine Antwort zu warten, lief er los. Er hörte Schritte hinter sich und wusste, dass sie ihm folgten. *Sie sind so leicht zu kontrollieren*, dachte er, *und so unentschlossen, wenn man es nicht tut.*

Er rammte einem Zombie, der ihm in den Weg taumelte, die Machete in die Stirn, und ignorierte die anderen. Die Türen des Einkaufszentrums standen offen, die Scheiben fehlten. In der Halle dahinter breitete sich ein Meer aus zertrümmerten Barrikaden und Müll aus. Anscheinend hatten Menschen versucht, sich in all dem Überfluss eine Festung zu bauen, aber gelungen war es ihnen nicht. Nur einige Zombies wankten noch durch das Chaos.

Es gab Treppen links und rechts und vier Rolltreppen in der Mitte. Der Boden bestand aus schwarzen und weißen Fliesen, die Wände waren holzgetäfelt. Durch das halb transparente, halb mit Vogelkot bedeckte Dach fiel helles Tageslicht ins Einkaufszentrum.

Auckland sprang über zwei Leichen hinweg und wandte sich nach rechts. Auf den Rolltreppen standen reglose Zombies, als erwarteten sie, nach oben oder unten gefahren zu werden. Die normalen Treppen waren frei. Auckland rannte an einem Uhrengeschäft und einer Konditorei mit zerschlagenen Auslagen vorbei auf die Treppe zu. Ein bärtiger Zombie, in dessen Füßen und Beinen Glasscherben steckten, streckte die Arme nach ihm aus. Auckland schlug sie mit der Machete zur Seite, ohne anzuhalten.

Zwei Stufen auf einmal nehmend rannte er die Treppe hinauf. Vertrocknete Essensreste und anderer Müll lagen auf den Stufen. Auf dem Treppenabsatz bemerkte Auckland einen zugezogenen roten Schlafsack. Etwas bewegte sich darin. Er sah nicht nach, was es war.

Barbie und Einsnull blieben dicht hinter ihm. Nur Delta lief plötzlich und scheinbar mühelos an Auckland vorbei, stieß sich ab und nahm die letzten fünf Stufen nach oben mit einem Sprung. Den Zombie, der dort stand, eine junge Frau in Kellneruniform, tötete er mit einem Machetenstreich. Er drehte sich um und lächelte, als warte er auf Applaus. Auckland ignorierte ihn.

Die Galerie, zu der die Treppe führte, unterschied sich kaum vom Erdgeschoss. Einige Zombies wankten durch den Gang, vorbei an zertrümmerten Schaufenstern. Auch hier war alles voller Müll. Auckland warf einen Blick nach unten. Die Zombies, die vor dem Eingang gestanden hatten, waren ihnen gefolgt und schlurften auf die Treppe zu. Andere schlossen sich ihnen an. Es waren bereits über zwanzig. Weitere kamen aus dem hinteren Teil des Einkaufszentrums langsam nach vorn.

So fangen Katastrophen an, dachte Auckland, während er über die Galerie lief. Die Schaufenster rechts von ihm waren mit Brettern vernagelt und mit bunten Plakaten versehen, auf denen *NEUERÖFFNUNG* stand. Wenn er die Bilder richtig deutete, schien es sich um ein Bekleidungsgeschäft zu handeln. An einigen Stellen hatten Menschen die Bretter aufgestemmt, wahrscheinlich um nachzusehen, ob sich etwas Nützliches dahinter befand. Da sie nicht weitergemacht hatten, schienen sie enttäuscht worden zu sein.

Der Verwesungsgestank wurde stärker. Auckland nahm an, dass er von den Fast-Food-Ständen auf der anderen Seite der Galerie stammte. Einige Zombies standen hinter Theken und zwischen umgeworfenen Tischen und Stühlen. Ihre Blicke wandten sich Auckland langsam zu. Ihre Köpfe drehten sich, ihre Beine knackten laut, als sie sich zum vielleicht ersten Mal seit Monaten in Bewegung setzten.

Barbie zeigte nach vorn, zum Ende der Galerie. Es wurde von einer roten Fassade eingenommen, auf der *JB ELECTRONICS* stand. Mattschwarze Displays rahmten die Worte ein. Es gab keine Türen, nur rote Pfeile am Boden, die in das im Halbdunkel liegende Geschäft wiesen.

Sie liefen weiter. Barbie tötete zwei Zombies im Vorbeigehen, Auckland einen. Aus dem Augenwinkel sah er, wie weitere hinter ihm fielen. Einen trat Einsnull gegen das Geländer, aber der Mann – ein Fahrradkurier, der seine Tasche noch auf dem von Bisswunden übersäten Rücken trug – prallte nicht etwa davon ab, sondern kippte hintenüber und verschwand. Eine Sekunde später landete er mit einem lauten Krachen im Erdgeschoss. Vögel flatterten erschrocken auf. Ein gewaltiges Seufzen schien durch das Einkaufszentrum zu gehen, als die Zombies, die bisher noch nichts bemerkt hatten, erwachten.

Einsnull breitete entschuldigend die Arme aus. Auckland presste die Lippen zusammen. »Planänderung«, sagte er. »Einsnull, Delta, ihr bleibt am Eingang. Sagt Bescheid, wenn es eng wird. Barbie und ich gehen rein.«

Einsnull reichte ihm wortlos seine Taschenlampe, aber Delta sah Auckland herausfordernd an. »Wieso gibst du hier den Chef?«

»Weil es sonst keiner tut.«

Barbie lief bereits in das Geschäft. Sie zog eine schmale Stablampe aus dem Gürtel und richtete den Lichtstrahl ins Halbdunkel. Es herrschte Chaos. Umgeworfene Regale, aufgerissene Kartons, Blut, das über Böden und Wände gespritzt war. Ein Banner über dem Kassenbereich verkündete, dass man sich mit den neuen Angeboten von *JB* glücklich und reich kaufen könne.

»Hardware, richtig?«, fragte Barbie leise.

»Ja.« Auckland bückte sich und hob eine unbeschädigt aussehende Verpackung auf. Darin befand sich eines dieser neuen

OLED-Pads, die sich zusammenrollen und falten ließen. Er steckte es in die Seitentasche seiner Cargohose und folgte Barbie. Im nächsten Moment legte er ihr die Hand auf die Schulter.

»Vorsicht«, flüsterte er. Sie blieb stehen. Im Gegensatz zu ihm bemerkte sie die beiden Arme, die unter einem umgestürzten Metallregal hervorragten, erst jetzt. Finger öffneten und schlossen sich. Auckland fiel auf, wie sauber die langen, klauenartigen Nägel waren. Der Zombie hatte das Geschäft wohl nie verlassen.

Barbie machte einen Bogen um die Arme, Auckland ebenfalls. Draußen knirschte etwas laut, dann barst Holz. Auckland drehte sich um. Delta bemerkte seinen Blick und hielt den Daumen hoch, während Einsnull mit der Machete in der Hand hinter einer Ecke verschwand.

Auckland stieg über am Boden liegende Drucker und 3D-Bilderrahmen hinweg. Je tiefer er und Barbie in das Geschäft eindrangen, desto dunkler wurde es. Nur noch wenig Tageslicht drang vom Gang herein. Der Strahl seiner Taschenlampe erhellte Waschmaschinen und Kühlschränke, die an den Wänden standen. Niemand hatte sich die Mühe gemacht, sie zu stehlen oder zu zerstören.

Barbie leuchtete die Regale ab. »Nur Schrott«, sagte sie leise. »Ich glaube, wir sind in der falschen Abteilung.«

Auckland nickte und richtete die Taschenlampe auf den Boden. Glas knirschte unter seinen Sohlen. Irgendwo, nicht weit von ihm, stöhnte jemand leise, vielleicht der Zombie, der unter dem Regal eingeklemmt war, vielleicht ein anderer.

Draußen wiederholte sich das Krachen und Bersten. Barbies Lichtstrahl streifte kurz Aucklands Gesicht. »Du kannst ihnen trauen«, flüsterte sie. »Sie werden uns nicht im Stich lassen.«

Sie wandten sich nach rechts und die Waren in den umgeworfenen Regalen und am Boden veränderten sich: Computerzubehör, Grafikkarten, Arbeitsspeicher. Sie waren auf dem richtigen Weg.

Barbie durchsuchte ein Regal auf der rechten Seite, Auckland blieb links. Hier hatte anscheinend einmal eine Pyramide von winzigen Kameradrohnen gestanden. Die würfelförmigen Schachteln hatten sich überall auf dem Boden verteilt, doch dazwischen, neben abgerissenen Metallverstrebungen und Glasscherben, entdeckte Auckland einen Karton. *Megalan* war in silberner Schrift in die schwarze Schachtel eingestanzt. Das halb unter Verpackungen verborgene Bild zeigte einen weißen Router.

Mit der Stiefelspitze schob Auckland den Karton unter das Regal.

»Was machst du da?«, fragte Barbie.

Ein Krachen, lauter und schärfer als zuvor, bewahrte Auckland vor einer Antwort.

»John! Barbie!«, schrie Delta. Die überlegene Selbstgefälligkeit war aus seiner Stimme verschwunden. »Raus!«

Barbie fuhr herum. Auckland folgte ihr. Die Strahlen ihrer Taschenlampen tanzten über die Wände. Barbie schien kaum den Boden zu berühren, so elegant sprang sie über Hindernisse hinweg und nutzte Regalböden und Kisten, um sich von ihnen abzustoßen. Auckland hatte Mühe, ihr zu folgen.

Er sah den Gang vor sich. Barbie blieb so abrupt stehen, dass er beinahe gegen sie geprallt wäre. »Scheiße.«

Die Zombies waren überall. Sie mussten sich hinter den Brettern befunden haben, mit denen die Schaufenster vernagelt worden waren. Der Lärm hatte sie aus ihrer Lethargie gerissen. Und nun barsten die Bretter, Dutzende Arme streckten sich durch die Lücken, Splitter rissen ihre Haut auf. Ein paar Bretter lagen bereits am Boden. Zombies taumelten mit steifen Gelenken in den Gang und stießen zu denen, die über die Treppen nach oben gekommen waren. Fast alle Zombies, die die Bretter niederrissen, trugen offene Krankenhaushemden und Identifikationsarmbänder an den Handgelenken. Auckland entdeckte einige Krankenschwestern und Pfleger mit aufgerissenen Schutzanzügen zwischen ihnen. Es waren Dutzende, vielleicht sogar Hunderte.

»Eine Quarantänestation«, sagte er, während er die Machete in die linke Hand nahm und seine Pistole mit der rechten zog. »Das ist nicht euer Ernst!«

Einsnull fuhr sich mit der Zunge über die Lippen. Der Lauf seiner Pistole zuckte von einem Zombie zum nächsten, als wisse er nicht, auf wen er zuerst schießen sollte. Die vordersten waren noch fünf oder sechs Meter entfernt.

»Und was machen wir jetzt … Chef?«, fragte Delta. Es war sarkastisch gemeint, aber es klang verzweifelt.

»Jetzt kämpfen wir.« Auckland lud seine Waffe durch.

13

»Da ist es«, flüsterte Arnest. Geduckt trat er aus dem Gang und hockte sich hinter einige Kisten. Rin schloss sich ihm an. Das Passagierschiff der Jockeys hatte an einem der großen Docks angelegt. Die Tore zu seinem Frachtraum standen offen. Darin sah Rin Kisten wie die, hinter der sie hockten, und Käfige aus Metall, deren Gitterstäbe vom Boden bis zur Decke reichten. Der Frachtraum selbst war ein Kunstwerk aus geschwungenen Linien und sanften Farben. Selbst die Käfige fügten sich harmonisch darin ein.

Arnest deutete mit dem Kinn auf sie. »Wollen wir wetten, für wen die sind?«

Er sah sich um. »Wo sind die ganzen Wichser?«

Auf dem ganzen Weg hatten sie keinen Jockey entdeckt und auch jetzt sahen und hörten sie niemanden. Rin fragte sich, ob das Schiff gerade beladen wurde oder schon eine Weile offen dastand.

»Gehen wir rein.« Arnest stand auf und lief zum Schiff, bevor Rin ihn aufhalten konnte. Sie biss die Zähne zusammen und folgte ihm. Der Raum war groß und offen. Es gab mehrere Ausgänge. Wenn die Jockeys, wo auch immer sie waren, sie entdeckten, konnten sie immer noch fliehen.

Über eine Rampe betrat Rin den Frachtraum. Der Boden sah aus wie Metall, gab aber unter ihren Sohlen nach. Sie streckte eine Hand aus und berührte die Wand. Sie fühlte sich warm und ein wenig feucht an, wie Holz, das nach dem Regen in der Sonne trocknete.

Ich war noch nie auf einem Jockeyschiff, dachte Rin.

Vor ihr lag ein hell erleuchteter, gewundener Gang, der tiefer ins Schiff führte. Arnest presste sich an die Wand, runzelte die Stirn und strich dann mit den Fingerspitzen über das Material. Er verzog das Gesicht, als er die Feuchtigkeit spürte. »Was ist denn das für eine widerliche Scheiße?«

Im Gang herrschte Stille. Einige halbrunde, schräge Türen gingen von ihm ab. Er endete irgendwo hinter einer Biegung. Wenn die Konstruktionszeichnung auf Wikipedia stimmte, befand sich dort der Passagierraum und daneben das Cockpit. Es schien keine rechten Winkel auf diesem Schiff zu geben, keine Ecken, keine Kanten, als wäre es gewachsen und nicht konstruiert worden. *Sie investieren so viel Zeit in ihre Schiffe, aber geben ihnen keine Namen*, dachte Rin. Doch dann fiel ihr ein, dass sie nicht einmal ihren Begleitern Namen gaben, und sie verwarf den Gedanken.

Jemand lachte.

Rin und Arnest blieben gleichzeitig stehen und sahen sich an. In Arnests Gesicht las Rin die gleiche Frage, die sie sich auch stellte. *Ein Mensch?* Jockeys lachten zwar, aber nicht so. Ama'Ru hatte es einige Male versucht, bis Kipling ihr erklärt hatte, dass sie wie ein wahnsinniger Rachegeist aus einem Horrorfilm klang.

Arnest zeigte auf die Biegung. Er schien zu glauben, dass das Lachen von dort gekommen war. Rin nickte und zog nun auch ihre Pistole. Ein Krächzen, unmenschlich und animalisch, ließ sie zusammenzucken. Dann wieder dieses Lachen.

Ihr Mund wurde trocken. Arnest schüttelte sich. »Was für eine Scheiße geht hier ab?«, flüsterte er so heiser, dass Rin ihn kaum verstehen konnte.

Es zischte. Sie presste sich gegen die Wand.

»… nicht erwartet, dass es so gut funktionieren würde«, sagte eine Stimme mit einem deutlichen amerikanischen Akzent.

»Wir sind auf dem besten Weg, aber noch sind wir nicht am

Ziel.« Es war ein Jockey, der antwortete. »Bring ihn weg.«

Es zischte erneut und die Stimmen verstummten. Rin hörte Schritte auf dem weichen Boden. Sie kamen auf sie zu. Hektisch sah sie sich um und zeigte auf den Frachtraum. *Rückzug, bevor er uns bemerkt*, wollte sie sagen, aber Arnest schüttelte den Kopf, stellte sich breitbeinig mitten in den Gang und hob seine Waffe. Rin blieb schräg hinter ihm, bereit zur Flucht. Sie hatte versprochen, ihm zu helfen, und das würde sie auch tun, aber sie würde nicht für ihn sterben.

Die Schritte kamen näher. Ein Schatten tanzte über die Wand. Er wirkte verzerrt, aber auch seltsam vertraut, wie der eines Mannes, der ein kleines Kind auf den Schultern trug.

Dann bog er um die Ecke. Rin erstarrte. Die Welt schien mit ihr anzuhalten und sie konnte nichts anderes tun als das, was sich vor ihr offenbarte, anzustarren, ohne zu denken, ohne zu fühlen, ohne zu handeln.

Der Jockey erwiderte ihren Blick aus runden, kalten Augen. Seine verkümmerten Beine hingen über die Schultern des Mannes unter ihm. Des Menschen. Er legte die Hände auf dessen Kopf und krallte seine Finger in kurze dunkle Haare. Seine Nabelschnur endete im Hals des Mannes, in einer rot geschwollenen, blutverkrusteten Wunde, an deren Rändern Rin die Stiche einer Naht erkennen konnte.

Er war blass, seine Haut wirkte beinahe durchscheinend. Tiefe Linien hatten sich in sein abgemagertes Gesicht gegraben, in die Wangen, die Stirn, den Hals. Aus blutunterlaufenen Augen starrte er Arnest an. Rin sah plötzliche Hoffnung in ihnen aufblitzen.

Er öffnete den Mund. Trockene, aufgesprungene Lippen versuchten, Worte zu formen. Er bäumte sich unter dem Griff des Jockeys auf, hustete und krümmte sich.

Und dann sprach Lanzo: »Schieß doch!«

TEIL 5

SO BLEICH, SO TOT

»Ihr habt bestimmt gehört, was mit *My Hometown* passiert ist, ihr wisst schon, diesem Browserspiel, in dem man in ein Haus einzieht und einfach nur normale Dinge tut: einkaufen, Rasen mähen, die Kinder zur Schule fahren und so weiter. Über zweihunderttausend Leute haben *My Hometown* gespielt – bis letzte Woche. Da haben irgendwelche Trolle das Spiel gehackt und jeden zehnten Avatar in einen Zombie verwandelt. Könnt ihr euch vorstellen, wie sich die armen Schweine gefühlt haben, als sie sich einloggten, um für ein paar Stunden ein normales Leben zu führen, und ihre Eltern, Kinder, Geschwister und Freunde auf einmal über sie herfielen? Omega 2.0 in Pixelgrafik. Zweihundert User brachten sich um, das sind 0,01 Prozent der uns bekannten Menschheit – mehr als sich während Omega umgebracht haben.«

– Nerdprediger Dan, *ASCII-Zeichen für die Ewigkeit*

1

Die Zombies schlurften von beiden Seiten der Galerie auf sie zu. Weitere quetschten sich durch die Lücken zwischen den Brettern der ehemaligen Quarantänestation. Ihr Gestank raubte Auckland beinahe den Atem. Es mussten Hunderte sein, die sich wie eine Wand aus verrottetem Fleisch, zerlumpter Kleidung, Klauen und Zähnen durch die Gänge schoben. Ihr Stöhnen klang wie das Heulen eines aufziehenden Sturms.

Immer in Bewegung bleiben. Das war die einzige Strategie, die man im Kampf gegen Zombies benötigte. Wer sich einkreisen oder in die Enge treiben ließ, starb.

Wir sind eingekreist und *in die Enge getrieben.* Die anderen, Einsnull, Delta und Barbie, wichen mit ihm zum Eingang von *JB Electronics* zurück. Sie mussten ebenfalls erkannt haben, dass sie sich nicht durch die Menge kämpfen konnten. Zu viele Zombies, zu enge Gänge, zu wenig Munition. Niemand sagte etwas. Sogar Delta schwieg, biss sich auf die Unterlippe und richtete seine Pistole auf die wankenden Toten.

Aucklands Blick glitt über die Wände und hinauf zu dem transparenten, mit weißem Vogelkot verschmierten Dach. *Ist das Glas?* Er traf seine Entscheidung, ohne die Antwort zu kennen. »Schießt auf das Dach.«

»Was?« Delta fuhr herum. »Ich hab nur dreißig Schuss.«

»Schieß!«

Auckland richtete seine Waffe nach oben. Aus dem Augenwinkel sah er, dass Einsnull und Barbie ihre Mündungen ebenfalls auf das Dach richteten. Nur eine Sekunde später schloss Delta sich ihnen an.

Ihre Schüsse hallten durch das Einkaufszentrum. Ein Dutzend Kugeln schlug fast gleichzeitig in das Dach ein, aber Auckland sah weder Löcher noch Risse in der Oberfläche. Vielleicht wurden sie vom Kot verdeckt, vielleicht blieben die Schüsse wirkungslos. Er konnte es nicht erkennen.

Die anderen wurden unsicher. Ihre Schüsse fielen unregelmäßiger und langsamer. Die Zombies waren bis auf wenige Meter herangekommen.

»Nicht aufhören.« Auckland senkte seine Pistole und wirbelte die Machete in seiner linken Hand herum. Dann trat er einige Schritte nach vorn. Die erste Reihe der Zombies streckte die Arme nach ihm aus. Auckland sah zwei Jugendliche mit schwarz gefärbten Haaren und holografischen, ebenfalls schwarzen Engelsflügeln, die eng an ihren Körpern anlagen. Die Flügel flackerten. Nach über einem Jahr waren die Batterien fast leer. Aucklands Klinge stieß durch flackernde schwarze Federn und bohrte sich in die Stirn des rechten Jugendlichen. Den linken stieß er mit einem Tritt zurück in die Menge. Eine alte Frau fauchte dicht neben seinem Ohr. Auckland fuhr herum und stieß mit dem Knie gegen eine Einkaufstüte, die die Frau noch immer in der Hand hielt. Der Griff aus verstärktem Papier hatte sich tief in ihr Fleisch gegraben. Selbst als Auckland ihr die Machete in die Schläfe hieb und sie zu Boden ging, ließ sie die Tüte nicht los. Ein Mann in einem Overall, auf dessen Brust die Worte *George's Roman Cuisine – Pizza & Pasta* eingestickt waren, trat darauf. Trotz der Schüsse hörte Auckland, wie etwas in der Tüte zerbrach.

»Pass auf!« Barbies Stimme.

Auckland wandte sich von dem Mann im Overall ab. Ein zerfressenes, von Bissspuren übersätes Gesicht tauchte vor ihm auf. Mit einem Machetenschlag spaltete er es. Stinkendes schwarzes Blut tropfte auf seine Hand und floss zäh wie Öl über seine Haut.

Er warf einen Blick zur anderen Seite der Galerie. Die Menge dort wurde von denen, die aus der Quarantänestation kamen, verstärkt und war wesentlich größer. Sie hatte den Eingang zu *JB Electronics* fast erreicht. Einige Zombies lagen bereits tot am Boden, erschossen von Delta, der seine Waffe abwechselnd auf sie und das Dach richtete.

Hoch über Auckland knirschte es laut. Ohne zu zielen, hob er seine Pistole und jagte ein Dutzend Schüsse in die Decke. Aus dem Knirschen wurde ein Knacken. *Komm schon.*

Der Zombie mit dem Overall hatte sich in der Tüte verfangen. Er stöhnte und fauchte, während er versuchte, die Leiche der alten Frau hinter sich herzuziehen. Die Menge hinter ihm geriet ins Stocken. Einige stolperten über Tote, die am Boden lagen, und wurden von der nächsten Reihe niedergetrampelt. Obwohl die Menge langsamer wurde, musste Auckland weiter zurückweichen. Klauen mit zentimeterlangen Fingernägeln streckten sich nach ihm aus, Zähne schlugen aufeinander. Milchig weiße Augen starrten ihn aus toten Gesichtern an.

Einsnull ließ seine Pistole sinken. »Mir geht die Muni–«

Ein Knall. Ein gewaltiges, splitterndes Bersten. Auckland machte einen Satz nach hinten, unter den Eingang des Geschäfts. Er hob die Rückwand eines zerschlagenen Regals hoch und hielt sie vor sich wie einen Schild. Über dessen Rand hinweg sah er, wie die Zombies die Köpfe hoben. Sie verstanden nicht, was da mal funkelnd, mal blassweiß in der eindringenden Morgensonne auf sie herabhagelte.

Splitter so scharf wie Messerklingen bohrten sich in Augen, Münder, Stirnen, Schultern und Füße. Glasscherben zerplatzten auf den schwarz-weißen Fliesen. Ihr Klirren war ohrenbetäubend. Kleinere Splitter bohrten sich in Aucklands Schild. Er wich zur Seite, als eine handgroße Scherbe neben ihm am Boden zerplatzte. Mit einem Satz sprang Delta hinter die Kunststoffverkleidung einer Kasse. Splitter rissen den Bezug des Bürostuhls auf, hinter dem er sich versteckt hatte. Barbie und Einsnull waren ebenfalls in Deckung gegangen. Auckland sah, dass Blutstropfen zu dem Regal führten, an dessen Rückwand sie standen.

Das Klirren ließ nach. Auckland atmete die frische Luft ein, die durch das zerstörte Dach ins Innere wehte. Dutzende Zombies lagen am Boden. Einige waren vom Scherbenregen an die Wand genagelt worden und versuchten stumpfsinnig, sich zu befreien.

»Los!« Auckland wandte sich nach rechts. Mit seinem Schild rammte er die noch stehenden Zombies und stieß sie aus dem Weg. Er hörte, wie Glas unter Stiefelsohlen knirschte. Die anderen folgten ihm.

Er ließ den Schild nach einigen Metern fallen, damit die Schneise, die er gerissen hatte, sich nicht hinter ihm schließen und Einsnull, Delta und Barbie in Bedrängnis bringen konnte. »Raute«, rief er über das Stöhnen der Zombies hinweg.

Delta und Einsnull tauchten rechts und links versetzt von ihm auf, Barbie bildete die Nachhut. Es war eine Standardformation, die sie schon als Kinder gelernt haben mussten, ebenso wie Auckland. Er zog Pistole und Machete aus dem Gürtel. Sein Blick ruhte auf der Zombiegruppe, die ihm gierig entgegenschlurfte. Die meisten waren mit Scherben gespickt, kotverschmiertem, gezacktem Glas, dessen Spitzen teilweise fast einen halben Meter weit aus ihren Körpern ragten. Splitter hatten tiefe Wunden gerissen, Hautlappen hingen von Gesichtern und Armen.

Die Zombies taumelten gegeneinander. Scherben rissen ihre Kleidung auf und bohrten sich in totes Fleisch. Eine wohlhabend aussehende Frau mit blutverklebtem blondem Haar wurde am Hinterkopf getroffen und brach zusammen.

»Passt auf die Scherben auf«, sagte Einsnull und stieß seine Machete einem über den Boden kriechenden Zombie in den Kopf. Dann sah er Auckland an. »Zur Treppe?«

»Ja.«

In Rautenformation liefen sie los. Auckland sprang über Leichen hinweg und verzog das Gesicht, als er die Scherben sah, die aus ihnen ragten. Ein falscher Schritt und sie würden sich durch die Stiefelsohle in seinen Fuß bohren. Zombies streckten die Arme nach ihm aus. Er schoss dreien von ihnen in den Kopf und rammte einen mit der Schulter beiseite. Aus dem Augenwinkel sah er, wie Delta links hinter ihm mit der Machete zuschlug. Einsnull deckte seine rechte Flanke, Barbie seinen Rücken. Sie mussten sich nicht absprechen. Allen war klar, was sie zu tun hatten.

Sie schlugen und schossen sich im Laufschritt durch die Menge. Blut klatschte auf den Boden, die Wände und durch eingeschlagene Fenster in die Auslagen der Geschäfte. Verzerrte Gesichter tauchten vor Auckland auf und verschwanden in Fontänen von schwarzem Blut. Eine Krankenschwester in zerrissener Uniform, ein bärtiger Mann, aus dessen Schultern Scherben ragten, zwei Mädchen, Zwillinge, in gelben, schmutzigen Jacken, eine vogelkotverschmierte Polizistin. Sie fauchten, kratzten und griffen nach ihm. Dutzende Finger rissen an seiner Jacke. Er schlug und trat sie beiseite. Jeder Schuss traf einen Kopf, jeder Machetenschlag durchtrennte Sehnen, Muskeln und Knochen. Auckland achtete nicht auf das, was hinter ihm geschah. Die wirbelnden Bewegungen, die er bei jeder Kopfdrehung sah, reichten ihm. Einsnull, Delta und Barbie erledigten ihren Teil der Aufgabe – mehr noch, denn für jeden Zombie, den er tötete, töteten sie zwei.

Sie sind so verdammt schnell, dachte er.

Auckland zählte die Zombies, die sich noch zwischen ihnen und der Treppe befanden. Zwanzig, eine überschaubare Zahl, doch auf der anderen Seite der Galerie näherte sich die zweite, deutlich größere Gruppe. Auch in sie hatten die Scherben Lücken gerissen, aber die Toten, die aus der Quarantänestation taumelten, füllten die Reihen auf. Der Lärm lockte sie an und trieb sie in Richtung der Treppen. Einige wurden zur Seite gedrängt und stürzten über das Geländer in die Tiefe. Auckland hörte, wie sie zwischen den Trümmern aufschlugen.

Er rammte seine Machete in den Nacken eines Zombies, den Scherben an der Wand festgenagelt hatten, und trat einem anderen die Beine unter dem Körper weg. Nur einen Lidschlag später tötete Delta einen älteren Mann, dem weißes Haar wirr über die Augen hing.

Ein männliches Gesicht tauchte vor Auckland auf. Der Schädel war kahlrasiert, die Haut blass und von schwarzen Adern durchzogen, aber weder aufgeplatzt noch verwest. Er trug einen Rucksack auf den Schultern und olivgrüne Tarnkleidung. Das Hemd war zerrissen. Bissspuren bedeckten Rippen und Bauch.

Er ist noch nicht lange tot, dachte Auckland. *Höchstens ein paar Tage.* Er stieß dem Mann die Machete durch den Mund ins Genick. Einem Impuls folgend zog er ihm den Rucksack vom Rücken und setzte ihn sich auf. Er war leichter, als Auckland angenommen hatte.

Vor ihm führte die Treppe nach unten. Einige Zombies stiegen steif die Stufen hinauf, die meisten drängten sich jedoch auf den Rolltreppen. Die Menge auf der linken Seite der Galerie kam näher.

Er sah, dass sie sich geteilt hatte. Der Großteil bewegte sich parallel zu ihm, der Rest – ein paar Dutzend – schlurfte auf *JB Electronics* zu, als wolle er den Menschen den Rückweg abschneiden. Auckland bezweifelte, dass sie das planten. Wahrscheinlich hatten sie nicht einmal bemerkt, dass sich die Lage geändert hatte, und gingen nur stur in die einmal eingeschlagene

Richtung. Zombies dachten nicht strategisch. Sie dachten gar nicht. *Sonst wären wir schon längst tot.* Auckland setzte zum nächsten Schritt an, aber Einsnull ergriff seinen Arm.

»Wir haben die Mission noch nicht abgeschlossen«, sagte er.

»Wir werden ein anderes Geschäft finden.«

Barbie schüttelte den Kopf. »Der Albaner hat uns einen Befehl erteilt und wir haben ihn zu erfüllen. Das ist das einzige Geschäft, das wir kennen. Wer weiß, wie es in anderen aussieht, wenn wir überhaupt eines finden. Wir müssen diese Gelegenheit nutzen.«

»Seht euch doch um. Welche Gelegenheit?« Auckland schloss mit seiner Geste die Zombiegruppen auf der Galerie und die, die, aufgeweckt durch den Lärm, unter ihnen im Erdgeschoss zu den Treppen wankten. Noch war der Weg frei, aber die Zombies näherten sich von allen Seiten. »Unsere einzige Gelegenheit ist die Flucht. Jetzt. Brechen wir die Mission ab. Wir können es mit einem größeren Team noch mal versuchen.«

Er hatte den Satz noch nicht ganz zu Ende gesprochen, als ihm klar wurde, dass er etwas Falsches gesagt hatte. Die Gesichter der Soldaten verhärteten sich, wirkten auf einmal beinahe feindselig.

»Der Albaner gibt uns Befehle, nicht du«, sagte Einsnull. »Er hat *uns* befohlen, alles zu besorgen, was du brauchst, also werden wir das tun. Unsere Position ist besser als eben. Offenes Gelände. Wir haben keine Überraschungen zu befürchten.«

Doch Auckland sah das Flackern in seinem Blick und hörte die Zweifel in seiner Stimme. Er sprach nicht aus Überzeugung, sondern aus Angst vor dem, was der Albaner ihnen antun würde, wenn sie mit leeren Händen zurückkehrten.

Dagegen werde ich nicht ankommen. Auckland nickte in Richtung der Zombies. »Okay, versuchen wir es. Wir teilen uns auf. Einsnull –«

Delta ließ ihn nicht ausreden. »Ich gehe.« Er steckte seine

Pistole ein und zog eine zweite Machete aus dem Gürtel. »Bleibt hier. Allein bin ich schneller.«

Auckland spürte, wie ihm das Kommando über die drei entglitt. Er hatte sich zwischen sie und den Albaner gestellt. Das Vertrauen, das er sich erarbeitet hatte, war verspielt. Trotzdem versuchte er es noch einmal. »Warte«, sagte er, aber Delta wich ihm aus und lief los.

»Er ist wirklich sehr schnell«, sagte Einsnull. Er klang entschuldigend, als wäre ihm die Auseinandersetzung unangenehm.

Auckland sah Delta nach. Die Zombies hatten *JB Electronics* fast erreicht.

Das ist Irrsinn.

2

Für Rin stand die Zeit still. Reglos starrte sie auf den Jockey, der in Lanzos Nacken saß, die Hände ruhten auf dessen Kopf. Der Anblick war seltsam vertraut – wie ein Vater, der sich sein Kind auf die Schultern gesetzt hatte –, doch gleichzeitig fremd und verstörend. Der Jockey hatte nichts Kindliches an sich. Sein Körper war hager, mit ledriger, fleckiger Haut und verkümmerten Beinen. Eine wache, boshafte Intelligenz leuchtete in seinen Augen.

Lanzo unter ihm war in sich zusammengesackt. Sein Blick war auf Arnest gerichtet. Er sagte nichts weiter, als hätten diese zwei Worte, »Schieß doch!«, seine gesamte Kraft aufgebraucht.

Die Pistole in Arnests ausgestreckter Hand bewegte sich als Einziges. Ihr Lauf zitterte.

Der Moment erschien Rin endlos, auch wenn er in Wirklichkeit wohl nur ein paar Sekunden dauerte. Dann brüllte Arnest auf einmal wild und rau wie ein Tier. Blinzelnd erwachte der Jockey aus seiner überraschten Starre. Er fuhr herum und Lanzo mit ihm. Doch bevor er auch nur zwei Schritte gemacht hatte, prallte Arnest in seinen Rücken. Jockey und Mensch wurden gegen die weiche, feuchte Wand des Schiffs geschleudert. Hinter der Gangbiegung zischte eine Tür. Rin hörte Stimmen und das Knallen von Stiefelsohlen auf dem Deck. Sie riss ihre Pistole aus dem Holster, richtete sie in den Gang und schoss. Eine Männerstimme schrie überrascht, aber nicht schmerzerfüllt auf. Die Schritte verstummten.

Arnest hämmerte dem Jockey seine Pistole gegen die Stirn. Haut platzte auf, Blut tropfte aus der Wunde. Dem Jockey sackte das Kinn auf die Brust. Zuerst wurden seine Augen glasig, dann auch Lanzos.

Arnest legte seinem Bruder den Arm um die Schultern und hievte ihn hoch. Rin wollte ihm helfen, aber er schüttelte nur den Kopf und zeigte in den Gang. *Halte mir den Rücken frei*, schien er sagen zu wollen, oder eher *Halt mir den scheiß Rücken frei, verdammte Scheiße noch mal.*

Er zog Lanzo mit sich. Der Jockey auf seinem Rücken hing schlaff im Sattel. Rin schloss zu ihnen auf. Sie jagte ein halbes Dutzend Schüsse in den Gang, bevor sie sich umdrehte und hinter Arnest durch den Frachtraum des Schiffs zur offenen Schleuse lief.

In der Station war es so still wie zuvor. Rin verdrängte die Gedanken an das, was mit Lanzo geschehen war, und zwang sich, sich nur auf die Gegenwart zu konzentrieren. Arnest zwängte sich mit Lanzo in einen der schmalen Gänge, die die Station durchzogen. Er sagte kein Wort.

»Zur *Eliot*«, flüsterte Rin. »Wir müssen weg von Scania.«

Er reagierte nicht. Seine Schritte hallten schwer auf dem Metall des Decks. Rin drehte sich immer wieder um, aber der Gang hinter ihr blieb leer. *Wo sind die Jockeys?* Sie wussten, was geschehen war, daran gab es keinen Zweifel. Wieso verfolgten sie sie nicht?

Sie bogen um Ecken und liefen durch lange, gerade Korridore. Lanzo schlurfte und stolperte über den Boden wie ein Zombie. Benommen hing er in Arnests Griff.

Plötzlich blieb Arnest stehen. Schweiß glänzte auf seiner Stirn. Sein Atem ging keuchend. Rin wartete, dass er weiterging. Im ersten Moment verstand sie nicht, weshalb sie angehalten hatten, doch dann hörte sie polternde Schritte. Ein Gangsegment vor ihr war herausgenommen oder beschädigt worden.

Auf der gegenüberliegenden Seite sah sie Schatten, die sich an dem Loch vorbeibewegten: die lang gezogenen Gestalten von Haien mit ihren großen, beinahe dreieckig geformten Köpfen und die Jockeys, die wie ein Buckel auf ihren Rücken saßen. Aber zwischen ihnen entdeckte sie auch einen vertraut wirkenden Schatten, schlank und gerade. Ein Mensch. Dann verhallten die Schritte und die Schatten verschwanden. Arnest schlang sich Lanzos Arm über die Schultern und lief weiter.

Nur wenige Minuten später erreichten sie das Ende des Gangs. Durch ein fehlendes Wandsegment sah Rin Werkzeug und einige Kunststoffplatten, die auf dem Boden lagen. Es war nicht mehr weit bis zu der Schleuse, an der die *Fingertips* angedockt hatte. Arnest lehnte Lanzo an die Wand und nickte Rin zu. Ihre Rollen hatten sich auf seltsame Weise vertauscht. Sonst war es Arnest, der die Führung übernahm und in jeden Raum stürmte, doch nun überließ er das Rin, um Lanzo nicht in Gefahr zu bringen. Er konnte ihn tragen, Rin nicht.

Mit der Waffe im Anschlag verließ sie den Gang. Die Schleusentür war keine zwanzig Meter von ihr entfernt. Sie war geschlossen. Arnest folgte Rin langsam, einen Schritt, zwei, drei.

Ein Knall. Rin machte unwillkürlich einen Satz nach vorn, als direkt neben ihr ein Wandsegment in den Gang krachte. Sie fuhr herum und schoss, ohne nachzudenken. Blut spritzte ihr entgegen und klatschte gegen die Wand. Der Hai, der in dem versteckten Gang gestanden hatte, sackte zu Boden. Der Jockey auf seinem Rücken schrie und zuckte.

Im gleichen Moment platzten andere Wandsegmente auf. Rin sah, wie Arnest seinen Bruder gegen die Wand drückte und sich schützend vor ihn stellte. Er riss seine Waffe aus dem Holster. Haie traten in den Gang, ein halbes Dutzend oder mehr.

»Lasst die Waffen fal–«, setzte einer an. Weiter kam er nicht. Arnests Schuss riss den Jockey aus seinem Sattel.

Die anderen zögerten. Ihre Blicke glitten zu Lanzo, dann zurück in den Geheimgang, als warteten sie auf einen Befehl.

Sie haben Angst, Lanzo zu treffen, dachte Rin, noch während sie die Haie mit Schüssen zurücktrieb. Arnest schien das ebenfalls zu erkennen, denn er packte Lanzo und hielt ihn vor sich. Schritt für Schritt zog er sich zurück.

Rin hörte dunkle Stimmen hinter den Wänden, schoss jedoch nicht. Haie waren stolz, arrogant und aufbrausend. Zwei von ihnen lagen bereits tot im Gang. Wenn sie weiter provoziert wurden, vergaßen sie ihre Anweisungen vielleicht doch noch.

Sie erreichten die Schleusentür. Rin öffnete sie mit einem Knopfdruck, wartete, bis Arnest sich mit Lanzo an ihr vorbeigedrängt hatte, und trat dann selbst ein. Die Haie folgten ihnen nicht.

Arnest lief bereits auf die *Fingertips* zu. Rin schloss die Tür und folgte ihm. Ein mulmiges Gefühl breitete sich in ihrem Magen aus. Auch wenn man davon ausging, dass die Haie entsprechende Befehle erhalten hatten, reagierten sie zu verhalten und zögerlich. Etwas stimmte nicht.

Durch die Luftschleuse betraten sie das Shuttle. Arnest sagte immer noch nichts. Er schleppte Lanzo mit sich, ohne ihn anzusehen.

»Ich bringe uns hier weg«, sagte Rin und ließ sich in den Pilotensitz fallen. »Pass du auf Lanzo auf.«

Die Bemerkung war überflüssig, aber sie konnte die Stille nicht mehr ertragen. Arnest nickte nur.

Sie ließen die Station nur Sekunden später hinter sich. Alles blieb ruhig. Rin zwang sich, Lanzo nicht anzusehen, der schräg hinter ihr in Arnests Armen hing. Sein Anblick verstörte und – es fiel ihr schwer, sich das einzugestehen – widerte sie an.

Sie ließ das Shuttle per Autopilot andocken und zwängte sich an Lanzo und Arnest vorbei. »Ich muss zur Brücke. Kommst du klar?«

Arnest nickte nur stumm und schleppte Lanzo hinter ihr durch die Schleuse auf die *Eliot*.

Rin lief an den Kabinen und dem großen Frachtraum vorbei zum Fahrstuhl. Ihr Plan beschränkte sich darauf, mit der *Eliot* in ein abgelegenes System zu springen, eines, in dem es nichts außer einem Sprungtor und ein paar Asteroiden gab, auf denen Erze abgebaut wurden. Wenn sie Glück hatten, würden sie dort nicht auf die Jockeys treffen. Sie brauchten Zeit, um über alles nachzudenken.

Die Fahrstuhltüren öffneten sich. Rin wollte die Kabine betreten, doch das Schiff bockte plötzlich unter ihr und warf sie gegen die Wand. Metall ächzte laut.

Wir werden beschossen. Rin stieß sich von der Wand ab. Ihre Schulter schmerzte. Ihr wurde klar, weshalb die Haie sich zurückgehalten hatten. Sie wollten Zeit schinden, damit ihr Schiff die *Eliot* finden konnte. Das kleine Shuttle hätten sie bei einem Angriff pulverisiert, deshalb hatten sie es in Ruhe gelassen. Aber wenn es ihnen gelang, den Antrieb der *Eliot* zu zerstören, wären Rin und Arnest ihnen ausgeliefert. Dann konnten die Jockeys die *Eliot* Schuss um Schuss auseinandernehmen, bis sie aufgeben mussten.

Die automatischen Verteidigungssysteme der *Eliot* antworteten. Rin spürte die Vibrationen des Decks, als sie die Treppe hinauflief. Den Fahrstuhl während eines Angriffs zu benutzen, erschien ihr zu gefährlich.

Sie betrat die Brücke. Rote Warnlichter blinkten an den ansonsten dunklen Konsolen. Auf der Bildschirmwand sah Rin, wie das kleine, wendige Schiff der Jockeys den Plasmabolzen der *Eliot* auswich.

»Computer, Pilot an Bord. Waffensteuerung und Navigation auf meine Konsole.« Sie ließ sich in ihren Sitz gleiten.

»Stimmbefehl akzeptiert«, sagte die freundliche Frauenstimme. »Umschaltung auf manuelle Kontrolle erfolgt.«

Rins Konsole leuchtete auf. Schadensmeldungen flackerten über das Display. Das Jockeyschiff konzentrierte seinen Beschuss auf die Antriebssektion, wie Rin befürchtet hatte. Wartungsroboter kümmerten sich bereits um die Schäden, aber die Reparaturen des letzten Gefechts waren noch nicht abgeschlossen. Energie und Materialien wurden knapp.

Rin leitete den Startvorgang ein. Sie schaltete die energieintensiven, schwerfälligen Plasmakanonen ab und aktivierte die Zielerfassungssysteme der ballistischen Waffen. Ihre Durchschlagskraft war wesentlich geringer, aber es ging Rin nicht darum, das Jockeyschiff zu zerstören. Sie wollte es nur unter Druck setzen.

Rin drückte die Joysticks nach unten, um Scania zwischen sich und das fremde Schiff zu bringen. Dessen Pilot erkannte, was sie plante, und wendete. Wabernde Plasmabolzen glitten auf die *Eliot* zu. Auf den Monitoren schienen sie sich in Zeitlupe zu bewegen, aber die *Eliot* war zu groß, um ihnen effektiv ausweichen zu können. Rin konnte die Schäden nur minimieren. Sie drehte das Schiff zur Seite und erhöhte die Schildleistung an Backbord auf Maximum.

»Achtung«, sagte der Schiffscomputer, »Energieleistung bei hundertzwanzig Prozent. Reparaturen unterbrochen.«

Das Schiff erbebte unter den Plasmabolzen. Rin stellte die Backbordkanone auf automatischen Beschuss. Innerhalb weniger Sekunden erfassten sie ihr Ziel und feuerten Salven ab. Einige Kugeln streiften das elegant ausweichende Jockeyschiff, die meisten verschwanden jedoch in der Schwärze des Alls.

Rin zog die Energie von den Backbordkanonen ab und setzte sie zum Schutz der Antriebssektion ein. Dann beschleunigte sie die *Eliot*. Ein Teil von ihr nahm die Stille auf der Brücke wahr, die bedrückende Leere. Normalerweise hätten Auckland und Lanzo die Waffen bedient, damit Rin sich auf die Flugmanöver konzentrieren konnte. Doch nun war sie allein.

Die *Eliot* erbebte unter einem weiteren Einschlag. Auf einem der Bildschirme sah Rin, dass das Jockeyschiff hinter ihr hing. Es schnappte nach ihr wie ein Jagdhund nach einem Keiler.

Zu viele Informationen flackerten zu schnell über die Displays. Rin konnte ihnen nicht mehr folgen.

»Schießt das Arschloch auf uns?« Arnests Stimme

Rin drehte sich kurz um. Arnest stand neben Lanzo am Eingang der Brücke. Der Jockey wirkte zwar noch immer benommen, war aber wach. Lanzo starrte stumpf ins Nichts. Aus irgendeinem Grund verstörte Rin sein Anblick in der vertrauten Umgebung der Brücke mehr als auf der Station. Etwas Albtraumhaftes, Fremdes umgab ihn.

Sie wandte sich ab. »Ja«, sagte sie, während sie die Schildleistung erneut anpasste. »Er versucht, den Antrieb zu zerstören.«

»Dann knall ihn doch ab.«

»Ich hab auch nur zwei Hände, Arnest.« Ihre Stimme klang schärfer als beabsichtigt. Das fremde Schiff ließ sich nicht abschütteln. Sie musste erneut drehen, um den Antrieb aus der Schusslinie zu bringen.

»Brauchst du Hilfe?«

»Von Auckland oder Lanzo, nicht von dir.« Sie riss sich zusammen und schüttelte den Kopf. »Tut mir leid. War nicht so gemeint.«

Ein Beben ging durch das Schiff. Die Schildleistung fiel auf achtzig Prozent. Aus dem Augenwinkel sah Rin, wie Arnest Lanzo zu einer der dunklen Konsolen führte. Er hatte eine Hand um den Hals des Jockeys gelegt.

»Lass mich mit meinem Bruder reden, Arschloch.«

»So funktioniert das nicht.« Die Stimme des Jockeys war fest. »Du weißt nichts über –«

Arnest schlug ihm mit der flachen Hand ins Gesicht. »Ist mir scheißegal, was ich weiß oder nich' weiß. Ich will mit ihm reden. Sofort.«

Der Jockey blinzelte, doch dann straffte er sich. Er war daran gewöhnt, dass Menschen taten, was er verlangte, nicht umgekehrt. »Wenn du mich umbringst, stirbt er auch.«

Rin schoss aus der Steuerbordkanone auf das Schiff. Mit einer schnellen Drehung wich es aus.

»Na und?«, sagte Arnest. »Denkst du etwa, dass er den Rest seines Lebens mit einem Jockeyarsch im Nacken verbringen will?«

Ein zweiter Schlag. »Lass mich mit ihm reden, verdammte Scheiße noch mal.«

Der Jockey schwieg. Auf dem Bildschirm setzte sich das Schiff wieder hinter die *Eliot*. Die Sensoren zeigten an, dass sich seine Plasmakanonen aufluden.

Arnest zog seine Waffe und presste dem Jockey die Mündung an die Schläfe. Dünne Blutrinnsale liefen aus der Platzwunde an seiner Stirn langsam über die Nase und die Wange hinunter. Es sah aus, als würde er Blut weinen.

»Ich weiß nicht, wie«, sagte der Jockey. Es überraschte Rin, wie ruhig er klang. »So etwas tun wir –«

Seine Augen fielen zu. Im gleichen Moment schrie Lanzo auf. Sein Blick wurde klarer, seine Augen weiteten sich entsetzt, und er griff mit beiden Händen nach dem Jockey auf seinem Rücken. Sein Gesicht verzerrte sich in einer fast schon animalisch wirkenden Panik.

Arnest drückte seine Arme nach unten. »Ganz ruhig, Alter. Ganz ruhig. Guck mich an, okay? Ignorier das Arschloch.«

Das Sprungtor tauchte vor Rin auf. Sie waren nicht mehr weit entfernt, aber die Plasmakanonen des fremden Schiffs hatten sich fast aufgeladen. Rin schoss und tauchte gleichzeitig unter ihm weg. Das Jockeyschiff musste unter dem Beschuss abdrehen, wendete aber nur Sekunden später.

»Wir kriegen dich wieder hin«, sagte Arnest. Rin hatte ihn noch nie so sanft reden hören. »Alles kommt wieder in Ordnung, aber erst mal brauchen wir dich, okay?«

Die Panik verschwand langsam aus Lanzos Gesicht, sein Atem wurde leiser.

»Er ist in mir«, sagte er heiser. Die Lippen des Jockeys bewegten sich bei jedem Wort. »Ich bin … nicht.«

»Kranke Scheiße, ich weiß, ganz kranke Scheiße.« Arnest fuhr sich mit den Händen übers Gesicht. Rin hörte, wie sie über Bartstoppeln kratzten. »Aber wir müssen dieses kack Schiff loswerden, sonst kommt keiner von uns hier lebend raus.«

Lanzo sah auf. Sein Blick zuckte über die Bildschirmwand und die Informationen, die er dort sah. »Ich soll …«

Rin hatte den Eindruck, dass er nicht wusste, wo er war.

»Knall das Schwein ab, Lanzo«, sagte Arnest. »Jockey hin oder her, das hast du doch drauf, oder?«

»Ja …« Ein Ruck schien durch Lanzo zu gehen. »Ja.«

Mit der Hand fuhr er über die Konsole und aktivierte sie. Der Jockey machte die Bewegungen mit. Lanzo übertrug die Waffensteuerung auf sein Display. Seine Finger flogen über virtuelle Tasten.

Alles änderte sich. Auf einmal trieb das Jockeyschiff die *Eliot* nicht mehr vor sich her. Schüsse, mal aus der Backbord-, mal aus der Steuerbordkanone, deckten es ein. Lanzo schien jedes Manöver des fremden Piloten vorauszuahnen. Das Jockeyschiff wich nicht mehr spielerisch und elegant aus, sondern hektisch und nervös.

Lanzo gab Rin den Spielraum, den sie brauchte, und sie brachte die *Eliot* für ihn in Stellung. Dass sie fast schon vergessen hatte, wie gut sie eingespielt waren, versetzte ihr einen Stich.

Und dann war es auch schon vorbei. Rin täuschte ein Manöver an, das den Antrieb der *Eliot* vor den Bug des Jockeyschiffs gebracht hätte. Als der Pilot die Gelegenheit nutzen wollte, schoss Lanzo eine Salve aus den Bordkanonen ab. Das Jockeyschiff wich aus – in einen Plasmabolzen hinein, der die Backbordseite vom Cockpit über den geschwungenen Flügel bis zur schmalen Antriebssektion aufriss. Einen Moment lang trudelte das Schiff durchs All, dann verschwand es in einem blauweißen Flammenmeer. Sekunden später erstarben die Flammen. Zurückblieb nur Schwärze. Die Sensoren zeigten Trümmer an, aber Rin sah sie nicht.

»… nicht.« Der Jockey öffnete die Augen. Lanzo stand steif von der Konsole auf. Mit leerem Blick starrte er ins Nichts. »War das alles?«, fragte der Jockey. Lanzo sprach die Worte stumm mit.

»Nicht ganz, Arschloch.« Arnest ballte die Faust und holte aus. Der Jockey versuchte nicht einmal, auszuweichen.

»Arnest.« Rin hob beschwichtigend die Hände. »Du verletzt nicht nur den Jockey, sondern auch Lanzo. Sie sind miteinander verbunden.«

Arnest hielt inne. »Das weiß ich. Ich bin nicht blöd.« Dann schlug er zu. Seine Faust traf das Kinn des Jockeys und raubte ihm das Bewusstsein. Als Lanzo ebenfalls zusammensackte, fing Arnest ihn auf und setzte ihn ungewöhnlich sanft in den Konsolensitz.

Er hob den Kopf. »Ist besser so für ihn.«

Rin presste die Lippen aufeinander. Sie wandte sich von ihm ab und steuerte die *Eliot* auf das Sprungtor zu. »Wir müssen zurück zur Erde«, sagte sie nach einem Moment. »Ich kenne nur eine Person, die Lanzo helfen kann.«

Arnest nickte, während er seinen Bruder mit Kabelbindern an den Sitz fesselte. Er schien auf den gleichen Gedanken gekommen zu sein. »Kipling.«

Oder auch nicht, dachte Rin. »Ich rede von Ama'Ru. Wie kommst du auf Kipling?«

»Er kann die Scheiße googeln.«

»Es gibt nichts zu googeln. So was ist noch nie passiert.«

»Ja ja, schon gut. Dann eben Ama'Ru.« Arnest hockte sich neben Lanzo aufs Deck. »Ich will nur, dass diese Scheiße aufhört. Ist mir egal, wer ihm hilft, Hauptsache, einer kümmert sich drum.«

Für einen Moment sah es aus, als wolle er Lanzos schlaff herabhängende Hand ergreifen, doch dann räusperte er sich und stand auf. »Ich geh kacken. Sag Bescheid, wenn sich was ändert.«

Er ging zum Fahrstuhl, das Gesicht von Rin abgewandt. Sie glaubte zu erkennen, dass er sich kurz mit der Hand über die Augen wischte, doch er war verschwunden, bevor sie sicher sein konnte.

Sie gab die Sprungkoordinaten ein, warf Lanzo und seinem Jockey aber immer wieder kurze Blicke zu. Beide regten sich nicht. In Gedanken wiederholte sie Arnests Worte. *Kranke Scheiße. Ganz kranke Scheiße.*

Der Computer bestätigte die Eingabe verbal. »Koordinaten akzeptiert. Sprung in T minus sechzig, T minus neunundfünfzig …«

Lanzo stöhnte. Rin zuckte zusammen. Sie löste den Sicherheitsgurt, stand auf und ging zu ihm hinüber. Seine Augen waren geschlossen, aber seine Brust hob und senkte sich unregelmäßig, als träume er schlecht. Sie konnte es ihm nicht verdenken.

Er bewegte die Lippen. Rin beugte sich vor. Sie roch seinen Schweiß, aber auch etwas anderes, einen scharfen, salzigen Geruch, wie das Meer an einem heißen Sommertag.

»Ich bin hier«, flüsterte Lanzo. »Ich bin hier.«

3

»Was meinst du?« Kipling sprach, ohne sich zu Ama'Ru umzudrehen. »Wollen wir uns das Stockwerk ansehen?« Auf den riesigen Monitoren vor ihm breitete sich eine Wüstenstadt mit niedrigen, brauen Häusern aus, zwischen denen Fahrzeuge und Menschen standen. Es war ein Spiel, so viel erkannte Ama'Ru, auch wenn sie nicht genau wusste, wen Kipling spielte, da man von seiner Figur nur die Hände sah. Hände, die ein kurzes Gewehr hielten.

»Das versteckte, das du vermutest?«, fragte Ama'Ru. Schüsse hallten durch den Computerraum. Die *Andere* zuckte zusammen. Ama'Ru strich ihr beruhigend über den Hals. »Das ist nur ein Spiel.«

»Das ist keine Vermutung. Ich weiß, dass es da ist.« Kiplings Finger glitten über die Tasten. Die Figur, die er spielte, warf sich unter ein Fahrzeug, kam auf der anderen Seite wieder hoch und schoss durch ein Fensterloch. Vermummte Gestalten fielen um. Blut spritzte über Lehmwände.

Mission Objective Accomplished. New Mission Objective, wurde auf den Monitoren eingeblendet. Kiplings Figur sprang durch das Fenster ins Haus und lief eine Treppe hinauf. »Die Frage ist nur, ob Brown es ebenfalls weiß.«

»Und wenn nicht?«

Kipling erschoss zwei Vermummte, die die Treppe hinunterliefen. Gleißend helles Tageslicht fiel von oben in das Haus. »Dann hätten wir im besten Fall einen Ort, an dem er uns nicht findet. Je nachdem, wie sich das hier entwickelt, könnte das ganz praktisch sein.«

Ama'Ru dachte an den Streit zwischen Brown und Gonzales und an die stummen Skorpione. »Es würde uns gefallen, dich zu begleiten, wenn unsere körperlichen Bedürfnisse kein Problem darstellen«, sagte sie.

»Cool.« Kipling blieb knapp unterhalb des Dachs auf einer Treppenstufe stehen, zog eine Granate heraus und warf sie. Ein Knall. Körperteile flogen durch die Luft. Rauch stieg auf. »Ich glaube nicht, dass wir uns durch irgendwelche Wartungsschächte quetschen müssen. Es wird im Fahrstuhl eine Kombination für das Stockwerk geben. Die muss ich nur finden.«

Er betrat das Dach. Das Haus, durch das er sich getötet hatte, stand am Rande einer endlos erscheinenden Wüste, die bis zum Horizont reichte. Ama'Ru sah schroffe Felsen, Dünen und blassgelben Sand unter einem ausgewaschenen, wolkenlosen Himmel. Die *Andere* hob den Kopf und fiepte leise.

Kipling drehte den Kopf. »Stimmt etwas nicht?«

»Nein, nein, es ist alles in Ordnung«, sagte Ama'Ru. Sie spürte Sehnsucht in sich, vielleicht ihre eigene, vielleicht die der *Anderen*. »Könnte deine Figur einen Moment stehen bleiben?«

Er warf einen Blick auf die Monitore. »Hier? Warum? Da gibt es nicht viel zu …« Er unterbrach sich. »Sieht es dort, wo du … wo ihr herkommt, so aus?«

»Ja.« Ama'Ru glaubte, den heißen Wind auf ihrer Haut zu spüren. Sie hörte das Prasseln der Sandkörner auf den Felsen und roch süße Kaktusblüten.

»Wir können ein wenig durch die Wüste gehen, wenn ihr wollt«, sagte Kipling nach einem Moment.

»Wir möchten sie uns nur ansehen.«

»Okay.« Kipling trat zur Seite und schob die Hände in die Hosentaschen. Es wurde still im Computerraum. Niemand sagte etwas. Nur die Lüfter der Computer rauschten leise, so wie die

Ozeane an den Polkappen. Ama'Ru schmeckte Salz.

Die Hinterläufe der *Anderen* zitterten. Sie schien sich abstoßen und in die Wüste springen zu wollen, den heißen Sand unter sich, die leere Weite vor sich. Keine Wände, kein Metall, keine feuchte Luft, die auf der Haut klebte – nur der Wind und die Endlosigkeit.

Ein Schrei. Die Wüste verschwand hinter roten Schlieren. Die Worte *Mission Failed* tauchten auf den Bildschirmen auf. Kipling fluchte. »Scheiß Scharfschützen. Tut mir leid, ich hätte das Spiel pausieren sollen.«

Ama'Ru blinzelte. Sie hätte beinahe in ihrer eigenen Sprache geantwortet, so fremd erschien ihr Englisch auf einmal. »Nein, mir tut es leid. Du hast wegen uns verloren.«

»Ist nicht schlimm. Der letzte Checkpoint ist ganz in der Nähe.» Kipling trat wieder an die Tastatur. »Ich kann euch wieder auf das Dach bringen. Dauert nur ein paar Minuten.«

Aber der Moment war vorbei, das spürte Ama'Ru. Die Aufmerksamkeit der *Anderen* wandte sich bereits anderen Dingen zu, ihre Sehnsucht ließ nach. »Danke, aber wir haben genug gesehen. Man sollte nicht in der Vergangenheit leben.«

Kipling schloss das Spiel mit einer Tastenkombination. Der rote Schleier verschwand und wurde durch Terminals ersetzt, auf denen Berechnungen liefen. »Man sollte aber auch nicht vergessen, wo man herkommt«, sagte er. »Sobald wir wieder Netz haben, ziehe ich dir ein paar Wüstendokus. Wenn du V-Specs aufsetzt, wirst du glauben, mittendrin zu stehen.«

Sein Blick glitt zu den großen Facettenaugen der *Anderen*. »Ihr wird das natürlich nicht so viel bringen.«

Ama'Ru lachte unwillkürlich. Es tat ihr gut. »Nein, wohl nicht.« Sie dachte einen Moment nach, bevor sie fortfuhr: »Ich habe übrigens Brown gebeten, mich mit den Skorpionen nach draußen gehen zu lassen. Ich brauche Ausrüstung für mein Labor.«

»Wirklich? Möchtest du, dass ich mitkomme?«

Sie hatte geahnt, dass er das sagen würde. »Nein.«

»Darf ich mitkommen?«

»Nein.«

Kipling hob die Augenbrauen und sah sie abwartend an. Als sie schwieg, sagte er: »Würde es dir gefallen, mir den Grund dafür zu nennen?«

Er benutzte die traditionelle, in seiner Sprache gestelzt klingende Formulierung ihres Volks. Ama'Ru lächelte. »Ich möchte allein mit ihnen sprechen. Vielleicht werden sie mir etwas erzählen, was sie einem Menschen verschweigen würden.«

»Zum Beispiel? Wie gut Menschen mit Sojasoße schmecken?« Er winkte ab, bevor sie antworten konnte. »Sorry, war nicht so gemeint. Aber pass auf dich auf, okay? Du bist die Einzige hier, die ich leiden kann.«

Ama'Ru wusste nicht, wie sie mit dieser Bemerkung umgehen sollte. Sie klang hingeworfen und nebensächlich. Er schien auch keine Reaktion darauf zu erwarten, denn er hatte sich bereits von ihr abgewandt und betrachtete die Monitore.

Ihr wurde klar, dass sie noch nie darüber nachgedacht hatte, ob jemand an Bord der *Eliot* sie mochte. Auckland respektierte sie, aber wie die anderen zu ihr standen, wusste sie nicht. Die Frage interessierte sie auf einmal. »Kann mich sonst noch jemand leiden?«

»Was?« Kipling hielt inne und drehte sich dann zu ihr um, langsamer als nötig. »Meinst du hier?«

»Auf der *Eliot.*«

»Klar. Bestimmt. Werden sie schon. Warum auch nicht?«

Sie fragte sich, ob er wusste, dass seine Antwort mit jedem Wort vager klang. Sie wollte nachhaken, aber ein Gongschlag, der aus den Wandlautsprechern im Gang hallte, hielt sie davon ab. Kipling wirkte erleichtert.

»Das Mittagsbuffet ist angerichtet«, sagte eine Frauenstimme aus den Lautsprechern. »Bitte findet euch in der Eingangshalle zum gemeinsamen Mahl ein. Wandelt im Licht.«

Kipling hatte den Raum bereits verlassen, bevor sie den Satz zu Ende gesprochen hatte. »Das wurde auch Zeit. Ich hab Hunger. Du auch? Dann können wir ja zusammen was essen.«

Ama'Ru dachte an Browns Worte. Er hatte ihr gesagt, dass sie im Labor essen könne, um *Konflikte* zu vermeiden. Doch dann spürte sie den Hunger der *Anderen* und sah den Blick, den sie den Palmen vor den Fenstern zuwarf. »Ich werde mit dir kommen.«

Sie gingen durch den Korridor zum Fahrstuhl und traten ein. In der Kabine lief leise Musik. »War die Frage unangemessen?«, sagte Ama'Ru, als sich der Fahrstuhl in Bewegung setzte.

»Nein, das war sie nicht. Aber ich kann nur für mich selbst sprechen, nicht für andere. Du musst selbst erkennen, wer dich mag und wer nicht.» Kipling neigte den Kopf. »Ich kann mir vorstellen, dass das schwer für dich ist. Du bist mit unserer Körpersprache nicht vertraut, und wir sagen oft Dinge, die anders gemeint sind, als sie klingen.«

Der Fahrstuhl hielt an. Die Türen öffneten sich. Kipling trat vor Ama'Ru in den Gang. Sie duckte sich unter dem Türsturz hinweg und folgte ihm. Zahlreiche Stimmen redeten durcheinander.

Die Menschen hatten Decken auf dem Boden der Empfangshalle ausgebreitet. Teller und Tassen standen darauf. Auf der Theke sah Ama'Ru dampfende Schüsseln mit zusammengemischten Konserven und frischem grünem Gemüse, das von der Flotte stammen musste. Eine lange Schlange hatte sich gebildet.

Die *Andere* rieb nervös ihre Scheren aneinander. Sie mochte weder Menschenansammlungen noch gekochte Nahrung, aber Ama'Ru war sich sicher, dass sie zumindest das Obst, das am Rand der Theke stand, essen würde. Sie stellte sich neben Kipling ans Ende der Schlange. Einige Menschen drehten sich zu ihr um. Andere schüttelten den Kopf und tuschelten. Ein Mann verließ seinen Platz in der Schlange und ging quer durch die Eingangshalle zu einer Sitzgruppe, die in einer Nische stand. Dort saßen Gonzales, Gustav und einige dunkel gekleidete Männer, die ihre Gewehre an die Wand gelehnt hatten. Alle anderen Menschen aßen auf den Decken.

Der Mann blieb vor der Sitzgruppe stehen. Seine ausladenden Gesten ließen darauf schließen, dass er wütend war. Gonzales beugte sich zur Seite. Ihr Blick traf den von Ama'Ru.

»Kipling …«

»Hm?«

Sie wollte ihm erklären, was sie beobachtete, aber da stand Gonzales schon auf. Das Klirren, mit dem sie ihr Besteck auf den Teller warf, war so laut, dass Menschen zusammenzuckten und sie ansahen.

»Es reicht!«, rief sie.

Die Unterhaltungen verstummten.

»Gott hat einen Plan für uns, für uns, seine Kinder. Zu diesem Plan gehört auch sie.« Gonzales zeigte auf Ama'Ru. Die *Andere* fiepte leise und spannte sich an. »Ich beuge mich seinem Willen in Demut, so wie wir alle, aber –«

»Amen!«, unterbrachen sie einige.

»Aber ich werde nicht zusehen, wie eine Kreatur, die außerhalb von Gottes Schöpfung steht und seinen Kindern nichts als Leid gebracht hat, das Brot mit uns bricht. Ich werde nicht mit ihr essen. Ich werde nicht mit ihr essen!«

Sie wandte sich von ihrem Teller ab. Gustav und die Männer, die ihn umgaben, sprangen auf und drehten ihren Tellern ebenfalls den Rücken zu. Besteck klirrte, als die Menschen es fallen ließen und sich erhoben. Die Schlange löste sich auf. Ama'Ru sah verkniffene Gesichter, abweisende Blicke und vor der Brust verschränkte Arme.

Sie beugte sich zu Kipling herunter. »Sie können mich nicht leiden, oder?«

Er ergriff ihren Arm. »Komm.«

4

»Sichert die Treppe.«

Gemeinsam mit Barbie und Einsnull stapelte Auckland Tische und Stühle aus einer Eisdiele übereinander und verbarrikadierte die gegenüberliegende Seite der Galerie. Der Strom aus der Quarantänestation war abgerissen, nur noch vereinzelt quetschten sich Zombies durch die Lücken zwischen den Brettern. Doch es waren auch so zu viele. Die Menge würde Auckland und die anderen einfach unter sich begraben.

Die ersten Zombies erreichten die Barrikaden und prallten gegen Tischkanten und Stuhlbeine. Machetenschläge brachten sie zu Fall.

»Hoffentlich findet Delta auch ohne dich, was wir suchen«, sagte Einsnull. Er wischte seine Klinge am Overall eines toten Zombies ab. »Wäre eine Schande, wenn er das Risiko für Nichts eingehen würde.«

»Und wie«, sagte Barbie. Auckland spürte ihren Blick im Rücken. Er hatte den Karton mit dem richtigen Router unter eines der Regale geschoben und sie hatte ihn dabei beobachtet. Er fragte sich, warum sie Einsnull nichts davon erzählte.

Ein Zombie, eine junge Frau, der eine Matte aus verfilztem, blutverkrustetem Haar ins Gesicht hing, rüttelte an den Barrikaden. Auckland rammte ihr seine Machete in die Stirn. Sie brach zusammen, aber hinter ihr tauchten schon die nächsten auf. Zu viert stolperten sie über die am Boden liegenden Leichen und streckten die Arme nach den Menschen jenseits der Barrikaden aus. Es waren die Vorboten der Hauptgruppe, die so langsam und unaufhaltsam wie ein Lavastrom auf sie zuwalzte.

Ein paar Minuten noch, dachte Auckland. *Mehr Zeit bleibt uns nicht.*

»Da kommt er«, rief Barbie.

Er drehte den Kopf. Delta rannte aus dem Eingang des Geschäfts. Er hatte sich eine Tasche über die Schulter geschlungen und hielt seine Machete in der Hand. Er stieß sich von einem umgestürzten Regal ab und katapultierte sich mit einem Salto über eine Gruppe Zombies hinweg. Als sie begriffen, was geschehen war, und ihre Körper schwerfällig herumschwangen, war er bereits meterweit weg. Zombies brachen unter seinen Machetenschlägen zusammen, andere stolperten auf ihn zu. Er bewegte sich so schnell, dass ihre Hände ins Nichts griffen, ohne ihn zu berühren. Auckland hatte noch nie jemanden gesehen, der sich mit solcher Eleganz und Kraft bewegte.

Er ist noch weniger Mensch als ich, dachte er, als Delta eine Sekunde lang waagerecht an der Wand entlanglief, um einer Gruppe Zombies zu entgehen. Die Tasche schlug gegen seine Hüfte. Er landete zwischen zwei Leichen – und brach sofort zusammen. Sein Schrei hallte über die Galerie.

»Scheiße«, sagte Barbie.

Auckland sprang auf einen der Tische. Er sah Delta mit schmerzverzerrtem Gesicht am Boden liegen. Mit den Händen umklammerte er sein linkes Bein. Eine zentimeterlange, spitze Scherbe ragte aus seinem Stiefel. Blut bedeckte das Glas.

»Was ist los?« Einsnull stemmte sich gegen die Barrikaden und konnte nicht sehen, was weiter entfernt auf der Galerie geschah. Zombies schoben sich auf ihn zu. Die Hauptgruppe drängte nach vorne. Barbie schlug auf sie ein.

»Delta ist verletzt«, sagte sie über das Stöhnen und Fauchen hinweg.

Bevor Einsnull darauf reagieren konnte, sprang Auckland vom Tisch. »Ich hole ihn. Haltet die Treppe, so lange ihr könnt. Wenn es nicht mehr geht, haut ab.«

»Warte! Sie brechen gleich durch«, rief Einsnull ihm nach, aber Auckland beachtete ihn nicht. *Wir lassen niemanden zurück.* Er hörte Browns Stimme, als er das dachte.

Delta setzte sich auf. Die Zombies, die er hinter sich zurückgelassen hatte, kamen näher, angelockt von seinem Schrei und dem Geruch von Blut. Die ersten waren keine zehn Meter entfernt.

»Hau ab!«, schrie Delta, als er Auckland sah. Er stemmte sich vom Boden hoch und lehnte sich an die Wand. Den verletzten Fuß hatte er angewinkelt. Die wie ein spitzes Dreieck geformte Scherbe ragte aus dem Stiefelleder.

Auckland schoss den ersten Zombies in den Kopf. Nach dem dritten Schuss klickte seine Pistole nur noch. Ihm war die Munition ausgegangen. Er steckte die Waffe ein.

»Hau ab«, wiederholte Delta, aber Auckland sah die Erleichterung in seinem Blick. Eine dunkle Blutpfütze hatte sich unter seinem Fuß gebildet. Blut tropfte von der Scherbe.

»Wir hauen zusammen ab. Hast du noch Munition?«

»Keinen Schuss.«

Auckland nickte. Er hatte nichts anderes erwartet. »Tut mir leid, das wird jetzt weh tun«, sagte er.

Delta setzte zu einer Frage an, doch da trat Auckland bereits gegen die Scherbe in seinem Fuß. Die Spitze, die gefährlich weit aus dem Stiefel geragt hatte, brach ab. Delta krümmte sich zusammen und schrie. Ihm wich die Farbe aus dem Gesicht.

Es krachte hinter ihnen. »John!«

Barbies Stimme.

Auckland warf sich Delta über die Schultern und drehte sich um. Er sah, was geschah, noch bevor sie es aussprach.

»Sie brechen durch!«

Stühle zersplitterten unter dem Druck der Menge, Tische wurden laut quietschend über die Fliesen geschoben. Barbie und Einsnull wichen zur Treppe zurück. Zombies stiegen die Stufen hinauf, nicht viele, aber sie würden Zeit brauchen, um sie zu töten. Und die Barrikaden fielen.

»Beeilt euch!« Barbie drehte nervös die Machete in der Hand. Ihre Pistole hatte sie eingesteckt. Auckland nahm an, dass ihr ebenfalls die Munition ausgegangen war. Delta lag schwer auf seinen Schultern, als er loslief. Er hörte die Zombies hinter sich und sah sie vor sich. Der Weg bis zu den Barrikaden war frei, aber schon nach dem dritten Schritt wurde Auckland klar, dass ihnen das nichts nützen würde. Die Zombies brachen durch.

Zu Dutzenden rissen sie die Barrikaden nieder. Einsnull wollte auf sie zulaufen. Barbie riss ihn zurück und schüttelte den Kopf.

»Nehmt die Treppe!«, schrie Auckland. »Das ist ein Befehl!«

Sein Blick traf Barbies. Sie hielt ihn einen Moment lang, dann packte sie Einsnull und zog ihn die Treppe hinunter.

Auckland schwang herum. »Lass mich hier«, stieß Delta neben seinem Ohr hervor. »Du kannst es noch schaffen.«

»Nein, kann ich nicht.« Die Hauptgruppe schob die Barrikaden zur Seite und stolperte zur Treppe. Sie trampelten über Leichen, Holz und Plastik. Delta trennte mit seiner Machete ausgestreckte Klauen ab. Die Zombies hatten sie eingekreist.

Nicht ganz, dachte Auckland. Er drehte den Kopf und sah Delta an. »Du heilst schneller als ich, richtig?«

»Was? Keine Ahnung. Wahrscheinlich.«

Auckland stieß sich ab. Er lief weder nach rechts noch nach links, sondern geradeaus, auf das Geländer zu. Delta schrie auf, als er erkannte, was passieren würde. Doch Auckland war bereits gesprungen. Seine Füße berührten das Geländer und im nächsten Moment war nur noch Luft unter ihnen. Er sah das Erdgeschoss, umherwankende Zombies und glitzernde Splitter.

Sie rasten ihm entgegen.

Noch im Flug drehte sich Auckland und brachte Delta zwischen sich und den Boden.

»Gut.«

5

Kipling schob Ama'Ru in den Aufzug und drückte auf den Knopf, der sie in den sechsten Stock bringen würde. »Sag mir, was du essen willst. Ich bringe es dir nach oben.«

Ama'Ru stieg sichtlich widerwillig ein. »Ich fliehe nicht vor diesen Menschen.«

»Doch, das tust du.« Er warf einen Blick in die Eingangshalle. Gonzales hatte die Sitzgruppe verlassen und sich an die Spitze der Gläubigen gestellt. Gustav stand mit vor der Brust verschränkten Armen neben ihr. Kipling sah Feindseligkeit in den Gesichtern der Menschen, aber auch Triumph und Häme. »Ihr habt sie so lange unterdrückt, dass sie jetzt mal ausprobieren wollen, wie es ist, auf der anderen Seite zu stehen. Und du bist ein dankbares Opfer.«

Ama'Ru schien dagegen aufbegehren zu wollen, überlegte es sich aber anders, ließ sich in den Sattel sinken und streichelte den Hals der *Anderen*. »Wir hätten gerne etwas Obst und ein paar Palmblätter von draußen, nichts Gekochtes, wenn es geht.«

»Rohkost, alles klar.« Kipling trat zurück. Er atmete auf, als sich die Fahrstuhltüren schlossen und Ama'Ru verschwand. *Trotz allem versteht sie immer noch nicht, wie sehr wir die Jockeys hassen*, dachte er.

Er drehte sich um und ging betont langsam zurück in den Eingangsbereich. Er wollte der Menge Zeit geben, sich aufzulösen. Die meisten Menschen stellten sich bereits wieder in die Schlange am Buffet an oder setzten sich auf die Decken.

Nur Gonzales, Gustav und seine Schläger regten sich nicht. Sie bildeten eine Mauer im Gang, an der er nicht vorbeikam.

Kipling blieb vor ihnen stehen. Gustavs riesige geballte Fäuste machten ihn nervös, aber er versuchte, das zu verbergen. »Darf ich mal durch?«

Gonzales musterte ihn einen langen Moment. »Werden Sie *ihr* etwas zu essen bringen?«

»Ja.« Leugnen hatte keinen Sinn. Sie würde ihm wohl kaum glauben, dass er Palmblätter abriss, um den Computerraum zu dekorieren. »Sie haben selbst gesagt, dass sie ein Teil von Gottes Plan ist. Wenn sie verhungert, muss sich Gott nach –«

Gonzales unterbrach ihn scharf: »Nehmen Sie seinen Namen nicht noch einmal in den Mund. Sie beschmutzen ihn, wenn Sie ihn nur aussprechen. Sind Sie Atheist, Mr. Jonnessey?«

Sie gab ihm keine Gelegenheit, zu antworten. »Sie sehen aus wie ein Atheist. Sie sehen aus wie jemand, der über andere lacht, die etwas gefunden haben, das seiner verrotteten Seele auf ewig verschlossen bleiben wird. Kollaborieren Sie deshalb mit den Jockeys, Mr. Jonnessey? Weil Sie weder Nächstenliebe noch Ehre kennen?«

»Was?« Kipling konnte ihrer Argumentation nicht folgen, aber er wusste, dass sie ihn in die Defensive drängen wollte. Kollaboration mit den Jockeys war in der Post-Omega-Welt das schlimmste Vergehen, das man einem Menschen vorwerfen konnte. Gonzales hatte mit nur wenigen Worten Ama'Ru in ein Feindbild verwandelt, und nun versuchte sie das Gleiche bei ihm.

Er zwang sich zur Ruhe. »Wenn Ihnen Nächstenliebe so wichtig ist, werden Sie bestimmt nichts dagegen haben, wenn ich jemandem, der Hunger hat, etwas zu essen bringe.«

Gonzales reagierte einige Sekunden lang nicht, dann nickte sie ihren Schlägern zu. Die Männer traten zur Seite und ließen Kipling durch. Er verzichtete darauf, sich in die Schlange zu stellen. Die Blicke, die ihm die Menschen zuwarfen, waren deutlich genug. Er war in ihrer Mitte nicht erwünscht.

»Vergessen Sie nicht, welcher Spezies Sie angehören«, rief Gonzales ihm nach, als er die Eingangstür öffnete. »Sie sind ein Teil von Gottes Schöpfung. Vielleicht ist es für Sie noch nicht zu spät.«

Die Tür schloss sich hinter Kipling. Er atmete tief durch. Obwohl die Luft feucht und drückend war und der Asphalt die Hitze der Sonne reflektierte, fühlte er sich auf dem Parkplatz wohler als in dem klimatisierten Gebäude. Zwei Wachen gingen an den Zäunen auf und ab, ansonsten war Kipling allein.

Er suchte sich eine Palme mit tief herabhängenden Blättern aus, die nahe dem geschlossenen Tor stand. Ein Elektroauto parkte in ihrem Schatten.

Das ist alles Politik, dachte er, während er Blätter abriss und sie sich unter den Arm klemmte. Ama'Ru hatte ihm von dem Streit zwischen Brown und Gonzales erzählt. Er nahm an, dass das aggressive Verhalten der selbsternannten Prophetin etwas damit zu tun hatte. Sie scharte ihre Anhänger um sich und gab ihnen ein Feindbild, das sie hassen konnten. Er hatte genügend Führungskämpfe in den Gilden von *World of Warcraft* erlebt, um die Mechanismen zu kennen.

Aber das ist die Realität. Hier kann ich nicht einfach den Server wechseln. Er warf einen Blick auf den Zaun, der das Gebäude und den Parkplatz umgab. Er bot ihnen Schutz vor dem, was draußen lauerte, aber er sperrte sie auch ein. Brown, Gonzales, Ama'Ru, die Skorpione, Gustav, er und all die anderen Menschen bildeten eine Gemeinschaft, ob sie das wollten oder nicht. Und die einzigen Regeln, die diese Gemeinschaft befolgen musste, waren die, die sie selbst erschuf.

Bei diesem Gedanken wurde sein Mund trocken. *Hoffentlich gewinnt Brown den Machtkampf*, dachte Kipling. Er wirkte zwar streng und humorlos, aber wenigstens berechenbar. Er hatte ein

Ziel vor Augen, das er unbedingt erreichen wollte. Was Gonzales wollte, wusste wahrscheinlich nicht einmal sie selbst.

Eine Bewegung jenseits des Zauns schreckte Kipling auf. Er drehte den Kopf und sah eine Gestalt im grünen Unterholz stehen. Die Blätter großer Pflanzen verdeckten ihr Gesicht, aber die halb verwesten klauenartigen Hände verrieten Kipling, dass nur noch der Virus den Körper aufrecht hielt.

Die Gestalt war in Lumpen gehüllt. Dornen hatten ihre Kleidung aufgerissen, Schimmel hatte sie zerfressen. Die Farben waren längst ausgewaschen und hatten sich in ein Braungrün verwandelt, das den Zombie mit den Sträuchern, zwischen denen er stand, verschmelzen ließ.

Vielleicht wird es so eines Tages enden, dachte Kipling. *Sie werden sich einfach auflösen und zu einem Teil der Landschaft werden.*

Der Zombie knurrte und trat einen Schritt vor. Bisswunden hatten sein Gesicht bis zur Unkenntlichkeit verstümmelt. Kipling konnte nicht mehr erkennen, ob es sich um einen Mann oder eine Frau handelte. Es war der erste Zombie, den er seit der Ankunft bei *BetterLifeSolutions* gesehen hatte.

»Dies ist jetzt deine Welt«, sagte er leise. »Und du bist unser Gastgeber.«

Der Zombie trat einen weiteren Schritt vor. Seine milchig weißen Augen starrten ins Nichts. Seine Klauen berührten die Maschen des Metallzauns und glitten an ihnen entlang.

Es zischte. Ein roter Strahl schoss heiß an Kiplings Wange vorbei und riss den Kopf des Zombies auseinander. Schwarzes Blut quoll aus dem Halsstumpf und es stank nach verbranntem Fleisch. Der Zombie brach zusammen.

Kipling fuhr herum, die Wachen auf der anderen Seite des Parkplatzes ebenfalls. Einen Moment lang sah er sich suchend um, dann entdeckte er das Raumschiff auf dem Dach des Gebäudes. Ein Abfangjäger, bestückt mit Kanonen und Strahlenwaffen, wie ein großer schwarzer Käfer. Eine Sekunde später waberten seine Umrisse und verblassten, bis Kipling nur noch blauen Himmel sah.

Tarntechnik. Ama'Ru hatte gesagt, dass die Jockeys schon seit Langem über diese Technologie verfügten, sie aber nie mit den Menschen geteilt hatten. Selbst ihre eigenen Schiffe statteten sie wegen des hohen Energieverbrauchs nur selten damit aus.

Aber der Abfangjäger war ein menschliches Schiff, vermutlich das, mit dem Brown zur Erde gelangt war. *Brown und seine Skorpione, ausgestattet mit Jockey-Technologie.* Auf einmal war Kipling sich nicht mehr so sicher, ob er wirklich wollte, dass Brown den Machtkampf gewann.

6

Der Aufprall raubte Auckland fast das Bewusstsein. In seinem Kopf dröhnte es, die Geräusche seiner Umgebung erschienen ihm auf einmal dumpf und weit entfernt. Er spürte, wie Deltas Rippen unter ihm brachen.

Er schüttelte sich, blinzelte und kämpfte darum, bei Bewusstsein zu bleiben. Die Welt wurde klarer, als würde ein Schleier von ihr genommen. Etwas fauchte direkt neben seinem rechten Ohr.

Auckland schlug danach und spürte, wie sein Ellenbogen in weiches Fleisch eindrang. Der Gestank, der ihn umgab, legte sich auf seine Zunge. Er warf sich zur Seite. Scherben knirschten unter seinen Knien. Ein Griff und die Machete lag in seiner Hand. Der Zombie, neben dem er und Delta aufgeschlagen waren, hatte keine Beine mehr und kroch über den Boden. Er trug eine staubige Uniform, die ihn als Veteran irgendeines Kriegs auswies. Auckland rammte ihm die Machete in den offenen Mund. Zähne schlugen auf Metall, dann sackte der Zombie zusammen.

Rasch sah er sich um. Zombies schlurften von allen Seiten auf ihn zu, aber es waren nicht annähernd so viele wie ein Stockwerk höher. Er trat einem die Beine unter dem Körper weg und stieß ihm die Machete in die Stirn. Die anderen waren weit genug von ihm entfernt.

Delta bewegte sich nicht. Seine Augen waren geschlossen, aber seine Brust hob und senkte sich. Auckland kam schwerfällig auf die Beine und packte ihn am Arm. Sein Blick fiel auf die Tasche, die von seiner Schulter hing. Der Rand eines weißen Kartons ragte heraus. Er trat hart mit dem Stiefel darauf, bis er es im Inneren knirschen hörte.

Delta stöhnte, als Auckland ihn sich wieder auf den Rücken wuchtete. Die Treppen und Rolltreppen waren nur ein paar Meter entfernt. Er hörte Kampfgeräusche, und im nächsten Moment schlug ein Zombie auf den Fliesen auf.

Eine Hand krallte Auckland in Deltas Uniform, mit der anderen schwang er die Machete. Zwei Zombies in Polizeiuniformen brachen rechts und links von ihm zusammen. Sie ähnelten sich wie Zwillinge.

»Delta! John!«

Er sah auf. Barbie und Einsnull liefen ihm entgegen. Beide waren blutbespritzt, wirkten aber unverletzt. Einsnull hackte sich mit zwei Macheten durch eine kleine Gruppe Zombies, die auf dem Weg zur Treppe gewesen war. Barbie blieb atemlos neben Auckland stehen. »Brauchst du Hilfe?«

»Nein.« Er schüttelte den Kopf. Sie sah ihn zweifelnd an, drehte sich dann aber um, lief vorweg und räumte ihm den Weg frei. Bis zum Ausgang musste er keinen weiteren Zombie mehr töten.

Hinter Barbie und Einsnull trat er in warmes Sonnenlicht und frische, salzige Luft. Er spuckte aus, um den Verwesungsgestank loszuwerden, und sah sich um. Es waren weitaus mehr Zombies auf den Straßen unterwegs als zuvor. Sie schlurften aus Hauseingängen und fielen aus Fenstern auf parkende Autos und Asphalt. Die Schüsse hatten sie angelockt.

»Zum Boot«, sagte Einsnull. Als Auckland die Straße hinaufgehen wollte, spürte er Barbies Hand auf seinem Arm.

»Sei nicht albern. Wir übernehmen ihn.«

Er widersprach nicht. Einsnull und Barbie nahmen Delta zwischen sich, schoben ihre Arme unter seine Knie und rannten los, als wöge er nichts. Auckland schüttelte über sich selbst den Kopf. Sie waren stärker und schneller als er. Es war keine Schande, sich das einzugestehen, es war nur schwierig.

»Was ist das für ein Rucksack?«, fragte Barbie, als er zu ihr und Einsnull aufschloss.

Auckland griff unwillkürlich danach. Er hatte vergessen, dass er ihn mitgenommen hatte. Durch das zusätzliche Gewicht Deltas hatte er ihn gar nicht bemerkt.

»Einer der Zombies trug ihn«, sagte er und zwang sich, nicht zu keuchen. »Er war noch ziemlich frisch, höchstens ein paar Tage tot.«

»Bist du sicher?« Einsnull wirkte überrascht, beinahe ungläubig. »Die frischsten, die wir bisher gesehen haben, waren seit Monaten tot.«

»Der hier nicht.«

Sie erreichten die Hügelkuppe und liefen bergab zum Hafen. Deltas Kopf rollte haltlos von einer Seite zur anderen. Barbie stützte ihn mit der freien Hand, bis sie zum Boot kamen. Sie und Einsnull legten Delta vorsichtig auf die Bank am Heck, Auckland löste das Seil und sprang ins Boot. Einige Zombies folgten ihnen, aber sie waren so langsam, dass sie gerade erst über den Hügel kamen.

Einsnull startete den Motor und steuerte das Boot in die Bucht hinaus. Vogelschwärme stiegen auf und kreisten am Himmel. Möwen schrien. Auckland hielt sich an der Reling fest und drehte sein Gesicht in den Wind. Aus dem Augenwinkel sah er, wie Barbie mit einem Messer Deltas Stiefel aufschnitt. Die Tasche mit dem eingedellten Karton hatte sie auf den Boden gestellt.

»Er hat sein Leben für diesen Router riskiert«, sagte sie, als sie Aucklands Blick bemerkte. »Und du deines für ihn.«

»Wir lassen unsere Leute nicht zurück. Hat man euch das nicht beigebracht?«

Sie zog Delta den Stiefel vom Fuß und verzog das Gesicht, als sie die blutdurchtränkte Socke und die Scherbe, die darin steckte, sah. »Wir sind nicht deine Leute.«

Auckland schwieg. *Das werden wir noch sehen.*

Einsnull lenkte das Boot zwischen halb versunkenen Wracks hindurch und an Lagerhallen vorbei auf Cockatoo Island zu. Eine Haiflosse tauchte in den Wellen auf und verschwand nach einem Moment wieder. Der Motorenlärm hallte über das Wasser.

Barbie stand auf und trat neben Auckland an die Reling. Sie wischte sich die blutigen Finger an einem Lappen ab. »Delta wird es schaffen. Ein paar gebrochene Rippen, wahrscheinlich eine Gehirnerschütterung und diese verdammte Scherbe. Um die wird sich Sokrates kümmern.«

»Sokrates?«

»Unser Arzt.« Sie neigte den Kopf. Im Sonnenlicht wirkten die Narben in ihrem Gesicht wie tiefe Furchen. »Eigentlich ist er Sanitäter. Aber wir fühlen uns besser, wenn wir so tun, als wäre er Arzt.«

Auckland lächelte. »Und wie geht es dem Router?«

»Schlechter. Ich glaube nicht, dass er durchkommen wird. Delta muss ihn beim Aufprall unter sich begraben haben.«

»Dann war alles umsonst.«

Sie warf ihm einen Blick zu, den er nicht deuten konnte. Die Narben verliehen ihrem Gesicht einen permanenten strengen, harten Ausdruck. »Da bin ich mir nicht so sicher. Ich habe einiges gesehen, über das ich nachdenken muss.«

»Zum Beispiel?«

»Das sage ich dir, wenn ich darüber nachgedacht habe.« Ihr Lächeln verzerrte ihre Narben. »Zeig mir, was in dem Rucksack ist.«

Auckland nickte, zog den Rucksack von den Schultern und stellte ihn neben Delta auf die Bank. Es war eine Militärausführung, wie man sie in Camping- und Outdoorläden kaufen konnte, olivgrün und mit vier Fächern. Er öffnete das größte zuerst, griff hinein und zog eine Getränkedose heraus.

»Ist das Cola?«, fragte Einsnull, der am Steuer stand. Er musste laut sprechen, um sich über den Lärm verständlich zu machen. »Wenn ja, kann ich die haben?«

Auckland hob die Schultern. Barbie nahm die Dose und warf sie Einsnull zu. Er fing sie sicher mit einer Hand. »Danke.«

»Ist da sonst nichts drin?«, fragte Barbie.

»Doch.« Auckland legte eine Packung mit Aspirin auf die Bank, ein Taschenmesser und ein zusammengerolltes Smartphone. Barbie rollte es auseinander und strich mit der Hand über den Bildschirm. Er blieb dunkel.

»Der Akku ist leer«, sagte sie. »Ich frage mich, warum er es mitgeschleppt hat.«

»Nostalgie? Hoffnung? Oder er kannte einen Ort, an dem er es aufladen konnte. Er war gut genährt und gut gekleidet. Er muss irgendwo Schutz gefunden haben.«

»Aber gebracht hat es ihm nichts.«

»Es hat ihn über ein Jahr am Leben gehalten. Und mit ein bisschen mehr Pech und Dummheit wären wir jetzt an seiner Stelle.«

Sie widersprach ihm nicht.

Auckland öffnete das nächste Fach, fand aber nur ein Paar frische Socken, eine Zahnbürste und eine Unterhose, an der noch das Etikett hing. Das dritte Fach war leer, im vierten stießen seine Finger auf ein in Kunstleder gebundenes Notizbuch, ein paar Bleistifte, einen Spitzer und einen Radiergummi.

Barbie nahm ihm das Buch sichtlich neugierig aus der Hand und schlug es auf. »Das sind Zeichnungen und Skizzen.«

Sie blätterte die Seiten durch. Auckland sah Gesichter – alte, junge, Männer, Frauen und Kinder. Manche sahen den Betrachter an, andere sahen zur Seite, aber alle lächelten.

»Was sind das wohl für Leute?«, fragte Barbie.

»Vielleicht Menschen, an die er sich erinnern wollte. Freunde, Verwandte.« Die Frage interessierte Auckland nur am Rande. Er konzentrierte sich stattdessen auf den Besitz des Toten, den er vor sich auf der Bank ausgebreitet hatte. Das war nicht das Gepäck eines Menschen, der um sein Leben fürchtete und in irgendwelchen Löchern hauste. Dieser Mann hatte an einem sicheren Ort gelebt und war gut versorgt gewesen.

Auckland sah Barbie an. »Wir sind nicht allein in dieser Stadt.«

7

Ich bin so ein feiges Schwein.

Arnest schlug mit der Faust gegen die Kabinenwand, bis seine Fingerknöchel aufplatzten und er blutige Spuren auf dem grauen Metall hinterließ. Er war von der Brücke abgehauen wie einer dieser Rekruten, die sich im Internet anwerben ließen und dann beim ersten Gefecht mit vollgeschissener Hose heulend im Dreck lagen. Feigheit im Angesicht des Feindes.

Er ging zum Kühlschrank, nahm eine Dose Bier heraus, riss den Verschluss ab und trank. Wenn er die Augen schloss, sah er Lanzo vor sich, mit diesem Zombieblick und dem verdammten Jockey im Nacken. »Was für eine Scheiße. Was für eine gottverdammte, verschissene Scheiße.«

Die Dose war nach zwei Zügen leer. Arnest knüllte sie zusammen und ließ sie fallen. Lanzo hatte gewollt, dass er ihn umbrachte, aber er konnte es nicht. Alles, was nun geschah, war seine Verantwortung. Er musste seinen Bruder retten oder ihn töten. Niemand konnte ihm das abnehmen.

Mein Bruder, meine Verantwortung.

Das Piepen des Interkoms mischte sich in seinen Rülpser. »Was ist?«

»Arnest«, sagte Rins Stimme, »der Sprung endet in fünf Minuten. Wenn die Jockeys die Waffensysteme wieder eingeschaltet haben sollten, sind wir in sechs tot. Ich dachte, unter diesen Umständen willst du vielleicht zu uns raufkommen.«

»Bin unterwegs.« Ihm war nicht klar gewesen, dass er den

ganzen Sprung in seiner Kabine verbracht hatte. Der Jockey musste längst aufgewacht sein und damit auch Lanzo. *Scheiße.*

Er steckte sich zwei Dosen Bier in die Jackentaschen und verließ seine Kabine. Rin nickte ihm zu, als er die Brücke betrat. Der Countdown auf der Bildschirmwand zeigte an, dass noch hundert Sekunden bis zum Ende des Sprungs blieben.

Lanzo saß noch immer gefesselt an der dunklen Konsole. Er beachtete Arnest nicht, sondern starrte reglos ins Leere, aber der Jockey drehte den Kopf und musterte ihn aus kalten Augen. Arnest hätte ihn am liebsten mit seiner eigenen Nabelschnur erwürgt.

»Wie sieht's aus?«

Rin hob die Schultern. »Das wissen wir in vierzig Sekunden.«

»Eure Sorge ist unnötig«, sagte der Jockey. »Es hat uns gefallen, die Systeme nicht wieder einzuschalten.«

»Warum?«

»Es gab keinen Grund dafür.«

»Aber das heißt, dass jedes Schiff jetzt zur Erde fliegen kann«, sagte Rin.

»Wenn es die Koordinaten des Sprungtors kennt. Und die haben nur die, die sie haben sollen.« Er neigte den Kopf. »Fast.«

Der Countdown sprang auf null. Ein Ruck ging durch die *Eliot*. Auf den Bildschirmen verschwand das wabernde Grau des Hyperraums und wurde durch einen Sternenhimmel ersetzt – und die gewaltige Verteidigungsanlage, die reglos im All hing.

Rin atmete auf.

»Seht ihr?«, sagte der Jockey. »Wir haben alles unter Kontrolle.«

Arnest lehnte sich mit dem Rücken an die Konsole neben Lanzo. »Du hast hier gar nichts unter Kontrolle, Arschloch. Wie heißt du?«

Der Jockey legte seine Hände auf Lanzos Schultern. »Jho'tol ne Thrigne.«

»Wie?« Arnest winkte ab, bevor den Namen wiederholen konnte. »Scheißegal, ist viel zu kompliziert. Das kann sich kein Schwein merken. Du heißt ab jetzt Joe.«

»Nein. Das ist nicht mein Name.«

»Halt die Fresse, sonst ist ab jetzt Arschloch dein Name. Verstanden, Joe?«

Der Jockey öffnete den Mund und schloss ihn wieder.

Arnest zwang sich, Lanzo anzusehen. Er wirkte um Jahre gealtert. Seine Wangen waren eingefallen, die kurzen Haare und Bartstoppeln angegraut. An Lanzos Hals entdeckte er runde Narben, als habe man einige Male versucht, einen Jockey mit ihm zu verbinden, bevor es geklappt hatte.

Arnest schluckte. Er nahm die Bierdosen aus der Jacke, öffnete eine und stellte sie auf das Display. Dann beugte er sich vor und löste den Kabelbinder von Lanzos linkem Unterarm. »Ich hab mir vorgenommen, dass ich mit dir saufen gehe, wenn ich dich lebend finde. Du lebst, also saufen wir.«

Er reichte ihm die Bierdose. Lanzos Hand blieb reglos auf der Stuhllehne liegen.

»Ich trinke kein Bier«, sagte Joe. »Der Organismus meines Volks reagiert nicht auf Alkohol.«

»Ich rede nicht mit dir, sondern mit meinem Bruder.« Arnest drückte ihm die Bierdose in die Hand. Lanzos Finger schlossen sich darum. Sein Blick war leer. »Und unser Organismus reagiert verdammt gut auf Alkohol.«

Er öffnete die zweite Dose, warf den Verschlussring auf den Boden und stieß mit Lanzo an. »Prost.«

Die Dose in Lanzos Hand bewegte sich nicht.

»Du kannst nicht mit ihm reden«, sagte Joe. »Nur mein Bewusstsein existiert in diesem Körper.«

»Quatsch. Wir haben doch schon geredet.« Das war nur ein paar Stunden her. Arnest konnte sich nicht vorstellen, dass Joe das vergessen hatte.

»Nein, habt ihr nicht«, sagte Joe.

Arnest stellte seine Bierdose auf das dunkle Display. »Verarsch mich nicht, du Pisser. Ich hab hier gestanden und –«

»Arnest.« Rin unterbrach ihn. Er sah, wie sie leicht den Kopf schüttelte. »Lass ihn.«

»Aber er –«

»Lass ihn.« In ihrem Blick lag eine Warnung, die er nicht zuordnen konnte. Sie schien etwas zu bemerken, das ihm entging. *Wäre ja nicht das erste Mal*, dachte er.

Joe setzte sich im Sattel auf. »Je schneller ihr begreift, dass es nur mich gibt und dass die Person, die ihr kanntet, nicht mehr existiert, desto leichter wird euch der Umgang mit mir fallen.«

Die Bierdose in Lanzos Hand zitterte. Arnest runzelte die Stirn.

»Um das zu erreichen«, sagte Joe, »solltet ihr ausschließlich mich ansprechen und ansehen.«

Arnest hörte die Arroganz, die in jedem seiner Worte mitschwang, ohne sie wirklich wahrzunehmen. Stattdessen beobachtete er, wie Lanzo langsam die Hand hob. Zentimeter um Zentimeter näherte sich die Bierdose seinem Mund.

»Stellt euch das unter mir als einen Stuhl vor, auf dem ich sitze«, fuhr Joe fort. »Ihr würdet euch lächerlich machen, wenn ihr den Stuhl ansprechen würdet und nicht den, der darauf sitzt, oder?«

Lanzo öffnete den Mund. Seine Lippen berührten den Rand der Dose.

Joe schien nichts davon zu bemerken. Er sah abwechselnd Rin und Arnest an. »Ich weiß, warum ihr mich entführt habt. Ihr denkt, dass ihr mich entfernen könnt wie einen Tumor. Aber das könnt ihr nicht.«

Lanzo setzte die Dose an. Seine Hand zitterte so stark, dass ihm Bier über das Kinn lief und in den Kragen seines Hemds tropfte. Doch sein Adamsapfel bewegte sich. Er trank.

»Um das noch mal zu unterstreichen: Ich bin das Einzige, was euch von ihm geblieben ist. In diesem Körper ist niemand außer mir.«

Lanzo ließ die Dose sinken. Arnest grinste.

8

Aus dem Neuen, dem Fremden wurde Alltag. Kipling stand morgens auf, lief zehn Runden um den Parkplatz, sammelte Palmblätter und frühstückte mit Ama'Ru in ihrem Labor. Er grüßte die anderen Menschen, hielt sich ansonsten aber von ihnen fern. Das schien ihnen entgegenzukommen, denn die meisten erwiderten seinen Gruß nicht oder nur abweisend.

Den Rest des Tages verbrachte er, abgesehen von kleinen Pausen, im Computerraum. Von den Fortschritten, die er machte, erzählte er nur Ama'Ru. Er hatte Kontakt zu mehreren Satelliten hergestellt, über die er nun versuchte, das Googlegate zu erreichen.

»Es ist zu weit weg«, sagte er, als Ama'Ru ihn danach fragte. »Ich komme nicht ran.«

Die Gottesanbeterin kaute auf ein paar Bohnen. Ama'Ru neigte den Kopf. »Könntest du nicht mit der *Moon* dort hinfliegen und das Gate manuell aktivieren?«

»Den Vorschlag habe ich Brown bereits gemacht, aber er hat nur gesagt, dass er darüber nachdenken will.«

»Meiner Bitte, die Skorpione begleiten zu dürfen, ist er auch noch nicht nachgekommen. Er hält uns beide hin.«

»Wahrscheinlich hat er andere Sorgen.« Kipling schob seinen Teller beiseite und lehnte sich in dem billigen Korbstuhl, den er auf einem der anderen Stockwerke gefunden hatte, zurück. Ama'Rus Labor war größer als sein Computerraum. Hohe Tische standen an den Wänden, in Schränken und Regalen lag sorgfältig beschriftete Ausrüstung. Er erkannte Ama'Rus gleichmäßige, beinahe gedruckt wirkende Handschrift.

In einer Ecke hatte die Gottesanbeterin mit dem Nestbau begonnen. Neben Papierfetzen stapelten sich Magazine und Broschüren, die wohl aus einem der unverschlossenen Büros stammten. Die Klimaanlage hatte Ama'Ru abgeschaltet, die Fenster waren den ganzen Tag geöffnet und trugen schwüle Hitze in das Zimmer. Kipling schwitzte, wenn er sich dort aufhielt, aber in Ama'Rus Kabine auf der *Eliot* war es deutlich heißer gewesen.

»Apropos andere Sorgen«, sagte er nach einem Moment. »Ich habe mich nebenher mit dem verborgenen Stockwerk befasst. Die Firmware, auf der die Fahrstühle laufen, wurde hier bei *BetterLifeSolutions* geschrieben. Das ist ein ganz schön paranoider Haufen. Eigene Betriebssysteme, eigene Firmwares, sie haben kaum etwas von außen reingelassen. Aber ich glaube, dass ich den Code gefunden habe, mit dem man in das Stockwerk kommt.«

Ama'Ru drehte ein Palmblatt zwischen den Fingern. Kipling hatte sie noch nie essen sehen. Anscheinend nahm die Gottesanbeterin die Nahrung für sie beide auf. »Du hast ihn noch nicht ausprobiert?«

»Nein, ich wollte auf dich warten. Zu zweit stirbt es sich leichter.« Er lachte, als er ihren zweifelnden Blick bemerkte. »Ganz ehrlich: Ich denke, es wird dir guttun, mal was anderes zu sehen als dieses Zimmer.«

Nach dem Zwischenfall beim Buffet hatte Brown sie praktisch unter Hausarrest gestellt. Er bestand darauf, dass sie ihn kontaktierte, wenn sie die Wohnbereiche im ersten und zweiten Stock oder gar das Erdgeschoss betreten wollte. Sie zog es vor, hier oben zu bleiben.

»Weißt du, was sich in diesem Stockwerk befindet?«, fragte sie.

Kipling hob die Schultern. Die gleiche Frage hatte er sich auch schon gestellt. »Keine Ahnung. Es liegt unterhalb des Kellers und hat eine eigene Energieversorgung. Mehr kann ich auf den Plänen nicht erkennen.«

Er beugte sich vor. »Wir werfen nur einen kurzen Blick hinein, okay? Und dann sehen wir weiter.«

Die Gottesanbeterin hob eine Schere, nahm Ama'Ru das Palmblatt vorsichtig aus der Hand und steckte es sich in den Mund. Lautlos zermalmte sie es.

»Also gut.«

»Hervorragend.« Kipling sprang auf. Seit der Ankunft auf der Erde war er von einer andauernden nervösen Energie erfüllt. *Hummeln im Hintern*, hätte seine Großmutter es genannt. Er nahm an, dass das etwas mit dem Sonnenlicht und der erhöhten Zufuhr von Vitamin D zu tun hatte.

»Jetzt?« Ama'Ru wirkte überrascht.

»Wann sonst? Noch ist es unser Geheimnis, aber wer weiß, wann Brown auf die Idee kommt, sich die Pläne des Gebäudes näher anzusehen.«

Er ging zur Tür und bemerkte zufrieden, dass Ama'Ru ihm folgte.

»Glaubst du nicht, dass er bereits davon weiß?«, fragte sie. »Er hat schließlich für *BetterLifeSolutions* gearbeitet.«

»Ja, aber ich kann mir nicht vorstellen, dass die Gensoldaten hier aufgewachsen sind. Das passt nicht zu dem, was Auckland erzählt hat. Wahrscheinlich ist dies die Firmenzentrale, und Brown kam nur hierher, um seine Berichte abzuliefern.«

Er blieb an den Fahrstühlen stehen und drückte auf einen Knopf, zweimal lang, einmal kurz. Das war einer der *Special Moves*, die er in der Firmware gefunden hatte. Die Kombination erlaubte es dem Benutzer, den erstbesten leeren Fahrstuhl ohne Zwischenstopp zu holen. Sekunden später öffnete sich die Tür links neben ihm.

Kipling verneigte sich. »Nach dir.«

Die Gottesanbeterin stakste an ihm vorbei in die Kabine. Kipling folgte ihr und legte Daumen und Zeigefinger der rechten Hand auf die Knopfleiste. Mit der linken drückte er auf den Türschließer. *Special Move Nummer zwei*, dachte er, während er gleichzeitig den Knopf für das Erdgeschoss und den Keller berührte. Aus den kleinen Lautsprechern in der Decke drang *The Girl from Ipanema*, ein Klassiker der Fahrstuhlmusik.

Der Fahrstuhl ruckelte, hielt an und fuhr dann deutlich schneller als zuvor nach unten. Die Gottesanbeterin presste sich mit dem Hinterleib an den Boden. Ihre Scheren öffneten und schlossen sich.

»Alles in Ordnung«, sagte Kipling. Nach all den Monaten verstand er ihre Körpersprache ein wenig, aber er wusste noch immer nicht, ob sie wirklich ein eigenes Bewusstsein hatte. »Das ist ganz normal.«

Der Fahrstuhl wurde langsamer und hielt an. Auf dem Display waren anstelle einer Stockwerksangabe zwei senkrechte Striche zu sehen, wie eine römische zwei. Mit einem hellen *Ping* öffnete sich die Tür.

Es war dunkel. Leichter Verwesungsgeruch schlug Kipling entgegen. Sein Finger schwebte über dem Türschließer.

»Ohne eine Lichtquelle«, flüsterte Ama'Ru, »werden wir hier nicht weiterkommen. Und ich weiß auch nicht, ob wir das sollten.«

»Warte eine Sekunde.« Kipling zog die V-Specs aus seiner Tasche und setzte sie auf. Ihr vertrautes Gewicht fühlte sich gut an. »Licht.«

Ein dünner, weißer Strahl richtete sich in den Raum vor ihm. Es herrschte Chaos. Überall lagen aufgerissene Kartons am Boden, dazwischen leere Konservendosen und Verpackungen. Gegenüber sah er geschlossene Fahrstuhltüren. Anscheinend führten alle vier Aufzüge in diese Etage.

Er machte einen Schritt in den kleinen Raum. Der Strahl seiner Lampe zuckte über graue Betonwände. Eine Klimaanlage summte leise. Er spürte ihren kühlen Wind im Nacken. »Wenn die Klimaanlage noch läuft«, flüsterte er, »dann gibt es hier unten Strom, also auch Licht. Sieh dich mal nach Schaltern um.«

Ama'Ru antwortete nicht. Kipling drehte sich um und sah, dass sie im Fahrstuhl stehen geblieben war.

»Ein kurzer Blick«, sagte sie. »Mehr habe ich nicht zugestimmt.«

»Wir haben noch nichts gesehen.«

»Aber wir riechen es schon, oder?«, fragte Ama'Ru. »Etwas verwest hier unten. Du hast auf dem Parkplatz ein Fahrzeug mit blutigem Sitz entdeckt und daraus geschlossen, dass es einen Zombie auf dem Gelände geben muss. Ist der Zusammenhang zwischen Geruch und Beobachtung nicht offensichtlich?«

Natürlich war er das. Kipling trat zurück und stellte den Fuß in die Aufzugtür, damit sie sich nicht schloss.

»Wir sind nicht nur wegen eines kurzen Blicks hier, oder?«, hakte Ama'Ru nach.

Er schüttelte den Kopf. »Nein.«

»Warum dann?«

»Weil ich glaube, dass es hier unten Internet gibt.« Er hatte den irgendwo zwischen Unglauben und Mitleid angesiedelten Blick, den Ama'Ru ihm zuwarf, erahnt, deshalb hatte er ihr nichts davon erzählen wollen.

»Du riskierst dein Leben für eine Internetverbindung?«

»Und das Usenet. Vergiss bloß das Usenet nicht.« Als er sah, dass sie das nicht komisch fand, wurde er ernst. »Internet bedeutet Kommunikation. Wir haben von den anderen seit Tagen nichts gehört. Wir wissen nicht, wo sie sind, und sie wissen nicht, wo wir sind. Brown hat Internet, da bin ich mir sicher. Auckland konnte mit ihm kommunizieren, als die Jockeys die Googlegates dichtgemacht hatten. Und da Brown für *BetterLifeSolutions* gearbeitet hat, wird er wahrscheinlich deren geheimes Netzwerk nutzen. Geheimes Internet, geheimes Stockwerk. Passt doch zusammen, oder?«

»Kipling –«, setzte Ama'Ru an.

Er hob die Hand. »Lass mich ausreden. Wir werden uns hier umsehen, nur ein paar –«

»Kipling.« Ihre Stimme klang so hart, dass er innehielt. Ihr Blick richtete sich auf einen Punkt hinter ihm, dort, wo sich die Wand befand.

Er drehte sich um. Der Lichtstrahl seiner V-Specs glitt über Beton, Kartons, ein Gesicht, Kartons …

Sein Mund wurde trocken. Langsam drehte er den Kopf in die andere Richtung, bis das Gesicht wieder vor ihm auftauchte. Es war weiß und faltig, fast schon mumifiziert. Schütteres Haar hing in milchig weiße Augen.

»Scheiße«, sagte Kipling leise.

Der Zombie stand in einem Türrahmen. Er trug einen verstaubten Anzug. Ein Hosenbein war aufgeschnitten worden. Darunter sah Kipling einen blutbefleckten, dicken Verband. Gelenke knackten, als der Mann über den Boden schlurfte, auf den Fahrstuhl zu.

Kipling spürte, wie sich die Schere der Gottesanbeterin auf seine Schulter legte und ihn nach hinten zog.

»Können wir jetzt gehen?«, fragte Ama'Ru.

»Ja.« Kipling drückte auf die *6* und dann hektisch auf den Schließknopf. Der Zombie näherte sich ihnen langsam. Im Lichtstrahl sah Kipling den Raum, aus dem er gekommen sein musste. Dunkle Monitore standen auf Schreibtischen, an einem dunklen Computergehäuse blinkte ein Licht.

Die Türen schlossen sich. Der Fahrstuhl fuhr an. Kipling lehnte sich mit dem Rücken an die Wand und atmete tief durch. »Okay, ich gebe zu, dass das ein Problem werden könnte.«

»Kannst du nicht von oben auf das System zugreifen?«

»Ich glaube nicht. Man baut keinen separaten Rechnerraum in einem geheimen Stockwerk, wenn man von überall darauf zugreifen kann.«

The Girl from Ipanema endete und wurde von einem Song abgelöst, der nach den achtziger Jahren klang. Der Fahrstuhl hielt an und die Türen öffneten sich. Kipling zuckte zusammen, als er Brown im Gang stehen sah.

»Wo waren Sie?«

»Disneyworld. War kaum was los.«

Er wollte an Brown vorbeigehen, doch der versperrte ihm weiter den Weg. Aus grauen Augen, die so sehr an Aucklands erinnerten, musterte er Kipling kalt.

»Wir waren nirgendwo«, sagte Ama'Ru. »Kipling hat es gefallen, mich auf einem Spaziergang durch den vierten und fünften Stock zu begleiten.«

Brown zögerte lange genug, um ihnen zu verstehen zu geben, dass er ihnen nicht glaubte, dann trat er zur Seite. Kipling und Ama'Ru verließen den Fahrstuhl. Sie bog in ihr Labor ab, er ging weiter zum Computerraum. Erst, als er fast schon eingetreten war, fiel ihm auf, dass er das Schließen der Fahrstuhltüren nicht gehört hatte.

Er drehte sich um. Brown stand auf der Schwelle der Kabine und blickte ihn mit regloser Miene an. Nach einem Moment hob er den Zeigefinger und zog ihn von rechts nach links über seine Kehle.

Kipling spürte, wie sich seine Nackenhaare aufstellten. Die Geste war absurd und verstörend. Er schloss rasch die Tür hinter sich.

Was sollte das denn?

9

»Hoch mit euch! Los!«

Auckland stemmte sich aus dem Dreck hoch. Sein Hemd war schweißdurchtränkt, seine Muskeln schmerzten. Die anderen Soldaten waren ihm meterweit voraus. In der Abendsonne wirkten ihre Silhouetten schwarz. Er wusste, dass er sie nicht mehr einholen würde, aber er rannte trotzdem weiter.

Sie trainierten auf dem großen Hügel oberhalb der Kaserne, wie die Soldaten die Lagerhalle, in der sie lebten, nannten. Gremlin führte das Kommando. Den Albaner hatte Auckland seit Tagen nicht gesehen. Er war weder an der Anlegestelle gewesen, als er, Einsnull, Delta und Barbie zurückkamen, noch war er zum Abendessen aufgetaucht. Gremlin hatte sich ihren Bericht angehört und gab seitdem die Befehle des Albaners weiter.

Den zertretenen Router hatte er einer Frau namens Diantha gegeben, die laut Barbie »den letzten Schrott wieder hinbiegen« konnte. Bis jetzt schien sie jedoch keinen Erfolg gehabt zu haben. Auckland hoffte, dass das noch eine Weile so blieb. Er brauchte Zeit.

Er sah das Ziel vor sich, eine australische Fahne, die von einem Ast flatterte. Einsnull erreichte sie als Erster, die anderen waren dicht hinter ihm. Nacheinander sprangen sie hoch und schlugen mit der Hand gegen die kleine Glocke, die man mit einer Ecke der Fahne verknotet hatte.

»Runter!«

Auckland ließ sich fallen. Staub wallte vom trockenen Boden auf und brachte ihn zum Husten. Die anderen Soldaten warfen sich verwirrte Blicke zu. Für sie war die Übung beendet und sie verstanden nicht, wem der Befehl galt.

»Hey, John ist noch da hinten«, sagte ein blonder Mann, der sich Vindaloo nannte. Die anderen drehten sich um. Sie trainierten in Zehnergruppen auf der Insel verteilt, so wie jeden Tag. Gremlin kommandierte stets die Einheit, der Auckland angehörte, sicherlich auf Befehl des Albaners.

»Hoch!«, schrie er nun.

Auckland sprang auf und rannte los.

»Runter!«

Er ließ sich erneut fallen. Keine drei Meter trennten ihn mehr von der Fahne.

»Hoch!«

»Runter!« Aufstehen und fallen wurden zu einer Bewegung, dreimal, viermal. Schweiß tropfte von seiner Stirn und sein Mund war voller Staub. Seine Arme zitterten.

»Hoch!«

»Runter!«

»Gremlin, meinst du nicht, es reicht jetzt?«

Das war Vindaloo, dachte Auckland. Es war nicht das erste Mal, dass sich jemand für ihn einsetzte, aber bisher hatten das nur Einsnull und Barbie getan, mit denen er im Einkaufszentrum gewesen war. Vindaloo kannte ihn nur von den Übungen.

»Hoch!«, schrie Gremlin. Auckland sprang auf. Es überraschte ihn, dass er bis zur Fahne durchlaufen durfte. Er schlug gegen die Glocke und ließ sich ins Gras fallen. Schwer atmend blieb er liegen.

Hände klopften ihm auf die Schultern und auf die Knie. Gremlin tauchte kurz über ihm auf. Der Blick, den er ihm zuwarf, war entschuldigend und beschämt. *Ich befolge nur Befehle*, schien er sagen zu wollen. Dann wandte er sich an die anderen: »Duschen und umziehen. Abendessen in dreißig.«

»Ja, Sir«, antworteten die Soldaten im Chor. Auch Auckland stimmte ein. Er stützte sich auf die Ellenbogen und spuckte Dreck aus. Vindaloo hielt ihm die Hand hin. »Können wir?«

Auckland ergriff sie und ließ sich hochziehen. Er stand unter ständiger Bewachung, sowohl am Tag als auch in der Nacht. Dass der Albaner den Befehl dazu geben hatte, glaubte er nicht. Das schien eher vom übernervösen Gremlin auszugehen, den die Angst zu versagen beinahe lähmte. Auckland versuchte, ihm keinen Grund zum Misstrauen zu geben. Er hatte sogar um Erlaubnis gebeten, das Pad, das er aus dem Einkaufszentrum mitgenommen hatte, einzurichten. Da es ohne Internet so gut wie nutzlos war, hatte Gremlin nichts dagegen gehabt. Das interne Netzwerk, von dem der Albaner gesprochen hatte, schien nicht mehr zu funktionieren. Wahrscheinlich hatte Brown auch diesen letzten Zugang gesperrt.

Gemeinsam gingen die Soldaten den Weg zur Kaserne hinunter. Vindaloo blieb neben Auckland. Einige Male setzte er an, um etwas zu sagen, aber er sprach es nicht aus. Stattdessen runzelte er nachdenklich die Stirn.

Auckland verlor jedes Rennen und jeden Übungskampf gegen die Soldaten der zweiten Generation. Während sie abends zusammensaßen, fiel er erschöpft ins Bett, beobachtet von einem Dutzend Augen. Er konnte nicht mithalten, und jeder wusste das, aber sie kannten auch den Grund. Anfangs hatten sie ihn deswegen aufgezogen und eine Dose genannt. Er hatte mitgelacht, wenn sie ihre Witze machten, und bei der nächsten Übung sein Bestes gegeben. Mittlerweile lachte niemand mehr. Sie hatten ihn als einen der ihren akzeptiert.

Erniedrigung ist ein gefährliches Spiel, dachte Auckland. Und der Albaner spielte es nicht besonders gut.

Vindaloo ergriff seinen Arm. »Sieh mal.« Er deutete mit dem

Kinn in Richtung Stadt. Auch andere, weiter unten auf dem Weg, zeigten auf etwas. Als Auckland den Kopf drehte, sah er sofort, was sie meinten.

Ballons.

Vierzig, vielleicht fünfzig bunte Luftballons, die über Sydney in den Himmel stiegen. Man hatte sie an einer langen Stange festgebunden, von der ein Banner hing. Der Wind trieb es langsam über den Hafen. Im letzten Sonnenlicht konnte Auckland die schwarzen Buchstaben auf dem weißen Hintergrund gut erkennen. Nur drei Worte standen dort:

Australian Museum Hilfe.

Vindaloo legte die Hände wie einen Trichter vor den Mund. »Gremlin!«

10

»Scheiße.« Bob Swanson schob seinen Stuhl zurück und verschränkte die Hände hinter dem Kopf. Das bunte Hemd, das er trug, spannte sich über seinem Bauch. »Scheiße. Scheiße.«

Daniel Messner lehnte neben ihm an der Wand und schwieg. Nur seine Augen bewegten sich. Unablässig glitten sie über Lanzo und den Jockey in seinem Nacken.

Rin hatte die *Destination Moon* angefunkt, als sie in der Umlaufbahn der Erde ankamen. Sie hatte die *Eliot* angedockt und stand nun neben Arnest in Swansons Büro. Lanzo trug Handschellen und Fußfesseln, mit denen er nur kleine Schritte machen konnte. Joe konnte sich frei bewegen. Er war auf sein »Tier« angewiesen und stellte keine Gefahr dar. Allerdings brachte er sich mit jedem Wort, das er sagte, selbst in Gefahr. Seine Arroganz und Überheblichkeit ließen nicht nur Arnest die Fäuste ballen.

»Bitte seht mich an, nicht das unter mir«, sagte er gerade. »Es ist nicht mehr von Bedeutung.«

Arnest holte tief Luft. »Ich hau ihm auf die Fresse.«

Rin legte ihm die Hand auf den Arm und wandte sich an Swanson. »Wir müssen dringend mit Ama'Ru sprechen.«

»Das kann ich sehen, aber ich weiß nicht, wie wir das hinkriegen sollen. Sie, Kipling und alle anderen sind auf der Erde, in einem eingezäunten Komplex, haben mir die Shuttlepiloten erzählt.«

»Ihr beide seid als Einzige noch an Bord der Flotte?«

»Fast«, sagte Messner. »In der Krankenstation liegen noch ein paar Leute, aber ansonsten sind wir allein.«

Swanson nickte. »Gonzales hat uns strikt verboten, ihr gelobtes Land zu betreten. Wir sollen hier oben bleiben wie Sünder, die Gottes Licht nur aus der Ferne sehen, aber nie darin baden dürfen. Oder so.« Er lächelte. »Ich habe mein Leben aufs Spiel gesetzt, um von diesem Planeten zu entkommen. Keine Ahnung, weshalb auf einmal alle wieder dort hinwollen.«

Rin dachte an den Geruch des Meers und den Wind auf ihrem Gesicht. Sie war nur kurz wieder auf der Erde gewesen, aber seitdem ließen die Erinnerungen an all das, was sie verloren hatte, sie nicht mehr los. »Was ist mit Gonzales' Sohn?«, fragte sie, um sich davon abzulenken.

»Du meinst, das Schiff voller Schläger, das eingreifen sollte, falls Gonzales' kleiner Putsch in die Hose gegangen wäre?« Swanson hob die Schultern. »Wir wissen es nicht. Sein Schiff ist nicht mehr hier oben, aber im gelobten Land hat es auch niemand gesehen. Vielleicht hat er die Gelegenheit genutzt und ist vor seiner Mutter geflohen. Ich würd's verstehen.«

»Er ist eine verschissene kleine Ratte, der man das Genick brechen sollte«, sagte Arnest leidenschaftlicher, als Rin erwartet hätte. Seine Wut brauchte wohl ein Ventil. *Gut, dass es jemanden trifft, der nicht im Raum ist.*

»Ihr kennt also die Koordinaten des gelobten Lands?«, fragte sie.

Messner erkannte sofort, worauf sie hinauswollte. »Ich würde euch nicht raten, dort hinzufliegen. Gonzales' Anhänger sind bewaffnet und Arnest ist für sie der Antichrist.«

»Wir wollen nicht mit ihnen beten, sondern nur unsere Leute rausholen«, sagte Rin.

»Aber das werden sie nicht zulassen. Gonzales hat behauptet, dass Ama'Ru und Kipling Teil von Gottes Plan sind. Was auch immer das heißen soll.«

Rin stützte sich mit den Händen auf die Lehne des Besucherstuhls. »Es muss eine Möglichkeit geben.«

»Das denkt ihr Menschen immer, aber es ist selten wahr.« Joe richtete sich im Sattel auf. »Ich benötige Nahrung. Kümmert euch darum.«

Rin unterdrückte die wütende Antwort, die sie ihm geben wollte. Lanzo war abgemagert, er brauchte etwas zu essen. »Was für Nahrung?«, fragte sie betont ruhig.

»Menschliche.«

»Arnest, du weißt, was dein Bruder gerne isst. Kannst du ihm was zu essen besorgen?«

Er nickte. Messner ging an ihm vorbei zur Tür. »Ich zeige dir die Küche. Komm.«

Gemeinsam verließen sie das Büro. Nur Sekunden später hörte Rin einen dumpfen Knall. Sie stellte sich vor, wie Arnest mit der Faust gegen die Wand schlug.

Swanson rückte seinen Stuhl näher an den Schreibtisch. Darauf lag nichts außer einem ausgeschalteten Pad. »Ihr könntet mit einem kleinen Schiff irgendwo in der Nähe landen«, sagte er. »Aber dann müsstet ihr euch bis zu dem Gelände durchschlagen und wer weiß, wie viele Zombies dort herumirren.«

»Ich werde keinen Fuß auf die Erde setzen.«

Rin beachtete Joe nicht. »Wenn das die einzige Lösung ist, dann werden wir es tun. Wir müssen etwas unternehmen.«

Sie dachte an Auckland, den sie allein bei den Gensoldaten zurückgelassen hatten, an Lanzo, Kipling und Ama'Ru. »Es kommt mir so vor, als würde alles auseinanderbrechen.«

Swanson nickte. »Ich weiß, was du meinst. Wenn ich durch das leere Schiff gehe, kommen mir fast die Tränen.«

Joe stieß einen Laut aus, den Rin nicht zuordnen konnte, aber er klang höhnisch. Swanson musterte den Jockey mit angewidertem Blick.

»Wie ist das überhaupt möglich?«, fragte er. »Ich dachte, ihr werdet bei der Geburt mit eurem …« Er zögerte. »… Begleiter verbunden und bleibt bis zum Tod zusammen?«

»Unsere Bräuche gehen dich nichts an, Mensch.«

Rin fuhr herum. »Sie gehen uns verdammt noch mal doch etwas an, wenn ihr sie benutzt, um einen von uns zu versklaven!«

Lanzo starrte teilnahmslos ins Nichts. Joe legte die Hände auf seinen Kopf und sah Rin an. »Hier ist niemand außer mir. Es ermüdet mich, das ständig zu wiederholen.«

Aber das stimmt nicht, dachte Rin. Lanzo hatte die Waffen der *Eliot* bedient, ohne dass es Joe bemerkt hatte. Seine Kontrolle war nicht so perfekt, wie er glaubte.

Die Tür öffnete sich. Arnest trat mit einer Konservendose und einem Löffel in der Hand ein. Daniel schloss die Tür hinter sich und stellte ein Glas mit irgendeinem Fruchtsaft auf den Schreibtisch. Mit dem Daumen zeigte er auf Arnest. »Ich habe ihm gesagt, er könne auch einen Teller benutzen, aber er wollte nicht.«

»Teller, so'n Quatsch. Das sind Ravioli. So was isst man aus der Dose.« Er stellte die Dose neben das Glas, schloss Lanzos Handschellen auf und führte ihn zum Schreibtisch. Rin zog den Stuhl zurück, damit er sich setzen konnte.

»Hier.« Arnest drückte ihm den Löffel in die Hand. »Ich hab 'ne halbe Flasche Tabasco in den Scheiß geballert. Wenn's jetzt nicht schmeckt, weiß ich auch nich'.«

Swanson sah auf. »War das der letzte Tabasco?«

Daniel zuckte mit den Schultern. Swanson fluchte leise.

Der Löffel fiel klimpernd auf das Deck. Rin hob ihn auf und drückte ihn Lanzo wieder in die Hand. Doch seine Finger schlossen sich nicht darum.

Aus dem Augenwinkel bemerkte sie, wie Joe sich in seinem Sattel aufsetzte. »Füttert mich.« Ein Tonfall, den Rin bisher noch nicht wahrgenommen hatte, schlich sich in seine Stimme. Besorgnis, ein Hauch von Angst.

Rin tauchte den Löffel in die Dose, schöpfte eine Teigtasche mit beißend nach Tabasco riechender Soße heraus und führte sie zum Kopf des Jockeys. Der wandte das Gesicht ab. »Der andere Mund«, sagte er.

»Er meint Lanzo«, sagte Swanson.

Rin senkte den Löffel. Sie brachte ihn an Lanzos Lippen, aber er öffnete den Mund nicht. Sein Blick blieb stumpf.

»Lass mich mal.« Arnest nahm ihr den Löffel aus der Hand. Soße tropfte auf Lanzos Oberschenkel. »Das sind Dosenravioli«, sagte er dann so laut, als wäre sein Bruder schwerhörig. »Von denen hast du doch ständig geredet, als wir nur die scheiß Feldrationen hatten. Ravioli und Tabasco, richtig?«

Lanzos Mund blieb geschlossen. Arnest richtete sich auf. »Ich hab' keine Ahnung, warum er das nicht essen will.«

Ich schon, dachte Rin. Sie räusperte sich. »Er will gar nichts essen, Arnest. Lanzo will sich und den Jockey zu Tode hungern.«

Joes Augen weiteten sich.

11

Kipling ging Browns Geste nicht aus dem Kopf. Er saß vor den Monitoren und versuchte, sich auf seine Aufgaben zu konzentrieren, aber seine Gedanken kehrten ständig zu der Geste zurück. Hatte Brown wirklich gedroht, ihn umzubringen? Und wenn ja, weshalb? Wegen eines dummen Witzes? Oder hatten sie den Verwesungsgeruch aus Etage II vielleicht bis in die Aufzugskabine getragen, und er wusste, wo sie gewesen waren?

Aber selbst dann … Kipling schloss das Programm, an dem er gearbeitet hatte, und öffnete *Half Life 2*. Wie alle guten Programmierer hatten auch die von *BetterLifeSolutions* die Klassiker stets griffbereit auf lokalen Festplatten.

Er starb schon nach wenigen Minuten. Frustriert lehnte er sich zurück. Er dachte darüber nach, Ama'Ru von Browns seltsamem Auftritt zu erzählen, verwarf den Gedanken aber gleich wieder. Sie kannte die Bedeutung der Geste nicht und hätte ihn mit ihren Fragen nur noch mehr verunsichert.

Wo ist Arnest, wenn man ihn braucht? Mit ihm an seiner Seite hätte er über Browns Drohung gelacht oder zumindest vor den anderen so getan. Doch er war allein. Es gab niemanden, der ihm beistehen konnte – wenn es überhaupt etwas gab, bei dem er Beistand brauchte.

Ich mache mir zu viele Gedanken, dachte er, ertappte sich aber im nächsten Moment bei der Frage, ob sich die Tür des Computerraums von innen abschließen ließ. Die Antwort lautete nein.

Als der Gong zum Mittagessen aus den Lautsprechern hallte,

atmete Kipling auf. Jede Ablenkung war hilfreich. Bevor er zum Fahrstuhl ging, blieb er an der geöffneten Labortür stehen und klopfte. »Soll ich dir was mitbringen?«, fragte er.

Ama'Ru drehte den Kopf. Auf dem Monitor vor ihr liefen irgendwelche Berechnungen ab. Obwohl ihr Labor noch nicht komplett ausgestattet war, hatte sie schon mit der Arbeit begonnen. »Danke, nein. Wir sind zufrieden.«

Kipling nickte und ging weiter. Als einer der Fahrstühle anhielt und sich die Türen öffneten, stand in seiner Vorstellung wieder Brown auf der Schwelle. Er schüttelte das Bild ab. *Sei nicht so verdammt paranoid!*

Der Aufzug brachte ihn ins Erdgeschoss. Bis auf Kipling, Ama'Ru, Brown und die Skorpione nahmen alle an den gemeinsamen Mahlzeiten teil. Offiziell waren das keine Pflichtveranstaltungen, aber Kipling bezweifelte, dass jemand den Mut hatte, ihnen fernzubleiben. Selbst ihm fiel es schwer, unter den lauernden Blicken der anderen seinen Teller zu nehmen und zurück in den sechsten Stock zu fahren – und dabei war er bei den Mahlzeiten nicht einmal erwünscht.

Durch die Eingangstür sah er, dass die Arbeiten auf dem Parkplatz vorankamen. Über die Hälfte des Asphalts war bereits aufgestemmt worden. Kipling hatte keine Ahnung, ob man den Boden darunter einfach so bestellen konnte. Seine gesamte landwirtschaftliche Erfahrung beschränkte sich auf zehn Minuten *Farm Simulator*.

Er stellte sich in die Schlange vor dem Buffet. Ein verdreckter und verschwitzter Mann rückte von ihm ab, was Kipling ganz recht war. Er stellte sich auf die Zehenspitzen, um über die Köpfe der anderen in die großen Metallschalen sehen zu können. Reis, frische Bohnen, Fleischkonserven, das Gleiche wie jeden Tag. Man konnte sich frei bedienen, nur das Obst wurde von einem Uniformierten ausgegeben. Ein Apfel pro Person, mehr nicht. Am Vortag hatte er noch nicht dort gestanden.

Interessant, dachte Kipling.

Er rückte mit der Schlange vor. Von draußen kamen die letzten Arbeiter herein. Zwei Wachen waren unter ihnen. Sie trugen ihre Gewehre über der Schulter, Pistolen steckten in den Holstern … nein, nicht Pistolen, *eine* Pistole. Das Holster der zweiten Wache war leer.

Kipling verließ die Schlange. Der Mann, der von ihm abgerückt war, flüsterte: »Hau bloß ab und friss die Blätter von den Bäumen wie deine Jockeyschlampe.« Es war eine der kreativeren Beschimpfungen, die er seit seiner Ankunft gehört hatte.

Die beiden Wachen stellten sich in die Schlange. Sie unterhielten sich angeregt über etwas, das Kipling nicht verstehen konnte. Die fehlende Pistole bemerkten sie nicht.

Er ging vorsichtig zwischen den Decken hindurch zum Ausgang. Die meisten Menschen beachteten ihn nicht. Sie warteten darauf, dass Gonzales, die wie immer mit ihrer Entourage die Sitzgruppe besetzte, zum Gebet ansetzte. Erst danach würden sie essen.

Kipling verließ das Gebäude und trat auf den Parkplatz. Der Tag war heiß und stickig, der Himmel bewölkt. Wasserkanister standen im Schatten einer Palme, daneben einige Kisten, auf denen Jacken und Handtücher lagen. Darauf ging Kipling zu. Er glaubte nicht, dass jemand Verdacht schöpfen würde. Er riss jeden Tag Palmblätter für Ama'Ru ab, das war nichts Besonderes.

Als er näher an die Kisten herankam, sah er, dass auf einer ein ölverschmierter Lappen lag. Der Griff einer halbautomatischen, silbernen Pistole ragte darunter hervor. *Na also.* Kipling versuchte, sorglos zu der Palme neben der Kiste zu schlendern. Er hatte das Gefühl, aus Dutzenden Augen beobachtet zu werden. Nur mühsam widerstand er der Versuchung, sich umzudrehen.

Er zog die Kiste zur Seite, stellte sich darauf und stieß wie zufällig mit dem Fuß gegen die Waffe. Sie fiel zu Boden. Kipling riss einige besonders saftig aussehende Palmblätter ab, für den Fall, dass jemand fragte, weshalb er sich die Mühe gemacht hatte, auf die Kiste zu steigen. Sie fielen herab und bedeckten die Waffe.

Erst als er aus dem Gebäude gemurmelte Gebete hörte, sammelte Kipling die Palmblätter ein. Seine Finger schlossen sich um den Lauf der Waffe. Mit einer schnellen Bewegung verschwand sie in seiner Jackentasche.

Er klemmte sich die Palmblätter unter den Arm und ging zurück zum Gebäude. Die meisten Menschen knieten am Boden, als er die Tür öffnete. Nur Gonzales stand. »Amen«, sagte sie gerade mit gesenkten Kopf.

»Amen«, wiederholte die Menge. Geschirr klapperte.

Kipling ging um die Decken herum. Die Palmblätter wippten in seiner Armbeuge auf und ab. Die Pistole drückte gegen seine Hüfte. Er hatte die Fahrstühle fast erreicht, als Gonzales ihn aufhielt.

»Mr. Jonnessey?«

Er drehte sich um. Sein Mund wurde trocken.

»Die anderen wissen es schon«, sagte Gonzales, »aber da Sie es wie immer vorgezogen haben, unserem kleinen Zwiegespräch mit unserem Herrn nicht beizuwohnen, hier noch mal für Sie: Wir werden heute ab sechzehn Uhr Blutproben von jedem Menschen nehmen. Wir leben hier eng zusammen, ansteckende Krankheiten müssen so schnell wie möglich entdeckt werden. Die Teilnahme ist Pflicht.«

»Okay.« Sein Herzschlag beruhigte sich. Trotzdem zählte er die Sekunden, bis sich die Fahrstuhltür endlich vor ihm öffnete. Er trat ein und lehnte sich erleichtert an die Wand. Er streckte die Hand nach der *6* aus, zögerte dann jedoch.

Er hatte eine Pistole und zwischen ihm und dem Internet stand nur ein Zombie. *Ein Zombie.* Er hatte schon andere erledigt und im Gegensatz zu der ersten Fahrt nach unten wusste er dieses Mal, was ihn erwartete. Der Zombie würde vor dem Fahrstuhl stehen und stumpfsinnig an den geschlossenen Türen kratzen.

Ich muss nur schießen, sobald sie sich öffnen. Das kann selbst ich nicht vergeigen. Kipling zog die Waffe aus der Tasche und überprüfte das Magazin. Es war voll. Er legte den Sicherheitshebel um und drückte die Tastenkombination, bevor er es sich anders überlegen konnte.

Mit einem Ruck fuhr der Aufzug an. Kipling nahm die Pistole in beide Hände und richtete sie auf die Tür. Sein Zeigefinger berührte den Abzug.

Ping.

Die Tür öffnete sich. Helles, weißes Licht blendete Kipling. Er sah eine Gestalt vor sich und schoss, zweimal, dreimal, viermal. Ein Schrei, gefolgt von einem dumpfen Aufschlag.

Ein Schrei?

12

Die Gespräche in den Gemeinschaftsduschen drehten sich nur um die Ballons. Gremlin war sofort ins Zimmer des Albaners gegangen, wahrscheinlich, um ihm davon zu berichten. Auckland fragte sich, mit welchem Befehl er zurückkommen würde.

Er trat unter die Dusche und ließ das heiße Wasser mit geschlossenen Augen über sein Gesicht rinnen. Das Leben der Gensoldaten war ihm so vertraut, dass er sich problemlos daran anpasste. Man aß, duschte und schlief gemeinsam. Es gab keine Geschlechtertrennung, keine Scham, keine Geheimnisse. Seine Generation hatte sich ein wenig Privatsphäre erkämpft, indem sie Brown die Erlaubnis abgerungen hatten, ihre Betten mit Handtüchern abzuhängen. Die zweite Generation tat das nicht, also verzichtete Auckland ebenfalls darauf. Sein Leben hing davon ab, dass die Soldaten ihn mochten, und man mochte meistens die, die sich so verhielten wie man selbst.

»Wie hast du den Finger verloren?«

Die Stimme riss ihn aus seinen Gedanken. Auckland öffnete die Augen und sah, dass Barbie sich unter die Dusche links neben ihm gestellt hatte. Sie hatte einen sehnigen Körper und fest aussehende, kleine Brüste.

Er strich mit dem Daumen über die wulstige Narbe. »Dummheit.«

Sie lachte. »Du bist ehrlich.«

»Und wie ist das passiert?« Auckland deutete mit dem Kinn auf die Narben in ihrem Gesicht.

Barbie hatte Shampoo aus einer Flasche in ihre Handfläche geschüttet, hielt nun aber inne. Wasser vermischte sich mit der weißen Flüssigkeit. »Dummheit«, sagte sie dann.

Du bist nicht ehrlich, dachte Auckland, ohne es auszusprechen. Es schien sie zu erleichtern, dass er nicht nachhakte.

Sie sah sich um. Dampf stieg aus den Duschen auf und hüllte die Soldaten in einen grauen Nebel. Das Rauschen des Wassers übertönte die meisten Gespräche.

»Ich habe nachgedacht«, sagte Barbie, während sie ihr kurzes schwarzes Haar shampoonierte. »Über das, was ich gesehen habe. Wie ich es auf dem Boot gesagt habe.«

»Ich erinnere mich.« Auckland wusch sich Seife aus dem Bart. »Und?«

»Ich denke, dass du nicht die Absicht hast, den Albaner mit Brown zusammenzubringen.« Sie sprach leise, aber bestimmt. »Ich denke, dass du ihn töten willst.«

Treffer, dachte Auckland. Er zwang sich zu einem beiläufigen Schulterzucken. »Ich könnte ihn nicht töten, selbst wenn ich es wollte.«

Barbies Lächeln verzerrte ihre Narben. »Das sagst du und das denkst du vielleicht auch, aber du glaubst es nicht. Nicht wirklich.«

Sie betrachtete ihn einen Moment. Als er nicht antwortete, spülte sie sich das Shampoo aus den Haaren und drehte beide Wasserhähne zu. Dann presste sie sich plötzlich an ihn, so schnell, dass er nicht reagieren konnte. Ihre Lippen berührten sein Ohr.

»Und du hast recht«, flüsterte sie. »Noch ist er verletzt. Nutze die Gelegenheit. Niemand wird dich aufhalten.«

Barbie wandte sich ab und verschwand im Dunst.

Auckland sah ihr nach. Was sie gesagt hatte, war wie ein Echo seiner eigenen Gedanken. Er drehte das Wasser ab und nahm sein Handtuch.

Gremlin tauchte in der Tür zur Dusche auf. »Zieht euch an. Der Albaner will mit uns reden.«

13

In Kiplings Ohren klingelte es. Er stand über der Leiche, die Waffe in der Hand. Ihm war übel.

So bleich, so tot. Es war eine Frau, nicht mehr jung, aber noch nicht alt. Ihr blondes Haar breitete sich um ihren Kopf aus. Blut klebte daran, erstaunlich wenig, dachte Kipling, obwohl gleich zwei Schüsse ihre Stirn getroffen hatten.

Er betrachtete den Zombie, der im Türrahmen stand und vergeblich versuchte, näher zu kommen. Fesseln aus zusammengeflochtenen alten USB-Kabeln hielten ihn an einem Stahlträger fest. Die Geschichte, die ihn und die Frau verband, setzte sich in Kiplings Kopf zusammen.

Sie mussten hier gearbeitet haben, vielleicht nur sie, nur er, vielleicht beide. Ihre Kleidung verriet, dass sie wohlhabend gewesen waren. Sie waren hierhergefahren, das Auto vollgeladen mit Vorräten, in der Hoffnung, die Apokalypse aussitzen zu können. Aber etwas war geschehen, wahrscheinlich auf der Fahrt. Der Mann war gebissen worden. Der Virus war in sein Gehirn gekrochen und hatte ihm vorgemacht, dass er das schon irgendwie überstehen würde.

Die Frau hatte ihm geglaubt oder zumindest so getan. Doch sie musste Vorkehrungen getroffen haben, sonst wäre Kipling zwei Zombies begegnet und nicht nur einem. Sie hatte ihn gefesselt, und als er sich verwandelte, hatte sie einfach weitergelebt, allein mit dem Gestank und dem Ungeheuer im Türrahmen.

Sie hatte es nicht gewagt, den Keller zu verlassen. Ihre Haut war bleich, ihr Gesicht teigig und aufgedunsen, die Kleidung zu eng. Sie war fett geworden hier unten, fett und blass. Und verrückt. Die Wände waren voll mit Kritzeleien, die Kipling nicht entziffern konnte. Er ging langsam durch die Räume. Es gab genügend Türen, um dem Zombie aus dem Weg zu gehen. Er fand ein Bett aus Kartons und Schlafsäcken, eine Toilette und eine kleine Teeküche. Trotz ihres Wahnsinns hatte die Frau alles sauber gehalten.

Er nahm an, dass sie das Licht ausgeschaltet hatte, als sie den Aufzug hörte. Er und Ama'Ru waren wahrscheinlich die ersten Fremden, die sie seit einem Jahr gesehen hatte. Aber was war dann geschehen? Hatte sie den Mut aufgebracht, nach oben zu fahren? Hatte sie auf seine Rückkehr gewartet, um ihn um Hilfe zu bitten? Es spielte keine Rolle mehr. Er hatte sie getötet.

Es tut mir so leid. Kipling betrat den Computerraum durch die Hintertür. Der Zombie drehte sich um, fauchte und machte einen Schritt nach vorn. Die Kabel spannten sich. Kipling steckte die Pistole ein. Er brachte es nicht über sich, ihn zu erschießen.

Er schaltete den Monitor an und machte sich an die Arbeit. Nach einer Weile beruhigte sich der Zombie. Sein Knurren wurde zum Hintergrundgeräusch, wie das Säuseln der Klimaanlage.

Es dauerte keine fünf Minuten, dann wusste Kipling, dass er recht gehabt hatte. Es gab ein geheimes Netz, unsichtbar für normale Empfänger, da es andere Frequenzen benutzte und ständig zwischen ihnen sprang. Doch die üblichen Originalfrequenzbänder waren verfügbar, damit man zwischen dem eigenen Netz und dem der Googlegates wechseln konnte.

Kein Wunder, dachte Kipling, *so lahm, wie du läufst.*

Drei Stunden später hatte er alles geändert, gesichert und seine Spuren verwischt. Er implementierte die neuen Protokolle.

Änderungen wirklich durchführen?, fragte ein Pop-up-Fenster auf dem Monitor. Kipling ließ den Cursor einen Moment über der Antwort schweben.

»Das Internet will frei sein«, sagte er leise. »Und es gehört allen.«

Er klickte auf *Ja*.

14

»Achtung!«

Um Auckland herum knallten Stiefelsohlen auf den Boden. Er verbeugte sich wie die anderen. Mit gekrümmtem Rücken und fast rechtwinklig vorgeneigt standen sie im Gang des Schlafsaals, jeder neben seinem Bett. Nur Delta saß in einem Rollstuhl vor einem der Spinde. Den verletzten Fuß hatte er hochgelegt. Drähte und Schläuche ragten aus dunklen Nähten hervor. Delta war blass und litt sichtlich unter Schmerzen.

Die Pistole, die Auckland unter seiner Jacke verborgen hatte, drückte in seinen Rücken.

Gremlin öffnete die Tür, die zu dem goldroten Quartier des Albaners führte. Einen Moment lang geschah nichts, dann hörte Auckland schlurfende Schritte. Sie klangen fast wie die eines Zombies.

Einige zogen scharf die Luft ein, als sie den Albaner sahen. Er stützte sich auf einen Stock und trug einen schwarzen, mit goldenen Drachen verzierten Morgenmantel, den er sich eng um den Körper gewickelt hatte.

»Rühren«, sagte der Albaner mit schwacher Stimme. Es schien ihm schlechter zu gehen als noch ein paar Tage zuvor.

»Jawohl«, sagten die Soldaten im Chor. Sie stellten sich breitbeinig hin und verschränkten die Hände hinter dem Rücken. Aucklands Finger berührten den Pistolengriff. Er fragte sich, ob Barbie gewusst hatte, in welcher Verfassung der Albaner war. Sie stand einige Meter vor ihm auf der anderen

Seite des Gangs, sah ihn jedoch nicht an.

»Ihr müsst euch keine Sorgen machen«, sagte der Albaner. »Ich bin auf dem Weg der Besserung.« Er sprach so leise, dass Auckland sich anstrengen musste, um ihn zu verstehen.

»Was den Hilferuf aus der Stadt angeht …« Der Albaner hustete und krümmte sich zusammen. Einige Soldaten warfen sich kurze Blicke zu. »… habe ich beschlossen, ihn zu ignorieren. Bei der Mission, die uns bevorsteht, wird jeder von euch gebraucht.«

Einsnull hob die Hand. »Darf ich etwas sagen?«

Der Albaner nickte und sah ihn an. Auckland schloss die Hand um den Griff seiner Waffe. Die Soldaten rechts und links neben ihm beachteten ihn nicht. Sie konzentrieren sich auf den Albaner.

»Albaner, wir wurden gezüchtet, um den Dosen beizustehen und die Kämpfe auszufechten, zu denen sie nicht in der Lage sind. Ich halte es für unsere Pflicht, denen, die in Not geraten sind, zu helfen.«

Der Albaner verlagerte schwerfällig sein Gewicht. Der Stock schien das Einzige zu sein, was ihn aufrecht hielt.

Jetzt, dachte Auckland. Eine solche Gelegenheit würde er vielleicht nie wieder bekommen. Trotzdem zögerte er. Etwas stimmte nicht. Er spürte es. Warum ging es dem Albaner auf einmal so schlecht und wieso zeigte er sich allen in dieser Verfassung, wenn er es die letzten Tage nicht getan hatte? Den Befehl, den Hilferuf zu ignorieren, hätte auch Gremlin weitergeben können. Seine Anwesenheit war nicht erforderlich.

Warum ist er hier?

»Stellst du mein Urteilsvermögen infrage?«, sagte der Albaner. Die beiden Soldaten rechts und links von Einsnull rückten von ihm ab. »Hältst du mich für schwach?«

»Nein.« Einsnull wurde sichtlich nervös. »Es war nur eine Frage, Albaner.«

»Hättest du sie auch gestellt, wenn ich gesund wäre?«

»Ja, natürlich. Ich –«

»Nein, das hättest du nicht.« Der Albaner stützte nun auch die zweite Hand auf den Stock. »Aber wie heißt es so schön? Erst in der Not erkennt man seine wahren Freunde.«

Es schien ein Ruck durch ihn zu gehen. Er straffte sich. Aus dem Stand sprang er zwei Meter hoch in die Luft, machte einen Salto und schlug zu. Der Stock spaltete Einsnulls Kopf in der Mitte. Blut und Gehirnmasse klatschten auf Uniformen, Bettzeug und Boden. Die Soldaten wichen zurück, einige schrien auf. Auckland nahm die Hand von der Waffe.

Der Albaner drehte sich um. Sein Morgenmantel klaffte auf und zeigte eine dunkle, schmale Narbe, die dort verlief, wo Arnest ihn mit dem Schwert getroffen hatte. Die Wunde war vollständig verheilt.

»Hat sonst noch jemand eine Frage?«

Die Soldaten rissen sich zusammen und suchten nach Sicherheit im vertrauten Drill. Sie nahmen Haltung an. »Nein, Albaner!«

»Gut.«

Barbie drehte als Einzige den Kopf. Sie sah Auckland mit ihrem verzerrten Lächeln an. Und dann zwinkerte sie ihm zu.

Sie hat es gewusst.

Im gleichen Moment piepste sein Pad. Der Albaner fuhr herum.

TEIL 6

SCHÖNE NEUE WELT

»Wie fühlt es sich an, ein Jockey zu sein? Ich weiß, dass ich die Frage schon mal gestellt habe, aber sie lässt mich nicht los. Ist das Tier unter dem Jockey ein eigenständiges Lebewesen, das von ihm unterdrückt wird? Fährt er in das Tier wie der Teufel aus *Der Exorzist* in Linda Blair (nur ohne das Herumgeschreie und Gekotze)? Oder ist das Tier nur ein Fortsatz seiner selbst mit ebenso wenig Bewusstsein wie eine Zehe oder ein Ellenbogen? Ich kann jeden verstehen, dem diese Fragen egal sind, aber für mich sind sie essenziell, denn sie definieren die Kultur der Jockeys. Basiert sie auf Unterdrückung oder auf friedlicher Koexistenz? Und wenn die Antwort Unterdrückung lauten sollte, wie könnten wir dann erwarten, von ihnen mit Respekt behandelt zu werden? Ihre gesamte Existenz würde auf der Versklavung anderer basieren. Sie wären tatsächlich und zutiefst böse. Und wir würden einen Exorzisten brauchen, der uns rettet.«

– Nerdprediger Dan, *ASCII-Zeichen für die Ewigkeit*

1

Sie nannten ihn Joe. Jho'tol ne Thrigne hasste den Namen, aber er ließ sie gewähren. Den primitiven Schläger schien es zu amüsieren, ihn mit »Joe« anzusprechen, und Jho'tol hatte längst erkannt, dass sein eigenes Wohlbefinden unmittelbar von Arnests Laune abhing.

Er trat an die Gitterstäbe seiner Zelle und blickte in den Gang. Die Menschen hatten ihn hierhergebracht, um ungestört reden zu können. Er vermutete, dass sich die Unterhaltung hauptsächlich um ihn drehen würde.

Und um die Frage, wie sie den, den sie an mich verloren haben, retten können. Jho'tol legte seine großen Hände um die Metallstäbe. Er kannte die Fähigkeiten seines Körpers noch nicht und auch nicht dessen Grenzen. Zu kurz erst waren sie vereint. Doch er spürte, wie der Hunger ihn schwächte, wie die Klarheit seiner Gedanken darunter litt und er sich kaum noch auf etwas anderes als die schmerzende Leere in seinem Magen konzentrieren konnte.

Warum esse ich nicht? Die Antwort auf diese Frage verschloss sich ihm. Er erwog den Gedanken, dass die Menschen ihm absichtlich Nahrung angeboten hatten, die unverdaulich war. Vielleicht wollten sie ihn verhungern lassen, in der Hoffnung, dass der alte Teil seines Körpers zuerst sterben und den neuen freigeben würde. *Sie wissen nichts über uns.*

Die Tür zum Zellentrakt öffnete sich. Jho'tol hörte Schritte und einen Moment später tauchte die menschliche Frau – Rin?

Es war so schwer, sich Menschennamen zu merken – auf. Sie hielt ein abgedecktes Tablett in den Händen. Als er den Essensgeruch wahrnahm, sog er tief die Luft ein. Speichel sammelte sich in seinem Mund und er musste mehrfach schlucken, um nicht zu sabbern. Noch nie in seinem Leben war er so hungrig gewesen.

»Geh zum Bett und setz dich hin«, sagte Rin.

Jho'tol blieb stehen. »Warum?« Er konnte den Blick kaum von dem Tablett abwenden, das Rin nun auf einer Hand balancierte, während sie die zweite auf das Touchpad neben der Tür legte.

»Willst du essen oder nicht?«

Er zögerte, doch dann drehte er sich um, setzte sich steif aufs Bett und legte die Hände auf die Oberschenkel. Es erstaunte ihn immer noch, wie warm sein Körper war – und wie behaart. Die kleinen Haare auf seinen Handrücken und Unterarmen kitzelten, wenn die Brise der Klimaanlage sie streifte. Er hatte noch nie Haare gehabt und war sich nicht sicher, ob ihm die Veränderung gefiel.

Rin öffnete die Zellentür, stellte das Tablett auf den Boden und schloss sie von außen wieder. Die ganze Zeit über ließ sie Jho'tol nicht aus den Augen.

»Hast du Angst vor mir?« Er lächelte nicht. Lächeln war eine menschliche Geste, keine seines Volks. Sieger übernahmen nicht die Kultur der Verlierer. Gelegentlich ertappte er sich dabei, wie er seine eigene Regel brach, doch im Allgemeinen hielt er sich daran.

Rin hob die Schultern. »Ich weiß, zu was Lanzo in der Lage ist, du vielleicht nicht. Du sitzt noch nicht lange auf ihm, oder?«

Jho'tol antwortete nicht. Er stand auf, um Rins Erlaubnis zuvorzukommen, und nahm das Tablett. Es war schwer. Der Geruch, der davon aufstieg, raubte ihm fast den Verstand.

Er setzte sich aufs Bett und entfernte die Abdeckung mit zitternden Fingern. Darunter sah er einen Teller, auf dem ein großes, dunkel gebratenes Stück Fleisch lag, irgendwelche gelbbräunlichen Scheiben und grüne Pflanzenstängel.

Am liebsten hätte er sich alles mit bloßen Händen in den Mund gestopft, aber er riss sich zusammen. »Was ist das?«

»Wahrscheinlich eines der letzten Rindersteaks im Universum, aus Bob Swansons persönlicher Tiefkühltruhe, Bratkartoffeln mit Zwiebeln und grüne Bohnen, beides aus den Gärten der *Moon*. Iss, bevor alles kalt wird.«

»Das ist Nahrung für Menschen?«

»Wenn wir sie kriegen können.«

Jho'tol wollte nach Messer und Gabel greifen. Seine Hände bewegten sich nicht. Er versuchte es noch einmal und sah, wie sich seine Finger in die Oberschenkel krallten, bis es schmerzte. Der Anblick war unheimlich und fremd. Auf einmal fühlte er sich in seinem Körper gefangen.

»Du musst etwas essen, Lanzo«, sagte Rin. »Du kannst ihn nicht töten, ohne selbst zu sterben.«

»Du redest mit etwas, das nicht mehr existiert.« Mit einer gewaltigen Anstrengung öffnete Jho'tol seine Finger. Einen Zentimeter hob er seine Hände, dann zwei. Er sah die Schweißabdrücke, die sie auf seiner grauen Hose hinterlassen hatten. *Ich kämpfe gegen mich selbst.*

»Wie kannst du das behaupten?«, fragte Rin. Sie klang eher verwirrt als verärgert. »Du siehst doch, dass er sich gegen dich wehrt.«

»Ich sehe einen Körper, der noch nicht fest mit seinem Geist verbunden ist. Wie du diese Tatsache interpretierst, hat nichts mit der Realität zu tun.«

Jho'tol glaubte selbst nicht so ganz an seine Worte. Er hatte viele Neugeborene vervollständigt, wie man bei seinem Volk sagte, doch eine solche Verweigerung hatte er noch nie erlebt. Seine Hände fielen auf die Oberschenkel zurück. Er hätte vor Frustration beinahe geschrien.

»Lanzo«, sagte Rin. »Bitte hör auf mich. Dein Bruder und ich tun, was wir können. Wir werden Ama'Ru finden und sie wird dir helfen. Bis dahin musst du überleben, egal, wie schwer es dir fällt. Du musst essen.«

»Du machst dich lächerlich.« Jho'tol zwang sich, den Blick vom Teller zu nehmen und Rin anzusehen. »Redest du auch so mit deinem Fuß? In diesem Körper ist kein anderes Bewusstsein außer meinem. Also stell diese Unhöflichkeit ein und rede mit mir, so wie man es dir beigebracht –«

Er war satt. Auf seiner Zunge lag ein angenehm scharfer, feuriger Geschmack. Er stand vor dem Waschbecken auf der anderen Seite der Zelle und trank mit seiner behaarten Hand Wasser aus einem Plastikbecher.

»Wir reden später weiter«, sagte Rin. Sie schien sich nicht bewegt zu haben, doch nun hielt sie ein Tablett mit einem leeren Teller in der Hand. Sie lächelte. »Wir werden das gemeinsam durchstehen, das verspreche ich dir.«

Ihr Blick streifte Jho'tol kurz, dann drehte sie sich um und verließ den Zellentrakt. Er hörte, wie sich die Tür hinter ihr schloss.

Es ist also wieder geschehen, dachte er. Es war das mindestens dritte Mal, dass er die Kontrolle über seinen Körper verloren hatte. Für ihn war keine Zeit vergangen, in der Realität jedoch fehlte ihm die Erinnerung an die letzten zwanzig Minuten, vielleicht auch mehr.

Er stellte den Plastikbecher ab. Seine Hand zitterte und er war müde. Jho'tol setzte sich auf das Bett, seine Hände ruhten auf den Oberschenkeln. Er durfte sich vor dem Offensichtlichen nicht länger verschließen. Er war nicht allein in seinem Körper. Etwas lauerte dort, in Tiefen, die ihm verschlossen blieben. Und es kämpfte mit aller Macht gegen ihn an.

»Ich bin Jho'tol ne Thrigne«, flüsterte er. »Du bist ein Nichts. Du wirst mich nicht besiegen.«

Er holte mit seinen kleinen Fäusten aus und schlug sie gegen seinen behaarten Kopf. Schmerz durchfuhr ihn, aber er hörte nicht auf.

»Du bist ein Nichts. Du wirst mich nicht besiegen. Du wirst mich nicht besiegen.«

Seine behaarten, fremden Hände lagen ruhig auf den Oberschenkeln.

2

»Sprung in Normalraum erfolgt. Selbstdiagnose abgeschlossen. Alle Systeme arbeiten einwandfrei.«

Die Computerstimme benutzte Englisch, die einzige Sprache, die alle auf der Brücke verstanden. Sie zu hören, machte Mak'Uryl wütend. Das war jedoch nichts Besonderes, es gab in letzter Zeit nur wenig, was ihn nicht wütend machte.

Er ging langsam auf und ab. Der weiche Boden federte unter seinen Tentakeln. Es war warm und feucht auf seiner kleinen Privatjacht. Nur wenige wussten von dem Schiff und genau aus diesem Grund hatte er es gewählt. Außer ihm waren noch vier andere an Bord, alles Haie, die in kleinen Alkoven standen und ihre Konsolen bedienten. Sie bildeten einen Kreis um den kugelförmigen holographischen Bildschirm, der vor ihnen in der Mitte der Brücke schwebte. Alle arbeiteten ruhig und konzentriert. Viele Haie hatten sich Mak'Uryl untergeordnet und standen loyal zu ihm. Dafür verachtete und schätzte er sie gleichermaßen.

Haie. Mak'Uryl verzog das Gesicht. Er hatte auf NG27 so lange unter Menschen gelebt, dass er angefangen hatte, ihre Begriffe für die Völker zu übernehmen. Auch das machte ihn wütend. Er lehnte sich mit dem Rücken an die Wand und genoss das Gefühl, mit dem seine Haut die Feuchtigkeit aufsog. Die Brücke war hell erleuchtet, ihr Licht warm. Es roch nach Salz und der Weite des Ozeans.

»Sind Patrouillen am Sprungtor unterwegs, Vro'kel?«

Der Navigator hob den Kopf. »Nicht in Sensorreichweite, Mak'Uryl.«

Wie erwartet, dachte er. Die Deportation der Menschen auf verlassene Raumstationen und Bergwerkskolonien verlief schleppend. Als Mak'Uryl sie vorgeschlagen hatte – befehlen konnte er den Völkern nichts –, war sie von den meisten begrüßt worden. Die Clans hatten Schiffe und Besatzungen bereitgestellt, worauf in den ersten Tagen der Deportation mehr als zehn Prozent der geschätzten Menschenpopulation aufgegriffen und an ihre Bestimmungsorte gebracht worden waren. Doch dann schienen sie das Interesse verloren zu haben, wie so oft. Viele Besatzungen waren nach Hause geflogen oder hatten sich andere Aufgaben gesucht, ohne jemanden darüber zu informieren. Eine Pilotin hatte auf Mak'Uryls erboste Frage geantwortet, es habe ihr »nicht mehr gefallen«, ihre Zeit mit dem Zusammentreiben der Menschen zu verbringen. Er konnte nichts dagegen unternehmen. Was den Völkern gefiel, taten sie, was nicht, blieb unvollendet.

Allerdings befürchtete er, dass nicht mangelndes Interesse für die halbherzige Ausführung dieser bestimmten Aufgabe verantwortlich war. Der wahre Grund hatte mit ihm selbst zu tun.

Er bemerkte einen blinkenden Punkt auf dem Bildschirm, unmittelbar vor dem gewaltigen runden Sprungtor. »Ist das ein Schiff?«, fragte er.

»Einen Moment.« Vro'kels Finger bewegten sich über die Tastatur. Die Buchstaben waren lateinisch, die Zahlen arabisch, an den Rändern der Displays stand der Markenname *4R*. Den Völkern war es zwar gelungen, Wunderwerke der Mathematik und Ingenieurkunst zu erbauen – Sprungtore, Raumstationen und Schiffe –, aber ihre Computer waren so groß wie Städte und niemand hatte je daran gedacht, sie zum persönlichen Vergnügen einzusetzen. Wenn es um Software und Hardware ging, waren die Menschen ihnen weit überlegen.

Er wurde ungeduldig. »Und?«

»Entschuldigen Sie, Mak'Uryl.« Vro'kel legte den Kopf schräg und bot ihm seine Halsschlagader dar, die traditionelle Art seines Volks, Schuld einzugestehen und um Vergebung zu bitten. Die anderen drei Haie warfen ihm verstohlene Blicke zu. Theoretisch gab es keine Ränge auf diesem Schiff, aber alle wussten, wer das Kommando hatte.

»Das Schiff muss den Hyperraum direkt nach uns verlassen haben«, fuhr Vro'kel fort »Es hat seine Signatur verschleiert, allerdings nicht besonders gut. Es gibt sich als eines unserer Kurierschiffe aus, aber die Registrierungsnummer passt nicht. Ich glaube, dass Menschen an Bord sind, Mak'Uryl.«

»Lon'feh, kontaktieren Sie das Schiff. Ich will Bild und Ton.« Er wusste, dass eine Software im Umlauf war, die dem Betrachter vorgaukelte, statt eines Menschen einen aus dem eigenen Volk zu sehen. Sie war noch nicht ausgereift, weshalb viele Menschen versuchten, eine Bildübertragung zu verhindern.

Lon'feh berührte einige Icons auf seinem Display. Die rechteckige, metallisch glänzende Menschenhardware fügte sich nur schlecht in die geschwungenen, braungrünen Rundungen der Brücke ein. Mak'Uryl sehnte sich nach dem Tag, an dem er ganz auf sie verzichten konnte, aber bisher hatte es anscheinend noch niemandem aus den Völkern »gefallen«, sich ernsthaft mit der Entwicklung eigener Systeme zu befassen.

Eine kleinere Kugel löste sich aus dem Holobildschirm wie ein Wassertropfen und schwebte zur Seite, bis sie auf Armeslänge an sein Gesicht herangekommen war. Ein roter Punkt verriet ihm, wo sich die Kamera befand. Er sah hinein.

»Verbindung steht«, sagte Lon'feh. In der Kugel flackerte es, dann sah Mak'Uryl rechte Winkel, graue Wände und hartes, künstliches Licht. Er hatte recht gehabt. Es war ein Menschenschiff.

»Wir wollen keinen Ärger, Sir«, sagte der Mann, der Mak'Uryl gegenüber in einem zerschlissenen Pilotensitz saß. Er war dünn, blass und trug einen dicken Pullover und Handschuhe. Anscheinend hatte er die Temperatur im Schiff reduziert, um Energie zu sparen. Hinter ihm sah Mak'Uryl zwei in Winterjacken gehüllte Frauen und zwei Männer, die sich Decken um den Körper gewickelt hatten. An den Wänden lagen Schlafsäcke, aufgerissene Packungen bedeckten den Boden.

»Ihr haust in diesem einen Raum?«, fragte Mak'Uryl, ohne auf den Mann einzugehen.

»Ja, Sir. Wir müssen Energie sparen. Es ist schwer geworden, Treibstoff zu finden.«

»Warum lasst ihr euch nicht in ein Habitat bringen? Ihr hättet es dort besser.« Mak'Uryl versuchte, sich seinen Ekel nicht anmerken zu lassen. Eine der beiden Frauen musterte ihn aus zusammengekniffenen Augen.

Der Mann beugte sich vor. »Es kursieren zu viele Geschichten über diese Habitate, Sir, üble Geschichten«, sagte er. »Wir wollen lieber erst mal abwarten. Und bis dahin …« Er wischte mit den Händen über die dünne Decke, die auf seinen Beinen lag. »… könnten wir ein bisschen Hilfe gebrauchen, Sir. Treibstoff, Wasser, Pak, was immer Sie entbehren können. Wir bezahlen auch dafür.«

Nun wurde Mak'Uryl doch neugierig. »Wie?«

»So wie immer, Sir.« Beide Männer lächelten, auch eine der Frauen. Alle hatten braune Zähne. »Wir sind so was wie Experten, wenn es um Unterhaltung geht. Oktopoden wie Sie, Warane, Haie, Wölfe … jeder geht bei uns zufrieden nach Hause.«

Mak'Uryl ballte die Fäuste hinter dem Rücken und schluckte seinen Ekel herunter. Seine Tentakel zuckten. Er hatte natürlich geahnt, dass solche Dinge vorkamen, aber noch nie hatte es jemand gewagt, ihm ein solch widernatürliches Angebot zu machen. Ohne zu zögern, traf er seine Entscheidung. »Wir werden euch helfen. Dockt an.«

Die Haie auf seiner Brücke sahen einander überrascht an.

Das Lächeln des Mannes wurde breiter. »Mit dem größten Vergnügen, Sir. Sie werden es nicht bereu–«

Mak'Uryl unterbrach die Verbindung, bevor er ausgeredet hatte.

Einen Moment lang herrschte Stille, dann sagte Vro'kel: »Ich möchte mich nicht einmischen, aber die sehen nicht gerade sauber aus.«

Einer von Mak'Uryls Tentakeln schlug hart und unkontrolliert gegen die Wand. Es klatschte, als sei er in Wasser gefallen. Die Wand vibrierte. Mak'Uryl riss sich mit aller Kraft zusammen, bis der Tentakel zu Boden sackte und ruhig liegen blieb. »Ich werde tun, was mir gefällt.«

»Wie wir alle, Mak'Uryl«, sagte Vro'kel rasch, bevor er den Blick senkte und so tat, als wäre er beschäftigt. Die anderen Haie schwiegen. Mak'Uryl hatte mit allen auf NG27 gearbeitet. Sie waren ihm dankbar für die Niederschlagung des Aufstands und die kompromisslose Zerstörung der Station. Doch selbst sie nannten ihn nicht bei dem zweiten Namen, den er danach gewählt hatte. *Nicht mehr*, dachte er.

Schweigend wartete er, bis der Schiffscomputer meldete, dass das fremde Schiff angedockt hatte. »Ich werde allein gehen«, sagte er und verließ die Brücke. Niemand antwortete ihm.

Der Gang schlängelte sich durch seine Privatjacht. Rechts und links lagen Kabinen, die man durch Türen erreichte, die in den Wänden verborgen waren. Nur Lichtreflexe auf dem feucht glänzenden, felsähnlichen Material verrieten, wo sie sich befanden. Vor der Luftschleuse am Ende des Gangs blieb Mak'Uryl stehen. Er konnte den Mann im grauen Pullover auf der anderen Seite der transparenten Tür sehen. Er winkte Mak'Uryl zu und lächelte.

Der Druckausgleich war bereits erfolgt. Mak'Uryl betrat das fremde Schiff. Seine Tentakel glitten über hartes Metall. Es war so kalt, dass sein Atem kondensierte.

Der Mann trat einen Schritt zurück. »Willkommen, Sir, und schon mal vielen Dank für Ihre Hilfe. Mein Name ist Pierre.«

»Wo sind die anderen?«

»Auf der Brücke, Sir.« Pierre zeigte den Gang hinunter. »Bitte folgen Sie mir. Wir haben die Heizung höher geschaltet, damit Sie sich wohlfühlen. Ich weiß, dass Oktopoden wie Sie es gern warm haben.« Er zwinkerte Mak'Uryl zu. »Wir werden dafür sorgen, dass Ihnen richtig heiß wird.«

Tentakel zuckten über den Boden. Pierres Blick flackerte nervös. »Und gegen Ihre schlechte Laune haben wir auch genau das Richtige.«

Er schien Oktopoden gut zu kennen, sonst hätte er deren Körpersprache nicht so schnell und korrekt lesen können. Mak'Uryl spürte einen scharfen Schmerz in den Händen und bemerkte überrascht, wie fest er sie geballt hatte. Seine Knöchel traten weiß hervor.

Das Schiff war klein, kaum mehr als ein Shuttle. Pierre brauchte nur ein Dutzend Schritte, um zur Brücke zu gelangen. Er legte die Hand auf ein verschmiertes Touchpad und öffnete damit die Tür. Warme Luft schlug Mak'Uryl entgegen. Es stank nach Schweiß und Urin. Sein Magen krampfte sich zusammen. *Abschaum*, dachte er. *Schmutziger, widerwärtiger Abschaum.*

Hinter Pierre betrat er die Brücke. Die Menschen hatten zumindest versucht, ein wenig aufzuräumen. Ihre Abfälle hatten sie in einer Ecke zusammengekehrt und die Schlafsäcke in der Mitte der Brücke, zwischen dem Pilotensitz und zwei schmalen Konsolen, ausgebreitet. Sie hatten ihre Winterkleidung abgelegt. Eine der Frauen, die, die gelächelt hatte, trug Lippenstift auf. Die andere strich zusammen mit dem Mann die Schlafsäcke glatt und richtete sich auf.

»Ich weiß, dass es hier nicht gerade gemütlich ist, Sir, aber das werden Sie bestimmt schnell –« Sie brach ab. Ihre Augen weiteten sich. »Mein Gott … das ist Mak'Uryl!«

Die anderen wichen gleichzeitig mit ihr zurück. Pierre prallte gegen den Sitz der Navigationskonsole. »Bist du sicher, Cassie?«

Mak'Uryl steckte die Hand in eine der Satteltaschen und schloss sie um den Griff seiner Pistole.

Cassie fuhr sich mit der Zunge über die Lippen. »Ja, ich bin sicher. Ich habe Bilder von ihm im Netz gesehen. Ihm fehlt ein Tentakel. Die Leute haben Witze darüber gemacht.«

»Meinst du diesen Tentakel?« Mak'Uryl hielt den Stumpf hoch, die ständige Erinnerung an den Moment seines Niedergangs. Ama'Ru hatte ihn mit ihren scharfen Scheren abgetrennt – ausgerechnet sie, die *Hhalim*, die Verrückte, die Schwachsinnige. Bei einem Kampf gegen jeden anderen hätte er den Tentakel verlieren dürfen, aber nicht gegen sie. Und dass er nach all der Zeit noch nicht nachgewachsen war, machte alles nur schlimmer. Man hatte aufgehört, ihn mit seinem zweiten Namen anzusprechen, und nicht nur im Netz wurden Witze über ihn gerissen.

Seitdem toste Wut wie ein Sturm durch seinen Körper, nur eingedämmt von seinem Willen. Doch kein Damm konnte ewig halten.

Pierre räusperte sich. »Mich stört nicht, wer Sie sind, Sir. Sie werden schon gewusst haben, weshalb Sie NG27 zerstören. Richtig?«

Zwei der anderen Menschen nickten, nur die Frau, die ihn erkannt hatte, nicht. »Sie sind nicht hier, um sich zu vergnügen, oder?«, sagte sie.

»Oh doch, das bin ich.« Mak'Uryl schloss die Augen. Der Damm brach.

Als er die Augen wieder öffnete, schmeckte er Blut, roch Blut und sah Blut. Wände und Boden waren voll davon, in den wasserdichten Schlafsäcken standen rotschimmernde Pfützen. Anscheinend hatte er der Frau, Cassie, den Kopf abgerissen und Pierre die Arme. Er sah die Körperteile auf dem zusammengekehrten Müllhaufen in einer Ecke der Brücke liegen. Dem anderen Mann hatte er das Genick gebrochen, die zweite Frau aufgeschlitzt. Ihre Füße zuckten noch … nein, korrigierte er sich. Sie stand kurz vor ihrer Verwandlung.

Mak'Uryl atmete tief durch. In ihm herrschte Ruhe, wie auf dem Meer am Tag nach einem schweren Sturm. Er wusste nicht, wann er sich das letzte Mal so gut gefühlt hatte.

Die Frau stöhnte und setzte sich auf. Hinter ihm drehte sich der armlose Pierre auf den Rücken. Mak'Uryl zog seine Pistole und schoss beiden in den Kopf. Dann ging er zu einer der Konsolen, wischte das Blut mit seinem Ärmel ab und schaltete die Lebenserhaltungssysteme in allen Räumen auf Maximum. Eine Anzeige warnte ihn, dass dies die Schiffsenergie innerhalb von vierzehn Stunden aufbrauchen würde.

Gut, dachte Mak'Uryl, während er zur Luftschleuse ging. Ein dunkles, kaltes Schiff in einem dunklen, kalten All. Kein Sensor würde es entdecken, niemand würde je erfahren, was hier geschehen war.

Er betrat seine Jacht und wusch sich im Süßwassertümpel seiner Kabine das Blut vom Körper. Die Reinigungsbakterien im Wasser lösten es vor seinen Augen auf. Beinahe bedauernd sah er zu, wie die roten Schlieren nach und nach verschwanden.

Wie lange wird es wohl dauern, bis die Wut zurückkehrt?, dachte er, als er sich auf den Steinen neben dem Tümpel ausbreitete und seinen Körper vom warmen Licht trocknen ließ. *Eine Stunde, einen Tag, einen Monat?* Er wusste es nicht, aber diese Frage bereitete ihm keine Sorgen. Er wusste jetzt, was zu tun war, wenn sie übermächtig wurde. Und Menschen gab es mehr als genug im All.

Nach einer Weile stand Mak'Uryl auf, zog sich an und ging zurück auf die Brücke. Vro'kel und die anderen sahen auf, als er eintrat.

»Sie werden nie wieder jemanden belästigen«, sagte Mak'Uryl.

Die Haie nickten, beeindruckt, wie er glaubte.

»Abdocken und Sprung vorbereiten.«

Vro'kel gab einige Berechnungen ein. »Sprung eingeleitet, Mak'Uryl. Wir werden Scania in drei Stunden erreichen.«

»Gut. Wir haben schon genug Zeit verschwendet.« Er trat in die Mitte der Brücke und sah zu, wie das kleine Menschenschiff langsam in der Dunkelheit verschwand.

3

»Er müsste bald hier sein.« Doug MacCollough ging auf und ab. Er war ein großer, kräftiger Mann mit muskulösen Armen und Gesichtszügen, die wirkten wie aus hellem Stein gemeißelt. Ryn'Nel op Yrlem war sich sicher, dass er genetisch modifiziert war, auch wenn er ihm diese Frage nie gestellt hatte. Sie erschien ihm unangebracht intim.

Er saß auf einer Kunststoffbank an einem Kunststofftisch und betrachtete die Lichtreflexionen in der Oberfläche des künstlichen Teichs. Vor ihm stand eine Getränkedose, deren asiatisch aussehende Aufschrift er nicht lesen konnte. Der Inhalt schmeckte nach Gurke.

»Es war ein Fehler, ohne Befehl zu handeln«, sagte Franklin J. Snyder, der zweite Mensch, der Ryn'Nel an den Teich begleitet hatte. Wie MacCollough war er von Brown nach Scania geschickt worden, als eine Geste des guten Willens. Mit den Daten, die diese beiden Männer mitgebracht hatten, war Ryn'Nel endlich in der Lage gewesen, den Durchbruch zu erzielen.

Nicht, dass das im Moment eine große Rolle spielen würde, dachte er.

»Wir mussten etwas tun«, sagte MacCollough. »Und wen sonst hätten wir holen sollen?«

Snyder stieg über eine leere Bank auf einen Tisch und setzte sich mit untergeschlagenen Beinen hin. Er war kleiner, schlanker und drahtiger als MacCollough, aber, wie Ryn'Nel glaubte, ebenso genetisch modifiziert. Sein Verstand war ungewöhnlich scharf und analytisch, aber auch zerbrechlich – wie die eingetrockneten Blutspuren auf der gelb gepflasterten Straße, die zu dem kleinen Park führte, bewiesen. Er war der gefährlichere der beiden und unberechenbar.

»Niemanden.« Snyder kratzte an dem Schorf auf seinen Fingerknöcheln. »Wir hätten warten sollen.«

MacCollough breitete die Arme aus. »Worauf? Brown ist offline, wir haben keine Ahnung, ob er überhaupt noch lebt. Die Erde ist nicht gerade Disneyland. Da kann alles Mögliche passieren. Und –«

»Er hat drei Skorpione bei sich«, unterbrach ihn Snyder. »Ihm wird nichts passieren.«

»Aber uns schon, wenn er herausfindet, dass wir Jho'tol verloren haben. Deshalb müssen wir handeln. Wir brauchen ein Schiff, jemanden, der sich nicht fragt, weshalb zwei Menschen mit all diesen Jockeys unterwegs sind …« Seine Geste schloss Ryn'Nel und die fünf Haie ein, die einen Kreis um den kleinen Park bildeten. »… und ein bisschen Zeit, um Brown zu beweisen, dass wir das Problem selbst lösen können.«

Ryn'Nel stand auf und breitete seine ledrigen Schwingen aus. Die Erde unter seinen nackten Klauen fühlte sich angenehm kühl und weich an. Das Habitat, das sie nach der Zerstörung ihres Schiffs zu ihrer vorübergehenden Unterkunft erklärt hatten, wirkte verlassen. Algernon Reynolds, der Anführer der Menschen, denen Ryn'Nel erlaubte, hier zu leben, hatte seine Leute aufgefordert, in ihren Kabinen zu bleiben. Bisher hielten sie sich daran, wohl nicht zuletzt wegen der Frau, die Snyder mit bloßen Händen erschlagen hatte.

»Damit sie wissen, welche Konsequenzen es hat, unseren Befehlen nicht zu gehorchen«, hatte er gesagt, während er sich im Teich das Blut von den Händen wusch. Ryn'Nel hatte das für unnötig gehalten. Reynolds war entsetzt darüber gewesen, dass ein halbes Dutzend Jockeys sein Habitat gestürmt hatten. Er hätte sich ihnen nicht widersetzt.

Er ist ein guter Mann, dachte Ryn'Nel, *auch wenn er nicht weiß, was er damit anrichtet, dass er in unserem Namen für die Habitate wirbt.* Diese Werbebotschaften waren Teil einer inoffiziellen Abmachung zwischen Reynolds und den Völkern.

»Wo gehen Sie hin?«, fragte MacCollough.

»Nirgendwo, nur ein wenig spazieren.« Er sah zur Decke hinauf. »Vielleicht ein bisschen fliegen. Der Raum sollte hoch genug sein.«

»Ein Scharfschütze und Sie sind tot«, sagte Snyder.

Ryn'Nel lächelte. »Reynolds hat keine Scharfschützen, nur Buchhalter, Webdesigner und Sachbearbeiter. Wenn Sie Ihren nicht mitgebracht haben, muss ich mir keine Sorgen machen.«

Beide wussten sofort, worauf er anspielte. Der Mann, der sich John Auckland nannte und ebenso wie MacCollough und Snyder für Brown gearbeitet hatte, war für den Tod von mindestens acht Jockeys verantwortlich. Brown hatte ihm befohlen, jeden umzubringen, der an der Entwicklung des Omega-Virus beteiligt gewesen war. Auckland hatte die »Mission« erst abgebrochen, als er erfuhr, dass Ama'Ru und Ryn'Nel an einer Heilung des Virus arbeiteten. Dass Brown währenddessen anscheinend bereits die Seiten gewechselt hatte, machte Ryn'Nel ein wenig nervös. Sein Name hatte schließlich auch auf der Liste gestanden. Doch er war auf Brown angewiesen. Niemand sonst hatte Zugang zu den Forschungsergebnissen von *BetterLife-Solutions* – und deren Wissen über Genetik war unerreicht.

Für Brown sind wir nur Mittel zum Zweck, dachte Ryn'Nel, während er an Parkbänken und Schlingpflanzen vorbei die gelbe Straße entlangging. *Die Frage ist nur, zu welchem Zweck?*

»Sie sind Ryn'Nel op Yrlem, richtig, Sir?«, fragte eine leise Stimme.

Ryn'Nel blieb stehen. Aus dem Augenwinkel bemerkte er,

dass Algernon Reynolds im Schatten einer Palme stand. Vom Park aus war er nicht zu sehen. Ryn'Nel wandte sich ihm nicht zu, als er antwortete: »Richtig. Und Sie sind Algernon Reynolds, der Leiter dieses Habitats.« Reynolds schien die Bezeichnung nicht zu gefallen, denn er setzte zu einer Entgegnung an, aber Ryn'Nel redete weiter: »Sie machen sich Sorgen, was als Nächstes hier geschehen wird.«

Er duzte Reynolds nicht. Im Gegensatz zu den meisten seines Volks begegnete er den Menschen mit Respekt. Er hatte eine Schwäche für ihre Kultur, ihre Unterhaltungselektronik und vor allem für die vielen Hundert Softdrinks, die sie einst produziert hatten. Er sammelte ungeöffnete Dosen und Flaschen, wann immer er die Gelegenheit dazu bekam.

»Ja, Sir«, sagte Reynolds. Er trug einen gut sitzenden Anzug, der farblich auf seine kurzen weißen Haare abgestimmt war, und sah aus, als wolle er vor eine Kamera treten. Ryn'Nel hatte einige seiner Reportagen auf YouTube gesehen, um sich ein Bild von dem Mann zu machen. Er war positiv überrascht worden.

»Ursulas Tod und Ihr Eintreffen hat alle sehr verstört«, fuhr Reynolds fort.

»Ich verstehe. Sagen Sie ihnen, dass sie keine Angst haben müssen. Wir werden Sie bald in Ruhe lassen.«

»Ja, Sir. Danke, Sir. Ich ...« Reynolds schien nicht zu wissen, wie er fortfahren sollte – ungewöhnlich für einen Mann, der sein Leben mit Reden verbracht hatte.

»Sie können offen sprechen«, sagte Ryn'Nel. Zwei Haie sahen zu ihm herüber. Er breitete die Schwingen aus und tat so, als teste er ihre Spannweite vor dem Flug. »Ihnen wird nichts geschehen.«

Reynolds betrachtete ihn einen Moment lang und Ryn'Nel bemerkte die Verwandlung, die in ihm vorging. Die Unterwürfigkeit verschwand, sein Blick wurde wach und forschend. Das war der Mann, den Ryn'Nel aus den Reportagen kannte.

»Warum lassen Sie uns in Ruhe?«, fragte Reynolds.

Ryn'Nel lächelte, wie er es vor dem Spiegel geübt hatte. »Weil es mir gefällt, das zu tun.«

»Und mir gefällt, dass es so ist. Diese Menschen sind wie eine Familie für mich, ich würde alles für sie tun.« Reynolds wandte den Blick nicht von ihm ab. »Aber ich glaube, dass Sie mir nicht die ganze Wahrheit sagen. Sehen Sie, ich dachte, diese Station wäre ein Spielplatz für jugendliche Haie. Sie jagen Menschen durch ihre Geisterbahn und damit es nicht langweilig wird, lassen sie ab und zu ein paar entkommen. Die landen dann bei mir. Doch Ihre Anwesenheit und die der beiden Männer da hinten passt nicht ins Bild. Sie sind nicht hier, um uns zu jagen, Sir.«

»Nein«, sagte Ryn'Nel. Reynolds' Augenwinkel zuckten. »Was ich hier getan habe und noch zu tun gedenke, wird für unsere beiden Spezies von großem Vorteil sein. Sie sind ein Teil davon.«

»Haben Sie eine Möglichkeit gefunden, den Virus zu heilen, Sir?«

Die Frage kam schnell, so als habe Reynolds sie sich längst zurechtgelegt. Ryn'Nel wusste nicht, was sein Gesicht verriet, er sah nur Reynolds' kurzes, kaum wahrnehmbares Lächeln.

»Wenn Ihnen das gelingt, Sir, werden Sie –«

Das gleichzeitige Piepen zweier Pads unterbrach ihn. Ryn'Nel drehte den Kopf und sah, wie Snyder und MacCollough in die Seitentaschen ihrer Hosen griffen. Eine Sekunde später rief MacCollough: »Ryn'Nel, Brown ist online.«

Ryn'Nel hob die Hand zum Zeichen, dass er ihn verstanden hatte. »Wenn Sie mich entschuldigen würden, Mr. Reynolds.«

»Natürlich, Sir.« Die Unterwürfigkeit kroch zurück in Reynolds' Stimme. Er trat einen Schritt zurück und wurde eins mit den Schatten. Ryn'Nel schwang sich empor und brachte die Entfernung zum Park mit nur wenigen Flügelschlägen hinter sich. Er wirbelte Dreck und Hydrokultur auf, als er neben MacCollough landete. Snyder saß immer noch auf dem Tisch, aber er hatte das Gesicht in den Händen vergraben und schüttelte den Kopf. Er murmelte leise vor sich.

MacCollough schob sein Pad über den Kunststofftisch. »Lesen Sie selbst.«

MacCollough: ›Testsubjekt von zwei Besatzungsmitgliedern der Eliot *entführt. Erbitten neue Befehle.‹*

Brown: ›Verstanden. Befehle folgen in Kürze. Bis dahin Code 72.‹

»Code 72?«, fragte Ryn'Nel.

MacCollough nahm das Pad wieder an sich. »Vor Ort bleiben, tot stellen. Komplette Funkstille.«

»Ich bin sicher, dass Brown damit nicht Mak'Uryl gemeint hat«, sagte Ryn'Nel.

»Und ich bin sicher, dass er gerade ihn gemeint hat.« Snyders Worte wurden durch seine Hände gedämpft. Dann flüsterte er etwas Unverständliches und nickte.

Ryn'Nel wollte nachhaken, doch in diesem Moment piepte auch sein Pad. Er zog es aus der Satteltasche und rollte es auseinander. »Er ist hier. Mak'Uryl hat soeben angedockt.«

MacCollough verzog das Gesicht. »Scheiße.«

4

Kipling war ungewöhnlich still, als sie an diesem Abend gemeinsam aßen. Ama'Ru verfolgte die Unterhaltung, die er mit Rin führte, auf ihrem Pad. In der Chatgruppe befand sich auch Auckland, aber er hatte sich noch nicht gemeldet, obwohl er als online angezeigt wurde. Ama'Ru wusste nur, dass Rin und Arnest ihn an einem Ort namens Sydney zurückgelassen hatten.

Die *Andere* kaute auf Palmblättern und Obstschalen, die Kipling vom Komposthaufen am Rand des Grundstücks gesammelt hatte. Ama'Ru hatte ihn schon einige Male gebeten, damit aufzuhören, um Gonzales nicht noch mehr gegen sich aufzubringen, aber das tat er nicht. »Was soll sie machen?«, hatte er auch an diesem Abend gesagt. »Ich habe uns das Internet gebracht. Für Brown bin ich unverzichtbar.«

Aber unter seiner Fröhlichkeit hatte Ama'Ru eine seltsame Anspannung gehört, die sie sich nicht erklären konnte.

Ihr Pad leuchtete kurz auf und sie wandte sich der neuen Nachricht zu, die im Chatraum angezeigt wurde.

Rin: ›Ist diese Gruppe abhörsicher?‹

Kiplings Finger tanzten durch die Luft. Seine Augen hinter den V-Specs bewegten sich nicht. *Kipling: ›Nichts ist wirklich abhörsicher, aber hier unbemerkt einzudringen, sollte recht schwierig sein. Ich bin ja kein Noob. :) Warum willst du das wissen?‹*

Er tippte so schnell, wie er redete. Rins Antwort folgte wesentlich langsamer. Ama'Ru sah, wie neben ihrem Namen

Finger erschienen, die über eine Tastatur zu gleiten schienen.

Rin: ›Weil wir Lanzo gefunden haben.‹

»Was?« Kipling sah Ama'Ru über den Rand seiner V-Specs an. »Wieso sagt sie das erst jetzt?«

Sie neigte den Kopf, aber in ihr breitete sich ein ungutes Gefühl aus. Die *Andere* ließ das Palmblatt, an dem sie gekaut hatte, sinken.

Kipling: ›Das ist doch geil! Wie geht's ihm?‹

Rin und Arnest gaben ihre Antwort gleichzeitig ein.

Arnest: ›Beschisen gets ihm! Mann sollte diehse kack Jokeys alle umlehgen, jeden scheis dreksarsch, verschisene.‹

»Das klingt nicht gut.« Kipling setzte zu einer Antwort an, aber da war auch Rin fertig.

Rin: ›Ich zeige ihn euch. Ihr müsst einen Moment warten. Das Netz ist so langsam.‹

Kipling: ›Ich weiß. Ich arbeite daran.‹

Hinter Rins Namen tauchte ein sich langsam drehender Kreis auf. Darunter stand *Bild wird geladen.* Mit zunehmender Sorge fragte Ama'Ru sich, was sie erwartete.

Und dann war das Bild plötzlich da. Es füllte den kleinen Bildschirm fast vollständig aus. Ama'Ru starrte es an: Lanzo, abgemagert und zusammengesunken, der Jockey auf seinem Rücken stolz wie ein Jäger über der erlegten Beute.

Sie öffnete den Mund, brachte aber keinen Laut hervor. Ihre Kehle krampfte sich zusammen. Die *Andere* fiepte. Ihre Scheren öffneten und schlossen sich knackend.

»Ama'Ru?« Kiplings Stimme schien aus weiter Ferne zu kommen und klang dumpf. »Ama'Ru?«

Sie riss sich zusammen. »Das ist unmöglich.« Es war mehr als das. Die Vorstellung, dass zwei Hälften des selben Daseins auseinandergerissen und eine von ihnen mit etwas Fremdem verbunden war … und was war mit der anderen Hälfte passiert? War sie allein? Tot? Hatte man das Große Versprechen, die

Hoffnung auf die Verschmelzung im Tod, gebrochen, nur um dieses … dieses Monstrum zu erschaffen?

Ihre Gedanken überschlugen sich. Sie zwang sie zur Ordnung, drängte Trauer und Entsetzen zurück.

»Das ist unmöglich«, wiederholte sie, ohne genau zu wissen, wie viel Zeit vergangen war, seit sie es zum ersten Mal gesagt hatte. Auf ihrem Pad waren zwei neue Nachrichten aufgetaucht.

Rin: ›Seid ihr noch da?‹

Kipling: ›Moment.‹

»Was ist hier los?«, fragte Kipling. »Alle Jockeys, inklusive dir, haben immer behauptet, sie könnten sich nicht mit Menschen verbinden. War das gelogen? Hast du davon gewusst?«

Es fiel ihr schwer, den Klang seiner Stimme einzuordnen. Zu viel schwang darin mit – Entsetzen, Angst, Misstrauen, Bedauern.

»Nein, ich habe nichts davon gewusst.« Ama'Ru wünschte, er würde seine V-Specs absetzen, damit sie seine Augen besser erkennen konnte. »Wir haben Jahrhunderte lang versucht, nach Unfällen oder bei tödlichen Erkrankungen wenigstens einen Teil des Körpers zu retten, mal den Jockey, mal seinen Begleiter. Niemand hat das je überlebt. Ich bleibe dabei: Es kann nicht sein.«

»Aber wir sehen es doch!« Kipling schrie sie an. Sie zuckte zusammen. Die *Andere* hob ihre Scheren.

»Wir sehen *etwas*, das uns vertraut erscheint«, sagte Ama'Ru eindringlich. »Das muss nicht die Wahrheit sein.«

Sie hob die Hand, um Kipling von einer Antwort abzuhalten. Erleichtert bemerkte sie, dass ihre Finger nicht zitterten. Sie musste Ruhe ausstrahlen, für sich selbst, für die *Andere* und für Kipling. »Bitte stelle Rin für mich einige Fragen. Du tippst schneller als ich.«

Er zögerte, nickte dann aber. Während sie redete, tauchten ihre Worte Satz für Satz auf dem Pad auf.

»Wie ist der Name des Jockeys? Wo stammt er her? Wie verhalten sich er und Lanzo? Kommunizieren sie miteinander? Habt ihr zu beiden Kontakt? Mit was war der Jockey vorher verbunden? Er wird so tun, als würde er die Frage nicht verstehen, also fragt ihn, wie die Menschen sein Volk nennen. Wer hat ihn mit Lanzo verbunden, wie und warum?«

Schon nach den ersten Fragen bewegten sich die Finger neben Rins Namen.

Rin: ›Ein paar Fragen haben wir ihm schon gestellt, der Rest wird eine Weile dauern. Ich melde mich dann.‹

Kipling: ›Okay. Viel Glück!‹ Er nahm die V-Specs ab und rieb sich die Augen. »Tut mir leid, dass ich dich angeschrien habe, Ama'Ru. Das war –«

Er unterbrach sich, als hinter ihm die Tür des Labors geöffnet wurde. Ama'Ru bemerkte überrascht die Furcht, die wie ein Schatten über sein Gesicht glitt, als Brown eintrat.

»Ich dachte, es sei in diesem Kulturkreis üblich, zu klopfen, bevor man die Räumlichkeiten einer anderen Person betritt.«

Brown ging nicht darauf ein. »Zwei meiner Skorpione erwarten Sie auf dem Parkplatz. Sie werden Ihnen helfen, die fehlende Ausrüstung für Ihr Labor zu beschaffen.«

»Jetzt?«, fragte Ama'Ru.

»Jetzt.« Brown wandte sich bereits ab, sah dann jedoch Kipling an. »Gute Arbeit, Mr. Jonnessey. Wie weit sind Sie mit der Entschlüsselung der Jockey-Verteidigungsanlagen?«

»Kann ich noch nicht sagen. Ich muss erst mal verstehen, was mich dort eigentlich erwartet.« Kipling drehte die V-Specs zwischen seinen Händen. »Das kann dauern.«

»Aber nicht zu lange.« Brown nickte Ama'Ru zu. »Kommen Sie.«

Sie erhob sich. Die *Andere* wollte nach einer ausgehöhlten Ananas greifen, aber Ama'Ru hielt sie mit einem beinahe unbewussten Gedanken davon ab.

Wir müssen uns konzentrieren, dachte sie und folgte Brown zu den Fahrstühlen. Ihr Pad piepte leise. Sie stellte es stumm.

5

»Was warst du vorher?«

Sie hatten Jho'tol ne Thrigne in eine große Kabine oberhalb des Gartens gebracht. Anscheinend hatte der Kommandant der *Destination Moon* Rin und Arnest darum gebeten. Unter den wenigen Menschen, die auf dem Schiff zurückgeblieben waren, hatte sich bereits herumgesprochen, dass jemand im Zellentrakt gefangen gehalten wurde. Die Kabine war abgelegener und lag vor allem weitab der Wege, die die Menschen benutzten, um Vorräte zum Shuttle zu bringen. Zwischen ihnen und den Leuten, die Jho'tol entführt hatten, schien es Unstimmigkeiten zu geben, das entnahm er Arnests deutlichen Worten.

»Was warst du vorher?«, wiederholte Rin. Sie saß Jho'tol gegenüber. Zwischen ihnen befand sich ein mit dem Boden verschraubter Metalltisch. Eine seiner großen Hände war an das Tischbein rechts von ihm gekettet.

»Ich war immer nur ich«, sagte Jho'tol.

»Oh Mann.« Arnest trat mit dem Stiefel gegen die Wand. »Hör endlich auf, so eine Scheiße zu labern, Joe, und sag uns, was vor Lanzo an deinem Arsch geklebt hat.«

Jho'tol sah zuerst ihn, dann Rin gelassen an. »Ihr seid nicht einmal in der Lage, mich mit meinem korrekten Namen anzusprechen. Kein Wunder, dass euch komplexere Aussagen überfordern.«

Arnest ballte die Faust, holte aber nicht damit aus, sondern schob sie nach einem Moment in die Tasche. Dann ließ er sich so schwer auf das geblümte Sofa an der Wand fallen, dass die Federn laut quietschten. »Ich dreh hier noch durch.«

Rin beachtete ihn nicht. »Dann formuliere ich meine Frage so, dass du eine einfache Antwort darauf geben kannst, Joe. Als was haben dich die Menschen bezeichnet?«

»Ich hatte selten Anlass, Kontakt zu Menschen zu suchen, aber wenn ich es getan habe …« Er hob den Kopf und sah Rin stolz an. »Dann nannten sie mich Waran.«

»Ich bin noch keinem Waran begegnet, den ich nich' umlegen wollte«, sagte Arnest. Er hatte sich auf dem Sofa ausgestreckt und den Arm über die Augen gelegt. Jho'tol nahm die Aussage nicht persönlich. Er vermutete, dass Arnest sie über die meisten Wesen traf, denen er begegnete.

Rin tippte etwas auf ihrem Pad. »Wo kommst du her?«, fragte sie dann. »Welcher Planet?«

Die graue Kabine mit ihren rechten Winkeln verschwand vor Jho'tols Augen. An ihre Stelle trat dichtes Grün. Er spürte, wie Zweige seine Haut streiften und seine Klauen im sumpfigen Boden versanken. Sonnenlicht blitzte zwischen großen Blättern auf. Die Luft war feucht und schwer.

Jho'tol schüttelte die Erinnerung ab. Er würde seine Welt nie wieder so erleben, nicht in diesem Körper. Die Endgültigkeit seiner Entscheidung versetzte ihn einen Moment lang in Panik. Er fing sich mühsam wieder.

»Ich werde keine weiteren Fragen beantworten«, sagte er. »Sie langweilen mich.«

»Erklär uns wenigstens, warum du das getan hast.« Rin tippte auf das Display ihres Pads, drehte es und zeigte Jho'tol das Foto, das sie von ihm gemacht hatte. »Wenn du das siehst, wie kannst du behaupten, du seist immer nur du gewesen. Hast du immer schon so ausgesehen?«

Es war seltsam, den eigenen, fremden Körper so zu betrachten, wie er anderen erscheinen musste. Schön war er nicht, aber stark und gesund. Das spürte Jho'tol und das sah er in seinem eigenen, vollen Gesicht und in seinem wachen, klaren Blick.

»Nicht immer, aber das spielt –«

»… kriegen wir wohl kaum raus.«

Jho'tol blinzelte. Rin saß ihm nicht mehr gegenüber, sondern stand an der Tür, den Blick auf das Pad gerichtet. Arnest saß aufrecht auf dem Sofa.

Es ist schon wieder passiert, dachte Jho'tol. Etwas in ihm krampfte sich zusammen. Er hatte Angst und er schämte sich nicht mehr, es sich einzugestehen. *Das geht so nicht weiter.*

»Ich kann mir nich' vorstellen, dass das Ama'Ru so viel bringt«, sagte Arnest und stand auf. »Was der ganze Scheiß soll, wissen wir ja immer noch nich'.«

»Ama'Ru wird schon wissen, weshalb wir diese Fragen stellen sollten.« Rin berührte das Display. Eine Sekunde später piepte Arnests. »Das sind die Antworten, die wir bekommen haben. Mal sehen, ob sie was damit anfangen kann.«

Ama'Ru? Die beiden Menschen erwähnten sie nicht zum ersten Mal, doch Jho'tol nahm den Namen zum ersten Mal bewusst wahr. »Sprecht ihr von Ama'Ru en Rahlyn od Fir?«

»Warum?« Rin sah ihn neugierig an. »Kennst du sie?«

»Ich kenne ihren Ruf.« Es war offensichtlich, dass sie mehr wissen wollten, aber er ignorierte ihre fragenden Blicke. Stattdessen dachte er an ein Gespräch, das er vor nicht allzu langer Zeit geführt hatte. Ein Satz daraus hallte in seiner Erinnerung nach: »*Hhalim*. Du musst denken, als wärst du *Hhalim*.«

6

EINIGE WOCHEN ZUVOR

»*Hhalim*«, sagte Ryn'Nel. »Du musst denken, als wärst du *Hhalim*.«

Jho'tol lachte. »Ich glaube nicht, dass ich meinen Verstand so weit hinter mir lassen könnte.«

Sie standen vor einer Reihe Monitore auf einer Station namens Scania. Hochsensible Kameras zeigten stumm Menschen, die durch dunkle Gänge rannten, eingekesselt und getrieben von Haien. Das Licht ihrer Taschenlampen zuckte über die Wände und den Boden.

Einer der Haie hatte gerade eine junge Menschenfrau in den Geheimgang gezerrt, der sich hinter den Wänden befand. Nun brach Panik aus.

»Oh«, sagte Jho'tol, als sein Blick auf die Tasche fiel, die er in einer großen Klaue hielt. »Das hätte ich beinahe vergessen. Es hat mir gefallen, dir etwas mitzubringen.«

Er öffnete die Tasche und zog einen von Plastikringen zusammengehaltenen Sixpack heraus. Die Dosen waren weiß und mit großen, grünen Symbolen versehen. »Dieses Getränk«, sagte er, als er den Sixpack vor sich auf den Tisch stellte, »stammt von einem Ort namens Vietnam. Ich weiß nicht, ob das ein Kontinent, ein Mond oder sonst etwas ist, aber –«

»Das war ein Land«, sagte Ryn'Nel. Er betrachtete die Dosen mit sichtlich großem Interesse. »Diese Art Softdrink habe ich noch nie gesehen.«

»Es soll angeblich so frisch schmecken wie Morgentau auf

Gras. Das hat der Verkäufer zumindest behauptet, aber du weißt ja, wie diese Menschen sind.«

»In der Tat.« Ryn'Nel neigte den Kopf. »Das ist ein sehr schönes Geschenk. Ich danke dir dafür.«

»Willst du sie nicht probieren?«

»Besondere Geschenke sollte man für besondere Anlässe aufbewahren.« Ryn'Nels Blick glitt zurück zu den Monitoren. Dort wallte plötzlich weißer Nebel auf. »Wir trennen die Gruppe jetzt und reduzieren sie weiter.«

»Ihr wisst, wer infiziert ist und wer nicht?«

Ryn'Nel schob ihm ein Pad herüber, auf dem Jho'tol Namen und Fotos sah. »Das ist eine Liste aller nicht infizierten Menschen auf Scania. Die meisten von ihnen leben in Reynolds' Habitat, aber in dieser Gruppe sind auch ein paar.«

Jho'tol beobachtete, wie die Haie blitzschnell Gangwände verschoben und einen kleinen Teil der Menschen in einem Raum isolierten. Kisten, Kartons und anderer Müll bildeten dort Barrikaden. Ein Mann lief als Erster auf sie zu und begann, die Kisten zu untersuchen.

»Wie stellst du sicher, dass nur die Infizierten sterben?«

Ryn'Nel machte ein seltsam schnalzendes Geräusch mit seiner Zunge. »Gar nicht. Ich bitte die Haie aufzupassen, aber sie lassen sich schnell hinreißen. Das ist bedauerlich, aber nicht zu ändern. Ohne sie hätten wir nicht annähernd genug Leute, um diese Operation durchzuführen. Ursprünglich hatte ich geplant, mit menschlichen Eiern und Spermien zu arbeiten, aber der Verkäufer konnte schließlich doch nicht liefern. Dies ist eine Notlösung. Und zum Glück verlieren die Haie noch nicht die Geduld.«

»Sie haben am meisten dadurch zu gewinnen«, sagte Jho'tol. Auf dem Monitor kroch ein Zombie aus einer umgestürzten Kiste. Der Mann tötete ihn mit einem Hammer. Die meisten anderen Menschen verhielten sich passiv, nur zwei jüngere

Männer halfen bei der Durchsuchung der Kisten. Das Gesicht des einen war geschwollen und es schien Spannungen zwischen ihm und dem etwas älteren Mann zu geben.

»Aber trotzdem ist das alles nur ein Spiel für sie. Wenigstens respektieren sie, dass es sich bei dem Habitat um eine Sicherheitszone handelt. Wer es bis dorthin schafft und nicht infiziert ist, überlebt.«

»Sie trennen die Starken von den Schwachen. So ist es bei ihnen üblich.« Jho'tol sah zu, wie der Mann mit dem Hammer eine Wand abklopfte. Er schien dem Geheimnis der Station, den verborgenen Gängen und Räumen hinter den Wänden, auf die Spur gekommen zu sein. »Wir werden alle durch unsere Umgebung geprägt. Es ist schwer, daraus auszubrechen, selbst wenn das bedeutet, gegen die eigenen Interessen zu handeln.«

Die Haie hatten die niedrigste Lebenserwartung aller Völker. In menschlichen Jahren wurden die meisten nicht einmal fünfundzwanzig.

»Du tust es«, sagte Ryn'Nel sanft.

»Ich habe keine Wahl.« Er hob seine Klauen hoch. Die Haut war schuppig und hatte sich an einigen Stellen bereits schwarz verfärbt. *Die Fäulnis*, so nannte man diese Erbkrankheit auf seiner Welt. Sie war unheilbar und führte innerhalb weniger Monate zum Tod. Jho'tol hatte das Endstadium erreicht. Für ihn gab es nur noch den Tod oder Ryn'Nels Vorschlag.

Ein neuer Körper, dachte Jho'tol. Die Vorstellung faszinierte und schockierte ihn gleichermaßen. Wäre Ryn'Nel nicht schon seit Jahren einer seiner engsten Freunde, hätte er das wahrscheinlich nicht einmal in Erwägung gezogen. Doch so …

»Ich werde der Erste sein?«, fragte er.

»So ist es.« Ryn'Nel wirkte abgelenkt. »Alle Computersimulationen verlaufen tadellos, aber trotzdem wird …« Er unterbrach sich. »Das hatten wir auch noch nicht.«

Jho'tol erkannte, worauf er sich bezog. Der Mann hatte mit

einer Eisenstange ein Loch in den Kunststoff geschlagen und die Wandhälften, die sich dort befanden, aufgestemmt. Zombies wankten von der anderen Seite des Raums auf ihn zu. Die Haie mussten sie losgelassen haben, um die Gruppe aufzuhalten. Auf anderen Monitoren sah er, wie sie hektisch durch die schmalen Gänge hinter den Wänden rannten. Offensichtlich hatten sie mit dieser Entwicklung nicht gerechnet.

Der Mann stieß die Menschen, die bei ihm waren, durch die von der Eisenstange offen gehaltenen Wandhälften. Die Zombies kamen immer näher, aber er geriet nicht in Panik. Jho'tol beugte sich vor. Er erkannte den Mann wieder. Sein Gesicht war auf der Liste der nicht infizierten Menschen. »Ich will ihn.«

»Bist du sicher?«

»Ja.«

Auf dem Monitor lief der junge Mann, mit dem der andere sich vorher gestritten hatte, durch die Tür, fuhr herum und schlug mit einem Hammer gegen die Eisenstange. Die Wandhälften schlossen sich. Der Mann war in dem Raum gefangen, keine Armeslänge von den Zombies entfernt.

»Hilf ihm!«, stieß Jho'tol hervor, aber Ryn'Nel gab bereits Befehle über ein kleines Mikrofon an seiner Kehle.

Die Kamera lieferte nun nur noch Wärmebilder. Der Mann tastete nach der Stange am Boden. Die dunkler wirkenden, kühleren Zombies griffen nach ihm. Er trat einen zur Seite und rammte seine Schulter in den nächsten.

Im gleichen Moment öffnete sich eine weitere, verborgene Tür. Haie, deren Nachtsichtgeräte wie schwarze Flecken auf ihren Gesichtern saßen, stürmten in den Raum. Sie trugen einen Menschen zwischen sich, den sie nun in die Zombiegruppe warfen. Zwei von ihnen schlugen Lanzo nieder und zerrten ihn in den Gang. Die Zombies beachteten sie kaum. Sie rissen den Menschen in ihrer Mitte auseinander. Gelborange leuchtendes

Blut lief über den Boden und spritzte an die Wände. Es leuchtete nur kurz auf, dann kühlte es ab und wurde dunkler.

Ryn'Nel sprach über Funk mit den Haien. »Er ist unverletzt«, beantwortete er nach einem Augenblick Jho'tols stumme Frage. »Ich lasse ihn auf das Schiff bringen und die Aufnahmen der Kamera editieren, damit es so aussieht, als wäre er dort gestorben.« Er zeigte auf einen der anderen Monitore. Darauf war die zweite Gruppe zu sehen. Ein weißhaariger Mann hatte sich ihr angeschlossen. »Ich habe so ein Gefühl, dass seine Freunde ihn suchen würden, wenn sie Grund zu der Annahme hätten, dass er noch lebt. Wir können keine Nachforschungen gebrauchen.«

Er machte eine Pause. »Du stehst vor einer großen Veränderung, Jho'tol, wahrscheinlich größer, als du oder ich verstehen können. Das Bewusstsein dieses Körpers ist voll ausgebildet. Kämpfe nicht dagegen an. Nutze es. Mache es zu einem Teil von dir. Das wird ein schwieriger Weg, aber ich werde dich begleiten. Du musst dich nicht davor fürchten.«

Jho'tol zeigte ihm zum Dank die Handflächen, die Finger nach unten abgespreizt, so wie es bei seinem Volk üblich war. Ryn'Nel verstand die Geste. Er lächelte auf menschliche Art und griff mit seinen langen Klauen nach dem Sixpack. Er zog zwei Dosen aus ihren Plastikringen. Er öffnete beide und schob eine von ihnen Jho'tol zu.

Der neigte den Kopf. »Ich dachte, besondere Geschenke sollte man für besondere Anlässe aufbewahren.«

»So ist es.« Ryn'Nel hob die Dose an die Lippen. Jho'tol folgte seinem Beispiel und trank. Die Flüssigkeit war kalt und schmeckte so frisch wie Morgentau auf Gras.

»Menschen lügen nicht immer«, sagte Ryn'Nel. »Du wirst sie bald besser kennen, als es je einem von uns vergönnt war. Ich beneide dich darum.«

Ich tue das nur, um zu überleben, dachte Jho'tol und schluckte die Flüssigkeit herunter. Auf einmal lag der Geschmack bitter auf seiner Zunge.

Ich wollte die Menschen nicht kennenlernen.

Das war mein Fehler. Jho'tols Gedanken kehrten in die Gegenwart zurück. Er hatte Ryn'Nels Worte nicht ernst genommen, sondern sich dem Neuen verschlossen und so getan, als hätte sich nur seine Gestalt geändert, aber nicht er selbst. *Ich bin nicht mehr der, der ich einmal war.*

Die Erkenntnis erschreckte und befreite ihn. Er musste *Hhalim* werden, den Verstand verlieren, zumindest ein bisschen.

»Wir müssen auf Ama'Rus Antwort warten«, sagte Rin und öffnete die Tür. »Kommst du?«

»Ja.« Arnest schloss sich ihr an, blieb dann jedoch im Türrahmen stehen. Er sah den Körper unter Jho'tol an. *Nein, nicht den Körper, Lanzo. Sein Name ist Lanzo.*

»Lass dich von diesem Arsch nicht fertigmachen«, sagte Arnest. »Wir holen dich da raus.«

Er wartete einen Moment, als rechne er mit einer Antwort, dann verließ auch er die Kabine.

Jho'tol legte die Hände auf Lanzos Schultern. »Lass uns reden. Ich habe viel von dir zu lernen.«

7

»Sie haben also erfolgreich einen von uns mit einem Menschen verbunden und ihn dann verloren?« Mak'Uryls Tentakel wühlten die Erde neben dem kleinen Teich auf. Wut ließ seine Stimme zittern. Es erschreckte Ryn'Nel, ihn so zu sehen. Von dem kalten, berechnenden Kommandanten, den er zwar nie gemocht, aber wenigstens respektiert hatte, schien nichts mehr geblieben zu sein. Sein rasanter Aufstieg und noch rasanterer Fall hatten ihn vollkommen verändert.

»So könnte man es ausdrücken«, sagte Ryn'Nel vorsichtig. Er hatte den Eindruck, dass ein falsches Wort reichen würde, damit Mak'Uryl die Kontrolle verlor. Selbst die vier Haie, die ihn begleiteten, wirkten in seiner Gegenwart angespannt. Snyder und MacCollough hatten sich an einen anderen Tisch zurückgezogen. Sie beschäftigten sich mit ihren Pads, oder taten zumindest so. Ryn'Nel nahm an, dass sie Brown über ihren Fehler informiert hatten.

»Sie sagen, es war die *Eliot?*«

»Das ist richtig. Sie hat unser Schiff zerstört.« Und wenn Snyder nicht gewesen wäre, hätten sie alle an diesem Tag ihr Leben verloren. Er hatte darauf bestanden, das Transportschiff nur mit einer Minimalbesatzung in den Kampf zu schicken. Die meisten aus den Völkern und die Menschen, die sie für die nächsten Vereinigungen hatten vorbereiten wollen, waren auf der Station zurückgeblieben. Ryn'Nel hatte sie in einen der versteckten Bereiche bringen lassen.

»War *sie* dabei?«

Es war klar, dass er Ama'Ru meinte. »Soweit wir wissen, nein. Es waren zwei Menschen. Sie haben uns überrascht.«

Mak'Uryls Tentakel fielen in den Dreck zurück. Nur der Stumpf zuckte. Ryn'Nel fand es merkwürdig, dass er noch nicht nachgewachsen war, aber das war eine Frage, die er lieber nicht stellte.

»Warum wurde ich nicht darüber informiert, dass es Ihnen gelungen ist, einen Menschen mit einem von uns zu verbinden?«

Also deshalb wollte Brown nicht, dass wir ihn kontaktieren, dachte Ryn'Nel. Er antwortete ehrlich: »Ich dachte, Sie wüssten davon.«

»Nein.« Mak'Uryl schwieg einen Moment lang. Wahrscheinlich stellte er sich die gleiche Frage, die auch Ryn'Nel beschäftigte. Warum hatte Brown das verschwiegen? Mak'Uryl hatte ihn die ganze Zeit unterstützt und dafür gesorgt, dass er sich trotz des Befehls, die Menschen in Habitaten zusammenzutreiben, unbehelligt hatte bewegen können. Wieso riskierte er es, einen so wichtigen Verbündeten zu verstimmen?

Weil er sieht, was ich sehe, dachte er. *Mak'Uryl ist nicht mehr nur für Menschen gefährlich.*

Mak'Uryl atmete durch, dann wechselte er schlagartig das Thema. »Was ist das für ein Ort?«, fragte er.

»Ein Habitat. Die meisten hier sind nicht infiziert. Ich habe einen Bluttest entwickelt, der zwar nur zu fünfundneunzig Prozent zuverlässig ist, dafür aber sofort Ergebnisse liefert. Das reicht für eine grobe Trennung.«

»Ein Rohstofflager für die Vereinigungen?«

Rohstofflager. Ryn'Nel missfiel das Wort, aber das sagte er nicht. »Die Vereinigungen mit Ihren Haien, so wie abgesprochen.«

Das schien seine Laune zu heben. Seine Haibegleiter entspannten sich ein wenig. »Also, wozu brauchen Sie mich?«

»Um zur Erde zu fliegen.«

Ryn'Nel drehte sich um, als er Snyders Stimme hörte. Er und MacCollough waren aufgestanden und kamen nun herüber.

»Das ist der einzige Ort, an dem die *Eliot* unentdeckt für längere Zeit bleiben kann«, fuhr Snyder fort. »Vorausgesetzt, Sie haben die Verteidigungsanlage nicht wieder eingeschaltet, so wie Brown gebeten hatte, Sir.«

»Das habe ich nicht.« Mak'Uryls Tentakel zuckten erneut. Er schien es nicht einmal zu bemerken. »Allerdings frage ich mich langsam, ob Brown mir so viel Vertrauen entgegenbringt wie ich ihm.«

»Darüber sollten Sie mit ihm persönlich reden, Sir«, sagte MacCollough. »Ich weiß nur, dass er Sie sehr schätzt.«

MacCollough hatte ein freundliches, offenes Lächeln. Er war das Gegenteil des stets verschlagen wirkenden Snyder.

»Er hat eine seltsame Art, das zu zeigen«, sagte Mak'Uryl, aber er klang nicht mehr so verärgert wie zuvor. »Aber gut. Es gefällt mir, Sie zur Erde zu bringen.«

»Und uns gefällt es, Sie zu begleiten.« Ryn'Nel neigte den Kopf. »Kommen Sie.«

Die anderen schlossen sich ihm an. Die Haie umgaben Mak'Uryl wie Leibwächter. Die Gewehre lagen locker in ihren Armbeugen. Sie ließen MacCollough und Snyder nicht aus den Augen. Ob ihnen das befohlen worden war oder ob das bei den Völkern tief sitzende Misstrauen gegenüber Menschen sie dazu bewog, wusste Ryn'Nel nicht.

Sie gingen die Straße hinunter zu der Tür, die in das Geheimgangsystem der Station führte. Ryn'Nel blieb abrupt stehen, als er hinter einer Biegung einen Mann stehen sah.

Es war Algernon Reynolds. Er stand allein da, die Hände vor dem Körper gefaltet, den Blick auf Ryn'Nel gerichtet.

»Wer ist das?«, fragte Mak'Uryl.

»Sein Name ist Algernon Reynolds«, sagte Ryn'Nel leise. »Er leitet das Habitat.«

Lauter fuhr er fort: »Mr. Reynolds, es tut mir leid, dass wir Ihre Leute aus dem Park vertrieben haben. Wir werden Sie nicht länger stören.«

»So redet man nicht mit Menschen.« Mak'Uryls Stimme war kaum mehr als ein Zischen. Seine Tentakel hatte er ausgestreckt. Sie wirkten so hart und fest wie die Äste der Bäume, die sie umgaben. Ryn'Nel war mit der Körpersprache der Oktopoden nicht vertraut genug, um diese Reaktion zu deuten.

»Ich kann Sie nicht gehen lassen«, sagte Reynolds. Er wirkte weder unterwürfig noch nervös und Ryn'Nel musste kurz daran denken, dass dieser Mensch einen anderen vor laufender Kamera erschossen hatte, um zu beweisen, dass es Zombies gab.

Trotzdem lächelte er. »Algernon, was soll denn dieser Unsinn? Sie haben doch hier ein –«

Reynolds unterbrach ihn: »Sie sind nicht die Einzigen, die andere abhören. Ich weiß, was Sie getan haben und was Sie noch vorhaben. Das werde ich nicht zulassen. Ich habe Ihnen gesagt, dass ich alles für diese Menschen tun würde. Dazu gehört auch, sie vor einem Schicksal zu bewahren, das schlimmer als Omega ist.«

»Du wirst leben und sterben, wie es uns gefällt, Mensch.« Mak'Uryl schob sich an Ryn'Nel vorbei. Seine Hand schloss sich um den Griff der Pistole, die aus seiner Satteltasche ragte. »Geh aus dem Weg.«

»Nein.«

Im gleichen Moment fiel ein Schuss. Dreck spritzte zwischen den Bäumen neben Ryn'Nel hoch. Instinktiv schlang er die Flügel um seinen Körper, damit die lebenswichtigen Organe geschützt waren. Er widerstand jedoch dem Drang, in die Luft aufzusteigen.

Die Haie legten ihre Gewehre an. Mak'Uryl riss seine Pistole heraus und richtete sie auf Reynolds, doch bevor er abdrücken konnte, knallte es ein Dutzend Mal. Kugeln schlugen in die gelben Pflastersteine, in Holz und Erde ein. Ryn'Nel packte Mak'Uryl an einem Tentakel und zog ihn hinter einem Baumstamm in Deckung.

Innerhalb von Sekunden stand niemand mehr auf der Straße. Auch Reynolds war verschwunden.

»Scharfschützen«, rief Snyder. »Sie schießen aus den Wartungsschächten der Selbstschussanlagen.«

»Selbstschussanlagen?« Mak'Uryl befreite sich aus Ryn'Nels Griff. Seine Tentakel klatschen wütend gegen Zweige und knickten Blumen ab.

»Eine Idee, die nie umgesetzt wurde«, sagte Ryn'Nel, während er versuchte, durch die Bäume einen Blick auf die Wände zu werfen. Die Blätter raschelten im Wind der Klimaanlage. Die Menschen hatten sie hochgestellt. *Nicht dumm.*

»Algernon«, rief er. »Wenn Sie uns umbringen, wird man Sie alle hinrichten, Sie und Ihre Familie.«

»Ich weiß.« Reynolds' Stimme klang nah. »Aber Sie werden tot sein, Ryn'Nel. Ich habe Sie studiert. Sie sind brillant und arrogant. Ich bin mir sicher, dass niemand außer Ihnen die Verbindung zwischen Jockey und Mensch beherrscht. Sie trauen sie niemandem außer sich selbst zu.«

Mak'Uryl drehte den Kopf. Seine Augen wirkten seltsam trüb. »Hat er recht?«

»Leider.« Ryn'Nel wischte sich mit einer Hand über die Schulter, als wolle er Staub entfernen. Es war eine uralte Geste seines Volkes. *Was geschehen ist, ist geschehen*, wollte er damit ausdrücken. Mak'Uryl schien sie zu verstehen, denn verzog das Gesicht.

»Dann sollte ich Sie wohl nicht sterben lassen«, sagte Mak'Uryl.

Ryn'Nel hielt inne. Er hatte die Möglichkeit seines bevorstehenden Tods nicht einmal in Erwägung gezogen. Doch nun, als Kugeln plötzlich vor ihm einschlugen und winzige Holzsplitter sich in seine Flügel bohrten, wurde ihm klar, dass sein Leben tatsächlich in Gefahr war. Nervös grub er seine Klauen in den Dreck.

»Was machen wir jetzt?«, fragte er.

Mak'Uryl lud seine Pistole durch. »Kämpfen.«

8

»Damit? Ich dachte, wir würden das Schiff nehmen.«

Ama'Ru trat an das Fahrzeug heran, das auf dem Parkplatz stand. Sie wusste nicht, ob es sich bei ihrer Ankunft bereits dort befunden und von den Skorpionen modifiziert worden war oder ob sie es von einem anderen Ort mitgebracht hatten.

Es war ein schwarzer Transporter, aus dem man die Sitze herausgerissen hatte. Die Scheiben waren dunkel getönt. Ama'Ru sah breite, in Kunststoff eingelassene Sensorgürtel und auf dem Dach montierte Kameras, die dem Navigationscomputer an Bord eine realistische, dreidimensionale Darstellung seiner Umwelt lieferten.

Einer der beiden Skorpione öffnete die Seitentür. Die Trennwand zwischen Fahrerkabine und Laderaum war zusammen mit den Sitzen entfernt worden. Der batteriebetriebene Motor lief lautlos. Nur ein Licht am Armaturenbrett verriet, dass er eingeschaltet war. Ein Monitor, der neben dem Lenkrad angebracht war, zeigte in acht kleinen Fenstern die Umgebung des Fahrzeugs. Die Selbstfahrautomatik wirkte auf Ama'Ru improvisiert und primitiv. Sie fragte sich, ob die Skorpione oder jemand aus Gonzales' Gruppe sie nachträglich eingebaut hatte.

Die *Andere* musste sich tief ducken, damit weder sie noch Ama'Ru sich den Kopf am Türrahmen stießen. Im Transporter roch es scharf nach Desinfektionsmitteln. Schlaufen, an denen man sich wohl festhalten sollte, hingen von der Decke. Griffe aus Metall waren mit Boden und Wänden verschweißt worden. Ama'Ru überließ der *Anderen* die Platzwahl. Sie zog sich ganz nach hinten zurück, in die Ecke zwischen der Hecktür und dem großen Seitenfenster. Der Skorpion kroch hinter ihr in den Transporter und schloss die Tür hinter sich. Er war so lang, dass er die Ladefläche vom Heck bis zur Fahrerkabine ausfüllte. Sein chitingepanzerter, bläulich schwarzer Körper schimmerte im Licht der Innenbeleuchtung.

Der zweite Skorpion befand sich in der Fahrerkabine. Er richtete sich auf, damit der Jockey, der unter ihm in einer Art Tasche lag, mit seinen Händen die Hardware bedienen konnte. Ama'Ru versuchte, einen Blick auf ihn zu erhaschen, aber sie sah nur seinen Hinterkopf aus der Panzerung ragen.

Der Wagen fuhr an. Die *Andere* ließ sich auf dem Metallboden nieder und schob ihre Schere in einen der Haltegriffe. Durch die getönten Scheiben beobachtete Ama'Ru die Menschen, die auf dem Parkplatz arbeiteten. Seit ihrer Ankunft hatten sie noch nicht viel geschafft. Der Asphalt war nicht einmal zur Hälfte aufgestemmt und entfernt, die Saatgutsäcke, die man von der *Destination Moon* mitgebracht hatte, lagen unangetastet unter Plastikplanen. Als der Lieferwagen an den Menschen vorbei zum Tor fuhr, sahen die meisten auf. Sie stützten sich auf ihre Schaufeln und Spitzhacken, froh darüber, dass etwas sie von der monotonen Arbeit ablenkte. Wachen öffneten das hohe, von Stacheldraht gekrönte Tor. Es schwang nach innen auf. Einer der vier Männer, die alle mit Gewehren und Macheten bewaffnet waren, salutierte, als der Transporter an ihm vorbeirollte. Ama'Ru wusste nicht, warum. Wahrscheinlich konnte er durch die getönten Scheiben das Innere des Fahrzeugs nicht erkennen und vermutete, dass Brown darin saß. Kipling hatte ihr erzählt, dass sich vor allem die Menschen, die einst zum Militär gehört hatten – oder so taten, da niemand es überprüfen konnte – sich zu ihm hingezogen fühlten. Das heizte den schwelenden Konflikt zwischen Gonzales und Brown weiter an. Wie Kipling war sich auch Ama'Ru nicht sicher, ob sie mehr von einer stabilen oder einer instabilen Kolonie zu befürchten hatten. Das würde sich zeigen.

»Es gefällt mir, Sie zu begleiten«, sagte Ama'Ru.

Die Skorpione reagierten nicht. Beide sahen aus den Fenstern. Der Regenwald spiegelte und brach sich dutzendfach in ihren schwarzen Facettenaugen. Dass sie auf die traditionelle Antwort *So wie es uns gefällt* verzichteten, empfand Ama'Ru als äußerst unhöflich. Sie hatte jedoch nichts anderes erwartet. Keiner der drei Skorpione, mit denen sich Brown umgab, hatte in ihrer Gegenwart je ein Wort gesagt.

»Wir sind uns noch nicht vorgestellt worden«, fuhr Ama'Ru fort, als der Transporter das Ende der langen Auffahrt erreichte und nach rechts auf eine zweispurige Straße einbog. Er musste sich in der Mitte der Spuren halten, die Straßenränder waren rechts und links bereits mit Pflanzen überwuchert. Es war, als versuchten sie, sich über den Asphalt hinweg die Hände zu reichen. »Mein Name ist Ama'Ru en Rahlyn od Fir, wie ihr sicher wisst.« Sie erwiderte die Unhöflichkeit der Skorpione, indem sie vom Sie zum Du überging. »Werdet ihr mir die Ehre erweisen, mir eure richtigen Namen zu nennen, oder soll ich mir welche ausdenken?«

Still zog die Landschaft an den Fenstern vorbei. Die Skorpione schwiegen. Ihre Gesichter zeigten keine Mimik und ihre Körper verharrten vollkommen reglos auf dem Boden. Von allen Völkern, die Ama'Ru kennengelernt hatte, war das, das sich mit den Skorpionen verbunden hatte, ihr als Einziges unheimlich. Das lag an ihren Jockeys. Ama'Ru fiel auf, dass sie das Wort immer häufiger benutzte. Es war hässlich, aber praktisch, wie so vieles, was die Menschheit hervorgebracht hatte. Die Jockeys waren nur zu sehen, wenn die Skorpione sich aufrichteten, was sie selten taten. Ihr Bauch, rechts und links der Chitintasche, war die einzig ungepanzerte Stelle ihres Körpers. Die harte, düstere Welt, von der sie kamen, bestrafte Verletzlichkeit mit Tod. Und so verzichteten die Jockeys der Skorpione darauf, ihr Gesicht zu zeigen, und präsentierten ihrem Gegenüber stattdessen die reglose Maske ihres Begleiters. Auf andere wirkten sie fremd, unberechenbar und arrogant. Ama'Ru vermutete, dass das beabsichtigt war. Es half ihnen, ihren Ruf als gnadenlose, unbesiegbare Krieger aufrechtzuerhalten.

Ama'Ru wartete. Die Skorpione antworteten nicht. Der Transporter fuhr an einem ausgebrannten Bus vorbei. Aus den zersprungenen Scheiben hingen schwarz verkohlte Leichen. Einige saßen auf ihren Plätzen, als erwarteten sie, dass der Bus seine Fahrt jeden Moment fortsetzen würde.

Halb verbrannte Zombies standen um den Bus herum. Regen und Staub hatten ihre Kleidung braun gefärbt. Sie bemerkten den Transporter erst, als er auf einer Höhe mit ihnen war. Der Elektromotor arbeitete lautlos. Durch die Hecktür sah Ama'Ru, wie die Zombies herumschwenkten und hinter dem Transporter hertaumelten. Sie fragte sich, ob sie irgendwann aufgeben oder weitergehen würden, bis sie auf ein Hindernis trafen.

Ihre Gedanken kehrten ins Innere des Transporters zurück und zu der Aufgabe, die sie in diese Lage gebracht hatte. Sie wollte mehr über die Skorpione herausfinden, über ihren seltsamen Gehorsam und Browns Weigerung, die Frage, ob sie Christen seien, zu beantworten.

»Also gut«, sagte Ama'Ru, »wenn ihr schweigt, werde ich mir Namen für euch ausdenken.« Sie zeigte auf den Skorpion in der Fahrerkabine. »Dich nenne ich Hokkor'U und dich …« Ihr Finger glitt zum dem Skorpion neben ihr. »… Hokkor'An.«

Nun reagierten sie doch. Beide richteten ihre Schwänze mit dem feucht glänzenden Giftstachel auf. Der von Hokkor'U riss die Stoffverkleidung des Dachs auf. Die *Andere* öffnete ihre Scheren und stieß ein hohes Fiepen aus.

Hokkor'U und Hokkor'An – Kopflos Eins und Kopflos Zwei in der einfach strukturierten Sprache der Skorpione. Es war eine klassische Beleidigung bei vielen Völkern, implizierte sie doch, dass nicht der Jockey das Kommando führte, sondern das Tier. Die Skorpione traf sie noch stärker als andere, da ihr Jockey meistens unsichtbar blieb.

Kommunikation durch Provokation. Ama'Ru streichelte den Hals der *Anderen* und sah Hokkor'An mit festem Blick an. Den tödlichen Stachel ignorierte sie. »Ihr habt ja doch noch Stolz. Ich dachte schon, ihr hättet euch von den Menschen so sehr zähmen lassen, dass ihr vergessen hättet, was ihr seid.«

»Wir haben nichts vergessen.« Hokkor'U hatte seine Schere so fest um einen Haltegriff am Boden gelegt, dass sie ihn verbog. »Mein Name ist Mney'Saak, das ist Ofee'Tas. Du wirst uns so nennen oder sterben.«

Ama'Ru überging die Bedrohung, obwohl sie wusste, wie ernst sie gemeint war. Ehre und Stolz definierten viele Völker, auch das der Skorpione. »Wenn meine Frage beantwortet worden wäre, hätte ich keinen Anlass gehabt, euch zu beleidigen. So hat euer Schweigen mich zuerst beleidigt.« Sie ließ zu, dass die *Andere* die Scheren hob. Sie konnten zwei Skorpione nicht im Kampf besiegen, wahrscheinlich nicht mal einen, aber es ging nicht um Kraft, nur um Auftreten.

»Wir haben kein Interesse daran, mit dir zu reden«, sagte Ofee'Tas. »Und du wirst auch nicht mehr über uns erfahren als unsere Namen.«

Auf einmal wurde Ama'Ru klar, woher die Ablehnung der Skorpione stammte. Sie lachte. »Weil ich *Hhalim* bin? Steht eure eigene Philosophie auf solch schwachem Fundament, dass ihr glaubt, ein Wort von mir könnte euch bekehren?« Sie beobachtete die Reaktion der beiden Skorpione genau. »Oder seid ihr Christen?«

Ein Ruck ging durch den Transporter. Bremsen quietschten.

Die *Andere* klammerte sich blitzschnell an eine Halteschlaufe. Ama'Ru prallte mit dem Kinn gegen ihren Hinterkopf und blinzelte benommen. Die beiden Skorpione waren ein Stück nach vorn gerutscht, bevor die fest verschweißten Griffe sie gehalten hatten. Nun kamen sie hoch.

Ama'Ru schüttelte ihre Benommenheit ab und richtete sich im Sattel auf. Vor ihnen, unmittelbar hinter der Kurve, durch die sie gerade gefahren waren, standen einige Autowracks quer auf der Straße. Sie waren nicht ineinander verkeilt. Auf Ama'Ru wirkte es eher so, als habe man sie als Barrikade dort hingeschoben.

»Die waren bei Tagesbeginn noch nicht da«, sagte Mney'Saak. Sein Englisch klang steif und abgehackt. »Ich bin die Strecke mit einer Drohne abgeflogen.«

»Zurück.« Ama'Ru sah sich um. Der Regenwald war dicht an dieser Stelle, sein Grün undurchdringlich. »Wir müssen in Bewegung bleiben.«

Ein Knall. Die Windschutzscheibe zerplatzte. Scherben regneten ins Innere des Transporters. Ama'Ru duckte sich und die *Andere* presste ihren Körper an den Boden.

»Zurück«, sagte jetzt auch Ofee'Tas. Er klang gelassen.

Zwischen den Blättern bewegte sich etwas. Mündungsblitze leuchteten kurz in der Abendsonne auf. Kugeln schlugen mit dumpfen Schlägen in den Transporter ein oder heulten als Querschläger davon. Mney'Saak tippte etwas in den Bordcomputer ein und der Wagen fuhr ruckartig an, nicht etwa rückwärts, sondern nach rechts, den Mündungsblitzen entgegen.

Die Angreifer schien das genauso zu überraschen wie Ama'Ru. Sie liefen schießend aus der Deckung des Waldes. Einer von ihnen war nicht schnell genug und prallte gegen den Kotflügel. Ama'Ru hörte seinen Schrei, als der Wagen über ihn rumpelte.

Der Transporter bremste hart. Ofee'Tas riss die Seitentür auf und landete mit einem Sprung auf der Straße. Ein Angreifer – sie waren noch zu fünft und trugen Flecktarn, Maschinenpistolen und Macheten – brüllte: »Jockeys!«, und richtete seine Waffe auf Ofee'Tas. Bevor er abdrücken konnte, bohrte sich eine spitze Schere in seinen Bauch.

Nun sprang auch Mney'Saak aus dem Wagen. »Komm nicht mit«, sagte er zu Ama'Ru, dann verschwand er zwischen den Bäumen. Weder er noch Ofee'Tas trugen Waffen. Die Kugeln prallten von ihren Chitinpanzern ab. Eine Frau mit langen, strähnigen Haaren fuhr herum und rannte los, weg vom Transporter und dem Kampf. Ofee'Tas' Giftstachel traf sie in den Rücken. Sie wurde daran emporgerissen und hart auf den Asphalt geschleudert.

Drei Angreifer waren übrig, zwei Frauen und ein Mann. Sie wichen zurück, unsicher und verängstigt. Sie mussten die Drohne am Morgen beobachtet und in der Hoffnung auf leichte Beute die Straße versperrt haben. Jetzt sahen sie ihrem Tod entgegen.

Der Mann warf seine Waffe weg. »Wartet!«, schrie er. Angst ließ seine Stimme zittern. »Wir können euch helfen. Wir kennen uns hier aus. Sagt uns, was ihr braucht, und wir –«

Mney'Saak sprang ihn und die anderen aus dem Dickicht auf der anderen Straßenseite an. Er rammte dem Mann eine Schere in den Rücken, die zweite schnitt einer der beiden Frauen den Kopf ab. Ofee'Tas tötete die dritte Frau mit einem Scherenschlag, der ihr das Genick brach. Sie sackte zu Boden.

Ama'Ru stieg aus dem Transporter. »Es wäre klüger gewesen, einen von ihnen am Leben zu lassen«, sagte sie, während sie von einem Toten zum anderen ging und ihnen die Schere der *Anderen* in den Kopf bohrte. »Vielleicht gehörten sie einer größeren Gruppe an, die uns gefährlich werden könnte.«

Mney'Saak drehte sich zu ihr um. »Das waren nur Menschen. Sie könnten uns niemals gefährlich werden.«

»Ist Brown nicht auch nur ein Mensch?«

Mney'Saak antwortete nicht. Er und Ofee'Tas gingen zu einem der Wagen und schoben ihn an den Straßenrand.

Ama'Ru sah eine Bewegung aus dem Augenwinkel. Unter dem zweiten Wagen, keine drei Meter von Ofee'Tas entfernt, ragte eine Gewehrmündung hervor.

Sie stieß sich ab. Mit einem Knall landete sie auf der Motorhaube des kleinen Wagens und dellte sie tief ein. Eine Männerstimme schrie erschrocken auf. Mney'Saak und Ofee'Tas fuhren herum. Ein Schuss fiel. Die Kugel prallte von Mney'Saaks Brust ab. Die *Andere* knickte ihre langen Beine ein und griff mit der Schere unter den Wagen. Ama'Ru spürte, wie sie durch etwas Weiches glitt und auf Widerstand traf. Einen Moment später knackte es. Der Schrei brach ab.

Sie stieg von der Motorhaube und zog die kopflose Leiche unter dem Wagen hervor. Sie sah aus wie die anderen: Tarnkleidung, Waffen, aber kein Rucksack oder eine Tasche. Entweder hatten sie ihre restliche Ausrüstung im Wald versteckt oder sie waren aus einem nahe gelegenen Unterschlupf hierhergekommen.

Von den Strategen an Bord der *Eliot*, Lanzo und Auckland, hatte Ama'Ru gelernt, wie wichtig Informationen waren. Es behagte ihr nicht, diese Frage ungeklärt zu lassen.

Ofee'Tas blieb neben ihr stehen und betrachtete die Leiche. »Wie bereits gesagt, das sind nur Menschen.«

Ama'Ru neigte den Kopf. »In einer großen Ansammlung kann alles gefährlich werden, sogar Menschen.« Sie zeigte die freigeräumte Straße hinunter. Zombies schlurften aus dem Wald, angelockt vom Lärm der Schüsse.

Ofee'Tas betrachtete sie reglos. »Fahren wir.«

9

Jho'tol schwebte in einem Traum. Die Grenzen dessen, was er erlebt hatte, und dem, was er war, lösten sich auf. Anfangs schreckte er vor dem Fremden zurück, das ihn erwartete, doch jedes Mal, wenn er in seine vertrauten Gedanken floh, zwang er sich, zurückzugehen und die Grenzen erneut zu übertreten. Er wusste nicht, wie viel Zeit verging oder wie oft er es versuchte, doch irgendwann floss das Fremde in ihn und er, so vermutete er, in das Fremde.

Es wurde schwierig, zu unterscheiden, welche Bilder zu ihm gehörten und welche nicht. Hatte er am Rande eines Sumpfes im Schlamm gelegen und zitternd vor Kälte auf den Morgen gewartet? Hatte er süße Schärfe auf der Zunge geschmeckt und dem Lachen einer Frau gelauscht? War der Mann in seinen Armen sein Bruder oder der eines Fremden?

Jho'tol ließ zu, dass die Erinnerungen sich vermischten wie Farben auf einer Palette – wieder so ein Bild, das nicht sein eigenes war – und zu etwas Neuem wurden.

Was wir sind, hat es nie zuvor gegeben, dachte er. *Wir*, nicht *ich*. Das Wort fiel ihm leichter, ebenso wie der Name, den er in sich spürte. *Lanzo.*

Er verbarg sich vor Jho'tol. Er kapselte sich ab und versuchte, Mauern um sich zu errichten. Aber er war unerfahren. Er hatte sein Leben allein verbracht, nicht zusammen mit einem anderen Bewusstsein, dem man den eigenen Willen aufzwingen musste. Jho'tol hatte nie geahnt, dass er das tat, aber nun fühlte er die

Kraft in sich und benutzte sie. Aus dem Ineinanderfließen der Erfahrungen wurde ein Kampf, ein Reißen an Gedanken und Erinnerungen, ein Zerschmettern von Mauern.

»Seid ihr wach?«

Die vertraute Stimme führte ihn aus den Tiefen fremder Erinnerungen zurück in die graue Kabine. Die Gefühle, die sie weckte, waren widersprüchlich: Verachtung, Abneigung, Zuneigung, Respekt, Freundschaft. Einen Augenblick lang konnte er nicht zuordnen, wer was empfand. Es war desorientierend, so als triebe er schwerelos durch das All.

»Ist alles in Ordnung?«, fragte Rin. Sie hielt einen Teller in der einen und eine Tasse mit einer dampfenden, bitter riechenden Flüssigkeit in der anderen Hand. Beides stellte sie nun vor Jho'tol auf den Tisch.

Überrascht bemerkte er, dass er hungrig war. Entweder hatte er länger in seinem Inneren verbracht, als er geglaubt hatte, oder dieser Körper benötigte mehr Energie als sein letzter.

»Es geht mir gut«, sagte er. Unter dem Tisch griff er nach seiner angeketteten rechten Hand und ballte die Faust um den Daumen. Etwas in ihm verkrampfte sich – Lanzo. Er ahnte, was geschehen würde.

»Und ihm?« Rin blieb vor dem Tisch stehen. »Wie geht es Lanzo?«

»Wer ist Lanzo?« Jho'tol biss die Zähne zusammen. Sein Geist umklammerte Lanzos, bis er glaubte, ihn zu ersticken. *Jetzt.* Ein kräftiger Ruck, so wie er es in Lanzos Erinnerungen gesehen hatte. Es knackte. Schmerz zuckte aus seiner Hand bis in Jho'tols Schulter. Er unterdrückte mühsam einen Schrei. Lanzos Kiefermuskeln spannten sich an. Es machte Jho'tol stolz, dass er sich und den Körper unter sich bereits so gut beherrschte.

»Hör mit diesem Spiel auf«, sagte Rin. Sie klang müde. »Du und ich, wir wissen beide, dass er da drin ist. Ich habe dich beobachtet. Dir ist klar, dass er mit uns redet. Du kannst nur nichts dagegen tun.«

Ich konnte nichts dagegen tun. Er streifte die Handschelle vorsichtig über seinen ausgerenkten Daumen. Jede Berührung steigerte den Schmerz. Lanzo traten Tränen in die Augen. Seine Kiefer mahlten.

Rin kam um den Tisch herum. »Lanzo? Lanzo, hörst du mich?«

Die Handschelle fiel klirrend zu Boden. Rins Augen weiteten sich. Jho'tol sprang auf, ballte seine haarige Faust und schlug mit aller Kraft zu. Er spürte, wie Lanzo den Schlag bremste, und ließ ihn gewähren. Es spielte keine Rolle, ob Rin jetzt starb oder später. Sein Plan stand fest.

Seine Faust traf ihre Schläfe. Rin brach zusammen. Er spürte einen Stich tief in sich, als habe er etwas Falsches getan. Rasch schüttelte er das Gefühl ab, drückte seinen rechten Daumen gegen die Tischkante und schlug dagegen. Dieses Mal unterdrückte er den Schmerz nicht. Zwei Kehlen schrien gleichzeitig auf, als der Daumen knirschend in das Gelenk zurückglitt.

Jho'tol wischte sich die Tränen aus den Augen und zog Rins Waffe aus dem Holster. Im ersten Moment wollte er sie Lanzo in die Hand legen, doch dann stellte er sich vor, wie sich dessen Arm hob und ihm die Mündung an den Kopf presste. *So weit sind wir noch nicht*, dachte er und steckte die Waffe in seine Satteltasche.

Er öffnete die Tür und blieb einen Moment im Rahmen stehen. Der Gang rechts und links von ihm war leer. Aus Lanzos Erinnerungen wusste er, dass es nicht weit bis zur Brücke der *Destination Moon* war. Er lauschte in den Gang hinein, hörte jedoch nichts außer dem Summen der Maschinen, dem ständigen Hintergrundgeräusch menschlicher Schiffe und Stationen.

Jho'tol lief los. Die Schritte seines Körpers waren beinahe

lautlos. Er spürte die Kraft und Geschmeidigkeit seiner Muskeln. Es war ein wunderbares, gesundes Gefühl. Zum ersten Mal seit der Vereinigung spürte er, dass er nicht mehr im Sterben lag.

Er wurde langsamer, als er sich der Brücke näherte. Zwei Männer unterhielten sich hinter der geöffneten Tür über Dinge wie Treibstoffverbrauch und den Sauerstoffgehalt der Luft. Jho'tol drückte seinen Rücken gegen die Wand und wartete. Es kam keine weitere Stimme hinzu.

Sie sind zu zweit, dachte er. *Halte mich nicht auf, dann wird niemand sterben.* Er wusste nicht, ob Lanzo seine Gedanken verstehen konnte oder ob er überhaupt mit ihm auf eine so simple Weise kommunizieren konnte, nur eines konnte er mit Sicherheit sagen: Lanzo kannte seinen Plan nicht. Sonst hätte er versucht, sich zu wehren, doch das tat er nicht. Abgesehen von dem kurzen Moment, als er den Schlag abgemildert hatte, spürte Jho'tol das fremde Bewusstsein kaum noch in sich. Ryn'Nel hatte recht behalten. *Hhalim* war der Weg, den er beschreiten musste – bis zu einem gewissen Grad.

»Sie konsumieren schneller, als wir produzieren können«, sagte einer der beiden Männer auf der Brücke. »Dort unten wird körperlich hart gearbeitet, also benötigen sie größere Rationen.«

Sein Schatten fiel in den Gang hinein. Er musste der Tür ganz nahe sein. »Wir müssen mit Gonzales darüber –«

Jho'tol stieß sich ab. Sein Körper kollidierte mit dem eines Menschen, den er nicht kannte. Ein Kniestoß in den Magen und der Mann ging keuchend und würgend zu Boden. Der zweite – ein Mann namens Daniel, wenn er sich das richtig gemerkt hatte – saß auf einem Drehstuhl an einer der flackernden Konsolen. Er brüllte: »Scheiße!«, und streckte den Arm nach einem roten Knopf aus, einem Notruf, vermutete Jho'tol.

Seine kräftigen Beine brachten ihn mit nur zwei Sprüngen bis an die Konsole. Er trat gegen die Armlehne des Drehstuhls, der daraufhin quietschend über den Boden rollte und gegen eine der anderen Konsolen prallte. Jho'tol lachte, als er seine Kraft spürte. Er packte Daniel an den Schultern, holte mit seinem haarigen Kopf aus und rammte ihm die Stirn ins Gesicht. Stöhnend sackte Daniel zusammen. Aus seiner Nase tropfte Blut auf den Boden. Ein letzter Tritt raubte ihm das Bewusstsein.

Er drehte sich nach dem anderen Mann um, der gerade auf die Knie kam. Ein paar Schritte, ein Schlag in den Nacken, dann herrschte Stille auf der Brücke.

Jho'tol legte die Hände auf seine breiten Schultern. Er atmete nicht einmal schwer. Nur sein Herz schlug etwas schneller als zuvor. *Das werde ich dir nie vergessen, Ryn'Nel,* dachte er. *Und du wirst schon bald alles über deinen großen Erfolg erfahren.*

Er zog den Drehstuhl an die Konsole und setzte sich. Seine Hände glitten über die Tastatur. Obwohl Lanzo sehen musste, was er tat, regte sich nichts in seinem Inneren. Alles blieb ruhig.

Ich habe dich unter Kontrolle, Lanzo. Ich bin du, aber du bist nicht mehr ich.

Jho'tol rief die Temperaturregelung des Bubble-Antriebs auf.

10

Zwei Haie lagen tot auf der gelb gepflasterten Straße. Ihre Jockeys zuckten. Ryn'Nel sah, wie sich die trübe Nährflüssigkeit in ihren Nabelschnüren mit schwarzem Blut vermischte. Sie starben, obwohl ihre eigenen Körper unverletzt waren.

Ich wollte diesen Fluch von uns nehmen, dachte er. *Und nun werde ich hier mit ihnen sterben.*

Es schien keinen Ausweg mehr zu geben. Algernon Reynolds' Leute hockten hinter Öffnungen hoch oben in den Wänden und feuerten wahllos in den Park auf beiden Seiten der Straße hinein. Sie waren keine guten Schützen, aber das mussten sie auch nicht sein. Ihre Ziele saßen fest. Früher oder später würden sie sie treffen. Er fragte sich, woher ihre Waffen stammten, und dann dachte er an das Chaos, das die Menschen, denen Ama'Ru sich angeschlossen hatte, auf der Station ausgelöst hatten. Niemand hatte danach die Waffen der Toten gezählt.

Ryn'Nel zuckte zusammen, als eine Kugel über ihm in den Baum einschlug und ein Stück Rinde herausschlug. Mak'Uryl hockte mit gezogener Waffe neben ihm, schoss aber nicht. Er wollte ihre Position nicht preisgeben. Seine Tentakel schlangen sich um Zweige und Wurzeln. Schwarze Schlieren trübten seine Augen.

Etwas stimmt nicht mit ihm.

Schüsse auf der anderen Seite der Straße lenkten ihn ab. Durch die Baumkronen sah Ryn'Nel einen Menschen lautlos nach unten stürzen. Ein paar Haie stießen Siegesschreie aus.

»Einer von ihnen, aber wie viele von uns?«, sagte Mak'Uryl. »Wir müssen hier weg.«

Ryn'Nel dachte an die Tür, die zum Gangsystem führte. Sie war vielleicht ein Dutzend Meter entfernt. Die Menschen würden ihnen nicht folgen, wenn sie das Habitat erst einmal verlassen hatten. Sie wussten, dass sie den Haien im Nahkampf hoffnungslos unterlegen waren.

»Ein Ausbruch?«, fragte Ryn'Nel. »Wir brauchen höchstens fünf Sekunden bis zur Tür. In der Zeit können sie uns nicht alle umbringen.«

»Aber sie können Sie umbringen.« Mak'Uryls trüber Blick fiel auf Ryn'Nels Flügel. »Sie sind nicht gerade unauffällig.«

Einen Augenblick lang dachte Ryn'Nel daran, sich für die anderen zu opfern. Die Flügel ausbreiten, aufsteigen und das Feuer auf sich ziehen. Ein heroisches Ende und eines, das ihm in seinem Clan über Jahrhunderte einen dritten Namen wie *der Mutige* oder *der Ehrenvolle* einbringen würde. Doch ein Toter konnte seinen Ruhm nicht mehr genießen und außerdem waren seine Forschungen zu wichtig, um mit ihm auf dieser Station mitten im Nichts zu sterben.

»Ich weiß, woran Sie denken«, sagte Mak'Uryl. Trotz der seltsamen Schlieren in seinen Augen klang er gelassener und vernünftiger als noch vor wenigen Minuten. »Lassen Sie das.«

»Ich habe es bereits gelassen.«

Es knallte. Aus den Öffnungen wurden die nächsten Salven abgefeuert. Ryn'Nel hörte jemanden schrill aufschreien und zog den Kopf ein. »Aber so geht es nicht weiter. Brechen wir aus. Riskieren wir –«

Ein leises Piepen unterbrach ihn. Ryn'Nel zog sein Pad aus der Satteltasche und rollte es aus. Die Nachricht, die er erhalten hatte, stammte von Snyder und bestand aus einem Satz: *›Halten Sie sich bereit.‹*

Ryn'Nel zeigte sie Mak'Uryl. Der stieß einen kurzen, klackernden Laut aus – er lachte. »Wollen die Menschen Sie retten oder Sie ausliefern, um sich selbst zu retten? Das ist die Frage, die Sie sich stellen sollten. Sie wissen ja, wie die sind.«

Das war ein Satz, den Ryn'Nel oft hörte, meistens von denen, die so wenig wie möglich mit den Menschen zu tun haben wollten.

»Hört auf zu schießen!« MacColloughs Stimme erhob sich über den Lärm. »Stopp! Hört auf!«

Ein letzter Schuss verhallte, dann hörte Ryn'Nel nur noch das Klingeln in seinen Ohren. Die Pflanzen an den Metallwänden dämpften den Lärm zwar ein wenig, aber er hatte ein empfindlicheres Gehör als die meisten anderen Völker. Und so hörte er das Knacken kleiner Zweige und das Rascheln von Laub bereits, bevor er Snyder und MacCollough auf die Straße treten sah. Sie trugen einen benommenen Reynolds zwischen sich.

»Wo haben sie den denn her?«, flüsterte Mak'Uryl. Sein Atem roch salzig und ein wenig nach Kupfer, wie Blut.

»Sie wissen ja, wie die sind«, sagte Ryn'Nel lächelnd. »Klauen alles, was nicht festgenagelt ist.«

MacCollough und Snyder drehten sich, damit alle, die in den Wänden hockten, sehen konnten, wer ihr Gefangener war.

»Ihr habt Jockeys umgebracht«, rief MacCollough. »Ihr wisst, was das normalerweise bedeutet. Für jeden von ihnen, sterben zehn von uns. Oder hundert, je nach Laune.«

Er machte eine Pause. »Aber in diesem Fall sind sie bereit, auf ihre Rache zu verzichten. Sie haben uns sogar Algernon überlassen, den Mann, der diese Kolonie bisher so gut geleitet hat.«

Reynolds schüttelte den Kopf. Ob er damit Widerspruch signalisieren oder nur seine Benommenheit vertreiben wollte, konnte Ryn'Nel nicht erkennen. Er hoffte nur, dass er sich nicht einmischen würde. Das, worauf MacCollough abzielte, würde er nicht gutheißen.

»Niemand soll mehr sterben«, fuhr MacCollough fort, »keiner von uns, keiner von ihnen. Alle werden ihre Waffen niederlegen, Jockeys wie Menschen. Und dann werden sich unsere Wege trennen. Was ihr danach macht, ist eure Sache. Besorgt euch ein paar Schiffe, verschwindet, baut euch unter Algernons Führung irgendwo was auf. Ihr seid nicht infiziert, ihr könnt Kinder kriegen, in Frieden leben. Werft das nicht weg.«

»Wieso sollten sie uns gehen lassen?«, rief eine Frau. »Sie brauchen uns doch.«

MacCollough hob die Schultern. »Tun sie das? Es gibt Tausende, die nicht infiziert sind, man muss sie nur finden. Und dank der Habitate ist das nicht mehr schwierig.«

Erneut machte er eine Pause. Es fiel kein Schuss. Ryn'Nel konnte sich vorstellen, wie verlockend sein Angebot für die Menschen klingen musste. Sie hatten gerade erst erfahren, dass sie nicht infiziert waren. Sie hatten noch keine Zeit gehabt, sich zu fragen, was das bedeutete, aber nun sagte MacCollough es ihnen. Er gab ihnen Hoffnung und eine Zukunft.

»Also gut, einer muss ja anfangen.« MacCollough zog seine Pistole, nahm das Magazin heraus und warf beides ins Gebüsch. Snyder folgte seinem Beispiel und legte auch das Messer ab, das in seinem Stiefel gesteckt hatte.

»Eine überzeugende Vorstellung«, sagte Ryn'Nel. »Ich glaube es fast selbst.«

»Vielleicht sind Sie leichtgläubiger als die da oben.« Mak'Uryl warf einen Blick die Wand hinauf, fuhr jedoch herum, als etwas metallisch auf die Straße schlug. Es war ein Gewehr. Das Magazin landete einige Meter entfernt und rutschte über die Pflastersteine. Ein zweites Gewehr folgte, dann eine Pistole.

Ryn'Nel richtete sich auf. »Legen Sie Ihre Waffen ab und kommen Sie zur Straße«, rief er in der Sprache der Haie. »Ihnen wird nichts geschehen.« Er nickte Mak'Uryl zu. »Worauf warten Sie?«

Mak'Uryl zögerte. Die schwarzen Schlieren in seinen Augen wurden dichter. »Also gut. Vro'kel! Gefällt es Ihnen, dieser Bitte nachzukommen?«

»Das tut es.« Die Antwort kam spontan. Nach und nach verließen die Haie ihre Deckung und traten auf die Straße. Einige hatten die Hände erhoben, so wie sie es in den Filmen der Menschen gesehen haben mussten. Aus den Öffnungen fielen weitere Waffen. Ryn'Nel schätzte, dass es ungefähr zwanzig waren, die er schließlich auf der Straße und im Gras liegen sah. Das waren mehr, als er gedacht hatte. *Wir hatten keine Chance gegen sie.*

Ryn'Nel stand auf. Einer von Mak'Uryls Tentakeln schlang sich um seinen Flügel. »Bleiben Sie in Deckung. Wenn auch nur ein Mensch sich nicht an die Abmachung hält …«

»Sie werden sich alle daran halten«, sagte Ryn'Nel und streifte den Tentakel ab. »Sie haben jetzt etwas, für das es sich zu leben lohnt.«

Natürlich war das nur ein Traum. Sobald Ryn'Nel und die anderen das Schiff erreicht hatten, würden sie das Internet blockieren und Verstärkung holen. Auf Scania würde es weitergehen wie zuvor.

Er trat auf die Straße und sah zu den Wänden hinauf. Einige Menschen hatten die Schächte bereits verlassen und standen auf dem Boden, nahe den Türen, die in die Wände führten. Sie wirkten nervös, aber nicht ängstlich.

»Ich danke Ihnen«, rief Ryn'Nel. »Sie haben nichts mehr von uns zu befürchten.«

MacCollough und Snyder ließen Reynolds zu Boden sinken. Der hob den Kopf und sah sich mit glasigem Blick um, als verstünde er noch nicht, was um ihn herum geschah. Ryn'Nel sah, dass seine Haare blutverklebt waren. Er war der Einzige, der ihre Flucht noch verhindern konnte – wenn er rechtzeitig zu sich kam.

»Beeilen wir uns«, sagte Ryn'Nel leise zu den Haien, die in seiner Nähe standen. Sie schlossen sich ihm an.

Sie erreichten die Tür zum Gangsystem ohne Zwischenfälle. Die Menschen beobachteten sie, einige folgten ihnen sogar, aber niemand unternahm etwas. Aus dem Augenwinkel sah Ryn'Nel, wie zwei Menschen sich neben Reynolds hockten.

MacCollough öffnete die Tür und nickte ihm zu. »Sie zuerst, Sir. Wir anderen sind entbehrlich.« Er schien ebenfalls erkannt zu haben, dass die einzige Gefahr von Reynolds ausging. Der hob nun den Kopf und sagte etwas.

Ryn'Nel betrat rasch den Gang. Mak'Uryl befand sich unmittelbar hinter ihm, folgte ihm jedoch nicht, sondern drehte sich um. »Vro'kel«, hörte Ryn'Nel ihn leise sagen, »würde es Ihnen gefallen, Ihre Brüder zu rächen?«

»Das würde es.«

»Mir auch.«

»Nein!« Ryn'Nel streckte einen Flügel nach ihm aus, aber seine Klaue glitt von der feuchten Haut des Oktopus ab. Umgeben von seinen Haien glitt Mak'Uryl über die Pflastersteine, auf die Waffen zu, die auf der Straße lagen.

»Bringt alle um!«, schrie er. Seine Stimme kippte um. »Bringt alle um!«

»Lasst sie in Ruhe!« Ryn'Nel wollte hinter ihm herlaufen, aber MacCollough und Snyder drückten ihn gegen die Wand.

»Das ist zu gefährlich, Sir.«

Das war es, so viel sah Ryn'Nel durch die offene Tür. Nicht alle Menschen hatten ihre Waffen weggeworfen, aber zu viele, um die Haie in Deckung zu zwingen. Ein paar von ihnen wurden von Kugeln zu Boden geworfen, die meisten rannten jedoch auf die schmalen Türen zu, die zu den Schächten einer nie gebauten Selbstschussanlage führten. Ryn'Nel sah bestürzt, dass auch seine Leute sich ihnen angeschlossen hatten.

Wie hatte es Jho'tol noch ausgedrückt? *Haie handeln nicht*

immer in ihrem eigenen Interesse oder etwas Ähnliches. Nun erreichten die ersten die Menschen, die in den Schächten hockten. Ryn'Nel hörte Schreie und die dumpfen Aufschläge von Körpern auf Pflastersteinen und Dreck.

Unter den Menschen brach Chaos aus. Vielleicht hätten sie noch eine Chance gehabt, wenn jemand da gewesen wäre, um sie zu organisieren, doch so versuchte jeder nur, sein eigenes Leben zu retten. Die Haie trieben sie vor sich her und machten sich einen Spaß daraus.

Aber dann sah Ryn'Nel Mak'Uryl. Er war blutüberströmt und seine Tentakel peitschten durch die Luft. Was sie fanden, rissen sie auseinander – Gestrüpp, Kleidung, Körper. Blut fiel wie Regen aus zerfetzten Gliedmaßen auf ihn herab. Auf die Menschen musste er wie ein Dämon aus einer ihrer uralten Mythologien wirken, eine apokalyptische Rachegestalt, die unter ihnen wütete, um sie für ihren Ungehorsam zu bestrafen. Ryn'Nel hatte so etwas noch nie gesehen. Selbst MacCollough und Snyder konnten den Blick nicht abwenden. MacCollough war blass.

Schreie, Schüsse, Rufe und Gelächter hallten durch den Park. Die Schüsse wurden seltener, die Schreie lauter und länger. Die Haie ließen sich Zeit. Ein abgeschlagener Kopf rollte über die Straße und blieb vor Reynolds' Füßen liegen. Er war von Leichen umgeben, auch denen der beiden Menschen, die ihm hatten helfen wollen.

Ryn'Nel befreite sich aus dem Griff der beiden Menschen. »Es ist nicht mehr gefährlich. Bleiben Sie hier. Ich muss etwas erledigen.«

Snyder trat zur Seite. MacCollough zögerte, doch dann gab auch er den Weg frei. Ryn'Nel trat aus dem Gang auf die Straße. Blutgeruch hing in der Luft. Reynolds starrte auf den abgeschlagenen Kopf zu seinen Füßen.

»Ich kenne ihn«, sagte er, als Ryn'Nel neben ihm stehen blieb.

Er sprach langsam und schleppend. »Sein Name war Frank.«

Ryn'Nel schwieg. Die Schüsse verstummten und er hörte nur noch Schreie.

Reynolds hob den Kopf. Seine Pupillen waren groß, die Haut blass und verschwitzt. Er stand unter Schock. »Was jetzt?«

»Nichts mehr«, sagte Ryn'Nel. Er legte seine Flügel um Reynolds und drückte zu. Es ging schnell, wie er gehofft hatte.

11

Sie waren eine Weile nach Norden gefahren, aber nun bog der Transporter nach Westen ab, der untergehenden Sonne entgegen. Ein halb überwuchertes Schild verkündete, dass sie sich einem Golfplatz näherten, was auch immer das war, auf einem anderen stand *Orlando 23*.

Die *Andere* döste mit halb geschlossenen Augen, die beiden Skorpione schwiegen. Ama'Ru sah aus dem Fenster und betrachtete die flache, blassgrüne Landschaft. Zombies standen am Straßenrand oder saßen auf den Ladeflächen verrosteter Pick-ups. Überall lag Gepäck herum, aufgerissene Koffer, Taschen, verstreute Kleidung. Sogar ein Sofa stand auf der Straße. Der Transporter bog einige Male von der Straße in Feldwege ein, vermutlich um Blockaden zu umfahren. Mney'Saak musste die Strecke nach dem Drohnenflug einprogrammiert haben.

Am Horizont tauchte Orlando als eine Reihe schwarzer Silhouetten vor einem violetten Himmel auf. Mit den Zombies nahmen auch die Schilder zu: *Magic Kingdom*, *Adventure Island*, *Universal* – die einst holographisch animierten Werbetafeln waren von Moos und Schlingpflanzen bedeckt. Die Logos und Schriftzüge ließen sich nur noch erahnen. Ama'Ru nahm an, dass es sich um Vergnügungszentren gehandelt hatte. Menschen ließen sich so oft wie möglich von ihrem eigenen Leben ablenken, hatte Kipling ihr einmal erklärt, egal, wie gut oder schlecht es war. Sie strebten nach Abwechslung.

Ihr Blick fiel auf einen Zombie, der unablässig zwischen zwei Viehgittern auf und ab ging. Er machte einen Schritt nach vorn, prallte gegen das vordere Gitter, drehte sich um, machte einen Schritt und prallte gegen das hintere Gitter. Er musste schon seit Langem von einem Gitter zum anderen schlurfen, denn seine Füße hatten tiefe Furchen in den Dreck gegraben. Ama'Ru wandte sich ab.

An ihrem Oberschenkel vibrierte es. Sie zog das Pad, das sie stumm gestellt hatte, aus der Satteltasche. Ofee'Tas drehte den Kopf und sah zuerst sie an, dann Mney'Saak. Die Gesichter der beiden Skorpione waren regungslos, trotzdem hatte Ama'Ru den Eindruck, dass das Pad sie überraschte.

Sollen sie es mir doch abnehmen, dachte sie. Die Unterhaltung zwischen ihr, Kipling und Rin hatte sie gelöscht, ebenfalls das Foto von Lanzo und dem Jockey. Auf den Servern lag es zwar noch, aber auf ihrem Pad war nichts mehr davon zu sehen.

Sie hatte damit gerechnet, dass Rin die Antworten auf ihre Fragen in den Gruppenchat posten würde, doch dieses Fenster war leer. Sie hatte eine private Nachricht bekommen.

Ama'Ru neigte den Kopf, als sie den Absender sah. *John?* Sie rief die Nachricht auf.

Auckland: ›Alles okay?‹

Das grüne Licht über seinem Namen zeigte ihr, dass er online war. Sie legte das Pad auf ihre Oberschenkel und tippte die Antwort ein.

›Hier schon. Hast du die Nachrichten in der Gruppe gelesen?‹

Auckland: ›Ja.‹

›Warum hast du dich nicht gemeldet? Wir waren besorgt. Wie geht es dir?‹

Das Icon mit den animierten Fingern über einer Tastatur bewegte sich.

Auckland: ›Mir geht es gut. Ich habe mich nicht gemeldet, weil Rin versuchen würde, mich zu retten, und ich muss nicht gerettet werden. Die Situation hier ist unter Kontrolle. Ich möchte, dass du das weißt.‹

Er tippte schneller, als sie es in Erinnerung hatte. ›*Warum nur ich?*‹

Auckland: ›*Weil ich dir vertraue. Wenn ich dich bitte, den anderen erst einmal nichts zu sagen, wirst du das tun.*‹

Der Tonfall, den sie in seine Worte hineinlas, störte sie. ›*Ich werde tun, was ich für richtig halte.*‹

Auckland: ›*Und das wird das Richtige sein.*‹

Sie wollte antworten, sah dann jedoch, dass er weitertippte und hielt inne.

Auckland: ›*Stimmt es, dass Brown bei dir ist?*‹

Ama'Ru hatte sich schon gefragt, wann er den Namen erwähnen würde. ›*Ja.*‹

Auckland: ›*Lass mich mit ihm reden. Ich kann ihn unter seinem alten Alias nicht kontaktieren.*‹

Der Transporter wurde langsamer. Ama'Ru sah auf und bemerkte, dass sie die breite Straße verlassen hatten und in eine schmalere eingebogen waren. Zwei- und dreistöckige Wohnhäuser mit wild wuchernden Gärten säumten sie. Auf einem Balkon wuchsen Palmen. Einige Zombies wankten zwischen geparkten Autos umher.

Sie wandte sich wieder ihrem Pad zu. ›*Er ist im Moment nicht bei mir. Ich bin in einer Stadt namens Orlando, um Geräte für mein Labor zu besorgen. Ich melde mich, wenn ich ihn das nächste Mal sehe.*‹

Auckland: ›*Vergiss es bloß nicht.*‹

Auckland: ›*:)*‹

Ama'Ru starrte den Smiley an. Sie wusste, dass er als Entschuldigung für den Satz davor diente, aber ein Smiley? Von Auckland?

Niemals, dachte sie. Ihr Magen krampfte sich zusammen, als sie ihre Antwort eingab. Die *Andere* öffnete die Augen und hob den Kopf.

›Wer bist du?‹

Das grüne Licht über Aucklands Namen erlosch. Wer auch immer mit ihr gesprochen hatte, war offline.

Der Transporter hielt an. »Wir sind da«, sagte Ofee'Tas. Er zog die Seitentür auf und stieg aus. Ama'Ru steckte das Pad in die Satteltasche und zwang sich, die Gedanken an den Chat und was er implizierte, zu verdrängen. Der Transporter stand auf einem Parkplatz zwischen einigen mehrstöckigen, sandbraunen Gebäuden. Alles war grün überwuchert. Sogar der Asphalt war an einigen Stellen bereits aufgeplatzt. Pflanzen breiteten sich aus den Rissen und Löchern über den Parkplatz aus. Es standen nur wenige Autos dort.

Ofee'Tas und Mney'Saak stellten sich wie Leibwächter rechts und links von Ama'Ru auf und liefen auf eines der Gebäude zu. Sie blieb zwischen ihnen. Die *Andere* hob die Scheren, aber sie war nicht nervös. Die wenigen Zombies, die sie sahen, waren weit weg und bemerkten sie nicht.

Sie erreichten das Gebäude und liefen die Stufen zum Eingang hinauf. Ihre dünnen Beine kratzten über den Stein. Die Glastür und die Fenster waren längst eingeschlagen worden, aber das Schild, das darüber angebracht war, ließ sich noch erkennen.

University of Central Florida – College of Sciences

»Ihr habt eine gute Wahl getroffen«, sagte Ama'Ru. »Hier werde ich finden, was ich brauche.«

Wie erwartet antworteten Ofee'Tas und Mney'Saak nicht.

Glas knirschte unter ihren Beinen, als sie hintereinander eintraten. Zettel lagen auf dem Boden, hastig gekritzelte Hilferufe, die wahrscheinlich von eingeschlossenen Studenten aus den Fenstern geworfen und vom Wind hineingeweht worden waren. Ama'Ru bezweifelte, dass irgendjemand ihnen geholfen hatte.

»Es könnte hier viele Zombies geben«, sagte sie leise. »In beengten Räumlichkeiten werden sie schnell gefährlich.«

Seit dem Angriff der Überlebenden bereitete die Arroganz der beiden Skorpione Ama'Ru Sorgen. Sie fühlten sich zu sicher und verließen sich zu sehr auf ihre überlegene Stärke und Intelligenz.

Mney'Saak lief an den Fahrstühlen vorbei zur Treppe. In einer Ecke lagen zusammengeknüllte Decken und Dutzende aufgerissene Verpackungen. Hier hatte jemand gelebt. Das schwarz eingetrocknete Blut auf den Decken und am Boden ließ darauf schließen, dass dieses Leben kein gutes Ende gefunden hatte.

Sie liefen die Treppe hinauf bis in den zweiten Stock. Ama'Ru bemerkte, dass die Skorpione neben ihr blieben, egal, ob sie sich langsam oder schnell bewegte. Und sie schienen zu wissen, wohin sie wollten, denn sie bogen im zweiten Stock ohne zu zögern nach links ab.

Die Türen des Gangs, durch den sie liefen, waren geöffnet worden. Schon der zweite Raum, in den Ama'Ru sah, enthielt Labortechnik, die in langen Regalen stand. »Wartet«, sagte Ama'Ru zu den Skorpionen, aber die liefen weiter.

»Komm«, sagte Ofee'Tas. »Wir sind gleich da.«

Widerstrebend schloss Ama'Ru sich ihnen an, obwohl sie am liebsten zurückgeblieben wäre. Aber die Universität war groß und sie wusste nicht, wie viele Zombies es allein in diesem Gebäude gab. Im Vorbeigehen warf sie einen Blick in die anderen Räume. Sie sah Blutspuren an Böden und Wänden, manchmal sogar an der Decke, aber weder Zombies noch Chaos. Dieser Trakt war im Gegensatz zum Eingangsbereich nach Omega nicht sich selbst überlassen worden. Jemand hatte ihn gesichert und aufgeräumt.

Ama'Ru blieb stehen. »Ihr seid die Strecke nicht mit einer Drohne abgeflogen«, sagte sie. »Ihr wart hier.«

Ofee'Tas und Mney'Saak drehten sich zu ihr um. Sie und die *Andere* spiegelten sich in ihren Facettenaugen. Und dann, plötzlich, sprangen die Skorpione sie an. Mney'Saaks Schere schloss sich um Ama'Rus Hals, bis sie einen scharfen Schmerz spürte und warmes Blut auf ihre Schultern tropfte. Die *Andere* fiepte hoch, aber sie ließ ihre eigenen Scheren hängen und senkte den Kopf. Ofee'Tas packte ihre Arme und drückte sie nach hinten. Er führte sie einige Schritte durch den Gang, dann stieß er mit einem seiner Hinterbeine die einzige geschlossene Tür im Trakt auf.

Ama'Ru hörte ein leises elektrisches Summen. Mney'Saak schob sie durch die Tür ins Innere des Raums. Heiße, trockene Luft schlug Ama'Ru entgegen. An einer Wand lehnte ein menschenhoher Stapel alter Zeitschriften, die restlichen drei standen voll mit wissenschaftlichen Geräten, Computern und Ausrüstung. Es war ein perfekt ausgestattetes Labor.

Durch das große Fenster gegenüber der Tür sah Ama'Ru, wie das letzte Tageslicht verging und die Farben aus der flachen Landschaft zog. Alles wirkte grau.

»Was soll das?«, fragte Ama'Ru, als Ofee'Tas die *Andere* losließ. Mney'Saaks Schere ritzte weiterhin schmerzhaft die Haut an ihrem Hals ein.

Die Skorpione beachteten sie nicht. »Frag ihn, was wir mit dem Pad machen sollen«, sagte Mney'Saak.

Ama'Ru sah nicht, was Ofee'Tas unter dem Körper des Skorpions tat, aber nach einem Moment antwortete er: »Abnehmen.«

Er richtete sich auf, um mit seiner eigenen Hand in ihre Satteltasche zu greifen, und Ama'Ru sah zum ersten Mal sein Gesicht. Blasse, eingefallene Wangen – und schwarze Schlieren, die seine Augen wie Nebel trübten.

Mak'Uryl hatte das auch, dachte sie. Ihr Herz schlug schneller. Ihre Gedanken sprangen von der Gegenwart in die Vergangenheit, zu Erlebtem, Gehörtem und Gesehenem.

»Seid ihr Christen?«, fragte sie. »Antwortet.«

Ofee'Tas steckte ihr Pad in die Chitintasche, in der er lag. »Das hat er uns noch nicht gesagt.«

»Und ihr tut alles, was er sagt.« Ama'Ru spürte die Schere um ihren Hals kaum noch. »Weil ihr euch selbst nicht mehr traut. Etwas ist in euch, das euch verwirrt und ängstigt. Etwas Fremdes.«

Sie drehte den Kopf und sah sich selbst in Mney'Saaks Augen. »Ihr seid infiziert.«

12

Achtung! Automatische Temperaturregelung abgeschaltet. Antriebsüberhitzung in 5:51 Minuten. Manuelle Korrektur erforderlich. Achtung!

Der Warnhinweis flackerte über alle Displays der Brückenkonsolen. Jho'tol sprang auf und lief durch die Tür in den Gang hinein. Er wusste, wohin er zu gehen hatte. Laut Bordcomputer lag das Shuttle, das die Kolonisten auf der Erde mit Vorräten versorgte, angedockt an einer Luftschleuse eine Etage tiefer. Die Tür zu dem großen, von UV-Lampen erhellten Garten öffnete sich zischend vor ihm. Er lief die Treppe auf seinen kräftigen Beinen hinunter. Sein Körper gehorchte ihm ohne Zögern, ohne Widerstand. Euphorie überkam ihm. Er war als Gefangener der Menschen und seines eigenen Körpers auf dieses Schiff gekommen, doch er hatte triumphiert. Die *Destination Moon* würde es in wenigen Minuten nicht mehr geben und mit ihr würden auch die Menschen an Bord und die an sie angedockte *Eliot* vernichtet werden.

Er hatte kurz mit dem Gedanken gespielt, die *Eliot* anstatt des Shuttles zu übernehmen, aber er war kein Pilot und Lanzos Wissen über die Schiffsfunktionen war lückenhaft. Das Shuttle musste reichen. *Es ist ja nicht weit*, dachte er.

Der große Raum, in dem sich die Unterkünfte der Menschen befanden, war fast leer. Nur eine alte Frau, die sich auf zwei Krücken stützte, schrie auf, als Jho'tol an ihr vorbeilief. Er bog in einen Gang ab und rannte weiter, bis er die Luftschleuse Nummer zwei fand. Durch das Bullauge sah er das Shuttle, das dort angedockt war. Es war erleuchtet. Der Antrieb war bereits eingeschaltet, der Kurs eingegeben. Er hatte alles von der Brücke aus aktiviert.

Er horchte in sich hinein, doch da war nichts außer ihm selbst. Lanzos Erinnerungen und Erfahrungen waren die seinen geworden, was noch von dem Fremden in seinem Körper geblieben war, löste sich langsam auf.

Ich habe ihn besiegt. Ich habe sie alle besiegt.

Er betrat das Shuttle, ging ins Cockpit und ließ sich in den Sitz gleiten. Der Bordcomputer reagierte auf seine Anwesenheit und schaltete die Displays ein.

»Autopilot aktivieren?«, fragte eine kühle, männliche Stimme.

»Ja.«

Das Deck vibrierte unter seinen Füßen. Jho'tol hörte, wie sich die Andockklammern von den Ringen lösten. Einen winzigen Moment lang glaubte er zu schweben, dann schaltete sich die künstliche Schwerkraft an Bord ein. Das Shuttle drehte sich und er sah den blau-weißen Halbkreis der Erde unter sich.

Schöne neue Welt. Er würde sich dort wohlfühlen. Das Shuttle beschleunigte und tauchte in das dünne Band der Atmosphäre ein. Automatisch verdunkelten sich die Fenster. Jho'tol richtete sich im Sattel auf, um die Monitore besser erkennen zu können. Noch waren die Shuttlesysteme mit denen der *Moon* verbunden und er sah deren Warnhinweise auf den Displays.

Achtung! Automatische Temperaturregelung abgeschaltet. Antriebsüberhitzung in 0:30 Minuten. Manuelle Korrektur erforderlich. Achtung!

Jho'tol wischte sich nervös mit den Händen über die Schultern. Er hatte länger gebraucht als erwartet. Er wollte die Geschwindigkeit des Shuttles erhöhen, aber das ließ der Autopilot nicht zu.

Achtung! Automatische Temperaturregelung abgeschaltet. Antriebsüberhitzung in 0:10 Minuten.

Mit seinen großen Händen legte er den Sicherheitsgurt an. Dann ließ er sich zurück in den Sattel sinken und klammerte sich an seinen Körper.

Er hörte die Explosion nicht, sah sie auch nicht, doch auf einmal wurde das Shuttle nach vorn katapultiert. Jho'tol wurde durchgeschüttelt, Metall ächzte und knirschte, es roch verbrannt. Etwas prasselte von außen gegen den Rumpf, vielleicht Trümmer, vielleicht Atmosphärenpartikel. Der Antrieb heulte auf. Warnlampen blinkten. Er hatte keine Ahnung, was sie bedeuteten.

Im nächsten Moment sah er einen dunklen Sternenhimmel jenseits der Fenster, dann lichtlose Schwärze und erneut die Sterne. Das Shuttle überschlug sich mit rasender Geschwindigkeit. Joysticks bewegten sich schnell. Der Autopilot versuchte, die Kontrolle über das kleine Schiff wiederzuerlangen, aber Jho'tol hatte nicht den Eindruck, dass es ihm gelang.

Das Shuttle stürzte der Schwärze entgegen.

13

»Sie werden nicht in die Kolonie zurückkehren.«

Ama'Ru stand vor dem Pad, das Mney'Saak in ein Regal gestellt hatte, und betrachtete Browns hartes, strenges Gesicht. Je länger sie ihn kannte, desto weniger erinnerte er sie an Auckland.

»Bestimmte Entwicklungen haben diese Planänderung erzwungen. Ihnen wird nichts geschehen. Ofee'Tas wird sich um Ihr Wohl und Ihre Sicherheit kümmern.«

Ama'Ru und die *Andere* waren allein im Labor. Die beiden Skorpione hatten sich auf den Gang zurückgezogen. Mit keinem Wort hatten sie auf Ama'Rus Behauptung, sie seien mit dem Virus infiziert, reagiert.

»Falls Sie eine Flucht in Erwägung ziehen, möchte ich Sie darauf hinweisen, dass es allein im Stadtgebiet von Orlando geschätzte einhundertfünfzigtausend Untote gibt. Die Batterien der Fahrzeuge, die Sie auf den Parkplätzen sehen, haben sich längst entladen, der Transporter ist auf Mney'Saak und Ofee'Tas verschlüsselt.«

»Was werden Sie Kipling über mich erzählen?«, fragte Ama'Ru.

Brown ignorierte sie. Einen Moment lang dachte sie, es handele sich bei seiner Rede um eine Aufzeichnung, aber sein Blick folgte ihr, während sie langsam vor dem Pad auf und ab ging. So wie die Skorpione antwortete er nur, wenn er es wollte.

»Nun zu Ihrer Mission«, fuhr er fort. »Sie bleibt zum

Großteil bestehen. Sie werden sich weiterhin um eine Heilung des Omega-Virus bemühen und können sich dabei auf die Forschungen von *BetterLifeSolutions* und Ihren eigenen Kollegen stützen. Doch es kommt noch etwas anderes hinzu, das Sie mit der gleichen Priorität zu behandeln haben. Sie werden nach einer Möglichkeit suchen, Ihresgleichen mit dem Omega-Virus zu infizieren. Das ist nicht verhandelbar. Sollte ich den Eindruck bekommen, dass Sie sich nicht bemühen, diese Mission zu erfüllen, werde ich Ihnen wehtun. Und ich kann Ihnen wehtun.«

Er machte eine Pause und musterte sie aus grauen Augen. »Verstehen wir uns?«

Ama'Ru erwiderte seinen Blick. »Sie werden mir nicht wehtun müssen. Wir sind schon längst infiziert.«

Browns Mundwinkel zuckten. Er blinzelte. Und dann lachte er so laut und anhaltend, dass sich sein Gesicht rötete und die Adern in seinen Schläfen hervortraten. Nur seine Augen blieben hart. Sein Gelächter endete abrupt. Das Pad wurde dunkel. Er hatte die Übertragung abgebrochen.

Ama'Ru wandte sich ab und trat ans Fenster. Der Himmel war voller Sterne. Sie sah hinauf und wünschte sich nichts sehnlicher, als weit weg von Brown, den Skorpionen, den Zombies und dieser zerstörten Welt zu sein. Der Virus würde sie zerfressen, früher oder später, so wie er die Skorpione auf ihre und Mak'Uryl auf seine Weise zerfraß. Die *Andere* würde ihn nicht mehr lange aufhalten können, das spürte sie.

Ich wünschte, ich könnte dort oben sterben, dachte Ama'Ru, *nicht hier unten.*

Ein Licht blitzte zwischen den Sternen auf. Einen Lidschlag später schossen Sternschnuppen durch den Himmel. Irgendetwas musste in der Atmosphäre auseinandergebrochen und verglüht sein, ein Asteroid vielleicht oder eines der Geisterschiffe, die um die Erde kreisten.

Hatte Kipling nicht einmal gesagt, die Menschen würden sich etwas wünschen, wenn sie eine Sternschnuppe sahen? Oder war das Rin gewesen? Ama'Ru wusste es nicht mehr. Einen Moment lang dachte sie über ihren Wunsch nach, doch dann wurde ihr klar, dass sie ihn bereits gedacht hatte.

Die *Andere* seufzte leise. Sie waren beide müde.

Am Himmel erlosch die letzte Sternschnuppe. Die Nacht wurde schwarz.

DIE AUTORIN

Claudia Kern sah *Star Trek* mit vier, *Dawn of the Dead* mit zwölf und ihre erste Webseite mit zwanzig. Nach einigen Umwegen über die Heftromanserien *Maddrax* und *Professor Zamorra*, eine Fantasy-Trilogie und zwei historische Romane hat sie diese Erfahrungen nun endlich in *Homo Sapiens 404* verarbeitet.

Ihre Kolumnen und Kritiken erscheinen im Magazin *Geek!*, auf *www.robotsanddragons.de* und auf *claudia-kern.com*.

»Die Geschichte und die Figuren sollten dein Ziel bestimmen, nichts anderes.«

Im Gespräch mit Autorin Claudia Kern

Fangen wir mal ganz am Anfang an. Wie bist du auf die Idee zu *Homo Sapiens 404* gekommen?

Nach und nach. Ich wollte schon lange etwas schreiben, das die drei Genres, die ich in der SF am liebsten lese, kombiniert: Space Opera, Postapokalypse und Cyberpunk. Daraus wurde *HS*.

Die Serie erscheint zuerst als E-Book. Warum hast du dich für dieses neue Medium entschieden, anstatt zu einem traditionellen Verlag zu gehen?

Weil es neu ist und ich dachte, dass *HS* perfekt dazu passt. Der E-Book-Markt ist zwar, vor allem in Deutschland, noch klein, aber voller Leute, die gern SF lesen. Das lässt sich anhand der Bestsellerlisten gut erkennen. Einen historischen Roman hätte ich nicht in dieser Form veröffentlicht, höchstens zusätzlich zu einer gedruckten Ausgabe. Bei SF bieten sich E-Books an.

Das finanzielle Risiko ist bei E-Books deutlich niedriger. Man spart Druck- und Lagerkosten, und die Romane verschwinden nicht aus den virtuellen Regalen, weil Platz für Neues geschaffen werden muss. Bei Amazon werden alle 24 Bände *HS* stehen, bis sich nach der Zombie-Apokalypse die letzten Server abschalten. Die ganze Reihe ist jederzeit verfügbar. Das ist schon ziemlich geil.

Auch mag ich das Medium an sich. Es demokratisiert das Veröffentlichen von Texten. Vor zehn Jahren hätte jemand, der

… sagen wir mal … ein Buch über spätsteinzeitliche Bautechniken im Kölner Raum hätte schreiben wollen, keine Möglichkeit gehabt, diesen Stoff einem größeren Personenkreis zugänglich zu machen. Kein Verlag hätte das genommen, weil man von so einem Nischentext vielleicht dreihundert Stück verkaufen würde. Heute kann er das Buch einfach selbst online stellen. Dass das System nicht perfekt ist, weiß jeder, der sich schon mal durch die Umsonstsektion des Kindle-Stores gekämpft hat. Das Meiste ist praktisch nicht lesbar, in technischer wie in inhaltlicher Hinsicht, und die guten Sachen gehen schnell im Wust des Buchstabenmülls unter. Aber das ist trotzdem besser, als der Vorauswahl großer Verlagshäuser ausgeliefert zu sein. Deren Geschmack entschied bisher darüber, was man lesen konnte und was nicht. Heute können wir als Leser das selbst bestimmen. Das erfordert eine größere Eigenleistung des Lesers, bringt aber auch mehr Freiheit.

Außerdem verlangen große Verlage so unangenehme Dinge wie Zielgruppenbestimmungen, Leseproben und Exposés. Vor allem Exposés – und die zu schreiben, macht ungefähr so viel Spaß wie einen Hybrid-Grafiktreiber unter Linux zum Laufen zu kriegen.

Es gibt kein Exposé zu *Homo Sapiens?*

Nein. Ist nicht mein Ding. Wenn ich eines erstellen muss, dann schreibe ich meistens irgendwas und gucke dann nie wieder rein. Exposés sind wie der Versuch, ein Land zu kartografieren, in dem du noch nie gewesen bist. Du überlegst dir, wie es dort aussehen könnte, aber wenn du erst mal da bist, merkst du, dass alles anders ist. Wenn du dich dann stur an deine Karte hältst, endest du wie die Leute, die sich von ihrem Navi in einen Fluss leiten lassen. Die Geschichte und die Figuren sollten dein Ziel bestimmen, nichts anderes.

Als Leser der Serie werde ich jetzt aber doch ein bisschen nervös. Heißt das, dass du nicht weißt, wie die Geschichte ausgeht?

Das weiß ich genau. Ich weiß, wer überlebt und wer nicht, und ich habe die letzten beiden Szenen schon komplett im Kopf. Aber jetzt kenne ich mich in dem Land ja auch aus. Als ich anfing, hatte ich nur eine grobe Ahnung, wie alles ausgehen würde. Der Vorteil bei dieser Arbeitsweise ist, dass man sich selbst beim Schreiben überraschen kann, der Nachteil sind Gedanken wie: »Shit, wie komme ich aus der Nummer wieder raus?« Erstaunlicherweise fügen sich die Handlungsstränge aber wie von allein zusammen. Das spricht übrigens wieder mal dafür, dass wir in einer Computersimulation leben und freier Wille eine Illusion ist.

Also wird es Tote geben?

Äh, das ist eine Zombieserie. Natürlich gibt es Tote.

Ich meinte eher, unter den Hauptfiguren.

… [Schweigen.]

Okay, nächste Frage. Wie ist dein Arbeitsalltag im Allgemeinen, also, wenn du einen Roman aus der Reihe schreibst?

Ich spiele so lange *World of Warcraft*, bis der Verleger E-Mails in Großbuchstaben schickt, dann schreibe ich zehn Tage durch. So läuft das ungefähr.

Und während dieser zehn Tage, benutzt du da irgendwelche Tools wie Scrivener oder Textmate oder schreibst du einfach alles in Word?

Emacs. Das ist keine Textverarbeitung, sondern ein Text Editor, der in erster Linie von Programmierern verwendet wird.

Ich wollte weg von Word oder Open Office, weil ich neunzig Prozent der Funktionen nicht brauche, aber ständig welche ausprobiert habe, wenn ich keinen Bock hatte, zu arbeiten. Die Lösung, um mich nicht länger von so etwas ablenken zu lassen, war Emacs – dachte ich zumindest. Aber dann fiel mir auf, was für geile Sachen man damit machen kann, wie viele Extensions und Modi es gibt, dass man seine E-Mails darin lesen und schreiben kann, dass es sogar Spiele dafür gibt und dass es eigentlich ein ganzes Betriebssystem enthält. Und wenn man erst mal Elisp gelernt hat, dann … Du siehst das Problem. Word ist ein Scheiß verglichen mit Emacs, wenn es um Arbeitsvermeidung geht, aber jetzt bin ich konvertiert und ich glaube nicht, dass ich noch einmal zu einer Textverarbeitung zurückkehren könnte – obwohl die E-Mails in Großbuchstaben seitdem rasant zugenommen haben.

Ich benutze Emacs übrigens auch, um eine Datenbank, die alles enthält, was ich bisher in *HS* geschrieben habe, zu verwalten. Am Anfang der Serie dachte ich noch, dass ich mir alles merken könnte, aber das stellte sich sehr schnell als falsch heraus. Ist vielleicht schwer vorstellbar, aber man vergisst wirklich so Dinge wie die Haarfarbe der Protagonisten. Manchmal sogar die Hautfarbe.

Du klingst wie ein echter Nerd und *Homo Sapiens 404* ist auch ziemlich nerdig. Das fängt schon beim Titel an, und die Anspielungen reichen von Linux über *Star Trek* bis zu Pen-&-Paper-Rollenspielen. Hast du den Eindruck, dass Nerdkultur hoffähiger geworden ist?

Absolut. Sie dringt in den Mainstream ein, das sieht man schon an einer Serie wie *Big Bang Theory*. Natürlich ist das, was da gezeigt wird, Nerd Light, aber selbst das wäre früher nicht in einer massentauglichen Sitcom vorstellbar gewesen. Ich denke, das liegt an der zunehmenden Technisierung unseres Alltags.

Fast jeder, der regelmäßig einen Computer benutzt, hat mindestens einen Nerd im Bekanntenkreis – allein aus praktischen Gründen. Deshalb sind ihnen deren Themen und Verhaltensweisen vertraut. Sie erkennen sie in Sheldon und Co. wieder und können deshalb darüber lachen. Man könnte zum Beispiel keine Sitcom über Fans spätsteinzeitlicher Baukunst machen, weil kein Mensch diese Subkultur kennt. Daran wird sich erst etwas ändern, wenn deren Wissen gefragt ist, also in einer postapokalyptischen Welt.

HS spielt zwar in einer Welt, die man als postapokalyptisch bezeichnen könnte, die aber auf hohem, technischen Niveau stehen geblieben ist. Nur deshalb kann eine Figur wie Kipling darin überleben. Sein Wissen wird immer noch gebraucht. Und in dieser Zukunft, in der den Menschen praktisch nur das Digitale geblieben ist, weil sie alles andere zurücklassen mussten, ist er wichtiger als je zuvor. Deshalb kokettiert er auch ein bisschen mit seinem Nerdtum. Er bezeichnet eine Farbe als »sternenflottenrot« und ändert die Stimme des Bordcomputers, damit sie klingt wie die von Majel Barrett aus *TNG*. Ihm macht es Spaß, den Nerd zu geben, und mir macht es Spaß, ihn zu schreiben, weil ich ihm diese ganzen Anspielungen in den Mund legen kann.

***HS* ist deine erste eigene Serie. Wenn du an die Anfänge zurückdenkst, würdest du mit dem Wissen, das du heute hast, etwas anders machen?**

Ich würde den Titel ändern. *Homo Sapiens 404* gefällt mir zwar immer noch sehr gut, aber man stößt doch auf gewisse Probleme, wenn man das Wort »Homo« im Titel hat. Facebook wollte uns keine Seite erstellen lassen und iTunes war auch ein wenig misstrauisch. Abgesehen davon würde ich nichts Wesentliches ändern. Ich würde meinem Ich in der Vergangenheit nur raten, *World of Warcraft* zu deinstallieren und Reddit im Browser zu blocken. Nicht, dass das etwas nützen würde …

Wenn du nicht schreibst oder zockst, was machst du dann? Liest und guckst du viel?

Zu viel.

Was liest du gerade?

The Peripheral von William Gibson und *Schneier on Security* von dem Computersicherheitsexperten Bruce Schneier. Das sind Essays über alle möglichen computerbezogenen Themen, sehr interessant. Der Roman von Gibson beschäftigt sich mit zwei möglichen Zukünften – gibt es eigentlich einen Plural von Zukunft? – einer, die ein paar Jahrzehnte weit entfernt ist, und eine, die, wie ich schätze, gut hundert Jahre danach spielt. Sehr geil geschrieben und tolle Figuren.

Hm, stimmt, tatsächlich nennst du ja in *HS* auch keine konkrete Jahreszahl. Warum nicht?

Ich will nicht, dass die Welt, die ich da beschreibe, zu einer Prognose wird. Wenn ich sage, dass wir in zwanzig Jahren zusammenfaltbare Tablets mit holografischer Darstellung, Chips in den Fingern und Computerbrillen, die tatsächlich funktionieren, haben werden, klingt das nach Prophezeiung. Und ich weiß einfach nicht, wann das Realität sein wird. Wenn es nach mir ginge, morgen so gegen drei Uhr nachmittags, damit die Amazon-Lieferung noch am nächsten Tag kommt, aber das wird wohl nicht ganz hinhauen.

Oder gar nicht passieren. Als du die Serie anfingst, war Google Glass ja gerade das nächste große Ding, heute redet keiner mehr davon. Hat sich damit *HS* schon als veraltet erwiesen, so wie SF aus der Zeit, als alle noch dachten, es gäbe bald Bildtelefone?

Gute Frage. Vielleicht, aber ich glaube, dass Google Glass nur ein erster Vorstoß war. Google hatte vor allem zwei Probleme. Zum einen ist die Spracherkennung noch nicht weit genug. Ich kann mit einem Computer nicht reden wie in *Star Trek*, aber das wäre nötig, um ein Gerät wie V-Specs oder Google Glass sinnvoll einsetzen zu können. Plus einer Tastatur, die entweder in den User integriert ist wie Kiplings Chips oder zum Beispiel als Projektion, die aus der Brille auf eine beliebige Oberfläche geworfen werden kann. Als reines Zusatzgerät war Google Glass einfach nicht nützlich genug.

Und das zweite Problem?

Dass alle, die Google Glass auf hatten, wie Arschlöcher aussahen. Um ehrlich zu sein, halte ich das für das größere der beiden Probleme.

Du schreibst ja auch eine regelmäßige Kolumne in der *Geek!* und viele Kritiken zu Filmen und Serien. Was sind momentan deine Lieblingsserien? *Game of Thrones* gehört dazu, nehme ich an.

Klar. An der kommt man nicht vorbei. Was für eine geile Welt. Und der Body Count ist natürlich auch sehr beachtlich. Ansonsten mag ich *Penny Dreadful*, eine Serie, die im viktorianischen London spielt, und literarische Figuren wie Dracula und Frankenstein aufeinandertreffen lässt. Die Klonserie *Orphan Black* ist sehr gut, ebenso *American Horror Story*. Es gibt seit einigen Jahren so viele tolle Serien, im Genre und außerhalb, dass es schwer wird, alle zu sehen.

Vor allem, wenn man zwischendurch noch Romane schreiben muss.

Ja, das kann einen schon zurückwerfen.

Es wird noch ein Band *HS* erscheinen? Hast du schon Pläne für ein Nachfolgeprojekt?

Ja.

SF?

Ja.

Du willst nicht darüber reden, oder?

Ja.

Okay, dann akzeptiere ich das mal so. Vielen Dank für das Gespräch.

Das große Science-Fiction-Abenteuer:
Perry Rhodan
NEO
Nr. 82
Perry Rhodan
NEO
Rainer Schorm
Scherben der Vergangenheit
Nr. 83
Perry Rhodan
NEO
Alexander Huiskes
Callibsos Fährte
ALLE 14
TAGE NEU
AM KIOSK!
PERRY RHODAN NEO
Als Taschenbuch am Kiosk, als Hörbuch
im Download und als E-Book auf allen
digitalen Endgeräten.
AUCH ALS
E-BOOK
Weitere Informationen unter:
www.perry-rhodan.net
www.perry-rhodan.net/facebook

HOMO SAPIENS 404

Band 4

Oktober 2015